献给朱峰

寻路西藏5万里

在路上

小朱飞刀 著

广东旅游出版社
GUANGDONG TRAVEL & TOURISM PRESS
悦读书·悦旅行·悦享人生
中国·广州

图书在版编目（CIP）数据

寻路西藏 5 万里 / 小朱飞刀著 .—广州 : 广东旅游出版社 , 2019.9（2023.9 重印）
ISBN 978-7-5570-1996-9

Ⅰ . ①寻… Ⅱ . ①小… Ⅲ . ①纪实文学—中国—当代 Ⅳ . ① I25

中国版本图书馆 CIP 数据核字 (2019) 第 163545 号

出 版 人：刘志松
策划编辑：方银萍
责任编辑：方银萍
装帧设计：谭敏仪
责任校对：李瑞苑 黄文健 刘光焰
责任技编：冼志良

寻路西藏5万里
XUNLU XIZANG 5 WANLI

广东旅游出版社出版发行
（广州市荔湾区沙面北街71号首、二层）
邮　　编：510130
电　　话：020-87347732（总编室）020-87348887（销售热线）
投稿邮箱：2026542779@qq.com
地　　址：广州汉鼎印务有限公司
（广州市黄埔区南岗骏丰路117号202）
开　　本：787毫米 × 1092毫米 16开
字　　数：400千字
印　　张：24.5
版　　次：2019年9月第1版
印　　次：2023年9月第3次
定　　价：68.00元

八宿县然乌镇

江孜县宗山古堡

噶尔县扎西岗乡扎西岗寺

目录

日喀则扎什伦布寺

纳木措·嘎诒村

纳木措

比如县萨普

日喀则 · 雅江河谷黑颈鹤国家级自然保护区

亚东县帕里镇

仲巴县昂拉仁措

撕裂喜马拉雅

噶尔县门士乡穹窿银城

仲巴县仁多乡

丁青县孜珠寺

那曲317国道

珠峰

然乌湖

羊卓雍措

色季拉山口·南迦巴瓦峰

序　言

西藏注定是一个令人魂牵梦绕而又心生畏惧的地方。她的神秘与壮美在这颗星球上独一无二，无数座山峰在这里隆起，无数条河流从这里发源，无数个湖泊由此处诞生。但想领略第三极的美，必须得接受平均 4000 米以上的海拔，以及仅相当于平原 60%的氧含量等严酷的环境挑战。

自古以来，西藏的荣辱兴衰都与祖国的命运紧密联系在一起。1994 年，党中央着眼于党和国家全局，作出对口支援西藏的重大战略决策。前后七批援藏干部人才奔赴西藏，全心奉献，为西藏经济社会发展作出卓越贡献。

第八批援藏队进藏之时恰逢党中央深入推进“打赢脱贫攻坚战”的关键历史时节，西藏这个全国唯一的省级集中连片贫困地区将与全国一道，在中华民族几千年历史发展中首次整体消除绝对贫困现象。历史赋予重大机遇，现实充满险恶挑战。在这场注定要写进人类史的伟大决战中每一位第八批援藏干部人才牢记使命，斗志昂扬，传承前人基础，与西藏人民群众一同攻坚克难，创新探索，为西藏发展负重前行。难能可贵的是，医疗人才组团式援藏作为中央交给第八批援藏干部的民生工程和民心工程，在工作总队不遗余力的推动下，北京协和医院、北大三家医院、七省市支援医院三批医疗专家，接力赛跑，艰苦奉献，夙夜在公，建机制，促改革，打造重点学科，精心培育人才，使西藏真正实现了大病不出区、中病不出市、小病不出县，孕妇死亡率、婴儿死亡率大幅下降。第八批援藏干部人才进藏时当地人平均寿命 68.3 岁，3 年后离藏时升至 70.6 岁。巨大进步的背后是只有援藏干部人才才能体悟到的艰难和刻苦。每一位援藏干部人才都深知，唯如此才能无愧于这个波澜壮阔的时代,才能经得起历史长河的检验。

他们当初进藏有些是毫不犹豫的抉择，也

有些是服从组织安排，甚至还有些是“蓄谋已久”的追求。他们来的方式不尽相同，但进藏之后无一不倾尽全力。在当下普遍推崇享受生活的时风里，这种人生选择是一种高尚的精神境界，一种超脱平庸世俗的人生追求，更是一种在和平年代里对家国情怀的具体践行。我打心底对援友们崇敬有加，同志们普遍反映经过高原3年的锤炼，足以直面一切艰难险阻。正如他们所说的，我们在成就西藏的同时，西藏却以更大的反哺成就着我们。

得益于中央关心和全国支援，以及西藏各族人民的同心聚力，雪域高原的经济社会得到日新月异的全面发展。截至今年年中第八批援藏工作队撤离西藏之前，西藏绝大部分地区成功脱贫摘帽。每一个曾经到过西藏的人都会惊诧于西藏的变化之巨，将这些变化，以及这种变化给当地所带来的和谐美好与幸福呈现给世人，也是援藏应肩负的重要责任。

拿到《寻路西藏5万里》书稿之后，我一字一句细心阅读，竟至不忍释卷。此书将家国情怀与个人理想高度融合，通过西藏语境的生动叙述，描绘了援藏人与当地人合力探索西藏发展路径的动人画面，字里行间展现出的迷人的西藏细节也摄人心魄。作者既是驻藏3年的援藏干部，又是攀登珠峰的极限探险者，这种切身体会和独特视角，自非寻常走马观花的行旅见闻可比。

谨以此书向西藏致敬，向千千万万建设雪域高原的人民群众致敬。在中央关心和全国支援的努力下，这片地理高地正与祖国一道，阔步走在中华民族伟大复兴的道路上。她依旧纯净，在融入奋勇向前的时代潮流之后，更将成为崭新的精神高地。

全国第八批援藏工作队总领队

西藏自治区党委组织部副部长

郭强

2019年6月1日

那曲317国道

一月西藏 文/图 小朱飞刀

这真是个
比远方还远的远方
人们欢聚在城市
像个精致的谎言
诱人上当

古老
在古老的村庄
荒芜的青稞地
这才是真相
岁月摇动
天地苍茫
手掌上
破损的木屐拖曳
三千里时光

那时我
自由而凡常
站在太阳孑然一身的芒上
试着用一首诗歌
去抵抗整个西藏
多么的不自量

可是，你应该来
冬季里的西藏
孤独比思念长

黄斯琪（Maple）《一月西藏》。
“90后”唱作人，喜欢在路上，
现居第四故乡西藏。

* 扫码听原创歌曲

人间 文/图 小朱飞刀

浅浅招手
回礼我的告别
轻轻的羞，红红的霞
初逢的阿佳

栗色小马在雪地打滚
猛然腾空，站立
信徒向着远方磕头
一丝不苟的起伏仿佛流动的山丘

藏狗依恋阳光
阿妈打酥油，关切家的边疆
祖辈传下的牛粪干
牦牛与父亲鱼贯过木桥
彼岸无花
有牧草

一双小儿女试图建立秩序
黑色回归黄土
白色并入蓝天
“噗”，间或轻响
雪落平碉房

我捕捉到一朵雪花
无意落下的轻盈
当初你若无其事的一瞥
仿如穿堂的风
千山万壑呼啸而过

四野静默，村庄无言
我却听见人们说起
一场雪，以及
最初的人间

昌都洛隆县

青稞熟了

文/图　小朱飞刀

农夫专心打着青稞
秸秆漫天飞舞的样子
蓄满了阳光
以及人世纷繁

在一道光
和另一道光的间隙
我举手招呼
他嘴角一裂
月牙焦黄
这顿午后的劳作
喂饱了西藏的胃

林芝巴松措错高村

昌都洛隆县

无人区

文/图 小朱飞刀

这场意外一定蓄谋已久
交汇的瞬间
我们鸣笛致意
郑重其事
如同所有树都迷恋阳光
所有孤独都爱着相逢

他是那天
撞见的第一个
人，而非别的
生灵
他袖口带风
我衣领藏白
他走他的归途
我有我的去处
不识人世沧桑的大雪
下在素昧平生的心空

八宿县然乌镇

西藏女人

文/图 小朱飞刀

我在南方的洪流
思念远方的寂静无声

远方归远方
尘土归尘土
谷粒从屋顶倾泻
仿佛女人披挂的长发
招惹了一场雪

雪未至
雪域的心事苍茫

生灵躲进秋天
秋天是干净的火焰
赤诚的心

丰收和严寒同时到达
大地平静如常
西藏女人手握簸箕
挑拣着日子
苦难在下
信仰在上

寻路西藏 25000km

遇见墨脱

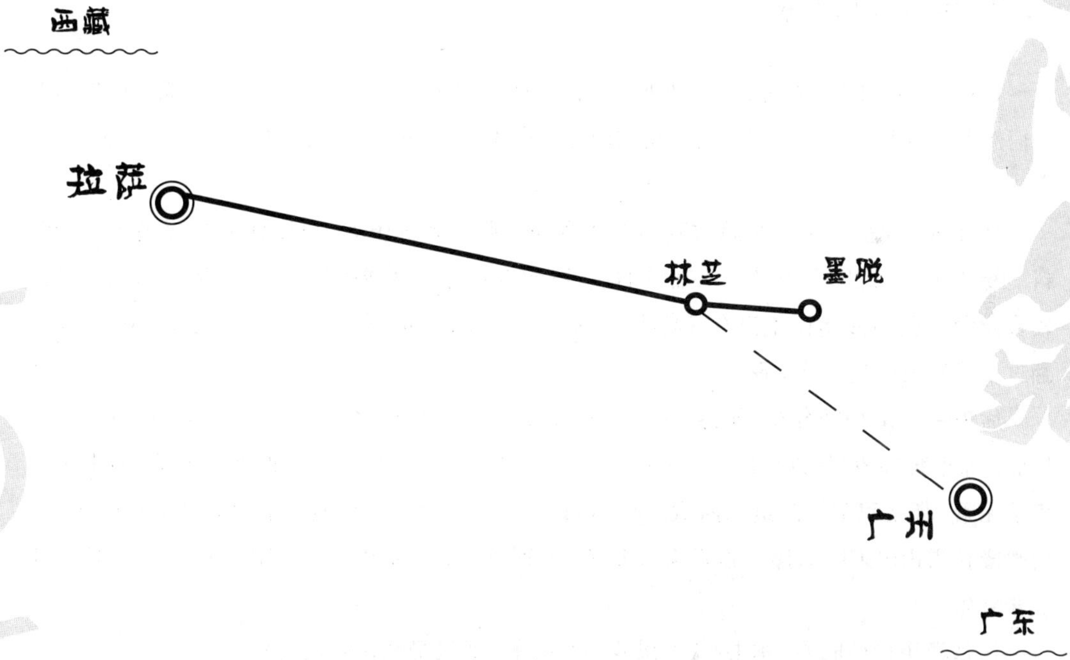

血肉相连的缘分

12月的西藏林芝，阳光寂静，楼下不时传来藏族父亲与小儿子打闹的声音，除此以外四下里悄然无声。我合上电脑，感受着这份在内地城市体验不到的宁静与安心。

10年前，我被一条徒步路线迷得神魂颠倒。那些天我仿如中邪，四处搜寻关于它的资料。我细细揣摩地图上宛若毛细血管的线条：这个点可以停靠休整，那个区域泥石流和塌方较多，要特别小心；地图上没有等高线，看不出海拔变化，但不管是资料记载还是小说描述，翻过多雄拉山便是一路下降。

后来终于在2008年6月如愿以偿，用双脚丈量了一趟当时全国唯一没有通公路的县——墨脱。那年我28岁，像许多同龄人一样，正处在人生的交叉路口，对现世满怀失望，对未来也束手无策。那是我第一次进入西藏。从派镇进入墨脱县城一路畅通无阻，但从海拔4000多米的嘎隆拉雪山出来时却撞上强降雨雪天气。过程虽然痛苦不堪，但反而成就了我的一段非凡徒步之旅。

这趟经历最后成了一本书：《如果我活着回来，就接受现在的人生》。

从西藏归来，我开始争取对口支援的机会。无论是西藏、新疆，还是四川甘孜，都是我向往的地方，我梦想着重返边境和藏地。结果神使鬼差，8年之后我最终还是回到了林芝，这个让我脱胎换骨的地方。从2016年7月开始，我将在这里开启3年的援藏生涯。一切都刚刚好，这犹如一场苦心经营的意外之喜。

时过境迁，林芝再也不是巴掌大的八一小镇，当年的“高原孤岛”墨脱也通了公路，人们更易到达莲花秘境。许多事情都在悄悄发生变化，而我也不再是过客，这一次我成了驻守者，有了全新的开始。

我常常告诫自己，人生只有一次，不要墨守成规，被庸常束缚，我希望在西藏的每一步都是新鲜的，也是特别的。所以在工作之余，我拜师学琴，周末则进村入寨绘画写生，每一天都过得充实而意义非凡。但让我无法忍受的是，在林芝3个月，居然找不到一个好好看书的地方。市区跟书有关的场所只有两个，一个是新华书店，另一个就是图书馆。新华书店就拉倒吧，全是中小学教辅书。图书馆也好不到哪去，选书的人显然对书缺乏兴趣。

于是动了念头，干脆把自己住的公寓改造成一个书吧。说干就干，花花草草很快就塞满了房间。每次出门见到造型独特的残枝断树，便不辞辛劳地扛回来钉在墙上。去波密岗乡云杉林捡回像热水杯一般大小的巨型松子，从比日神山上扛下两个牦牛头骨和一节木头猪槽，途经鲁朗运回一栋废弃的牧场门柱，在冰湖拖出一副牦牛脊椎骨架。

绑了麻绳，把新的油画挂上。冰镐和牛头骨固定在墙上，挂上彩灯。枯木种在花盆里，缠绕上绿松萝。在网上买了书架、咖啡机、投影和音响，把客厅布置成小型电影院。幸好能网上购物，否则想在林芝置办这些物件几乎不可能。只不过每回等待快递总要十来天时间，犹如等一封情书寄来，姗姗来迟，心痒难耐。

房间按照我的想法，做了翻天覆地的改造。但好书难找，我灵机一动，发动网友把闲置书寄给我，但有一个条件：必须是他们喜欢的书。这就好比出门吃饭，老由自己点菜，就很难发现新味道。书也一样，朋友们寄过来的不只是书，同时也是他们的阅读口味。透过这一本本书，我仿佛看到他们千差万别的人生阅历。

这是一种分享。

我还想到另一种分享。我在网络和杂志上发布公告，不管是谁，只要路过林芝，都可以来书吧小坐，或者住下来。前提是爱干净，因为这里毕竟是我的家。有空的时候我会亲手泡制咖啡，但更多的事情需要对方自助。

这里有书，有咖啡，有音乐，有茶，有酒，有电影，所有东西都免费。但也拒绝不劳而获，我希望对方总得付出点什么，来交换小屋的东西。交换内容没有限制，比如悉心守护的故事、伴随旅途的那本书、有趣的小物件，或者只是一首歌、帮助打扫卫生……只要是你珍视的，那也一定是我稀罕的。

这里所有东西都可以交换，唯独不要钱，我期盼它的模样是最自由的分享空间。

事情的进展出乎我意料，短短3个月，整面墙的书架便被填满。雪花般的书翻越千山万水，从全国各地飞到林芝。作为回报，它们将被更多人阅读。

小屋终于成型，这一切都源于8年前的生死墨脱路，所以小屋的名字还是叫“遇见墨脱”。

美好的事物正在发生

“遇见墨脱”开放之后，陆陆续续发生着各种有趣的遇见。这里是援藏队友的聚集地，也有许多当地人慕名而来喝喝咖啡聊聊天。有青年画家来创作，也有单骑走天下的摩托骑手推门进来喝茶，林芝乐队定期在这里排练。

在小屋住过的人不计其数，有亲朋好友，也有普通游客；有川藏线的骑行侠，也有我的读者；有背包客，也有外地来的创业者……

他们出了小屋，又像蒲公英一般散落在世界的各个角落，继续野蛮生长。

小屋之外，人们对美好的追求也俯拾皆是。

到了3月下旬，新雪渐止，援藏队友华彬和杨家平拿着铲子，不辞辛劳地把楼下的杂草铲除干净，细心播下花的种子。两个半月之后，楼道下开满了八瓣格桑花，花期长达半年，从春天贯穿到秋天。

院子里的松树如身披云彩的武士，而紫红、粉白、米黄，各色八瓣格桑花在高原澄澈的阳光底下争奇斗艳，像一张张真挚的笑脸，热情地迎接着下班回来的援藏队友。所有经过的人都忍不住赞叹一句“好美”，然后掏出手机美美地拍上几张照片，发在朋友圈引来点赞一片。

不单在公寓小区里，11年前的林芝地委书记白玛朗杰和专员赵合一定是浪漫的诗人，他们组织市民在市区种下了大量花树。每逢春天，整个林芝市区便进入花海的季节，杏梅、李花、桃花、樱花花期相连，竞相开放，热闹非凡。

前人种树，后人赏花。尤其是我单位门口那株桃树，枝繁叶茂，亭亭若盖，每年的桃花开得花团锦簇，站在树底下，宛若跌进花的迷宫。恰好背景是一面红墙，拍出来的照片宛若故宫的春天。

再远一些，我曾在易贡茶场造访一户普通人家。我们被一大圈密密匝匝的玫红色花朵吸引，花朵环绕门楣开放。推开红砖墙上对开的木门，我们再一次被惊住。院子里干干净净，各色花卉姹紫嫣红。对于美的追求，是藏民族源自血液里的追求。

除了美丽的花朵，偶尔从窗口传来手风琴的声音，音律悠扬却又细若游丝，演奏者似乎故意压低了音量。演奏者是我们的援藏队友。到了林芝后，他把荒废多年的手风琴重新捡了起来。他担心打扰邻居，生怕给别人带来麻烦，所以每次练习的时候都把门窗关得严严实实。

援藏是一项重大使命，也是一次个人选择。相比内地，西藏条件艰苦，环境恶劣，发展落后，但我从一开始就想好了，一定要度过一段特别的援藏生涯。

创建“遇见墨脱”就是特别的第一步。

我希望创造一个自由的空间，遇见一些动人的故事，结交一些有趣的人，同时也让这个地方传递出暖心的温度，给勤快的旅行者和四海为家的灵魂提供一个栖息之地，休息好了才好继续赶路。

小屋分享的不仅仅是书籍，也是一段段隐秘而绚丽的时光。

特殊任务

阳光底下难免会有阴影，美好的背后也有惊吓。2017年11月18日6时34分在林芝市米林县附近发生6.9级地震，震源深度10千米，几乎波及林芝全市，造成1.2万多人受灾，近3000户房屋不同程度受损，部分道路、通信线路、防洪堤、灌渠等基础设施不同程度受损。但幸好只有3人轻伤，没有人员死亡。

地震发生时，我刚好出差，幸运躲过。听说有的人家里柜子被晃倒，天花板的灯砸了下来，墙壁上撕扯出宽大的裂缝。有人第一次经历，吓得仅穿内裤就直接往楼下跑。墨脱的援藏队友雷震描述说，他当时还在睡梦中，人躺在床上突然间被抛了起来，整个房间像要被一股巨力从中间撕裂一般。

此后引发余震300多次，大家也就习以为常。

12月20日1时40分，再次发生5.0级的强烈余震。那一天，我加班到深夜1点多，拖着疲惫的身躯回到公寓。顾不上洗澡，换了衣服就直接钻进被窝。感觉刚入睡，突然之间，我被惊醒。整个房屋剧烈抖动了几秒钟，我听到“嘎嘎嘎”几声脆响，身周的空间仿佛一个笨拙的舞者扭胯伤了筋骨。

很奇妙的感觉。

我以为是加班劳累后产生的幻觉，但脑海里突然蹦出两个字：地震！

短暂而极为强烈的恐惧感像闪电一样在身体里一掠而过。

要不要跑下楼去？-5℃，太冷了。转念一想，算了吧，窝在被窝里不想动了。

楼下有人交谈，已经有人迅速跑下楼避难。

来自东莞的援藏队友温怀清第一个在微信群里发出信息:又地震了？

几秒钟后，朋友圈和微博又炸开了锅。

有的人房门被震得“哐哐”响，有的人洗手间的浴霸灯被震得脱落，有人自从一个月前的地震之后就坚持在床边衣柜上放一瓶矿泉水，矿泉水瓶也震了下来，以此示警。

来自山西的西部志愿者呼晓娜写了一首小诗发在微博上：

强烈的震感，
整层楼都醒了。
我决定从此戒了裸睡的习惯。
万一哪天真的死了，
穿着衣服，
应该比裸着好看。

搞得所有人都知道了她喜欢裸睡。

援藏队友在微信群里讨论跑还是不跑。既然选择来援藏，各种状况也都设想过，最后大家都说：生死有命，富贵在天，睡觉！

小震不用跑，大震跑不了。我放下手机，缩进被窝，很快进入睡眠。翌日一早起床跑了个步，压压惊。后来才听说凌晨4点多又发生了一次小余震，但我当时早已入睡，毫无感觉。

地震只是小插曲，除了“遇见墨脱”，我的援藏生活还有更加特别的一步。因为一项特殊的任务，我得以走向更广阔的天地。

我翻出西藏地图。地图用白心黑点表明行政县，粗细不同的线条表明省道和国道，双线条是指高速路，实心和空心梅花相间的线条则是铁路。整张地图由绿色到黄色，再到紫色，用颜色渐变表明海拔高度的变化，深绿海拔最低，深黄居中，浅紫近乎灰白色表明海拔最高。

地图上一共有74个白心黑点，我用手指循着粗细各异的线条比画着每一个要造访的行政县区。地图上只有南部分布着密密麻麻的线条，而其余区域却稀稀疏疏。北部和西部只有两三根线条，大片的土地一片空白。尤其是西北部将近三分之一的土地几乎全是浅紫色，没有一根线条。

我望着那些空白的区域，既忧心忡忡，又心驰神往。

铁路只有一条，从青海南下，经过拉萨，再一路向西通到270公里外的日喀则。

对于西藏我并不陌生，在这片贫瘠而又神奇的土地上，每条公路都是独特的存在，既能联结过去，又能贯彻未来。

出发的那天早晨，我背起包，看了一眼“遇见墨脱”略显逼仄的空间。2016年7月还是空荡荡的小屋，如今靠墙而立的实木书架上爬满了书和各种有趣的小物件。

临走的时候，我把钥匙留了下来。有人会定期去帮我浇花，有人会去看书，喝咖啡，听音乐，看电影，有人会去弹琴画画，也会有人只是去简单地谈天说地。

藏东南的天气很冷，但只要把门关上，架上火盆，点燃油松木，炭火一烤，小屋里便是四季如春。

林芝比日神山天边牧场

二月之末

文/图　小朱飞刀

看吧
桃花已按捺不住
尼洋河妖娆依旧
可雪就是不愿走

花在门前打开
影驻芒上
你会乘风而来吗
桃花谷的故事正要说起

寻路西藏 25000km

双湖人的荒原生存

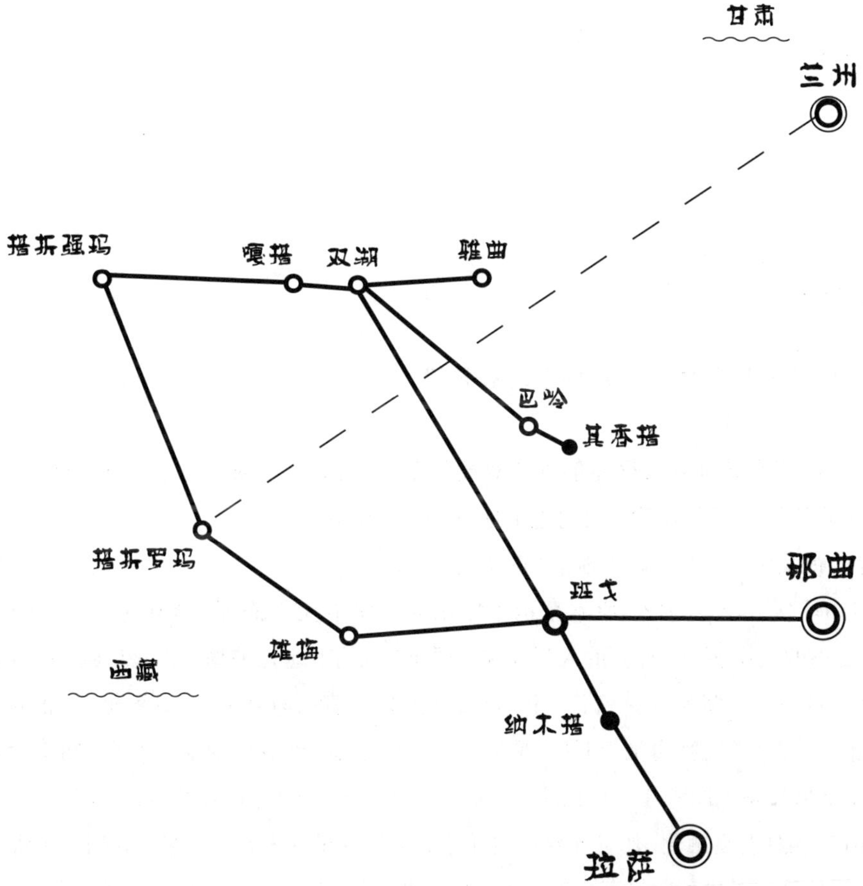

大约在冬季

“这个地方全年只有两个季节，一个是冬季。”

“另一个是，大约在冬季。”

这是双湖援藏常务副县长梁楠郁讲述双湖的第一句话。他是陕西人，来自北京，一口标准的京腔，不容置疑的语气让我立马对这个地方产生了兴趣。

紧接着他跟我讲了一个双湖当地干部的故事。

2011年10月双湖发生雪灾，原本草地上碾出的土路被大雪淹埋，全县通往外界的公路全部中断。县里的人出不去，外面的人进不来，通讯也断了，地处羌塘（藏北高原，平均海拔5000米以上）腹心的双湖突然变成了一个高原孤岛。好不容易熬到来年4月雪化，又忙着下乡救灾保畜，报损失，办赔偿，再加上4月份是接羔育幼的季节，事情特别多。时间不知不觉到了第二年10月，结果又碰到跟去年一样的雪灾。这一耽搁，李立连续两年没回家。

等到2013年4月大雪融化，邮政车终于开了进来。县城里的人欢呼雀跃：双湖终于跟外面的世界恢复了联系。邮政车也给李立带来了一封家书，信是半年前寄出的。他满心欢喜，拆开一看却傻眼了，信封里装的是妻子的离婚协议书，再无多余一字。

难道她在家里头另外有了人？

他火急火燎地赶回陕西老家，一看，妻子很正常，没有外遇。

问她为什么。

妻子满心委屈地说："你两年都不回来，肯定是在那边有人了呗，要不然什么工作能让你两年不回来，有多重要啊！"

妻子用的是不容置疑的惊叹句。

李立一言不发，把妻子接到双湖住了一个月。妻子回去后，再没提过离婚的事，也从不跟他讲家里的难事。

我蜷缩着冰冷的身子，窝在雪白的被子里，像一只裹着白色面粉的蔫茄子。空调形同虚设，十几分钟之后房间里犹自如坠冰窖。

我想象着李立妻子在双湖1个月的生活情景，犹豫了一整晚，始终无法作出决定。

2018年1月20日，拉萨进入深冬。白日里的阳光照得人暖烘烘，恍惚间似乎回到了南方。太阳一下山，"日光之城"瞬间冰冻，人们才幡然醒悟，原来自己身处西藏。

2017年10月下旬，西藏第一次施行"冬游西藏"促销活动，3A以上景区免门票，一直到来年4月中旬终止。到了2018年1月下旬，大昭寺门前各色藏服打扮的信徒熙熙攘攘，但很少能看见穿着冲锋衣的游客。季节对城区的影响并不大，但周边大雪封山，人们依旧担心出行会受到阻碍，进藏旅游的人自然就少了。

梁楠郁已经返回拉萨，即将回北京休假，我还进去双湖干吗？我最终还是在犹豫不决中睡着了。

第二天，我一早就踱进丹杰林路的旁观书社。每次到拉萨，我都要进书吧里泡上几个小时。其实我也没好好看书，但就是喜欢被书和咖啡包围的感觉。今天没点咖啡，我感觉肠胃不舒服，便要了一杯手工酸奶。

3位身穿绛红色僧袍的年轻喇嘛踱了进来，清一色平头光胳膊，刚一落座便问WiFi密码，然后才各自点了一杯茶。

一个年轻女人走近我，问我有没有打火机。我笑笑，摇了摇头。她失望地转身离去，连她长什么样我都没来得及看清。

吃奶的男人怎么可能会有打火机呢，什么眼神嘛？

我从书架上抽出一本旅行攻略书，在目录上看到那曲的篇章，不由自主地翻到双湖的章节。

"双湖的平均海拔超过了5000米，堪比珠峰大本营的高度，冬季氧气含量不足海平面的一半。人的生存能力如何，在这里会得到最好的验证。这里人迹罕至，即使西藏当地人也极少到过双湖。偶有去过的，安全返回便多了许多谈论生死考验的资本。"

"西藏当地人也极少到过双湖"，这一行字像一道光，突然在我脑海里闪亮。

多年的探险生涯让我形成了一种习惯，每当遇到类似的挑战，心底里总会泛起一股抑制不住的兴奋与冲动。在滴水成冰的季节进入世界上海拔最高的县，这个念头单是想一想都能让人热血沸腾。

我想起电影《可可西里》，故事就发生在靠近羌塘一带的可可西里。看完电影，当时就生出一个愿望：去那片辽阔冷峻的荒野做志愿者。

而双湖就在羌塘的腹地！

这次如果无法成行，在完稿之前就没机会去亲身体验双湖最严酷的季节。如果只是夏天进入双湖，关于双湖的记录就是不完整的，对双湖人的讲述也是不公平的。

没错，要去，就应该在最严酷的时候去，亲身去感受藏北鬼哭狼嚎的风在身体缝隙龙游蛇走的滋味。

我决心一下，立马抄过手机给梁楠郁发了一条微信。

一个小时后，在中石油拉萨公寓小区第二次见到了梁楠郁。他是中石油派驻双湖县的援藏干部。

梁楠郁给我安排了司机旺玛平措送我进双湖。旺玛平措憨憨地笑，看着该有50多岁了吧，但也可能要再减10岁。西藏的风霜催人老，当地人看起来往往比实际年龄大，连他旁边趴着的丰田陆地巡洋舰也显得比内地的老迈。

“真的很抱歉，不能陪你进双湖。”梁楠郁抱出一件厚厚的军大衣，“县里冷，穿这个暖和。”

登山这么多年，什么样的环境没见识过？能力虽不见长进，装备倒是没落下过。我自认为不需要，但又不忍拂了他的好意，便接过放在后座上。

终于要出发的时候，已经快到上午11点。从拉萨去往双湖840公里，路途遥远。在堆龙德庆搭了一个藏族小伙子，旺玛平措的远房亲戚，他要去的地方正好在我们路上。

西藏的公共交通非常落后，来往车辆也少，搭顺风车是常见的事。在西藏从一个地方到另一个地方往往只有一条公路相通，方向对了就尽管上车，总能坐一程顺风车。下车后，给车钱的是少数，大部分人就一句“托切那”（藏语：谢谢）。在他们的观念里，今天我坐了你的顺风车，说不定哪天你也会求助于人，那么别人对你的帮助也就相当于替我感谢了你。

“老陆巡”出了拉萨市区，便沿着著名的青藏公路前行。山坡上覆盖着浅浅的枯草，只有经过村庄才能勉强看到一丝绿色。

进入深冬后，西藏的天空越发蓝得浓烈，万里无云，显得单调呆板。刺目的太阳却未见丝毫减弱，悬在无边无际的碧蓝中，肆无忌惮地将能量洒满金黄色的大草原。草原没完没了地铺向天边，看不到一点生机。

旺玛平措开了暖气。人在车里暖洋洋，无意间触碰到汽车玻璃，如遭电击立即抽回手掌，才意识到车外是-10℃的低温。

司机旺玛平措语气温和，但很少开口说话，他与远房小亲戚偶尔用藏语交谈几句。我也不是一个多话的人，他专心开车，我望着窗外苍茫的天地发呆。一路上沉默多于谈话，但我们仨都没有别扭的感觉。这是一个神奇的民族，与他们在一起，虽然未必有知己般的心灵契合，但从未有过不自然的感觉。

经过当雄县城，旺玛平措的远房小亲戚下了车，我俩往左拐入去往纳木措的公路。旅游车路过景区门口须购买纳木措的门票，但当地车辆前往周边的几个县则不用购买。

进入景区大门，公路像挂在山间的哈达，蜿蜒蛇行，越野车仿佛掉入重重大山的迷宫里。太阳被高耸的山峰遮挡，天地间的最后一丝温度也被抽离。寒冷在此突然降下帷幕，天地间荒草萋萋，沟壑里遍布冰冻。目光所及看不到一点一滴液态水流，似乎天底下所有的水都被冻成了冰。

到了纳木湖乡，路分两岔，往左是进入扎西半岛景区的检票口。旺玛平措拐向右边的公路，再往前走20分钟左右，车窗左侧出现一湾辽阔的湖面，结了白色的冰。

我问旺玛平措："这个湖叫什么名字？"

"这个就是纳木措。"

"啊？"我端详着眼前的湖面，完全找不到熟悉的参照物。我曾多次到访纳木措，但之前全是从纳木湖乡左拐进入扎西半岛，见到的景象也都是白色唐古拉山脚下那道风姿绰约的蓝色湖湾。而眼前的景象更像是大海突然间被冻住了。湖岸远离公路，空无一人。

我想象着雪白的冰层下面依然是一湾碧水，突然想到一个严峻的问题："这一路上的水都结冰了，那老百姓怎么用水？"

"有些冰面下是有水的，可以凿个洞取水。如果冰下也没有水，那就只能化冰煮水了。"我常年在户外探险，深知取冰化水是一件很麻烦的事。但旺玛平措却说得轻描淡写，仿佛每天的这些艰难细节对于他们来说已经稀松平常了。难道当地人有更轻巧方便的法子？

"每天要用那么多水，那不是很麻烦吗？"

"那也没有办法，祖祖辈辈都是这样过来的。"

我一时无语。

17: 45左右经过班戈县。旺玛平措没有停留，取道北上，简陋狭小的县城在车窗外一掠而过。一脚油门，车子从崭新的柏油公路上疾驰而过，继续赶往双湖县。

"路不错呀，很新。"我赞叹着。

"去年10月才刚修通的。"旺玛平措说。

我没想到脚下这条双车道公路才开通4个月。过去从纳木湖乡拐向双湖只有草原上自然碾出的一条土路，从拉萨到双湖15小时的车程，路上坑坑洼洼，颠簸不堪。

按照梁楠郁的话，“胃在肺上，肺在肝上。从双湖再回到拉萨又是15个小时，骨头散了架，得找医生整个骨才能恢复原位”。

夕阳西下，越野车的影子被夸张地拉长，像一只长腿麋鹿悄无声息地掠过大地。

-12℃，随着时间流逝，车外温度不断下探。天地寂寥，除了我们两人一车，视线之内望不到任何其他移动的物体。

我暗自掂量，如果生活在这片土地，自己能坚持多久？一念及此，不自禁打了个冷战。

我喜欢诸如《生化危机》之类的电影，电影里传递的孤独感深刻而适度，让人迷醉。悲伤而不悲观，毕竟那只是电影。但在此时，我和旺玛平措轰轰烈烈地行驶在这条寂寥的公路上，与电影里空无一人的景象何其相似。

心里顿时充满了惆怅，不可自拔。

“累了就换我开吧，你一个人开太辛苦了。”我跟旺玛平措说。旺玛平措倒也不客气，在路边解手后，便换手给我开。路上自然不会有厕所，辽阔天地便是大自然最方便的厕所。

这片土地海拔实在太高，远处起伏的山脉看起来并没有比我们所处之地高出多少。西斜的阳光几乎是从水平线的角度射向我，在眼前晃出一片盲区。我把遮阳板拉下来，但作用有限。这样的驾驶很危险，对面若来会车根本就看不见。我只能戴上鸭舌帽，眯着眼睛，把帽檐尽量压低，遮住强烈的光线。

19：15左右，落日下沉，搁在远处低矮的山头上，我脑海里情不自禁地泛出一句诗：“大漠孤烟直，长河落日圆。”

情何以堪！古人短短几个字，便写尽了我们穷其一生所能见识的最美意境。

太阳隐身于山脉的身后，余光却将整个天空染成了红黄色，留下半圈光晕倒扣在黝黑的天际线上。

几分钟后，太阳终于完完全全沉入山后。天地间适应了短暂的黑暗，天色却又回光返照一般微微亮堂起来。

之前的变化全是铺垫，绝美的景观直到此刻才真正呈现出来！

我站在公路边，不顾身周的寒冷，端着单反细细品味这片天地的绝妙变化。

这简直就是一幅绝佳的油画！

天与地被整齐地横切成3片色块。上方是一大块灰白色的云，云的顶部却逐渐过渡为淡淡的灰蓝色天空。中间是一条狭长的钴蓝色天空，两块天空的过渡带却又呈现出迷幻的红粉色。天空下方是广阔的暗黄色高寒草原，一所白色藏式民居远远坐落在天际线上，孤独而又倔强。

色块之间过渡温柔，却又给人泾渭分明的感觉。

我惊叹着大自然的瑰丽。10分钟后，我们终于坠入无边的黑暗和寒冷。

西藏的纬度与内地差异甚大，冬天里8点左右才会天黑，比内地晚了将近两个小时。高原的夜色过于浓烈，天一黑，便会错以为车窗以外全是墙，公路以外都是悬崖。这种害怕，与怪力乱神无关，完全源于自然本身。在这片土地，人类对于黑暗的恐惧，似乎也显得更为纯粹。

车外温度一度降至-25℃，中途下车解手的时候感觉空气像利刃，无形却锋利。

21：30，车灯前出现一座加油站。终于到达双湖县城，历时10个半小时。

加油站大门紧闭，入口和出口处均摆放了铁刺栅栏，显示这个地方非比寻常。司机旺玛平措下车到值班室叫唤了好几分钟，才有工作人员披着大衣，从紧闭的铁门里走出来。

我下车伸展手脚，坐的时间太长，感觉身体快要生锈了。加油站对面就是县客运站，漆黑一片，一钩明亮的月牙挂在半空中。

说是县城，其实不过是大约两公里长稀稀拉拉的两排房子而已，看起来比西藏其他地区的一个乡镇还要小。街道是两车道的水泥路，坑坑洼洼年久失修，与铺面房之间还隔了五六米的距离，铺了沙土。藏北的风，声势浩大地席卷着空空荡荡的街道，吹得人心惊胆战。街道上空无一人，几乎没有路灯，偶有窗户透出灯光，显示出人类活动的迹象。

据旺玛平措说现在已经好很多了，2001年以来，中石油的援藏干部带来大量援藏资金，这里发生了很大变化，从整个县城找不到半块水泥砖，到一栋栋砖石结构的楼房拔地而起。

过去整个县城就靠一个很小的电站供电，供电能力很有限。县城各单位要抢电，有公安局的就没有银行的，有银行的就没有政府会议室的。就这样大家来回切电，管得了这边顾不了那头。每天供电时间仅有几个小时，入夜县城漆黑一片。直到2016年10月，国家在县城修建了一个光伏电站，县城才实现长时间通电。

2013年，双湖由特别区改为县，这片地域辽阔的苦寒之地，成为中国最年轻、世界上海拔最高的行政县。

这一切变化在外来者眼中实在不算什么，但我能理解，在双湖人眼里这是实实在在的“翻天覆地”。从2007年开始，我十进藏区，深入过藏区的许多地方。尤其是参加援藏之后，我在西藏林芝生活工作了两年多，眼看着西藏一点一滴发生着可喜的变化。

双湖面积12万平方公里，人口却只有1.4万，人口密度接近10平方公里一个人。

“相当于北京二环才住了6个人。”梁楠郁跟我打了个比方，“全国一共有564个国家级贫困县，其中双湖的生存质量最恶劣。”县城海拔4980米，当地人戏称，躺着不到5000米，站起来便超过5000米。平均气温-11℃，全年无夏，7—8月份也要穿大羽绒服，8级以上的大风有两百多天，是真正的高寒地区。

“在脱贫攻坚这场战役中，双湖过了线达了标，那么就意味着全国都过线达标。如果哪个县排在双湖之后，那都不好意思说了。”从梁楠郁戏谑的言语中能感受到他正承受着巨大压力。

旺玛平措在一家陕西面馆门前停下车。

“县城只有这家面馆和一家藏餐馆了，怕你吃不惯藏餐，直接带你来这里了。”旺玛平措给我倒上白开水。

我想起梁楠郁的介绍。双湖县城只有3000来人，有四五家小超市，不到10家小饭馆，那是当地经济结构中仅存的东西。2016年冬天，-28℃，8级大风刮起来飞沙走石。梁楠郁看到宣传部的一位干部剃了个光头，便开他玩笑：“搞宣传的不注意宣传形象，剃个光头干吗？”

他当时进藏不久，不知道县城仅有两家理发店。双湖的冬天太冷，人也很少，没啥生意。老板都是内地人，回家过年一走就是4个月。对于留在双湖的人而言，意味着4个月没地方理发。这位干部今年恰逢春节要留下来值班，假如不剃个光头，等到4个月后理发店重新开业，头发就成野人样了。

“没事，你想吃什么？”我对吃并不在乎，十余年的户外探险生涯，让我养成了有啥吃啥的习惯。人在极端环境下对于物质的需求是极低的，能有一口热饭就已经欢天喜地了，只是觉得亏欠了旺玛平措。他忙活了一年，好不容易等到梁楠郁休假才得以离开双湖，结果因为我又不得不返回这个高寒之地。

“我们只有面条。”店家站在桌旁插话，“现在冬天了，卖菜的也回家过年了。”

“你们要留下来吗？”我问。

“过两天也关门回去了，这里冬天太冷了，没法过。”店家说。

我俩各点了一碗面。我环视面馆，店里空间很小，大约十来平方米的空间摆放了五六张四人方桌。除了我俩，还有3位当地人正嗦着面条。玻璃门关不紧，每逢有人进出，老板娘都要客客气气地说上一句“不好意思，咱家门坏了”。

“你们是哪里人？”老板娘端面上来的时候，我顺便攀谈。

“甘肃天水。”老板娘一边进进出出忙活，一边答我。

“怎么会想到来这么苦的地方做生意？”

“我们有亲戚在这边，介绍我们过来的。”老板娘倒也健谈，“从四川人手里打过来的门面。”这边的生意人将“转让”叫作“打”。

“他们家亲戚是县里超市老板，姓张。”旺玛平措插话。双湖是典型的熟人社会，县城里几乎没有陌生人。西藏对于内地人来说实在过于遥远，外地生意人基本上都是亲戚朋友口口相传互相引荐进来的。

“这边生意好做吗？”

“不好做，人太少，除了工程队，几乎没有外地人进来。”老板娘一边说一边把隔壁桌的碗筷收拾干净。

“你们这也算独家生意了，人是少了点，但起码没有竞争。”

“这倒是。不过这个地方条件太差，你看连自来水都没有，每天都要去村民手里买井水。”老板娘一边说一边和丈夫将墙脚一个白色储水桶抬进厨房。

“啊！”我惊讶地张大了嘴巴，差点被一口面条呛住。我亲眼见识了这一路上村民们艰苦的生活条件，人口分布极其稀疏，几十公里才见到一户人家，开通自来水确实困难。但我万万没想到，偌大一个双湖县，居然连县城都还没有开通自来水。

“电倒是有，县城边上新建了一个光伏电站，只是不太够用，经常会停电。”老板娘又转了出来。

两碗面共50元，我用微信扫了墙上贴的二维码付了账。近几年的扫码支付像一场风暴，瞬间将中国推入了无现金时代。双湖这座中国海拔最高的县城处处显示出与内地天壤之别的落后，但无现金支付没有在这里落下步伐。

县城只有一家酒店，前后两排两层高的楼房，中间空出一个大院子。旺玛平措绕过前楼，把车停在后院，带着我直接上了二楼一间双人客房。门没锁，一拧即开。

“不用登记吗？”

“不用，已经安排好了。”

房间里有两张床，电视机能正常播放。但洗手间没水，没法洗澡，马桶也封住了。

“走廊里有桶，小便就往里边尿。”旺玛平措说。

我倒吸一口冷气，走出房间一看，走廊上果然每隔几间房便放置了一个胶桶。之前进来时没有留意，原来是小便用。

“那大的呢？”

“院子外边有个公共厕所。”

我望了一眼窗外，黑咕隆咚，野狗的吠叫此起彼伏，便打消了去那上厕所的念头，只能尽量控制自己不要吃得太多。到了晚上，实在憋不住要小便，便走到放在别人房间门口的胶桶旁往里尿，生怕熏了自己。走廊没有灯，更不可能有监控，倒也不怕被人看见。就怕旁边的门突然打开，那就尴尬了，平生第一次尿得提心吊胆。

当夜我翻来覆去，居然一夜无眠。我从2010年开始攀登高海拔雪山，最高曾在接近8000米的高度睡过觉。自恃极高海拔经验丰富，所以从未将西藏四五千米的海拔放在眼里。2016年7月19日，进驻林芝援藏的第三天不小心受了冻，发着低烧，畏寒明显。当地人跟我说在西藏感冒发烧是非常凶险的事，但我并没有放在心上。晚上还喝了酒，当晚用老办法，加盖一床被子捂出一身汗，第二天发烧就好了。这件事让我更没把当地2900米的海拔当回事。

杨德忠向我抱怨在林芝每晚只有3到4个小时的睡眠，我只是礼貌性地说几句关心的话，完全无法感同身受。

我说，我每天晚上头一沾枕头就睡死过去，想回顾一下白天发生的事情都来不及。

杨德忠叹了一口气，看着我说："年轻还是不一样啊！"

他快50岁了，是广东援藏队年纪最大的几位队员之一。为了及时掌握队员们的安危情况，队里规定每天早晚10点前都必须在微信群里各报一次平安。冬天的林芝8点才天亮，但他经常7点多就第一个报平安了。

此刻，我突然理解了杨德忠羡慕的眼神，就如同我此时嫉妒地望着旺玛平措一样。他躺在另一张床上鼾声如雷，浑然不觉黑暗中有一双眼睛正盯着他。

双湖一年之中霜冻期超过300天，人均寿命只有50多岁，被称为"人类生理极限的试验场"。

"凡是去双湖的都是试验品，能待下来的是成品，受不了的是半成品。"梁楠郁一看就知道来自北京，穿扮保险，一身灰蓝色夹克。

"那进不去的叫次品是吧？"

当时我俩都哈哈大笑，现在我却欲哭无泪。

我昏昏沉沉，脑海里却异常清醒地浮现出各种有趣的场景和枯燥的数据，它们像数不清的牛羊漫山遍野。闭着眼睛，眼球却在眼皮底下炯炯有神。

高原上的失眠是一种多么深刻的寂寞啊！

南北极外排第三

第二天一早起来，但觉全身疲软酸痛。一夜无眠之后，胸闷气短，头昏脑涨。

采访对象都约在了下午和晚上，我们决定上午抽空去探访县城东北方向60公里处的普若岗日冰川。柏油公路到了双湖县城便是尽头，再往北延伸便只剩仓促压实的土路，像一条泥鳅游进中国最大的无人区——羌塘无人区。

普通游客很少人听说过这个冰川，但在资深旅行者耳中，普若岗日的名声如雷贯耳。1999年，中美18名科考队员奔赴科学考察从未涉足的唐古拉山西端的普若岗日冰川地区。就是这次考察，有了一个奇迹般的发现：这片面积约420平方公里的冰原是地球上仅次于南北极冰盖的最大冰原。

自从登山以来，普通景观便再也入不了法眼。而今就要前往一睹南北极外排地球第三位的冰原，心中还是比较期待。

出双湖县城北行，“老陆巡”就脱离了柏油路，轧着尘土飞扬的土路，一头扎进一望无际的藏北大草原。行驶在金黄色的草原上，视线随着平缓的山坡缓慢变化。化成冰冻的小溪流在阳光的照耀下熠熠生辉，似精灵一般。越野车翻过一道慢坡，眼前豁然一亮，碧蓝天空下，草原的尽头涌出一列覆满皑皑白雪的大山。

猛然间，一群调皮的藏羚羊顶着修长的羊角，撒开矫健的细腿闯进画面。闲庭信步的藏野驴远远地站定，目送我们离去。如果定睛细看，你会发现土拨鼠在草地上阡陌交通的鼠洞里不断穿梭。

将近3小时的折腾，终于抵达海拔5350多米的普若岗日冰原。

空旷的土地上竖着一块宣传牌，牌上印制了普若岗日冰原的介绍，显示这里是一个景观，但见不到一个人。事实上，今天只是在西藏羌塘国家级自然保护区亚阿木管理站见到了一位工作人员，他照例检查了我们的证件。此后一路上除了我们俩，再无其他人类。

远眺普若岗日，灰白色的冰帽覆盖在绵绵不绝的山坡上，宏大而平缓。难怪叫冰原，而非冰峰。我心里有些失望，见惯了雪山的凌厉，柔和的冰原在我眼里始终缺少些美感。

梁楠郁曾跟我提起，他们正在打造一个羌塘原生态生活体验游产品，以高端团队为主，从拉萨接送，往返7天，带游客观赏普若岗日冰原和野生动物，还可以领略无人区的自然风光，住在牧区老百姓家，体验真实的牧民生活。

“无人区，不是因为没有人叫无人区，是因为人进去了活不下去，才叫无人区。白天在无人区走几个小时就对风景没感觉了，晚上刮大风飞沙走石，主要是体验。我们还设计了一个环节，故意陷车，陷车在双湖很正常。半天救不出来，然后让大家写遗嘱。这是压死骆驼的最后一根稻草，这时候会看到人的真情流露。救出来之后，把这个遗嘱发给个人作纪念品。哈哈……”梁楠郁说完，自己先乐了。他一定是一边说，一边想象着游客到活动结束还浑然不觉那只是故意设计的环节。

“你去过很多地方吗？”我禁不住问梁楠郁。这个比我还小几个月的双湖常务副县长，说起这些援藏设想的时候，掩饰不住脸上的激动。我也有些小激动，难得找到了志同道合的援藏队友。

“除了台湾，全国大部分景点都去过。”

“能有这番见解，要么是你深入地走过很多地方，要么你也是搞户外的，但我感觉你都不太像。”

“对，呵呵，这个我不大行。”

“嗯。”他不是背包客，更没有户外探险的爱好，我不免略感失望。但正因如此，他对旅游的见解更加让我感到惊讶，“那你怎么想到这些设想的？”

“呵呵，都是逼出来的。我分管旅游，每项工作都要有一个突破嘛。看到外地来的旅游车队，我就拦下来，请他们在县里吃个饭，听他们讲感受。最开始是怎么知道双湖的，有什么预期，哪些方面失望，将来应该如何。我一个个地问，综合了很多人的意见。”

我当时指出了一个瑕疵：“刚开始的时候故意陷车确实能带给游客很特别的体验。但是现在网络那么发达，肯定会有人把经历发到网上去，后面来的游客很容易看出那是设计出来的环节，就不会上当了。”

“呵呵……这个事还真没考虑到。”梁楠郁尴尬地笑了笑，“不过在无人区待得久了之后，也会有恐惧感，会想念家人。”

我望着眼前平淡无奇的冰原，突然感到梁楠郁的设想任重道远。

胸闷气短，这是缺氧症状。拍了几张照片便兴致索然，我默默地收起相机上了车。旺玛平措掉转车头，朝着近处的山坡驶去。眼前连车辙都没有，30度倾斜角的山坡上遍布碎石片，然而充满自信的藏族司机全然不在乎，放慢车速，缓缓地轧上了碎石坡。

在这无边无际的天地间，扬起灰尘的越野车是天地间唯一的主宰，性情豪放的司机尽可任意驰骋，路也随着司机的任性随意延伸。

坡顶风大，寒冷更甚，视野要比山脚下开阔得多。但毕竟高度还是不够，我们只能仰望冰原一角。观测手段的落后和地理位置的局限，使我们只能窥一斑而无法见全豹，难以尽享冰原420平方公里的辽阔风光。

最近这11年，我每年都会抽一段时间进藏区登山。“曾经沧海难为水，除却巫山不是云。”登山最大的坏处就是，从此眼中无风景。无限风光在险峰，见识了巅峰的绝美景观和极致体验之后，对于在山脚下远远观赏便难以提起兴致。

我拍了几张航拍便草草了事，卸下无人机。下山的时候，旺玛平措还是控制车速，缓缓下坡。他没有原路返回，而是停在了右首另一处冰原附近。

“跟我来。”他的语气像一个正要讲述秘密的小孩子。我有些好奇，多跨几步，紧跟了上去。

首先跃入眼帘的是孤零零的冰塔、圆圆的冰蘑菇和连绵高耸的冰墙。我终于兴奋起来，拿起相机一顿猛拍。

旺玛平措笑盈盈地看着我。我突然明白，我一直提不起兴致给他带来了压力。看到我终于高兴起来，他也松了一口气。兴许在他看来，这是他引以为傲的家乡，不能让客人败兴而归。

继续前行，眼前突然出现一座巨大的冰洞，其高足有十几米，洞内宽阔可容几十人。巨冰堆积如山，晶莹剔透如人工雕琢。冰块上的纹理复杂有序地交织在一起，像一个多维度的梦境。巨大的冰柱悬空泻下，成排的冰帘四处悬挂。一束阳光穿过冰帘，直透洞中，迷幻不可方物。

旺玛平措掏出早晨在藏餐馆打包的小麦饼，这便是我们今天的午餐。可是在这个梦幻般的冰洞里，一切平淡无奇的事物都像那束穿过冰帘的阳光一样，附着了无比浪漫的色彩。

这也是我许多年以来，对户外探险痴迷上瘾的原因之一。最简单的物质需求，换来的却是最丰盈的内心体验。

穿过冰洞，后方有一条冰道蜿蜒蛇行，通向冰墙的后方。旺玛平措抬脚走了进去，我立马跟上。脚下全是坚硬光滑的冰，一不小心就会摔个四脚朝天。我们没有穿戴冰爪，下脚小心翼翼，走到一处开阔之地停了下来。没有佩戴专业登山装备，不敢再往深处探索。这是一个冰的世界。十几米高的冰塔林在蓝天下闪着晶莹的寒光，包围了我们俩，来时的路似乎也被阻隔。

我打开手机的视频录制功能，旺玛平措见状在冰上跳起了锅庄（锅庄舞，又称为“果卓”“歌庄”“卓”等，藏语意为圆圈歌舞，是藏族三大民间舞蹈之一）。谁知道一脚没踩稳，“砰”的一声闷响摔在地上。

我俩都哈哈大笑起来。笑声回荡在冰塔林里，此时此刻，整个天地只有我和藏族司机旺玛平措。

5000米上第一刀

天杀的！

昨天从普若岗日冰原回来，却发现县城里原来还有另外一家旅馆。最令人气愤的是这家旅馆居然有公共的冲水厕所。

果断换旅馆。

蹲在冲水厕所里，一个人静静享受久违的惬意。冲水的瞬间，我一度恍惚迷离，以为自己正躺在椰林沙滩上，闭着眼睛任凭清风拂面，阳光依依，海浪声“沙沙”作响。

可是，到了晚上我再一次绝望地盯着黑暗中的旺玛平措鼾声如雷，一夜无眠。

我感到很沮丧。

想不到小朱飞刀纵横江湖11年，却在双湖这个“阴沟”里翻船。那些七八千米的雪山算是白登了，4980米的海拔就放倒了我。

连续两晚失眠，人一直处在眩晕和恍惚交错的状态之中。严重的缺氧使人步履维艰，说话也有气无力。

我原本计划在县城多待几天，尽量多接触一些当地人。可是这会儿在同一家藏餐馆里味同嚼蜡地咬着冰冷的小笼蒸包，心里立马作了决定：今天就离开县城，绕行北部乡镇，打道回府。

按照梁楠郁的说法，我顶多算半成品。

匆匆吃完早餐，不到8点，天还没亮，我们就出发了。

离开双湖县城，“老陆巡”拐上土路，继续驶向北部的嘎措乡。拂晓前的严寒空气仿佛也冻出了质感，像大海里的波浪，我们的“老陆巡”就好比一艘舰艇，在5000多米的“生命禁区”破浪前行。

出县城的时候，越野车像一只黑颈鹤悄悄掠过街道。双湖县人民医院的招牌在车灯的照射下一闪而过，医院大楼没有亮灯，人们安心地熟睡在平静的夜色中。

医院是见生死的地方，巴桑与曲德夫妻俩很幸运，抛出的硬币，落下来的是“生”的一面。

女人这几天的行动变得越来越迟缓，但她还是想把家里的活忙完了再考虑住院的事，丈夫巴桑看在眼里急在心头。

这一天也是巧，乡里头一回排查孕产妇。巴桑赶紧替曲德报了名，乡卫生所马上把曲德送到县人民医院住院。

那天18：30左右，曲德突感不适，腹部剧烈疼痛，忍不住哼出声来。巴桑心如刀割，他了解妻子，若非痛到极致，从小在风刀霜剑里长大的雅曲女人是不会喊疼的。

护士赶来，一番检查，又匆匆跑了出去。巴桑只能等待，他紧紧握着曲德的手，嘴里念着经文，心里不断祈祷。

护士没有跑去别的地方，她直接跑向会议室。梁楠郁召集双湖人民医院和中石油援藏医疗队的医生，从中午开始就一直在开会研究手术的可行性。

中石油援藏医疗队22日早上赶到双湖，马不停蹄，高反还没适应，第二天就开始查房。医院目前共有3个孕产妇，其中两个情况紧急。一个是胎儿屁股朝下；另一个是孕产妇宫口太小，胎儿照B超有6斤6两，胎儿大小与产道匹配不佳，脐带绕颈，羊水过少。这两个孩子必须剖宫产，否则母子都难保。众人委决不下，因为手术还有几个难点。

“老百姓心理上可能有障碍。”

自然分娩死了是没办法，传统历来如此，老百姓可以接受。双湖从来没做过手术，更不要说剖宫产手术。做手术要挨一刀，老百姓没见过，很难理解。

“手术室是新的，设备也是新的，没用过，不知道它运行状态怎么样？这里海拔超过5000米，病人的指标会发生什么样的变化谁也预料不到！”

2016年10月20日县城才通了电，手术室新拉电线，做消毒，楼层太矮，无影灯改了挑高才能用。麻醉机是2009年配的，但梁楠郁2016年来的时候包装还没开封。联系厂家来安装，厂家说早停产了，狮子大开口要4.5万元的安装费。花不起这个钱，最后是梁楠郁和医院院长强久卓玛俩人拿着说明书自己装好的。后来又买了点设备，都还没用过。因为气压差异，同样的仪器在高原使用需进行特殊调试，病人在手术中的指标有多大的参考价值？

“凝血功能怎么测？手术割开了还得凝得住啊！没有血型机器没法测血型，万一病人大出血怎么办？县里没有血库。”

检验科主任说：“几十年以前，没有这个机器的时候，那时的人是怎么检验的，这个凝血功能是怎么测的？”他想到一个方法，拿一个玻璃片，滴两滴血，拿针挑一下，有丝的有凝血功能，没丝的没凝血功能。

最近的血库在拉萨，调血肯定来不及。没有备血，等于是把病人架在刀刃上做手术。

“心肺怎么测？也没有这个机器。”

专家们判断，怀孕足月的心肺功能一般都差不了，因为她一个人的心肺要供两个人使用。

“高原上麻醉量要用多少？”

以前没有相关记录，这些都是模糊点。

“没有新生儿护理，那要怎么弄？”

不光生有问题，这孩子出来之后护理也有问题啊。

“电的问题怎么解决？做着手术突然停电可不是闹着玩的！”县里虽然建了光伏电站，但供电不稳定，随时可能断电。

盲点很多，会议上专家们各执己见，问题一个比一个尖锐。

双湖与内地的差距是全方位的，在这等极度落后之地，一台剖宫产手术不啻为一项浩大的系统工程。在内地从未考虑过的细节，在这里都成了天大的困难。一场迫在眉睫的变化让医生们突然意识到，原来一切都得从头开始。

到底要不要在双湖做手术，始终决断不下。但是如果不实施剖宫产手术，产妇和婴儿都将面临巨大的生命危险。

双湖历史上还从未做过手术，之前的病人都是送去拉萨或者那曲市。从双湖出发，无论是到拉萨，还是那曲，最快也得12小时以上。病人死在路上，或者在半路就把孩子生出来的事例也并不少见。

送去拉萨就是听天由命，万一在路上出点意外耽搁了，在那些前不着村后不着店的荒山野岭，产妇和婴儿就只能求菩萨保佑了。

华山天险一条路，要挽救母子生命，医院其实并没有其他选择。

“病人出现宫缩了！”护士冲进会议室喊道。

会议室安静下来，所有的讨论戛然而止。大家都明白，一旦出现宫缩就没有讨论的必要了。送去拉萨的话，12小时的土路颠簸产妇肯定撑不住。

现在只有一个选择，手术。

做手术还有一线生机，不做手术必死无疑。但是第一例剖宫产手术如果失败的话，在老百姓心中的信誉就全完蛋了。决策依旧是个进退两难的过程。

梁楠郁问援藏医疗队队长张彦宗：“有几成把握？”

张彦宗回答:“七八成吧。”

这句话等于没说,一丁点风险都会导致死亡,何况才七八成把握。大家都很担忧,有人好心提醒:“千万不要冒险,要是在县里做手术死了,这矛盾就大了。”

依旧决断不下。

梁楠郁说:“如果有八成把握,我们就不能犹豫了。真出了意外,我来负这个责。”

张彦宗看着梁楠郁说:“风险肯定会有,只要做手术就有风险。我们是来解决问题的,不能因为一点风险就怕了。真出意外,我们一起负责。”

梁楠郁心里一热,油然而生战友的感觉。

张彦宗顿了顿,继续说:“做吧,只能做。咱做好了还能活,一下能救两人,不做真就完蛋了。”

“好,做!”

回到会议室后,张彦宗对医生们说:“大家都看到了,这种情况把孕妇送出去是极不负责任的做法。送出去出现意外,虽然责任不在我们,但我们的职责就是治病救人,推脱责任不是我们的选项。我们现在要做的是想办法,克服困难,尽最大努力让产妇母子平安。”

所有人终于形成一致意见。

手术交给援藏医疗队,由妇科医生霍志平、外科医生杨晓峰和党存曙,以及麻醉医生孟凡浩等7人组成手术团队。

医疗队立即开始手术准备。

手术器械全部须高温高压消毒,但医院没有自来水,群众平时用水都是去湖边取水。事不宜迟,强久卓玛组织医生护士们紧急挑水,气喘吁吁地提到3楼手术室,烧水杀菌,再送入手术室。

同时,征求产妇丈夫巴桑的意见。看着自己女人在病床上强忍着痛苦,这个憨厚的藏北男人没有过多地犹豫,点了点头,在手术同意书上签了字。

进手术室之前,主刀医生霍志平突然扭过头来问梁楠郁:“真的做吗?”

梁楠郁点了点头:“做!不要犹豫,只能做!”

霍志平点点头,转身走进了手术室。

这是双湖历史上的“第一刀”,5000米海拔上的第一台手术。

霍志平意识到自己在创造历史,但产妇的生死压力也传导至他的心里,让人透不过气来。他想起自己人生中第一次上手术台的情形,握着手术刀的手开始发抖。

他稳定了一下情绪,插上氧气管深深吸了一口,集中精力做起手术。所有动作驾轻就熟,但每一个动作却也谨慎无比。这是在5千米的高海拔,与内地的差异谁也无法预料,任何一个小疏忽都可能导致不可控的局面发生。手术室内的场面别开生面，首次来到双湖的3名主刀医生，鼻孔都插着透明的塑料管道，一边吸氧一边做手术。

手术室外的过道上站了许多人，有医院里的病人、家属、牧民老乡。他们没见过手术，听说今晚要剖出一个孩子，都在楼道里好奇地等待。

一个小时后，一阵男婴的啼哭响彻手术室。霍志平把脸上的汗水往护士高博的后背蹭了蹭，紧张的心情平复下来。所有人紧绷的表情终于松弛下来，围观的牧民老乡们黝黑的脸上荡漾起灿烂的笑容。那一刻，时间仿佛停止了，大家都沉浸在无以言表的喜悦中，竟忘了鼓掌，默默地注视护士抱着新生儿从楼道穿行。

又过了半个小时，刀口已缝合的产妇曲德从麻醉中醒来，被推出手术室。

手术成功！

巴桑喜极而泣，曲德的父母举着金色的哈达，深深地弯下腰来，眼含泪水，一个一个给医生们献上哈达。

还有一些细节，很多人都没留意。

手术室外，摆着一台柴油发电机。没通电之前，县城里各家各户标配的柴油发电机，这会儿又重出江湖，全县唯一一位电工守在旁边。这个关键时刻，怕电压不稳，更怕断电，一有状况就只能自己发电。电工曾经是一位军人，习惯了双湖的生活，退伍之后选择留了下来。医院后来又做了几台手术，连续3天，他就一直坐在发电机旁。

县城里，十几名小伙子随时待命。一旦病人大出血，当场献血当场使用。为了避免血液传染，我国的血液管理非常严格，采血、供血都只能通过血站，医院不能现采现用。但西藏只有拉萨才有血库，当时来不及调血，万般无奈出此下策，临时在县里干部职工中招募志愿者。做了3天手术，这十几个小伙子就待命了3天。

2017年8月23日，历史会记住这个日子，这是中国医疗史上有文字记录以来在5000米海拔上实施的第一例急诊剖宫产手术。第二天晚上11点多，第二例剖宫产手术也成功结束。

8月是双湖一年当中最热的时候，但是2017年8月27日这一天，县城里又飘起了雪花。

强久卓玛此时的心情像极了这天气，极度矛盾。帮助了她5天的中国石油援藏医疗队要走了。她心里不舍，既想他们再留几天多看几个病人,再多做几台手术，又担心他们扛不住强烈的高原反应，希望他们赶紧回到内地休养。她已经看到银广悦大夫、李安明主任因为感冒而吃了好几天的药丸了。感冒在内地是寻常之事，但在高原是洪水猛兽，尤其是在双湖，一旦引起肺水肿，随时都有生命危险。

5天前，经过12小时的奔波，17名中国石油援藏医疗队员从海拔3650米的拉萨登上了海拔4980米的双湖县城。刚一下车，几名队员就开始头痛，高原反应来得比想象的更猛烈。入藏以来，全队还没适应海拔就投入了紧张的工作。

经过前期“广而告之”，第二天一早，双湖的老百姓就把县人民医院围了起来。有些牧民更是在附近搭起了帐篷，等着找援藏医生看病。

近一周的时间里，医疗队做了4例手术——两例剖宫产手术和两例胆囊切除手术，创下了中国石油中心医院最高海拔的手术纪录。回忆职业生涯第一次高海拔胆囊切除手术，党存曙说：“一直缺氧，但投入到手术中去，就忘了是不是缺氧了。”

缺氧不可怕，最多就是身体难受。最怕的是缺设备，这给医疗队带来的是心理上的煎熬。8月25日上午，双湖中学校长巴桑顿珠抱着一个晕厥的女孩跑进了心内医生刘涛的门诊室里。刘涛立即把女孩平放在诊台上，由于没有相关手术设备，只能采取简单的急救处理。

“这里的孩子身处高原，不少患上先天性心脏病。”他建议巴桑顿珠，有时间的话还是要带女孩到拉萨做一次彻底的手术。

“看他忙得很累很辛苦，很不忍心。”一直跟在刘涛身边充当翻译的措折强玛乡卫生院村医嘎拉，有些心疼刘涛。刘涛一天看了70多个病人，这是他在内地工作也较少出现的数据。

尽管累，但刘涛觉得很有价值。他在诊断过程中帮助嘎拉学会了一些基本技能，比如量血压、看心脏病。

“胆囊和胃病的区别，现在能分清楚了。”嘎拉说。

这让强久卓玛感到欣慰。

“我们不可能把中国石油的医生们一直留在双湖。他们给我们培养‘医疗的火种’，这是我们未来的希望。”

医疗队离开双湖的前一天，梁楠郁告诉霍志平，他所接生的两个孩子都有了汉语名字。为了感谢党的恩情和中国石油的无私援助，两个孩子的父母决定给孩子分别取名“霍党生”和“霍油生”。“霍”是主刀医生霍志平的姓，“党生”意为因党而生，“油生”则是因油而生。

“此前从未想过和西藏有关系。”已为人父的霍志平笑呵呵地说，“现在，我在西藏又多了两个‘孩子’。”

霍志平或许并不知道，随汉姓是藏族同胞最隆重的报答形式。

超级荒原的动物王国

将近9点的时候，朝阳从天际线缓缓升起。我们赶在光线变亮之前，冲上一处山坡。初升的阳光毫无遮挡地披在山坡上。苍黄的枯草被睡眼惺忪的阳光染成了酒红色，整个山坡像一座无声燃烧的火焰山，眼前的壮美远甚于远处被阳光染成淡红色的雪峰。

严寒尚未褪去，拍了几张照片，手指便冻得僵硬。我们越过山坡，山坡背面地势最低处的土地还沉寂在夜色中，破晓的阳光偶尔照射奔跑的藏羚羊，就像追光灯打在舞台中央的大明星身上一样，生出了耀眼迷人的光芒。

越野车在身后卷起滚滚灰尘，在朝阳的照射下闪着光芒，宛若天上的云朵一般。

眼前横亘着一条冰河。

这原本是一条从山上流下来的河流，拦腰漫过公路，到了冬天被冻成了冰。要往前走，“老陆巡”必须从四五十米宽的冰河上轧过去。

怎么办？我心里打鼓。

一般情况下，雪地行车还是比较安全的。积雪主要由雪粒组成，新下的雪绵密柔软，摩擦力比较大。在酷寒天气里，绵雪被冻成坚硬粗糙的雪粒组合，摩擦力就更大了。

但冰面就完全不一样了。

我曾经攀过冰，吃过冰的苦头。冰是由水直接冻结，表面保留了水的光滑晶亮。人踩上冰面，寸步难行，随时都会摔跤。攀冰的时候必须在鞋底配戴冰爪，冰爪通过脚底的金属尖齿刺入冰面来保持稳定。

汽车轮胎轧上冰面跟我们人类穿上登山靴踩上冰面的道理是一样的。最大的区别是我们只有两只脚，不能保持平衡，但汽车有4个轮胎，平衡性好，只要侧滑不剧烈，便不至于翻车。

驶近冰面，旺玛平措下车仔细观察冰况，然后伸脚踩上去，试了试冰面的湿滑度和硬度。

旺玛平措凝望远方，略一迟疑，把挡位切换到手动挡，拨到一挡，控制车速小心翼翼地轧上冰面。

我有些担心。坡面虽然平缓，不至于有危险，但如果滑下山坡，在这前不着村后不着店的野外却很麻烦。

车轮缓缓地行驶在坚硬的冰面上，仔细辨别偶尔也能察觉侧滑的细微迹象。行到一半，望出车窗外，冰河沿着右首山坡向上延伸至几公里外。不由暗呼侥幸，假如冰河融化，这么大的水量，想要安全通过只怕风险更大。

但最终，我们安全到达冰河对岸。

太阳普照，大地渐渐回暖。土拨鼠开始从密密麻麻的鼠洞里探头出来活动，远远地望见野牦牛散落在山坡上。这片土地虽然很少人类居住，但各类野生动物呈现出勃勃生机。

我下车解手的时候，突然发现百米开外一只可疑的动物在草坡上奔跑。

是流浪狗吗? 个头比狗小。

狼? 不太像。

猫? 也不是, 比猫大。

它突然站定, 回头望着我。小耳朵警觉地竖立起来, 脸部上窄下宽, 几乎是一张国字脸, 眯眯眼睛; 拖着一条松鼠一样的拂尘尾巴, 一身棕黄色的皮毛, 几乎与枯草同色。

"狐狸!" 我灵光一闪, 脱口而出, 激动地解下肩膀上背着的相机一顿猛拍。小动物愣了一下, 突然转身向山坡上快速跑去, 转眼间便已消失在枯草中。

我打开相机放大照片给旺玛平措看。

"这是草狐狸。" 旺玛平措说, "草原上很多。"

我得意扬扬, 既为自己的精确判断力沾沾自喜, 也为没有机会近距离拍摄感到遗憾。这是我人生中第一次看见狐狸。

双湖简直是一个动物王国。在这片广袤的土地上, 人类是少数派, 野生动物才是真正的主人。这里的野生动物绝大多数是国家一、二级保护动物, 具有极大的观赏和科考价值。

我对藏羚羊的了解还停留在电影《可可西里》的印象中, 以为它们已经濒临绝迹。可是眼前这片一望无际的大草原, 成群结队的藏羚羊随处可见。我们无意惊扰这些美丽的精灵, 但只要一靠近, 藏羚羊就会迅速掠过草原向附近的山坡急驰而去, 似乎我端着的不是单反相机, 而是枪支。这些精明的藏羚羊似乎遗传了在人类枪口下幸存的前辈的基因, 对我们这些不速之客怀着天然的不信任。为躲避盗猎者那些黑洞洞的枪口, 电影中的藏羚羊唯一对策就是逃跑。

旺玛平措驾着"老陆巡" 奔驰在纵穿荒原的泥土公路上。一群藏羚羊像是找到了比赛的对手, 远远伴随着"老陆巡" 在草原上撒腿奔跑, 故意跟我们赛起跑来。我乐了, 摇下窗户吹着口哨哇哇大叫, 仿佛远处的藏羚羊是一群年轻貌美的女子。

如果这个时候从空中俯瞰, 会看到一个有趣的画面。"老陆巡" 不服输, 老夫聊发少年狂开足了马力, 裹挟着一条灰土巨龙, 气势汹汹地在天地间滚滚向前。雪后初霁的地平线上, 成群结队的藏羚羊井然有序地排成几列纵队, 奔跑的姿势优美得像飞翔一样。它们的赛跑似乎并不是为了与我们比高低, 疯跑一阵兴致尽了便四散而去, 友好地看着我们远去。

虽然同属我国特有的濒危动物, 但藏羚羊不同于大熊猫, 它是一种优势动物。精灵一般的矫健身材, 轻盈优雅的跑姿, 会让你相信, 它能够在这片土地上生存数千万年。它不是一种自身濒临灭绝、适应能力差的动物, 只要人类不伤害它, 它就能永无止境地繁衍生息下去。

有关藏羚羊的话题, 最有意思的莫过于集体迁徙和恃强交配。

藏羚羊每年有2次大的集体迁徙, 每次迁徙时间、地点和内容都是固定的, 其高度的组织性和准确的时间计算让人吃惊。第一次迁徙是每年藏历四月的羚羊产羔季节。母羚从草原的四面八方不约而同地奔赴无人区深处的固定地点产羔育幼，在返回途中数千只羚羊集体上路，浩浩荡荡，蔚为壮观。第二次迁徙是每年藏历九月底到十月初的交配季节。此时，藏羚羊们不约而同地汇聚到荒漠地区。公羚们到达之后，为了多争夺一些母羚，首先要与对手决斗。胜利者可与数头或者数十头母羚交配，失败者则只得流落他乡。母羚产羔育幼的全过程，公羚都不参与。公羚在发情的时候并不专一，交配完以后也不负责，可以说是薄情的“渣男”。

如果说藏羚羊是精灵，那藏野驴则是从容儒雅的“道家方士”。身体毛发以灰白和淡黄为主，色调与草原融为一体。或三五成群，或踽踽独行，总是远远站定，镇定自若地看着我们远去，一副与世无争、不为所动的神态。

最后的人民公社

眼前的世界仿佛一个巨大无比的迷宫，阻断道路的不是城墙，而是绵延不绝的山脉。前行的路愈加模糊，到了后来干脆没有了路，只剩草原中气若游丝的车辙。在这种地方导航是没有用的，因为大部分地区没有手机信号，除非提前下载好离线地图。但即便这样也不保险，因为有些地方连GPS信号都没有。旺玛平措却无丝毫犹豫，一会儿向左拐，一会儿向右拐，越野车在无边无际的荒原里奋力冲突。

10：50左右，路旁出现一个十几平方公里宽的冰湖。银灰色的冰面，平整得像光滑的镜面一般，只是靠近岸边的区域留有一溜雪白的褶皱，兴许是湖浪在翻涌的那一瞬间被冻住了。

“上面能走人吗？”我好奇地问旺玛平措。

“可以的，开车都可以。”

“哇！”我惊叹着，“那我们下去走走吧。”

旺玛平措缓缓地停在路边，他开车总是很稳重。我迫不及待地冲上冰面。冰面没有想象中滑溜，因为覆盖了一层薄薄的灰尘。走近了才发现，冰面其实更接近土地的颜色，刚才在车上看到的银灰色是阳光反射的缘故。只有裂缝处才能看到冰雪颜色，裸露的冰层厚达十几厘米，看起来底下还有更厚的冰层。

10分钟后，天际线浮出一排房子，嘎措乡到了。

今天，我们从双湖县城向北沿着一条2003年建成的沙石土路，翻越了70多公里的高山草原。偶尔路过一两个放牧点，牛羊成群，忙碌的牧民在帐篷里升起袅袅炊烟，给苍茫的草原增添了一点人间烟火。

走进嘎措乡，首先映入眼帘的是一排排整齐的藏式安居房以及学校、卫生所、太阳能光伏电站和小型活动广场。在雪山、湖水映衬之下，这些现代化建筑与高耸的电信铁塔交相呼应，蔚为壮观，加上在湖边觅食的藏羚羊，构成了一幅人与自然和谐相处的美丽画卷。

七八辆拖拉机四散停在活动广场中央，地上倾倒了许多牛粪干，村民们推着手推车过来领取统一分配的牛粪干。在高原牧区，藏族人将牛粪作为燃料已有千年历史。世代生活在高原的牧民用牦牛粪盖房子、围炉子、搭狗圈，甚至在冬季当成储藏鲜肉的“冰箱”。牛粪还可以在冬季的冻土层上用作拴牛的地桩、治疗牦牛或者马驹的眼药，或者作为孩子们在冰冻的河床上玩耍的玩具。

“没有牛粪的日子是我们自我遗失的日子，是给我们生活带来灾难的日子，也是我们与大自然为敌的日子。”这是牧民兰则为他所拍的纪录片《牛粪》写的简介。

到达的时候恰是中午，嘎措乡党委书记白马久美在自家房间招待我俩。一盘藏式小面饼子和一盘白煮牦牛肉，边上搁着一把切牛肉的匕首，基本上这就是在西藏下乡的标配。

饼子刚烙出来的时候味道很香，凉了之后却只能磨牙口。我看中一块牦牛骨，骨瘦肉薄，姿态撩人地躺在盘子中央。说时迟那时快，趁旁人尚未留意，探手抓起，一口下去却后悔不迭。我怎么也没想到肉里藏了许多筋络，众目睽睽张嘴搁下牛骨已不礼貌，骑虎难下之时我当机立断，气沉丹田，“降龙十八掌”运气撕扯，终于象征性地咬下一块。“吧唧吧唧”咽下去，可终究留了一块牛筋卡在牙缝里，舌头使出浑身解数，“乾坤大挪移”“化骨绵掌”……任尔东南西北风，牛筋自岿然不动。

此后白马久美滔滔不绝介绍情况，我紧闭嘴巴，只是象征性地点点头，适时地“嗯”两句表示赞许，生怕一张嘴就露出牙缝里迎风招展的牛筋。

“嘎措乡最大的特色就是人民公社。”白马久美是1983年生的山南藏族汉子，2006年来到嘎措乡，一待就是十来年。比我小3岁，样子看起来却比我苍老了一轮。

“这些草地、牛羊，是我们大家的，集体的。”白马久美说。乡政府所在地叫玛威容那村，在这个西藏海拔最高的乡村，123户家庭578名村民一同劳作、生产。记工分，分口粮，统一分配收入……这些20世纪六七十年代人民公社时期流行的镜头，对中国其他地方来说，早已成为历史的记忆。但在嘎措乡，这些不是历史，而是活生生的现实。

嘎措乡地广人稀，自然灾害频繁，保留人民公社制度也是源于生存需要。1982年，西藏和全国其他地区一样取消了人民公社制度。嘎措乡举行了历史上第一次全民投票，大家一致认为，面对严酷的自然环境，单个的牧民都很脆弱，只有集体抗灾才能生存。大家都同意保留人民公社制度，由此成为西藏至今唯一施行人民公社制度的乡镇。

2016年嘎措乡人均集体分红就与西藏人均收入最高的林芝地区（含政策性收入）几乎齐平。2017年全乡人均现金收入达19461元，其中集体各项分红所得为12125元，占纯收入的63%，其他都是政策性收入。

对于嘎措乡的牧民来说，一年四季当中最高兴的日子，并不是年终分红，而是入秋剪羊毛的那几天。每到此时，所有人聚在一起，一边剪羊毛一边唱歌，剪完了还要举行体育和民歌比赛等娱乐活动。大家宰牛羊，吃上当年的第一块新鲜肉，做酥油、奶渣，喝青稞酒，男女老幼一起分享最丰盛的食物。在藏北脆弱的生态中，牧民们探索着与冰雪、野狼的共处方式，也探索着与他人相互支持的方式。

“自然环境会严酷到什么程度？”对于双湖的一切，我都感兴趣。

“这个地方十年九灾。”

“一般是什么灾害？雪灾吗？”

“主要是风灾。八几年的时候，在一个产盐的湖，沙尘暴嘛，风大得很，迎着风走不动嘛，只能顺着风的方向走。能见度很低，结果放羊的人和1500只羊全掉到湖里没了……还有野生动物肇事。夏天棕熊多得很。又不能伤害它们，只能撵出去。”

“你见过棕熊吗？”

“哈哈。”白马久美笑着说，“见得多了。”

“最开始是用照明，把它们吓走。这几年不管用了，现在老百姓在村头摆放音响，整晚整晚地放。

“威胁最大的还是野牦牛。深冬季节野牦牛都上山了，比较难看到。秋天是野牦牛的交配季节。它们会混入家养牦牛群中谈情说爱，霸占母牦牛，家养公牦牛敢怒不敢斗。整个牛群都会瘫痪，奶也挤不出来，影响很大。

“有时候野牦牛还要强行带走母牦牛，牧民们便与野牦牛发生争斗。野牦牛体格强健，生性凶猛，作风霸道，是地地道道的‘羌塘霸王’，经常听到牧民死伤的消息。”

双湖所在的羌塘地区正在经历全球最剧烈的气候变化：气温上升、降水波动、极端天气增加。这些变化，为高度依赖当地生态资源的人类社区和野生动物带来重大挑战。

超级荒原虽然不适宜人类居住，却极适合珍稀动物生存。这里是天然的野生动物园，生存着大批国家一级保护动物。野生动物受到保护后，繁殖速度很快，进而与家畜争草，还不时传出野生动物伤人的消息。

到底是野生动物与家畜争草，还是人与野生动物争地盘？是动物伤害了人，还是人挤占了动物的生存空间？这个问题一时难以说清。

客观地看，这里原本就是野生动物的地盘，人类的介入打破了这里固有的生活秩序，从而产生了一系列不可调和的矛盾。为了生存，这里的居民只得在自然环境中越发奋争。他们在逐渐萎缩的优质草场上，扩张牲畜、建设围栏、发展道路，而这进一步增加了野生动物的生存压力，包括栖息地丧失、基因退化，以及疾病风险。

在这场似乎正日益加剧的人兽冲突中，其实没有赢家。幸好当地政府正在努力改变这一状况，羌塘国家级自然保护区已正式成立。双湖县委书记杨文升告诉我，政府已经启动高海拔生态搬迁工程，计划把雅曲、嘎措、措折强玛3个乡镇整体搬迁至山南，把这片广袤的北部地区全部让给野生动物。

1974年，为了缓解畜草矛盾，嘎措的牧民们听从上级政府指示，在老白玛书记的带领下，怀着人定胜天的坚定信念，克服艰难险阻，从申扎县徒步400多公里，历时3年搬迁到这片“无人区”。

从此人类的足迹开始在荒原里延伸。

毋庸置疑，从当时的社会背景来看，这种行动无疑是一大壮举。我们无意用今天的标准和理念去评判过去，但从理性的角度去思考和探讨问题，也正是为了双湖更加美好的现在和未来。

双湖县在羌塘自然保护区的腹地，虽经多年努力，但至今仍有贫困人口3681人，占了全县总人口的26%。

与其下大力气解决这些问题，不如换一个角度思考，退一步海阔天空。把人兽矛盾最突出、人类生存环境最恶劣的北部地区让出来，羌塘的野生动物及人类“居民”或许都能重享往日的宁静。

“生活会越来越好的。”如今嘎措将再一次经历搬迁，新的落脚点在山南市贡嘎县的农区，白马久美已经瞥见了美好生活的样子。

告别白马久美，我终于有机会捣鼓牙齿。牙缝里的牛筋成功解困，我松了一口气。但窗外铺天盖地的荒野却又让我如鲠在喉，无法释怀。我想起昨天下午，在杨文升的办公室一直坐到天黑，听他讲述双湖的故事。

县委、县政府办公大楼是双湖县当之无愧的最高建筑，据说站在最高一层就能感受到5000米海拔的刺激感。说是最高建筑，其实大楼一共就4层楼高。第四层是会议室，每逢开会，一众官员爬到3楼都要停下来歇一会儿。终于在4楼会议室坐定，一群人眼冒金星，气喘吁吁，谁也说不出话来，调顺了呼吸才能开始会议。

在这个会议室，谁也不愿意开长会，因为话说多了会缺氧。

杨文升在第二层，办公室里居然像普通藏族老百姓家一样，摆着一座藏式铁皮炉子。炉子上正烧着一壶水，采访2小时，铝制水壶却从未沸腾得发出“嗤嗤”的声音，这里的沸点大约只有85℃。房屋没有空调，取暖全靠这座铁皮炉子。墙上挂了两个简易制氧机，“咕噜咕噜”冒着水泡。

“海拔达到一定高度后，根本没有适应这一说法。”杨文升来双湖之前，曾在那曲县和尼玛县任职。来到双湖算是达到人生巅峰，他终于可以放心，再怎么调整职务也不用担心了。

因为全中国没有比双湖更高更苦的县了。

“时间越长越不行，身体损耗越来越大。记忆力减退非常严重，说话的时候，下句不接上句，经常忘词。”当地干部也抵挡不了极高海拔的长期缺氧，南部乡镇的干部在县城开完会一般都会在当天赶回去，他们认为能在县城里少待一会儿是一会儿。

县城的极度寒冷也令人难以忍受。为了驱寒，办公室都准备了铁皮炉子，可是房间温度上升之后，空气遇热膨胀，缺氧更加严重。真是冷亦忧，暖亦忧。

“除了身体上的损耗，思想上的落伍更严重。在这里，你会感觉与其他地方完全脱节。我们以前每次去那曲出差，到了之后首先要去商场转一圈，买一套新衣服。否则一身上里土气，别人一看就知道我们是从双湖出来的。”杨文升嘴唇乌青黑肿，“只有回去休假的两个月，人才会稍微变白变胖一点，但保质期也只有两个月。”

“县里稍微好一点的设施都是中石油援建的。道路硬化、路灯、政府办公楼、卫生所、宾馆都是援藏修建的。”

杨文升是藏族人，当年家里几兄弟都是被汉族医生救下来的。为了报恩，父母让儿子们都取了汉姓。兄弟们全部在西藏政府部门工作，为家乡奉献自己的力量，职务最低的现在也是副县长了。其中有一位兄弟在我的挂职地——林芝任副市长，这让我又多了一分亲切感。

半个小时后，车窗外再次出现一湾冰湖，湖边坐落着几排灰色的土坯房。

瓦日香琼村到了，嘎措乡的另一个人民公社村庄。

人类总是尽量寻找临水的地方栖居，但眼前这湾湖水也已经全部结冰。“大约在冬季”的季节每年只有两三个月，其他时间都是严冬，村民们的生活用水只能靠破冰融水。幸好这个村庄也在整体搬迁之列，过上安稳生活指日可待。

村庄里炊烟袅袅，偶尔能见到三三两两的村民在巷道里晒着太阳，小孩子在门口嬉戏。这里几乎已是藏北最接近羌塘无人区的村庄，但因为人民公社的集中生活方式，反而比路上遇见的许多村庄显得更有人气。

我们没有停留，穿过村庄，继续前行。

5000多米的海拔高度使青稞无力结籽，树木无力发芽。在无边无际的草原上，我们看不到一棵树，一株庄稼苗子。然而，大自然的造化却让这里生长出另类的美。

这里是高原上的高原，是世界独有的超级荒原。长空万里，碧蓝如洗，无半分杂质，荒原在这片广袤的土地上表现得淋漓尽致。

但这片荒原又星罗棋布着400多个湖泊，星星点点的湖泊以其特有的柔情润泽着万里草原，无私的大草原以其宽广的胸怀和汩汩乳汁养育着野牦牛、藏野驴、黑颈鹤、藏羚羊、熊、獐、豹等多类野生动物。

我陶醉在这片自然和谐的乐土。

一片空阔的沙地上出现一个黑色目标，远看像一架黑色的牛毛帐篷。“老陆巡”渐行渐近，这座黑色“帐篷”突然站立起来。

旺玛平措惊呼：野牦牛!

眼前的这头野牦牛足有两头家养牦牛大。“老陆巡”离它尚有100多米，高度警惕的野牦牛已是鬃毛竖起，怒目而视，随时准备向我们发起最猛烈的攻击。早就听说过野牦牛抵翻车子之事，今日一见，确信无疑。

为了让我近距离观察这个庞然大物，旺玛平措驾车慢慢靠近。野牦牛愈加愤怒，后蹄撅地，尘土飞扬，突然向我们的车子冲来。旺玛平措见状，加足马力掉头急撤。见我们退去，野牦牛又顿足站定，大有一夫当关，万夫莫开之势。

无奈之下我们只好偏离公路，拐上草坡，绕道前行。

车行约30公里，山谷之中又出现一群野牦牛。这些野牦牛通体纯黑，无一根杂毛，气势嚣张。旺玛平措知道我意犹未尽，驱车靠近。与刚才的情景不同，群牛狂奔，直上山巅。突见牛群中一头小牛落伍，且差距越拉越大。追近细看，原来是混在野牦牛中的一头花色家养母牦牛。这头家养母牦牛不但体积不及野牦牛一半大，而且体力也远不及野牦牛，只得喘着粗气放弃奔跑。

“它大概就是野牦牛到村里掳掠的‘压寨夫人’吧？”我突然想起白马久美提起的野牦牛之害，不由得哈哈大笑起来。

旺玛平措也乐了。

去往措折强玛乡的路上我问旺玛平措：为何单独一头野牦牛能横行霸道，而一群野牦牛却集体逃跑?

他解释说：“一群牛遇到攻击，其中总有胆小的，只要一头牛逃跑，其他野牦牛就跟着逃跑了。而只有一头野牦牛的时候，它没有退路。”

措折强玛乡也是双湖计划整体搬迁的北部3个乡镇之一，人口没有嘎措乡集中，村子里见不到几个村民。我们在措折强玛乡一家牧民开的藏餐馆匆匆吃了一碗面。

虽然搬迁还未正式开始，但是随处可见的藏野驴、藏羚羊，流窜在草原的土拨鼠和散落在山坡上的野牦牛，无不显示野生动物早就已经是这里毫无争议的主人了。

“高海拔生态搬迁”是双湖人尝试的集体撤离，这种撤离是为了缓和人兽冲突，让牧民拥有更适宜的生存环境，也还给野生动物一个更广阔的繁殖空间。而其他的个别撤离行为则显示出当地政府“以退为进”的意图。

离开家乡才是唯一希望

新校服是蓝色格子纹裙子，这让巴桑卓玛和斯曲卓玛喜出望外。俩人互相帮忙扣扣子，把裙子整理利索。两人嘻嘻哈哈、互相打闹，高兴得合不拢嘴。

这是她俩人生中第一次穿裙子。双湖太冷，夏天也随时会下雪，她们没有机会穿上漂亮的裙子。

“我们到拉萨上学了！”2017年8月31日，双湖12名小学生走入拉萨北京小学，成为四、五年级新生。

没在双湖待过的人无法理解孩子们这句话饱含的辛酸。羌塘，对于探险者来说充满了挑战，是一片难得的乐土，但对于世世代代生活在这里的当地人，却是一场永远也醒不了的噩梦。

比江苏一个省还要大的地盘，却只生活着1.4万人口，这个地方显然并不适合人类居住。所到之处，整个县无不弥漫着一股绝望的气息。这片荒原实在太大了，也太远了，人们知道自己永远也走不出去，只能世世代代面朝黄土背朝天待在这个地方。电影《流浪地球》里提到，对于即将毁灭的地球来说，“希望是像钻石一样珍贵的东西”，这句话同样适用于双湖。

双湖学生的失学率特别高。每年有200多名初中毕业生，但考上高中的只有寥寥几人，更不要说去拉萨和内地上学了。这么多年来，双湖考上内地西藏班的人数始终惊人地保持零的纪录。

学生看不到出路，哪会有学习的动力？读书能有什么用？在双湖首要问题是活下去。但双湖要真正实现长远发展，人的素质一定要提高，把当地干部和教师培养起来，才能积蓄自我发展的能力。在梁楠郁看来，双湖教育的核心问题是没有让人看到希望，所以当务之急不是提高教育质量，而是要提高大家对教育的信心，留住学生。

梁楠郁决定要找准突破点。

2017年双湖尝试“借鸡下蛋”，启动借读计划，从全县选拔基础较好的25名孩子送出去上学。其中两名学生送到北京，其他23名送到拉萨，部分费用由中国石油援藏资金承担。

孩子们出去之后，尤其是两个孩子被送到北京，在双湖掀起了一阵风暴。人们口口相传，“谁谁谁家孩子去北京读书了”，都在打探下一批的选送计划。

“只要你考到第一名，不管你多少分，就把你送到北京去读书。”人们开始相信政府当初作出的这句承诺，家长和孩子们多了一个盼头。

“借鸡下蛋”收到了初步效果。

但梁楠郁心里明白，送出去只是第一步，留下来才是真正的考验。

矛盾在期中考试集中爆发了，班主任绝望地把送去北京的两个高中孩子的试卷递到校长手上。

数学4分，英语12分……

“实在没办法教啊！”

校长紧紧盯着试卷，许久没有出声。这几乎是灭顶之灾，虽然早有心理准备，但孩子的成绩还是远远超出了他的想象。他一手拿着两个孩子的试卷，一手拨通了梁楠郁的手机号码。

“这该怎么办啊。”

“都走到这一步了。”当初求人家学校接收孩子的时候，梁楠郁就知道这一天迟早会来，他步步为营，“首先，肯定不能退回来，这是政治问题。”

最后形成共识，没办法教也要教，先树信心，再提成绩。老师们灵机一动，除了平时安排单独辅导，第二次考试的时候偷偷给这两个双湖孩子单独出了一份试卷，结果两人都考了个七八十分。孩子的信心得到极大提高，学习的动力也越来越强。

这25名学生犹如25颗种子，埋在了双湖其他学生的心里。“我们都有机会走出双湖，去北京和拉萨读书”，学生们兴奋地奔走相告，希望像春风一样在双湖贫瘠的大地上吹过。

其实，最初感到绝望的何止是学生。5200米的雅曲乡，是双湖海拔最高的一个乡镇。这么一个穷乡僻壤之地，居然还有一个医学专业的大学生。

“这是个人才啊，放在乡里不是浪费了吗？也没几个病人，调到县人民医院吧。”

但大学生却不愿意来县里。

“为啥？”

反正不想去。

梁楠郁百思不得其解，侧面去打听。情况很快就摸了上来。别看这位大学生学历高，但在雅曲乡口碑并不好。非但不好好给老百姓看病，还经常找不到人。工作不肯做，轮岗也不去。

“西藏最苦是双湖，双湖最苦是雅曲，我现在已经到了天底下最苦的地方。我好好干，无非就是在双湖调来调去，还不如彻底破罐子破摔，谁都看不上我，一脚把我踢出双湖。”这是那位大学生的原话。既然正向的路开不了，他就反着走。可怕的是，这并不是他一个人的想法，而是相当一部分双湖干部的思路，整个双湖县一盘死结。

西藏的公职岗位录用人员，都是考完试后统一分配，唯独那曲采取抽签的方式。如果不幸分到了那曲，只要不是双湖，那就是不幸中的万幸。谁也不愿意去双湖，抽签最公平。

江湖人道：一入双湖，万劫不复。

“借鸡下蛋”是第一步，如果不能实现双湖自主考上西藏内地班零的突破，毕竟还是治标不治本。这个零的突破才能真正提起双湖教育的信心，才能真正给双湖的教育带来希望。

梁楠郁决定在自力更生上寻找一个突破口。他在双湖中学每个年级都组建了一个重点班。义务教育阶段是不适合搞精英教育的，但双湖情况特殊，必须树立榜样的示范作用。把好学生放在一起后，还得把好老师集中起来。

这一点，梁楠郁感触极深。2016年，整个双湖县200多名初中生毕业，考上高中的却只有7人。梁楠郁看着这组惊心触目的数据，心里反复思考，问题出在哪呢？

他决定亲自去学校听课。

这一天，梁楠郁碰到的是一堂物理课。任课老师是全县唯一一位物理专业的老师，他的物理水平就是全县的最高水平。课堂上讲的是内能，内能是由分子的动能和势能叠加在一起形成的……

物理老师在讲台上"哒哒哒"讲了老半天。下了课，梁楠郁问老师："老师你说，一块冰它有没有内能？"

副县长的提问让物理老师额头上渗出汗珠，他迟疑了许久，答不出来。

"哎呀！"梁楠郁愁得慌，心里重重叹了一口气。老师在台上讲课的时候，梁楠郁就发现他照本宣科。他都听得一头雾水，孩子们更不可能听明白。

"所有东西都有内能，只是多与少而已。"梁楠郁心里自问自答，表面上却不动声色。随手翻了翻老师们的课本，居然跟学生的一样，教过的课程，页面是旧的，没教过的就是新的。

梁楠郁想起一个场景。小升初的时候，他去巡查考场，警戒线外居然没有一个家长。这让他很不习惯，这要是在北京，早就是人山人海，翘首以望了。他很纳闷，问老师为什么没家长，老师回答说牧民家长教育意识淡薄。

后来，梁楠郁得知嘎措乡有一个孩子在韩国留学。他特意去探访孩子的家庭，家里藏式柜子上摆满了这个孩子从小到大的各类奖状。去的那天，姐姐在家。梁楠郁问她："你们几个兄弟姐妹？"姐姐掰着手指迟疑不定地说："9个么？10个吧。"梁楠郁又问："你是不是有个弟弟在韩国留学啊？"她马上点头，说："是的，是的。"姐姐提起弟弟的时候脸上充满了自豪。

这两个现象反差很大，但恰恰说明一件事，老百姓对教育是在乎的。考场周围没有家长，不是因为家长不重视教育，而是因为双湖的教育没有让牧民家长看到希望。孩子上了9年学，连高中都考不上。而且上学以后，也不愿安心放羊了。个别孩子在上学的时候还学了一身坏毛病，抽烟喝酒。

这种学不上也罢。

梁楠郁明白了那串难堪的数据是怎么出现的了，就这种教法，哪有希望？

必须把好老师集中起来！

——但好老师都不肯来。

那就提高奖励。放出风去，只要一个孩子考上西藏内地班，就奖励3万元。

——但还是没有老师愿意来。

那说明钱并非老师们最关心的问题。梁楠郁于是组织老师们一起座谈，座谈了很多次，大家都不说话。

后来，终于有一个老师怯怯地问："真的要说实话吗？"

"说实话，你就告诉我，你最想要什么？"梁楠郁诚恳地看着那位老师说。

最后，大家的意见只有一条，两个字：调走！

"调哪去？"

"调哪里都行，只要离开双湖！"

这是老师们唯一的愿望，能自己走的，早就八仙过海各显神通想办法调走了。

老师们想要苹果，你却给个梨，积极性是调动不起来的。梁楠郁意识到优先评职称、提拔使用等老套路只能隔靴搔痒，要把老师们的信心提上来，必须直切要害。政策很快下发：只要所教课程成绩从目前的倒数第一排进那曲全市前5名，同时实现西藏内地班零的突破，奖励3万元，政府帮忙调离双湖。

这是一个反其道而行之的做法。表面上看双湖损失了最优秀的老师，实际上却恰恰因为放弃了极个别人才而调动了绝大部分普通老师的积极性。"树挪死，人挪活"，大家都有奔头，可以凭自己的本事离开双湖。老师有了积极性，学生的成绩也自然会提高。原来的局面是旧的人走不了，新的人更不愿意来双湖。出口打通了，双湖便会慢慢成为更多人的考虑。

这是一个捡芝麻还是捡西瓜的选择。

张志萍是多年来唯一一位自愿去双湖的大学生，她说："地区教体局说双湖没有一个专业英语老师，鼓励我们到双湖去。"张志萍刚好是英语专业，"就想着或许自己可以做点什么。"

让梁楠郁意外的是，呈现在他面前的是一张清秀的脸，24岁的张志萍戴着黑框眼镜，大波浪长发，打扮时尚。这个昆明姑娘内心如此强大，配备的却是柔弱乖巧的外表。

"你爸你妈知不知道你在这？"梁楠郁问。

"知道在那曲，但不知道我在双湖。"张志萍答道。

"你爸你妈支持吗？"

"他们一开始很不理解，但看我那么认真地做一件事情，慢慢地也就默认了。好长一段时间，学校的老教师跟我开玩笑，都说我当时是不是傻。"

"那你怎么想到要来双湖？"

"上学的时候就听说有个叫双湖的地方特别苦，自己刚刚毕业，到条件艰苦的地方可以更多地实现自身价值，也可以磨炼磨炼自己。"

"在这里，你感到最难的是什么？"

“嗯，最难的就是放假的时候出不去，放完假回不来。”

双湖只有一辆班车，夏天一周三趟，冬天一到两趟。而且西藏规定每辆大巴车不能超过19人，除了司机和随车警察，一辆车只能坐17人。放假的时候，老师们都要外出，比内地的春运还紧张。

其实还有些难处，年轻姑娘还没来得及体验。当地人说，双湖连乌鸦都是公的。没有女人愿意来双湖，汉族干部在这里找不到伴侣。

“后悔吗？”梁楠郁心里有些矛盾，他仿佛看到一朵刚刚绽放的鲜花，将要在荒漠中慢慢枯萎。

“不后悔。”张志萍淡淡一笑。

但是4年之后，张志萍或许将是这个调动政策的第一个受益者。

张志萍在西藏大学读了4年本科，对那曲的情况早有思想准备，但双湖的艰苦程度还是超出了张志萍的想象。简陋的生活条件并没有吓倒她，让她烦恼的是高反。幸好症状并不严重，年轻人恢复也快。

一年之后，情况变得越来越严重。记忆力严重下降，天气不好的时候缺氧会更厉害，身体反应明显迟钝；连堂上课的时候容易虚脱，身体颤抖，头痛无力，脑子空白，呼吸困难。最近两年一到变天膝关节就会疼痛，身体免疫力也严重下降，感染了扁平疣。

“医生让我多运动，多锻炼，提高身体抵抗力。但双湖海拔太高，平时走路都呼吸困难，实在是不敢高强度运动。”体检说是红细胞增多，血粘度增高，血尿酸也有些高。医生建议不要在海拔太高的地方久待。

“在双湖待了这么几年，其实是很有感情的。我确实很感谢双湖中学，条件是比较差，但我在工作和生活上得到了充分的锻炼，明显感觉到了自己的成长。双湖的孩子虽然调皮，不太爱学习，但特别质朴。”但身体状况持续恶化，让张志萍感到害怕，“爸妈很担心，毕业之前他们就不同意我留西藏工作，我又是家里的独生女，所以还是希望能够调动吧。”

我理解她的选择。

“反正都是那曲，去哪都一样。我还年轻，身体也好，又是在云贵高原长大的，应该不会有什么影响。”张志萍4年前在分配志愿表填上“双湖”的时候，一定是一副初生牛犊不怕虎的样子。

我心里想，如果张志萍选择继续留在双湖，兴许是个不错的宣传典型。可是，在我内心里，我希望她离开。我原本想在双湖多待几天，多接触一些当地人，可是连续两晚失眠后，还是落荒而逃。我是一名高海拔登山运动员，11年极限攀登锻炼出来的身体和意志尚且无法忍受，何况是一个大学刚毕业的年轻女孩。张志萍坚守了将近4年，比我勇敢得太多。而且，她的离开，会给整个双湖县的老师带来希望。

解决了出口的问题，希望的种子很快就结出了果子。2017年出台老师调动制度，2018年就有3个孩子考上内地西藏班，成功实现双湖历史上零的突破。张志萍作为他们的班主任和任课教师，也有望调离双湖。

“当年选送25个孩子出去读书的时候，没有家长来，也没人关心。这3个孩子考上以后，等我再下去选孩子的时候，本来只需挑两个，却来了12个家长，都在那杵着，质问我们，为什么不选我家孩子？这个时候他们都来要公平了，说明大家的积极性调动起来了，哈哈……”梁楠郁得意地笑了，“‘借鸡下蛋’的孩子陆陆续续也会参加考试，等到那时候，双湖会有更多的孩子考上内地班。”

“送出去的孩子毕竟有限，而且接收学校疑虑重重，周末怎么办，生病怎么办，负担很大。目前双湖正在考虑整体异地办学，从根上解决问题。”梁楠郁有更长远的打算。

张志萍和28个孩子的离开，并非是对理想和故土的背弃。双湖，这个中国海拔最高的县，并不需要坚守，它需要的是离开。或许只有离开才能让冰冻的江河重新流动，才能给这片土地带来希望。

小尼玛的宝贝

离开措折强玛乡之后，旺玛平措掉头南下，“老陆巡”再次一头扎进无穷无尽的荒原。无论怎样形容这里的荒凉都不为过，只有当你真正踏上这片土地才会知道，大自然有多壮美就有多残酷。

“老陆巡”呼啸着跑上几个小时，竟然见不到一个村庄、一个人甚至一只羊。进入视野的永远是万里碧空，刺目阳光，铺天盖地的枯黄草甸，以及冰冻的湖泊和静静屹立的雪山，这里是不为人类文明所定义的超级荒原。

身边坐着旺玛平措，但我依旧感到无比的孤独。几乎要隔一两个小时，车窗外才会闪过一座破破烂烂的土坯房，孤零零地趴在辽阔的砂土地上，活像一条老态龙钟的黄狗，眼神耷拉，了无生气。

心里暗惊，这样的地方，换作是我可能连一天都待不下去。他们的生存环境如此贫瘠艰难，可这一路上接触的藏族人无一例外，首先呈现给你的都是一张纯净自然的笑脸。

梁楠郁曾跟我说过，他在双湖有一家结对认亲的贫困户，那户人家跟邻居隔了三四十公里，我想，大概就是眼前这条“老黄狗”的模样吧。

到达双湖后，梁楠郁决定抽个时间去看望组织分配给他的结对亲戚多吉。西藏是全国唯一的省级集中连片特困地区。这句话是什么意思呢？全国其他地方可能只有某些县或者某些市属于特困地区，但西藏这片约占全国八分之一面积的广阔土地几乎全是特困地区。脱贫攻坚任务非常艰巨，为此，西藏采取了10万名党员干部与贫困户“结对认亲交朋友”的方法，开展“一对一”的精准帮扶活动。

乡干部陪同梁楠郁一起前去，在村里又搭上村干部。梁楠郁感到心里烦闷，脑袋缺氧，迷迷糊糊却又睡不着。窗外的景象让他暗暗心惊，这世上竟然还有如此荒凉的地方。偏离草原上自然碾出来的车辙之后，越野车仿佛跌入茫茫大海，迷失了方向。很少人知道多吉具体住哪，村干部随手指着一个方向，说：“大约在那个位置。”

超过5000米海拔的高原，便很少会有陡峭的山峰，大地上呈现出平缓的丘陵地带，满眼黄土，无一树一木，没有任何事物可以作为参照物。

“朝这个方向走吧。”村干部挠着头说。越野车有些迷茫，大家凭印象往前跑。荒原里河道纵横，越野车只能不断绕路。

一路颠簸，很长时间之后终于望见远方一溜黄土坡下隐藏着一个深色的点。

“应该是多吉家了。”村干部的语气里终于多了些肯定。

越野车朝着那个点开过去。等到了附近，众人才看清那只是一栋土坯房。房子后边是平缓低矮的土山，周边几乎没有一草一木。

藏区大多是两层楼高的平顶碉房，但是这一家只有一层楼高，白色的外墙几乎完全脱落，露出黄色土砖。迎着来路方向的墙面有一半安装了透明玻璃，搭成一个阳光棚，可以让光透进去。在高原，阳光是最丰富的资源。铁做的窗棂已经生锈，有好几块玻璃破了几个大洞，却没来得及修补。主人家在裸露的土墙上随意泼了些掺杂牛奶的白色土浆，试图掩饰贫穷。只是一不小心连玻璃上也溅了不少，反而显得更加寒碜。整座房子破败凋敝，只有屋顶的国旗和经幡看上去还有点活力。

村干部把大家领进屋里。门是藏区常见的红黑相间的铁门，门口悬挂了一条白色绳索。梁楠郁不明就里，小心翼翼地绕过去。

进到屋里，梁楠郁不禁一怔，那是他能想象到的最简陋的房间。森冷阴暗，玻璃墙和里屋之间还有一面土墙，阳光被挡在了屋外的阳光棚里。屋里只有两间房，外面这间兼具了厨房、卧室、客厅的功能，屋子中间置放着一个铁皮藏式炉子，炉子上架着一个铝壶，正烧着热水。炉子旁边搁着满满一蛇皮袋牛粪，靠墙立着几个简易的藏式柜子。

这便是屋里的全部家具，连床都没有，铺张羊皮直接睡地上。

多吉一家四口对梁楠郁等人的到来感到很意外，他们家已经很久没有外人造访了。村干部把客人的来意告诉多吉，知道梁楠郁是副县长之后，夫妻俩受宠若惊，显得有些局促。

多吉今年58岁，妻子拉珍38岁，身材都比较瘦小。大女儿卓玛6岁，好奇地看了客人几眼，就陪着妈妈在炉子边忙活。小儿子尼玛3岁，胖嘟嘟的小脸上带着高原红。他穿了一身带毛的小藏袍，见了客人略有害羞，远远地望着，眼睛里有期盼，却又不敢靠近。

多吉和拉珍完全听不懂普通话，乡干部便临时当起了翻译。众人拉起家常，更多的话题是让梁楠郁了解多吉家的情况。

小尼玛坐不住，没过一会就溜达到门口，把胳膊套进横梁上的白色绳索里，晃来晃去，仿如荡秋千一般。梁楠郁被小尼玛吸引了目光。

多吉说，那是小儿子唯一的玩具。梁楠郁闻言一阵心酸，他没想到门口这根普普通通的白绳索有这么重要的意义。

拉珍端出一盘风干牦牛肉，给客人们斟了酥油茶。众人每喝一口，拉珍便笑着添满。梁楠郁起初没在意。高原易渴，客人喝得频繁，拉珍也倒得勤快。梁楠郁不知不觉就灌下了一肚子酥油茶。

一车人大老远赶来慰问，肚子都饿了。乡干部担心新来的援藏副县长误会，悄悄告诉梁楠郁，拉珍已经把家里最好的东西都拿出来招待客人了，煮茶的水也是多吉用袋子从很远的地方把冰背回来，再融化成水。梁楠郁很震惊，他没想到眼前的这碗酥油茶来得如此艰难，舍不得再喝。拉珍见客人良久不动碗，便放下茶壶，转身伸手拿起一块牛粪塞入铁皮炉子。梁楠郁进藏两个多月，对于藏族人烧牛粪已经见怪不怪。

多吉家只有一个旱厕，在院子外边。梁楠郁上完厕所出来，正好看到小尼玛。

小尼玛把手藏在衣袖里，围着房子转圈，不时低头，似乎在地上寻找着什么。小藏袍几乎要盖住他的小脚，藏北的风吹乱了他软软的头发。梁楠郁一路跟着他，给他拍照，小尼玛偶尔回头看梁楠郁一眼。

屋后边还用土砖围了一圈小院坝，里边养了牛羊家畜。转了几圈，小尼玛终于从地上捡起一个东西。

“会是什么宝贝呢？”小尼玛郑重其事的举动引起了梁楠郁的好奇心，孩子幼稚的表情让他想起了远在北京的儿子。

小尼玛在身上擦拭了几下，转身过来摊开小手，递给梁楠郁。那是一支抽了一大半的烟头，沾了灰尘。

梁楠郁莫名其妙地伸手接过，以为小尼玛是提醒他不要乱扔烟头。小尼玛却“咿咿呀呀”示意他含在嘴里，打火点着。梁楠郁突然明白，小尼玛之前一定见过客人抽烟，知道这个玩意是用来招待客人的，也知道以前的客人把它丢弃在哪里。说不定，这也曾是他的玩具。

梁楠郁蹲下身子，摸着尼玛的小脑袋，帮他理顺被风吹乱的细软头发，心里又温暖又酸楚，伸手将小家伙抱回屋里。

村干部说，他们藏北草原很少有人来访，实在是大伙离得太远了。汉族人就更不用说了，除了做工程的人，几乎没有内地人。

多吉的一贫如洗超出了梁楠郁的想象，能帮助对方解决多少问题他心里没有底。他一贯的思维习惯是重点突破，先解决燃眉之急。思忖片刻，他问多吉："你现在告诉我，你最缺什么？你最想要什么？你告诉我。"

多吉想了一会，在那"嘎嘎"地说，村干部翻译说："多吉说他什么也不缺。"

"不缺？"梁楠郁万万没想到多吉的回答是"什么也不缺"，简直不敢相信自己的耳朵，"你告诉他，他肯定缺！他再好好想想，他肯定缺！"

梁楠郁预想的是，多吉可能会要一辆摩托车，村里离他家有40公里，没有交通工具，他一年都去不了村里一次；也可能是家具，毕竟屋里的情况就摆在那；或者是钱，这无疑是最直接的……

多吉又想了一会，诚恳地说："唉，要是缺的话，我就是不会花钱。"拉珍抚着两个孩子站在他身边，笑容平和。

不会花钱！

他的收入有多少呢？西藏的牧民有国家草场补贴，每年5500元，他家4口人，一年啥都不干就有2.2万元。但这也是他们家所有的现金收入，牛羊不卖也不出栏。2.2万元对于一个家庭来说是很少的了，但多吉说他不会花钱？

梁楠郁略一沉思，意识到这句话背后的含义。多吉的意思是这里没有餐馆，没有商店，找不到花钱的地方。他没有交通工具，到村里也有几十公里，到乡里更不容易，更不要说到县里了。就算有摩托车，加油也是一件麻烦事。乡里面只有一个很小的商店，货品不齐全，所以没法出去买东西。光有钱还远远不够，需要的是物品。

在梁楠郁看来，多吉的话也体现出另一层意思。因为天然阻隔，双湖这个地方没有受到商业侵袭，这里的人还保持着最原始的淳朴本性。

"同样的问题放到内地来问，你不得等着十个八个要求吗？"梁楠郁跟我说。

我深表同意。听说西藏有一个贫困户提出要结对党员帮忙修房子，网上甚至还爆出内地有贫困户提出要解决配偶问题，令当地扶贫干部哭笑不得。

多吉家不可思议的生活让梁楠郁牵肠挂肚，回县城的路上，他问乡干部："村里不都建了集中安置房吗？多吉家没分到？"

"都有，但他们没在安置房住。他们要放牛放羊，基本上都在放牧点生活，这是他们放牧点的家。”

“那放牧季结束可以回村里集中居住吗？”

“牛羊一年四季都要吃草，放牧生活结束不了。”乡干部跟梁楠郁解释。

双湖植被状况糟糕，没有一棵树，草也稀稀拉拉。一般情况是100亩地养一只羊，500亩地养一头牛。要是有100头羊，100头牛，得需要多大的面积？所以实际上他们根本没办法集中生活。

梁楠郁意识到，想法再好，也要和牧民们自身的生活习惯吻合，才能行得通。

回到县城后，梁楠郁投入紧张的工作，但心里从未忘记离开多吉家的那一幕。多吉一家人站在家门口挥手告别，梁楠郁摇下窗户喊道：“外边风大，赶紧回屋去吧。”多吉一家人却一直等他们的车走远了才回去屋里。

第二次去的时候，梁楠郁从县城找了很多旧床、沙发。临上车的时候，还特意跑到县城的小超市，买了一些糖果和一个小书包。他准备给村里没有床的家庭每户配两张床，好歹让牧民们先睡在床上，避免风湿疾病。

一路风尘仆仆赶到多吉家。

梁楠郁的再次出现让多吉家颇为惊喜。他们家已经很久没有客人光临，副县长却在两个月内两次到访。多吉和拉珍只会憨憨地笑，卓玛和小尼玛却一直拉着梁楠郁的衣角，围着他转。

大伙一起把两张床和一张沙发卸下来，在屋里摆放整齐。空空荡荡的屋里顿时充实起来，虽然跟藏式风格略有差异，但毕竟像个家的模样了。

让梁楠郁始料不及的是，临走的时候，多吉从后院的土墙里抱出一只绵羊，执意要回赠给梁楠郁。家具都是旧的，根本不值钱，单论市场价格或许还远远比不上那只羊。

梁楠郁来的时间虽然不长，但他也知道牛羊对双湖的老百姓意味着什么。在内地人看来，羊嘛，千八百元的东西而已，但牛羊在双湖的老百姓家里头，就像亲人一样。为什么说它像亲人呢？因为这里的人们很少能见到其他人类。藏北牧区的人住得远，邻居家往往隔了几十公里，远的有七八十公里。他们这一辈子除了家里的几口人，平常就是跟自家的牛羊打交道，和牛羊在一块生活的时间远远多于其他人类，所以在某种意义上，牛羊也是这个家庭的正式成员。

而且，由于宗教信仰，藏族人相信牛羊是几世之前的亲人轮回到了自己的身边。所以他们仅仅是在必须维持自己生计的时候才会宰杀牛羊，自己够吃的话就让牛羊自然老死。

宰杀的方法也很讲究。不能放血，要么捂死，要么用针刺入心脏，让它窒息而死。这种宰杀方法，可以让家畜受最少的痛苦，死得安详，也比较体面。但肉质颜色会变深，口感也没那么好。拉到市面上去，卖相不好，不如内地放血宰杀的好吃。

所以，虽然双湖的羊是真正的纯天然无公害，从生下来没吃过一片药，也没有吃过一颗饲料，肉质也非常好，但卖不上价钱，一斤才21元。

梁楠郁想，这不是现成的增收吗？运到拉萨起码能卖30元一斤，这不是马上增收50%嘛。

乡里干部说干不了。

老百姓一般不买卖。如果要买卖，也必须当着他们的面，用他们的方法宰杀之后，买家才能带走。

买家要活着拉走，老百姓担心路太长，羊会受罪，最后还是不卖。

“那咱就加钱嘛，政府统一收购，把运费给补贴上。然后去卖，卖了把钱分给老百姓，这不就增收了嘛。”梁楠郁说。

但不管去问谁，都有一条：必须按老百姓的方法宰杀，否则给多少钱老百姓都不卖。

“这个家具的钱远远比不上一只羊，但是他能送我羊，说明了什么？”梁楠郁事后对我说，“说明多吉在待人处事的时候，他的基本原则是情感，而不是金钱。”

梁楠郁跟我分析多吉的心理：“在咱们内地，商业思维已经侵入人的骨髓。不管什么事情，我们来解决的时候，第一反应都是钱。人家来的时候给你两瓶酒，你等价给回人两条烟，基本上是对等的。”

梁楠郁双手停在胸前，仿佛正抱着一只羊，“多吉却要给我一只羊。因为天然的阻隔，在这个地方，人们的情感不为利益所驱使，这是当地藏族人闪光的方面。”

梁楠郁眼圈红了，意识到多吉一家的深情厚谊。

这份礼物不仅仅是一只自家养的牲畜，更多是一份割舍不下的亲情，多吉相当于把自己的孩子托付给了梁楠郁。

在这片广袤而贫瘠的土地上，生命奇迹般地旺盛生长，彼此尊重又相互依存。

梁楠郁摸了摸多吉怀里的小绵羊，小绵羊瞪着眼睛看着他，“咩咩”叫了几声。

“呵呵呵。”梁楠郁情不自禁笑了出来，“多吉，你的心意我领了，但我不能要这只羊。要了的话，咱俩到底谁援助谁呀，哈哈……”

梁楠郁感到遗憾的是，这两年他没有时间多去看望这一家人，他有更繁忙的任务要去完成。

人类真能长生不老吗

双湖县城往东120公里，巴岭乡有一个方圆180平方公里的盐湖。游人多不识其大名，但在当地几乎家喻户晓。当你看到湖边的人正在挖沙子，可别以为人家准备盖新房子，他们可能只是在捕捞一种生物。

湖叫其香措，海拔4660米，“沙子”是卤虫卵。

其香措盛产的卤虫卵也称“盐虫子”或“丰年虾”。因经济价值高且酷似黄沙，因而当地人又把它称为“金沙子”，这是一种产于盐湖卤水和盐田水中的生物。

一直以来，人们都把它当作海边养殖虾蟹的最佳开口饵料，就像婴儿要吃婴儿奶粉一样。吃了卤虫卵，虾蟹的存活率会大幅提升，所以卤虫卵在水产养殖业具有很高的利用价值。

在双湖，卤虫卵每年的销售收入占了全县财政收入的80%，是双湖无可争议的“钱包”。

“它是青藏高原前后8000万年隆起过程中唯一幸存下来的海洋生物。”梁楠郁逮着一个机会，向全国第八批援藏工作队总领队郭强汇报。

郭强一边听梁楠郁汇报，一边习惯性地给自己量起了血压。他本没有高血压，但进藏之后血压一直居高不下，每天都需吃药控制。

“能有什么可干的？”郭强顺手拿起墙上制氧机的吸管插入鼻中，吸着氧气问道。

“现在有些东西，但思路还没整理出来。”梁楠郁谨慎地回答。直觉告诉梁楠郁，之前那么多年仅仅把卤虫卵当作饲料的原材料售卖，可能是一种严重的低估，这里边或许有更重大的价值。

“这个东西原来只是给虾吃的吗？”郭强身体前倾，饶有兴趣地问，“能不能让人吃？”

梁楠郁闻言，突然有些激动。这个想法也曾如电光石火从他脑海里一闪而过，但他没有胆量深思下去。郭强这会儿郑重提出，梁楠郁意识到或许这才是他苦苦追寻的卤虫卵的真正价值。果真如此，这将是双湖的一个重要机遇。他略一沉思，说：“可以试试。”

“这个事情可以干。先去测一测，看看里边有什么特殊的东西。”郭强哈哈大笑，得到了梁楠郁的正面回答，他也觉得自己这个点子有创意。

从内地初到西藏，不管初衷是什么，但每一个援藏人都踌躇满志，恨不得立即就将全身功夫毫无保留地施展出来。全国总领队的肯定给了梁楠郁坚定的信心，这个项目正式上了轨道。事不宜迟，梁楠郁立即取了样本，送到内地的大学和企业做研究，初步的研究成果很快反馈回来。

双湖卤虫卵是卤虫卵里的亚种，这种与沙粒大小相仿的物种能在接近5000米的海拔高度生存，并且历经青藏高原前后8000万年的隆起过程，成为千千万万海洋生物中唯一的幸存者，它一定具有异于平原卤虫卵的一些特殊属性。

首先是它的耐氧性很好。分析其耐氧因子或者耐氧结构发现，通过卤虫卵有可能生产出一种真正的耐氧食品或者药品，可以满足航天员、深潜员、长跑运动员和高原人的急需。

第二是抗紫外线辐射。

第三是EPA含量极高。人们熟知的深海鱼油成分主要有两个，一个是DHA，这是婴幼儿奶粉的标配，对促进婴幼儿大脑和视网膜发育至关重要；另一个就是EPA。双湖卤虫卵的EPA高达1.7%，在已知的卤虫卵种类中含量最高。提取EPA的成本是每克0.35元，如果做成保健品，光EPA这一个功效就能卖60元，增值高达200倍。

第四是一个更疯狂的设想。生命科学领域有一个大胆的假设，当大脑或心脏死亡以后，也就是细胞里的线粒体停止工作之后，如果注射新的线粒体，或者找到一种东西激活停止工作的线粒体，那死人是不是就能活过来？

这是一个疯狂的想法，如果成功实现，那人类就真的可以长生不老了。

但是这么多年以来，生物学界一直都没找到相类似的东西提供借鉴。双湖卤虫卵或许会有意外之喜，研究发现它在-28℃冷冻3年再放到盐湖里，依然可以复活重新孵化成虫子。

生物在宏观层面，人鱼虾蟹飞禽走兽各种形态差异甚大，但在微观的细胞层面结构却很相似。拿卤虫卵的细胞与人体细胞作比对，分析两者结构和运行机制有何差异。人体细胞经过干预，是否可以达到卤虫卵复活的效果，就像科幻电影里的冷冻人一样，若干年后从冷冻舱里出来不但能活下去，还能保持青春？

相关研究已经启动，虽然道路会很漫长，但在梁楠郁看来，只要能做出来，50年、100年都不算晚。

研究的结果令人振奋，说近一点，先不提人类生命延续的问题，单论保健食药品这个产业的产值就能达到1亿元。双湖人均可以达到1万元收入，那就不仅仅是脱贫的问题了，在全西藏都是比较大的产业。

“这个好。”郭强听完汇报，兴奋地说。

他提议立即由自治区科技厅确立一个科研项目——双湖卤虫卵资源调查及综合开发利用，由他亲自担任项目负责人。

梁楠郁离开自治区组织部副部长的办公室，站在拉萨街头川流不息的人流里，望着头顶澄澈的蓝天白云，深深吸了一口气，嘴角上扬。

接下来的日子，申请资金，写任务书，所有的工作都只能往前赶。

科研项目很快正式确立，共有3项任务：资源调查、保健食品研发、药品研发。

第一项任务还隐含了一个更为重要的工作，就是对这个物种的保护，这比当前开发利用它所产生的经济效益紧要得多。

卤虫卵原本并非其香措的独产，但在羌塘地区剧烈气候变化的影响之下，其他盐湖都陆陆续续绝产，只剩其香措一棵独苗。

变化主要表现为气候变暖，从而导致冰川融水和降雨量增加。这一趋势到了20世纪90年代以后明显加快，其香措的湖面面积从20世纪70年代的149平方公里增加到现在的180平方公里，水体增加导致湖水盐度急速下降。

卤虫卵能存活在盐湖里，很重要的原因是它没有天敌。它生活的环境盐水浓度很高，别的生物都存活不了，只有它能活下去。但只要盐度降到3.6%以下，鱼类就有可能会出现，那么这个物种就面临着绝种的危险。

20世纪70年代第一次科考测出其香措盐水浓度是6%，2017年10月再次测量是3.5%，已经低于海水盐度。周围的色林措和纳木措都存活着鱼类，在这种趋势下，其香措也岌岌可危，可能在未来的几年内就会出现鱼类。如果鱼类出现，其香措就会像其他盐湖一样绝产卤虫卵。所以，对这个物种进行研究和保护性开发已经迫在眉睫。

卤虫卵项目思路渐渐清晰，目标也越来越明确。梁楠郁决定分两条路走，第一条路，在还没有建立起完整成熟的食药品产业之前，卤虫卵作为水产饲料继续售卖，争取由双湖自己进行加工。

但是，在实际运作中却遇到了很多意想不到的困难。2002年到2016年，双湖的卤虫卵市场被一个老板垄断了。2016年开始，双湖县打破原来14年的垄断局面，第一次公开招投标。开标价6.1万元，但到场的10家竞标企业无一举牌。

梁楠郁感觉里边有蹊跷，一了解，原来竞标企业受到威胁，不敢举牌。第二次招标，还是流标了，最后好不容易找了一家企业以6.2万元的价格接了牌。

2018年的招标又没有企业举牌，这回是因为国外的卤虫卵大量进入中国市场，导致市场行情恶化。本来每年的产量就已经开始持续走低，价格还往下跌，双湖老百姓和政府都接受不了。

梁楠郁心一横，干脆省掉中间代理商，直接敲响养殖场的大门。说来容易，做起来却非常困难。天然环境中的卤虫卵在营养方面比不上盐田人工养殖，因为人工养殖有很多办法添加营养。但双湖卤虫卵没有细菌，孵化率高达93%，壳幼分离好，EPA含量也最高，在天然环境中的卤虫卵种类里是最好的。

但是说一千道一万都没有用，信任是慢慢建立起来的。每到一个养殖场，梁楠郁就带人现场做实验。双湖卤虫卵的技术指标如何，现场做给人家看，看看中不中用。

另外一头的阻力来自老百姓。之前老板们的收购手法都是先用高价拍下来，然后再谈水分。2015年的中标价是7.3万元，减掉了17%的水分，实际价格是5.9万元。2016年政府第一年接手后是实实在在的6.2万元。但是却有人放出谣言：你看以前是7.3万元，现在才卖6.2万元，足足少了一万多。

这么简单的账都不会算？老百姓还真不会算账。

前段时间梁楠郁带领双湖民间艺术团在江苏演出，顺带组织演员卖点矿泉水增加收入。梁楠郁定好价格，一瓶3.5元，3瓶10元。走开一会儿再回来，价格就变成了一瓶3元，3瓶10元。这是挨打的卖法呀，双湖的演员算了半天也算不出来。就这么个计算能力，至于除法乘法，双湖大部分老百姓都搞不懂。

做了那么多事情，却扛不过别有用心之人的谣言，但梁楠郁没有动摇，带着专家搭档王鹏飞教授亲自跑东南沿海各大养殖场。皇天不负有心人，2018年双湖卤虫卵以历史最高价7万元成交，卤虫卵销售一举扭转被动局面。全国成品卵价格近3年跌了将近一半，而双湖的原料却在逆势上涨。

第二条路，食药品研发倒是比较顺利，用卤虫卵制作的保健食品已完成两批次试验。产品安全，明确具有调血脂、降血糖、辅助睡眠、增强记忆和保肝护肝的功效，正在申报相关专利。依据文献，推测双湖卤虫卵所含EPA及独特的不饱和脂肪酸结构，能达到加速新线粒体合成和清除旧线粒体的功效。目前发现了饲喂卤虫卵的小鼠肝线粒体呼吸功能优于未饲喂卤虫卵对照组，且线粒体源性活性氧水平降低，其确切机制仍在研究。当中，潜在的EPA和线粒体在生命科学方面的应用可能很快会描绘出初步的轮廓。

我曾经担心，在梁楠郁结束援藏后，卤虫卵的项目是否能够被下一任双湖援藏干部延续下去。目前，双湖卤虫卵申请了国家地理标志产品，而中石油集团公司已经同意追加资金1380万元在那曲产业园区建设卤虫卵深加工工厂。这个工厂一建好，算是给自主加工卤虫卵成品买了一份保险。投产之后，预计将使双湖贫困百姓人均年收入增加3990元，实现精准脱贫。

害羞的村医嘎拉

“老陆巡”在荒原里不知疲倦地奔跑着，下一个目的地是措折罗玛镇，村医嘎拉在那等着我。

梁楠郁跟我提起过他的一个村医提高计划，他在全县选送了28名村医赴内地培训。村医是西藏最基层的医务工作者，类似于政策性安置的公益岗位，就像护林员等生态岗位一样。大部分都是在本村就地选拔，根本就谈不上什么医学基础。

当时我就有些纳闷，援藏资源毕竟有限，为什么不把重点放在县里，有什么必要在那些村医身上花那么多精力？直到抵达措折罗玛镇，我才真正理解了梁楠郁的村医提高计划。

我并没有敲响镇领导的大门，而是直奔卫生院。措折罗玛镇卫生院只是乡里的一排平房，共有4间房，门诊室、注射室、药房、办公室。门前一道走廊，阳光透过走廊的玻璃窗照射进来，给冰冷的房间增添了暖意。

我们到达的时候，走廊里挤了十几个牧民，正在看病拿药。男人戴着藏北特有的狐狸皮帽，女人则包着各种颜色艳丽的头巾。院长告诉我，他们都是从附近牧区骑摩托车赶来的，近的有几十公里，远的更不用说，一两百公里也是常事。

内地的农村大多离城市近，但西藏从一个地方到另一个地方往往距离很远。双湖又与西藏其他地方有所区别，即便是赶到乡卫生院也需要半天以上的时间。

村医已经是双湖村民身边最近的健康守门人了，如果失去了这一道屏障，他们就只能赶往县城。通往县城的道路我们刚刚才走过，我无法想象骑着摩托车穿越如此辽阔的荒原去看一场病的情景。

双湖县老百姓的平均寿命只有58岁，远低于内地。而且在相对短暂的寿命里，健康质量并不高。风湿病、高原心脏病等普遍存在，孕妇难产、急性阑尾、突发高反等致死的情况频繁发生。正是了解到这些情况，村医提高计划提上了梁楠郁这批援藏干部的援助日程。

嘎拉是中石油帮扶双湖村医提高计划的第一批学员。县里开展第一例剖宫产手术的时候，嘎拉正好学习归来，在县人民医院给援藏医生刘涛充当翻译。婴儿诞生的那一声啼哭，仿佛在嘎拉的心湖里投下一块巨石，她第一次直接感受到拯救生命的意义，自己学习的这门技术原来能给老乡们带来如此巨大的帮助。她感到很遗憾，她觉得自己在内地那半年的学习原本可以更加努力。

中石油兰州总医院就近给她安排了宾馆，但她主动要求住在妇产科。嘎拉说只要有手术就叫她上，她就像一块干涸的海绵饥渴地吸收着每一滴水分。科室的老师都很喜欢这个勤快的藏族女人，过年也带她去家里吃年夜饭。

大部分村医都是在本村就地选拔，学一点点藏医，并没有多少基础。但是半年之后，嘎拉从不懂汉语到能用汉字写一页A4纸的工作总结；在专业上，也从一无所知到能独立完成手术缝合，成功晋升妇产科医助。

这次学习原本没有时间期限，直到学会为止，但嘎拉学了半年就回来了。不过她的巨大进步已经让中石油兰州总医院的科主任刮目相看。嘎拉身上强大的爆发力也出乎梁楠郁意料，让他更有信心推进村医提高计划。

嘎拉这一批学员是2016年10月送出去的，学习半年，共有20名村医，完全按照一个标准的手术团队来选派，根据每个人的基础确定不同的学习方向，有主刀医生、助理医生、麻醉医生、巡回护士、器械护士、麻醉师、B超和检验等等。培训目标非常明确，一去就学手术。

第二批学员从2017年4月到8月，嘎拉再次主动报名，两期加起来一共学了11个月。中石油援藏医疗队来双湖以后再带着培训学员做手术，现教现学，就这样一轮又一轮地训练，真正培养出一支本地医疗队伍。经过持续努力，双湖终于掌握自主开展阑尾切除手术的技术，并成功实施了3台手术。

但是一场意外让人们意识到局面依旧严峻。

2017年10月，35岁的县林业局局长张群培晚上不舒服，睡了一觉。第二天早上6：30起床后还是特别难受，连续呕吐。县里医生赶到他家里，但看不出是什么病。一个小时后，病人与世长辞。

梁楠郁把张群培的症状汇总发给内地专家，专家认为心梗的可能性非常大。专家说，要判断是否心梗并不复杂，通过心电图就能看出来。如果确定是心梗，只要用大量的硝酸甘油和阿司匹林，就可以赢得抢救的时间，送拉萨治疗。

原本张群培是可以活下来的，但是县里没有急诊医生，没人看得懂。当地许多牧民从来没有走出过双湖，他们觉得世世代代生病是自然现象。他们不知道有些病一开始是可以治的，而有些病是可控的，有的病花钱不多但治疗效果也会很好。老百姓经常由于治疗不及时将小病拖成大病，将可治愈的病拖成绝症。双湖在西藏属于最艰苦的第四类地区，工作待遇和退休政策相比其他地区有更多的优待。但实际上挣这个钱很不容易，能不能活着，得看老天眷顾。

嘎拉35岁，已经为人妇为人母，但她时常害羞得像个小姑娘一样抿嘴而笑。她此刻就站在我面前，但我很难将眼前的她跟众人口中的村医典型联系在一起。

我一问，她一答。我不是专业记者，不懂循循善诱的技巧，问得拙劣。她回答得更加简单，场面一度尴尬冷场。我无奈地看着她，她怯怯地望着我，两人面面相觑。

反而是旁边的院长和另一位刚分配到镇里的年轻村医巴桑曲吉，与我聊得更多一些。

单是面对我，她已经竭尽全力，这也是众人口中的巨大进步。实在难以想象嘎拉赴内地培训的时候，一个人住在医院妇产科的那几个月是怎么熬过来的？没有医学基础，远离家乡，不懂汉语，最初的交流只能靠肢体语言，当时的她是怎么克服内心的恐惧，是什么样的精神力量支撑着她？

曾经有人断言：“世界上没有一个民族像藏族那么伟大，在那么恶劣的气候环境下生存、繁衍。”

我哑然失笑，没有一个民族是完美的。雪域高原上的藏族人像是一棵草，从雪里、冰里、石头缝里挣扎着活过来了，弯弯曲曲成长起来了，怎么还能要求他们像内地人一样伶牙俐齿呢？

对于嘎拉来说，赴内地培训，跟族人在双湖生存下去，这两者在本质上并没有多大区别。

出了措折罗玛镇，两个小时后便出了双湖的地界，拐上柏油路，经过班戈县的雄梅镇继续赶往班戈县城。

几点才能到呢？天色渐渐暗淡，我心里打鼓。

视线里出现一辆小车，我们都有点小兴奋，已经几个小时没有看到其他车辆和人类了。在这片荒原，旷世的孤独才是永恒的主题。

驶近才看清是辆蓝色的两厢大众Polo。Polo遇到麻烦了，兴许是司机打瞌睡，冲下了公路，陷在泥坑里出不来。旺玛平措慢慢降下速度，稳稳地停在Polo旁边。

一个汉族男子站在路边正挥手指挥，车上驾驶位坐着另一个汉族男子。但见Polo前轮飞转，发出“嗞嗞嗞”的嘶鸣，溅起阵阵湿泥，后轮却几乎没有转动。

旺玛平措下车与两个汉族男人交谈，我依旧坐在副驾驶位。

过了一会，旺玛平措从车尾厢拿出一条拖车绳，分别钩住小Polo和我们的“老陆巡”。旺玛平措上车，踩下油门，车身一震，能明显感觉到拖车绳从另一端传递过来的阻力。“老陆巡”开始缓缓前行，成功将小Polo拖出泥坑。

Polo趴在“老陆巡”旁边，简直像一个小孩站在大人身边一样，体量不可同日而语。旺玛平措下车收了拖车绳。两位汉族男子连声道谢。旺玛平措微微一笑，说几句“呦呦”，上了车，招招手，带着我扬长而去。

残阳如血，天地悠悠。

我脑海中突然浮现一幅画面：旺玛平措大侠路见不平拔刀相助，然后翻身上马，扯一下马缰，呼一声“驾”，春风得意马蹄疾，衣袂飘飘美少年，头也不回绝尘去。独留下身后被救者留恋不舍的目光，黏在他渐渐被滚滚灰尘埋没的背影上。

“你在想什么，这么好笑？”旺玛平措突然问道，把我从幻想中惊醒。

“哈哈，我笑了吗？”我瞅了一眼身边这位挺着大肚子的中年男人，相貌平庸，肤色黝黑，丢在人海里连泡都不会冒一个，跟我想象中白衣少侠潇洒倜傥的形象差了十万八千里。

“我之前在林芝察隅出差，转弯的时候我们和对面的车都开得太快，刹车来不及。对面的车为了避开我们，剐蹭到树木，但双方没有争吵，也没有索赔。”我接着说，“我特别喜欢西藏人这一点，宽容、大气、平和。要是在内地，早就吵起来了。”

“在我们西藏，大家都会帮忙的。今天我帮你，明天你帮他，说不定后天他就帮了我。这么大的地方，没有几个人，谁都难保不会遇到点麻烦。”旺玛平措的语气里没有刻意的谦虚，平和得像一日三餐。

启示

第三次见到梁楠郁，是2018年12月12日。恰逢我回广州公干，他要飞往海南推销卤虫卵，于是干脆就从空中把他截下来，约在广州见面。

“你在人社局，林芝那边能帮忙想办法解决张志萍的调动问题吗?

“我打算明天顺便去一趟湛江，接触一下那边的渔业老板，有没有办法联系广东的管理部门支持一下?”

梁楠郁三句不离双湖的发展。2018年卤虫卵的销售遇到了一些瓶颈，他这次带着专家王鹏飞，计划把中国沿海地区跑个遍，为双湖的卤虫卵寻找最合适的商家。

梁楠郁一身灰蓝色披风大衣，两鬓理得齐齐整整，旁边坐着王鹏飞，一身黑色西装。俩人都不到40岁，正当盛年，精神抖擞，各提着一个深色手提包，怎么看都像是20世纪90年代第一批下海经商的弄潮儿。

梁楠郁又与我提起由双湖引发的一些思考。比如北部3个乡镇将搬迁至山南贡嘎，县城的常驻人口也将从目前的3000人减少至1000人左右，县城逐渐成为一个孤岛，县城是否搬迁应尽快决策。野生动物数量急剧增加，对草场破坏严重。他认为有必要再次开展野生动物种群数量普查，以重新划定保护等级。关于干部问题，他建议央企援藏也采用组团模式，而且援藏干部应担任正职，把压力和责任压实；进行大规模的干部对调。除了从内地选派援藏干部人才进藏，西藏相应选派人员赴内地跟岗学习。产业项目无效低效投资严重，应构建完善的终身追责机制。他说提出这些问题和反思的基本态度不是否定成绩，而是在肯定成绩的基础上正视问题。

成绩属于过去，问题决定未来。

双湖让我对西藏有了更深的认识。这里基础设施落后，除了县城通往拉萨是柏油路外，通往其他乡镇全是土路。大部分土路都不是修出来的，而是车轮碾的痕迹。县城尚且供电不足，大片牧区用电水平可想而知。除了无现金支付，在双湖我几乎感受不到现代文明气息。

虽然各级政府尽了很大的努力，但这片荒原留不住人才，想要发展谈何容易。即便留了下来，子女上学、就业、找对象等一系列问题都是迫在眉睫的现实难题。

客观来讲，双湖的牧民纯收入不比周边地区低，但随着时代的发展，衡量一个地区的生活水平不能单看经济收入，还要看教育水平、基础设施、生活环境等因素。就像多吉一样，无处花钱，多数牧民还过着自给自足的生活，与现代文明相距甚远。双湖县委、县政府也在思考如何转变经济发展模式，这一切都为双湖实现人与自然和谐共处做着新的诠释。

“还有常去多吉家吗？”

“2016年去得多，2017年忙，没顾上，就是托人送点衣服过去。”

其实，梁楠郁没有常去看望多吉，除了要忙卤虫卵等援藏项目，还有一个重要原因：他不太愿意去。

他害怕最初那种美好的印象会被无情地打破。

多吉一家如能一直保持淳朴的本性那自然最好，但是假如有一天他们也变得功利，对梁楠郁来说，就意味着最后一片净土的沦陷。

古人云，仓廪实而知礼节，衣食足而知荣辱。当物质文化发展到一定程度的时候，会进化出一种新的文明，这种新文明的堡垒会很坚固。但像多吉这样的牧民，他们的淳朴本性非常脆弱，就像双湖的卤虫卵一样，它只是特殊环境里的幸存者，一旦周围的生态发生改变，就会面临绝种。

“去双湖当然想多做点事，因为有许多人会触动你。”

这里说的“多做点事”主要是指让双湖人民致富，但同时梁楠郁又是矛盾的。接触多吉之后，他萌生了一个想法。

“到底我们应该发展，还是保护呢？”

双湖几乎是中国最后一片净土，只要开发措施到位，并不难致富。但是致富的同时，人心可能会变。从更长远的历史观来看，这个意义有多大呢？

梁楠郁曾有个天真的想法，把双湖围起来，不去干扰它，让这种淳朴的人性永远保留下去。在100年甚至是1000年以后再来看，它可能就是人类的一面镜子。面对这面镜子，人类永远都会反思我们现在追求唯利是图的商业文化，到底是对还是错？

在开发程度特别低的地方，像多吉这么淳朴的牧民是比较普遍的。人学好很难，但学坏很容易。最好是物质生活变得更好，人心继续保持淳朴。但这种理想状态很难做到，人们走不出当下的局限，永远都只会用现世的标准去解决现实问题。

在现实中，梁楠郁没有能力把双湖屏蔽起来，让他们一直延续现在的生活方式。但梁楠郁认为至少应该用文字或影像把双湖的生命和人性的状态记录下来。也许现在看的人不多，但是10年以后或者100年以后还会有人看。在书或者电影里成为永恒，而不是昙花一现，他认为这种记录才有生命力，它比反映援藏干部的艰辛要有意义得多。

“所以我现在就特别想用一种东西把它保留下来。”梁楠郁最终考虑的记录形式是电影。

在那曲格萨尔王的传说里有一个天堂之门。

羌塘高原上，所有的野生动物临死都要去一个地方，传说那是往生之门，去往天堂的地方。传说中有几个这样的地方，其中一个是探险者趋之若鹜的无人区巴毛琼宗。

梁楠郁特意去探访了巴毛琼宗，山谷的最深处全是野牦牛和羚羊等动物白骨。残留的牦牛尸体，头和身子是完整的，肚子中间破了一个大洞，里边全部被掏空。罪魁祸首肯定不是细菌，因为细菌会把动物其他部位也同时吃掉。白骨排列整齐，这些动物显然不是自然死亡，一定是外力所致。

那么，很有可能这个地方存在一种动物，比野牦牛还要厉害。到底是什么猛兽呢？没有人知道。

梁楠郁设计了一个剧本：《寻找天堂之门》。大概剧情是，一个十几人的小团队去寻找传说中的天堂之门，有探险爱好者、科学家、盗猎者、小夫妻等等。最初是好奇，但每个人都有自己的目标。途中遇险等待救援的过程中，人们慢慢进入一种濒死状态，争抢食物，激烈的人性矛盾爆发出来。有些人会死掉，幸存者在挣扎状态下思考人性，重新审视自己原本看重的价值。

最后的主题是，没有物理上的天堂之门，真正的天堂之门在每一个人心里，让人们在这个物欲横流的世界里有所反思。

“2019年元旦制订了拍摄计划，也拍了一部分风景，还顺便帮我们拍了双湖的宣传片，找别人拍要120万元啊，现在免费帮我们做了。”梁楠郁笑了，像是得了便宜，“主要难题是投资，这几天再和投资方谈谈吧。”

无独有偶，林芝也想通过电影项目来宣传援藏事业。

2018年3月24日，林芝市委援藏副秘书长肖锋打电话过来的时候，我正在办公室维稳值班。维稳值班是西藏的一个特色制度，每逢维稳期，干部职工要24小时守在单位。光有保安还不够，还得安排带班领导、值班人员等。按照警戒的不同等级，少则3人，多则5~6人。值班人员被要求彻夜守在值班室，不许睡觉，否则就有可能被“三不论”就地免职。

“虹飞，你在哪里？”

“我在办公室，今晚维稳值班。”

“我过一会去你办公室坐一坐。”

当晚，肖锋足足与我谈了3小时。

他正在策划一部商业电影，希望通过浪漫的爱情故事把广东援建的鲁朗国际旅游小镇名气打响。

他们之前找专业编剧写了几个本子，但都不太满意，最后想到自己身边不就有一位现成的作家吗？所以连夜来找我面谈。

我的上一本作品《如果我活着回来，就接受现在的人生》早早卖了6年电影版权，但4年过去了，电影项目还一直停留在磨剧本的阶段。

肖锋对援藏事业的雄心壮志打动了我，一周之后，我交了一份近4万字的本子：《最后一首歌》。

大概剧情是一位民谣歌手在创作低潮期按照他的人生遗愿去攀登珠峰。攀登之前先去西藏散心和适应训练，在鲁朗偶遇一位藏族姑娘并重获创作灵感。成功登顶珠峰但下撤途中遭遇强风雪，故事在此戛然而止。

肖锋看完本子，发来微信，说比他想象中还要好。

可是一直到现在，还没有找到合适的资本投拍，我们的尝试只能暂停。

“多吉的生活让我尤为触动的是什么呢？”

梁楠郁与我讨论过永恒这个话题。

地球上什么东西是永恒的？树长起来，叶子落到地上成为肥料，又让树长起来。他认为这种循环才是永恒的，只要是单向的东西都无法达到永恒。但是自从有了工业文明，尤其是进入现代社会之后，人类制造出来的许多东西都不能回到大自然中去。现代文明的走向是在不断向地球索取，没有循环，所以必然无法达到永恒。按照现在的路子继续走下去，等到人类文明走到极盛之时可能也是人类灭亡之日，因为地球已经无法支撑人类无穷无尽的索取了。

但是观察多吉的生活，他家里没几样东西，不给土地添负担，死了以后天葬，也是回归大自然，完全将人生置于世界万物的循环之中，跟地球融合在一起。他生活不好吗？那只是用我们现代人的视角，用现世的标准去评判，认为人家过得不好。也许一万年之后的人来看，他这种状态才是最好的。

只是到那时候人类可能都已经完蛋了。

“人家那种无欲无求的状态，不给地球添乱，不给社会添麻烦，不给党和国家找困难。”

梁楠郁说到这，我俩都哈哈大笑起来。

“你说他是不是很伟大？”

“所以，你问他需要什么？他说我什么都不要，我什么都不缺。”

“你细细去揣摩他的内心，无比纯洁！”

“当地人也不全是优点，也有不好的方面。”梁楠郁说话节奏分明，显得每一句都经过了缜密的思考，“国家对藏族人实行高福利制度，就算什么也不做，也可以拿到一些补贴。比如一些生态岗位，你在放羊的同时相当于履行护林员职责，发现有人进无人区，私自穿越呀，盗猎呀，你可以举报。收入不算多，但基本能保障自己，所以老百姓也容易养成惰性。放羊的时候还好，无忧无虑，你让他干别的事情，就不一定愿意干。所以县城里的小商店、理发店、蔬菜店呀，都是内地人在做。”

2019年元旦，梁楠郁带着几位爱心人士再次前去看望多吉一家。一家六口在门口迎接他们的县长亲戚，给客人们献上白色的哈达。

多吉又生了一个儿子和一个女儿，这两年一年一个。

“以后长大了要当干部，知道吗？”吃饭的时候，拉珍摸着小尼玛的头小声说。

村干部把这句话当作笑话翻译给梁楠郁听，梁楠郁却突然警觉。他想起了另一件事，双湖小学生在写长大后的理想时，有学生出乎意料地写了想当一名贫困户。贫困户可以优先搬进大房子，政府包办家具和工作。但在贫困线之上的老百姓，年收入可能只比贫困户多几百元，却享受不到这些政策，努力打拼的还比不上好吃懒做的。

贫困正在滑向特权的边缘。

双湖这种极端环境培育出来的人性光辉就像一个美丽的肥皂泡，看上去很美，但是很脆弱，一碰即破。梁楠郁感觉他一直担心的事情也许从一开始就已经悄无声息地发生了。

“我们这届援藏也快要结束了，到时你回去了，卤虫卵怎么办，还打算再干一届吗？”

“哈哈，我估计是要留了。”梁楠郁笑了笑，平静地问，“你呢？”

刚到双湖的时候，梁楠郁对糌粑、酥油吃不习惯，新鲜蔬菜更是稀缺。水、电、暖这些基础生活设备也不到位。每天都会经历缺氧的痛苦，走路会大口喘气、胸闷，就像鱼跳出了鱼缸，离开了水，张着嘴儿在喘气、挣扎。这种煎熬不是一天两天，是1095天。如果梁楠郁再留一届，又得再加1095天。

“我不会再留了。对我来说，经历过就够了，说不定接任我的人更出色。3年太长，离开家那么久，我想回去了。”我心里已经把他当作朋友，毫无保留地说出自己的真实想法。

我突然又想起万里之外的双湖。我堂堂一个极限登山者，在那待了两个晚上就扛不住了。但眼前这个刚步入中年的男人却要舍弃在北京的安稳日子，去那个荒原待6年时间。

一个月后，梁楠郁告诉我，在郭强的牵线下，双湖成功引进了一家冰激凌企业。取用冰川水做矿泉水比较常见，但制作冰激凌还是头一回，关注重点从西藏资源本身转移到其附加产品也比较新鲜。

10年前，郭强还在中组部当处长。有一天中午休息的时候，他在《读者文摘》上看到一篇文章，文章讲了一个爱斯基摩爱心基金的故事。

纽曼是一个业务一流的记者，因为长期为阿拉斯加的环保奔走呼吁，全力阻止了有损爱斯基摩环境的商业计划，得罪了权贵，被老板解雇了。正当纽曼无以为生的时候，阿拉斯加的爱斯基摩人酋长寄来一封邮件。纽曼撕开信封，里面是一份合同书。合同上写着爱斯基摩部落拟推出用当地无光电污染的冰雪和牛奶制作的原生态冰激凌，聘请纽曼担任唯一生产商，租费全免。

纽曼看完合同，明白这是爱斯基摩人在帮助自己渡过难关。他打消了远走他乡的念头，潜心做起了冰激凌，不仅解决了生计问题，更创造了巨额财富。一年后，纽曼设立了基金，将所赚的钱用于全球范围的环保及赈灾事业，这就是闻名北美的爱斯基摩爱心基金。

这篇文章触动了郭强，当时他在中组部负责联系西藏和新疆的对口支援工作。他心想，青藏高原的牦牛奶和冰雪水源比阿拉斯加还要好，偌大的中国，怎么没有人去搞冰激凌呢？

2016年，作为全国第八批援藏工作队总领队进藏以后，郭强积极推动这个设想落地，邀请了内地一些做冰激凌、奶粉的公司进藏考察，公司考察之后都说西藏的牦牛奶太少，无法产业化。郭强后来又找了长期在西藏拍纪录片的同学来考察，也说做不了。

时间到了2017年下半年，有一次郭强带领援藏县委书记参观拉萨产业发展。活动结束之后，郭强恰好看到旁边有一家冰激凌公司，顿时来了兴趣。这是北京援藏队引入拉萨的一家民营企业。无巧不成书，公司刚刚生产出成熟的冰激凌产品。领导们一品尝，纷纷交口称赞，口感丝毫不输哈根达斯。

郭强当即提出，民营企业来西藏做产业也是对西藏的支援，能不能和双湖的资源结合一下，使用无光电污染的牦牛奶和普若岗日万年冰川水，打造世界顶级品牌，争取超越国外品牌。

品牌的名字就叫普若岗日冰激凌。

郭强的观点引起了冰激凌公司负责人的强烈反响。在郭强的提议下，双湖县立即去办理普若岗日的注册手续，着手开展与冰激凌公司的合作。但是双湖县搞了个乌龙，注册的不是冰激凌。冰激凌公司并没有趁机去抢注，还是请双湖县重新去注册。

在内地开工厂，人、技术、运输、水、电、“三通一平”都不是问题，只需要考虑产品与市场。但这个世界海拔最高的县几乎一片空白，不管做什么都是从零开始。

冰激凌公司选取了一种聪明的折中方案，生产地依旧留在拉萨，而制作冰激凌的水源则取用拉萨千里之外的世界第三极冰川——双湖普若岗日冰川融水。

每销售一盒“普若岗日”牌冰激凌，向双湖缴纳一元钱。

待梁楠郁讲述完，我会心一笑。

这个消息我一周之前在郭强那已经得知了，我甚至还品尝了这款世界上独一无二的牦牛奶冰激凌。那个时候，它的名字还叫作“诺布庄园”。

西藏原产，入口醇香。

西藏颜色

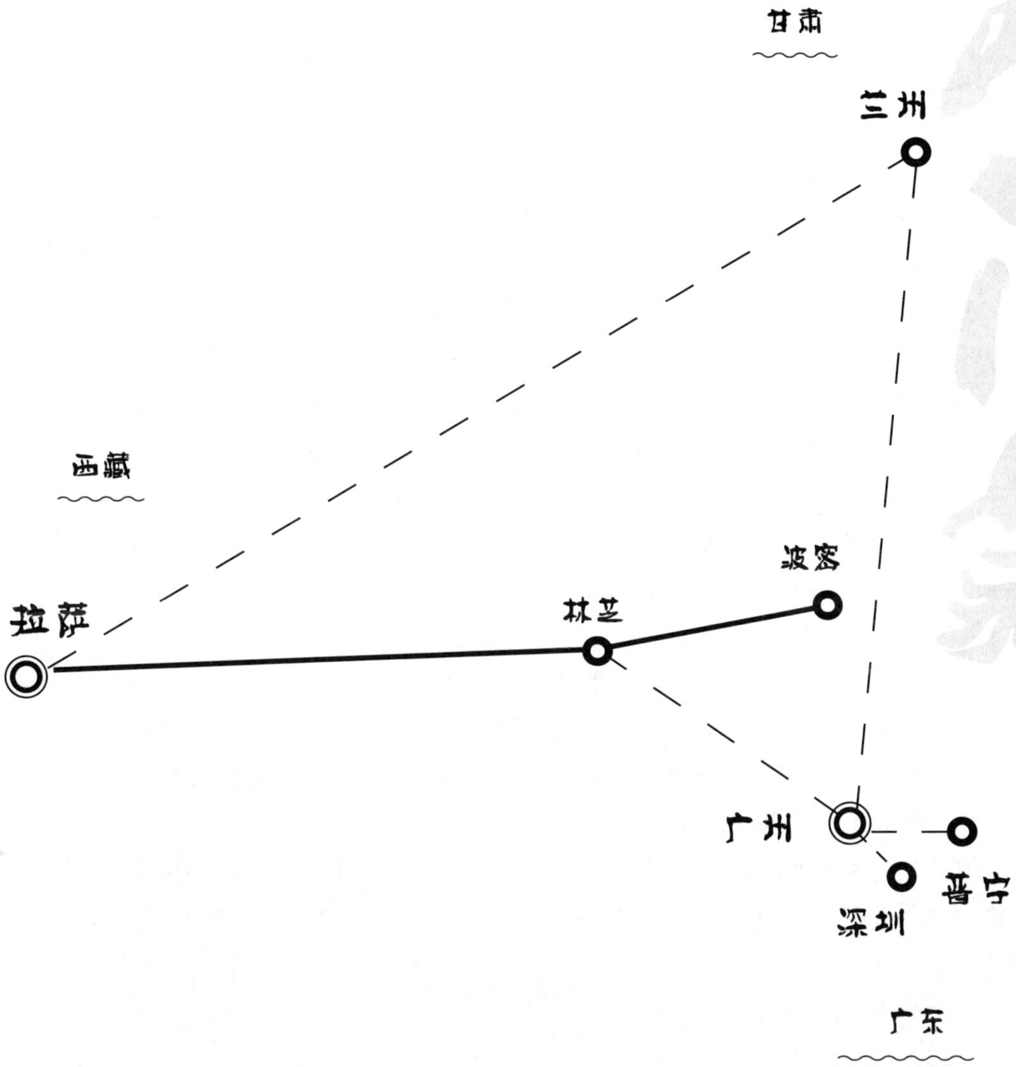

兰州，兰州

不忙说西藏，先去兰州看看。

因为藏族姑娘白玛，我去了一趟兰州。2018年11月15日，从广州回林芝途中，我特意选择在兰州中转。

第二天早上一觉醒来，推窗一望，兰州一夜白头。昨天悄悄下了整晚的雪，兰州给了我意外惊喜。这时候，该有人给我递一支“兰州”啊，点着火，痛痛快快地抽一回黄河的味道。

都说兰州人的早晨是从一碗牛肉面开始的，出门第一件事，先寻一碗牛肉面。兰州街头看不到“兰州拉面”的字样，只有牛肉面馆。兰州人说，外地的“兰州拉面”多是青海人在做，但只有本地的黄河水才能煮出真正的兰州味道。

雪花又急又大，但落在地面便消失无踪，只在树梢上积了白雪。我一路顶着像大片牛肉一般大小的雪花，走向近处的牛肉面馆。

“哇靠！”

到了店门口吓我一跳，10∶20了还排着那么多人呐。

吃牛肉面有讲究。面由细到粗分为毛细、细、三细、二细、宽、大宽、韭叶和几近失传的荞麦棱。兰州小伙子多选二细，姑娘选细，所以当地人开玩笑说吃二细的姑娘都是女汉子。

我是年轻小伙子，选了二细。

两个年轻师傅戴着白色瓜皮帽，各站在一个大桶旁边。往大桶里烫了面，第一勺将事先调好的面汤“唰”地浇到碗里，再一勺撒上葱花，一碗香气四溢的牛肉面便神奇般出现在橱窗上。

行云流水，气势如虹。

瞧这架势，正宗！

店里客人摩肩擦踵，我好不容易端着了自己的面，占了一个座位。结果叫的切牛肉又得在店门口的橱柜前排队，牛肉面里只有一点肉丁，想尽兴得单点一份。

终于又拿到小小一碟现切牛肉，我全倒进面里。

我平常极少吃面，米粉才是我的最爱。作为一个正宗湖南人，每天早上嗦一碗米粉，才是神仙日子。到了广州，没有米粉嗦了，只能移情别恋，湿炒牛河、街边肠粉也是极好的。

但这碗兰州街头的牛肉面却被我三下五除二，稀里哗啦一扫而光。完了，砸吧砸吧嘴，一看买面的队伍又排了十几米，硬是按捺住再来一碗的冲动。

别急，中午还有更好吃的。

踱出店门，大雪飞扬。七八个汉子蹲在街边，端着热气腾腾的牛肉面就着空中飘落的大片雪花，“哇哇哇”地往嘴里扒拉。

莫非这才是黄河汉子最正宗的吃法?

万达广场有一家放哈咖啡，我慕名而来，点了一杯招牌饮品——绿茶甜胚子。女服务员诧异地抬头瞥了我一眼，然后一声不响地转身去做饮品。

瞧什么瞧?一杯饮料的钱我还付不起吗?

我不露声色，尽量风度翩翩地在垫子上坐下。掏出采访的笔记本，握了笔写写画画，以我卓逸不群的文青气质反击女服务员的铜臭轻蔑。

书上说放哈是兰州新近最火的咖啡店，并特意提示：“这里总有兰州美女聚集，缺点就是店里总是人满为患，很难在这里寻找到安静。”

天杀的，坐了20分钟，整个店就我一个人。

说好的美女呢?难道就是女服务员吗?

人满为患呢?街上倒是来来往往走着行色匆匆的上班族。

很难找到安静?我几乎能听见门外飘雪的声音，好!吗!

饮品端上来，我才理解了女服务员诡异的眼神。

这玩意是冰的!

门外大雪飘飞，胃里冰冻三尺。

我嚼着甜胚子，酸酸甜甜，像极了湖南老家发酵的甜酒渣渣。

甜酒是烫的，这玩意是冰的!

我拿出攻略书，翻到最后一页，2014年5月第1版。

闭上眼，暗运内力，气沉丹田，吐纳3次，才把胃里的千年寒冰融化了。掏出手机拍了一段飘雪视频，配上李雨的《姐姐》，发在抖音上。

姐姐，去年见你一面，

你与人笑着笑着就说起了从前，

儿时的巷子里深深浅浅，
竟不知不觉就过了二十年。

李雨忧而不伤的声音突然让我想起白玛，那位林芝姑娘。

昨晚下了飞机安顿好已经是晚上8点，白玛一直在学校等着，我跟她约好一起吃晚饭。

我问她想吃什么。本意是想请她吃顿好的，一个藏区的农村女孩在外地读书，一定不容易。

20岁的白玛反问我："叔叔你想吃什么？"

叔叔？我看起来很老吗？我忍着内伤，一记黯然销魂掌悄悄拍在路边的小树上。

左顾右盼，学校附近都是些小档口。11月中旬的兰州街头已经很冷，绿化树的泥土上还残留着积雪。从机场回市区的路上，荒凉得让我神情恍惚，错以为身在西藏以西。

我感觉身上衣服穿得不够，时间也晚了，懒得再赶去远的地方，于是说："随便吧。"

最后选了校门口旁边一家云南米线店。一人一碗砂锅米线，白玛又叫了一碗米饭。店家端上来后，她直接把米饭推给我。原来她担心我吃不饱，帮我叫的。

"那你够吃吗？"我问她。

"够吃，够吃。"白玛频频点头。

一碗热乎乎的米线滑下肚子，身体才回暖过来。

白玛抢着买单。

我笑着拦住她："你一个学生娃，跟我一个拿工资的人抢什么单嘛。"

饭钱虽然没几个，心里却颇为感动。

聊天近23点才结束，街上零星的灯光显得清冷。我送她回学校，其实也就几百米之远。看着她瘦削的背影消失在校门里，我才动身回酒店。

白玛说，第一年来兰州报到的时候，是哥哥次多送她来的。

13年前，次多刚离开的那段日子她特别难过，心里空空荡荡，一直到上学之后才感觉稍微好受些。

"我愿意"

每年的三四月之交，是波密最美的季节，百里桃花竞相开放，游人如织。这片桃花几乎以一己之力改变了西藏的旅行季节，所有到访的人都惊叹不已：这个冰川之乡竟然藏着全世界面积最大的桃花林。

第一个发现这片雪域春景的人，一定是个反其道而行的旅行家，才会在冰雪覆盖的3月踏上前往西藏的艰苦旅程。

远道而来的游客出了波密县城往倾多镇走，一路上桃花与冰川相伴，云蒸霞蔚，美不胜收。到达倾多镇，便心满意足地掉头回县城。去过米堆冰川之后，极少人再深入探寻小镇东北方向15公里处的朱西冰川。

朱西冰川脚下有个朱西村，村里也有不事雕琢的野桃花。但村里极少有人造访，也难有人出去，世世代代遵循自然规律，繁衍生长。

村里有座普龙寺，盘踞在半山腰，慈悲地俯瞰着整个村子。

“让娃娃去庙里当喇嘛吧，书就别去念了。”

阿爸跟阿妈商量着三儿子次仁多吉将来的打算。去寺庙当喇嘛在村里是一件荣耀的事情，对于一个农村家庭的意义并不亚于考上大学。而更为重要的是，离家也近。

但阿爸阿妈不让次多上学，却另有原因。

次多的二姐在放学路上吃了用冷水泡的方便面，结果死在路上。每当想起这件往事，阿爸阿妈就心痛不已。

从村里到小学要走1小时，十几年前没有机动车，家长们没有精力接送，只能靠孩子们三五成群结伴行走。家长们每天都要担心孩子们的安全，既怕被狼叼，又怕被狗咬。二姐发生意外后，阿爸阿妈认为读书也没那么重要，又担心三儿子在路上遇到意外，所以次多满了7周岁还没送去上学。

“阿妈，让我读完小学，再去寺庙当喇嘛，好不好？”年幼的次多并不明白上学的意义，但他看到小伙伴们都去上学，只是希望能够跟大家做同样的事情。

阿妈看着三儿子央求的眼神，心一软，拉着他的小手，点点头，就算是答应了。

次多无惊无险地读到二年级，这让阿爸阿妈感到欣慰。

这是极其普通的一天，2006年6月。

次仁多吉跟表弟翅列展堆在屋前玩耍。村干部尼玛正好从旁边经过，呼喊着次多和翅列展堆：“哎，你们俩，跟我一起去村委会帮忙吧。”

次多和翅列展堆跟在尼玛的屁股后边，蹦蹦跳跳地走进了村委会。

小孩子们对村委会都很熟悉，那是他们大闹天宫的地方。

10岁的藏族孩子次仁多吉不曾想到，这一次跨入村委会的大门会让他的人生发生翻天覆地的改变。

尼玛一共召集了十几个孩子到村委会，说是迎接到村里的客人。孩子们的任务是献花给客人，展示歌舞表演。

村里安排次多献花给第一位客人，这是一位30多岁的叔叔。叔叔满面笑容地接过花，摸了摸他的头。次多感受到叔叔的善意，咧嘴一笑，露出雪白的牙齿。叔叔似乎有所触动，对次多点了点头，拉着他坐在卡垫上，陪他聊天，问他家里的情况。次多如实回答，他普通话不太流利，声音也小。

叔叔中等身材，微胖，声音洪亮却很有耐心，听在耳朵里舒服踏实。

“你的梦想是什么？”叔叔问次多。

“当喇嘛。”次多不假思索，把父母给他设定的人生道路说出来。

“那你愿意去广东吗？”

广东？次多以为在做梦，惊得四处张望。看着蹦蹦跳跳的小羊，蓝蓝的天上白云朵朵，这确实是白天，不是夜晚。

次多不知道广东在哪里，但他喜欢外面的世界，想去一个与世世代代生活的村子不一样的地方。他长到10岁，最远也只去过离村子15公里远的倾多镇。不过只要一有空，他就叫上隔壁的表弟翅列展堆一起跑到镇子里去玩耍。妹妹白玛很不高兴，因为每次都不带她一起去。

他对村子以外的世界充满了好奇。至于广东具体在哪里，这个问题好像并不需要考虑。次多没有过多犹豫，迎着叔叔期盼的目光，干脆利落地回答道：“我愿意！”

叔叔爽朗地笑了。

“次多家是爷爷做主，这个事情还得问一下爷爷的意见。”村主任坐在旁边提醒道。

“当然，那麻烦你们帮忙问问爷爷意见。”

村主任派了村干部尼玛去次多家。

过了15分钟左右，尼玛回来了。尼玛不会说普通话，跟村主任用藏语“嘎嘎”一顿说。村主任脸上的表情一会儿阴一会儿晴，不时插嘴问一两句。终于听完，笑着转身过来面向叔叔。

次多却低下了头。

“怎么样，爷爷怎么说？”叔叔迫不及待地问。

“次多爷爷说愿意！”村主任回答。

“哈哈，那你们干吗说那么一大通，我还担心爷爷不同意呢。”叔叔如释重负，开心地笑了。

“尼玛在给我讲他们说话的过程。”村主任也笑了。

尼玛去次多家里问爷爷：“书记要带次多去广东，问你们家愿不愿意。”

次多爷爷80多岁，年纪大了，听不大清楚，侧着耳朵问：“哪个书记？”

“咱们县委书记。”

“哪个县委书记，不认得。”

“咱们波密县援藏的书记啊。”

林芝桃花

文/图 小米飞刀

世上桃花分两种
一种是桃花
另一种，是林芝桃花
譬如高原人，以及其他人

树是大树
果是小果
矛盾的逻辑，1/2 清和苦
1/2 是五百年的落日和升月

不老的岁月是孤独的
但不包括
雪山下的桃花
百里荡漾，海的模样

树下牛羊仿如天上星辰
那也是海的子嗣
而且，爱情也在
偷偷绊倒了许多时光

每个三月都返老还童
林芝桃花仿佛少女爱着人间
新鲜的欢喜
从未死去，岁岁新生
像轮回一样

如此
林芝亦只分两季
一季是桃花季
另一季是其他

林芝巴宜区米瑞乡

三月未央

文/图 小米飞刀

我将格桑花籽
连同自己
一起种进土里

我期待五月
西藏的窗台
漾成花海田田

那么
你是来看花
还是看海

林芝大峡谷宗松村

“哦，援藏的呀，好人呐。”次多爷爷露出笑容，嘟噜着，“还是不认得。”

“哎呀，就是‘天麻书记’啊，认得不？”尼玛着急了，“同不同意，你们倒是给个意见呐。”

“哦，哦，‘天麻书记’啊，你咋不早说？”次多爷爷笑眯了眼，满脸的皱纹微微颤抖，频频点头说，“愿意！愿意！可以！可以！”

次多爷爷跟次多一样，从来没有走出过大山，但他相信带领大家致富的“天麻书记”。

尼玛也乐了，问站在爷爷旁边的次多阿爸阿妈意见：“那你们呢？”

“次多爷爷都同意了，当然愿意。”次多阿爸乐呵呵地说。

“那就好，对次多这孩子是大好事，那我先回去了，大家伙还等着消息呢。”尼玛既为村里孩子有了更好的出路感到欣慰，也为完成任务获得轻松。

“广东在哪里，远吗？”尼玛正要转身走的时候，次多阿妈怯怯地问道。

“呃，这个嘛，我也没去过。咱们县里好多路啊，桥啊，房子啥的都是广东帮我们修的，错不了，是个好地方。”尼玛笑呵呵地走了。

村主任绘声绘色的复述逗乐了屋里的人。

“看来多亏去年种了天麻，今天才能把孩子带走，哈哈。”叔叔笑着说。

“咱村也有农户跟着政府种天麻，收益好，说起援藏的‘天麻书记’，大伙都知道。”村主任说，“乡里的桥也是援藏修的，大家心里都记着呢。”

除了次多，表弟翅列展堆也被邀请去广东。同行的另一位叔叔也表达了同样的意愿，表弟家人听说是“天麻书记”带来的客人，欣然同意。两位叔叔与村主任约好，7天之后他们来带俩孩子走。

直到后来，次多才知道“天麻书记”叔叔叫许典辉。

许典辉在回县城的路上思绪起伏，既兴奋又忧虑。

这次带着广州的企业家朋友去朱西村，原本只是考察朱西冰川的旅游资源，结果各认领了一个孩子。许典辉转头看了一眼朋友，朋友已经靠着座椅睡着了。内地人刚进西藏，缺氧易困。

在村委会慰问的时候，十几个藏族孩子给来自广东的客人表演唱歌跳舞。天真活泼的孩子们让许典辉心念一动，动员朋友助养一个藏族孩子，接到广东去。

“咱俩一人一个吧。”

“行，这是好事。”朋友想带的是次多的表弟翅列展堆。

要不是去年种了天麻，今天还真未必能这么顺利，许典辉心里暗呼侥幸，不由得回想起这两年的援藏时光。

许典辉当时是广东省第四批援藏干部，2004年7月进驻林芝波密，挂任县委书记。进藏之后，许典辉一直在思考，老百姓要致富就必须发展产业，得找准一个切合当地需求的点。

最后他盯上了天麻。

波密林下资源丰富，天麻名声在外，但老百姓看天吃饭，天麻全靠野生。这两年市场需求增大，天麻卖出了每斤上千元的高价。疯狂的高价刺激了村民们的野蛮挖掘行为，漫山遍野的野生天麻被连根拔起，甚至连花生米大的初生天麻也未能幸免。所有人都在寻找更多的天麻，挖掘留下的坑洞无人填埋，种子也被破坏，来年便长不出新的天麻。

村民们想不到的是，高价却没有带来高收入。毁灭式挖掘令波密的野生天麻逐年减产，环境也遭到了破坏。每年还有意外发生，因挖掘天麻遭遇雪崩和落石而致残致死的村民屡见不鲜。

不管是保障老百姓持续增收，还是维护自然生态，保护性开发野生天麻都是应有之义。

那能不能在仿野生的环境下由人工来种植呢？

老百姓摇着头，用无比确切的语气说这个玩意只能靠老天。村民们不但收集了野生天麻的种子，还连带把森林土壤也搬下山，堆在房前屋后，拖来60公分左右一节的木头作为营养，撒下青岗树的腐叶，苦心孤诣地营造仿野生的环境，但也没种出天麻。当地干部说，政府前前后后有组织地探索了40年都没有成功。

40年都没有成功？许典辉没有继续问下去，回头就上网去搜索人工种植天麻的新闻报道。

咦？还真有几个地方成功了。2004年，国内人工种植天麻技术方兴未艾。

许典辉喜出望外，想方设法拿到种植专家的联系方式，兴冲冲地打电话过去。对方一听要上高原，匆匆挂断电话，再打过去已无人接听。陆续又联系了七八个专家，要么没兴趣，要么没信心，有些直接拒绝，或者敷衍几句，总之没人愿意进藏。

大部分内地人对高原都有与生俱来的恐惧，鼓动素未谋面的陌生人远赴千里上高原，这当然很难。连吃几个闭门羹，许典辉倒也不气馁。这事要是容易做成，也不至于当地努力了几十年都没有实现。

终于有一位山东专家愿意与许典辉多聊两句，他对进藏并没有兴趣，或许只是出于礼貌。许典辉抓住机会向他解释西藏的生存环境和高原反应。没错，波密是高原，但其实海拔只有2700多米，跟云南丽江差不多。作为冰川之乡，大大小小的冰川多达2000多条，但到处都是森林，含氧量高，被称作“雪域江南”，并非西藏其他地方那般荒凉。西藏经济落后，但县城里的生活条件跟内地相差不远，也有很多内地人在此工作生活。只要遵循科学的方法，不会发生高反。

对方语气有所缓和。

许典辉趁机再详细介绍冰川之乡人间天堂般的大美风光，每年桃花盛开的时候，全国游客都会慕名而来；向他讲述全国援藏如何帮助西藏发展，改变当地面貌；广东援藏队在波密开展的对口支援工作，跟老百姓的深情交往。

许典辉趁热打铁，与山东专家连续通了好几天电话。最长的一天，俩人打了五六个小时的电话，比热恋中的情侣通话时间还长。专家被许典辉的真诚打动了，终于松口说他是家里独子，要跟父母商量一下。许典辉问给多少酬劳合适，专家回答说不忙谈费用，成功了再说。

从山东到拉萨，迢迢近万里，朝发夕至。工作人员在拉萨接上专家，从拉萨到波密不到700公里，却花了3天时间。

站在许典辉眼前的是一位白白胖胖的小伙子，背着一个大包裹。

专家姓李，80后。

许典辉立即成立由援藏干部、县农牧局、乡镇技术员组成的项目小组，由小李专家带领，扎根在城郊新辟的30亩波密天麻基地，正式开展高原仿野生人工种植天麻研究。

西藏物资短缺，产业发展的配套装置更是匮乏，所有设施设备都需从内地购置。且不说消毒用的工业高压锅等大型设施，就连小至试验用的试管都要专程去成都购买。

小李专家认为种植天麻的关键是技术，技术的核心是培育种植辅料密环菌。密环菌就像婴儿的脐带，一头连着木头和土壤，一头连着天麻种子。

在高原培育密环菌，还没有人做到过。

方向确定了，便是不断尝试，伴随而来的是意料之中的不断失败。上级领导和当地干部并不看好，过去几十年的失败已经消磨了大家的热情。个别援藏队友也在背后冷言冷语：别的援藏队都在修广场盖房子，一年一个样，援藏成效一眼就能看到，咱们种什么鬼天麻，半年都见不到一个天麻影子。

个中难处自不待言，但也全非负面消息。实验需要大量的天麻种子，但已错过天麻旺季，关键时刻镇干部发动村干部把自家挖的野生天麻贡献出来。老百姓倒也支持，上千元一斤的野生天麻，尽挑个头最大的用蛇皮袋装了扛到援藏队。

许典辉认准了便不肯轻易认输，不断给项目小组鼓劲打气，做好协调保障，让项目小组免受干扰，静心研究。波密海拔虽然不算高，但好歹也是高原。长时间超负荷工作，二十出头的小李专家也扛不住了，倒了好几回，一双腿脚肿得下不了地。许典辉赶紧找医生给他看病，安排人一日三餐送到他房间，悉心照料生活起居。

小李专家带着项目小组一扎就是整整一年。从2005年年初到年尾，不断调整培育和种植方案，野生种子换了一茬又一茬。

粉末状的黑色种子撒进土里，吸收阳光、水分和营养，以及静默的时光。冰雪融化，破土而出，经受寒夜和烈风，躲避虫害。漫长而艰难的生长，与万物一般无二，但发生在2700米高度的这一切似乎也有些与众不同。

天麻生长缓慢，成功却似乎越来越触手可及。消息传出去，来参观交流的领导和同行越来越多。每来一批客人，便要用小铁锹铲出几颗天麻展示。许典辉心疼不已，划出一小块种植区专门用于交流展示，其他区域任何外人都不得干扰。

到了12月份，米粒般的小天麻长至土豆大小。至此，终于可以正式宣告成功。历时一年，项目小组成功攻克了高原种植仿野生天麻的技术难题，波密长达40多年的探索告一段落。

采摘的那一天，附近的老百姓闻讯而来，都趴在基地围墙上，好奇地张望4个长条箱里长出的一颗颗天麻。技术员将新培育的天麻种子分发给大家，村民们郑重地伸出双手捧在手里，像捧着一抔不可思议的珠宝一样。

教会了村民技术，小李专家才离开波密回了山东。不知不觉间时间已经过去了一年多，白白胖胖的小伙子黑了不少，也瘦了不少，那些都是高原留下的印记。县里在试种区的基础上又新开了3个100多亩的种植基地，波密人工种植天麻实现量产。

老百姓种上天麻，在家门口实现了致富，挖掘野生天麻的需求便降低不少，不用再冒生命危险和破坏环境的风险。在保护中开发，通过开发促进保护，保护生态与产业发展并非天然矛盾。

许典辉一直记得2006年的藏历新年，他与县长格桑一起下多吉乡调研，途中接到松宗镇领导电话，请他们回程经过松宗镇时务必要留在村里吃顿饭。

一行人到了才发现桌上琳琅满目地摆着天麻藏鸡汤、清蒸天麻片、膏烧天麻、鱼头炖天麻、凉拌天麻……都是许典辉结合波密旅游组织开发的几道天麻菜式。还有逢年过节才能品尝到的盘空肉，这是压在青稞堆里制作出来的波密特色菜。原来松宗镇也办了个天麻种植基地，100多户村民都种上了天麻，村民们特意准备了一桌“天麻宴”，他们要与恩人分享丰收的喜悦。

波密天麻取得了成功，后续又引进广东援藏企业进行深加工，陆续开发出天麻胶囊、天麻饮料、天麻素等系列产品。种植户都尝到了甜头，对于藏族人来说，汉族人的名字不好记，于是“天麻书记”的称呼在波密就慢慢传开了。

车窗外崇山峻岭，一个个安静祥和的藏族村庄闪过眼前。但许典辉无心欣赏风景，他在考虑该怎么跟家人开这个口。

他们家有个8岁的儿子，夫妻俩一直想再要个女儿，也曾动过念头收养一个女儿，两个小孩可以互相陪伴。可次多是个男孩子，一头浓密的卷发，黑黑瘦瘦的样子简直就像一只小野猴。跟当初与妻子杨启慧一起憧憬的花枝招展的宝贝女儿相去甚远，她能接受吗？

一想起次多的样子，许典辉不禁哑然失笑。事实上，在问次多愿不愿去广东的时候，许典辉心里并没有做好助养的准备，他只是尝试着询问。但是眼前这个小布丁回答得如此干脆利落，倒是大出他意料。藏族孩子笑起来真好看，像一朵白莲花。次多回答“我愿意”的时候勇敢地直视着许典辉，那双清澈至纯的眼睛里尽是希望的光芒，像一道清泉，沁入了许典辉的心里。

好，就他了，许典辉当时就认定了次多。

这些年但凡是许典辉做的决定杨启慧都会支持，包括来波密援藏3年，她也毫无怨言，一个人在广东抚养小孩。她应该会支持吧。父母呢？亲朋好友呢？

许典辉是潮汕人。潮汕人家族观念特别浓，大事都是整个家族一起商量。但内地人对西藏有误解，总以为这边的孩子不常洗澡，身上有味道，比较野蛮。

晚上电话打到家里，果不其然，亲戚朋友都有些担忧。能不能健康成长？会不会成才？长大了怎么办？两兄弟家产怎么分？

父母倒是很支持，妻子还是有些担心。

"既然决定助养，那就是一辈子的事情，决不能半途而废，可要想好了。"杨启慧说。

"只要是个孩子，总会有这个那个问题的。你看我们儿子，不也很调皮嘛。我想好了，放心吧，西藏的孩子很淳朴，你见了肯定会喜欢。"

"好吧，既然你决定好了，那我们就用实际行动，真情换真心吧。"许典辉并没有经多少周折就取得了妻子杨启慧的支持。

"多谢你支持，我相信好人会有好报的。"许典辉挂了电话，松了一口气。

7天后，许典辉如约而至。

如果不是阿爸阿妈早上提前准备了哈达，在桌上摆了糖果和卡塞（油炸面食，藏族人家款待客人的点心），次多几乎已经忘记了今天是7天之约的最后一天。村里有人说，之前也有游客到了村里，说要资助村里的孩子上学，离开之后就不了了之了。

"别想那么多了，次多，我们去玩吧。"小伙伴们也舍不得次多离开。随着时间一天天过去，次多以为"天麻书记"叔叔不会再来了。所以当许典辉坐着越野车出现在村里的时候，次多喜出望外。

爷爷乐呵呵地给许典辉献上哈达，一家人坐在一起拉着家常，村主任在一旁翻译。

许典辉是一个人来的，只有司机陪着他，他的企业家朋友没有来。原来到了第六天，朋友打电话给许典辉，表示很抱歉，他家人意见不统一，朋友最终还是放弃助养。他转来一笔助学费，托许典辉带给次多表弟家人，当是一份心意。

村主任陪着许典辉去了次多表弟家，家里人也早早准备了洁白的哈达。许典辉把情况说明清楚，转交了助学费。翅列展堆的家人难免有些失望，但还是真诚地表达了感激。藏族人并不擅长把怨气撒在别人身上，他们乐于接受，安分守已，认为一切都是最好的安排。

临走的时候，阿爸阿妈叮嘱次多要听话。哥哥久美朗加拍了拍次多的背，妹妹白玛拉着次多的手，依依不舍。

“反正要走，又不是不回来。”次多抱了抱妹妹，转身上了越野车。许典辉把次多安排在波密县城上学，与他一起住在县委的宿舍里。

与众人扬手告别，越野车穿过村子的时候，次多突然望见表弟翅列展堆躲在自家屋角，默默地注视着他。次多心一酸，走得匆忙，竟没来得及跟表弟告别。

多年后，翅列展堆小学毕业，按照家里人的安排进了普龙寺，成了一名喇嘛。这原本也是次多的人生轨迹。

沉默的父子俩

蓝天白云，繁茂森林，青青牧场，洁白的冰川泛着寒光，登觉坡荣雪山高耸入云，朱西村的一切似乎都令人心旷神怡。

杨启慧和儿子许博涵迫不及待地想要见到次多，当年暑假便赶到林芝，由许典辉和次多陪着一起来到朱西村。

两家人聚在一起有说有笑，其乐融融。村民们闻讯赶来，屋子里更是热闹。杨启慧和博涵第一次经历藏家聚会，都感觉新鲜好玩。

唯一的尴尬是上厕所。让杨启慧感到意外的是，全村居然没有一个厕所。次多和妹妹白玛分别领着他们到麦田里解决。

次多家人感觉很不好意思。没建厕所主要还是观念问题，村里人认为在家里建个厕所不卫生也不健康。

第二次去的时候，次多家专门为许典辉家人在屋子后面远远地建了一间木板房，地上挖个坑，架两块木板，便是一间简易的旱厕。旱厕里苍蝇横飞，异味难除，还不如在野外来得清爽，客人们更不敢用。

奶奶也想见次多，许典辉请了个假，把次多带回广东普宁的家里。当晚，许典辉亲自下厨，家里人热情地接纳了这位来自遥远高原的西藏孩子。

“阿弟啊，奶奶教你说潮汕话，你要学会讲，人家才会把你当本地人。”许典辉母亲拉着次多的手，慈祥地看着次多说。

“弟”是潮汕地区对小孩的昵称，许典辉亲生儿子属虎，叫“虎弟”。从此，许典辉家里又多了一个“弟”，藏族孩子次多成了广东普宁的“多弟”。

次多懵懵懂懂，后来才明白潮汕话在当地有多么独特的地位。据说外地人嫁了潮汕人如果不会讲潮汕话，会很没地位，吃饭都得低着头。

但事情并没有完全按照歌舞升平的剧本进行下去，冲突很快暴露出来。

“好臭啊，谁上了厕所没冲水啊？”虎弟突然从洗手间里冲了出来，大喊大叫。

许典辉留意到，次多坐在沙发一角手足无措，偷偷低下了头。次多生活的朱西村连旱厕都没有，拉肚子都只能跑麦田里解决，他哪知道上了厕所还得按冲水。

都怪自己没及时教他，许典辉对杨启慧使了个眼色，便径直走进洗手间按了冲水马桶。杨启慧心领神会，把虎弟拉到一边，对他说：“可能爸爸妈妈哪个忘了按冲水马桶，你顺手冲了就可以了嘛。”

晚上睡觉的时候，虎弟死活不肯让次多跟他睡一张床。

“我不要让他睡我的床，臭得很。”

虎弟年龄还太小，无法成熟地看待自己与次多的差异。夫妻俩只得先解决好次多的睡觉问题，再慢慢教导虎弟。

不能让次多觉得自己是外人，得尽快教会他基本的生活常识。过几天就要回去波密，在他熟悉的地方心理上可能会好受些。许典辉跟杨启慧交流后，形成统一意见。

其实小孩自有相处之道，第二天，虎弟与次多就玩到了一块。

在普宁待了几天后，许典辉与次多回到了林芝。多年的藏区农村生活习惯一下子难以改变，许典辉打算从洗头开始培养他的卫生习惯。

这一天是周末的大中午，骄阳高悬，温度适中。许典辉烧了一桶热水，倒在脸盆里，探手试了冷热。在院子中间搁了一张木凳子，把脸盆摆上去。然后招手让次多在脸盆前低下头，先用热水冲湿他的头发。

“水温怎么样，冷吗？”

“不冷，刚刚好。”洗头水流进了次多的嘴里，回答含糊不清。

许典辉给他抹上洗发水，帮他搓头发。搓出泡沫之后，再用热水把头发冲洗干净。看着眼前这个10岁的少年，许典辉有些恍惚。虎弟是从几岁开始学会洗头的？6岁？7岁？好像从来没有教过他，时间长了自然而然就学会了。

次多的头发许久没洗，一次洗不干净。第二次的时候，许典辉让次多自己重复一遍流程。最后才拿了毛巾，教他怎样把头发擦干。

“感觉怎样？”

“嗯，很舒服。”

“那行，从今天开始，你每周要洗两次头、两次澡。”

“嗯。”次多尝到洗头的甜头，满口答应。

随后，许典辉再教次多使用洗衣机来洗衣服。次多天性聪明，许典辉只要教一次他就学会了。许典辉原本要求他每周洗两次澡就够了，但他跟了许典辉的习惯，每天晚上都要洗一次。

“叔叔，等我回到广东，弟弟再也不会说我身上有味道了。”

许典辉欣慰地笑了，这是个用心的孩子。

许典辉把对亲生儿子的疼爱与愧疚加倍地倾注在次多身上，给他做饭吃，给他洗头。每天晚上，许典辉不管有多忙，都要检查次多的作业。有一个骆驼祥子背小孩的故事，次多理解不了。许典辉就用铅笔把故事里的场景画了出来，帮助他消化。到了期末，次多的成绩从班里30多名一跃升至前3名。

对于许典辉来说，以前下班回到家里，房子里总是空空荡荡，让人无端多了几分孤独和思乡之情。那时候还没有手机视频，只能通过电话与家里联系。但现在每天都有一个人在家里等着他，这种感觉很暖心，也很充实。他对次多付出亲情的同时，次多的存在也抚慰了他远离家人的孤独。从这个意义上来说，这也是次多对他的一种回报。

每到周末，许典辉便一早带着次多回朱西村。

“天麻书记”来了。

村民们在村口就迎上许典辉，聚在次多家的火炉旁，陪着许典辉有说有笑。许典辉来得多了，周边村子的老百姓也慢慢聚了过来，大伙都成了朋友。

许典辉偶尔也会让次多跟村民们分享县城里的一些见闻，在县城读书有什么不同，读书以后有些什么想法。村民们一半是鼓励，一半也是觉得新鲜，乐呵呵地听着次多的分享。

听得最认真的是妹妹白玛，原来县城这么好玩，哥哥的读书生活也让她神往。“将来我也要到外面去！”白玛在心底悄悄埋下了一颗种子。

次多阿妈一边烙饼，一边看着儿子大大方方地在众人面前说话，欣慰地笑了。她心里明白，许典辉每周都坚持带次多回来，自然是为了让他们一家人团聚。

除此之外，许典辉也有自己的另外一层考虑。作为县委书记，跟村民们待在一起可以了解到第一手情况。今年的野生松茸少了，青稞收成也不好，谁家天麻多了销路，谁家娃娃也读书了，村民们说着自家的情况，但从来没有过多的要求。

这几乎是一场美食汇，每家每户都把自家最好的食物带过来。自家种的核桃、苹果，自家晾的风干肉、桃干，自家油炸的卡塞。清水炖新鲜牦牛肉，稍稍搁点盐，端上来手持匕首切着吃。刀刃寒光闪闪，牛肉香气扑鼻。谁家端来现烤的藏香猪肉，“嗞嗞”地冒着油花。热腾腾的烙饼抹上一层上好的酥油，那味儿绵软又带点甘甜。还有自家酿的青稞酒，村民们都是拿碗喝。

几碗下肚，有人开始唱歌，“咿呀嗦巴扎嘿”，清亮的歌声回响在大堂里。这个唱完，再撺掇下一个人唱。下一个人也不推辞，大大方方地端起酒碗开了嗓，唱完把酒碗往旁边人身前一推。被敬酒的人也豪爽，接过酒碗三口一碗，最后一口一饮而尽。然后又有人跃跃欲试，跳起了锅庄。

这样的生活，谁会不喜欢呢？这几乎是一个感受不到悲伤的民族，快乐的天性刻在藏族人的骨髓里。普天之下都是朋友，心灵的隔阂薄如蝉翼，一点即透，随时把心掏出来给你。

一直到吃完晚饭，许典辉才带着次多回县城。临走的时候，大伙非得送到村口，约定下个周末再见。

回去的路上，暮色沉沉，繁星点点，越野车在茂密的森林中穿行。

每个周末都像过年一样。

每次出远门，许典辉都会给次多带礼物回来。这一天，许典辉从八一镇带回一辆小自行车。次多喜出望外，在院子里兜圈。骑完了心里纳闷，叔叔怎么知道我想要一辆自行车？

那段时间有几个小孩子在大院里骑自行车，次多喜欢看，经常看着看着就发呆。但他从来都不会向许典辉开口要东西，他认为叔叔一家抚养他已经很辛苦了，怎么能再添麻烦呢？这些细节都被许典辉看在眼里，他不露声色地观察次多的喜好。他担心如果开口询问，次多会难为情。

这两父子，一个不说，一个不问，都在小心翼翼地维护着对方的自尊心。

潮汕故事

2007年6月28日，许典辉完成3年援藏任务，按照组织上的统一安排回去广东报到。他的打算是等8月份次多放了暑假，再把他接来广东，正式跟着他们全家人一起在广东生活。

次多留在了波密。他一个人待在房间里，闲着无事划了一根火柴，左顾右盼，看到墙上沾着一沓文件，便伸手过去点燃了其中一张。

火苗突然上蹿，舔舐了整面墙的文件。次多急忙抓了桌上的书本去扑火。火焰却越烧越旺，整个房间都被点燃。

“叔叔，救我！救我！”次多扔了烧着的书本，站在房间中央，惶恐无助地呼喊着。

“砰”的一声，房梁带着火焰掉了下来，熊熊大火把次多裹进火海中，瞬间吞没了他绝望的小脸。

许典辉突然坐起，满头大汗，胸口剧烈起伏。

“怎么了？”杨启慧拧亮床头的台灯，温柔地问道。许典辉这才意识到，刚才的场景只是自己在做梦。他把梦里的情景告诉杨启慧。

“没事的，梦都是跟现实相反的，你一定是太想次多了。”妻子安慰着从高原回来还不到一周的丈夫。

重新躺下，许典辉犹有余悸，许久才又睡着。

第二天晚上，许典辉再次梦见同样的场景。巧合的是，杨启慧也做了相同的噩梦。夫妻俩自然是因为日有所思，才会夜有所梦。但梦境里的场景过于惊悚，俩人都心急如焚。

“不要再等放暑假了，赶紧把孩子接过来吧。”杨启慧打破沉默。

“好，我们尽快把他接过来，在这边给他请个老师把功课补上。”

8天后，许典辉在广州机场看到次多毫发无损，这才放下心来，一把将他拥在怀里。

次多称呼许典辉夫妻为叔叔阿姨。“其实就是父母，只是从小这么称呼惯了。”次多说，“但也不会忘了自己的亲生父母。”

博涵比他小两岁，自然叫弟弟。

刚到普宁那会，当地人都很好奇，全校的学生隔三差五就跑过去看他。

“哎，那个班有个藏族人呢。”

“男孩子，有点小帅哦，就是黑了点。”

“听说他们一辈子只洗3次澡哦。”

“啊？哪3次？”

“出生一次，结婚一次，去世一次。”

“啊……”

班上有个藏族学生，这在12年前的普宁小县城，其轰动效应不亚于来了一位外国人。关于西藏的各种不可思议的谣言也传开了。

为了让次多尽快适应当地生活，奶奶亲自教次多讲潮汕话。很多人听过这样一句话，天不怕地不怕，就怕温州人讲鬼话。在中国最难懂的十大方言中，温州话排第一。据说在对越自卫反击战中，越军有很多特工，普通话、广东话都被敌军破译了。首长要求连队用温州话通讯，从此再也没有被破译。世人只识冠军，很多人不知道，在中国“最难懂十大方言”中，潮汕话妥妥地坐稳第二把交椅。

潮汕人把潮汕话叫作学老话，本地人学到老都学不全的话。这门方言的地域性实在太强，经常搞得人一个头两个大，极少有外地人能学会潮汕话。对于一个来自西藏的孩子来说，普通话都还没说溜，要学会潮汕话，其难度无异于登顶珠峰。

但在奶奶和家人看来，语言是帮助次多在潮汕这个地域性极强的地区立足的首要条件。出乎大家意料的是，次多表现出惊人的语言天赋，5个月之后他居然就能基本听懂家人的对话。两年之后，同学们突然惊奇地发现，次多一会儿说藏语，一会儿又满嘴的“食笨”（吃饭）、“党哑”（等一下）、“担咪个”（说什么）、“无影无只”（不靠谱）、“爱做尼住做尼”（想怎样就怎样）。

从此以后，再也没人特意从别的班跑过来围观藏族次多，这个班多了个潮汕“多弟”。

真正住在了一起，次多才感受到这个家庭的幽默。许典辉喜欢下厨，在家都是许典辉做饭，他们仨坐着等。

“把事情交给一个会下厨的男人肯定放心。”阿姨总是适时地表扬叔叔，“哈佛研究说，做家务的人跟不做家务的人相比，成功率是5∶1。”

“你就知道忽悠我做饭。”许典辉乐呵呵地回嘴。

许典辉起得早，挽起衣袖做起了早餐。潮汕人喜欢喝粥，不一会煤气炉上的砂锅粥就熬得“嗞嗞”响，端上桌再撒点葱花，卖相也好。在锅里放了油，煎了几块潮汕地区特有的小吃——粄，还担心母子三人吃不饱，又打了几个鸡蛋煎成荷包蛋。

早餐一端上桌，顿时房间里香气四溢。嗯，今天状态还不错。许典辉对自己的手艺也颇为满意，解了厨房围裙。

可是，总感觉哪里不对劲。没有鲜花，没有掌声，毕生绝学施展出来，却没有捧场的观众。

母子三人还在蒙头大睡。

许典辉心念一动，打开音响开关，把音量调大。顿时，嘹亮的藏歌响起，回荡在房间的每一个角落。

许典辉得意扬扬地伸腰活动筋骨。不一会儿，母子三人陆陆续续从各自房间，趿踏着拖鞋睡眼惺忪地走了出来。

“这谁啊，大早上的咿呀嗦巴扎嘿的，也不让人睡个好觉。”

“今天周末好不？”

“老爸，你这招绝了，在美妙的歌声中醒来，闹钟的铃声也该改成音乐。”

许典辉哈哈大笑，得意地说：“研究发现，每天的心情是从早上醒来的那一刻开始的，祝你们今天拥有好心情。”

“多弟哥，吃完早饭，我们去打篮球吧。”博涵边喝粥，边问次多。

“好啊，让我看看你进步没有。”次多点点头。

哥俩特别要好，这么多年从来没有红过脸。次多生活节俭，担心给家里添麻烦，从不主动要求什么，但博涵在网上购物都是俩人商量着买，有博涵的一双鞋就必然有次多一双，一个41码，另一个42码。博涵原本不太爱运动，次多总带着他一起打篮球。时间长了欲罢不能，放了假俩人总要结伴一起出去跟外面的人交手过招。

“哟，现在这么要好啊，当初是谁不让多弟睡他的床啊？”

两兄弟哈哈大笑。

“老爸，这个梗说一万遍了，你也不腻啊。”

2010年，全家迁到深圳定居，特区的活力给家里人带来了许多新鲜感。但是博涵发现次多反而一副心事重重的样子，近段时间都很晚才睡觉。博涵有些担心，偷偷告诉了老爸。许典辉专门抽了个时间，与次多谈心。

“叔叔，我在广东这么好的地方享福，但阿爸阿妈他们还生活在村子里，一辈子没走出过大山，一想到这些我心里就难受。”

次多的话让许典辉感到欣慰，来广东的几年，孩子的淳朴天性并没有改变。当初打动许典辉的，恰恰就是次多灿若莲花的笑容和一尘不染的眼神，还有他果敢的性格。改弦易辙，忘掉初心，并不是许典辉希望看到的。

“多弟，有句话你要记住，‘大忠就是大孝’。”许典辉正色道，“男子汉志在四方，在广东能够接受更好的教育，将来成才，忠于国家，忠于事业，你才有能力给父母提供更好的生活，给社会做更大贡献，这才是最大的孝。天天待在村里，陪在父母身边碌碌无为，那不是真正的孝。我们会陪你一起，培养你成长，一起回报家庭，回报社会。”

“叔叔，我明白了。”在家里许典辉说话很少这么严肃，次多细细品味这一番话，点了点头说，“等大学毕业，我就找一份称心的工作，把阿爸阿妈接出大山，看看外面的世界。长大了我也不想结婚，工资就给自己留一小部分，剩下的分一半给西藏的阿爸阿妈，另一半给叔叔阿姨在深圳买房。”次多知道深圳的生活成本高，许典辉一家人当时在深圳还是租房住。

“哈哈。”孩子朴素的愿望打动了许典辉，他若有所思地拍了拍次多的肩膀说，“婚还是要结的，睡吧。”

阿爸阿妈并没有让次多等多久，很快就从大山里走出来了。

为了彻底解开次多的心结，许典辉与杨启慧商量，把次多的家人接到了深圳。哥哥久美朗加跟着一起来了，妹妹白玛留在家里帮忙收割小麦。阿爸阿妈带了一箱子的波密特产，到深圳走亲戚。

许典辉亲自下厨，做了满满一桌饭菜。潮汕人不吃辣椒，但西藏人川菜吃得多，又特意炒了几个辣椒菜。

白天，次多和博涵就陪着到处转。阿妈本来就晕车，从2700米的海拔突然降到海平面，醉氧来得厉害。再加上大城市的车水马龙绕得眼花缭乱，阿妈顿时晕头转向了。但阿爸和哥哥倒是很适应，大城市的繁华时时刻刻都是新鲜的，大家一路上乐呵呵。

几天之后，次多家人心满意足地回去了。本来就很放心，不放心当初就不会把孩子托付给“天麻书记”。亲眼见到许典辉一家人对次多的疼爱，家里人更加欣慰。至于深圳的繁华生活，反倒是其次了。临走的时候他们一再对许典辉一家人说“扎西德勒”（吉祥如意）。

次多的心结彻底打开，他变得更加努力。

为山九仞

从小到大，许典辉从未打骂过次多。

“对亲生儿子都没这么好。”奶奶用潮汕话说。

“亲生的哪有多弟好啊。”杨启慧笑骂博涵，“我伸手碰一下虎弟，他就不耐烦，叫我走开。多弟多好啊，我俩经常搂着肩膀逛街，哪像虎弟那么没良心。”

在夫妻俩看来，10多年来，次多非但没有添过麻烦，还给这个家庭带来了许多欢乐和希望。

次多到了广东以后，把广东的生活理念传递给家人。尤其是次多家人去了一趟深圳，见识了大城市的舒适生活之后，观念受到直接冲击。这几年次多家也仿照内地，建起了标准的卫生间，蹲位、洗手盆、浴霸、电暖器、洗衣机一应俱全。家里人也开始养成频繁洗澡的习惯。

哥哥久美朗加感受最深。前些年总觉得自家小孩发育慢，这几年开始洗热水澡以后，小孩子好像长得更快了，也变聪明了，读书念字的记忆力也提高了。其实洗澡并没有这么神奇的效果，只不过洗完澡穿上干净的衣服，自然就不像以前那么容易生病，发育当然会变得正常。而且清洁的环境也能让人心情愉悦，读书的效率自然会更高。提高了生活品质，效果立竿见影。

次多家的标准卫生间不但是村里第一家，也是全县农村里的第一家。在他家带动下，亲戚们也陆陆续续建起了功能齐备的卫生间。等到博涵爷爷、奶奶，以及许典辉的兄弟姐妹2018年到村里的时候，洗手、洗澡、洗衣服，已经跟内地别无二致。

“现在条件好多了，奶奶。”次多说，“小的时候有一年大冬天，我感冒了，拉肚子，走不动路，阿爸扶着我去麦田里，光着屁股，冻得要死。”

众人哈哈大笑。

2017年，西藏响应中央号召，在全境发起“厕所革命”。规划投资12亿元，用两年时间，在全区各旅游景区、县（区）、乡（镇）、村、学校、交通沿线、商业网点、加油站等新建改建卫生公厕2000座，希望彻底改变西藏随地如厕这个千百年来难登大雅之堂的生活短板。

2016年，次多考上广东财经大学金融专业，成为学院篮球队的控球后卫。第二年，妹妹白玛也考上了兰州城市学院幼师专业。一个家庭出了两个大学生，这在朱西村绝无仅有。

第三年，博涵也考上了西藏大学计算机专业。有趣的是，西藏的两个孩子去了内地读大学，而广东的孩子却来了西藏，许典辉希望孩子们在这种反向交流中得到更加全面的锻炼。

许典辉开始了第二次援藏，博涵也去了拉萨，杨启慧一个人在家，次多反而成了家里离深圳最近的一个。一到周末，只要有空次多就从广州坐车回到深圳，帮忙打理家务，陪伴杨启慧，为许典辉减少了许多后顾之忧。

妹妹白玛说，藏族人向来对陌生人比较信任，到城市生活久了才慢慢会有警惕心。“如果把哥哥换成是我，助养的家庭又不是援藏的，家里人可能会不放心吧。”

藏族人故土难离的观念根深蒂固。

次多爷爷作为一个从未走出过大山的老人家，在13年前能一口答应把孩子托付给许典辉，带去万里之外的广东，殊为不易。除了老人家80多年积累下来的智慧，更多地是对以许典辉为代表的援藏人的认可。为山九仞，岂一日之功，这是国家援藏让老百姓真正受益之后，从土地里生出来的信任感。

2016年7月，许典辉第二次参加援藏，一去又是3年。这回他是以广东援藏队的领队身份进藏，任林芝市委副书记和常务副市长。来到林芝以后，许典辉首先就在广东援藏队发起了“情牵西藏、助学圆梦”爱心助学行动，102名援藏干部人才每人结对资助一名贫困家庭学生。

他带头资助了4名学生，广东援藏队副领队黄细花、林芝市委援藏副秘书长肖锋和林芝市教体局援藏副书记冯成志等多名队员都资助了2名学生，甚至连队员的朋友也在他们的发动下参与资助学生，最终113名贫困家庭的学生得到资助。

在助学金发放仪式上，许典辉动情地说：“每个藏族小孩都是最可爱、最勤快、最吃苦耐劳的，只要我们倾注爱心，给他们提供一个更好的学习生活环境，每个孩子都能够成才。我们也期待3年援藏结束以后，有意愿的能够继续保持这种帮扶关系，直到他们真正成才，当然有条件能带回广东那是最好的。”

他讲这番话的时候，台下人都不知道藏族次多的潮汕生活，他没有跟别人提起过这个跨越13年的亲情故事。

而次多做梦也没想过，13年前一句干脆利落的“我愿意”，竟然让自己跨越7000里，从寒风刺骨的青藏高原来到了温暖如春的大海边。

在见到白玛的3天前，我刚在广东财经大学第一次见到了次多。

肤色白皙，身体壮实，戴着一顶鸭舌帽，脸上完全看不出雪域高原的痕迹。

说不清为什么，我从校道上三三两两的学生中一眼就认出了他。

我招手。

次多嘴角上扬，露出雪白的笑容，阳光正好。

哦，西藏颜色。

寻路西藏 25000km

雪的时代

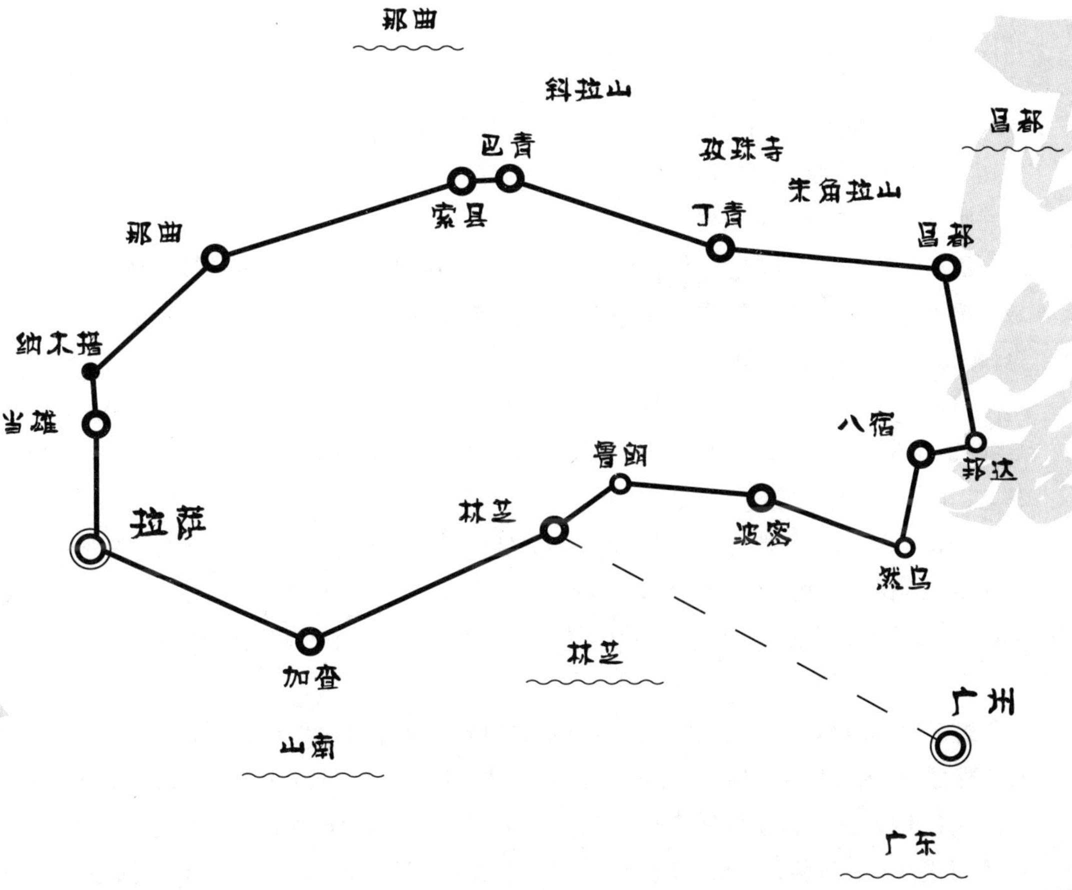

所有人反对

一个演员要演好一个陌生角色，往往需要体验生活。吴京为了演好冷锋，在军营里生活了3个月；慕容雪村为了写好传销故事，潜入传销集团2个月。

所以我决定留在西藏过春节。

我从西藏组织部获取了一份名单，上面列的是2018年春节留守西藏的20名援藏干部。一般情况下，西藏的外地人在这个团聚的节日都会撤回内地，这20人居然选择留下来，必有特殊原因。直觉告诉我，这里边一定有难得的素材。

留守的20人当中，那曲2人，昌都、山南、阿里各1人，其他都在拉萨。我决定从林芝出发，反穿318国道，在邦达转214国道到达昌都，再走317国道到达拉萨，循藏东南环线经山南回到林芝，正好围着藏东绕一个大圈。

2018年2月9日，虾米与朱峰到达林芝。这是他们第三次进藏。我并没有把留在西藏过年当作是一次奉献，这是一个综合考虑，我想尝试与别人不一样的人生，我对西藏的冬天充满期待，也希望家人与我一起分享。特别是朱峰，我希望他从小就有不一样的经历。

进藏之前，广东省委组织部专门组织了一次培训。其中有一堂课是一位副主任医师给我们上保健课。有人提问，小孩能带进西藏吗？医生回答说，10岁以下的孩子建议不要进藏。

我却不以为然。医生的话不能不信，但也不能全信。因为许多医生未必去过西藏，即便去过西藏也未必体验过极限环境。他们的结论更多时候只是一种经验之谈，而非实据论证后的科学之见。人类历史上最年轻的珠峰登顶者是13岁的美国少年乔丹·罗米罗。首位完成“7+2”（登顶世界七大洲最高峰及徒步南、北极极点）探险活动的中国女性叫王秋杨，2007年她带着两个儿子登顶非洲最高峰——海拔5895米的乞力马扎罗，孩子们一个10岁，另一个8岁。这两个例子似乎与医生的结论大相径庭。

10年户外探险的经历让我面对挑战时，首先考虑的是如何战胜它，而非害怕退缩。因为如果没有挑战，探险也就失去了意义。

到了林芝后，我也特意向当地的汉族干部了解，大多数人的孩子很小就被带进了西藏，最小的只有8个月。我心里有了底，很快便促成了朱峰的第一次进藏。2016年8月，当时我刚进藏半个多月，后脚刚离开广州，朱峰前脚就踏进了西藏。

当时他刚满3岁。我禁止他蹦蹦跳跳，刚到林芝的那两天晚上，我会半夜起来观察他的呼吸和嘴唇颜色。看到他小嘴红嘟嘟，呼吸平缓，我才放心睡下。

此所谓胆大心细，也是多年户外生涯赋予我的特质。

待了一周之后，在去雅鲁藏布大峡谷索松村的路上，朱峰呕吐了一次。去波密路上再次呕吐，此后朱峰再无不适。那是一路上弯道过多导致的晕车，我没有太在意。

第二次是2017年暑假，时隔1年，刚满4岁的小朱峰还是在去波密的路上呕吐，其他再无不适。

参加援藏之后，我和朱峰都错过了彼此最需要对方的时候。记得第一年春节休假结束，我准备返回西藏，朱峰似乎听到了什么，突然扭过身子，问我："爸比，你要去哪里呢？"

小朱峰手里握着玩具消防车，坐在沙发上，歪了头可怜兮兮地看着我，清澈的眼睛里盈盈欲滴。我心里一酸，差点儿扔掉行李，就此不回西藏了。

我蹲下来，凝视着朱峰，拉着他的小手说："洛宝宝，爸比要回西藏上班了，过两个月你来西藏看爸比，好不好？"

朱峰扁了嘴唇，没有回答，低头继续玩他的消防车。

朱峰去幼儿园之前我忘了与他告别，等他下午放学回家，我已经踏上西藏的土地。虾米告诉我，自从我这次不告而别，儿子特别害怕家里人出门。明明前一秒他还在专注地玩玩具，一听到有人开门，立马冲到门边，双手一拦，谁也不让出去。

后来奶奶趁他不注意，偷偷下楼散步，朱峰从房间里出来没见着奶奶，哇哇大哭。虾米只好打电话给奶奶，直到奶奶出现在他眼前，朱峰才抽抽搭搭地止住哭声。第二天早上，朱峰6点多就醒了。他掀开被子，一屁股坐起来，开口就要找奶奶。虾米跟他说奶奶在客厅，劝他继续睡觉。朱峰死活不肯，虾米只好抱他到客厅，看到奶奶才罢休。

视频里，朱峰在床上翻来滚去，开心地唱着歌，不时又转头对我做鬼脸。我说："洛宝宝，亲亲爸比。"小朱峰嘟起嘴，在手机镜头上亲得"噼里啪啦"。我突然感觉心里像下了一场冰雹，被敲打得隐隐作痛。

2017年5月，我赶回广州对接3D打印技术落地林芝。朱峰早早地候在小区门口，过了饭点也不肯回家。我出现在他眼前，一把将他抱起。

"爸比！"小朱峰伸出小手圈住我的脖子，小脸蛋贴了过来。只要我回来了，当天中午朱峰自然是不会睡午觉了。他拉着我的手，玩各种游戏，嘴里哼着小曲，吃饭的时候也与我挤在同一张凳子上。

我回西藏后，有时候到了周末，朱峰早上起来会说："那我们可以坐飞机去爸爸那里玩两天。"

还有好几次，他在视频里边哭边命令我："我要你回来！现在就回来！"

我嘴里哄着他，心里却如刀割。回去的机会毕竟少，一年能回个两三次就已经很不错了。所以，只要有机会，我都会想着法子把娘俩接进西藏。

虽然已经进藏两次，年龄也大了1岁半，但朱峰这次冬天进藏，却遭到了所有人的反对。爷爷和奶奶特意去请教医生，所有医生都极力反对。

这是冬天，你疯了，怎么能让一个4岁半的孩子进西藏呢？

我心里哈哈大笑，疯狂的事我干得还少吗？

如果他们足够细心，应该会看到我在2015年为朱峰写的一首诗。当时我在西藏登山，恰逢中秋节，兴之所至，把对朱峰的宏伟计划都写进了诗里。要是让他们知道了，不气疯才怪呢！

虾米也担心，但我坚持己见，她不再多话，转身收拾行李。爷爷和奶奶气急败坏，撒手不管了："这是你的儿子，你自己看着办。"

朱峰到达的第二天，我就带他上了比日神山。牧场积了十几厘米的白雪，宛若仙境一般。我拖着滑雪板在雪地上快速奔跑，朱峰窝在滑雪板里"咯咯咯咯"地笑个不停。那些笑声像一个个明快的音符，在滑雪板拖出的雪辙子里撒了一地。我假装摔倒在雪地，朱峰便从滑雪板里站起来，弯着腰捧腹大笑，好像一个小大人一般。他丝毫不知道，为了他这次冬天进藏，好几股力量进行了尖锐的冲撞和博弈。

买了花灯，贴了对联，"遇见墨脱"也布置出过年的模样。早上拉开窗帘，一场羞怯的雪不期而至。朱峰和我都兴奋地从床上跳了起来，我赶去单位值班，待中午回来，楼下已被虾米和朱峰堆起了一个雪人。

年夜饭是在单位值班室吃的。我想，反正就自己是一家人在林芝，年夜饭在哪吃都没有关系，但同事在林芝有老有小的，对他们来说过年团聚的意义更大一些。我便主动提出来，除夕夜由我来替他们值班。

城市里张灯结彩，喜气洋洋地迎接2018年的新年。单位院子也挂了红灯笼，积了淡淡的小雪，喜庆的颜色中掺和了些美感。

除了我们一家人，还有同事杨旺佳和保安西洛，节假日值班要求3人在岗。我的挂职单位有个怜香惜玉的好传统，白天安排女同事值班，到了晚上就换成男同志。毕竟晚上要睡在漆黑空旷的办公楼，需要足够的胆量。为了庆祝2018年春节，我特意早早地订了个披萨，再晚一些市区仅剩的几家饭店也要关门了。

当年林芝市第一次施行“淡季促消费”活动，用补助金的方式激励商户冬季正常营业，这才挽留住了部分店铺。同事说，往年这个时候，街上的店铺几乎全部关门，连个吃饭的地方都找不到。

我挂职单位党组书记旦增拉姆打电话过来，邀请我们一家人去她家吃年夜饭。我心里一暖，总还是有人记得我。但我还是婉拒了，不想给她添加麻烦，而且值班也不能离岗。旦增拉姆是性情中人，广东领导来林芝调研，会议上她说起送西藏大学生去广东就业的期盼，说得自己泪眼汪汪。

她性子直率，能歌善舞。广东客人来到林芝，她总会按照藏族人的习俗，以最隆重的仪式，端起酒杯献上一曲，请客人三口一杯。她的歌声优美高亢，自然天成，每每都能引得客人的赞叹。有一回是我原单位在林芝举办招聘会，旦增拉姆的歌声再次引起席间持久热烈的掌声。广东人才局局长何启谋按捺不住，一时技痒，拿起吉他自弹自唱一首即时原创的《拉姆》，最后的歌词停留在“有爱就有方向”。旦增拉姆也受了感动，再来一曲《九儿》，中低音如大珠小珠落玉盘，高音却如高原之鹰飙上云霄，久久盘旋。俩人共同将气氛推向了最高处，也因此成为跨越6000里的好朋友。

旺佳也买了一些快餐，比如回锅肉、卤水鸡脚、水晶粉、花生米、莲藕片炒海带条、小白菜，摆在值班室茶几上。于是我们5个人围着茶几，互道一声“过年好”，吃起了简简单单的外卖年夜饭。虽然年夜饭很简单，朱峰却兴高采烈，因为有更多的人陪他玩耍。这顿年夜饭对于我们一家子来说是一次特别的经历，却是当地干部的常态。

当晚，按照规定我必须睡在办公室，虾米便带着朱峰回公寓睡。第二天我才知道，娘俩大半夜都没睡着，一直亮着灯，朱峰时不时问：“爸爸怎么还不回来？”虾米只好用动画片哄着他，他看累了自然睡去。三栋公寓楼空空荡荡黑乎乎，只有我们家住着人，只要有一点声响虾米就会惊醒。

到了凌晨12点，烟花与鞭炮齐放，升腾起一朵蘑菇云，我第一次听见林芝的城市里响起鞭炮声。

新年到了。

待洪敏、小曾夫妻俩到达林芝，我们一起前往大峡谷。

两江汇流处我们停下车，绿色的尼洋河与土黄色的雅鲁藏布江在此处交汇，一清一浊两条河流泾渭分明。

路边踱来3只藏香猪，我打开后尾厢查看食品，被藏香猪瞧见了，趁我不备，突然蹿了上来。洪敏赶紧冲过来帮忙驱赶，却已来不及。个头最大的那头藏香猪一口扯下一包蛋糕，甩在地上。三下五除二，伸嘴撕开包装，动作灵巧，坚决果断，以迅雷不及掩耳之势将整包蛋糕一扫而光。我们目瞪口呆，小朱峰咯咯大笑。吃完了饼干，藏香猪又围着我们打着坏主意，我赶紧把后尾厢关上。

丹娘沙丘是风力交汇的地方，来自附近沙洲和河滩的细碎沙子被大风卷起，堆积在这个地方，时间一长便形成了几座连绵起伏的沙丘。洪敏和小曾第一次到访，啧啧赞叹着大自然的神奇。

成年人喜欢在这里模拟拍摄沙漠的感觉，女人们通常举着一方鲜艳的丝巾，试图拍出大漠侠女的味道。游人们尽兴而归，沙地上留下凌乱的脚印。但雅鲁藏布江的夜风像一把巨大的梳子，第二天又为沙丘梳理出平整的波纹。

我喜欢静静地享受这方沙的海洋。有一天中午，艳阳高照，沙丘没有一个游客。我独自一人爬上最高的那座沙丘，在沙脊上铺了一张地毡，仰面躺下，用衣服盖着脸，在沙丘上安安静静睡了个午觉。待醒来时，脖子和耳朵沾染了细细的沙。

小朱峰喜欢滑沙，我把滑板拖了出来。这个滑板功能全面，雪地滑雪，沙坡滑沙，幸好没草，不然他肯定得嚷嚷滑草。我带着他一起坐在滑板里，脚向后一撑，细沙犹如流水，滑板带着我和朱峰一起顺着沙坡向下滑动。滑到一半居然停止了，原来沙子被雪花打湿，阻力太大。天空又飘下雪花。我跟朱峰说，下雪滑不动了，我们下次再来。他倒也听话，拖着我的手，一起爬到坡顶。

赶到吞白村的时候，已是下午。村头广场上，村民们穿着崭新的工布藏服，围成一圈手舞足蹈地跳着锅庄，每个人的脸上都洋溢着节日的笑容。人圈中间摆着一张桌子，桌子上摆满了啤酒和饮料。朋友到访，便有人停下来，拿起啤酒与客人对饮。村民们邀请我们一起跳舞喝酒，大年初三，来者皆是客人。

我们连连摇手，表示不会跳舞，连朱峰都远远躲着。

从吞白村出来，我带着一行人上松林口。这是2008年我和巴基斯坦人徒步墨脱的起点，深秋彩林遍野的时候最美。我们还没上到松林口，便被一场大雪阻隔。

盘山公路上的积雪足有10厘米深，我把车停在路边，全车人下来玩雪。朱峰很兴奋，终于可以随意打滚玩耍，不会弄脏衣服，也不会被大人呵斥，自由自在，尽情玩耍。

我把虾米和朱峰骗到树底下，突然拉动树枝，满树的雪飘洒而下。虾米和小朱峰哇哇大叫，赶紧冲了出来，脑袋和脖子上已落了不少雪。洪敏和小曾看了也故意躲到树底下，抓拍落雪的瞬间。

朱峰把冰含在嘴里，4岁半的南方小男孩对于冰雪的一切都感到好奇。临走的时候，洪敏把朱峰抱起，他双腿乱甩，喊道："我还要玩，我还要玩。"

不会算数的央金

联系的第一位援藏干部在昌都邦达机场。大年初四，我们正式往昌都方向出发。

到了冬天，每天早晨汽车玻璃上都会冻出一层晶莹剔透的冰花，从里往外望去，这些轻盈的花朵仿佛飞舞在半空中。太阳没出来，冰花就不会融化。只要有阳光，冬日里的林芝还是暖和的。但是如遇阴天，或者太阳下山，林芝却如坠冰窖，寒冷似利刃般触手坚硬。

1月底，我灰头灰脸地从5000多米的双湖逃回林芝，刚到公寓楼下便一头撞上满树的花骨朵。前人在楼下种了两株杏梅，每年2月底杏梅密密匝匝地开满了粉红色的花朵，迎接我们回藏。我到现在才知晓，原来1月底它就已经迫不及待地挂上了花骨朵，棕色树枝上甚至已有零零星星的花朵探出了头。阳光明媚，春意融融，瞬间就融化了我从双湖带回来的满身冰霜。

冬天还没走，春天你着什么急啊？我心里暗笑。

好奇害死猫，偏见害死人，此时的江南已经白雪皑皑，可林芝这个“假江南”却已经一脚踏进了春天的门槛。如非亲身经历，怎知西藏的冬天原来是这般模样。

刚到色季拉山脚下便被交警拦了下来，垭口上正在下大雪，所有车辆必须绑防滑链才能上山。我们只好掉头回八一镇，但因为垭口积雪已久，店铺里的防滑链早已卖断货。网购自然来不及，问了好几个同事也没有结果。山重水复疑无路，怎么办？

我突然想起美朗央金。她家在鲁朗，往返市区必经色季拉山，说不定她家会有。

说起这家人还真是有缘分。2017年8月，鲁朗镇举行旅游节庆。现场评比“松茸王”，老百姓拿出采摘的松茸来参评，最大的一朵当选为“松茸王”。

广场上站着一位藏族阿佳（即姐姐，对藏族女性的尊称），拉着一个小女孩，引人注目的是她手中握着一棵硕大无比的松茸。阿佳便是美朗央金，她热情地邀请我们去她家做客。陌生人受到毫不迟疑的欢迎，这样的地方在如今这个世界已经不多见，但在西藏是常态。

鲁朗小镇附近的老百姓家家户户都开家庭旅馆，她家也不例外，就在小镇旁边的罗布村。旅游小镇完工之前，广东援藏的鲁朗管委会工作人员就一直住在她家。

中午在小镇吃了石锅鸡，有点腻，晚餐请美朗央金给我们炒了五六个小菜。临走的时候，我问多少钱，她说不用钱。

“怎么能不收钱呢？肯定得要啊，你那么辛苦，我们不能白吃。”

一番推辞后，她说那就100吧，我硬是塞了200元给她。唉，央金，怎么说你好呢？五六个小菜还不要钱，好说歹说才100，会不会做生意？

第二次去的时候我特意提前两个小时打电话给她：“央金，我们4个人，帮我做个石锅鸡，再煮点牦牛肉，有烙饼的话给我们也弄几个。”

“好的，老师。”第一次见面的时候她叫我老师，叫习惯了，我也从未纠正，何况我也确实当过老师。

一席人大快朵颐。

提前两个小时预订，是为了给她留时间现杀活鸡，再放入手掌参、松茸等食材，这才是正宗的鲁朗石锅鸡。

新鲜的牦牛肉用清水一煮，只撒点盐，热气腾腾地一整块端上来。盘子上搁着一把匕首，抄起匕首就是一刀，刀锋所至，冒着热气的牦牛肉应声而断。用筷子夹起往嘴里一送，哟，真筋道！忍不住一刀又一刀。

铁炉子上烙的小麦饼，趁热抹上一层酥油，一口咬下，酥脆微甜。摸摸肚皮，打个饱嗝，一抹嘴唇，问多少钱。

200吧。

不行，400。扔下400，我们“扬长而去”。

唉，央金，怎么说你好呢？就光是你这锅鸡放在小镇的商铺，怎么也得三四百元。还有那么大一盘牛肉，还有烙饼和酥油茶，会不会做生意？

第三次到访，央金家发生了一些变化。后院租给了一对昆明夫妻，装修成了一家小民宿，取名“壹壹小舍”。民宿保留了藏家原有的古朴外表，内部做了精致改造。空间不大，只有一栋屋子6间房。民宿与央金家的大院子相连相通，跟从前一样，浑然一体。

壹壹小舍像是一只寄居蟹，寄居在央金家这个大壳里。住在这里的游客既能融入藏家的日常生活，晚上又能拥有一个舒适的睡眠环境。

这是一个可喜的尝试。由外地人单独做的民宿，美则美矣，但与当地传统是割裂的。而当地藏族人自己做的藏家乐又实在粗糙，住宿的体验感不值一提。壹壹小舍的模式兼而有之，把当地的传统生活与舒适的住宿体验融为一体，将冲突转化成了优势。

林芝巴松措湖心小岛上有一棵千年桃树，桃树枝上神奇般地长出了一棵松树，世人称之为“桃抱松”。在我看来央金家就是那棵桃树，千百年来一直扎根在罗布村，而壹壹小舍则是那棵清奇的小松树，汲取桃树的营养茁壮成长。

但每次去吃饭，总得跟央金在饭钱上作一番博弈。唉，央金，怎么说你好呢？

这次的变化着实喜人。拉萨堆龙德庆区援藏组将异地扶贫搬迁小区打造成民宿区，两层楼的院子，一楼给老百姓住，二楼则成了民宿，引进文旅公司负责运营，取名德吉藏家，村民参与分红。其经营模式与壹壹小舍有异曲同工之妙，都是巧妙地将现代文旅与传统藏家生活嫁接在一起。

我拨了美朗央金的电话。刚拨通我突然想到一个问题，就算她家有防滑链又能如何？她家在鲁朗，我得翻过色季拉山垭口才能赶到她家。

“喂？”但是电话已经接通，“老师你好。”

我只好顺口提了一句：“你家有防滑链吗？”

“有的，老师。”

还真有啊。

“老师，你在哪里？”

“我在八一。”

“哦，我老公在八一，防滑链在车上，我让他拿给你。”

“好的，好的。”

踏破铁鞋无觅处，最大的难题迎刃而解，我们都情不自禁地欢呼起来。

巅峰煮茶人

再次回到色季拉山脚下，路上已经排了一百来米的车龙。

“朱书记！”突然有人唤我。转头一看，原来是西部志愿者呼晓娜。

朱峰伸出小手打招呼：“晓娜姐姐。”

呼晓娜闻言哈哈大笑，她坐在一辆白色起亚两厢车的副驾驶位，驾驶员是一个男生。

起亚停在路边，男生下车，看了一眼我们的防滑链，说：“装错了。”

装错了？

“这些弯钩的尖头应该向外，你们装反了，这样会刺到轮胎，容易爆胎。”男生边说边帮我们纠正。

我和洪敏哈哈大笑。洪敏说：“幸好今天遇到你，不然我们就完蛋了。”

“他以前是当兵的，他们教过这个。”呼晓娜嚼着口香糖说，“那我们先走了哈。”然后带着男生一溜烟便不见了影子。

半个小时后，大雪纷飞。黑色的柏油路仿佛穿上了一件轻柔的白色羽绒服，穿行在松林雪海中。

“好美啊！”车里的人赞叹着。

我打开雨刮，控制车速，保持在20公里的时速。前面驶来一辆大货车，甲板上绑着一辆事故车。没过一会儿，前方出现一辆铲雪车。冬天山上的雪太大，必须定时铲雪保通，否则车辆无法通行。

海拔4728米的色季拉山口是观赏中国最美山峰南迦巴瓦峰的绝佳之处。但这座海拔7782米的山峰极难遇见，即便是晴朗之时，也往往被云雾遮掩。久而久之，当地人便认为需要相当的运气和缘分才能见到这座最美山峰的真容。

南迦巴瓦峰处于雅鲁藏布大峡谷地震带，山壁耸立，雪崩不断。我曾有幸远观了一次南迦巴瓦峰的雪崩，当时我在大峡谷索松村拍摄南峰的延时摄影。毫无征兆，没有声响，雪山腹股沟部位凭空涌出一团白色浓云。再仔细一瞧，那是雪崩引起的巨大雪雾。我兴奋地叫喊，客栈里的人闻声跑了出来。不到10分钟，浓云消散，来无影，去无踪，但手机的延时摄影却清晰地录下了整个过程。

这座山峰的攀登难度极大，很长时间以来成为未被人类登上的最高的一座“处女峰”。直到1992年10月30日方由中日联合登山队登顶成功，迄今为止这也是人类仅有的一次登顶记录。

这里曾是历史上波密藏族和工布藏族的地界，也是森林狩猎区和河谷农作区的区分标志。但随着公路的贯通，这些界线已经越来越模糊。

在垭口的广场上又碰见呼晓娜和她朋友。一般人在这个高度都像老年人一般慢条斯理地踱着步子走路，呼晓娜却像猴子一样在雪地里蹦蹦跳跳，男生俯身趴在雪地里，以最低的机位给她拍照。

“天啦，这么高海拔还在跳啊。”小曾一声惊叹。

“一般的男人还真hold不住她。”虾米笑着说。

“哈哈，她是林芝女子自行车骑行第三名，体力好得很。”我说。

他俩拍完照片，跟我们打个招呼，便掉头赶着下山去。

我们停好车，一脚踩在地上，积雪已经深达20多厘米。雪雾遮挡，南迦巴瓦峰自是瞧不见的。众人去上厕所，我便四处转悠，拍拍照片。

屋子后边有一个女子在雪地里摆了茶具，悠闲自在地点火煮茶，雪花飞洒，仙气飘飘。一时好奇，我上前去搭讪。女子是北京人，独自一人从八一镇徒搭去鲁朗，特意背了一套茶具上色季拉山，赏峰品茶。

藏地多奇人，我倒也没太在意。走在川藏线上，经常能碰见从四川和云南磕着长头一路朝圣的藏族信徒，也有摩托车骑手、单车骑手和徒步者。有些徒步者不再满足于双脚的重复丈量，有推着板车的，也有推着汽车轮胎的，甚至连残疾人也骑着自行车轧上了这条通往拉萨的公路。318国道从东海口默默无闻地走到内陆，进入藏区地界后，突然摇身一变成了一个光怪陆离的舞台。人们在这里坚持着个人信仰，同时也上演着属于俗世的各类剧本。

女子往壶里添加了些雪，很快便煮好了茶，倒给我一杯。伸手接过白玉般的小茶杯，一朵白色雪花飘进澄澈的淡黄色茶汤里，我轻轻啜了一口雪水煮的茶。

女子问我：“体感如何？”

我说："在雪地里煮茶很浪漫。"

我看她一脸懵逼，心下慌张，赶紧又加了一句："我也经常干这事。"

"我问的是体感。"女子轻轻摇着头说，"这是台湾乌龙茶，北京一位大师用果木炭经过22次人工焙火精心制作的，喝完之后从头到脚都会觉得暖和。"

我老脸一红，装不下去了，只好实话实说："我对茶一无所知。"

我把杯子放下，向女子道谢告别。煮茶人瞧着我，浅浅一笑，点头示意。

飞刀湾

我握着方向盘，尽量轧在前人的车辙上行驶。通往鲁朗的公路弯道奇多，要加倍小心，如遇会车，放慢速度是最好的应对方式。

越野车从大雪飘飞的松林间穿过，景致素净纯美，目不暇接。

山上虽然大雪纷纷，鲁朗小镇却没有一片雪，整个小镇笼罩在阴云密布营造的肃杀之气中。我们停下车，取下绑在轮胎上的防滑链。小镇建筑以乳白色为主，屋檐以上采用色彩斑斓的木头结构，融合了西藏和尼泊尔风格，据说是北大设计师的作品，一眼望去倒也干净别致。

小镇店面几乎全是酒店和餐饮，这里是整个西藏最密集的高档酒店区，恒大、保利和珠江三大五星级酒店背靠背紧挨在一起，同时还坐落着喜路氧气和凌云客等中档酒店。小镇两头的扎西岗村和罗布村，老百姓家家户户都开了藏家乐民宿，到访游客可以各取所需。

石锅鸡是小镇上最有名的一道菜，锅是用皂石凿的墨脱石锅，鸡是当地散养的藏鸡。许多人冲着鸡来，经过此地，总得停下脚步，饱食一顿。据说这是一位重庆师傅根据当地食材和烹饪用具琢磨出来的菜式，打磨成熟后传授给当地村民，所以家家户户都学会了这道菜。

我们直奔酒店旁边的扎塘鲁措，湖面已经结冰。我看到冰面边缘有水流声，担心冰面脆弱，便不敢邀大家走上去，只是在陆地上驻足观望。

若是长空万里，视线穿过光滑如镜的湖水，能看到一处连绵起伏的草坡，草坡之上群峰耸立，一座庞大的白色宫殿矗立在群峰之上。这便是海拔7294米的加拉白垒峰。1986年10月31日，日本喜马拉雅登山队的3名队员首次成功登顶加拉白垒峰。

这座山峰是小镇的卖点之一，但终日云雾缭绕，比南迦巴瓦峰更不易看见，实在是个不靠谱的合伙人。这会儿我们站在湖边，但见眼前云遮雾掩，若非亲眼见过，难以相信云雾之后隐藏着林芝第二高峰。

其实小镇周边还有一个雅依沟值得一游，从小镇进入沟里，来回20公里，徒步7小时。我去的时候恰逢6月下旬，草坡已绿，开满了紫红色的报春花和粉色、黄色的杜鹃花，偶尔也能遇见粉红色的桃儿七和透蓝的绿绒蒿。有人说绿绒蒿便是许巍歌里唱的蓝莲花，我没有考证，但透亮的花瓣确实带有几分仙气。最后走到一处淡乌色湖水边，那便是雅依湖。湖边一处湿地向湖中央延伸，远望通透明亮，像一把寒光闪闪的匕首。

我给它取名“飞刀湾”。

我们继续沿着318国道赶往波密。这条大动脉连接成都与拉萨的部分便是川藏公路南线，全长2146公里，是中国最险峻的公路。川藏公路通车之前，从拉萨到四川成都往返一次靠人畜驮，顶着风雪严寒，艰苦跋涉需半年到1年时间。而川藏公路修通之后单程只需3天，大大缩短了西藏与内地的交通时间。

经过通麦大桥时天已黑，温度急剧下降。其他人下车拍照，我陪着朱峰坐在车上。这里曾被称为“通麦坟场”，当年的盘山土路仅容一车通行，两侧仅有不到半米距离，一边是时有落石的峭壁，一边是百米悬崖。三天两头发生泥石流和塌方，经常一堵就是一两天或者一个礼拜，隔上两三天就能听说这段路出了事故，有车冲下了一两百米深的悬崖。

看似平静的易贡藏布江上并排着3座桥，悬索吊桥、汽车保通便桥和2015年年底通车的通麦特大桥。我在2008年走的便是中间的汽车保通便桥，承重仅有20吨，每次只能通过一辆车。这3座桥如今已经成了公路旁的一个景点，游客们在此拍照留念，赞叹着通麦天险从“险”到“通”的巨大变化。

再往前还有一座迫龙沟特大桥，2016年正式通车。除此以外，还修通了小老虎嘴等5个隧道。“五隧两桥”让“通麦天险”正式成为历史名词，这段曾经要走2小时的路，如今十来分钟就轻轻松松跨过去了。

沿线老百姓也借此学会了一身开挖机干工程的本事，给人修路修房子。路修通了，游客也迅速增加，沿线的餐厅多了起来。以前只要能做一碗面条或者简单的炒菜，就能满足货车司机的胃口。现在自驾游客多了，老百姓也受到内地影响，做起了绿色餐厅。自家种菜种果树养鸡养猪，做起了石锅鸡。

到达海拔2700米的波密县城已是晚上，雪下得正热烈。我们在一家串串火锅店坐下。煤气炉一点，烫嘴的串串一下肚，身子便暖和了。

屋外，夜空中雪花簌簌飘下，我想起木心的一句诗，不禁黯然神伤。

“我是一个在黑暗中大雪纷飞的人哪。”

冰川下饭

第二天一大早，我带着大伙上了一趟嘎隆拉隧道。隧道洞穿嘎隆拉雪山，通向莲花圣地。雪山上趴着一条时隐时现的褐色线条，呈Z字形向山上延伸，那是翻越嘎隆拉垭口的旧公路。10年前的往事历历在目，我站在山脚下，恍如隔世。

父亲问4岁半的儿子：你要爬这座雪山吗？

儿子：要。

父亲：那你答应不要让爸比背，自己爬好不好？

儿子：好！

儿子不知道，10年前父亲差点死在这座山上。

但朱峰也许会远超我想象，他3岁就实现第一次进藏，比我给他制订的计划提早了两年。

2008年，我坐了11小时的车，徒步一整天，翻越隧道上的嘎隆拉垭口。现在穿过隧道前往墨脱县城只需5小时，但泥泞的山路依然能让人们体验寻访高原孤岛的艰辛。

从波密出发的扎墨公路在继续拓宽，而第二条从派镇通往墨脱的派墨公路也在紧锣密鼓地进行着最后的建设。待派墨公路建成后，从墨脱8小时到达拉萨将不再是做梦，而米林、墨脱和波密之间也会形成环形交通线路，从根本上改变墨脱的出行难题。

我们掉头下山，继续前往八宿。盔甲山顶峰台阶状的褶皱上落满了白雪，在云雾中半遮半掩，看起来像是一座王的城堡。

从波密出发，到达然乌湖之前，全是迷人的森林峡谷景观。雪峰、冰川、雪线以上是裸露的砾岩峰，雪线以下却是茂密的原始森林，冷云杉林、河谷松林、田园和传统的藏式村庄让人目不暇接。白雪在天地间肆意涂抹，为大地增添了最迷人的色彩。

相伴公路而行的帕隆藏布江到了冬天呈现出绿宝石的颜色，在太阳光底下熠熠生辉。这条河流贯穿了整个波密河谷，向西流至通麦和排龙附近，与易贡藏布汇合以后，最终流入雅鲁藏布江的大峡谷段。

大人们啧啧赞叹于眼前的大好河山，小朱峰却嚷嚷要拉屁屁臭。真是不解风情，我只好选了一块空地停车。虾米扶着他蹲在路边，我要给他录一段视频，他气呼呼地赶我走。

洪敏指着路边树上密密麻麻的金黄色小果子问："这是什么？"

"沙棘。"

"沙棘？"

"一种果子，维C含量非常高，号称维C之王。"

"能吃吗？"

“当然能吃，你要试试吗？”我心里暗笑。

“好啊。”洪敏说完就摸着树干，像一只敏捷的藏猕猴攀缘而上，折下一节挂了果的树枝递给我。

我接着，等他跳下树来，递回给他。

“你不吃吗？”

“我吃过，你尝尝。”

洪敏摘下几粒小果子，放入嘴里轻轻咀嚼，突然“哇”的一声吐出来：“这也太酸了吧。”

我哈哈大笑：“不然维C含量怎么会高呢？”

“难怪你这浑蛋不吃。”

车行100公里，拐向米堆村。

林芝市人民医院的援藏医生杨春华跟我讲过一个米堆村的故事。他们有一回去米堆村义诊，给老百姓看病，在村里免费发放药品。义诊结束，顺道走到冰川脚下，回来的时候突然下起了雨，一群人猝不及防，从头到脚浇了个透。村里的老百姓赶紧把他们领进家里，坐在炉子边烤火。

外衣脱下来挂在四周环绕的绳子上，贴身衣服就只能穿在身上烤。毕竟光着身子有碍观瞻，也容易感冒。藏族人家里的炉子是不能上脚的，那是他们煮水、做饭、烙饼的地方，脚架上去既不礼貌，也不卫生。医生们刚到林芝不久，不懂藏区风俗，湿答答的鞋子架在炉子边上，袜子直接贴在炉子边沿。衣服还好，鞋子和袜子烤热之后发出熏臭，萦绕在屋子里。主人家没有一句怨言，勤快地给义诊医生们倒上热腾腾的甜茶，生怕他们感冒了。杨春华回想起这些点点滴滴的细节，仿佛心里生起了一堆火，暖暖的。

米堆村的村民对杨春华们能如此包容，我想，这与波密县援藏医生在当地的付出是分不开的。

2016年12月9日凌晨3点左右，波密县人民医院的广州援藏医生陈燕妹突然被手机铃声惊醒。陈燕妹心里一沉，这个时候来电自然是十万火急的事。电话是值班医生格桑德吉打来的，她战战兢兢地说，一位玉许乡的孕妇经过2小时的颠簸被家人送到医院，裤子上全是血，胎心非常弱。

陈燕妹一边稳定格桑德吉的惊恐情绪，一边指导她对大出血孕妇做技术处理，然后立即联系援藏副院长戴奇山和援藏医生欧国昆、伍伟红，以及当地医生李肖杰、央金、卓嘎、索朗卓玛、扎西达宗等人迅速赶到医院。

此时的波密已经进入严冬，半夜气温降至-7℃。室外一片漆黑，寒风刺骨，人们还沉醉在美梦中，浑不觉医院里的生死抢夺。陈燕妹打着手机电筒急匆匆地走向手术室，当大家火速赶到时，孕妇面色苍白,裤子被鲜血浸透，血色素降至70g/L，胎儿已出现宫内窘迫。若不及时做剖宫手术，孕妇和胎儿随时都有生命危险。

手术需要输血，但是波密县没有血库，而且大半夜的又能去哪找志愿者献血呢？把病人送往林芝显然是不负责任的做法，此去林芝还需5小时，病人怎么可能再撑那么久，大家陷入两难。

危难之时，戴奇山通过波密政协副主席冯兰兰向77550部队的营长多吉次仁求救。多吉次仁立即派出10名士兵，最终士兵张涛配上了血型，他鲜红的血液输给了产妇。

陈燕妹凭借熟练的技术，为母婴争取了宝贵的生命时间，迅速剖宫取出胎儿。由于产妇前置胎盘大出血，胎儿在母体内缺氧，当新生儿取出时，出现重度窒息。经全力抢救，胎儿终于暂时稳定。最终手术顺利完成，参与抢救的医护人员紧绷的神经终于松弛下来。

波密县城经常停电，医院便只能临时用柴油发电，有时候手术进行到一半突然停电，援藏医生们只能举着手机电筒继续做手术。我在双湖听到的故事里也曾碰到了血和电的难题。在西藏，由于条件所限，援藏医生们经常碰到各种在内地意想不到的困难。

我们停在村口桥头的河滩上，由此处能清晰地望见海拔6800米的米堆冰川。万里无云，蓝色天空下，雪白色的冰川粗暴地呈现在我们眼前。

此时已到中午1点，河滩边一条小溪潺潺流淌，这里是绝佳的午餐地。我们从车上搬下自热米饭和自热火锅。我预料这一路上可能会找不到饭馆，所以买了一大堆零食、水果和自热食品。

洪敏望着雪山高兴地跳起舞来，一边扭着腰肢，一边念叨："太美了，实在是太美了！"

小朱峰蹲在旁边仔细观察米饭的自热过程。几十秒后，袅袅炊烟从塑料包装盒里升起。朱峰喊道："吃饭咯。"

"不行，得等15分钟。"我一把拉住朱峰冒冒失失的小手，容易烫着。

就着冰川下饭是我在登山中的日常生活。虾米曾与我一起攀登5000米级雪山，也尝试过这种生活。洪敏夫妻俩却是第一次，对于他们这是特别的体验。意外的是，自热米饭很投朱峰的胃口，此后一到饭点，他就嚷嚷要吃自热饭。

吃完午饭，我们收拾好垃圾，用塑料袋装好，放到车上。重新回到318国道，继续东行。依然是美丽的森林峡谷，但车上的人已经开始审美疲劳。随着海拔的升高，树影渐少，高原的干燥风貌开始出现，一弯又一弯后，忽然柳暗花明，绿白相间的湖水和着连绵雪山奔来眼底。

藏东最大的湖泊——然乌湖到了。

大人们再次赞叹，连小朱峰都忍不住说："好漂亮啊！"

白色是湖水结了冰，上面又下了新雪。但是只有靠近西边不到三分之一的湖面冻结，东向的湖面波纹荡漾，绿如宝石。

朱峰说要下去滑冰。我牵着他下到湖边。我先下脚踩了几下，见冰无动静，摸着石头慢慢站上冰面，试了试冰面的承受力，又来回走了几步，感觉很稳当，才把朱峰抱上冰面。

虾米吓坏了，站在岸上大喊："不要过去，危险。"

"妈妈着急了，我们走两步就上去好吗？"靠近岸边的冰面晶莹剔透，有融化迹象，我不敢让朱峰冒险，全程牵着他。

虾米改用激将法："你们去滑吧，要是掉进湖里我就走了，不管你们了。"

朱峰听妈妈这么说，有点犹豫，我带着他在冰面走了几米，就趁机把他抱上岸来。一上岸，虾米就埋怨我："掉下去怎么办？我的心都快跳出来了。"

然乌镇沿街的店铺已经关闭。

穿过小镇，继续往成都方向行驶，湿润的森林和洁白晶莹的冰川不复存在。318国道行至此处突然掉入高山峡谷的包围，这是一条在悬崖峭壁上硬生生凿出来的公路，近乎垂直的岩石山体没有植被生长，似乎随时都有可能滚落石头。

路边的崖壁上挂着一排大小不一的鹅卵石，看上去好像镶嵌着珍珠一般。再往前却又像遭到刀劈斧砍，巨大的岩壁垂直光滑。有一处弯道像张大的老虎嘴一般，但洞口凿得很矮。虽然是双向两车道，但车身稍微高一点的车辆都只能靠着悬崖边才能通行。如果贴近山体走会被卡在洞口，就像被老虎咬在嘴里一般。我们放慢速度，遇有拐弯便鸣笛示意，提醒弯道对面驶来的车辆。

天一黑，朱峰便躺在虾米的怀里睡着了。

鲜衣怒马的怒

翌日，在海拔3260米的八宿县城醒来，朱峰突然发出了振聋发聩的灵魂呐喊："我不要旅行，我不要一直旅行，我要回家。"

虾米悄悄跟我说："我们是不是太过了，这么辛苦的旅程也把他带上，他以后会不会只想宅在家里呢？"

"想多了。"

虾米转身对朱峰说："我们赶紧走，去到拉萨就可以很快回家了，要不然你在这里待着就回不了家了。"

"我不要走，我要回家。"朱峰身子从套在他头上的衣服里缩下去，想继续赖在床上。

我嬉皮笑脸地说："我们今天可以去滑冰哦，你要不要去？"

"真的吗？"朱峰的眼睛突然亮了，虾米趁势赶紧给他穿衣服。

"那当然，爸爸什么时候骗过你？"

“快点，快点，出发咯。”朱峰比我们还积极。

出了县城，牦牛散落在山坡上啃食浅浅的灌木丛，朱峰觉得好奇，一直盯着观察。

“朱峰，看，前面有两头驴子。”我提醒他。

朱峰立即转头，两只驴子竖着长长的耳朵，悠闲地在公路边散步。我摇下车窗，“嗯昂嗯昂”地学着驴叫。两只驴子闻声站定，望着我，逗得朱峰“咯咯咯咯”笑。

公路两旁的山谷呈现出红矿石的颜色，海拔3900米的然乌广布森林，但到了3280米的八宿却变成了光秃秃的石山。江河横流的横断山脉阻断了植被延伸，不能单纯只用海拔高度来考察植被分布。

一路东行，从八宿县城到怒江桥38公里的路段，海拔下降了630米。公路旁的峡谷底部流淌着绿丝带一般的江水，那是著名的怒江。这名字取得真好，我心想，怒江，怒江，是怒发冲冠、金刚怒目、雷霆之怒的怒，也是鲜衣怒马、心花怒放的怒，单是听名字便能感受到喷薄而出的荷尔蒙力量。

碧绿色的怒江像一把玉石宝刀，硬生生将大山劈开一条缝，凿出一条狭窄深切的峡谷。山谷幽深，危崖耸立，水流在谷底咆哮怒吼，是以称之为“怒江”。

公路边一块螺丝形巨石临崖危立，朝霞映照在巨石上，红彤彤自有一股威严气象。车到跟前才发现一条隧道贯通了巨石，石上雕刻着“怒江隧道”4个字。隧道很短，不到100米。连接隧道的是一座钢架桥，通向怒江对岸，这便是怒江桥。桥梁全长只有74米，短而狭窄，每小时限速5公里，限载30吨，每回只能单向通行一辆车。

隧道里有3条标语：“神山峡谷显好汉，怒江两岸出英雄”“高原卫士，大桥勇士”和“哨兵就是大桥的桥头堡”。为了交通安全和防止破坏，这里常年驻扎了武警官兵。在这地势险要而且地质复杂的深山峡谷里，怒江大桥是唯一一座能够通行大型车辆的桥梁，也是一条重要的战备通道，被称为川藏公路的“咽喉”，其重要性可想而知。20世纪50年代在这样的悬崖峭壁间修建一座桥梁，其艰险程度实在难以想象。

从桥上经过时，我喊着：“朱峰，快看两边的峡谷。”

朱峰却像个小和尚一样不停地念叨：“不能拍照，不能拍照。”

“哇，大峡谷！”洪敏情不自禁地赞叹。

“这个峡谷好帅！”

“快点走吧，不要在桥上停留行不行，好吓人。”虾米说。

“哎，快点走，慢子（湖南话：等会儿）你掉下去啦。”朱峰情急之下，湖南口音也蹦了出来。

“慢子，哈哈。”洪敏学朱峰讲话，我们都哈哈大笑。

旁边的山崖旁正在修建桥墩，也许是要重建一座怒江大桥，也许是川藏铁路的桥墩，可以期望在不久的将来，这条峡谷将会变得更加通畅。

过了怒江桥，继续攀升。公路像是悬挂在悬崖边的一条丝带。洪敏坐在副驾驶位，临近悬崖，边录视频边抽着冷气喊：“哈哈哈，好高啊，我滴个天啦，腿都软了。”

朱峰用他的语言重新讲述着他关于怒江隧道和怒江桥的想象。小曾也坐在悬崖一侧，沉默不语，不敢往山下看。

东行几十公里后，从海拔2740米的怒江急升近2000米到达4618米的山口，这不是318国道上最长的上下坡，却是整条路上最陡的上坡道，这便是著名的“天路72拐”。事实上，山路一转又一转，转到最后你根本不可能记得它转了多少圈。从奔腾干热的怒江沿岸攀升到寒凉的草原，陡峭的44公里路程尚在云中时，就看不清身后的来时路了。我想起40多年前十八军进藏修路的壮举，感受到的不仅仅是72拐的壮丽，更是先辈们修筑这条路的英勇。

在一个又一个大拐弯处，常常能看到方块状的绿色梯田安详地躺在弯道旁，令人叹为观止。拐弯处的房子一般修有3层，2楼的房子只占屋顶一半面积，空出另一半作为晒谷场。3楼屋顶安装了太阳能板，插着国旗和经幡。勤快的康巴人将梯田一年四季都种成了绿色，远远望去，莽莽苍苍的大山寸草不生，但每一处腹沟里却酝酿着一片倔强的绿色。

天路72拐观景台海拔4000米，阳光充足，视野开阔，可以清晰地看见山谷中9道拐弯蛇行上山。除了我们，别无他人，正是午餐的好地方。

观景台摆了一张长条木桌。我们把饭盒摆上去，很快，鱼香肉丝、梅菜扣肉、红烧牛肉、回锅肉、肉末豇豆5种口味的自热饭炊烟袅袅。

草原孤守

翻过海拔4658米的业拉山，辽阔的邦达草原尽收眼底。

迷你的邦达镇是川藏南线和北线的交会处，北通昌都，东至成都。镇子甚至比西藏许多县城还要热闹，街道两旁几乎全是饭馆，做着来往司机和游客的生意。

公安检查站的警察把一个小孩的身份证递给我们，托我们带到昌都。我把它捡好，放在衣兜里。我习以为常，车上其他人却甚是诧异。

“不怕我们弄丢吗？”

很难解释这种毫无戒备的信任从何而来。在西藏恶劣的生存环境下，人们只能通过抱团取暖的方式，才能更好地生存下去。所以每次作选择的时候，人们首先选择了信任。如果警察不选择信任陌生人，那么他可能需要等待一个礼拜甚至一个月，才能找到熟人把身份证带上昌都。在西藏选择信任是更高效的方式，信任他人，也方便自己。

到了西藏，我更相信人性本善。

丁青县斜拉山

拉萨句子

文／图 小米飞刀

二零一八年二月

二十七日

拉萨，小雪

果然小

嘘……

佛在旁边

丁青县孜珠寺

出了邦达镇，我们拐上214国道。15：30左右，到达昌都邦达机场。在万川奔腾的横断山区找一块平地不太容易，邦达草原已是昌都最大的平整之地，于是机场就建在了这里。

机场大门上了锁。

我们以为走错了门，掉头绕回去。但是并没有发现其他入口通道，只得又绕回铁门前。

“朱峰。”我指着铁门上的四个大字说，“这4个字是，邦达机场。”

朱峰反问：“那哪里是韵达机场呢？”

朱峰的联想逗得众人大笑。

院子里驶出一辆皮卡车，车上跨下一个青年男子，戴着一副黑框眼镜，把铁门打开。

这便是我的采访对象，井强。

“这边一到下午空中乱流多，飞机无法安全飞行，下午一般都没有航班，工作人员就把大门也给锁了。”井强一边解释，一边把我们接进他在机场的宿舍。

我很好奇井强为什么要选择春节留守。

“春节嘛，大家都想回家过年。我想着去年春节我已经回了一次，那今年就留下来呗，让其他同事也能过个好年。”他淡淡地说，“援藏3年没有一年留下来也说不过去，是吧？”

平淡无奇的一句反问，我却无力反驳。好像是这么个道理，好像也不必非得这样。他春节留守的原因没有一个冠冕堂皇的关键词，平淡得像一日三餐，却又那么自然、合理。

这是一套两房一厅一卫的公寓房，井强和一个同事合住。捉襟见肘的客厅有两张小课桌，一张摆放煤气炉，另一张搁着油盐酱醋和面条、红景天口服液等生活用品。

“家里很小，平时也没有什么客人来。”井强不好意思地说，四处找凳子，却只凑了3张塑料凳子。

井强住的房间也很小，只有一张床和一个衣柜，衣柜门上挂着一件厚厚的机场执勤服。床头搭了木板做书桌。

床头摆着一个制氧机。井强提议让朱峰吸一下氧气，机场海拔太高，他担心小孩受不了。朱峰仔细观摩之后摇了摇头，他不愿意将管子插到鼻子里。小曾一直头疼，于是让她吸氧。有了一个实验对象，朱峰开心得不得了，时不时去观察一下小曾吸氧的进度，一会儿伸手去扯制氧机的管子，一会儿又去拧氧气挡位。小曾绝望地看着朱峰，无可奈何。

“朱峰，别去碰氧气机，它会爆炸的。”虾米高声制止，朱峰反而更加高兴，恶作剧的笑声充斥房间。虾米无奈之下只好祭出最后的法宝，用井强的电脑播放动画片《猫和老鼠》，“小魔王”终于安静下来。

我和井强继续聊天。井强是河北机场管理集团第一名援藏技术人员，刚到邦达机场的时候，一切都是新鲜的。在蓝天白云和青翠远山的映衬下，邦达草原美得让人窒息。可是就在当晚，他像其他初上高原的人一样出现了一系列的反应：走路喘，频繁失眠……

海拔4334米的昌都邦达机场曾经是世界上海拔最高的机场，后来被4411米的四川稻城亚丁机场超越,但它还保留着“跑道最长”“气候最恶劣”和“离市区最远”3个世界冠军称号。这里距离昌都市区136公里，冬春气温低于-30℃，空气密度只有海平面的50%。

壮美的背面是残酷。

第一次做跑道路面维修，井强拿着电镐对路面破损区域进行破碎处理，没一会儿就感觉头晕眼花。高原和平原真是不一样啊，井强叹了一口气，停下休息几分钟，又提起电镐。

在4000多米的邦达机场，做任何体力劳动都好像负重20公斤，每5分钟就要休息一会儿，就算是二十五六岁的年轻小伙子也不例外，否则身体会吃不消。40岁以上的人就不能再拿电镐干重体力活了，只能做一些道面清扫工作。

在平原上看起来相对容易的道面修补工作，在高原却变得异常困难。冬季气温基本上徘徊在-20℃至-30℃，只能用冷沥青进行道面修补。井强和同事们要顶着刺骨寒风完成这项工作。填充好冷沥青后，大家再用铁锤一下一下进行人工击实。每个人抡20下便已经累得气喘吁吁。井强虽然还年轻，却也扛不住，经常累得两眼冒黑，喘不过气来。

在值班时间里，井强每晚的睡眠时间常常不到4小时。“有时候你就是没有一点困意，干躺着，睁着眼。到了凌晨2点钟刚有一点点睡意，但是一想到4点钟又要早起，担心睡过头，只好选择继续干躺，直到4点钟起床上班为止。”

邦达机场老跑道病害严重。飞行区管理员必须在每一架航班起降前后对跑道中线两侧的道面进行巡视检查。虽然邦达机场每天只有3个航班，但是工作量并不小。井强每天凌晨4点起床，要在第一架航班起飞前90分钟内完成跑道巡检任务，5点向塔台管制员准时汇报，6点开始全天的航班保障任务。

14点开始徒步走检，井强全副武装，把自己裹得严严实实，只露出一双眼睛。但凛冽的寒风依旧犹如灵巧的小老鼠，偷偷钻进他厚厚的衣服里。必须戴墨镜，长时间暴露在刺目的紫外线下会使眼睛受损，稀薄的氧气使人像病入膏肓的老年人一样举步维艰。完成一次5.5公里的跑道走检往往需要2~3小时，每次结束走检回到宿舍，双脚已经麻木得几乎失去知觉。

上到高原，人就好像突然被扔进了一个巨大的哈哈镜里。困难被成倍放大，而个人的身体能力却被加速缩小。从长年累月坚持在高原工作的同事身上，井强直接感受到藏民族的坚忍和伟大。

这些都是井强的日常工作，他安安分分地尽着自己最大的努力。但作为一名援藏干部，井强认为自己还应该成为一颗种子。他运用自己在内地积累的经验，经常开展飞行区保障规范与效率培训，致力于培养一批当地技术骨干。

就像硬币有正反两面，世间万物也都是辩证统一的。高原上不仅仅只有艰苦的工作，也有快乐的生活。对于孤身一人来到高原工作的援藏干部，陪伴是最宝贵的精神食粮。共同的经历最容易拉近心与心的距离，一起拿过电镐，一起抡过铁锤，一起在寒冷的凌晨巡检跑道，井强琐细的坚持早已赢得当地同事的认同。放假的时候，同事们便经常拉着井强去“耍坝子”。“耍坝子”也叫过林卡，这是藏区的野炊方式。大家会在机场附近的草原铺上地毯野餐，煮甜茶，捕捞河鱼烧烤。

热情的同事还会拉着井强在帐篷里一起喝拉萨啤酒，为他唱祝酒歌。一曲唱罢，井强就得按照藏区习俗，敬天敬地敬亲人朋友，三口一杯一饮而尽。酒足饭饱，他躺在椅子上小憩一会，披上毛毯晒着太阳，静静感受着邦达草原上的微风携带泥土芳香拂过面颊，身周一片宁静与祥和。

在这片高原上，人类的活动与身周的大自然融为一体，这是井强在内地从未体验过的开阔与自由。

一切都在向着更好的方向发展，昌都至邦达机场高等级公路已经开工建设，高等级公路建成后,原本两个多小时的行车时间将缩短一半,驾驶风险也将大大降低。

井强期盼着邦达机场更多的变化。

1个半小时后，采访结束，井强送我们下楼。院子里空空荡荡，悄无声息，屋角零零星星堆积着残雪。这时离天黑还有好几个小时，照射在邦达机场生活区的阳光却已显得绵软无力。冷空气罩在身上，像是给我们披上了一层冰壳，又冷又重。

井强开车送我们到机场大门口，帮我们打开铁门，待我们走了以后，又把铁门锁上，就像我们来时一样。

“叔叔再见。”小朱峰主动挥手向井强告别。

井强咧嘴一笑，招手示意。

孩子的天真总能给人带来轻松和温暖。朱峰在井强卧室看了一下午动画片，这是他整段旅程难得的放松，他因此对井强好感十足。

“我在他家里坐着，脑壳一直疼，话都不想说。真是佩服他，能在这个地方待3年。”小曾从然乌镇开始头疼，一直到邦达机场，虽然偶有缓解，却一直没断过。

“真是不容易啊。”洪敏也叹了一句，但听起来他这句话更像是为他老婆捧场。

越野车撒开了腿，疾速穿行在辽阔的邦达大草原。白雪零零星星撒在草坡上，装点着萧索的大地。

一对藏族夫妻偏离公路，穿过草地磕着长头。男人衣着鲜艳，粉红色上衣搭配鲜红色裙子；女人却穿得朴素，深紫色上衣配蓝色牛仔裤。两人都戴着套袖，身前穿着牛皮围裙，身体匍匐在地的时候可以避免弄脏衣服。风雪中，俩人的身影在草地上时而隐没，时而隆起，自有一股令人动容的倔强和悲壮。

他们的信念源自对来世的期盼，那井强坚守在西藏又是为了什么呢？我突然想象着，如果从空中俯瞰邦达机场，这群稀稀拉拉的两层楼建筑矗立在茫茫的草原之中，也许就像大海里漂浮的木头碎片。

2016年7月29日井强坐上了进藏航班，开始了为期3年的援藏生涯。这一天原本是他新婚摆酒的日子，3个月前，井强拉着女朋友的手领取了结婚证。老人家笑得合不拢嘴，用手指沾着口水一页一页翻着老皇历，选定7月29日在老家举办婚礼。

时隔一年之后，井强才请假回老家把婚礼补上。当时的离开，不仅意味着婚礼推迟，更意味着要和新婚妻子两地分居。妻子心里难免有埋怨，但她最终还是选择了支持。

或许她未必有家国情怀下的宏大视野，但对于她来说，丈夫的选择，就是她的方向。

对于井强来说，在这个海拔排世界第二的机场工作，身体的适应倒是其次，可能孤独才是最大的敌人。从进入邦达机场一直到离开，我们没有看到其他人，仿佛整座机场只有井强一个人似的。

我不禁扪心自问，换作是我，在这个寂静之地能坚持3年吗？答案是未知的。

翻越海拔4572米的浪拉山垭口，一路盘旋下山，进入红色河谷。为了诱惑朱峰心甘情愿地继续旅程，信守诺言是必要的。他久居南方，极少见雪，我也想尽可能让他接触冰雪。车外气温极低，路上常可见冻成冰滩的水流。偶尔需要休息，或者方便解手时，我便停在冰滩旁，拖着朱峰的双手，带他上冰滩滑冰。

车窗外的村庄显示出与林芝地区迥异的装饰风格，2楼的白色墙体和窗户周围画满了平行的红色粗线条。红色与白色的撞色，置放在蔚蓝色天空的大背景下，显得极具活力。

围墙下整整齐齐堆放着牛粪干，村庄周边植被稀少，牛粪干依旧是这里的主要燃料。两个小男孩爬到拖拉机的车斗里玩耍，三五头牦牛安安静静地站在门口，耐心地等候着主人家归来。

日色渐晚，黄昏的分际线渐渐上移，气温随之急剧下降。越野车沿着红色的澜沧江，在谷底的铺装路面上蜿蜒蛇行。

夜色中闪现出密集的霓虹灯，海拔3300米的昌都卡若区到了。也许是因为重庆对口援建，这里颇有山城的气势，但天津广场又表明这里也是天津援建的对象。从2016年开始，支援省份又增加了福建。

车行至茶马古城，屋檐的雕饰表露出鲜明的康区特色，在灿如繁星的霓虹灯映照之下，显得繁华时尚。街道上的人群多了起来，人们的衣着也不再风尘仆仆。这里是康巴人的重镇，但饮食并不单一，川菜、云南菜、西餐等菜式比藏餐还要多。我们决定好好享受城市的安逸，挑了一家江边的川菜火锅店。因为接下来的317国道上，再也见不到比它更繁华的地方了。

我们正热火朝天地涮着牛肉，一位身材高大的康巴汉子走进我们的包厢。我把孩子的身份证交给他。

临走的时候，他托起右手，掌心朝上，向我们致谢。

雪山警察

“爸爸，为什么我们每天住不同的酒店？”临睡前，小朱峰再次爆出灵魂的拷问。

“因为我们每天都要赶到一个新的地方，你看我们的车子一直在往前开，对吧？”

“我不要每天住不同的酒店，我要回家。”

“明天我们还可以滑冰哦。”

“我不要滑冰，我要回家。”

“呃，这个……这个就有点尴尬了。”我艰难地挠着头，突然灵光一闪，“那我们去看土拨鼠吧。”

“什么土拨鼠？”

“就是这么大的土拨鼠，在雪地里跑来跑去，一会钻进洞里，一会又钻出来，会跟你捉迷藏。”我一边讲，一边端起双手比画着土拨鼠的大小。

“去看土拨鼠咯！”小朱峰从床上蹦了起来。

第二天一早，朱峰就迫不及待地问我：“爸爸，哪里有土拨鼠啊？”

碧空残留着飞机云，像一张巨大的白纱渔网，罩在空中。317国道在昌都中断，往那曲方向需走214国道，途经类乌齐。

出城不久经过俄洛镇。朱峰喝了牛奶，大人们却都没吃早餐。酒店附近没有早餐店，我想着俄洛镇人多，定有早餐。然而大年初七的镇子上居然没有一家饭馆开门营业。我们只好从后尾厢里掏出八宝粥，那里还堆放着旦增拉姆送给我们的卡塞。这是一种油炸面食，藏历新年里藏族人家必备的年货点心，口感微甜，吃完唇齿留味。我连嚼五六块卡塞，终于填饱肚子。

“还是内地好，不管到哪里，总能找到吃的。”洪敏感叹着说。

“看样子这几天想在路上找吃的是不可能了，今晚到了县城，我们还得补充点粮食。”我提醒大家。

“天天都是晚上9点、10点才到目的地，大家都饿得脚发软了。”虾米说。

“你家朱峰连续吃了几天自热饭了，只怕对身体不好。”小曾也忧心忡忡。

朱峰每晚到了7点左右就喊肚子饿，我们每回都只能停在半路上给他做自热饭吃。大人们晚上还能保证有一顿现做的热米饭，他却连续几天都是自热食品。

“我喜欢吃自热饭。”朱峰冷不丁插了一句。

生活在别处。在荒山野岭待了5天时间，众人一边嚼着卡塞和八宝粥，一边七嘴八舌地怀念起广州的繁华。

过了俄洛镇，又闯进森林地貌，群山环抱，山坡上生长着浓密的松树。

翻越朱角拉山的路是双向两车道的非铺装路面，车轮直接轧在土层上。行至半山腰，积雪突现，路面变窄，弯道愈发夸张，道宽只容单辆车通过。路面无护栏，一侧紧靠山坡，另一侧临近悬崖。路基偶有树木遮挡，大部分却暴露在悬崖上。这条路常年失修，坑坑洼洼。新的214国道已经完全放弃通往山上的土路，2015年开工的朱角拉山隧道坐落在山脚下。

“妈呀！”坐在副驾驶位的洪敏往车窗外一瞧，不由倒抽一口冷气，悄悄把正在拍摄的手机收了起来，伸手抓住头顶的把手。大人们默不作声，没人提出要下车拍照，大家只想着快点离开这里。我冷静地把着方向盘，保持20码的时速，轧过冰雪缓缓前行。

在一个宽阔的拐角处停车，我打开车门一脚踩下去，差点摔倒，赶紧提醒大家道路结冰，小步走路。雪不厚，但冰层硬。对于行车来说，结冰比积雪更危险。

“还是先装上防滑链吧，保险一点。”我和洪敏从后尾厢拿下防滑链，铺在地上。这时，后面跟上来一辆丰田“陆巡”。

我们的车停在路中央，挡着人家道了。是继续装链子，还是挪一下让后面的车先过？如果是在内地，可能不到两秒钟，身后连绵不绝的喇叭声就会将现场淹没。但奇怪的是，“陆巡”只是安安静静地停在原地。

驾驶员探头出来，我走近打招呼，问他们去哪里。车上坐着3个藏族男人，他们说去丁青。我又问路况，他们告诉我下山雪更大。

“那我们还是装防滑链吧。”

“我们本地人不用。”驾驶员说。

“我们是第一次走，装上放心些。”

“我们帮你们装吧。”车门打开，3个藏族男人跳下车来。

虾米悄悄用湖南话问我：“他们这么主动，不会是要抢车吧？”

我摇了摇头，没有作声。洪敏在旁边听懂了，小声问：“不会吧？”

“不会的。”我答道。

藏族人手法熟练，一人装一条，两三分钟就把两根防滑链装好。第三人很自然地坐上驾驶位，启动汽车往后倒，检验防滑链牢固程度。

虾米继续用湖南话跟我说：“不会开车跑了吧，其他东西可以不要，手机必须拿上。”

我说：“没事的，放心。”

虾米半信半疑，说了一句“我拿手机给大家录个视频，做个纪念吧”，跨步上车把座椅上的手机拿下来。

朱峰突然大声说："他们是警察叔叔，他们车上有警灯。"

哪来的警灯？"陆巡"的前脸只是装了一条发光带，这只是一种普通的装饰。我正想告诉朱峰，有发光条不一定是警车。

"小朋友你说对了，我们是警察。"我旁边那位魁梧结实的藏族汉子笑着说。

哈哈，还真是警察，我们都松了一口气。虾米跟我对视一眼，不好意思地笑了。

"朱峰真棒！"洪敏向朱峰竖起了大拇指。

虽然我没有像虾米那样误会他们，但还是一直保持着必要的警惕。

"我们是丁青县的公安，来这边执行任务。"魁梧汉子说。

这下我们彻底放心了，不再提心吊胆。这一路上难得遇上车辆与人，看到人都会觉得亲切，遇到公安心里更是感到踏实。

"如果你们害怕路滑，就让我们帮你开吧。"

"太感谢你们了。"我由衷地说，"绑了防滑链，上山应该没有问题，下山如果我们不敢开，再麻烦你们。"

"好的，那走吧。"

"要不你们走前面吧？"我担心他们跟在后面嫌我们速度慢。

"没事，我们跟在后面走。"

普拉多重新启动，刚才还死气沉沉的车厢，这会儿又活跃起来。聊天的，拍照录视频的，看风景的，嗑瓜子的，不亦乐乎。

"公安给我们保驾护航，激动啊！"

"这是省部级领导待遇吧。"

"刚才大家还都一副生无可恋的表情，只想来架飞机把我们接走，现在心情好到要飞起来，哈哈。"

"我感觉警察比我这个司机有用多了。"

"那必须啊。"

我本想撒个娇，结果遭到一顿猛踩。虽然路还是那条路，但绑了防滑链，特别是有警车保护，心里确实踏实很多。虽然偶尔感觉到方向盘的轻微失控，但轧雪、过弯道，越来越自信。

半个小时后，我们到达海拔4612米的朱角拉山垭口。在西藏，垭口似乎有一股魔力。藏族人在这里挂上五彩经幡，让风代替他们祈福。而过往车辆也都习惯停下来，乘客们下车，登高望远拍照留念。

远处山峰起伏，层峦叠嶂，雪落山峰，或隐或现。公路像一条白色哈达，蜿蜒谷底，伸向远方。

虾米试着问朱峰："你要不要跟警察叔叔拍照？"

"好呀。"朱峰语音干脆。魁梧汉子一把将朱峰举起，朱峰非常配合，面对镜头笑着摆动作。

“臭小子！”我突然有些嫉妒警察。平时要给朱峰拍个照就好像要了他的小命，老是躲镜头，就算被我强行抓住，照片里出现的也都是他各种奇形怪状的表情。

俗话说，上山容易下山难。从色季拉山的经验来看，在冰雪路段下行要比上山危险得多。

“下山你们帮我们开吧？”我说。

“好的。”魁梧汉子上了我们的车，我坐副驾驶位，把洪敏换到身后的“陆巡”。

下山积雪更厚，我望着身侧深切谷底的悬崖，不由暗呼侥幸。多亏警察帮忙，要是由自己来开，这段路会令人胆战心惊。但此刻坐在警察身边，我却感到无比的心安。不单是我，后座的两位女人也显得很轻松，不时跟警察聊天，与我开车时完全是两种状态。

魁梧汉子一边稳健地把着方向盘前行，一边教我雪地驾驶的技巧。

“下山千万不能开自动挡，最好是手动挡，挂1挡。普拉多还好，手自一体，可以切换。”

“我这个有雪地模式，按这里还能加压。”我指着按钮说。

“这些不需要，不安全，就1挡最好。”

一个猛烈的侧滑，车厢里发出一连串惊叫。朱峰不懂深浅，咯咯大笑。大家越是慌乱，他越觉得好玩。警察很淡定，脸上看不出任何表情变化。

“没事，普拉多没有‘陆巡’好开，‘陆巡’更稳。在雪地跑，最重要速度要慢，尤其是过弯道的时候，掉下去的基本上都是因为开得太快。”

“嗯。”

“尽量不要用刹车来控制速度，调挡位，非刹不可的时候，也不要一脚踩死，用点刹。”

“这样子，踩一下，松一下。”汉子一边说，一边踩下刹车，向我示范。

“你们经常跑这些路吗？”

“经常跑，巡查，救援，有时候一天跑几趟。”

“现在算不算雪比较大的时候？”

“还有更大的时候，我们一样都要出车。”

更惊险的雪路会是怎么样？我们咋舌赞叹。

下到谷底，隧道口正在施工。雪地上堆放着建筑材料，竖起了高高的水泥窑。建筑工人们都撤回了内地，待4月份大雪初融才会回到工地。在西藏修路的基本上都是中铁这类大型央企，在这样的极端环境下，也只有大型央企才有实力承接工程。西藏这片空旷的土地上，也只有国家意志，才能不计成本地把电网架得漫山遍野。

未来人们途经此地只需风平浪静地穿越隧道，再也不需感受朱角拉山垭口的惊心动魄，这是一种幸运，还是一种遗憾呢？我胡思乱想着。

40分钟后，积雪融化，车轮轧上柏油路面。

“我叫朗嘎，是他俩的队长。路上如果有事，可以打电话找我们。”汉子说。

我伸出手，与朗嘎握在一起，说：“你好，我姓朱，我在林芝援藏。”

“哦，援藏干部啊，我们县也有援藏干部，你们援藏干部挺好的。”朗嘎咧嘴一笑，脸上的肌肉往外拥堵。

此处有手机信号，我和朗嘎互相加了微信，约好有缘再见。他们放下心来，“陆巡”一溜烟不见了影子。

上车之后洪敏告诉我们，另外两位公安也很友好，还拿风干牦牛肉给他品尝。

“味道还不错，就是硬了点，我咬了好久都没咽下去，塞牙缝。”

“你们猜他们多大？”

“给你们开车的队长是‘80后’，另外两位都是‘90后’。”洪敏已经自觉地把他自己归入“陆巡”的队列了。

“哈哈，好吧，实在看不出来。”

“我还以为他们都是‘70后’的呢。”

“他们太老练了，沉稳，皮肤又黑，根本猜不出来。”

“刚见到他们的时候，我还一直以为他们是坏人。”虾米不好意思地说。

“我也有点担心。”

“西藏的警察就是护路神，你看他们在路上巡逻，帮助救援。西藏这边‘两限一警’，限速限载，每辆大巴都会配一名警察，要是大巴出事，警察也跟着完蛋了，他们平时的工作很危险。”

“真是不容易啊！”大人们七嘴八舌地惊叹着。

外星球？

柏油路沿峡谷穿行，每隔几公里就途经一个村庄。但是无一例外大门紧闭，见不到一个人，更别提饭馆了。在这寒冷的冬日，村子里悄然无声，村民们仿佛都在冬眠。

时值正午，阳光明媚，我在地面铺上彩虹颜色的地垫，打算来一顿浪漫的自热饭。但是大家垂头丧气，似乎并不领情。连续吃了几天自热饭，大家一闻到烧热的油味，就开始反胃。

朱峰童言无忌，第一个爆发了。

“我要吃面条。”

“面条吃完了，只有米饭。”

“不行，我要吃面条。”

“可是我们没有面条呀。”

道理是说不通的，朱峰在车上“软禁”了5天，闹一下情绪情有可原。虾米抱着他坐在地毡上，好说歹说，最后还是靠一瓶旺仔牛奶搞定了他。

上车没多久，朱峰就开始问："怎么还没有看见土拨鼠呢？"

要接近那曲的草原才能看见土拨鼠，还得几天呢。我也着急，看完土拨鼠之后不知道还能用啥来安抚他的情绪。只好走一步是一步，我随口瞎扯："土拨鼠在洞里，你看到了吗？"

"没有啊，洞里没有土拨鼠。"

"土拨鼠有很多洞，它去其他的洞了。"虾米说。

我赶紧加一句："土拨鼠去别人家拜年了。"

"土拨鼠到它奶奶的老家去旅游了，坐火车去的。"朱峰用他自己丰富的想象力把自己钓上了钩。

洪敏在一旁呵呵笑："带个孩子不容易啊！"

16点左右，我再次停下车。30余米宽的河面已经结冰，河流对岸平缓的山坡上突然长出一排石山，犬牙交错的石山上分布着密密麻麻的大窟窿，白色积雪散落其间，景观颇为奇特。

一只山鹰掠过石山，朝着山坡上飞去。

乍看之下，石山脚下错落有致地分布着小石山，细看才发现那是七八座石头垒就的房子。整个村庄的外形就像是涂上了一层保护色，黑黑的门窗也像是石山上的窟窿。

我跟朱峰说："我们下去看看有没有土拨鼠好不好？"这句话倒也不全是哄他，土拨鼠往往藏在草地上的鼠洞里，若不下车细看，往往会错过。

"好啊。"朱峰爽快地答应了。

土坡上的积雪有十几厘米厚，朱峰一脚踩下去，雪淹没了脚脖子，差点灌进他的高帮靴子。这反倒激起了他顽皮的天性，深一脚浅一脚地在雪地上转着圈。

对面村子走出3个年轻藏族男子，远远望见我们，隔着冰河"喔嗬喔嗬"兴奋地大声叫喊，我们也大声回应。

我们上车继续赶路，他们也转向西边的山间小路走去。3人一唱一和，嘹亮的歌声从对岸远远传送而来。十几分钟后，他们绕行山后，不见了踪影，歌声细若游丝，若断若续，以至全无。这真是一个快乐的民族。

很快，我们又跌入白色世界。天地间处处积雪，一条小河伴随公路向西流淌。河对岸偶尔散落着两三座平顶碉房，窗户开得很小，仿佛随时严阵以待藏北的寒风。屋前停靠着一辆小皮卡或者一辆拖拉机，屋后木头架子上挂着庄稼秸秆，堆放着七八座牛粪干。

公路穿过棕红色的河谷，到达觉恩乡，眼前突然出现一排巍峨陡峭的石山，像一顶巨大的皇冠，扣在高山之上。

穿过小镇，214国道左边岔出一条土路，我们果断拐入。一辆摩托车坐着两位身穿绛红色僧袍的年轻僧人，我们跟随摩托车一路盘旋上山。半个多小时后，盘山公路上升了高达千米的海拔，车里突然哇哇大叫。

一片巨石嶙峋的山峰仿佛突然从头顶破土而出，千万年的风雨将坚硬的山体侵蚀得千疮百孔。一个个白色和红色的宗堡式房屋建筑，像珍珠玛瑙一般镶嵌在梦幻般的石山上，犹如一支悬崖上的舞蹈。

眼前的景象让人仿佛置身于外星球。

“太壮观了！”

“大窟窿上面那座小房子会不会掉下来？”

众人啧啧称奇。

这便是孜珠寺。这是一个连藏族人都感到陌生的寺院，许多人只闻其名却不知道它在哪里。海拔4474米的寺庙创建于3000多年前，是西藏最早、信徒最多的苯教寺院之一，也是保留苯教仪轨最完整的寺院。据说这里有古老的跳神艺术“泻朝”裸体神舞，是整个藏区独一无二的。但我们是无缘得见了。天色已晚，我们不打算进寺庙参观，直接拐上观景平台。

我曾看过一个关于孜珠寺的航拍。无人机飞越悬崖的背面，那是更为陡峭的悬崖和更深的峡谷。千疮百孔的山体像一张薄薄的老树皮，挂在南壁悬崖上的寺院和僧舍如同小孩儿堆上去的积木。看得我目瞪口呆，惊心动魄。

如此险峻之地，应有绝世高人。这里满足了我关于武侠高手比武之地的所有想象，如果高一那会儿我就能造访此处，那个暑假闭门造车炮制出来的武侠小说《赶月》定会更加精彩。一念至此，我突然想到，在觉恩乡像皇冠一样高耸云霄的山峰莫非就是孜珠山的北壁？

我为自己的发现感到激动。一定是的！一定是的！陡如刀锋的山壁，在这方区域，除了孜珠山，无出其右。

观景台下有人围着一圈转经筒逆时针行走，远处的金顶红墙大殿偶有僧侣和信徒进进出出。洪敏夫妻和虾米忙着拍照，没人理会我的胡思乱想。

我掏出无人机，朱峰和一家四口藏族人围了过来。可是无论我怎么摆弄，无人机都无法在手机屏幕显示图像。我只好操控无人机盲拍，上升向前，下降退回。朱峰站在一旁，眼睛直直地盯着我手中的操控手柄，口水流了一地。

我把手柄递给朱峰，让他过了把瘾，然后又示意他分享给旁边站立的藏族小男孩。小男孩跟朱峰年龄相仿，怯怯地握着手柄，却不敢随意按下按钮。我轻轻地掰着他的小手指，教他操控。他的小手指握得很紧，关节泛白，目光紧随无人机上升下降，小脸上呈现出既兴奋又害怕的微妙表情。

玩了一会儿，他就把手柄递回给我。我再递给旁边更小的那个男孩，他却羞涩地躲到了母亲的身后。两个小朋友和父亲都穿着羽绒服，只有母亲穿着藏族传统服饰，头发左右两侧各垂下一根挂满蜜蜡和绿松石等宝石的饰带。

我操控无人机回转身俯拍众人，示意大家比出胜利的手势。两个藏族小男孩也怯怯地举着右手，用力叉开两根手指。自拍完，我继续操控无人机飞向孜珠山，6分钟后，手柄提示电量不足，我才把飞机召回。收好无人机，我发现两个藏族小孩高举过头比着胜利手势的右手还没放下来。

我心里一酸，挥手示意他俩把手放下来。与外面世界接触太少，这里的小孩表现出与藏族成年人一脉相承的羞涩质朴，与朱峰的活泼顽皮形成鲜明的反差，既让人感动，也让人心疼。

虾米跑到车上拿了些饼干和糖果交给朱峰，让他去分给两个藏族小朋友。朱峰倒也大方，走过去把饼干和糖果交到他俩手上就转身回来。送的人一声不吭，接的人也无话可说，我们看得哈哈大笑。

19点左右，我们下山赶往丁青县城。当晚朱峰仍然没有撑到县城，半路吃了自热饭。我们9点多才到达海拔3820米的丁青县城，这里是5天来海拔最高的留宿点，晚上必须仔细观察朱峰的状态。

像穿过国道的所有城镇一样，丁青县城为长条形。县城里下着小雪，我们掐着指头数着县城里零零星星亮着灯的店铺，钻进了小郡肝串串火锅店。

再也不走斜拉山

这是一片河谷地带，光秃秃的土地上分布着稀稀拉拉的灌木丛，三五成群的黑色牦牛低头觅食，连片集中的平顶民居和金碧辉煌的寺庙都修建在山坡上。黑色柏油路的路肩被新雪覆盖，仿佛镶了两道耀眼的白边，在山谷里蜿蜒蛇行。薄雪撒在浅黄色的土地上，宛若在一块巨大的吐司上撒了白砂糖，看起来很好吃的样子。

轻松翻过一座垭口，甚至连名字都没寻着。去年这里还在封闭修路，当时凌晨4点出发，我们赶在开工之前通过封闭路段。路况之糟，不堪回首。没想到柏油路一修，竟如一马平川。当真是，春风得意马蹄疾，轻车已过万重山。

“今天还要翻雪山吗？”大伙对昨天的行程心有余悸。

“放心，就昨天的朱角拉山有点危险，后面不用再翻雪山了。”

“我信你个鬼！你还说早餐没问题，哈哈，结果呢？”洪敏调侃我。

“结果”是早上把丁青县城街道翻了个遍，都没找到一家开门做早餐的店面。好不容易寻到一家冒着炊烟的藏餐馆，结果人家只有糌粑。最后是在快要出城的时候，见路边一家馒头批发店还开着门，赶紧打包了一大袋拖上车。

“这个……好尴尬哈，”我耸耸肩，模仿大潘的表情包，“你们看现在斜拉山这柏油路多平整，根本想象不到原来这里路况有多差。”

“唉，再信你一次吧，反正上了贼船也回不了头了。”

“回头更惨，还得再走一次朱角拉山。”

走咯，众人坚毅的目光不约而同地指向西边的索县。

车厢里响起暗杠幽婉撕裂的声音。“别踩疼了雪，那是破碎的心，我顺着你的脚印一步一步向前行……”

“这是我大学兄弟阿一作的词。”

“我们这一路都在轧雪，还别踩疼了雪呢！”

“爸爸，今天能看到土拨鼠吗？”朱峰冷不丁插了一句。

“我们往前面赶，肯定能看到。”我只能见招拆招，走一步是一步了。

河谷颜色由黄色渐渐过渡为棕红色，仿佛薄雪吐司被烤焦，看起来更好吃了。路边竖了一块碑，“教育振兴，全民有责”，落款是丁青县小学。教育是西藏的软肋，看来甚至连一所小学都忍不住要站出来，发出振聋发聩的呼吁。一个半小时后，白雪褪去，温度却低，流经村庄的溪水被冻成冰河。视线之内只剩遥远的山顶还覆盖着微雪，近处却无半片白色。

“我说不用翻雪山吧。”

“不用就好，昨天被吓个半死，头疼都顾不上了。”小曾忍不住叹了口气。

“一不小心把高反给治好了，哈哈。”车里人都松了一口气，有说有笑。

一个小时后，白雪重返大地，公路上也开始出现积雪，但大伙并没有放在心上，连防滑链都懒得安装。这么冷的地方，下点雪实在太正常不过了。

积雪越来越厚，地势也渐渐上升，越野车开始环坡爬行。这时我们才发现车轮下已经不是柏油路，不知道什么时候切换成了土路。

继续前行，两辆“猎豹”越野车堵住去路。

“是刚才超过我们的那两辆车吗？”洪敏问。

“是的。”我答道。

“刚才超车的时候很猛嘛，哈哈。”

我们下车查看。第一辆“猎豹”后边的雪地挂着一条光滑的车轮印，看上去像是越野车打滑留下的痕迹。车身已经滑出路面，幸好旁边有土堆挡住，否则就有掉落山崖的危险。一群藏族男女老少一个接一个地从公路旁的山坡装了砂石，铺在轮胎的前后道路上。

头顶的山坡是一个隧道工地，堆积了大量施工砂石。隧道上方挂着一排广告牌，一个牌子只写了一个大字，连起来是“庆交建承建斜拉山隧道”。我猜想应该是“重庆交建”，被风刮掉了一个“重”字。

想起关于日喀则的一个段子。刚进日喀则市会看到一个大牌坊，上写“欢迎来日喀则”。过去风很大，经常会把后两个字吹掉，就变成“欢迎来日”。经过的游客无不惊诧，这也太直白了吧？东有叫春的城市，西有“欢迎来日”。掉了又粘，粘了又掉，反复多次，最后采用焊接的方式才一劳永逸解决了问题。

还有一个故事。一辆车在日喀则路上被拦下来,驾驶员很纳闷:“拦我干啥呢?”男人耐心地说:“你违规了。”“我违什么规了?”“你压线了?”驾驶员很生气:“线在哪呢?”男人弯腰拍拍地上的灰尘,露出双实线。驾驶员更加生气了:“你凭啥来管我?”男人不慌不忙地拍拍肩上灰尘,露出警察标志。原来的日喀则风大、沙尘大,属于寸草不生的地方,后来经过几代人不断绿化,慢慢地才有了现在的绿意。

斜拉山?我突然意识到这不就是去年9月凌晨让我吃尽苦头的垭口吗?望了望山头,迷雾重重,白雪皑皑,毫无印象。

司机上车启动汽车,加大马力,轮胎在雪地里空转了一会儿终于脱困,艰难地爬上砂石。向前行驶了十几米才停下来,把装砂石的人群装进两辆“猎豹”。

情况不妙,我和洪敏赶紧回头将防滑链装上。

海拔渐高,积雪越厚,两辆“猎豹”已经踪影全无,但雪地里留下了它们的车轮印记。我们轧着印记,缓缓行驶。

“不是说不用翻雪山了吗?”

我苦笑:“记错了,这才是斜拉山,最后一座了。”

大伙忧心忡忡,昨天的旧伤未愈,今天又添新伤。

灰白色的天空飘起了雪花。事实上,天地相互交融,根本就分不清天空与雪地的界限。我把雨刮调到最慢一挡,雪下得不密,风却很大。

雪地上站着一老一少。老头一身羊毛皮袄,鼻梁上架着一副黑框眼镜,头上戴着毡帽,小男孩穿着红色羽绒服,脸颊被冻得泛出黑钻苹果的红色,都是前面两辆“猎豹”上的一家藏族人。不知何故,“猎豹”把他们抛在半路。

一老一少站到我们车窗边,示意想搭便车。

“他们不会想要一路都坐我们的车吧,我们可挤不下这么多人。”我有些犹豫,于是跟老人摇着手说,“坐不下,坐不下。”

小男孩紧紧拽着老头,老人家嘴里没剩几颗牙齿,站在风雪中细细碎碎地说着我们听不懂的藏语。

“要不搭他们一段吧,外面实在太冷了。”虾米于心不忍。

“嗯,好。”

虾米把朱峰抱在身上,打开车门,寒风裹挟着雪花,“嗖嗖嗖”趁机窜进车厢。老人拉着小男孩艰难地挪上车,嘴里念叨:“细细,细细。”应该是谢谢的意思,不知道是他口齿漏风,还是不会说普通话,但我们都能感受到他那份真挚的谢意。

积雪很厚,即便轧着前人的车辙,拐弯处依然能感觉到轮胎轻微打滑。大约十来分钟后，我们追上“猎豹”。他们停在路上，我缓缓减速，也停了下来。老人又念叨“细细，细细”，伸手打开车门。两人下了车，顶着风雪走到前面爬上“猎豹”。

我们猜测，大约是刚才那段路雪太厚，担心车上人多会再次陷车，所以“猎豹”就半路放下一老一少，托付给跟在后面的我们。唉，跟警察托送身份证一样，又是一份毫无保留的信任。藏族人的心可真大，他们就不担心我们拒载吗?

其实我还真差点就拒载了这对爷孙。

“猎豹”一溜烟又消失在雪雾中，我和洪敏仔细搜寻着地上的车辙，轧雪行驶。已经下午1点多，垭口还遥遥无期，午饭是别指望了，这会儿连自热饭都成了奢望。洪敏掏出早上剩下的冷馒头分给大家，权当是午餐。

雪花越来越密，我将雨刮器调快，打开双闪灯。“猎豹”刚刚压下的车辙已经完全被新雪覆盖，我们甚至分不清哪里是路面，哪里是路基。没有防护栏，只有矮矮的雪堆略尽防护之力。

上山的雪路全是Z字形，每逢弯道我都会减慢速度，但仍有好几回轮胎打滑。油门踩大了，担心拐弯侧滑，踩小了又害怕笨重的普拉多往后掉。当然更不敢靠近悬崖行驶，也许一个轻微的打滑都可能让我们掉下山谷。但如果太靠近山坡，也有可能误陷路边的积雪水沟。一时半会上不来的话，轮胎就会结冰。

每拐几个弯道，洪敏就问：“应该快到垭口了吧？”我就回答说：“可能就剩这几个弯了。”但残酷的事实每回都打我的脸，后来他再也不问我了。

自从在堵车之处重新上车后，大家就忘了开音响。我紧紧握着方向盘，保持10公里的时速慢慢行驶，集中精神，努力分辨着雪路和悬崖。没过多久，手心便冒出汗来，我只好单手握着方向盘，把手心的汗揩在裤子上。车内悄无声息，空气似乎将要凝结，大人们屏住呼吸，沉默不语。

车外风雪大作，大风裹挟着雪花迎面撞在挡风玻璃上，快速挥动的雨刮器迅速将沾在玻璃上的雪花抹掉。要命的是，一阵强风突然刮起，卷起地上的细雪扑面而来。我们像是遭遇了一场雪崩，突然间眼前一片空白，什么也瞧不见，我只好一脚刹车停下来。

挡风玻璃上的积雪太厚，雨刮器力有未逮，被卡住了。

“得赶紧清理一下挡风玻璃，雨刮器被冻住就麻烦了。”

我打开车门，准备查看情况，强风“唰”地刮来，扑了我一脸的雪，我赶紧关上车门。

这可怎么办，大人们心里都很清楚，如果困在这里后果不堪设想。掉头回去是不可能的，这一路上哪有足够掉头的宽度啊？大家越来越害怕，没人吭声，谁也不敢把内心的真实想法表露出来。因为一旦表露就会发生连锁反应，影响到其他人，特别是司机。

朱峰突然嚷嚷说：“我要尿尿。”

“怎么办？这么大风雪，下车肯定不安全。”虾米一时没了主意。

我转过头说："有没有瓶子？拿个瓶子给他尿吧。"这是我们登山的常规动作，尤其是攀登七八千米级雪山。出帐篷太冷，而且也危险，晚上尿尿一般都用尿袋或者"脉动"饮料瓶在帐篷里就地解决。

虾米和小曾在后尾厢一顿翻找，终于掏出一个饮料瓶，手忙脚乱地扒下朱峰的裤子。饮料瓶还没对准，尿就已经飙了出来。虾米气急败坏，一边数落朱峰，一边手忙脚乱地拿纸巾到处擦拭。

朱峰哈哈大笑。

更令人气愤的是，朱峰居然拿着虾米的手机把整个过程录了下来。他是真没忍住？还是故意提前尿出来？否则为什么偏偏这个时候录下了整个过程？臭小子！

待强风消停一点，我和洪敏赶紧打开车门，站在踏板上，拿纸巾把雨刮器和挡风玻璃上的雪除掉。重新恢复视线，我赶紧调快雨刮器，再次上路。

后排的虾米和小曾也终于收拾完毕，朱峰却一遍又一遍地重播尿尿的狼狈视频。视频里大人们狼狈不堪的声音和朱峰没心没肺的笑声交织在一起，不断引发他新的笑声，招致虾米一路埋怨。这一切声音相互杂糅，仿佛形成了一个奇妙的气场。

朱峰犹如一位糖果魔术师，举着魔法棒，搅动车里凝固的空气，将大人们的惊慌和恐惧揉碎，变成糖丝缠绕起来，最后做成了一个巨大的棉花糖。他的笑声直接消解了我的紧张情绪，我紧握方向盘，不再频频放手揩汗。一个紧接一个的积雪弯道也不再让我感到烦躁，我心平气和地紧盯路面，保持匀速。越野车摇啊摇啊，缓慢而坚定地轧过雪面。

半小时后，洪敏看了看他的海拔表说："这里5100多米。"

"那应该快到垭口了。"我答道。

"朱峰，5000多米了，你再笑，一会儿不够氧气就高反了。"虾米对朱峰说。

"屁。"朱峰说完又咯咯笑。

几分钟后，路边一大串经幡被风雪吹得绷直。

"经幡。"我喊道，"到垭口了。"

我们终于到达海拔4905米的斜拉山垭口，洪敏的海拔表有误差。

大人们都长舒了一口气，无休无止的上山弯道终于彻底结束。不管怎么样，斜拉山的魔鬼路程我们完成了一半。汽车中控台显示此时是14：03。12：45从斜拉山隧道工地开始爬坡，1小时18分钟其实并不长，我们却感觉漫长得像是度过了大半生一样。煎熬果然不是物理概念，它更像是一种化学反应。

垭口平坦宽阔，一辆哈弗H9型越野车赶上来，停在我们旁边。我们互相摇下车窗，哈弗坐了3个藏族男人。我问他们去哪，他们说朋友的车困在下面，他们去救车。

他们继续前行，我们也不再停留，开始专心致志地下山。斜拉山的另一侧依旧是茫茫雪原，但风似乎要小一些。仪表盘显示车外温度低至-8℃，雨刮器已经结冰，发出尖锐的刮擦声。刮过的玻璃留下了一层雾蒙蒙的印记，严重影响驾驶员的视线。

我停下车，洪敏打开车门，再次将雨刮器清理干净。

几分钟后，弯道停着两辆车，其中一辆正是垭口遇见的哈弗。停在路沟的受困车是一辆商务车，挡风玻璃已经结冰。地上堆放着防滑链，一个身穿皮袄的藏族男子正在拾捡受困车前的石头。

没有什么比经历过危险更能感同身受。我们才刚刚脱困，风雪中的无望让我们犹有余悸。不知道垭口有多远，无法预料下一秒会发生怎样糟糕的状况，未知所产生的恐惧最深刻。刚才那一个多小时的煎熬就像一只巨手掐住了我们的喉咙，我们多么希望能有一辆车带领我们一起走。这个时候，我们对于这3位藏族男子来说，也许具有同样的意义。

我停了车，摇下车窗问道："怎么样，兄弟？"

"昨天车子打滑，上不去。"

下车的时候，洪敏特意提醒我，千万别关停雨刮器，否则又会结冰。

"你们在这等了一夜啊？"洪敏问。

"没有，人下去了，车子放这里。"

"只有一套防滑链？"我转头问哈弗司机，"你们自己不用吗？"

"我们不用。"

天啦，当地人真是艺高人胆大。我问："你接他们回丁青吗？"

"哦哦。"

"肚子饿吗？"

"没关系，哈哈。"哈弗司机笑着回答。

"给你们留点饼干吧？自热饭会做吗？"

"拿矿泉水浇嘛。"

"那我们留3份自热饭给你们吧，还有几瓶水。"

"哦，谢谢，谢谢。"

告别他们，我们继续下行。雨刮器又被冻住了几次，洪敏不厌其烦地清理。两男一女3位藏族人正徒步上山，他们的面包车吃雪太深，在雪坡上爬不动，只好下来3人减轻重量。

众人纷纷感叹，当地人真不容易。这座山是他们的必经之路，我们这一辈子也许只会经历一两次这样的困境。但对于他们来说，这是生活常态。

下到山腰，我们再次惊叹，一辆小卧车居然从身后跟了上来。我们的越野车费了九牛二虎之力才勉强翻越斜拉山，底盘更低的小卧车是怎样突破我们刚刚经历的困境的？

小卧车突然急响喇叭，一定是有状况发生。我停下车，小卧车赶了上来。车里的汉族男子冲我喊道：“你们的防滑链掉了。”

“哦，谢谢啊。”我笑着回答。小卧车一溜烟下山去了。

我和洪敏下车查看，果然，绑在左后轮的防滑链不翼而飞。我俩沿路往回找，大约在身后十几米的雪地里找到了。不由暗呼侥幸，如果不是刚好身后有一辆车跟着，半路掉了还浑然不觉。

防滑链的扣钩松了，但我们没有工具修理。放眼望去，眼前尽是一二十厘米深的积雪，也不可能找到石头来砸扣钩。我们捡起防滑链扔到车上，单靠一条防滑链继续下山。

15点左右，终于平安到达斜拉山脚。

隧道的另一端竖起了高高的水泥窑，距离公路足有七八百米远。已于2015年8月开工建设的斜拉山隧道海拔4430米，设计全长4088米。真希望这条全世界海拔最高的公路隧道早日通车，人们再也不用冒着危险翻越垭口。

公路边的雪地上竖着一块蓝色的铁皮广告牌，上面写着“山水林田湖是一个生命共同体，人的命脉在田，田的命脉在水，水的命脉在山，山的命脉在土，土的命脉在树”，落款是丁斜项目。生态环境是西藏的第一资源，西藏的任何项目首先要在环境方面过关。

虽然接下来的路还是厚厚的雪路，但都是平缓路段，再无危险。车里人大松一口气，开始拍照录视频，也开始吃零食。

“你们发现没有，朱峰是我们大家的天使啊。刚才在最惊险、海拔最高的时候，他一直在给自己录视频，活跃气氛，各种搞笑，缓解大家的紧张情绪。”

“是啊，我心里本来就着急，还要忍受他的吵闹，就更烦躁了。我就一直在骂他，结果反而忘了危险。”虾米笑着说。

我扭头一看，大家在表扬朱峰的时候，小天使却已经横躺在虾米和小曾身上呼呼大睡。

我继续说：“等大家都安全了，他完成使命就睡着了。所以，朱峰，向你致敬！”

小天使正发出细密的鼾声。

久违了，土拨鼠

我们在白色雪原又行驶了两个半小时，积雪终于隐退。我把车停在路边时已是17:34。早上和中午吃的都是馒头，到这会儿大伙都已经饿得前胸贴后背。

朱峰又嚷嚷要吃自热面条。可是面条早就断供了，虾米劝他吃自热饭。天使这会儿露出了魔鬼面孔，一口咬定面条不放。

可怜的小朱峰，这一路上连吃碗面条都不能满足他。

和洪敏摆弄好自热饭，等待的间隙，我踱步到公路边的草地。草地上洞穴密布，我乐坏了，这不就是土拨鼠的巢穴吗？定睛细看，哎呀，千呼万唤的土拨鼠居然真的就趴在远处的洞穴边上。

妥了，我哈哈大笑，赶紧跑回车旁边。

“朱峰，只要你把米饭吃完，我马上给你变出土拨鼠。”

朱峰正气鼓鼓地坐在虾米身上，闻言眼睛一亮：“哪里有土拨鼠？”

“你吃完饭，我就带你去看，好不好？”

“好！”

大伙吃饱喝足，朱峰把一碗自热米饭吃得干干净净。

“爸爸，你看。”朱峰举着一扫而空的自热饭塑料盒子，伸到我面前，“我们去看土拨鼠吧？”

“好，走吧。”

这是一片广阔的草原，一直延伸向两公里外的山坡。地面覆盖着白雪，偶尔又裸露出棕黄色的浅草。

“土拨鼠在哪里呀？”朱峰左顾右盼。

大人们也感到疑惑，草地上小鼠洞密密麻麻，却不见一只土拨鼠。

我指引着朱峰的目光说：“你顺着我手指的方向，看那个洞，仔细看，洞口是不是有一只棕黄色的土拨鼠？”

“哦，看到了，真的有土拨鼠，哈哈。”洪敏眼尖，首先惊呼起来。

草原上的土拨鼠与城市里的老鼠体积相近，但没有长长的尾巴，整个身体都往中间挤，棕黄色的体毛与土地上的浅草颜色相仿，具有很强的迷惑性，看起来更像是草原上种下了一个个肥硕的土豆。

朱峰哈哈大笑，跑向近处的鼠洞。但土拨鼠早已发现他，立马钻进了洞里。朱峰又去追逐其他土拨鼠，无一例外，刚靠近到十几米的距离，土拨鼠就警觉地钻入洞中。待朱峰一走开，旁边的鼠洞又钻出一只土拨鼠，似乎真的在与他捉迷藏。朱峰兴致更高，一会跑前去，一会又转身回来，乐此不疲。

朱峰发现一个雪洞，伸手去掏。自然不会有所斩获，他站起来，伸脚将雪洞堵上。堵上也是徒劳，他没细想，既然土拨鼠能轻而易举地在泥土地上掏出洞穴，松软的白雪更难不倒它们。而且这片方圆两三公里的草地上，盘根错节的鼠洞何止几百上千。这种动物挖掘能力极强，远甚于蓝翔技校的挖掘机。

朱峰奔前跑后，一无所获。

巴青县到了，索县就不远了。这两个县只相距32公里，这在122万多平方公里的西藏绝无仅有。出了县城，天寒地冻，夕阳从乌云的缝隙中挤出的光带犹如绿色的北极光，高高悬于正前方的山峰之上。只有坐落在公路右侧的两栋黄色碉房，能给这个白雪世界的来往过客带来温暖，尤其是屋顶飘扬的红旗似乎更能鼓舞士气，指引方向。

到达海拔3980米的索县时已是晚上8点半。留守的两位援藏干部已经赶去成都参加招商会议，只能遗憾错过。

最初的模样

每个早晨醒来那一刻，朱峰仿佛回光返照。被我们忽悠了一整天的小天使又记起重要的事情："妈妈，为什么爸爸总是什么宾馆都要住一遍呢？"他赖在床上，看着手机上播放的动画片不想走。

虾米说："我们今天赶到当雄，明天就可以到拉萨，然后就可以回家了。"

"可以回家咯！"朱峰欢呼一声，关了手机，从床上蹦了起来。

小县城坐落在四面环山的河谷里，纵横三四条街道，20分钟便能步行走遍。山坡上白雪皑皑，十字路口的一家商铺楼顶插着一杆国旗，鲜艳的红旗在蓝天和雪山的映衬下，迎风招展，精神抖擞。

街道上行人稀少，店铺的卷闸门也关得严严实实。但小县城很整洁，一辆警车来回巡逻，提醒路边的车辆不要随意停放。

最令人高兴的是，宾馆隔壁的早餐店居然端出新鲜热辣的米线，这是一路上当之无愧最美味的早餐。我们仿佛终于从大山里走了出来，回归便捷的城市生活。

但是一出县城，我们再次跌进白色荒野。

出城的公路是一段非铺装路面，远远望见山坡上背朝县城矗立着一座与布达拉宫相仿的宗堡式建筑，底下是白宫，居中是红宫，顶上是金顶。那便是当地人称为"小布达拉宫"的赞丹寺。

很快又回到了积满白雪的铺装路面。覆盖着白雪的平缓丘陵草原绵延不绝，虽然大部分海拔都超过4500米，但经历了朱角拉山和斜拉山的惊心动魄之后，没人将这种平常路况放在眼里。即便翻越海拔4850米的江古拉垭口，我们也毫不在意。

曾经沧海难为水，除却巫山不是云，眼前的雪况在我们看来已经只是小菜一碟。

当地人都说西藏最高、最远是阿里，但占西藏三分之一面积的那曲才是最苦的地方。即便对于大部分西藏人来说，这片土地也是陌生的。车行几个小时也见不到一棵树，天地万物都披上了白色衣衫，这片辽阔的土地无疑是雪的地盘。

但是荒野里的生命却呈现出截然不同的状态。

人们分片集中群居，平顶土坯房一户紧挨着一户，每家每户都竖着鲜艳的红旗。身躯庞大的黑色藏狗趴在窗户下的雪地里晒着太阳，藏族老妇人徘徊在围墙边，挑拣着牦牛粪干。

穿着棉袄的牦牛们排着队缓缓走过长长的铁索木板桥，它们要去河对岸找寻能填饱肚子的牧草。牧民双手反剪在身后，安静地陪着牦牛们一起走在桥上。一匹深棕色骏马在雪地里打滚，扬起一阵灰尘。蹭掉了身上令它讨厌的污泥之后，突然腾地站起，神采飞扬。

公路上再次遇见磕长头的藏族人，他们一丝不苟地此起彼伏，像一座流动的山丘。他们朝拜的路线一定包含了朱角拉山和斜拉山，我们窝在越野车里犹自心惊胆战，那他们是怎样翻越那两座风雪交加的魔鬼垭口的？

两位藏族女子横穿马路，我给她们拍了照片。

女子羞涩地掩嘴而笑。我挥手告别，她们也举起右手向我们致意，整洁的牙齿露了出来。

我想，眼前的这一切大概就是人世最初的样子吧。

15∶30，越野车驶上托古拉山垭口。山下是一片广阔而平坦的草原，草原中央坐落着一大片房屋建筑。海拔4500米的那曲镇到了。这里是那曲的行政中心，317国道在此处与青藏线交会。

那曲是格萨尔神授说唱艺人之乡。如果机缘巧合，随便走进那曲镇一家其貌不扬的茶馆，就能听上一场《格萨尔王传》的现场表演。

《格萨尔王传》是藏族人民集体创作的一部英雄史诗，它是世界上唯一的一部活史诗。至今仍有上百位民间艺人在西藏、四川、青海、内蒙古等地吟唱，不断扩充着史诗的内容。

在藏地，传说许多目不识丁的放牧者只因一场奇异的梦，醒来时，成串的格萨尔王故事就会从嘴里脱口而出，滔滔不绝。年逾古稀的青海人才让旺堆自称13岁时在纳木措湖边游玩，湖里突然出现一名身披盔甲的武士降临到他身边。武士逐渐消失以后，才让旺堆却没来由地昏迷了一个星期。醒来后他变得能说会道，常常口若悬河地描述格萨尔王征战四方的故事。从此，才让旺堆就开始云游说唱，吟诵《格萨尔王传》。

才让旺堆这种“梦中得艺”的经历在《格萨尔王传》史诗的流传中是一种比较普遍的现象。这样的过程，藏族人称为“神授”,因为这样的能力来自神的隐秘传递。而神灵的“授课”地点若不是在荒山野外，就是在河边湖畔。

现有的100多位说唱艺人大部分是神授艺人。神授艺人大多是没有文化的普通牧民，但一个梦就令他们得到了篇幅巨大的格萨尔王故事，还得到了惊人的记忆力与超强的连贯说唱能力。西藏大学还专门吸收了一位最年轻的《格萨尔王传》说唱艺人入校学习。

在说唱过程中，他们甚至不会感到饥饿困倦，就如天神附体，好像进入了古希腊哲学家柏拉图所说的“迷狂”之境。巧合的是，柏拉图的这个概念原本就是用来形容古希腊诗人吟诵《荷马史诗》时的状态的。如此看来，世上的史诗文学虽然产生于不同时代和地区，却存在着相同的特征。

根据科学家分析，许多梦境是祖先所经历事实的重现，借以提醒我们有一个令人难以忘怀的从前。这种悠远的生活场景以顽强的基因形式遗传给我们，让我们对未来可能发生的事情有所警觉。对我们来说，这种梦境的出现，只能说明祖先对故乡的怀恋，或许借助我们的梦，找到回归家园的路。

这只是其中一种解释，但关于“神授”，格萨尔学界至今未有定论。

那曲主要由浙江和辽宁两省援建，但其中有5个县又分给了央企。那曲镇以辽宁路和浙江路为主干道，我们经过一处写着“浙江商城”的牌坊，当地人推着板车在牌坊下贩卖日用杂货。市区没有春节留守的援藏干部，我们不再停留，继续赶往当雄县。

当雄县城海拔高达4300米，是我们一路上最高的留宿地。虾米担心朱峰。这一路上，大人们大多数都有不同程度的高原反应，尤其是小曾，一路失眠，头痛欲裂，几乎没有消停过。唯独我和朱峰没有任何症状，他蹦蹦跳跳的样子看起来比我还适应。

“放心，不会有事的。”我安慰虾米。我认为这是难得的机会，应该让朱峰多体验。洪敏和小曾也不反对在当雄过夜的计划，虾米只好勉强答应。吃晚饭的时候小家伙跑过来跑过去跟大家捉迷藏，还顽皮地把洪敏和小曾的帽子扯下藏起来，活跃得很。找酒店的时候，朱峰也要跟着大人们上下楼去挑房间，毫无高反症状。

当晚是4岁半的小朱峰人生新高度，我严阵以待。晚上睡觉的时候，我仔细观察朱峰的身体状况。

嘴唇红润，呼吸平缓。

圣湖人

既然到了当雄，西藏三大圣湖之一的纳木措自然不能错过。纳木措我已经多次到访，但冬天里的圣湖我却也是第一次进入。

海拔5190米的那根拉山口与斜拉山相比简直就是小巫见大巫，我们轻松通过。过了纳木湖乡，我们向左拐入通往扎西半岛的公路。

草原上零零星星散落着几座平顶碉房。一位藏族女子在公路旁赶着羊群，经过一句标语“来时给你一阵芳香，走时还我一身洁净”。女子头上戴着的鲜红色头巾，在高原冬日里澄澈的空气中，犹如一枝飘浮的花朵。

我端起相机给她拍照，拍完之后向她招手致意。女子像她的族人一样，略带羞涩地回礼。果然是来时给你一阵芳香，我心想。

这时，身后一辆摩托车追了上来，车上坐着一位藏族青年男子。他呲着牙冲我说："照相钱给一下嘛。"

我愣了，他又重复了一遍。我明白了，他一定是看到我刚才给牧羊女子拍照，向我索要拍照费用。

我问要多少，他竖起食指："100。"

"什么，100？"我吃了一惊，这简直就是打劫。

之前就曾听说纳木措景区常有欺诈游客之事发生，如今终于发生在自己身上。我当着男子的面，将相机里女子的大头照删除："我已经删了！"

我希望事情到此为止，男子却不依不饶，含糊不清地说："照了相，还是要给。"

"没完没了了？"我不耐烦地说，"你要收费去问你们县委书记收吧。"说罢，我按下车窗升降按钮，他不得不松开搭在车窗上的手。

我一脚油门，绝尘而去。

纳木措的湖面已经全部结冰。

冬天里的圣湖近似我们一路所见的茫茫雪原，与网络上常见的蓝色湖泊相去甚远。他们仨都有些失望，我却更喜欢冰清玉洁的世界。

朱峰选择站在了爸爸这边，他喜欢纳木措，因为圣湖入口处一匹白马吸引了他的目光。一番简短的软磨硬泡后，他成功跨上了马背。拍照事件让我多留了一个心眼，我提前与藏族马夫谈好价钱，100块钱一个来回。

朱峰骑在马背上嘻嘻哈哈，眼睛眯成了一条缝，看来此刻才是他这趟冬行西藏最开心的时候。到了湖边，冰面上用交通雪糕筒绑了红丝带，标示出安全活动区域，禁止游客深入更远的冰面。我们在冰面上拍了20多分钟照片，朱峰就坐在马背上与马夫聊天。等我们回到地面，藏族马夫哭笑不得地说："你们家小孩真厉害，我都快被他聊晕了。"

我们哈哈大笑，这孩子还有这本事，果然与西藏有缘。

骑了一个来回，好不容易将朱峰劝下马来。他恋恋不舍地站在白马的脖子下，抱着白马的头一边亲吻它的脸颊，一边柔声说道："白马，白马，我喜欢你。"

看得我们心都醉了。

藏族马夫说："让你儿子再骑骑吧，这次只收你们50块钱。"

哈哈，看来朱峰刚才跟马夫聊得熟络，居然打了个5折。于是，朱峰又欢天喜地上了马背。藏族马夫说："你们自己骑吧，我就不过去了。"

“这马不会发脾气吧？”我有些不放心。

“不会，温顺得很。”

朱峰刚才亲吻的时候，白马确实表现得很温顺。我一直站在旁边暗暗留神，白马一有异动，我就立即出手保护朱峰。

朱峰雄赳赳气昂昂地坐在马背上，牵马的人却换成了爸爸。我观察白马脾气甚好，干脆把缰绳交到朱峰手里，使他看上去像一位真正的骑手。

朱峰得意扬扬，轻轻甩着缰绳，口中呼着“驾、驾、驾……”，白马却不慌不忙像个老人家，按照自己的节奏，慢慢地散步。

待朱峰骑完马，我一个人跑上山去俯拍纳木措冰封的景象。回来后虾米泪水汪汪地告诉我，她和朱峰刚才被一只羊攻击。

事情是这样的。

洪敏和小曾留在湖边拍照，虾米带着朱峰回到板房区去找饭馆。绝大多数店铺都已关闭，广场上除了一只山羊，空无一人。山羊比朱峰稍矮，毛发雪白，顶着长长的羊角。朱峰开心地学着羊“咩咩”叫。山羊朝着朱峰跑过来，朱峰以为它要和他玩，笑着迎上去。山羊低着头，挺着两个长长的羊角直冲而来，虾米感觉不对劲，本能地将朱峰一把抱起。山羊扑了个空，虾米意识到山羊是在攻击朱峰。

山羊退了几步，准备第二次进攻。

“妈妈，山羊在和我们玩呢。”朱峰还没搞清状况。

虾米来不及解释，情急之下抱着朱峰转身就跑。山羊疾速冲来。虾米抱着朱峰，又在高原上，根本跑不动。她只好将朱峰举在半空，这样山羊就够不着他了。但是纳木措海拔太高了，手臂很快就无力上举。远处走出几个藏族人，虾米连忙大喊：“救命啊！救命啊！”藏族人回头看了娘俩几眼，以为他俩在开玩笑，笑了笑就走开了。

虾米只能自己想办法。她将朱峰放在路边一个废弃的小卖摊桌子上，对着山羊踢出几脚无影腿。山羊不但没有害怕，反而冲劲更足，围着小卖摊转圈，试图跳上桌子去攻击朱峰。朱峰这会儿才明白山羊是要用角来顶他，吓得哇哇大叫。小朱峰还算机灵，山羊从一边攻击，他就跑到相反方向躲避。山羊顶不到朱峰，于是直接朝虾米冲过来，山羊角戳到虾米的腿，幸好是冬天，虾米穿着厚羽绒服，但依然痛感明显。

空旷的街道充斥着娘俩叫喊救命的声音。过了2分钟，拐角处闪出一个藏族男人，虾米和朱峰大喊救命。藏族男人找了一根棍子，狠狠地抽打在山羊身上，山羊吃痛，转身跑开。

“你这么大个人了，还被羊追，你就不会赶它走吗？”

虾米心里委屈，道了谢，哑口无言。一见到洪敏和小曾，虾米眼泪直流，说：“我们刚刚被一只山羊攻击了。”

我哑然失笑，心里却突感酸楚。这两年多我不在身边，难为娘俩了。

去年9月来的时候，半岛上有许多外地人在经营饭店。昆明过桥米线店的老板小张和小陆是一对夫妻，云南文山人，一年前经亲戚介绍来到纳木措做餐饮生意。亲戚以前在纳木措修路，路修好了，人也留了下来,还介绍了一批亲戚过来，都在扎西半岛经营餐馆。板房是当地藏族人修建的，年租5万元。闲时亲戚们聚在一起打打牌，半岛上的生活倒也不寂寞。

纳木措的雪下得早，10月中旬就大雪纷飞，极少游客进来。他们趁机撤回内地过冬，来年4月份再陆陆续续回到岛上。虽然扎西半岛海拔高达4800米，但每年只需做半年生意就足以养家糊口，比在内地打工强。

冬天里，半岛上只有两三家当地藏族人经营的茶馆开业。我们一人一碗藏面，这已是这一路上难得的大餐，一行人吃得津津有味。

几位当地藏族人在打麻将，朱峰看得入神。茶馆老板娘来逗我们玩，瞧着我们对牦牛粪干好奇，便伸手捡起一块牦牛粪干放在嘴边，等我们拍照。我们掏出手机对准她，她突然张嘴咬住牦牛粪干，我们一惊，哈哈大笑。

拍完照，她把牦牛粪干递给我们，我把牦牛粪干靠近嘴边。她似乎并不满意，伸手一推牦牛粪干，我赶紧偏头躲开。

一行人哈哈大笑，藏族老板娘也乐了。

许多游客都说纳木措的当地人已不再淳朴如初，比如路上向我们索要拍照费的年轻人；好像又不尽然，湖边的马夫和眼前的老板娘对我们都非常友善。林芝的藏族老师索朗拉巴曾与我说过一句话，“藏族人里面也有藏族人”。这是一句充满矛盾冲突的话。也许就像月亮有阴晴圆缺，不管是哪里的人,都有善恶之分，即便同一个人也有天使和魔鬼两张面孔。给人贴标签，只会带上傲慢与偏见。

出了纳木措，我们立即赶往拉萨，我早早与中组部“组团式”援藏医疗的医生们约好见面。

火树银花

有人说，藏族人会走路就会跳舞，会说话就会唱歌，几乎个个都是中国好声音。随便一位藏族女人，只要她放歌，你一定会被她天然嘹亮的嗓音降服。清越的歌声犹如山谷间不断攀升的盘山公路，可以无极限地高昂，又如划过旷野的风，可以无极限地绵长。那一瞬间，世界仿佛消失了，唯有歌声存在。

但是，对于韩琳手上这份名单上的藏族孩子来说，世界没有消失，消失的是歌声，上帝在他们转身的时候悄悄按下了静音键。

这份名单上面密密麻麻写着:

昌都八宿16岁男孩丁增尼玛，12年前由于高热丧失听力;

那曲比如县的5岁男孩旦真，1岁感染脑膜炎后发现听力下降;

拉萨达孜2岁男孩旺佳，出生时出现宫内窘迫脑积水，出院后发现听力下降;

……

名单上记录的都是韩琳2016年在西藏支援期间筛查的聋哑患儿。他们大多数是极重度感音神经性聋的患儿，长期生活在无声世界中，无法与人交流，失去了生活自理能力。

韩琳是中组部第二批“组团式”援藏医疗队成员，援藏一年期间在西藏人民医院任耳鼻喉科主任。2016年进藏工作的时候，她女儿才3岁，正是最难别离之时，这些聋哑孩子牵动了她为人母亲的敏感心弦。而身为一名专业医生，她知道人工耳蜗植入是现有技术下他们重获声音的唯一希望。

可是事情谈何容易。人工耳蜗目前主要依靠进口，一套耳蜗需20万元，终身的维护费用又得20万元。人工耳蜗上面的接线500元一根，电池1200元一节，还有不菲的手术和康复训练费用……这些费用对于沿海城市的中产家庭来说，也是沉重的负担，更何况是藏区的贫困家庭，他们一辈子也挣不了这么多钱。

天无绝人之路。韩琳了解到西藏自治区残联已开展贫困聋儿人工耳蜗抢救性植入康复项目，为贫困聋儿提供了免费植入人工耳蜗的机会。对于他们来说，这是通往有声世界唯一的路。

然而，现实情况却又让韩琳措手不及。“天价”耳蜗无所事事地躺在当地库房中已经整整两年，包装盒上积满了灰尘。由于种种原因，残联指定的医院不能进藏帮扶，当地医院也没有能做人工耳蜗手术的医生，项目一度停滞。

这么宝贵的机会怎能就此浪费?还要让孩子们在无声的等待中继续耗下去吗?韩琳深知人工耳蜗植入的年龄越小康复效果越好，获得听觉对于一个孩子的人生将是多大的改变，对于患儿家庭，又是多大的福音!

她把这个情况向受援单位和派出单位作了详细汇报，所有人都形成了一个共同的信念:一定要让这份名单上的孩子们重获声音!

事不宜迟，首批接受耳蜗置换手术的11名贫困患儿很快确定下来，最小的2岁，最大的16岁。

16岁的丁增尼玛来自昌都八宿县，个子高大，带着几分帅气。4岁的时候，他在一次严重高热后丧失听力，这让本已一贫如洗的家庭几乎失去了对未来的期盼。后来经过发声训练，他能够读懂少量唇语，但这些远远不足以让他独立生活。当地政策可以资助贫困学生上学，可是丁增因为聋哑而错失机会;政府开展了“西部工匠培育计划”，提供技能培训，可是听障问题仍然挡住了他前进的道路。他曾经生活在有声世界里，对于声音的期盼比起别的患儿要更加强烈。

乡里干部将这个救助消息告知丁增和他父母的时候，他们大喜过望，紧接着却面露难色。昌都距离拉萨超过1200公里，汽车连夜行驶也需3天才能到达。16年来，丁增从未离开过昌都，470元一张的车票，对于这个极度贫穷的家庭是一笔巨款。

乡里知道了他家的情况后，主动承担了丁增的路费和检查费用。丁增第一次踏上了去往拉萨的路途。

不仅是丁增，其他孩子们的手术机会也都来得非常艰难。11名患儿中有3名被发现耳蜗底转骨化现象，这意味着人工耳蜗的电极很难植入，而即使成功植入也很可能造成耳蜗电极损坏。但如果放弃手术，那会残忍地浇灭孩子们刚刚燃起的希望。韩琳派出单位——北京大学人民医院选派了耳鼻喉科主任余力生和两位手术医生夏瑞明、郑宏伟，从北京赶到拉萨。他们反复研究，根据孩子们不同的骨化程度采取不同的手术方法。在硬件条件十分有限的情况下，最终顺利将电极全部植入，成功完成耳蜗置换。

医生们都还记得，2017年7月11日，完成手术一个月之后，丁增回到医院，医生们为他打开人工耳蜗。伴随着电极发出“嘀”的一声，他仿佛被魔法瞬间定住了身形，动弹不得，犹如一根僵硬的木头，直直地杵在凳子上。几秒钟后，他的眼睛首先活了过来，眼神发生着微妙的变化，惊讶、激动、无措、害羞。然后他开始不停地笑，笑得身体颤抖，垂放在大腿上的双手紧紧掐住衣角，泪水从眼眶里夺路而出，顺着他果敢的鼻梁和干枯的皮肤，漫过坚忍的嘴唇，从宽厚的下巴纷纷扬扬地滴落在地上。

自从得知这个救助项目后，他在心里演练过无数次如何迎接久违了12年的声音，但当再一次听到那仿佛从宇宙深处传来的细微声音时，他依旧表现得手足无措。

周围的医生大为动容，有人欣慰地笑了，有人偷偷擦拭着眼泪。

我无法想象丁增12年后重获声音的悲喜交集。我经常深入寂静的山谷，攀上没有生命的高山，远离城市喧嚣让我感受到自由。但是短暂的享受之后，尾随而来的却是惊恐和疑惧。虽然我能听见风，听见脚踩雪地的咯吱声，听见我胸腔里鼓声如雷的心跳，但是身周空旷无垠的世界还是让我不由自主地感到不安。完全无声到底是一个怎样的世界，我无法理解。也许会连颜色也失去意义吧？

一年半之后，韩琳回到拉萨，去看望丁增。小伙子肤色变白了，已经学会简单的普通话。他在拉萨当保安，一个月能挣3300元，他说现在可以养活他爸爸了。眼前这个戴着白色鸭舌帽的阳光小伙子已不再是那个听到声音激动得手足无措的孩子，传入他耳里的一切也都变得有声有色，进而绘声绘色。丁增说感谢国家，感谢父母，感谢医院和大家对他的帮助，让他重新听到了声音。说完这几句话，他双手合十，脑袋深深地埋进了强壮的手臂里。

韩琳说，为人工耳蜗开机时发出的只是一些无以名状的电流声。但我相信，丁增当时听到的一定是万头攒动与火树银花。

魔鬼尿失禁

加查援藏组想到的点子是借力打力，2017年建成加查县人民医院远程诊疗平台。他们希望通过平台将湖北宜昌的优质医疗资源引入加查，既能直接开展联合会诊，又能培训加查的医务人员。

因病致贫25年的白玛措姆就是其中一个受益者。

2018年5月中旬，在加查县慰问贫困母亲活动中，加查县援藏副书记向军兴致勃勃地来到洛林乡达热村白玛措姆家。行至白玛措姆3米左右距离时，一股恶臭扑鼻而来。向军猝不及防，一阵猛烈的反胃，当即强行忍住。这时他才注意到，工作人员并没有靠近白玛措姆，全都远远站立。

乡干部介绍说，白玛措姆因在家中自主分娩，得了后遗症。50岁的她患“尿失禁”已有25年，丧失劳动能力，成了一个“废人”。幸好她老公不离不弃，一直守在身边，膝下两个子女一个当兵，一个务农。

工作人员小声描述，冬天天气太冷，白玛措姆用牦牛皮做围裙保暖。但牦牛皮不透水，失禁之后尿液被冻成了冰。得了这个病之后，白玛措姆犹如身处地狱，25年来痛苦不堪。

屋子里苍蝇横飞，白玛措姆坐在卡垫上，死气沉沉，萎靡不振，没有一点活力。向军觉得很难受，他无法想象那个难堪的场景。

“这家人太困难了，能不能帮忙支持一点？”乡干部问向军。

向军反问道：“你们之前是怎么帮助她的？”

“每年给她近1万块钱。”

“为什么不从根本上解决问题？”

“她这个病看不好，找了很多医生，到拉萨也去看了，都说做不好。”这些年来，白玛措姆及家人一直在寻求各种办法医治，但受限于家庭条件和地方医疗环境，一直没有得到治愈。

向军不信邪，当即联系湖北宜昌和加查两地医院。第二天，白玛措姆就被安排住进了加查县人民医院。通过远程医疗平台，湖北宜昌中心人民医院的专家与加查援藏医生联合为她的疾病诊断。令人振奋的是，经过联合诊断，专家们认为白玛措姆的括约肌还没有完全丧失功能，值得尝试手术。两地医院的专家们当即联合制订了手术方案。

6月13日，白玛措姆在山南市人民医院接受手术，大获成功。这期间的治疗费用全部由援藏组解决。

年过半百的白玛措姆万万没有想到，像魔鬼一般纠缠了自己25年的“尿失禁”居然轻而易举就治愈了。她的生活完全恢复了正常，整个人神采奕奕，像换了个人似的。在她眼里，加查援藏组不啻为她的再生父母，这名藏族阿妈郑重其事地将她和向军的合照挂在了家里。

好难吃的“大锅饭”

林芝有家饭馆叫“好吃难做”，却常常被我们念成了“好难吃”，所以从来都没去尝过。好难吃的东西很多，“大锅饭”就是其中一个。这趟旅程出发之前，我便遭受了一次“大锅饭”之害。

朱峰进藏之前感冒咳嗽没断根，虾米担心他转成肺炎或者肺水肿，于是在出发之前，我们带着他来到市人民医院。广东援藏医生已经全部休假返粤，我没有其他熟人，只能蒙着眼睛去找当地医生。

医生看了，认为问题不大，开了点消炎和治咳嗽的药。我们拿着单子来到保健楼，问能不能多开点药，我想着带些感冒和高反药在路上稳妥些。

“援藏干部每周只能开两百块钱的药，你这个已经到限额了。”审核药单的是一位三十来岁的汉族女医生。

不可能吧？我们在内地医疗规定也没这么苛刻，何况这是高原。我留意到医生办公室墙上张贴着“广东省第八批援藏干部医疗管理规定”，上面写着“每次开药不得超过两百元金额”。

“这不是明明写着每次开药不能超过两百元金额吗？怎么就变成每周了呢？”我指着墙上张贴的规定问女医生。

“这要问你们工作队，工作队特意打电话来交代的。”女医生有些不耐烦。

“但你这墙上挂的规定明明写着是每次，不是每周，如果规定改了，你们这墙上也得换呀。”

“你是来抬杠的，还是来开药的？”医生语气不悦。

“我不是要跟你抬杠，只是确实需要开药。”我心平气和地说。

“不开拉倒！”汉族女医生勃然大怒，把手中的单子一把甩给旁边的同事，“你给他开！”

“啧啧啧，好大的脾气。”我讽刺地说，拿了药单转身出门。

收费处原本设在大堂，临近过年人手少，合并到急诊收费室。急诊收费室向南，室内阳光充足，但收费窗口外边毫无遮挡，缴费人只能站在阳光下排队。一起风，缴费人就被吹得蓬头垢面。还好冬天不下雨，要不然病人就只能打着伞缴费了。设置收费窗口的人丝毫没有考虑到病人的艰辛，只顾着室内收费人的便利。我想起电视剧《人民的名义》里，蹲式办事窗口令群众叫苦不迭，眼前这“不经历风雨何以见彩虹”的急诊收费窗口无疑具有异曲同工之妙。

之前就曾听同事反映市人民医院服务态度差，今日算是领教了。后来遇到他们一位副院长，我跟他开玩笑："大家都说你们医院服务态度差。"这位藏族汉子客气地说："昨天院里刚刚开了会，要求大家提高服务水平。"我呵呵一笑，不再说话，心想彻底没戏了，要是开会能解决问题，还要警察干啥？

通过后来的走访，我才发现我的遭遇并非林芝特有，西藏许多地方都存在类似情况。既然是普遍现象，那就不是因为个人素质，一定是体制上出了问题。

缺医少药是西藏的顽疾，有人愿意来西藏当医生就已经很不错了，你还想咋地？医生供不应求,从经济学的角度来看，这是供方市场。所以这里的医院也普遍缺少奖惩制度，大家吃的都是"大锅饭"，同事间和和气气，相安无事。没了积极性，自然也就慢慢没了好技能与好脾气。但病人得惯着他们，援藏医生毕竟是流水的兵，当地医生才是铁打的营盘，你不找他看病，那找谁看去？

在来自北京协和医院的援藏院长韩丁看来，西藏自治区人民医院的体制需要一个刮骨疗伤的变革，"体制上的事归根结底是人的事，过去医院人才留不住，庸才碌碌无为，大家干好干坏都是吃一锅'大锅饭'。"

"大锅饭"难吃，但很多人愿意吃，这是人的惰性使然。世界上唯一可以永远吃下去的"大锅饭"是"贫穷"，但人们没有这个意识，所以"大锅饭"往往极难打破。

西藏自治区党委、政府赋予自治区人民医院充分的自主权。有了这一"尚方宝剑"，韩丁开始大刀阔斧推进改革：在薪酬改革方面，明确了绩效分配，让科室按照多劳多得、优劳优得、不劳不得的原则决定薪酬分配。在人才引进方面，人员录用不再接受任何形式的调入，而是从全国范围内招聘，编制内合同制管理，以9年合同制的优胜劣汰保证医院各类人员有较高的综合素质。在岗位管理上，实行竞争上岗，任期考核，使得英才留下来，庸才待不住。

这几项改革既解决了发展动力，也设置了必要的生存压力；既打破了"大锅饭"，也扔掉了"铁饭碗"，体制的变革振奋了医院的精神风貌。

2017年8月，韩丁援藏一年届满回了北京，接任的吴文铭院长发扬前辈打下的基础，啃下的第一块硬骨头就是绩效分配。以麻醉科为试点，初尝胜果，2018年4月推广至全院实施，员工的工作积极性明显提升。

绩效分配只是自治区人民医院推行现代医院管理制度的一个缩影，却是打破一潭死水的第一块石子。两任"组团式"援藏医疗队领队前赴后继，逐步建立起一个符合西藏区情的现代医院管理体系。目前，西藏自治区人民医院已经承担了西藏三分之一的手术量，三、四级手术超过60%，标志着该医院由一个处理普通疾病的医院逐步转变为一个处理疑难重症的医疗中心。

无独有偶，与自治区人民医院不谋而合的是，湖北省武汉市援藏组把脉的结果也落在了"大锅饭"上。他们把聚焦点投放到与老百姓距离最近的村医身上，专门投入150万元资金，在山南市乃东区乡镇卫生院和村居卫生室推行绩效改革，激发基层村医的内生动力。

提到村医，我想起光伏太阳能疫苗冰箱的故事。

那曲色尼区卫生局援藏副局长余峰与我聊起的一件事情，听得我冷汗直流。

话说他们到乡镇卫生院考察的时候，遭遇停电。他们首先想到了疫苗，因为在西藏是由乡镇卫生院负责注射疫苗。余峰伸手探进疫苗冰箱，箱体里暖烘烘。他意识到不对劲，查看疫苗记录，发现卫生院居然已经停电一个多月。疫苗需要保存在2℃~8℃的恒温下，超出这个温度值，24小时后疫苗就失效了。西藏传染病发病率偏高，其中一个重要原因或许就是疫苗保存问题。

余峰一席话让我暗呼侥幸。前段时间内地朋友想来西藏旅游，出发前被狗咬了。我打听到西藏县一级都能注射狂犬疫苗。他出于谨慎在内地注射，幸亏如此，否则后果不堪设想。

余峰后来才了解到，色尼区乡镇停电非常频繁，一两个月没电是常事。有些乡镇一停就是两年，甚至有些乡镇本身就没有通电。针对这一情况，2017年年初，援藏组给色尼区12个乡镇卫生院的疫苗冰箱全部加装了光伏太阳能，从而保证冰箱能正常使用。

援藏组将这个情况向上级反映，引起高度重视。从2018年开始，自治区卫计委为西藏全区的疫苗冰箱加装了光伏太阳能，一举解决西藏基层医疗机构疫苗保存的难题。

当时我就有些纳闷，疫苗保存应该是常识，当地乡镇的医生难道一点都不懂吗？

“他们还真不懂。”余峰说，一个乡镇卫生院正式职工就1~2人，大部分事情都是由村医承担。村医是怎么来的？他们实际上并不是医生，本质上类似公益性岗位。谁家是贫困户，当地就从他家里拉一个人出来当村医，这户人家就可以脱贫了。到了基层，村医主要成了解决贫困的渠道。

他们本身并没有医疗知识，通过有限的几次培训学一点皮毛，掌握最基本的技能。比如说打针，能把针打进去就已经很不错了。至于有没有效果，或者说为什么会有效，为什么会无效，这都已经超出村医的认知范畴。但因为西藏地域实在太辽阔，老百姓出门看病极为艰难，所以村医又显得举足轻重。

乡村里的藏族老百姓对药物有一种迷信。援藏医疗队每次义诊，药品都会被老百姓一抢而空。后来他们才了解，老百姓认为只要是生了病，吃点药总是好的。至于药效如何，不在他们考虑范围。

“那村医的水平跟药店的小姑娘相比，谁更靠谱？”

“不好说，可能还不如她们。因为她们长期在药店，对药品更熟悉。”

色尼区的村医现状也几乎是整个西藏的普遍情况。

2017年经过3个乡镇试点成功后，第二年的村医绩效考核在乃东全区推行。同时出台新规，打通区、镇（乡）、村人才轮换体系，考核成绩优异者晋级上一级医疗机构，让基层村医也有上升通道。

乃东区卫生局援藏副局长袁洋在每次的绩效考评会上，都通过讲评纠正考核中发现的问题，让村医们现场演示，把激发动力的表彰会办成了提高技能的培训会。

获得2018年一季度村医考核第一名的米玛卓嘎说：“通过绩效考核，村医中形成了你追我赶的良好气氛。我的业务水平也在提高，现在越来越多的农牧民患者定期来找我看病了。”

村医是临时岗位，基本收入比一般的公益性岗位还少，基本工资只有2300元。在山南的餐馆端个盘子一个月都有四五千的收入，没有对比就没有伤害，所以村医队伍很不稳定。实行绩效考核后，乃东区的村医每个月收入平均增加了500元。最少的只能增加200元，但最优秀的可以增收2000元。增加收入不是目的，比起其他动辄几百万元的援藏项目，这个项目投入的资金并不算多。但绩效考核实行两年来，乃东区的村医队伍稳定了，群众满意度由考核前的14.3%上升到85.7%，乡镇及村居医疗机构所能治疗的疾病种类也上升到了十几种，乃东区正向着“小病不出乡”的目标不断靠近。乃东区卫生局负责人洛桑介绍说乃东的村医绩效考核已引起山南市的关注，有望在全市推广。

鉴于特殊的地理位置、气候条件和历史文化环境，西藏医疗卫生事业发展相对滞后，医疗人才缺乏、临床技术落后。从2015年8月开始，中组部、人社部和国家卫计委决定组织开展医疗人才“组团式”援藏，以通过“1+7”医院（西藏自治区人民医院和西藏7个地市人民医院）建设，带动全区74个县区医院水平提升，努力实现“大病不出藏、中病不出地市、小病不出县乡”的目标。

3年多过去了，来自中组部的全国第八批援藏干部人才总领队、西藏组织部副部长郭强介绍了一组数据：目前西藏已实现332种“大病”不出自治区，1914种“中病”不出地市，常见病不出县区就能治疗；“1+7”医院门诊量、住院量、手术量分别比2014年增长了17.34%、62.59%、62.59%；全区婴儿死亡率、孕产妇死亡率比2014年分别下降了6.43‰、6.86/10万，孕产妇住院分娩率比2014年提高了8.47%……

毫无疑问，这些振奋人心的数据是广大援藏和当地医务工作者艰辛与血汗，情感与温度，梦想与情怀，甚至生命的凝结。人们在患病时，遭受着病痛、无助、恐惧、崩溃、绝望等等折磨，医者仁心，在援藏和当地医生们的心里，都有一份关于生命与责任的名单，书写着一个个需要他们用全力去抚慰与救治的名字。他们用深情大爱在广袤雪域高原铺设了一条健康“丝绸之路”，使得西藏330万各族干部群众在家门口享受到了内地高水平的医疗服务。

医疗援藏，不但要治病救人，直接惠及藏族同胞，更重要的是要在高原播下现代医疗的种子。在雪域高原，要让一粒种子成活，并生根发芽，极其艰难。而要让现代医疗种子生根发芽并茁壮成长，更需要援藏医生们强大的内心，以及辽阔的精神世界和巨大的创新精神。

令人欣喜的是，“种子”已经生根发芽。稚嫩的它们需要呵护，也会面临磨难，但未来可期。

那曲索县317国道

时差

文/图 小朱飞刀

西藏的天亮得晚
八点才破晓
冰花结得早
十点还未化

我的心无时差
一半在蓝海
一半在雪国

这个中秋，我在拉萨

文/图　小朱飞刀

2015年中秋
我在拉萨
思念我的孩子

我用一座山的名字
命名你
愿你像山一样存在
拥有山的坚毅、善良
山花般的笑容

朱峰
我直呼你的大名
因为你已经两岁了

在你1岁的时候
我向全世界宣告
等你两岁带你周游世界
没错，现在还没出发
但我们脚下即是天下
你每一步行走
都是丈量天涯

朗诵者：马瑞，主持人、配音演员
*扫码听朗诵

纳木措

3岁，我会带你走进山林
风餐露宿
夜晚，星星会萦绕你身旁
大人管它们叫
萤火虫

5岁进藏
那里有世上最蓝的天空
最白的云朵
最虔诚的朝圣

10岁攀登雪山
这是我28岁才完成的壮举
那些故事都在书里
如果你懂得
爸爸喜欢写书
第一本献给爸爸的奶奶和外婆
第二本献给你

16岁你会登上7千米
在空气稀薄地带
我们一起学会敬畏
在暴风雪中学会活下去

18岁
我想你一定曾在
加德满都的街头迷失
走过圣地亚哥之路
在地球的边境与企鹅共舞
我想，那座与你同名的山峰
也一定是你的梦想

当然，你也可以学习绘画和音乐
这些都是慰藉心灵的良药

这个年纪
你会在姑娘面前遍体鳞伤
她们比那座山峰
更迷人
也更危险
别害怕
这也是爱情之美
爸爸就是这样活过来的

你也一定会听到
关于我的指责
他们说我不该绑架你的意志
来，咱爷俩谢过叔叔阿姨的忠告
他们是善良的，绝无疑问

但我要告诉你
爸爸的每一次自我超越
都是因为，没有走别人的路
朱峰
我从不希冀你成为
最好的一位
但你可以是最特别的那个

我和妈妈是挺立的树
而你不是枝蔓藤萝
无须攀附我们
你也是一棵树
在我们一个巴掌的距离间
我们彼此依靠
却不互相捆绑
可以为你遮风挡雨
但成长全靠你自己

孩子
这个中秋
你已经两岁多了
我在拉萨思念你
我老说要带你行遍天下
其实是你陪我走完一生

雪节

文/图 小朱飞刀

朱峰
2018 年的春节
你 4 岁半了
两岁的时候
我说要带你周游世界
那时哄你说
脚下即是天下
你每一步行走都是丈量天涯

如今你已三进西藏
尤其是这个冬天
你陪着爸爸妈妈穿越藏北
与他人相遇
零下 10 度
12 天

5000 米海拔
6000 里路
云和月
雪和雪

你没有无谓吵闹
没有高原反应
你仿佛笑的使者
一路抖落的笑声如鲜花绽放
如音符演奏
如魔法师挥舞着权杖
招安失散的灵魂

你问我

春天

是谁的节日

我说是花朵

而这段时光

无疑是雪的节日

你不曾看到大雪

悄悄填埋了时间的裂缝

但你长大却一定会记得

因为爸爸会写成故事

你会为自己骄傲

今天你回去了

回到海拔 50 米的城市

我对你没有太多的期盼

唯独希望你的一生

都是自由的

朗诵者：鲁莹

知名活动主持人，青年朗诵者

* 扫码听朗诵

林芝色季拉山

珠峰绒布冰川

绒布冰川

文/图 小朱飞刀

雪，浩浩荡荡
像是铺天盖地的白莲花
永开不败
登山杖抑扬顿挫的敲击
宛如我嗒嗒的马蹄声
我像打马过江南一般
经过雪国
抵达冰的庙宇

只顾一路向前
却忘了身后的追随
暗夜生出的花朵呀
我是逃不出风雪的人
不可一世的高度
也从未挣脱雪粒的纠缠
这场忘乎所以的白
只怕又是人间的序章

藏语里对医生的称呼是“安吉啦”，与英语angel谐音。而事实上，在藏族人眼里，医生就是天使的化身。他们非常尊重治病救人的医生，再加上藏族人豁达的生死观念，所以这片土地上极少发生医患冲突。

许多援藏医生都向我谈到这一点，他们说，在内地行医首先想到的是如何保护自己，而内地病人更多考虑的是医生会不会骗他，医患之间缺乏信任。但在西藏完全不一样，病人们对医生以性命相托，毫无保留地信任，看病时首先呈现给医生的永远都是一张平和的笑脸。所以虽然远离家乡，可每当看到病人重获新生，听到“安吉啦”这个称呼的时候，援藏医生们便感到心满意足。让他们坚持下来的原因，正是老百姓发自内心的笑容与感恩。

愿你一生自由

洪敏与小曾从拉萨返回广州，我们一家三口继续寻访留守的援藏人，取道山南返回林芝。

朱峰对于山南的记忆停留在达古峡谷边的藏猕猴。站在公路边，只要唤上几声，大大小小几十只藏身在峡谷的藏猕猴就会循声赴约。我们将备好的香蕉和苹果扔给猴子们。它们捡起香蕉，灵巧地剥开香蕉皮，一口咬下。顽皮的猴子还会跳上我们的车顶，四处寻找更多的食物。朱峰咯咯大笑，对他来说，这些玩伴仅次于纳木措白马，超过了一路寻访的土拨鼠。

穿越达古峡谷的306省道依旧险峻，谷底是奔腾的雅鲁藏布江，一排水泥桥墩竖立在山谷间，那是川藏铁路的基石。不久的将来，川藏铁路将穿洞搭桥，从成都一路飞驰而来。

2006年7月1日，青藏铁路全线建成通车。这条世界上海拔最高、全长1956公里的“天路”，是中国内地和西藏之间一次史无前例的贯通。而眼前的国内第二条进藏铁路也于2014年12月开工建设，全线长达1838公里。建成后，从成都到拉萨将从48小时减少到10小时，成为继青藏铁路之后“世界屋脊”通往内地的又一条大动脉。它不仅可以拉近西藏与内地的空间和发展距离，也会拉近彼此的心理距离。

虾米念念不忘的拉姆拉措终究还是错过了，当地人告诉我们，冬天积雪太深，通往神湖的道路已经封闭。

回到林芝，春光明媚，街道上粉红色的杏梅肆意绽放，为林芝即将闪亮登场的百里桃花进行着最后的暖场。这与317国道上的风雪大作像是两个完全不同的世界，几天之前雪的时代之旅仿佛已经是很久以前的回忆。

我开着自己的小卧车出去吃饭。刚上车一摸方向盘，我说：“开了几天的越野车，这个车一点都不习惯了。”

朱峰听见，插了一句："这是破车吗？"

"我的车怎么是破车呢？"

朱峰奶声奶气地说："你那天说你开的是一个破车。"

我和虾米哈哈大笑。

2018年3月5日，虾米与朱峰返回广州。

朱峰牵着虾米的手，娘俩将要跨入米林机场安检通道的时候，朱峰转身对我摇着小手说："爸爸，再见啦。"

突然之间，藏北的漫天风雪似乎又扑面而来，将我淹没。

寻路西藏 25000km

你好，格桑梅朵

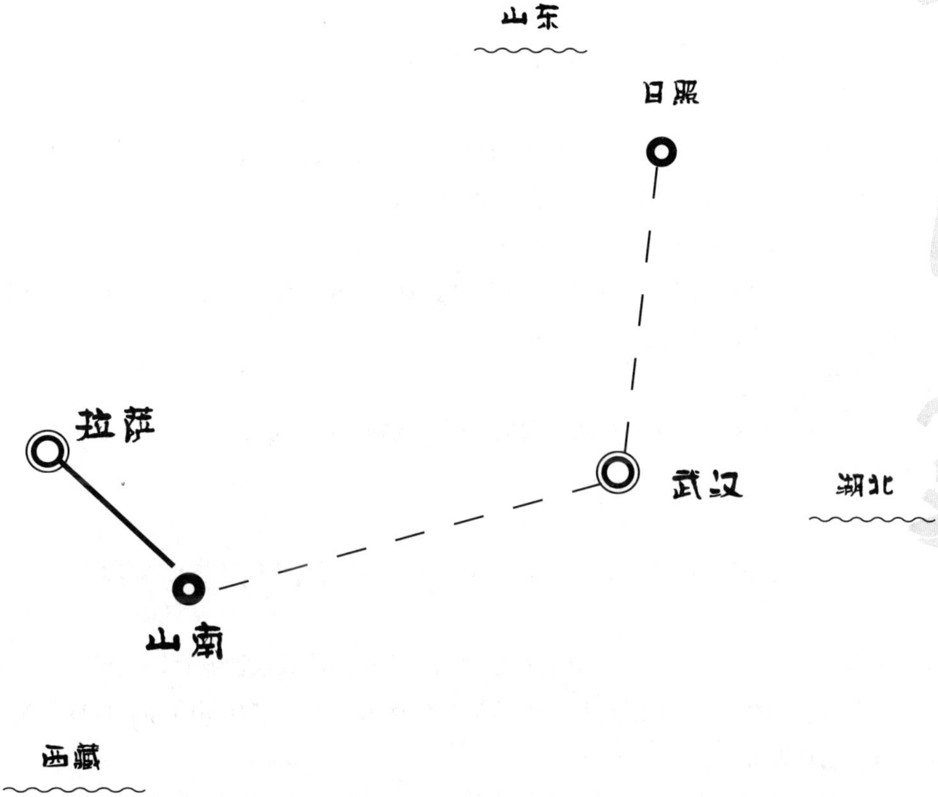

牧羊生活

“一想到要去很远很远的地方参加全国比赛，我就兴奋得连觉也睡不好。”达娃卓玛说完害羞得抿嘴而笑。

达娃卓玛来自高二，对她来说，参加啦啦操队最大的收获是自信。收获自信的何止她一个人，对外面世界的向往写在队里每一个藏族孩子的脸上。

还有一个月，全国啦啦操联赛总决赛将在山东日照举行。

在此之前，这类比赛往往与西藏毫无关联。内地如火如荼地举办着各类竞赛，而西藏高居雪域，在蓝天白云下按照自己的规律自由生长。

许多年来皆是如此。

但是今年，第一次有了一支西藏队伍参加全国总决赛。格桑梅朵啦啦操队，来自西藏自治区山南市第一高级中学。

“格桑梅朵”！

单是听名字就已经足够新鲜，大赛组委会满怀期待，年复一年的赛事也需要新鲜元素。

西藏的夜黑得晚，到了夏天，晚上七八点钟的太阳还如同武汉四五点钟一样炙热。每天这个时候，是最宝贵的训练时间。马丹正带领学校格桑梅朵啦啦操社团的40名藏族学生，在操场上挥汗如雨地训练。

次仁旺堆望向队列最前排，马丹站在居中位置，一边领舞，一边指导队员。大大的眼睛、黑黑的长发，清瘦身材，略带黝黑的肤色，活脱脱像一个藏族姑娘，44岁的马丹看上去依然青春。

次仁旺堆心里却有些不好意思，想起那次放羊的经历他就觉得又好笑又难为情。

次仁旺堆经常向马丹描绘村里的田园牧歌生活，他希望邀请最喜欢的音乐老师去他家里做客。马丹神往已久，欣然应允。次仁旺堆是个能歌善舞的阳光男孩，令人印象深刻。

2017年4月，终于成行。

村里实行集中放牧，村子里的几千头羊由每家每户轮流照看。学生们放了假就帮着家里放羊，来自同一个村子的同学经常会约在一起，一边放牧一边玩耍。

马丹的光临让次仁旺堆的阿爸、阿妈高兴得合不拢嘴。主人家给马丹献上洁白的哈达，煮了酥油茶和热乎乎的土豆、油炸的卡塞和风干牦牛肉，几乎把家里最好的东西都端了出来。卡垫收拾得整整齐齐，与屋子其他地方的杂乱形成鲜明对比。阿妈拿毛巾反复擦拭杯子，擦完了还要仔细查看光泽亮度，然后再为马丹斟上酥油茶。马丹知道他们平时自己用的杯子和碗具很少清洁，这一切都是为了招待尊贵的客人。

山南一高的孩子大多数来自农牧民家庭，大部分家长只会说藏语。马丹学会的一些简单藏语还派不上用场，只好由次仁旺堆居中翻译。

到了下午，马丹跟随次仁旺堆一家人上山放牧。牧场的感觉与山南城市里的生活迥然不同，没有手机信号，只有连绵不绝的山脊线。

清澈的蓝天，浓烈的白云，辽阔的草原上残留着淡淡的积雪，但许多地方已经开始微微泛绿。几千只羊徜徉在雪后初霁的草坡上，像天上的白云，缓缓飘移。

马丹和次仁旺堆远远地跟在羊群后边。

春天快来了，严冬就要离去，等到了夏天就是草料最丰盛的季节。

高原的阳光像一床轻薄的羽绒被，温柔地盖在马丹身上，温暖而又清爽。

马丹感到心旷神怡。

在这个空气稀薄的天地里，所有的事物都那么干净通透。

“到了夏天，草原上会开满各种颜色的花，就像铺了一层花地毯一样，特别好看。”次仁旺堆的描述让马丹心里浮现出一句诗：“人，诗意地栖居。”

如果说白天的牧场是马丹向往的诗和远方，那么到了晚上，画风一转突然就成了眼前的苟且了。

晚上只能住在牧场放羊人临时歇脚的木头棚子里，棚子用圆木头仓促搭建而成，地面便是草原的泥土地。地上铺了厚厚的毡布，人就直接躺在毡布上打地铺。被子黑得发亮，仿佛内地中年男人手里把玩的珠串，被包了浆。

牧场海拔高，太阳下山后温度急降至-5℃，马丹只能把自己抱紧取暖。阿爸生起火来，马丹才感觉身体回暖了些。

次仁旺堆从溪流中背水上来。阿妈掏出从家里带上来的糌粑粉，倒在木碗里，浇上烧开的热水，伸手搅拌，揉成一个糌粑团递给马丹。这就是他们的晚餐。马丹尝了几口，便吃不下了，进藏以来她始终没有适应这份藏族主食的味道。

到了半夜，柴火熄灭，棚子里的空气仿佛被牧场的寒冷冻结，令人窒息。

马丹老感觉有两个小锤子在太阳穴敲啊敲。

那两个小锤子敲了她整整一夜。

马丹闭着眼睛，头痛欲裂，一夜未眠。

次仁旺堆一家还要在山上住几天，马丹却熬不下去了。次仁旺堆也担心老师生病，第二天一早，就把马丹送下山去。

后来马丹才知道，越是寒冷的地方，缺氧的症状就会越明显。窒息的感觉并非幻觉，那是身体自我保护的一种本能反应。

如果不是这次体验，马丹无论如何也想象不到。别看次仁旺堆这些学生平时蹦蹦跳跳，没心没肺，他们背后的生活却是如此艰辛，那一次次绽放的灿烂笑容其实是苦难里开出来的花朵。

"逃兵"的觉醒

在学生们眼中，马丹既是一位严格的老师，又是他们可亲的"阿佳"。这位"阿佳"却直呼她的学生们为"达吉布""达吉布姆"（藏语：我的儿子、我的女儿），有些学生干脆也直接叫起了"妈妈""妈咪"。藏族朋友也给她取了个"卓玛措姆"的藏族名字，有吉祥如意之意。

于是她把微信名改成了"丹顶鹤·卓玛措姆"。她期望自己从内地飞到了高原，继续做一只美丽的丹顶鹤。

但两年前，没人相信马丹会留下来。

"这人谁呀？"

"来玩玩的，旅游的吧。"

"指不定哪个老师的家属吧，反正肯定不是援藏的。"

赶赴山南之前，在武汉报到集中的第一天，其他援藏老师看到身体单薄、衣着时尚的马丹，有人议论纷纷。

2016年8月，马丹刚抵达西藏，心情有些微妙，既为眼前的美景兴奋不已，又感到有些不可思议，不知道自己搭错了哪根筋。

事实上，马丹从来都没有想过援藏。她去过很多地方旅游，但从来都不敢考虑西藏。马丹本来是想报名去援疆，她想去学习新疆的艺术文化。负责报名工作的老师说没有新疆的名额，只有西藏的，"你这种小学科西藏可能不会需要，我先给你报着吧"。

"那行吧，你给我先报着。"马丹心里想，试试呗，反正未必选得上。

进藏通知正式下达之后，马丹却陷入担忧。身边的人都跟她说，高原生活对身体会有损害。这些信息让她感到恐惧。

很快，最担心的高原反应袭击了包括她在内的所有湖北援藏老师。“当天晚上就睡不着觉，头疼得厉害，这种状态持续了好久。”马丹说。

虽然进藏前她已有心理准备，但身体出现的问题还是始料不及。因高原缺氧，她面如金紫，嘴唇发乌、干燥开裂，几乎每天早上起来都会流鼻血。

第一个学期的时候，因为长期流鼻血，马丹总是不由自主地联想到影视剧里白血病的镜头。最近一次早上，升旗仪式进行到一半，马丹突然又流下鼻血。旁边的老师熟练地递来纸巾，马丹赶紧塞住鼻子，心里却想：还好今天不是我上台致辞，不然就完蛋了。

从第二个学期开始也就习以为常了，那只是天气干燥导致毛细血管破裂而已。但胸闷气短、心悸难受、夜间失眠等症状还是时常发生，让马丹很恼火。

刚到山南的时候是8月份，虽然不算很冷，但也要穿两三件衣服。同房的一位援藏女教师高反严重，没熬几天就申请提前撤回湖北。

马丹每天过得苦不堪言，当逃兵的念头也越来越强烈。别撑了，要不回去吧，别把自己折在西藏了。

心里有个声音苦口婆心地劝导马丹，她打定主意，找个机会跟领队谈谈。

休整一周后学校召集开会，援藏老师们第一天来学校上班。马丹到得早，索性就在校园里散步。虽然山南的海拔很难适应，但阳光是顶好的，温暖怡人。

藏族学生三三两两经过身边，陌生的孩子们无一例外，都微笑着跟她打招呼，一声声清脆好听的“格拉好”。

马丹当时还不知道“格拉”就是藏语“老师”的意思，但她从未见过如此清澈的笑容。这些来自陌生面孔的善意，就像高原的阳光一样通透无比，准确无误地击中了她柔软的内心。

她心里开始发生奇妙的化学反应。

她突然想要尝试留下来。

“格桑梅朵”诞生记

山南一高有个传统，大考结束之后学生们都会在宿舍里自发地打起泼水战。不管零下多少摄氏度，抄起水桶就往旁边人身上泼去。所有人嘻嘻哈哈，互相追逐。

云南西双版纳的泼水习俗是春日里的欢快节庆，但马丹了解到山南一高的学生是因为平时生活枯燥，需要宣泄学习压力。他们从早上六七点起床，一直到晚上10点多，不停地读书背书。内地过时的学习策略和课堂模式，在高原上得到了发扬光大，大部分学习内容都围绕背诵和重复来进行。

为了舒缓学生们的压力，在音乐课上，马丹除了教授基本知识和技能，也会分享人生阅历。她还会特意挑选一些藏族歌曲，比如罗布桑珠送给老师的歌——《烛光》，教他们去唱，通过唱歌学习先辈精神，放松紧绷的神经。

人们都说藏族人一生下来就会唱歌跳舞，高兴也唱，不高兴也唱。一家人聚在一起的时候，每个人都会开口唱几句。

这是他们生命的一部分。

在马丹看来，藏族学生虽然有较好的歌舞天赋，但平时接触最多的只有锅庄这类藏族传统舞蹈。事实上他们跟内地孩子一样，也向往潮流，喜欢现代舞蹈元素。他们缺乏必要的引导，比如街舞，没有下意识去了解街舞的发展及其背后的文化，只是把它单纯当作一种时尚去追求，所以他们在传统民族舞蹈和现代潮流之间竖起了一堵围墙，缺乏一道桥梁将两种爱好兼容起来。

近些年内地京剧进校园活动搞得红红火火，藏族也有自己的传统舞蹈，是不是也能用一种融合的方式大大方方地走进校园呢？马丹开始琢磨为学生们量身打造别具一格的"藏式啦啦操"。于是一到课余时间，马丹便跑去群众艺术馆和山南艺术团学习藏戏。学成之后，再将这些元素编排进啦啦操里。

她希望藏族学生在接触啦啦操这项新兴运动时，也能从中感受到自己的民族特色，树立起认同感和自信心，把藏族的传统文化传承下去。

2016年10月，马丹带领学生成立了雪域高原上第一支学生啦啦操队——格桑梅朵啦啦操队。

万事开头难。

刚开始孩子们只能在操场的水泥地上训练，容易摔倒受伤。后来学校把体育馆调剂出来，与篮球队、排球队错峰训练。解决了场地问题，但啦啦操的舞蹈动作也远未完美。马丹带着孩子们一起摸索，一边训练，一边改进。

"跳舞能有什么用啊？还耽误孩子们的学习！"新鲜事物的兴起总会遇到阻力，质疑声很快在校园里传播。

马丹不堪其扰的时候，也会跟援藏校长王与雄抱怨："哎呀，怎么办啊王校，我都快坚持不下去了。"

王与雄对马丹说："你一定要把这个坚持下去。"他认为，提高几分的试卷成绩未必是教育援藏最好的方式，社团活动或许对学生们的人生影响更大。

质疑声不但影响马丹的信心，对孩子们也会产生冲击。马丹调整好自己的情绪，回过头还得做孩子们的思想工作。她给他们讲解啦啦操的文化背景和社会影响，来坚定孩子们的决心。比如最近大火的浙江大学女子啦啦操队，队员们不但舞跳得好，还个个都是学霸。马丹从侧面去开导孩子们，让他们不仅仅只是喜欢跳啦啦操这种舞蹈艺术，还了解艺术对学习和人生的影响。

在马丹的带领下，啦啦操队仅仅训练了一个学期，就已经有模有样了。2017年5月18日，西藏自治区第二届足球锦标赛在山南市举行。当地教育部门利用这一契机，安排“格桑梅朵”在开幕式上表演。孩子们青春活泼的表演“一炮打响”，赢得了热烈的掌声。

正是这次表演给了马丹信心，她决定竭尽全力将格桑梅朵啦啦操队带出大山，带上更高更好的舞台，让他们看到一个新的可能，另一种选择。

除了啦啦操，马丹也发现了另一个问题。

藏族是个能歌善舞的民族，藏族孩子也大多爱唱爱跳。但山南一高作为山南市最好的高中，居然没有艺考培训，学生们得不到专业发展。这正好是马丹的专业特长，她首先想到的是把培训课程办起来。除了日常教学，她主动请缨，从2017年11月开始担任学校艺考培训指导老师。

没有乐器，没有教材，一切从零开始。马丹凭着自己扎实的业务水平，在无米之炊上展开了教学。

“这在我们学校来说是个奇迹。”学生次仁卓嘎谈起艺考培训的第一堂课不无感叹，马丹老师只能靠人声示范来上课。

音乐培训办出了影响，喜欢舞蹈的学生也纷纷来找马老师，他们也希望通过舞蹈来圆大学梦。马丹准备再次挑战自己。于是，在极为简陋的条件下，马丹同时培训30多名零基础的声乐和舞蹈学生。

2017年的艺考，山南一高没有一个学生考上大学。

这是意料中事。内地从高一开始就有针对性的指导，到了高三还有半个学期的时间专门针对艺考进行培训。山南一高的培训只开展了半个月，时间实在太短。一周还只能抽出3个晚上进行培训，7点到10点，一共才18个小时的培训时间，而孩子们的乐理知识也完全是从空白起步。

事实上，西藏的学生走艺考路子是有天赋的。那曲和昌都早早地借鉴了内地的做法，所以当山南的孩子跟他们同台竞技时，高下立判。

虽然这一年山南一高没有学生通过艺考上大学，但有16个孩子通过了联考线，创造了学校历史最高纪录。

现实不是童话，马丹在援藏期间也曾多次动摇。艰苦的自然环境挺一挺可以熬过去，心灵的孤独却最叫人难以言说。夜深人静时，对父母和丈夫、儿子的牵挂交织在一起。特别是患有尿毒症的老父亲不愿给马丹增加压力，每次通话，他们说得最多的总是“不要担心我们，家里一切都好，你安心工作”。朴实的语言，背后是一颗滚烫的心。

说到这里，马丹背过脸去，伸手悄悄抹着眼泪。此时的马丹是一位柔弱的女性，更是一位担负着诸多情感责任的女儿、妻子和母亲。

我看着眼前的援藏女教师，突然想起朱峰，不知道此刻他在做什么呢？

她还记得在山南的第一个中秋节。5名援藏女教师聚在一起，闺蜜们说着家长里短，最后却情不自禁地抱头痛哭。

“每次想放弃的时候，我都问自己，为什么要坚持？”这时候，马丹的脑海里就浮现出藏族孩子的一张张笑脸，还有他们纯净的眼睛。

有时候马丹走进教室，全班同学会突然齐声鼓掌，给她一个大大的惊喜。两年时间过去了，马丹几乎给学校里所有的孩子上过课，不管身处校园何处，她都能听到孩子们喊她“格拉”，她喜欢孩子们纯净的笑脸。

“格拉，格拉，你也学藏语嘛，我们会觉得更亲切。”孩子们有时也会调皮捣蛋。

马丹当了真。课堂上学，下课也学，简单的对话还没学会，却已经与学生们成了好朋友。

2018年3月初，马丹放完寒假，从内地回到山南。打扫完办公室卫生，回到宿舍，她突然眼前一黑晕倒在地上，幸亏当时几个老师在她家做饭聚餐，当即送去医院。

马丹并不是第一个在学校晕倒的援藏老师，有好几个老师都有类似经历。第一个学期援藏老师的身体最难适应。从内地来援藏，没有一个人是容易的。援藏老师王圣平父亲2016年下半年查出肺癌晚期，当时王圣平刚进藏几个月，没法回去。第二年6月父亲去世前，王圣平才匆匆赶回家和老人见上最后一面。

在医院住了5天，援藏队友们像亲人一样，轮流到医院守护马丹，做好热饭给她送过来，陪她聊天。

医生说是高原缺氧状态下的过度劳累导致晕眩。病情稳定之后，回武汉休养了一周，她牵挂着孩子们，提前回到学校。

刚走进教室就看见黑板上写着一句话。

“老师您去哪里了，我们好想您啊！”

马丹的眼泪夺眶而出。

孩子们质朴的语言，却是马丹耳中最动听的话语，她想为这群可爱的藏族孩子再多做点什么。

决战山东

马丹在内地曾带队参加过全国啦啦操联赛，在她看来，这就是“格桑梅朵”最好的舞台。内地是按省分赛区，各省先举行选拔赛，脱颖而出的队伍才能参加全国总决赛。

但是格桑梅朵啦啦操队跳过了这个环节，直接拿到了2018年全国总决赛的入场券。因为西藏没有其他队伍参加，山南一高是唯一的参赛队伍。

取得参赛资格，但马丹还有很多顾虑。西藏孩子的技术动作当然无法跟训练有素的内地孩子相比，但既然出去，最起码要让大家记住这支队伍。

藏式啦啦操源自藏族人生活，将现代健美操和都市街舞及藏族传统舞蹈熔于一炉。具有青春活力，动作热情奔放，又不乏浓郁的藏区特色，马丹希望这支来自雪域高原的啦啦操队在全国赛场上脱颖而出。

马丹经过深思熟虑，决定把重心放在“特色”两个字上面。

一遍又一遍地打磨藏式特色动作，比赛服装的风格也采用藏戏扎西雪巴的元素，每一个细节都坚决贯彻“特色”两字。

可是这么好看的服装发下去之后，女队员们却不肯穿。

马丹纳闷了。

“裙子太短了，老师。”姑娘们害羞地说。

袜子也不愿意穿。

当地老师也接受不了。

马丹略一沉思，组织姑娘们一起看啦啦操的比赛视频。看完国内的看国际的，看完了男女混合，再看纯女子队。

“那些姑娘好看吗？”马丹指着视频里的舞蹈姑娘问。

“好看！”藏族姑娘们眼睛里闪烁着光芒。

马丹再开导她们，这是一项积极向上的运动，穿短裙子是为了舒展动作，同时也能展现美感。

于是在山南一高的体育馆，第一次出现了一群穿着短裙子跳舞的姑娘。

全国啦啦操联赛总决赛的日子日益临近。

2018年6月4日下午，马丹在带领啦啦操队训练结束后，当晚坐飞机赶回内地，陪护参加高考的儿子。儿子高考完第二天，她又赶回山南，带领学生们开始了最后阶段的训练。

儿子对她的匆匆离去表示理解，18岁少年的成熟懂事让马丹感到欣慰，又觉得心疼。

比赛日期终于临近。

出发的时候，家长大老远跑到学校来送行，给老师们献上哈达。家长们不善言辞，只是不停往老师们的杯子里添着热腾腾的酥油茶。

山南一高最担心的就是集体出行的安全问题。但孩子们很懂事，知道老师很不容易争取到这个机会带他们出来，一路上规规矩矩，平平安安。在公交车上碰到老弱病残的乘客，孩子们总是主动起身，把位置让给他们。孩子们从西藏带了许多哈达，彩排的时候献给现场的工作人员。他们知道自己不仅仅代表着个人，还代表着整个西藏，他们感恩每一个对他们付出的人。

彩排的时候意外还是发生了。

刚站上舞台，音乐还没响起，队员旦增更点突然泪流满面。这个孩子平常特别懂事，今天这是怎么了？幸好不是出现在正式比赛上，马丹暗呼侥幸。

彩排的机会是马丹争取来的。组委会原本不允许各参赛队伍上台彩排，但是西藏的孩子完全没有比赛经验，马丹跟组委会沟通说，这群藏族孩子从来没有登过这样的舞台，能不能给孩子们一个机会，让他们过一遍，熟悉一下舞台？

组委会最终同意了。

彩排的机会很难得，马丹赶紧上台去安慰旦增更点："哪里不舒服了？是不是醉氧啊？"

"对不起，老师，我没事，我是心里激动，我做梦都没想过我会登上这样的舞台。"旦增更点举起右手衣袖擦拭着眼泪，努力平复着激动的心情。

马丹啼笑皆非，心里一阵阵酸楚，眼睛也湿润了。

这群孩子出生在海拔四五千米的高原，从小与牛羊为伴，从未走出过大山。这是他们第一次走出西藏。在此之前，大多数人到过最大的城市就是学校所在地——山南泽当，这也是一个被山包围的城市。

旦增更点是高一学生，学习认真，也很喜欢音乐和舞蹈。放假的时候他就帮着阿爸盖房子打下手，赚点学费和零花钱。干活的时候，小伙子总是忍不住要扯两嗓子，跳几个舞蹈动作，录了视频发给马丹。

眼前这个孩子只是激动过度。

格桑梅朵啦啦操队的彩排给在场的组委会领导留下了深刻印象，唯一一支来自西藏的队伍被邀请在当晚的开幕式上表演节目。

老师和孩子们兴奋不已。可是临近上场，队员们一看现场人山人海，突然就紧张了。有几个女孩子抱着马丹不肯松手，全身发抖。

"老师我很害怕，很害怕。"

"我们不需要拿奖，只要你们把平时的训练展现出来就可以了。"马丹反复开导着孩子们，"你们是最棒的！最好的！"

在此之前，孩子们参加过的最大型表演，就是去年那次足球赛。此外就仅仅是在学校里参加了几场艺术节活动。

他们在大型活动中的表演经验等于零，紧张是难免的。

“下面，让我们以最热烈的掌声，欢迎来自西藏自治区山南市第一高级中学的队伍为我们表演。”

“有请，‘格桑梅朵’！”

主持人响亮的报幕声回旋在赛场。

24名藏族队员列队走入舞台，这是西藏啦啦操队在全国舞台的第一次亮相。

2018年7月16日，中国体操节暨全国啦啦操联赛总决赛在山东日照落下帷幕，格桑梅朵啦啦操队超出预期，分别摘得花球啦啦操项目冠军和街舞啦啦操项目亚军。

旦增更点、达娃卓玛、扎西次仁、与平措白珍代表全队上台领奖，其他队员在台下欢呼，泪流满面。

马丹说，这是西藏队伍第一次参加比赛，成绩来之不易。但更让她高兴的是，孩子们第一次坐飞机，第一次坐火车，如愿走出大山。

在马丹的想法中，比赛只是途径和方式，拿奖不是最重要的。重要的是通过比赛帮助他们树立自信心，趁这个机会带他们出去看看，与内地有更多的交流，让他们对自己的将来有一个清晰的目标。

日照是海边城市，孩子们第一次来到海边的时候，所有人都迫不及待地拉着老师们蹦蹦跳跳冲向大海。游泳、泼水、冲浪、捉螃蟹，每个人的眼睛里都闪耀着难以置信的光芒。周围的游客也被感染了。当他们得知这群藏族孩子是第一次见到大海，便自觉地将一块宽阔的沙滩让出来给藏族孩子们，任由他们嬉戏玩耍。

马丹安静地坐在沙滩上。暗红色的落日下沉，孩子们手拉着手站在沙滩上，嘻嘻哈哈地迎接汹涌而来的海浪，马丹心里突然有股莫名的感动，为孩子们感动，也为自己感动。

临出发还有当地老师担心安全问题：“马老师，我们从来没有过这么大的团队啊。”

马丹心想，24人，这算大队伍吗？如果能让更多的孩子走出去那才好呢。

这些天从训练到比赛，马丹一直陪着孩子们，除了睡觉，几乎每时每刻都跟他们在一起，就像一个妈妈带着一群孩子。孩子们出来的4天时间，被邀请参加了开幕式和嘉年华，还有两天的比赛，几乎没有属于自己的时间。每天往返于酒店和赛场，只有半天时间能带他们到海边玩耍。

马丹一直跟孩子们说，山的另一面也许更精彩。马丹的眼睛湿润了，她认为自己没有食言。

回到酒店，孩子们围着马丹七嘴八舌地诉说着当天的新鲜事。

“我今天玩了什么什么……”

“今天怎么怎么了……”

“今天吃饭看到海鲜，哎呀，老师，那个我们都不会去吃的。”

回西藏的时候，孩子们都不约而同地给家人捎了礼物。

马丹瞧在眼里，心里感到很安慰，这是一群懂得感恩的孩子。她想起自己膝下的那个少年，他还好吗？

出来一次很不容易，趁比赛的间隙，马丹还联系了内地的学校与孩子们联谊。内地学生也喜欢跟西藏的孩子交流，了解藏族的民俗、学习和生活。

质朴自有千钧之力。分别的时候，内地的学生都哭了，舍不得“格桑梅朵”。组委会对“格桑梅朵”鲜明的西藏特色印象深刻，媒体也天天围着“格桑梅朵”转。孩子们从未受到过这么多的关注，渐渐变得越来越自信。

回来后，孩子们的想法发生了改变。他们以前想得很简单，就在西藏上个大学，毕业了留在西藏工作，没有想过其他的可能。但是现在，他们有了新的想法，也想尝试不一样的生活。

中南民族大学的老师看中了“格桑梅朵”的表演，打电话给马丹，问她能不能推荐几个孩子考到他们学校去。他们考进去之后可以进入校队，参加民族运动会，学习发展的空间大，出彩的机会也比较多。

马丹跟孩子们传达了这个信息，孩子们都很振奋，特别是高三的十几个孩子学习更加有动力了。

“老师，我就想考这个学校，我考上了有什么奖励吗？”旦增更点调皮地问。

“奖励是附带的。”马丹正色道，“你一定要努力，因为它毕竟是重本线，你只要考上了，在那个学校一定会发展得很好。”

次仁旺堆虽然还在读高二，但已经开始为将来作打算。

仁增是单亲爸爸一手带大的，学习成绩并不好，但是参加了这次比赛之后学习特别努力。

“老师，每次月考只要能多考几分，我都觉得是一种进步。”

“是啊，证明你努力了。”马丹鼓励他。

仁增的班主任狄罗慈老师特别支持学生们到内地去开眼界。别的班级一般只有1个学生在啦啦操队，他们班输送了6个。

狄罗慈老师自己曾在内地上过学，知道山的外面很精彩。

“其实我想留”

理所当然，马丹被全校2600多名藏族学生评为“最美援藏女教师”。其实，来援藏之前，她就已经是“武汉市十大魅力教师”。

对援藏工作，马丹有自己的思考。

“目前，我是50个援藏教师里唯一的小学科教师。”

啥叫小学科？马丹解释：“通俗地说，就是我们所谓的副课。”

马丹认为，援藏3年对孩子们分数的提高未必会有明显效果。内地的教学方法在西藏也需要一个融合的过程，生搬硬套肯定是行不通的。而事实上援藏老师任教班级的成绩第一学期还排在当地老师后边，第二个学期才慢慢追上来。

在她看来，主课很重要，但音乐舞蹈等艺术课程也很关键，能给孩子们开启一个色彩斑斓的美妙世界。

“希望以后能有更多的音乐、舞蹈、体育老师参与到教育援藏中来。”

她还希望山南一高的老师也能够有机会经常到内地去看一看，不仅仅是学内地的课堂教学，也体验一下内地丰富多彩的文化生活。

在王与雄的推动下，学校组建了众多兴趣小组。

藏族老师格桑组建了学校足球队，他也希望能带着足球队去跟内地的学校交流学习，从一点一滴改变孩子们的人生观和价值观。

范传汉老师组建的化学兴趣小组，从藏族人的生活切入，追根溯源，带着50多个孩子一起酿造藏区特有的青稞酒，既跟藏族的民族特色结合了起来，又调动起学生们实验的兴趣。

同年9月，格桑梅朵啦啦操队再次出征，这次是西藏自治区选派他们参加“全国第二届啦啦操创意展示大赛暨经典咏流传”活动。

第二次出去孩子们表现得充满自信。

比赛最终获得了第二名。

马丹的梦想是带孩子们走出大山，孩子们的愿望却是把她留下来。

“您留下来吧！”学生们拉着马丹的手反复央求她，“老师能不能至少带到我们毕业？”孩子们的想法很简单，他们希望马丹至少能多留1年。

马丹感受到学生们对她强烈的依恋，这种感觉与内地的孩子不一样。藏族孩子的依恋是一种纯粹的需要，就像婴儿依恋母亲一般。

这种需要反过来又抚慰着马丹孤独柔软的内心。两年前刚到山南的时候，马丹一心想着尽快逃离西藏。两年后，这位差点成为逃兵的“最美援藏女教师”开始认真考虑再留一届的事情。

湖北“组团式”教育援藏一届都是3年，在马丹看来3年时间是比较符合教育规律的。如果再留一届又是3年，时间有点长，她也担心身体吃不消。可是，她又舍不得孩子们，啦啦操队里大部分孩子还有1年才毕业。

马丹告诉我，孩子们最近又多了一个表演平台。2019年世界军人运动会在武汉举办，王与雄想方设法联系上组委会，争取让格桑梅朵啦啦操队在开幕式上表演。通过这个机会，孩子们的表演或许会传播到世界上去。

他们一次又一次创造着新的奇迹，或许真的会有那么一天，格桑梅朵啦啦操队能够走出国门，在全世界的观众面前表演中国独具藏民族传统舞蹈特色的啦啦操。

谁知道呢?

是吧，“格桑梅朵”!

寻路西藏 25000km

把海洋搬回雪域高原

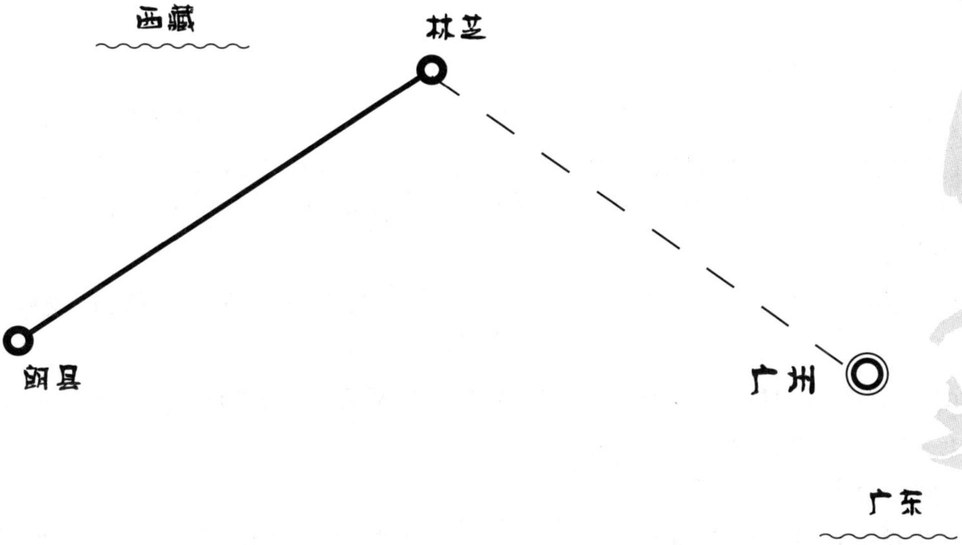

神奇的土地

西藏真是个神奇的地方。

我们集体进藏那一天是2016年7月16日，早上6点从广州直飞林芝，组织安排15日晚上所有人都住在机场酒店。我因为帮助队友办理行李托运，晚了半个小时才回酒店。

开门一看，房间没人，靠墙立着一个行李箱。因为人数众多，安排两人住一间，行李箱自然是队友的。

房间里有两张床，其中一张床上横躺着一条暗红色内裤，在洁白的床单上令人遐想翩翩。

这……

虹飞，虹飞，小时候就有一个女生跟我同名不同姓。难道是因为我的名字像女生，组织搞错了我的性别，安排了一个女同志与我同房？

我哈哈大笑。

洗完澡还不见同房回来，我拿了一本书坐在床上打发时间。大约过了一个小时，只听见门锁“丁零零”一声。

门开了。是白裙飘飘，还是一身利索的职业装？我笑嘻嘻地听着脚步声由远及近。

圆脸、厚唇、灰布夹克，站在我眼前的是一位中等身材的汉子。

“回来了。”我大失所望，语气里的敷衍明目张胆。

“嗯，到隔壁吹牛去了。”汉子回道。

“那红内裤……”

“哦，老婆说我去西藏，图个吉利。”

到了林芝，队里安排公寓房住宿。公寓楼没有电梯，一共4层。在内地1楼跟4楼差别不大，在海拔2900米的林芝却大相径庭。走路上楼，喘息急促，难以一口气上到4楼，往往需要在中途休息一下多喘几口气。

这一住就是3年，谁也不愿意住4楼。队里干脆抽签分房，全凭个人运气，这样最公平。结果一抽，我跟机场酒店同房那家伙住对门。

湖南兄弟唐昊。

像我俩这种情况，酒店同房又抽中公寓对门的，一共有3对。

这还不算太神奇，还有更神奇的。

进驻林芝的第二天晚上举行辞旧迎新晚宴，林芝市召集了广东第七批和第八批援藏队的所有成员，以及当地相关单位人员参加，算是两批援藏队之间的一个交接。泱泱几十桌，酒店大厅里人头涌动，足足塞了两三百号人。我们一位队友看着相邻座位的座签牌若有所思。真巧，这人名字跟他13年前的一个朋友同名同姓。

没这么巧吧？不可能！他想起旧日往事，心下暗暗喟叹。

待人齐坐满，俩人一照面。

天啦！怎么是你啊！真的是你啊！

朋友当年辞职远走他乡，跟他已经10多年没有联系。辗转好几个地方，又回到广东一家企业，参加广东省第七批援藏工作，在林芝待了3年。正好今晚交接宴会，居然被安排在相邻座位，要不然现场几百号人，纷纷杂杂互相敬酒，极有可能就擦肩而过了。

人生如戏，居然真有这么巧的事情。

除了神奇，还有好玩的。

参加援藏必须体检合格，派出单位按1∶3的比例，从报名的人员中选取3位候选人进行体检。不合格的自然淘汰，从体检合格的人员中选择1人参加援藏。

体检在指定医院，划定时间段，自行前往。

走廊摆有沙发，每完成一个项目，便坐在沙发上等待下一项检查。坐我旁边的是一个50多岁的男人，肤色黑得像包公，就差额头少了一撇月牙。手里拿着一张绿色的体检表，跟我的同色。

“大哥，你也是去援藏吗？”我主动打招呼。

“呵呵，你开什么玩笑，我这么胡子一大把，跟你们年轻人去援藏？”“包公”口气不善。

“你不去援藏，那为什么体检表跟我们同一个颜色？”

“包公”身子向后往沙发上一靠，端起架子打起官腔：“唉，单位两个年轻人过来体检，我嘛，陪一下他们。”

“包公”似乎没有谈下去的兴趣，我也就打住。

爱聊不聊，该干嘛干嘛去。

正式出发进藏之前，省委组织部安排了一个培训。我匆匆忙忙赶到培训地点，刚要进培训室就撞见了“包公”。

“包公”一见我顿时红了脸，支支吾吾地说：“先上课，先上课。”

来参加培训的都是广东省第八批援藏队员，“包公”自然也是援藏干部。

“包公”来自广东省农业厅，大名刘亚平，1969年生，其实还不到50岁，就是样子长得着急了点。

“哎呀，虹飞啊，那天培训出门的时候我就跟老婆说，千万不要碰到上次体检那个家伙，不然人家要说我撒谎啊。结果，刚到门口就撞见你了。见了鬼了，哈哈哈哈吼吼吼吼……”到了林芝，刘亚平才跟我说起体检的事。

“哈哈，我说嘛，都那么老了援什么藏啊，还摆官架子。”

“你不说还好，说起这事真的有点阴差阳错，我都觉得很不好意思。”

那天，刘亚平接到单位人事处处长电话：“兄弟，帮个忙。”

“什么？”刘亚平很纳闷，“人事处找我帮忙？没搞错吧，怎么回事？”

“援藏报名差个人，组织部要求1∶3，起码得3个候选人，现在才两个人报名。”

从第八批开始，援藏干部选派政策发生了较大改变。原先是提拔一级进藏，从这一批开始全部平级进藏，进藏一年之后才考虑提拔的事情。人都是吃五谷杂粮长大的，光讲情怀显然不够，吸引力自然就远不如前。

“要不你帮忙陪一下，就陪衬一下，肯定不会选你。”

“万一选上怎么办？领导，哈哈。”

“你看啊。”处长在电话里苦口婆心地说，“第一你超龄，要求45岁以下，你都48了。

“第二，你专业不对口。人家要种植业和养殖业的，你是学农机的。开句玩笑，除了拥护共产党这个条件你符合之外，其他你都不符合。

“兄弟，这有个体检，领导规格，项目多，很细致，你去参加个体检，不白报名。”

话都说到这份上了，再说“不”就是不识好歹了。

明摆着是陪跑，到时候没份的话，老婆会笑话的。刘亚平干脆连老婆都没通气，就直接跑去医院体检。

结果鬼使神差在那碰到了我。

过了两三天，处长又打来电话。

“亚平啊，做好准备啊。”

“我做什么准备？”刘亚平莫名其妙。

“进藏啊！”

“喂！你不是说叫我陪一下吗？”

“没办法，体检只有你合格啊。”

刘亚平哑口无言。

事实上，刘亚平也并非完全排斥援藏。他曾参加过援外，1994年去南美洲玻利维亚待了9个月，1995年才回来。玻利维亚也是高原，说起来他跟高原有缘。回来以后才听说当年选派第一批援藏干部没人愿意去，刘亚平还想，要是当时他已经回来了，可能就去了。但是这么多年来，刘亚平心思渐渐淡了，援藏早已经不在他计划之内。

“虹飞啊，老哥当时不是有心骗你啊，我鬼知道他们两个年轻人体检会通不过啊，哈哈。”“包公”仰着身子靠在沙发上，跷起了二郎腿，吞云吐雾。

“因公殉职”的藏香猪

进藏后，刘亚平被委以重任，挂了个藏猪办副主任的衔头。

2018年，林芝市提出到2020年全市藏香猪要从35.6万头发展到100万头，不到两年的时间要翻两番。林芝藏猪养殖以老百姓散养为主，规模化养殖场很少。再说了，母猪只能在发情期才能交配怀孕，一年最多两胎，平均每胎不过五六头。

刘亚平心里一琢磨，头都大了。他清楚自己在畜牧方面是外行，心里极不情愿，却又不能“抗旨不遵”。

走马上任藏猪办副主任后，第一时间就下基层调研。第一站选了朗县，马上就发现了问题。当地一家合作社关着60多头母猪，却没有1头公猪，活脱脱成了一个女儿国。

刘亚平心急上火：“那不行啊，市委领导着急得很，都要让它们怀上才行。”

“没得公猪，没办法啊。”合作社也无可奈何。

这有多难？没有就借呗。

刘亚平掐灭抽到一半的烟头，赶到郎旺农牧公司：“借3头公猪给合作社用一下。”

公司负责人深明大义，也不推托，爽快地答应了：“行，那让合作社来拉吧。”

“好！”藏猪办副主任用力拍了拍负责人的肩膀，以示赞许，继续赶往下一个点调研。

刘亚平前脚刚走，负责人就后悔了。待到合作社来借，打了个3折，只肯借1头。

1头也行，好歹有了公猪，起码家里头那些母猪就不用“守活寡”了。合作社当天下午就兴高采烈地开着一台拖拉机，拉着这位“孤胆英雄”回去了，就差没给它戴上大红花。

公猪迎风站在拖拉机的车斗里，仿佛早已知晓自己肩负着林芝23万人民的重托，横刀立马，踌躇满志。

“一把手工程”不能马虎，事不宜迟，回到合作社，工作人员不假思索将“孤胆英雄”送进了母猪圈。

立即引起一阵狂热骚动，母猪们摩拳擦掌，都往“孤胆英雄”身上蹭。“孤胆英雄”仰起头“昂昂”叫了几声，试图维持秩序，别着急，雨露均沾、雨露均沾……

便宜这家伙了。

工作人员瞧了一眼前呼后拥的公猪，“嘿嘿”笑着走了。

藏猪办副主任新官上任三把火，3天走了3个县。每到一地都要现场办公，遇有问题当即解决，绝不拖到下一个点。

屁股一转，清风拂面，天空飘过5个大字：那都不是事！

刘亚平点了一支烟，眼望东方，吞云吐雾，他也为自己雷厉风行的魄力感到满意。

事业嘛，就得这么干。

手机响了，朗县合作社来电。

谁呀？藏猪办副主任正沉浸在对事业的美好憧憬中，愣了5秒钟才反应过来。

哦，借公猪的合作社。

高海拔对人体影响明显，尤其是对记忆力具有不可逆转的损伤。给同事交代的事情，如果不主动过问，多半会石沉大海。后来有一次，领导交代我5件事，刚出办公室大门，我就死活想不起其中两件，只得又回过头去请示领导。从此有了经验，每回汇报都要拿个笔记本。

“喂？”

“刘书记，不好了，公猪死了！”电话那头的声音忐忑不安。

“嗯？怎么会死呢，怎么回事？”

“我们把公猪跟60多头母猪关在一起，没几天居然累死了。”

“啊？累死了？”

“真的累死了。”电话那头停顿了一下，支支吾吾地说，“我们也不懂，原来公猪跟狗吃东西一样，它没办法节制。它这个，猛干嘛，这个。今天早上我们去看的时候，躺在地上一动不动，咽气了。”

“哈哈哈哈……”猪也会纵欲身亡？头一回养猪的藏猪办副主任闻所未闻，忍不住大笑起来，“这也算是‘因公殉职’了，厚葬啊，哈哈哈哈，厚葬。”

“郎旺公司说要赔他们一头公猪。”

“怎么赔啊，整个林芝都缺公猪，我去哪里赔给他？”说完，刘亚平又忍不住哈哈大笑。

“因公殉职”事件发生不久，刘亚平就被免了藏猪办副主任的头衔，调整到茶叶办搞茶叶。

“前段时间天天听你讲养猪，怎么最近老是说茶叶了？”中午在饭堂吃饭的时候，队友问他。

“那头公猪死了要问责嘛，所以免掉我藏猪办副主任的职务啰，哈哈哈哈。”自我调侃完，叼着一支烟的林芝市茶叶办副主任自己先乐了。

当然，这次调整只是时间上的巧合。

“回过头来想，这也是因为我专业知识不足，没有及时给人家专业指导。公猪和母猪的配比多少才合理？是不是1头公猪配10头母猪，还是几头合适？合作社不懂，我也不懂。”刘亚平开完玩笑，也不回避问题。

外行管理是大忌，果然就出问题了。

高原养鱼佬

为了保护生态，林芝市正在谋划10年禁渔令。刘亚平立即想到一个严峻的问题，林芝一旦禁渔，市场的鱼怎么供应？市民吃鱼怎么保障？

他顺着这条线去了解情况，情况很快就摸了上来。

林芝本地的冷水鱼生长速度非常缓慢，一年只能长一二两，一条两斤的鱼得生长十几年。哪怕是一斤的鱼最起码也要5~8年，如果靠当地养鱼，效益甚微。

藏族人不吃鱼，这也是内地人看待藏族人的一个刻板标签。

笃信佛教的藏族人，大多将打鱼杀生看作忌讳，但也并非绝对。藏族有一句谚语：春天的鱼，王爷都吃不到；秋天的鱼，狗都不吃。

其实，藏区很多鱼。长江、黄河、雅鲁藏布江的源头都在藏区，水质干净，鱼类丰富。拉萨曲水县甚至还有一个世代以打鱼为生的俊巴渔村，这个村庄三面环山，一面临水，人多地少，只能依靠打鱼维持生计。一方水土养一方人，传统的生活习俗往往是因地制宜的自然选择。俊巴渔村所处位置是拉萨河与雅鲁藏布江交汇之处，这里是鱼类的宝库，品种繁多，尤其是藏鲶鱼肉质鲜美，除了一根主脊外几乎无刺，在市场上备受追捧。

藏族人吃鱼的习俗其实由来已久，在旧时代的拉萨，鱼货的销量甚高。但拉萨佛事活动多，在此期间全拉萨施行斋戒。然而有些贵族家还是难禁口腹之欲，怎么办呢，来卖鱼的人就设了暗号，口称卖“水萝卜”，其实卖的是鱼。这些鱼多数便来自俊巴渔村。

传统的生活习俗也孕育出独特的当地文化。因为打鱼，俊巴村人制作出西藏独有的牛皮船，也创造出一种高原渔夫独有的舞蹈——牛皮船舞，2008年被列入国家级非物质文化遗产。

刘亚平经过调查得知，西藏牧区吃鱼的人少，但近些年在内地的影响下，农区越来越多老百姓吃鱼。林芝原来有水葬习俗，所以很多人不吃鱼。现在这个习俗慢慢消除，大家也开始吃鱼了。除了藏族老百姓，林芝还有大量的市民、学生、部队、党政机关，每年还有三四百万游客，这些人都需要吃鱼。

这一估算，林芝一年大约需消耗600吨水产品。但是林芝本地每年能够提供给市场的水产品撑死就15吨，以尼洋河和雅鲁藏布江捕捞为主。事实上，10年禁渔令对林芝市水产品供应的影响微乎其微。

绝大部分水产品只能靠周边省份调运，成本高，耗时长。如果遇到大雪封山，货运中断，水产品就会延误。

虽然禁渔没有影响，但水产品供应的难题始终要解决。

刘亚平突然灵光一现，想起进藏两周前，他去参加了在珠海举办的一个农机推广演示会。现场有一个集装箱养鱼设备，温度可控，也能够增减氧气，可以营造出适宜鱼类生长的小环境。

刘亚平突发奇想，能不能引进那套设备，在西藏养殖热带鱼？热带鱼生长速度奇快，既能满足市场需求，也能体现经济效益，难题不就一举破解了吗？

进藏第九天，刘亚平陪着林芝市农牧局局长旦真去鱼厂调研，提出这个想法。

“很好啊！可以试一下！”旦真一听，也很兴奋。

事不宜迟，刘亚平立即拨通了广东省农业机械化技术推广总站站长刘胜敏的电话，请他帮忙组织农机、水厂、设备提供方的专家领导，争取两周之内赴林芝考察论证。

刘胜敏一口答应，不到一周专家组就赶到林芝。经过论证，专家们一致认为技术可行，内地一斤鱼只要十几块钱，但在林芝一般要四五十块钱，这个利润足够支撑项目。

如果按部就班走程序，跑项目、申报资金，很有可能援藏时间过半，这个项目还启动不了。这个项目关键在于推广应用，如果只是开展试验，写篇论文，意义不大。

“设备和能源技术能不能先进藏？我们一边做试验，一边申报试验项目，这样行不行？”一估算进度，刘亚平心里着急，找到广东来的专家和领导一起商量。

有领导好心提醒他：“你这样干是有风险的，这个资金还没立项，设备就已经到位开始做了，以后审计怎么办？”

“援藏3年对个人和家庭来讲很漫长，但是要完完整整地做一件事，时间是很紧张的。如果等立项完了，资金到位，再来启动这个项目，黄花菜都凉了。”刘亚平决定甩开膀子大胆干。

刘亚平的想法最终还是得到了各方面的支持。广东农业厅支持120万元用于采购设备和集装箱养殖热带鱼试验，并于2017年在广东农业厅正式立项开展试验。设备提供企业也很感兴趣，这套设备还从未在高原上使用，他们也想借机完善技术。

2016年12月中旬，进藏不到半年，设备抵达林芝，并完成安装调试，刘亚平才向广东援藏队领队许典辉汇报。

“哈？不可能吧？”许典辉很吃惊，“亚平啊，设备这么快就到了？”

“对，请书记到现场视察。”

“我真的去哦？”

“你来嘛。”

许典辉说去就去，看了以后，他对这个产业思路大加肯定。“亚平啊，这个项目很好，一定要做出成效，援藏队会全力支持。”许典辉意识到这个项目或许具有改善高原人饮食结构的革命性意义，亲自出面与广东大后方协调资源，全力支持项目推进。

领队的重视给了刘亚平更大的信心和动力。

2017年4月1日，1.1万尾热带鱼苗坐着飞机抵达林芝机场。

这次运抵的1.1万尾热带鱼苗包括加州鲈鱼、罗非鱼、斑鲤三类。鱼场早已做好准备，立即消毒，适应温度，再放入调好水温的集装箱体。

“活力蛮强嘛！”

鱼苗密密麻麻地泡在水里，欢快地游来游去，场面煞是热闹。

“哈哈哈哈，没想到这么顺利。”

大伙都感到欣慰，累了一天，终于可以松一口气。刘亚平留下几位技术员看着现场，打道回府。

第二天，刘亚平早早地赶到鱼场。

许典辉向林芝市委书记马升昌作了汇报，力图争取当地的支持，全力将这个项目做成。马升昌听了很感兴趣，当即定了这天上午来现场看鱼苗。

“咦，怎么回事？”

十几条鱼苗肚皮朝天，漂浮在水面上。

“1万多条鱼苗，有个别不适应也正常。”技术员说。

人到高原都会有高反，何况是鱼？刘亚平非水产专业，听了技术员的话便放下心来。

半个小时后，许典辉陪着马升昌到达现场。领导们看到鱼苗活力不错，勉励一番工作人员的努力付出，提出几点要求，心满意足地回去了。

第三天再去看，死了四五百条。

“这是怎么回事?”刘亚平预感不妙,看着水面上漂浮的鱼苗尸体,不由眉头微蹙。

“今天我们试试调高水温,增加氧气,看明天情况怎么样。”技术员回答说。

第四天再去,水面上白晃晃一大片鱼苗尸体。

“今天死了多少?”

“大约1000多条。”技术员也一筹莫展。

这种情况换谁都难免灰心丧气,但越是困难时刻越不能失去信心。刘亚平鼓励大家:“我们继续试验,不要气馁,就算这批鱼苗死光光也没关系,我们抓紧再运一批来,总是能找到办法的。”

过了几天,刘亚平接到许典辉的电话。

“亚平啊,箱子里面还有没有鱼啊?”

“有,但是可能不多。”刘亚平保守地回答。

“马书记还要去看。”

“好的。”

第九天,刘亚平陪着马升昌和许典辉一起赶到鱼场。没想到一语成谶,1.1万尾鱼苗死伤殆尽,无一幸免。

现场面面相觑,目瞪口呆。刚好这两天刘亚平抽不出时间去鱼场,技术员也没及时向他汇报。

送走领导,刘亚平气不打一处来:“好丢人啊,死光光你们要告诉我啊,这第二批鱼苗不是过两天就到了吗?那我会叫两位领导迟几天再来啊!好丢人啊好丢人!”

刘亚平建了一个“高原水产梦”的微信群,把广东和林芝相关的专家、领导都拉了进来。这是有史以来第一次将热带鱼带上高原,广东的专家也没有经验。我也在微信群里,看着群里议论纷纷,为刘亚平发愁。

4月17日,第二批4000尾鱼苗改坐汽车运抵林芝。大家怀疑上一批可能是空运途中剧烈碰撞,导致鱼苗受伤,所以造成大批量死亡。吸取教训,第二批纯粹是为了试验,减少数量改陆运,而且送来的只有加州鲈鱼和罗非鱼。

结果,这一批还没撑到一个礼拜就全军覆没。

鱼场位于林芝镇,距离林芝市区15公里。刘亚平每天都要跑一趟,有时候一待就是半天,有时候待两个小时。实在抽不出时间,下了班再跑过去。但每天听到的都是鱼苗死亡的汇报,技术员们束手无策。

许典辉也着急上火,一有空就赶去鱼场,实在没时间就打电话给刘亚平了解情况。领导能主动打来电话，高兴还来不及。但到了后来许典辉一天好几个电话，刘亚平只要看到是领队的电话就心惊肉跳。

刘亚平去了鱼场就拿个小板凳，一个人坐在集装箱上抽闷烟，眉头深锁。他肤色本来就黑，出门在外容易被误会为藏族兄弟。这一天到晚地阴沉着脸，一言不发地坐在高高的集装箱上，自然就有股“黑云压城城欲摧”的压抑和悲壮。

鱼场的技术员反过来安慰他：“刘书记，试验的东西有成功就有失败。在失败的过程中，我们去查找问题，我们相信有你带领着我们，一定能成功的。”

话虽这么说，但刘亚平愁啊。“那么多单位，那么多领导，那么多专家在背后支持我。如果交不出一个答卷，我对得起谁啊？”可是一点办法都找不到，出路到底在哪里，刘亚平欲哭无泪。

7天之后，第三批6050尾鱼苗到达林芝。这次的鱼苗除了罗非鱼和斑鲤，还新增加了泥鳅。前两批都是小鱼苗，死得快，第三批除了泥鳅，发来的都是三四两的大鱼苗，专家们依旧抱着试验的心态，想试试大鱼苗的活力。

但情况没有任何好转迹象，大鱼苗一批接一批地死亡，大伙几乎快绝望了。

有一个专家提出，鱼苗并非暴毙，它们的死亡都有一个渐进过程。先是昏昏沉沉，然后才肚子翻过来。他认为出现这么大批量的死亡，而且第三批的大鱼苗也接近全军覆没，有可能与水的渗透压有关系。

3批鱼苗一共21050尾，历时1个多月，幸存35尾。再试试吧，再不成功就成仁了。

刘亚平掐灭烟头，立即组织技术员开展试验。在鱼场车间摆了两排塑料盆，装满水。通过调试不同盐度来改变水的渗透压，然后将35尾幸存鱼苗分别放入不同盐度的塑料盆里。

幸存者一个接一个地死去，众人的心跌入了谷底。

“它活过来了！”突然一名技术员大声喊道，众人拥上去围观。垂头丧气的幸存者恢复了活力，扭动身躯游来游去，偶尔还蹦一下。

“我们成功了！我们成功了！”工作人员大声欢呼，尽情发泄着这1个半月以来承受的巨大压力。

那个塑料水盆的盐度是千分之三，这一刻正式宣告高原集装箱养殖热带鱼成功。

刘亚平坐在小板凳上，跷着二郎腿，眯着湿润的眼睛，吞云吐雾。在这短短1个多月的时间里，他的体重掉了18斤半。

几天之后，马升昌和许典辉再次前往鱼场视察。马升昌爬上集装箱顶部，趴在箱体开口处往水里瞧，零零星星的十几条鱼欢快地游来游去。

马升昌感叹一声，笑眯眯地操着浓重的山东口音说：“终于活下来了。”

刘亚平正在广东出差，听技术员描述当时的场景，呵呵笑了。

5月21日，“呵嗤……”大货车走了98个小时，终于停在了海拔2900米的林芝，第四批4000尾罗非鱼和斑鱼鱼苗如期抵达。

1个月后，鱼苗长到1斤半。天上一日，地下一年，这叫天壤之别，集装箱里的1个月相当于林芝冷水水域8年时光。

鱼场送了一些集装箱养大的罗非鱼给当地餐厅做推广。餐厅老板特意找到刘亚平说：“你们那个鱼真好吃，鱼刺少。”

除了味道好，罗非鱼的蛋白质结构也最接近人体。在西藏生活过的人都有一个体验，在毫无知觉的情况下手指就被割伤，没有痛感，也很难愈合。雪域高原温度低，人就像生活在冰箱里的冻肉一样，所以特别容易受到创伤。肢体受伤，吃罗非鱼吸收营养是最快的。

2017年试验剩下的十几尾幸存罗非鱼现在已经无忧无虑地长到12斤一条。广东援藏队投入1500万元的林芝市高原现代水产养殖示范基地已经建成，高原养鱼集装箱系统也成了2018年国家农业部的主推技术。20组高原养鱼集装箱全部完成安装调试，预计年产200吨鱼类，可以供应全市三分之一的水产品。

热带鱼养殖成功后，刘亚平接下来还计划使用海盐调制海水，开展高原养殖海鱼海虾试验。

8000万年前青藏高原还是一片汪洋大海，人们只能在各种化石里缅怀这片土地曾经繁育过的千奇百怪的海洋生物。但是现在，通过援藏人带来的高原集装箱养鱼技术，海洋生物将大张旗鼓地重返青藏高原。

想象一下，或许在不久的将来，西藏的老百姓坐在帐篷里就能吃上当地养殖的帝王蟹和大龙虾。

这是什么体验？

寻路西藏 25000km

有牧场我就嫁给你

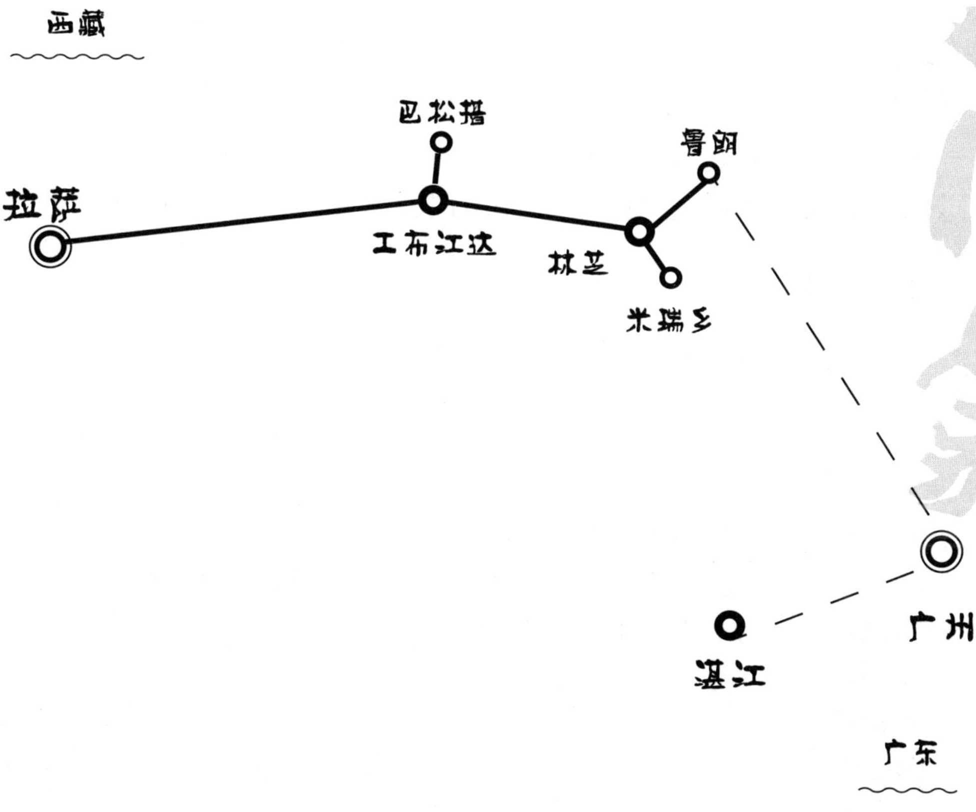

“黑珍珠”

“还采个什么鬼访啊，都快离婚了！”

林文婕在微信里再次拒绝了我的采访请求。手机屏幕那边气急败坏的模样我无从想象，因为我从未见过她。

我拿着手机苦笑。

好吧，我决定约上陈卿出去骑车散心。东边不亮西边亮，最近被拒绝得多了，也就不那么在意了。

“骑哪里？”

“比日神山吧。”我没敢提色季拉山，那是我的心病。

彭卓维是来自东莞的援藏医生，织着黑黑的大辫子，肤色也黑，我们都叫她“黑珍珠”。2016年9月初的一个周末，“黑珍珠”提议去骑行。

“骑去哪？”

“去鲁朗吧。”

“多远？”

“30公里。”

“要多久？”

“下午两三点能回到市区。”

吃完早饭，8点出发。从林芝市区前往林芝镇的15公里杨柳依依，秋风得意。从林芝镇通往色季拉山的公路正在翻修，泥泞不堪，溅得满身泥水。从交通拍摄点开始全是急坡上升。试想一下，从2900米的林芝市区到4728米的色季拉山口，海拔急拉1828米，这一路坡度之陡可想而知。

可当时我年少无知啊。

上坡不到半小时，我双腿就抽筋了，只好下车休息。“前面等你哈。”“黑珍珠”扔下一句话，消失在拐弯处。跨步上车，不到20分钟，第二次抽筋。无奈之下只好推车徒步，不就30公里嘛。

走啊走，走啊走……实在走不动了。我想打电话给“黑珍珠”，告诉她我先回去了，但是没有手机信号。

走啊走，走啊走……实在走不动了。我想抛弃“黑珍珠”，一个人下山，可是又于心不忍。

走啊走，走啊走……初秋，树叶开始变色，色季拉山绚丽多彩的秋色渐渐拉开帷幕。但我没有任何心思欣赏风景，只想早点见到“黑珍珠”，拉她一起下山。

5小时之后，我终于追上了“黑珍珠”。她正仰面躺在路边一块大石头上，呼呼大睡。

我后来才知道，这个地方距离色季拉山口还有20分钟的汽车车程。而从市区到鲁朗足足有70公里，开车一个来回都要3小时，累计爬升海拔将近3200米。

天杀的，被“黑珍珠”忽悠了。

又到了一个周末，“黑珍珠”呼朋唤友又要去骑行，援藏队友华彬、黄兴民和陈剑锋等人兴冲冲地报了名。

上午10点，一行人咋咋呼呼出发了。

我瞧在眼里，不动声色。

直到半夜12点，我才听到楼下“窸窸窣窣”有了动静。凑到窗口一看，华彬等人推着山地车回到公寓。我偷笑，合上窗帘，倒头就睡。

第二天晚饭时分才见到华彬拐着外八字腿挪进饭堂。他一见我就倒在我肩膀上，悲痛欲绝地说：“兄弟啊，你的色季拉山是怎么熬下来的？”

我摸摸他的头，噙着泪水慈祥地说：“哥们，我懂，我都懂。”

“黑珍珠”带领他们从布久乡到达米林机场后，经鲁霞大桥跨过雅鲁藏布江，再从米瑞乡穿行嘎啦桃花村兜回市区。完完整整一个环线，足足骑了150公里。

几个大老爷们到了机场就已经全身散架，嚷着要掉头回去，“黑珍珠”连哄带骗又把大伙带到白拉村。

“骑不动了，掉头，掉头。”大老爷们欲哭无泪。

“好啊。”“黑珍珠”爽快地说，“掉头回去更远，前面过了鲁霞大桥就近很多了。”

大伙这才发现上当，但已经没有后悔药吃了。最恨半路还下起了雨，一伙人避无可避，被高原的冷雨当头浇下。

白天还好，到了晚上才是真正的考验。“黑珍珠”本来就生得黑，这到了晚上简直就像隐形一般，一溜烟不见了踪影。这可苦了华彬等人，他们没有骑行经验，也没想到要带个车灯、头灯啥的。

星光不问赶路人，他们只好打亮手机，借着手机电筒微弱的光线赶路。眼前突然出现两头黑色的庞然大物，华彬下意识猛地急刹车，山地车的橡胶轮胎发出凄厉的摩擦声。两头黑色牦牛从公路中央跳了起来，往后急退十几米。

西藏寒冷，公路散热慢，牦牛和藏狗都喜欢趴在公路中央，来往车辆都会自觉减速绕行。当地人把这些牦牛和藏狗称作"编外交通警察"。幸好华彬反应快，要是真撞上了，这些"编外交通警察"可能就不是"顶他个肺"那么简单了。

手机电池耗尽之后，几个大老爷们只好摸黑骑行，等终于到达市区，整座城市的灯光几乎都已经进入梦乡。

"全身痛，腿都合不拢，像刚骑完马一样。凳子也坐不了，一坐下去屁股痛得不行。"华彬摸着自己的屁股，哭丧着脸说，"'黑珍珠'的活动以后都别叫我！"

我摸摸他的头，噙着眼泪说："哥们，我懂，我真懂。"

华彬端着碗，站着把晚饭吃完。

幸好"黑珍珠"是短期援藏，半年之后就回了广东。

天边牧场

比日神山就在林芝市区边上，公路通向最高处的天边牧场，那是我们的目的地。

从2900米的市区出发，最终到达3804米的天边牧场，海拔上升将近1000米，公路坡陡弯急，对于骑行者是个不小的挑战。我与陈卿走走停停，一路上经过拉丁嘎村，穿行在原始森林里，3小时左右到达天边牧场。

这个牧场是村里老百姓放牧之处，零零星星坐落着几座木头棚子，放牧时临时居住。如今大部分土地都被一家公司征下来做人工种植虫草试验，公路两端修建了关卡。牧场的西南角也搭起了金属棚子，但景观依然养眼。

秋天草黄，自有一股肃杀气象。尤其是东南角，跨过一条小溪，你会看见一大片当年砍伐树木残留下来的树桩，多年之后成了像迷宫一样的景致。

冬春季大雪满山，白茫茫一片，白马和黑牦牛站立雪中，如诗如画。我们常常趁着雪晴登山。走在冷杉林和高山杜鹃的灌木丛中，雪深及膝。一不小心，踩入树枝间的阴雪里，大雪埋到腰部，拉着树枝才能爬出来。

最美是夏天，牧场上生长着大片紫色鸢尾花，高高直立，像一群高贵美艳的女王。但我更

梦见

文/图 小朱飞刀

没有其他方式了
这个季节没有人
人类集体蛰居
冬的余寒趁势
蚕食了整个春天
南迦巴瓦躲在想象中
画地为牢，不得相见

黑与白的中间
是前途未卜的无
但我更需要一束光
像天空一样大的
一束光

不是火
火是别人的盛宴
我只钟情雪的清欢
再度靠近你
我想换个姿态
不再以记忆
以梦境，以幻觉
徒步向西
近乡情怯

南迦巴瓦峰

林芝比日神山

比日神山

文/图　小朱飞刀

山上大雪纷飞
山下新花初放
冬天还没走
春天你着什么急

喜欢那些不知名的小野花，浅浅地覆盖在绿色草坡上，红的、粉的、紫的、黄的、蓝的……远看像一张巨大的花毯子，诱惑着你上去躺一躺。

在牧场野餐也是惬意之事。中午阳光充足，到了周末，邀上三五知己，买点熟食、炸鸡、零食和水果，开车到牧场，天幕一搭，地毡布一铺，食物一摆，琳琅满目。万事俱备，唯独缺点音乐，于是把小音箱提上来。音乐一响起，阳光灿烂，清风徐来，一群人随着旋律群魔乱舞，放飞自我。

在我看来，比日神山其实更适合发展以民宿为主的旅游小镇，它有森林和牧场，也有精致的藏族村庄。最重要的是，它离市区近，补给和交通方便，与林芝市区完全是互为补充的存在。

从市区出发，10分钟的车程就能到达山腰的拉丁嘎村。仿佛坐了时光机，瞬间就从红尘都市走进静美的原始村庄，场景切换得像德芙巧克力一般自然顺滑。特别是春天的时候，山上大雪纷飞，山下李梅初放，10分钟的距离，宛若两个世界。

可是，比日神山还不足以成为我的最佳方案，南迦巴瓦峰脚下的世外桃源才是我心头之宝。

2016年7月刚进藏的时候，收到通知要召集援藏干部座谈，征集大家对林芝建设的意见建议。我很高兴，为当地的求贤若渴感到欣慰。

我带着对这片土地的满腔热情，穷10年户外探险之功力，耗时1周，呕心沥血写就一篇洋洋洒洒近1万字的建议书，由难到易提出6条具体建议。

“打造南迦巴瓦峰世界顶级旅游圣地，联合昌都、云南、四川共同打造大香格里拉风景圈，申请将雅鲁藏布大峡谷地区加入世界自然遗产保护行列，发布全球招募举办流浪歌手盛会，打造最美自驾与骑行景观大道，建设第一座格桑花城。”

建议书写好了，通知会议推迟一周。没关系，领导忙嘛，理解，理解。

一周到了，通知再推迟半个月。没事，领导忙嘛。

半个月快到了，又来通知，座谈会推迟一个月。领导忙嘛。

又一个月临近了，终于等来了新通知。领导们另有重要公务，座谈会取消，改为递交书面建议。

我有不祥预感，但是，既然都辛辛苦苦写出来了，那就交吧。交上去之后，就此石沉大海，杳无音信。

微信王

下山的时候，陈卿选择从栈道骑下去。

栈道有台阶，看着他轧着一级级台阶冲了下去，我才敢跨步上车。哈哈，倒也有一番刺激感觉。

这个老顽童！

陈卿是援藏英语老师，不好好教英语，却在学校成立了心理辅导室；不好好当老师，却给巴宜区中学和林芝儿童福利院募捐了总共价值180万元的御冬衣物。陈卿生于1969年，年过半百，不好好颐养天年，却带着我们一帮中青年一起骑行、登山、跑步、健身、徒步、弹吉他。

唉，这个不务正业的老顽童。

陈卿在林芝市区是个名人，这个名不是名气大的意思，而是知名度广。整个市区，几乎没有他不认识的人。只要说起他，"哦，陈老师吧"，不管三教九流，准认识他。

他见人就加微信，而且还没有他加不到的微信。他的绝杀是毫无铺垫的单刀直入，不管三七二十一，一顿王八拳抡出去，乱拳打死老师傅。

"加个微信咧。"

对方一般还没反应过来，条件反射般打开二维码乖乖给他扫。

遇到稍有犹豫的，他立马紧追一句。

"加个嘛。"

对方往往迫于情面，还是乖乖地让他扫了。

"三板斧"只需用两招就能搞定，传说中最厉害的第三招一直无缘得见。

前年桃花节，桃花树下站着一位藏族女警，身材笔挺，面容标致。我们都怂恿陈卿去加她微信。

陈卿稍稍整理了一下衣角，阔步上前。

半路杀出个程咬金，志愿者呼晓娜突然一个箭步跑上去，冲女警喊："美女，他要加你微信！"

藏族女警愣了一下。

陈卿僵在半空，终究还是开了口。

"美女警察，加个微信咧。"

女警有了准备，微微一笑摇摇头，带着旁边似笑非笑的同事赶紧溜了。

第二招都还没来得及出手，自然就看不到第三招了。

这是他唯一一次失手。

这个老顽童。

古堡惊魂

扯远了，我的采访对象是林文婕，好吗？

反正一时半会她也不会理睬我，小两口的气还没消呢，再听听别的故事吧。

西藏是个神奇的地方。

话说那天下午，我下班回到家，顺便给自己做杯咖啡。我平时都习惯关门，偏偏那天鬼使神差地开着门透气。

"哇，好香啊！"门口探出一张笑脸。

我回头冲门口笑了笑，说："来一杯？"

"不了，下回再来品尝吧，今晚我们几个援藏老师在你楼下的冯书记家里做饭吃。刚好闻到咖啡香味，忍不住就上来看看。"笑脸的主人说。

"哈哈，那下回见。"

笑脸的主人叫郭焕霞，来自广东东莞，手冲咖啡控，携带了大量咖啡豆一起来援藏；擅厨艺，是《味道东莞》一书的插画作者。这原本是一个文艺女青年的人设，但她又自学了心理学，学会了自我控制和疏导他人的技艺，这就有点复杂了。

通过她又认识了卿雅和钟炯荣两位援藏老师。

郭焕霞和卿雅都是美术老师，一个长于水彩，一个擅油画；钟炯荣是音乐老师，吉他弹唱高手。

真是天赐良机。我一直想学画画和吉他，但在广州没法抽出时间。在林芝下班后的时间基本上都属于自己，刚好可以用来搞搞艺术。

郭焕霞性格温和，我说想跟她学画画，她一口答应，还送我一袋咖啡豆。咦？这生意划算啊！

钟炯荣不爱多说话，我说想跟他学吉他，他二话没说。"你明天晚上过来，大家一起玩。"第二天晚上去了，加上我和他，一共3个人。三人成众，果然是大家，钟师傅此言不虚。

卿雅，我说也想跟她学画画。她阴沉着脸，白眼一翻："看你资质。"卿雅是四川宜宾人，产五粮液的那个地方。因为在西南大学毕业，我老把她记成了重庆人。她嫌弃我的不学无术，每回都要郑重其事地纠正。

拽什么拽，你们四川和重庆斗来斗去，全国人民谁分得清那是两个地方啊。

卿雅虽然对我脾气不好，但对学生还是相当不错的，起码勇于认错。

有一次上课，卿雅发现有个藏族小女生老是偷偷地瞄她。她有意靠近，小女生害羞地说：

“老师，您口袋里有东西。”

卿雅以为她在恶作剧，没有理睬。

过了一会儿，卿雅又巡到她身边。

“老师，您兜里有垃圾。”小女生拉了拉卿雅的衣角。

“不要讲话。”卿雅佯装生气。

又过了一会，小女生按捺不住，站起身来笑着说：“老师，您兜里真的有东西。”

卿雅真生气了：“坐下，提醒第二回了，不要讲话，好好写字。”

小姑娘脸上的光彩消失了，抿着嘴，失望地低下头。

下课后，卿雅一摸口袋，里面有一张小纸条。上面悄悄地写着：“老师，您真美丽！我想告诉您，这是我们之间的mimi哦！”

卿雅的心顿时融化了，“这孩子！”她想起自己小时候，用的方式比那小女生还幼稚。小女生叫什么来着，觉阿拉姆，嗯，没错。卿雅转身推门而入，觉阿拉姆抬起了头，望着迎面而来的老师。卿雅走到觉阿拉姆跟前，摸了摸她的头发说：“老师收到字条了，谢谢你了！”

小姑娘笑了，一朵云霞飘到了小脸上。

藏族小姑娘笑起来真好看，卿雅心想。

唉，西藏真是艺术家的圣地，这片神奇的土地上有取之不尽用之不竭的艺术素材。卿雅一有空就写生，为了写生她还生过一场感冒。

那是2017年3月中的一个周末，春风吹过林芝的高原大地，万物复苏。这是一个春雪与花朵齐飞的季节，粉红色的杏梅早已经云蒸霞蔚地盛开在林芝的街道两旁，万人迷桃花还裹在最后一层花骨朵里，为半个月之后的桃花节提前梳妆打扮。

到了桃花盛开的时候，随便挑一棵桃树席地而坐，就是一张绝美的油画。你把花画入你的画中，而你又成了别人镜头下的风景，只有花才是永恒的主题。

巴宜区中学校园里种了10株梨树，赶在桃花之前避其锋芒，迫不及待地开满了白色的梨花。卿雅坐在梨树下支起了画架，密密匝匝的白梨花宛若一顶巨大的花冠罩在头顶。乍一看，总误以为下雪了，那雪花大呀，密呀，下得人透不过气来。

卿雅一提起笔就停不下来，犹如老僧入定。今天感觉好，整整画了7小时，一气呵成。卿雅搁下笔来，心满意足地欣赏着自己的画作。这时她才发现，地上白了，身上也白了。

不是白梨花，真下雪了。

第二天她便感冒了。

感冒在高原是大事。

2016年有个支教老师感冒高烧40℃，3天退不了烧，队里赶紧把他送上飞机，回广东治疗。

我提了水果去看卿雅，她打着喷嚏招呼我。

我说我也想写生，落一身的雪。说这话的时候，我把自己想象成了风度翩翩的宁采臣。

她呵呵冷笑："看你资质。"

"别光看资质，带了水果呢。"

写生最终还是郭焕霞促成的。我们抽了一个周末的空闲。我也不知道自己能画出个什么鬼，要不去巴松措吧？起码还能看看风景，不白走一趟。

登上观景台，俯瞰巴松措，那简直就是一块巨大的蓝宝石。碧蓝色的湖水围绕着原始森林和雪山，小村庄在繁茂的森林里隐隐约约，湖心岛仿佛被冻结在蓝宝石的中央，犹如一块琥珀。

岛上有一座宁玛派寺庙，1500多年历史的错宗寺。周边有多条徒步路线，每年五一举行国际自行车环湖赛。传说湖心岛的底下是空的，整个岛漂浮在湖水中。真是一个浪漫的传说，但我并不相信。

我们直奔目的地。过了遗忘的村庄——结巴村，再往错高村的方向驱车十来分钟就到了。这是一处临水湖滩，从公路可以直接走到湖边。国王宝座峰、燃烧的火焰峰、阿玛觉姆达增峰3座雪山的倒影投射在平静的湖面，使得整个画面充实饱满。

两位老师支起了画架，一切就绪。卿雅抓起一个油画布框扔给我："自己画。"暴戾的表情就好像我欠了她好多钱似的。

我蒙圈了，自己画？那还要你俩干啥？郭焕霞站在旁边呵呵直乐："你要习惯卿雅的风格，她对你算是温柔的了。"

这还算温柔？那不温柔是不是得遭雷劈了？

我不敢多问，依样画葫芦，把布框卡在画架上。两位老师右手抓笔，我也右手抓笔；老师左一撇、右一捺，我就左一拳、右一腿；老师把雪山、森林和湖面都收入画中，我统筹不了这么多元素，只勾勒出雪山。

一个半小时后，两位老师停笔收工，看着我的布框，一语不发。沉默了几秒钟，她们不约而同地去洗刷画笔。

我仔细观察两位老师的画作，用心揣摩构图和笔触，渐渐琢磨出如何区分色块，利用运笔走向和色彩深浅来塑造山峰的立体形状。

待两位老师回转身来，我也已经完成画作。

郭焕霞端详了一会说："还不错，加油。"

"嗯，色彩感还可以。"卿雅说，"赶紧去洗笔，养成好习惯。"

这是我平生第一幅油画。哦，不，应该这样说，自从初二停了美术课之后，几十年来第一次拿起画笔。

似乎全是正面评价，我扬扬得意，乖乖地去洗笔。

天色渐暗，太阳的余晖在雪山上越升越高，将巅峰染成了金黄色。湖面倒影被风扰乱，波光粼粼。

半年之后，我再回头看这第一幅油画，那简直就是一坨屎。直到那时我才明白，当时实在是难为两位老师了。

第二天早上还要进入湖尾深处的错高村写生，那是一座活着的古村落，当地人世世代代生活在村里。

有一回我跟着几位当地人一起骑行环绕巴松措，途经错高村，看见一家农户的院子里，男人在专心打着稻谷，秸秆混着阳光漫天飞扬。休息的间隙，我扬手打着招呼，他嘴角一咧，牙齿焦黄，笑容却异常明亮。像一束火花，一闪即灭。

当晚住在错高村近处的西班牙民宿。这栋民宿据说是一对夫妻所开，女人是北京人，男人是西班牙人，所以叫西班牙民宿。

院子里只有一栋3层楼高的木房子。没有其他客人，只有一个小伙子受雇看管。小伙子叫杨洋，重庆人，他安排我们先在餐厅休息，给我们炒几个小菜。

说是木房子，实际上1楼全是石头，从2楼开始才是木质结构。楼房内部采用藏式装饰，餐厅却是纯正的西式风格。华丽的吊灯，简洁的桌台，靠墙有个壁炉，里边留有木柴燃烧的灰烬。

“壁炉能烧火吗？”夜晚温度急降，石头餐厅里寒气逼人。

“可以的。”杨洋放下菜刀，捡了几根柴火塞入壁炉，举着一根长长的手按式点火器，点着了火。

“柴火不够烧的话，屋子外边还有很多，你们可以自己去拿。”说完，他接着去忙活我们的晚餐。

壁炉里的柴火一升起，整个屋子就暖和了。

吃了晚饭，杨洋把房间钥匙给了我们，早早去睡了。我推门出去捡柴火，夜空中繁星点点，空气冰冷。西藏已经足够广袤，而头顶这片夜空才是真正的浩渺宇宙。

添了柴火，围炉夜话，不觉间已近凌晨。

“很晚了，把火熄了，都早点睡吧。”郭焕霞说。

“行，你们先去睡，我来熄火。”我回答道。

她俩回去二楼的房间。

柴火一灭，空气瞬间变得冰冷。

我转身上楼。

走廊里异常安静，只有我自己的脚步声，以及忽深忽浅的呼吸，仿佛整栋楼突然间只剩下我一个人。墙壁上挂着藏族人像油画，色彩浓烈。白炽灯光投射在油画上，仿佛给画中人脸上涂了一层白霜。

我盯着油画多看了几眼，画中人似乎对我眨了一下眼睛。我心里一惊，赶紧开门进房。门锁是旧的铁锁，我慌里慌张，插了长长的钥匙，拧得“丁零当啷”才打开。

两位老师住在隔壁，房门紧闭，毫无动静。

我不敢再往走廊深处望去，赶紧进房。房间摆放着故意做旧的藏式家具，面板上描金画边，连床品也是色彩浓烈的藏式风格。设计者或许寻思来入住的都是情侣，刻意将房间调成昏黄的暗光，试图营造出暧昧的气氛。可我非但没有心动的感觉，反而感到心惊胆战。我看不清细节，满眼都是暗红色和暗绿色的线条，盘根错节地交织在一起。

我想起走廊墙壁上挂的油画，那双对我眨了一下的眼睛。恍惚间，有个女子站在床边，长发垂胸，暗红色上衣，暗绿色长裙。裙子下摆垂在地板上，露出一双红绿撞色的绣花鞋。

“啊！”我心里“咯噔”一下，晃了晃头。女子不见了，风吹得木窗子“哐哐”轻响。

好了，别多想了。我脱了外衣钻入被窝，熄灯睡觉。

第二天醒来，一夜平安。

窗外明亮的光线照射进来，房里的藏式家具与床品倒也并不违和，那问题就出在走廊和房间暗淡的灯光上。

搞什么不好，本来就人迹罕至，非得弄得像古堡惊魂。

推窗一望，天蓝云白，湖光山色，尽收眼底。

西班牙人真会挑地方！

拉巴同学

扯远了，真扯远了，我的采访对象好像是林文婕吧？

2018年年中，郭焕霞朋友圈贴出一张藏式风格的婚纱照，色彩浓得像油画，时光静得像从前。

画里的两个人，哦，不，照片里的两个人，看起来像是已经携手共度了几十年风风雨雨，才能换来如此从容不迫的气质。

郭焕霞告诉我，女主人公叫林文婕，也是巴宜区中学的援藏教师。她和我的宿舍直线距离不超过1公里，但是在两年多的时间里却素未谋面。

这很不正常啊。自从“遇见墨脱”开放以来，不管是跑步登山，还是弹琴唱歌；不管是看书喝咖啡，还是骑行踢足球；不管是打球画画，还是喝酒吹牛……这么多的活动，别说当地人，起码援藏这个群体应该是一网打尽了。就算不爱玩，工作上也应该有交集啊。

林芝居然还有我不认识的援藏人？

此子必非凡人！

男主人公皮肤偏黑，戴着一顶那曲风格的毡帽，一身藏服套在身上，就像他生长的皮肤一样贴切自然。

“哈哈，不会是藏族人吧？”

过了几分钟，郭焕霞回复我。

“是的。”

男主人公叫索朗拉巴，拉萨林周县人，1980年生。

为了得到更好的教育，索朗拉巴从初中开始，就像候鸟一样，辗转于内地求学。初中、高中分别在重庆和天津，读的都是西藏班。

西藏班全名叫内地西藏中学班，是国家推行的一项智力援藏措施，招收西藏的学生赴内地19个省市就读中学。自1985年启动至今，绝大部分学生毕业后都选择回到西藏，成长为西藏建设的骨干。

只要能考上西藏班，读大学基本上就妥妥的了。当时的西藏班把藏族学生集中在同一个班，索朗拉巴的同班同学全是藏族人。所以，虽然在内地读了6年书，但他跟同龄的汉族人接触很少。

到了北京读大学，来自全国各民族的学生混编在同一个班，索朗拉巴在大学交到的第一个朋友是东北人。

“兄弟，你也是东北的吧，瞅着模样像，哈？哪旮旯的？”东北兄弟问他。

几乎是同时，索朗拉巴也用藏语问对方：“你是藏族人吗？”

说完，两人都哈哈大笑。

索朗拉巴身子壮实得像头小牦牛，看着确有几分东北汉子的味道，而东北兄弟高高大大的样子也像西藏人。

质朴无华的对话，开启了两人的友谊，以至索朗拉巴的藏族朋友说：“你当时怎么那么拽啊，连西藏人都不理睬。”

大学毕业后，索朗拉巴选择回到西藏工作，在林芝巴宜区中学当一名数学教师。前半辈子都在内地读书，他说他想家乡了。

林芝遍布森林，四季分明，春夏秋冬的更迭通过植被的颜色变化展现出来，声势浩大，很难让人视而不见。可是索朗拉巴依旧觉得时间的流逝无声无息，每天忙于日复一日的教学，不知不觉间10多年过去了。

2016年8月，学校迎来一批援藏教师。

索朗拉巴并没有觉得稀奇，这座城市从1995年就开始接受内地省份的对口支援。市区里的广东大道、福建园和鲁朗小镇等等，无不表明对口省市在这片土地倾注的巨大心血。

唯独让索朗拉巴感觉意外的是，这一年的援藏教师人数特别多，五十号人，坐在会议室黑压压一片。开了会才知道，从这一年开始，全国实行“组团式”教育援藏，将大部分援藏教师安排在同一所学校集中办学。

索朗拉巴所在的数学备课组也分来了几位援藏老师，和当地老师结成对子。一名援藏老师对应一位当地老师，互相听课，互相评课。

与索朗拉巴结对的是欧成坤。欧成坤特别认真，一有空就在办公室喊。

“拉巴同学，一会我去听你的课吧。”

“拉巴同学，你有没有时间，我们评一下课。”

喊得拉巴同学寒毛直竖，不由自主地对援藏老师敬而远之。

贝壳女孩

这几天身边老是响起断断续续的咳嗽声，起初大伙都没留意，可是这两天咳得越来越凶了。

这是谁呀？这么咳下去可不行。索朗拉巴扭头一看，新来的一位援藏女教师正拿着纸巾，捂住嘴巴不停地咳嗽。

索朗拉巴几乎忘了备课组还有这么一个人，隐约记得她的名字叫林文婕。

林文婕是广东湛江人，来自大海边，却习惯像贝壳一样牢牢地把自己包裹起来。她从小就对别人抱有强烈的戒备心，小心翼翼地提防着所有陌生事物。

大隐隐于市，这是她保护自己的方式。

她总是穿得比别人多，沉默寡言，从不主动与人说话，对周边的事情不闻不问。坐在办公桌前不是玩手机，就是塞着耳机备课，似乎不愿意听到别的杂音。

人畜无害，默默地教书，悄悄地离开，像一个透明人。

援藏之前林文婕从来没有来过西藏，也不感兴趣。她曾经从小说里看到苗族下蛊的情节，惊恐万分，以为西藏也是如此。她从未主动去了解西藏，对宗教更是一无所知。在她印象中，西藏是个很可怕的地方。

可是，当教育局动员她来援藏的时候，她也没有拒绝。林文婕曾经在广东清远的阳山和连州两个地方支教过两年时间，选派援藏教师的时候，教育局第一时间就想到她。

“叫我来我就来了，我没什么想法。”

沉默是她的保护色，随遇而安就是她的寄居壳。无论在哪里，她都只是蜗居在贝壳里边。至于将这个贝壳放在广东，还是西藏，都没有太大区别。

这是一个低调到透明的人，难怪我不认识这位“贝壳”女孩。

“最好去医院看一下，这里是高原，咳得多容易得肺水肿，千万别拖，很危险。”索朗拉巴迟疑了一下说道。这位36岁的藏族汉子面对陌生异性，还是会不自觉地害羞。他的内心将林文婕归入陌生人行列，毕竟他连她的微信都没有。

林文婕诧异地抬起头，看着眼前这位皮肤黝黑的藏族同事，点了点头，“嗯”了一声。

肺水肿的大名林文婕也隐约听说过，初入西藏的外地人粗心大意，不把感冒当回事，一旦转成肺水肿很可能会致命。索朗拉巴的话引起了林文婕的重视，当即去医院，结果诊断出是肺炎。林文婕被迫住进了医院，从9月中旬一直住到国庆放假结束才病愈出院。

在这个危难时刻，索朗拉巴顺理成章挺身而出，主动挑起了照顾林文婕的重任。林文婕住院20多天期间，这个粗犷的藏族汉子每天在学校与医院之间来回奔波，无微不至地照顾她，陪伴她，给她送饭、送汤、煲药……帮她代课、批改作业……

林文婕看在眼里，感动在心里，南方姑娘与西藏汉子的爱情也在相濡以沫的相处中悄然萌芽了。

肥皂剧看多了吧！

林文婕住院期间，“组团式”教育援藏领队冯成志代表组织去看望了她，巴宜区中学校长普布次旦代表学校去看了她，援藏老师代表自己也去看了她，或许也有个别当地同事去看了她。

但是，这当中肯定没有索朗拉巴。

这个没心没肺的藏族汉子该上课上课，该喝酒喝酒，该唱歌唱歌，从来没有去医院看望过林文婕，更不要说无微不至的照顾。“贝壳”女孩住院不在办公室，他毫不在意，毕竟她在的时候也是个透明人。

公主与驸马

改变是从一点一滴开始的，生活不是电视剧，它自有轨迹。

林文婕出院后，备课组的同事一起去吃饭唱歌。并非专门为林文婕组织的，而是备课组原本就有定期聚会的传统。

同事一口气点了十几首男女对唱歌曲，轮到索朗拉巴和林文婕对唱的是《因为爱情》。

索朗拉巴酒壮怂人胆，唱到一半，手已经搭上林文婕的肩膀。索朗拉巴倒也不是占便宜，这是他们熟人之间很自然的一种举动。但如果不是喝多了酒，他断然不敢把手搭在林文婕的肩膀上，因为很可能是一巴掌飞过来。

“贝壳”女孩出人意料地没有抡过去一巴掌，也没有抖落索朗拉巴的手，安安静静地继续唱歌。

“咦？”索朗拉巴三分清醒七分醉，更加放松了，唱到高潮处，扭过头配合歌词意境深情地望着林文婕。林文婕倒也配合，也扭头对望。人生如戏，全靠演技，场面上的事还是得照顾一下。

只是索朗拉巴唱得太投入，口水横飞，林文婕不得不微微后仰，以躲避明枪暗箭。旁边同事瞧不过眼，递去两张纸巾，示意她先擦擦脸。

第二天，林文婕在微信里向索朗拉巴投诉：“昨晚你喷了我一脸的口水。”微信是昨晚聚餐的时候索朗拉巴趁着敬酒顺便加的。

“啊？可能是跟你唱歌太激动了。”索朗拉巴配了一个笑哭的表情发回去。

在办公室里，俩人用微信神不知鬼不觉地聊上了。

几次聚会之后，援藏老师与备课组的当地同事多了些接触，办公室也越来越热闹。林文婕也偶尔把手机和耳机放下，凑上去与大家聊几句家常。藏族人简单的幽默和稍显笨拙的表达方式，反而让林文婕感觉很踏实。

大伙熟识了，便开始互相开玩笑。索朗拉巴性格好，是办公室的开心果，他的出现总会引起办公室的混乱。一进办公室，备课组的同事都喊他“拉巴同学”。

一位援藏女老师高喊：“拉巴哥！”

林文婕也想开个玩笑，脱口而出：“我们家拉巴！”刚说完脸就红了。

这下完了，办公室里全都起哄：“我们家拉巴！我们家拉巴！”

这一天是一个阳光明媚的周末，几位援藏老师结伴去往米林县的南伊沟。这是珞巴族的聚居地，正值深秋，水流边的原始森林五彩斑斓，如同锦绣。

终点处是一圈参天云杉围着的一大片牧场，三三两两的棕色骏马徜徉草地，云雾缭绕，宛若仙境。牧场一角坐落着一间木头棚子，给这个原始牧场增添了几分人间烟火味。

如果能在这样的牧场喂马劈柴，该是多么浪漫的生活啊！林文婕啧啧赞叹，对站在身边的援藏老师黄洪说：“这个牧场真美，在这里住一辈子我也愿意。”

黄洪当即拍了照片发给索朗拉巴：“你们家有没有这种牧场？”

“哪可能有这么大的牧场。”索朗拉巴如实回道。

林文婕看了索朗拉巴的回答，便发微信跟他开玩笑：“假如你有这样的牧场，我就嫁给你。”

索朗拉巴看得怦然心动，老实巴交地回道：“我也想有这样子的牧场。”

俩人似乎找到了共同点，你来我往地聊起了牧场生活。

“也许可以想办法租。”

“那好啊，你租一个，我们俩在牧场生活。”

“生活可以，但我们至少要赚钱嘛。”

“我天天躺在牧场，养几头牛。”

“你以为养牛那么容易啊？”索朗拉巴出生在农村，经历过放牧牛羊的生活。

俩人的对话恰好被黄洪看到，他发微信取笑索朗拉巴：“公主愿意嫁给你。”从此以后，同事们就“公主、公主”地叫林文婕，把索朗拉巴唤作驸马。

下了班，黄洪经常会叫上几个同事，再拉着林文婕和索朗拉巴一起去学校附近的湿地公园散步，给他俩创造机会。

湿地公园种着一大片白桦林，每逢10月叶子变黄，阳光一照，影影绰绰，宛若童话世界一般。五六月也好看，各种颜色的格桑花争奇斗艳。其实冬天的肃穆也是许多摄影师的心头之爱，在高原上，一片普通的土地似乎也会附着神奇的色彩。

“你得给公主送礼物呀，你这木头。”黄洪看着索朗拉巴老不开窍，禁不住皇帝不急太监急。

索朗拉巴踢踏着满地的黄叶，挠了挠头。他没追过女孩子，总觉得难为情。

林文婕吃东西随意，有啥吃啥。索朗拉巴不忍心，无意中听说她喜欢吃烤红薯，便试着去烤。烤好了每天给林文婕送一个，差点把林文婕硬生生喂成一只大红薯。

他留意到林文婕皮肤容易干裂，便给她买了薄手套、粉笔套、护手油，林文婕在黑板上写粉笔字的时候便会感觉舒服些。

“你能试着用一下吗？”索朗拉巴小心翼翼地问林文婕。送礼物的时候，索朗拉巴一个劲地暗示自己，这不是在追她，只是看到她不懂得照顾自己，作为同事和朋友关心她而已，这才好意思把礼物递出去。

大部分人的爱情都没有那么多的戏剧冲突，更多的是日复一日平平淡淡地付出。索朗拉巴和林文婕谈着像过日子一样的恋爱，生活就这么细水长流地过着。

“我死给你看”

“贝壳”女孩生活上有了改变，但工作依旧让人抓狂，有时候就忍不住对索朗拉巴吐槽。

“讲了老半天，这些小孩什么也不会弄！”

“你要把心态摆正，我都教那么多年了，还不是这样过来了。”索朗拉巴劝解她。

巴宜区中学的学生来自林芝巴宜区的各个乡镇，都是农村孩子。学生基础比较差，尤其是数学，对他们来说简直就是天书。

差到什么程度？举个例子，许多初一学生连8÷2等于多少都不会计算。别说初一了，初三都还有学生算不出来，每次考试平均分也就是二十来分。

林文婕在内地一直教高中，但巴宜区中学只有初中，她不但要适应这边学生薄弱的基础，还要适应初中教学。

林文婕苦无良策，便拉了索朗拉巴去听她上课。讲不下去的时候，她便把索朗拉巴推上讲台上一节示范课，从当地藏族老师的角度去启发自己的思路。

但效果并不明显，这让林文婕很挫败。

直到一次无意的发现，林文婕才意识到，或许问题出在自己身上。

有一天，林文婕嗓子发炎，疼得厉害，没法大声说话，但她又不想耽误了孩子们的学习。灵机一动，她把班长旺扎叫了过来，在办公室里先小声把本堂课内容教会旺扎，临到上课的时候，把旺扎推上讲台，由他站在讲台上给同学们讲课，林文婕则在教室里巡视效果，维持纪律。

原本只是临时顶岗，应付一下，万万没有想到收获了意想不到的效果。旺扎讲得很仔细，情急之下偶尔还脱口而出用藏语解释，课堂里爆发出阵阵笑声。

林文婕第一次看到自己的藏族学生投入地听一堂数学课。

旺扎并没有娴熟的教学技巧，甚至可以说是笨拙，但居然大部分同学都奇迹般地掌握了他讲述的知识点，课堂上发生了奇妙的化学反应。

下了课，林文婕和索朗拉巴一起分析原因。

这是第一次尝试，对于学生来说新鲜好玩。旺扎的水平与同学们差距不大，他在台上讲的内容都是自己已经理解了的，同学们理论上听得懂也学得会。由己推人，他们彼此之间更接近，他也清楚同学们会在哪些关卡遇到困难，懂得如何帮助同学们打通阻碍。

林文婕还意识到最重要的一点，班长旺扎是班里最受欢迎的人，他站出来讲话大家都愿意听，从一开始就没有抵触情绪。

班长旺扎的出现解决了一个最关键的难题：愿意听。

而“贝壳”女孩呢？

除了上课，林文婕极少与学生交流。只要他们一提到与课本无关的事情，林文婕就不想搭理，师生之间隔阂很深。所以之前上课都是台上情绪激愤，台下却呆若木鸡。

援藏老师到了林芝，往往一开始都会水土不服，很重要的一个原因就是管不住学生，在这个学校能管住学生就是一大成功。

就算管住了学生，核心问题还是没有解决。学生在课堂上不讲小话不睡觉，但那一双双眼睛完全是呆滞的，七魂八魄早就不知道飞到哪个牧场上去了。

也不能全怪学生，他们从一开始就有抵触心理。反正老师讲的我都听不懂，那何必去听呢？

这个道理很好理解，就好比我们平时开会，领导在台上长篇累牍碎碎念，自我感觉良好，但台下要么玩手机，要么睡倒一片，要么神游万里。

林文婕意识到问题的核心是自己不受欢迎。

她决定继续用“小老师”教学方法，从这个点切入去改善师生关系。其实这个方法跟内地的导师制如出一辙，一个老师带几个小导师，再让他们去带其他同学。尝试了一段时间，林文婕明显感觉到孩子们学习没有以前吃力了。

班长旺扎的变化最明显，当了半个学期的小老师之后，他的数学成绩突飞猛进，分数超过重点班许多学生。

最大的改变还是林文婕自己，自信心一点一点地恢复，人也变得越来越开朗。自从跟旺扎接触多了，其他同学也经常跟随班长跑过来找老师聊天。生活和工作上的改变一点一滴地影响着“贝壳”女孩，她也开始愿意打开心扉，与学生们交流。交流多了，竖立在彼此之间的坚冰自然也就慢慢融化了。

“贝壳”女孩从蜗居的壳里钻出来之后，突然发现这个世界的新奇，发觉孩子们的可爱。藏族学生其实非常尊敬老师，在校园里，不管认不认识，他们见到老师都是90度鞠躬，喊声“老师好”。但林文婕之前每次都躲在“贝壳”里，对这一切视若无睹。班里的孩子也很喜欢找她聊聊八卦，但以前每次都被她粗暴地打断。他们在课堂上的眼神也并不全是呆滞的，改变教学方式后，孩子们的眼睛恢复了纯净与渴望。就如林文婕自己，她的眼睛里再也不是冰山一座，也一定正燃烧着熊熊火焰。

“我死给你们看”，林文婕时常挂着一句广东话的口头禅。之前学生们听着刺耳，现在也变得温柔可爱。办公室的同事也经常听到林文婕这句口头禅。有一回林文婕着急打印一份试卷，上课时间马上就要到了，她情急之下拼命点击“打印”按钮。办公室电脑历史悠久，结果卡住动不了。

“哇，怎么又死机了！”林文婕气不打一处来。

身后的同事站起来瞟了一眼说：“我知道怎么回事了，因为你给了它太多任务，它就死给你看呗。”

“哈哈。”办公室一片笑声。

林文婕以前常说“我只想做一个安静的路人甲”，与大家融合之后，现在却改成了“我只想当一个八卦的八婆”。

林文婕的“小老师”教学方式取得初步效果后，索朗拉巴也依样画葫芦，开始在他的班级尝试这种方法。

骗子

学校小，藏不住秘密。越来越多的学生撞见索朗拉巴与林文婕出双入对，这对跨越7000里的情侣几乎是公开的秘密。

教学楼悬挂了一张大海报，上面标注了本地老师与援藏老师的结对关系。索朗拉巴与林文婕并非结对，但学生居然用指甲硬生生画出一条线，把他俩的名字连接在一起。

越来越多的同事起哄“结婚、结婚”，起哄多了，俩人也开始认真探讨起这个核心问题。

“内地结婚要有房有车，我什么都没有，存款也只有3万块钱。”索朗拉巴实话实说。

“可能有些人在乎这些，但我没关系的。”林文婕点了点头。

“按照你们汉族习俗，娶老婆是不是要给彩礼？3万块钱我给得起，如果彩礼很多，我只能分期了。”

“不用强调了，知道你只有3万块钱。我家里人不会在乎这些的，藏族没有彩礼吗？”

“没有！”

“那你们什么规矩？”

“我们不存在谁给谁，比如你过来，就是嫁给我，那么你家里面给你嫁妆。在我们西藏，男方也可以去女方家，不像内地。”

“内地也可以啊，入赘嘛。”

“对，我们这边就不存在什么入赘。我嫁给你，也可能家里面给我点嫁妆，反正谁走谁就带着嫁妆去！”

“哈哈，这样子啊，那你嫁给我吧，调到我们那边去？”林文婕趁势试探着索朗拉巴的意见。

“这个我做不到。”

“为什么做不到？”

“我前半生都在内地，毕业之前我就觉得在内地我没法生活。”

双方家人都没有反对，但真正开始考虑结婚的时候，林文婕却非常犹豫，拿不定主意，该怎么办？俩人思想斗争更加激烈，足足僵持了两个月时间。

索朗拉巴干脆摊牌。

“调动的话可能还是你方便些，我调过去很难适应。”

“你真想领证的话，必须是你自己想好。你愿意调，那我们去领证。你不愿意调，我也不会用什么其他方式绑着你，我们就趁还没结婚，什么都好办一点，是吧？”

“如果你不愿意调过来的话，我们这个证就别领了，不然大家都不好办。你愿意调来的话，我们就领证。”

“我这辈子肯定会一心对你！”

真是老实人，没有浪漫的话语，只有实实在在的表达和庄重的誓言。

“骗子！”最后，林文婕突然说，“我们去领证吧！”

2017年11月，藏族汉子索朗拉巴和南方姑娘林文婕正式领证。

索朗拉巴说，文婕是个简单的人，喜欢活在自己的世界里，他就是看中她的简单。虽然她也经常发脾气，但还没过10分钟就跟没事人一样。

而对于林文婕来说，雪域高原这个民族赋予了索朗拉巴淳朴善良的天性，他给林文婕带来了她最缺失的信任感，这是“贝壳”女孩第一次这么信任一个“别人”。

跟我聊天的过程中，他俩经常对望，只是偶尔看我一眼。看起来不是我在采访他们，更像是他俩在互相倾诉，互相撒娇。

我是一个路人甲。

不是说吵得快要离婚了吗？

骗子！

9个月后，婚礼在拉萨举行。

藏族的婚礼很热闹，献哈达，跳朗玛堆谐，煨桑，跳锅庄。林文婕看不懂那些烦琐的仪式，感觉跟自己没啥关系，像是看了一场热闹的民俗表演。

婚礼现场摆着新郎新娘的大合照，巨大的照片框上面挂了一条长长的白色哈达。林文婕第一眼看到的时候，情不自禁“哇”的一声尖叫，心里暗想：这到底是在搞婚礼，还是办丧事？

我和新郎索朗拉巴都忍不住哈哈大笑。

“贝壳”新娘，你还要在西藏待一辈子呢，可得长点心啦！

寻路西藏 25000km

死亡必修课

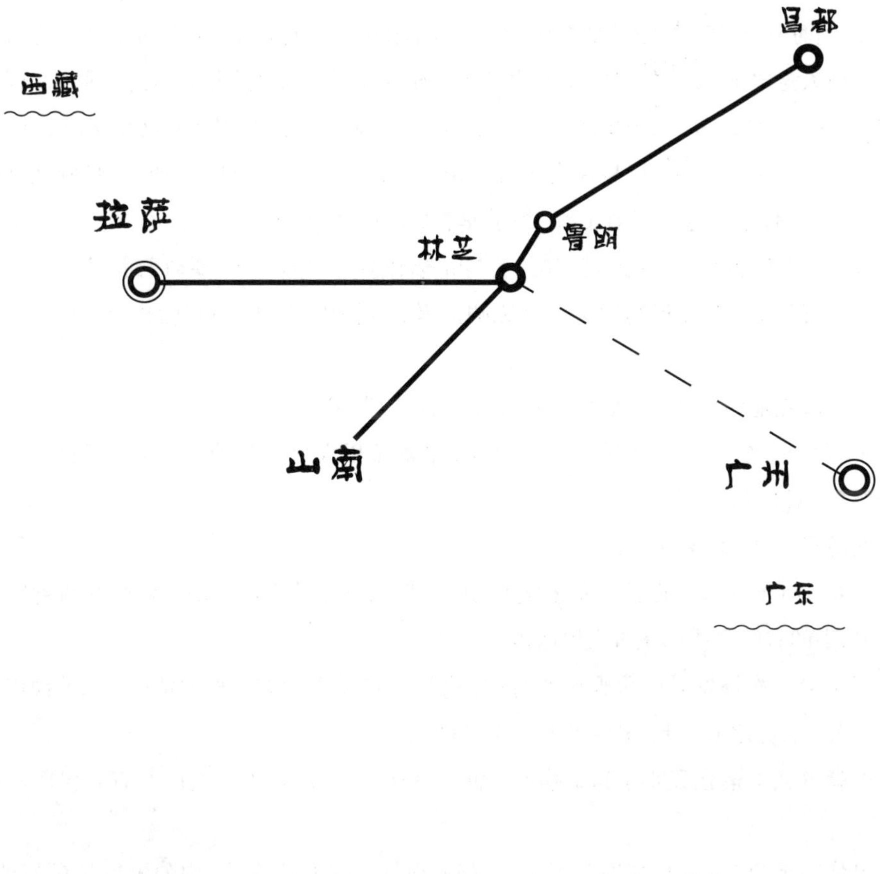

红内裤的秘密

“兄弟，当时我吓了个半死！”援藏队友唐昊捏着烟嘴，在玻璃缸上轻轻弹下燃尽的烟灰。

确定援藏人选之前，必经一次体检。唐昊第一轮体检被怀疑患有甲状腺恶性肿瘤，医生建议复查。当晚唐昊就几乎失眠，辗转反侧好不容易睡着，做了一个梦，梦见自己在交代后事。

复查还是在同一家医院。唐昊在走廊等了40分钟，医生问诊不到3分钟。甲状腺疝外科医生端坐在座位上，伸手举起片子看了看，捏了捏唐昊的脸和脖子。

“你这个可能是恶性的，明天过来吧，你这个瘤体好好检查一下，要动手术。”

医生的傲慢让人不爽，但是唐昊已经无暇顾及，他轻描淡写的一句话相当于给唐昊下了判决书。

唐昊失魂落魄地回到家中，妻子一听结果，当场就哭了。

“要不要告诉老人家？”唐昊是一家之主，平素家里大事都是他抓主意，但这次轮到自己头上，却第一回失去了主见。

“先别说吧。”妻子冷静下来。

两人商量了半天，苦无良策。妻子突然说：“就当自己是小白鼠吧，明天再到省医去看看？”妻子口中的省医是指广东省人民医院。

昨天医生第一次怀疑是甲状腺癌的时候，唐昊当晚就上网查了相关情况。网上说甲状腺癌患者女士占了百分之七八十，很少男士会得这种病。

为什么就这么幸运让我得了这个病呢？唐昊不甘心，当即打电话给广东省人民医院的詹主任。

“兄弟你不要急，找我们省医就对了，恰好心血管是我们的特长，内分泌也是最好的。”詹主任一听赶紧安慰他，“明天我帮你找我们胡一刀和伍主任，他们俩是广东甲状腺最杰出的专家。胡主任是全省做甲状腺手术的第一刀。”

朋友的话其实起不到安慰作用，如果确诊，再好的医生又能怎么样呢？不就能延续几年生命吗？唐昊难以入睡，叹一口气，索性披衣坐起。妻子察觉了，也坐了起来，伸手不停地拍他的背。

“老婆啊，能不能把我的字留下来？”

“你说这个干什么？”妻子突然哭了起来。

“我是说真的。我以前写的字都垒在书房角落。你不要扔掉哦，说不定还有点用。也许50年不管用，可能过了100年，我这个字又值点钱了，好歹也是前人的书法。”

“乌鸦嘴，没事的，一定会没事的。”

“我要好好想想，我剩下的两三年怎么规划一下。唉，援藏去不了了，结果还查出个绝症。”

第二天，詹主任带着唐昊到了胡一刀办公室，胡主任把唐昊捏了半天，说：“我感觉没有问题，但是还不能确信。你这样子，你马上去伍主任那边照个彩超。”

唐昊半信半疑，心里的石头悬在半空中，生怕照了彩超又空欢喜一场。

伍主任一听唐昊是援藏的，热情劲就来了：“躺下，躺下，你躺下。”

医生给唐昊涂抹上黏糊糊的液体超声耦合剂，一路抹满他整个脖子和两肩。病床边上站着她的几个学生，观摩她的操作。伍主任一边检查，一边跟学生解说。检查完了，她拿了几把纸巾递给唐昊，微笑着说：“恭喜你，甲状腺肿，你这个不仅是良性的，而且非常小。其中只要有一方超过一公分，不管是良性还是恶性都得割。但你这个只有0.3乘以0.7，不在一公分之内。”

这简直是唐昊这辈子听过的最浪漫的一句话，他噙着眼泪说：“伍主任，真是太感谢你了，太感谢了。”

“你这样子，半年来复查一次。”

“之前那个医院给我的建议，是一个季度复查一次哦？”

“哎呀，呵呵……”伍主任笑了，“没事，半年复查一次就够了。”

一出诊室大门，唐昊就兴高采烈地拨通了妻子的电话，眉飞色舞地向妻子报喜：“广东甲状腺方面最杰出的两位专家都看过了，一点事都没有，老婆。”

妻子在电话里头笑着笑着又哭了。

“你知道医生怎么跟我说的，这个东西割掉就没有啦，虽然不见得影响有多大，但是你少了一个器官，少了个重要的东西。就像你的眉毛，你把它刮掉就是不好看。”唐昊端起杯子轻轻啜了一口咖啡，接着说，“兄弟，当时真是茶饭不思啊，差点就跟我老婆交代后事了。”

“哈哈，差点就把银行卡密码告诉嫂子了，是吧？”我哈哈大笑，给唐昊添上咖啡。

这位仁兄就是2016年7月机场酒店白色床单上暗红色内裤的主人，时隔两年半之后我才理解了他妻子当时为什么坚持要他穿红内裤进藏，远在千里之外的妻子再也承担不了这么沉重的担忧。

买二送一

唐昊很幸运，这只是一次美丽的误诊，但赵丽帆就没那么幸运了。

赵丽帆是广东省文化和旅游厅派来的援藏干部。援藏干部有一些福利，其中一项是每年体检一次。

2018年1月，赵丽帆赶在春节前去医院体检。医生看了看她的体检报告，键盘一敲就给她开了一张复查单，上面写着：

1.胰腺恶性肿瘤。

2.胆囊息肉？

做增强CT。

这个问号不是应该画在上面吗，怎么就画在下面去了呢？赵丽帆的心顿时沉入海底。

CT室医生接过复查单子说："呃，你3天之后再来吧。"

3天之后都快要过年了，她想在年前知道结果。赵丽帆坐在椅子上，心里空空荡荡，眼泪哗哗直流。就好像当年刚生完小孩一样，房间一旦空下来，她就开始流眼泪。

情急之下，她拿起电话打给援藏队友杨磊。

杨磊心里一惊，赶紧安慰她："我给你约，你放心，明天给你做。"杨磊是广东第二批组团式援藏医疗队队长，跟医院同事也熟悉。

赵丽帆心里清楚，如果真的是胰腺癌，就只有几个月的生命。她舅姥姥就是胰腺癌去世的，170厘米的个子只剩60斤，疼到最后只剩一把骨头。

那就不用回西藏了，搞不好连队友凯旋都看不到了，唉，估计要走在他们前面了，赵丽帆心里胡思乱想。

晚饭后散步的时候，赵丽帆将复查单递给老公仇恒波。仇恒波接过单子看了一眼，平静地说："确诊了吗？"

"不知道啊，应该确诊了吧。B超出来的时候，医生就有点怀疑。"

"那咋弄啊？"

"明天去做增强CT，再进一步确诊呗。"赵丽帆尽量做出若无其事的表情。

单子上明明写的是胰腺恶性肿瘤，为啥自己没啥异常感觉呢？难道是好事做得多，上天比较眷顾我？赵丽帆心想。

做完增强CT之后，医生说3天之后才能拿检查结果。

赵丽帆不敢对医生发火，转身冲仇恒波发脾气："这怎么老是3天以后，3天以后，我都快急死了。一定要在春节前确定这个结果，让我过个好年。不行，我明天就要知道结果。”

赵丽帆又拨通了杨磊的电话，杨磊说：“好吧，明天只要你的片子出来了，我就带你去找专家看。”

回家的路上，仇恒波一边开车一边说：“如果你真是得了这个病，我宁愿是我得。”

“谁得不是个死，你得了就不死了吗？这个病就是要人命的病。我在网上查了，这种病，不管是什么胰腺炎还是钙化，终究会转成癌，一旦成了恶性，没有活过4年的。”

“但是，”仇恒波沉默了一下说，“对于一个孩子来讲，妈妈比爸爸重要。”

赵丽帆默不作声，抬头凝视着老公。

现在的老公是朋友介绍认识的，正式谈上之后他问赵丽帆：“你为什么跟前男友分手了？”

“家里人嫌他个矮。”赵丽帆快人快语，“哎呀，对了，咱俩也该照个相寄回去，让我爸妈看看你。”

“可以啊。”

爸妈收到照片，打电话给赵丽帆说：“哎呀，这个男的……个子长得还挺高嘛。”老人家算是同意了。

是吗？赵丽帆又高兴又纳闷，仇恒波虽然不矮，但离爸妈口中的“挺高”还有段差距。赵丽帆翻开照片一看，当场笑晕。

仇恒波挑了一个斜坡，他站在坡上头。从照片里看上去，仇恒波高出赵丽帆半个头。“也太有心机了吧，我嫁过去会吃亏的。”赵丽帆心里暗笑，不过生米已经煮成熟饭，想反悔也来不及了。

想起这些往事，赵丽帆不觉间浅浅笑了，嘴角刚要上扬，却又像断翅的飞鸟一般突然坠落。

仇恒波察觉到什么，扭头问道：“怎么了？”

“没什么。”赵丽帆抿抿嘴，淡淡地答道，扭头望向车窗外。

街道上的人们行色匆匆，不知道为什么而奔忙着，眼泪从赵丽帆脸上无声地滑下。

晚上回到家，不知情的女儿颠着脚跑来迎接赵丽帆。女儿天真烂漫的样子让赵丽帆心里一酸，她赶紧扭过头去。她心想，这个坎总得迈过去，不管是对于自己，还是女儿，或是家里其他人。赵丽帆心里叹了口气，慢慢来吧。

吃饭的时候赵丽帆骗女儿说：“如果妈妈援藏遇到危险，你可不要难过，好不好？”

女儿“哇”的一声突然哭了出来：“妈妈，你不能为了援藏不要亲情呀！你不能不管我呀！”

仇恒波赶紧安慰女儿：“你妈逗你呢，跟你开玩笑的。”

小姑娘一时半会止不住哭声，或许赵丽帆去了西藏一年半，她早已不能忍受妈妈不在身边的日子。

第二天，赵丽帆的片子出来了。夫妻俩恰好撞见援藏队友刘亚平，他来取体检报告。

“哎呀，你这个瘤，有……”肝胆外科主任举着片子对着电脑测量。

仇恒波身子前倾，伸长了脖子张望，心里暗暗祈祷。

“有20公分。”主任说。

“20公分是个什么概念？好像很大了吧，之前不是才两公分，这才几天就长到20公分了？”赵丽帆感到不可思议。

仇恒波两眼一黑，身子往后倒。刘亚平眼疾手快，一把搂住他，扶他在沙发上坐下。赵丽帆心大，忍不住调侃老公：“你怕啥呀？你应该感到庆幸。这不是给你腾一指标，你看多好。”

仇恒波瘫坐在沙发上，无力还嘴，半天没出声。妻子昨天把复查单递给他的时候，他强行压住惊慌，心里始终保留着一丝侥幸。可是这一会儿，医生不啻已经宣判了妻子的死刑。他如遭晴天霹雳，一时半会回不过神来。

杨磊说：“不可能吧？主任，你再好好看一看，20公分，那是很大了哦。”

“应该没错啊。”主任被杨磊一问，稍显犹豫，“但是感觉又有点不太像。”

刚好副主任从门外进来，主任把他叫住：“你看一下这个片子。”

副主任仔细查看，然后说：“没事啊。”

“这个不是个瘤吗？”

“这不是瘤，这是个肠子啊。你是不是便秘啊？”副主任后一句话是问赵丽帆。

赵丽帆脸一红：“确实有点。”

“那就对了，这确实是肠子。”副主任语气肯定。

坐在沙发上的仇恒波“腾”地一下跳起来，急声道：“教授，您再好好看看？”

“唉，不用看了，这个就是肠子。”副主任的语气越发坚决。

主任似乎有些下不了台，讪讪地说：“其实CT还不够准确，最准确的是内镜。”

杨磊问：“还要做一个内镜啊？”

“对，要做一个超声内镜。”主任说。

“这是什么东西？”赵丽帆预感不妙。

“你这不是还有胆囊息肉嘛，保险起见，你还是去做一下超声内镜。这个是最准确的，从嘴巴伸根管子到胃里，胃的后面就是胰。这样照到的是最准确的，因为它只隔了一层胃壁，有没有病一看就知道了。”主任说。

“确诊个病这么难吗？”赵丽帆预料到这项检查会很难受，因为她爸做过胃镜。

“没事，没事，我帮你约超声内镜。”杨磊赶紧说。

“还要约吗？”赵丽帆欲哭无泪，心里一万个不情愿。

“都是为了安心过个好年，我给你约哈。”杨磊立即拨了电话，“白主任，明天我们有一个援藏干部过来做超声内镜。”

“好好好，你明天过来吧。”电话那头中气十足，整个办公室的人都能听见。

赵丽帆一听，马上说："一定要约麻醉！一定要约麻醉！"

杨磊说："好，好，好，白主任，要约麻醉啊。"

"没问题，你过来就行。"

"你就是那个援藏干部啊，这个麻醉呢，就约不到了，麻醉要提前两天预约。没关系，咱们援藏干部连高原反应都能克服，那么艰苦的环境都能适应，这一点小痛苦没问题的。我们史主任是专门做超声内镜的，比我做得好，就让她给你做吧。"

白主任一见面就给赵丽帆戴了一堆高帽子，赵丽帆突然有种不祥的预感，心里惴惴不安。坐在旁边的史主任瞧了赵丽帆几眼，面无表情地望着白主任说："你确定让我来做吗？"

"肯定是你做啊，我哪有时间啊。"白主任说完便转身出门去查房了。

赵丽帆突然感觉自己就像一只待宰的小绵羊，史主任拿着病历本对着她，就像拿着两把大砍刀一般。

史主任说："外边还有很多病人在排队，你明天再过来找我。"

又是第二天，赵丽帆早早进了内镜手术室，史主任递给赵丽帆一小瓶药，带领一男一女两位护士有条不紊地开始术前准备。

赵丽帆好奇地问："这个是干什么的？"

"麻醉口腔，给你减轻一点痛苦，反正你钱也花了，这个药就必须得吃。"

赵丽帆把药吃了，躺在手术床上。很快便感觉嘴巴酥麻，就像吃了花椒一样。史主任拿来一个漏斗让赵丽帆咬住，再粘上胶布固定。漏斗插在嘴里，赵丽帆吐也吐不出来，吞也吞不进去，一直保持着张嘴的姿势。

手术床边的仪器上挂着一根管子。不会是拿这根管子插进来吧？这管子也太粗了吧？赵丽帆心里发怵，想开口问医生，但她已经说不出话了。

史主任起身走过来问："都准备好了吗？"

护士将赵丽帆看中的管子递给史主任，她伸手接过，"嗖"，精准无比地塞进了赵丽帆的喉咙。赵丽帆一阵剧烈的恶心，"哇"一声就想呕吐。"哇"是她想象出来的，其实根本就发不出声音。说时迟那时快，她下意识地伸手去抓管子。护士见状，一把就将赵丽帆的手擒下来，使劲摁住，另外一位护士摁住她的双腿。

赵丽帆看着长长的超声内镜几乎没了柄，心想，卧槽，胃有这么大吗？

插的那一刻极度恶心，管子插进去之后恶心感倒是消解不少。赵丽帆全身松弛下来，保持不动。女护士松开赵丽帆的双腿，开始做记录。史主任一边查看一边说，一个1.5乘以多少，又一个1.2乘以多少，还有一个多少乘以多少……

赵丽帆听在耳中，心里又疑又惧。时隔一天，又长了这么多个吗？之前肝胆外科主任不是说只有一个20公分的吗，怎么现在变成这么多个了？

医生一会儿说是在胰头，一会儿又说不对，在胰尾。

赵丽帆心里惊惧，冷汗直流。

管子扯出来又插进去，反反复复。再往里插的时候，又是一阵极度恶心，让人死的心都有了。

查完胰腺，又查胆囊息肉。

查完胆囊之后，史主任说："哎呀，我还是再帮你看一下胰腺吧。给你喷点水，我再看一看。"

一会儿，史主任凑到电脑前："咦，那些东西都没了？"

超声内镜前端的探头喷出水，她量出来的那些1.2乘以多少、1.5乘以多少之类的东西全没了。

"哈哈，之前那些都是气泡，不是肿瘤。哎呀，小妹呀，你呀，受了这么多苦，值了。啊，值了，值了，没有了。"史主任也为赵丽帆感到高兴。

赵丽帆的眼泪顿时飙了出来，漏斗还插在嘴里，她没法说话表示感谢。

"唉，反正这管子插都插了，我再给你查一下十二指肠吧。"

医生好心，给援藏干部让利优惠，买二送一。

赵丽帆下意识想婉拒，但苦于口不能言手不能动。还没来得及想办法表达自己的意愿，管子已经"嗖"一下又插进了她的喉咙。她已经躺着插了40分钟的管子，这一下弄得她差点又想自杀。

"你也真可以啊，人家做个胃镜都要求打麻醉。查胰腺时间最长，你居然不用麻醉，而且还一下查两个器官。"女护士向援藏女干部坚韧不拔的意志力拜服。

赵丽帆心想：是我自己不想打吗？是约不到啊，不是我不想打呀。但是她说不出话来，只能躺在病床上听女护士絮絮叨叨。

查出糜烂性胃炎。"胃炎嘛，大家都有，不过你这个糜烂性就稍微严重一点，以后吃点软的、稀的，别吃得太干太辣，也别吃刺激性的。"史主任说完，抓住管子"唰"地全部抽出来。

赵丽帆感觉肚子快要爆炸，嗓子如遭火烧，疼痛难忍。

医生叮嘱说："你没排气不能走呀。"

护士把赵丽帆推到走廊，5分钟之后，"噗……"一个萨克斯长调在寂静的走廊里炸开，肿胀难受的肚子突然之间就变得通畅舒爽了。

"行，你可以走了。"护士闻声出来说。

赵丽帆慢慢摸下病床，披着衣服走出无菌区。

仇恒波坐立不安，终于看见赵丽帆出来，一个箭步窜来搀住她的胳膊，扶着她在椅子上坐下。"医生说没事，放心吧。"赵丽帆脸色苍白，有气无力。仇恒波点点头，仿如一阵春风拂过，脸上的笑容如一个花骨朵无声地绽开。

“杨磊一个劲打电话催我们去吃饭，赶快过去吧。”

“哎。”仇恒波轻声应道，搀扶着赵丽帆，温顺得像一只小绵羊。

无期徒刑

人生真像是一场场交替上演的悲喜剧，让人时常感叹幻灭无常。赵丽帆虽然吃了些苦头，最后的结局却皆大欢喜，但胡雄英没有这么走运。

3个医生都毫不留情地宣判胡雄英为无期徒刑：甲状腺癌。

甲状腺癌及早切除就不至于致命。反正死不了，那就无所谓了，胡雄英心态好，瞒着家人把该做的检查都做完了，时间已到2017年2月15日。

他问医生：“我能不能年底再回来做手术，这段时间事情实在太多。”胡雄英这个时候还挂念着鲁朗国际旅游小镇3月28日正式开业的事情。鲁朗是广东的重点援藏项目，建设资金超过38亿元。从2011年启动，直到2017年才完成全部基建项目，前后凝聚3届广东援藏干部的心血。

“你的情况比较严重，检查发现你有147个肿瘤。但多少是有癌的还不清楚，要手术后通过切片化验，才能分析出来。再过几个月很难预料病变的速度，一旦转移到肺部上面，神仙也救不了你。你这个本来是不致命的，但是因为淋巴全身到处跑，如果卷了几个有癌的细胞到肺部，那就死路一条，不要为了工作连命都不要了。”医生诚恳地劝他。

“做完手术多久能走？”

“一个星期你就可以出院了。”

“我要去西藏，2月底能不能回去？”胡雄英不甘心，还牵挂着鲁朗小镇的工作。

“先好好治病吧，兄弟。”

手术前一天，胡雄英给妹妹打了个电话：“我要动个手术，有点严重，要切除甲状腺。你跟妈说一下，我这段时间出差很忙，这个星期不一定会给她打电话。”老爸已经去世，老妈与弟弟住在一起，胡雄英每周总会打个电话跟老妈聊聊天。他担心手术之后有几天打不了电话，只好事先交代妹妹。

手术必须家属签字同意，胡雄英只好把妻子叫来医院。医生说：“明天早上7点钟之前过来医院，陪他一起做手术，可能要做七八个小时。”

要做七八个小时？妻子一听就懵了。

胡雄英搪塞：“因为要打麻醉嘛，医生肯定怕担责任，就是个例行手术而已，签完就没事了。”

几十份文件叠在一起高高垒起。妻子签到一半，突然停下笔来，看着医生问道：“他到底是什么病？”

“他甲状腺癌你不知道吗？”

“啊！”妻子一声轻呼，看着眼前厚厚一沓手术同意书，眼泪“唰”地一下就淌下来了。

胡雄英赶紧安慰妻子：“啥事嘛，这玩意只要及早把它切掉，就不会危害生命，反正死不了。”

妻子抽泣着，良久才平息下来，把字签了。胡雄英今晚得留在病房，他担心妻子情绪波动剧烈，独自开车回去不安全，便陪着她在医院的大院里散步。他还特地给儿子打了电话：“儿子，放学回去陪妈妈聊聊天，她今天心情不好。”他也没跟儿子说具体什么事情，又特意交代妻子：“你也别跟孩子说我做手术，免得他担心。”

第二天早上，护士给胡雄英插上导尿管，扶他坐上轮椅，推去手术楼。胡雄英在心里重重叹了一口气，唉，好好的一个人，千万别得病！

7点准时进入手术楼，胡雄英被安排在上午第一台手术，7：20就要麻醉。麻醉师跟胡雄英说：“有个80多岁的老太太，是临时加过来的。但是老人家骨折，接断手不能等。唉，没办法，要不你再等等，让她先打麻醉？”

胡雄英说：“没问题，先给她打呗。”

这一耽搁就过了半个多小时，麻醉师再次进来，在胡雄英脚上推了一针，不到一分钟胡雄英就失去了知觉。

迷迷糊糊之中有人在说话。

“还不错，全部扫完了，扫得比较干净。”

胡雄英有一点点意识，但还没清醒。眼睛一眯，再使劲睁，好一会儿才睁开。墙上的挂钟显示将近下午3点。不知道是有感于劫后余生，还是因为恢复了意识，胡雄英突然眼泪纵横。

医生察觉胡雄英睁开眼睛，便对他说：“不错，挺快的，刚刚做完手术就醒了。”说完抽了几张纸巾，走近来帮他擦干眼泪。

查看了他的状况，医生说：“没事了。”

妻子一直在一楼等候，看见胡雄英被推了出来，突然间号啕大哭，边哭边跑过去迎接。手还没碰到手术床，眼泪“噼里啪啦”掉了一地。

胡雄英的麻醉效力还没完全消除，全身动弹不了，泪水却像泉水一样喷涌而出。

他一觉醒来，7小时的手术已经做完。妻子独自一人在楼下担惊受怕了整整7小时，不知道楼上的人是生是死，她才是最苦的。虽然身体不能动，但胡雄英心里像明镜一般透亮。

一个放声大哭，一个无声流泪。

那天也不知道怎么回事，妹妹并没有透露情况，胡雄英妈妈却不停地打电话给他。待胡雄英麻醉效力过了以后，妻子把手机递过去，贴着他的脸。胡雄英用尽全身力气说："妈，我没事。"后来妻子说："知道你用了全力，但你跟你妈讲的那句话，我都没听清楚，像蚊子一样小，也不知道你妈是怎么听清楚的？"

也许是母子连心吧，胡雄英也无法解释。

手术后3个月以内要去做化疗，杀死手术残留物。化疗是在防辐射的隔离房里，像防空洞一样的大铁门，将人关在里面。小窗口定期放有药水，病人们各自喝完就回房间活动。比关禁闭还严格，不能出门，不能越出红线范围之外。肚子饿了就打电话，穿着防护服的人会把饭送到小窗口。整整一个星期，吃喝拉撒全在里面，拉出来的大便是纯黑色。各人的反应不尽相同，有人呕吐，有人失眠，也有人浑身不舒服。胡雄英无异常症状。

化疗之后只能吃无碘盐，回到家里还需继续隔离。说话交谈没问题，但不能靠得太近。与成年人须保持在两米以外，一周之内不能接触。跟小孩必须保持在5米以外，15天不能接触。

事实上，2013年胡雄英就已进驻林芝。按照广东省产业援藏的要求，广东中旅要在林芝成立分公司，胡雄英作为分公司负责人被选派到林芝。但直到3年之后才编入正规军，2016年7月胡雄英正式成为广东省第八批援藏干部，任林芝市鲁朗景区管委会副主任。

胡雄英说："手术后单位领导都不让我走，要求我在广州静养，等身体恢复再去西藏，医生也不建议我再上高原。我跟他们说，我回去看看，身体受不了就马上回来。"

广东援建的鲁朗国际旅游小镇是全国对口支援西藏的典范之作，计划2017年3月正式对外运营，正是最忙碌的时候。他想回到同事们当中，尽自己一分力。化疗结束不到一周，胡雄英就返回林芝，投入到鲁朗高原生态农牧主题公园的建设中。

2017年6月我每天都要翻越两次海拔4728米的色季拉山口，泡在鲁朗建设林芝市技工学校的先行项目3D打印工作室。我向胡雄英反映这个那个问题，他总是耐着性子，当场打电话为我解决，解决不了就不厌其烦地跟我解释，黝黑的脸上看不到半片阴云。

当时我不知道他是劫后余生，刚刚从化疗室出来。他没跟我说，其他人也没有向我提起他的事情。所有人都一心拧成一根绳，全力以赴忙着6月下旬迎接广东党政代表团对林芝的视察。

我们无从考证6年的高原生活与胡雄英患甲状腺癌是否有直接关系，但是巨大的精神压力导致免疫力下降却是不争的事实。援藏工作有3年固定期限，往往逼得人必须事事往前赶。这种高度紧张的压力搁到了高原上，会产生怎样的化学变化，我们目前还不得而知。

成都一个研究团队曾经与我联系，希望我将3年的体检报告提供给他们研究高原对人体的影响。我一直忙，忘了这件事，我想，我早就应该给他们了。

手术前，医生征求胡雄英意见："切一边，还是两边都切？保留一边的话那就有功能，但是咧，你这个很难讲，说不定还得再切一次。"

“那就两边一起切。”胡雄英倒也爽快。

事后他才知道，在长达7小时的手术中，医生从胡雄英体内提取了147个肿瘤。经切片化验，有48个是恶性肿瘤。

到现在为止，胡雄英共化疗了两次，前两年每季度复查一次，之后每半年复查一次。但从此以后，胡雄英每天早上起床第一时间就得先吃药，以药物提供甲状腺功能，终身如此。

“你看，当时切了这么多，整个脖子都拧下来了。但是我这个手术医生做得很好，疤痕不大。”胡雄英把衣领拉下来给我看。

一条细细的疤痕像一根麻绳，勒住这个湖南汉子的脖子，我仿佛看到他粗壮的动脉正在汩汩跳动。

这些年身边越来越多人患上癌症，他们明明知道没有生的希望，却又无一例外地选择了把治疗作为最后一根救命稻草。抱着一线生机，痛苦艰难的治疗过程，稍有好转，急剧恶化，更加痛苦艰难的治疗过程，最后还是无法逃脱死神的魔爪，几乎所有的癌症患者都经历了这么一个魔咒般的煎熬过程。

这就是在现代医学背景下，生命最后阶段的样子——一系列越来越棘手的危机。对于这些危机，医学只能给予暂时的解决。而事实上，在癌症面前，现代医学根本就无济于事，哪怕是多挽留一段时日。

死亡是确信无疑的，只是时间长短的区别。

身边熟人的离世给我带来深深的悲伤，这些时刻，我感受到死亡如何让人恐惧，也有机会重新思考人生。

反思

胡雄英虽然吃尽了苦头，毕竟保住了一条命，安徽省的援藏医生赵炬却没能得到命运之神的眷顾。

1975年出生的赵炬是安徽省滁州市中西医结合医院口腔科主治医师，主动报名参加了安徽省第二批“组团式”援藏医疗队，2016年7月11日进藏，在山南市人民医院工作。15日上午9时，他突然倒地昏迷，确诊为夹层动脉瘤破裂，术后一直深度昏迷。因为发病突然，西藏的医疗条件有限，很快就出现呼吸、心跳停止，导致后续治疗出现很多困难。

24日，赵炬被转至安徽省立医院继续救治。经全力抢救，医院保住了他重要脏器的功能。但因为脑损伤太重，已无法逆转，最终出现脑死亡状态。2016年9月29日清晨6时50分，赵炬走完了41年短暂而不平凡的一生。

按照赵炬生前的意愿，他的家人签署了《器官捐献协议》。赵炬去世后，医生对其肾脏、肝脏、一对眼角膜进行摘取。目前，他的肾脏捐献给了一位33岁的尿毒症晚期患者。眼角膜将在妥善处理后，寻找合适的配型患者。主动援藏，捐献器官，赵炬完成了生命中两次无私奉献。

除了赵炬，还有3位援藏人也牺牲了。

2016年10月，在昌都市芒康县挂职副县长的颜广宇，在招商引资期间不慎意外摔倒，因脑出血去世。

2017年4月16日，昌都住建局援藏副局长杨建伟，在重庆忙完援藏项目后，准备尽快返回昌都。可是昌都邦达机场因连续大雪而停航，他只好匆忙从317国道坐车进藏。在路过甘孜州炉霍县时，越野车翻下100米悬崖，他与随车驾驶员一起长眠雪域高原。

2017年8月9日，苏州常熟市疾控中心援藏超声医师黄铁花被发现跌倒在寝室中，永远地倒在了西藏大地上。此次医疗援藏主要工作地点在拉萨林周县，平均海拔4200米，空气稀薄、氧含量低,黄铁花等援藏医生白天工作，晚上吸氧。为了方便乡村群众筛查，他们将筛查点设置在山长水远的村里。为期两个月的医疗支援，计划进行2.2万人次肝包虫病超声筛查。

西藏有雄伟壮观的山川河流，更有恶劣的自然环境、复杂的生存条件、无常的生活变化，危险无处不在。

59岁的海军总医院牙科主任医师周明，2017年参加半年短期援藏，在林芝待了两个月，突发硬脑膜下血肿。恰逢林芝市人民医院冲刺三甲，广东选派了大量援藏医生。他被立即推进手术室，由南方医院援藏医生宋烨主刀。周明捡了一条命，提前结束援藏，回内地康复，如今恢复如常。

上海援藏干部钟北京，2017年2月底返藏后，高原反应明显，持续腹痛半个多月。3月17日，从萨迦县赶到日喀则市人民医院，但因设备条件所限未能确诊。腹部胀痛明显加重，连夜转送至西藏自治区人民医院。当晚零点左右，确诊钟北京患肠系膜静脉、门静脉血栓，肠坏死可能，需要急诊剖腹探查手术。半个小时后，自治区人民医院援藏医生蒋斌、藏族医生仁桑，与上海瑞金医院专家电话会诊确定了手术方案，随即进行了手术。两个半小时后手术顺利结束，切除小肠约100厘米。

一天之后转送上海进行后续治疗。组织专门协调中途航班不换飞机、病人不下飞机等关键问题，努力把转送对病人的影响降低到最小限度。此次钟北京能及时得到救治并顺利转送上海，依靠的是组织的力量。

后据专家介绍，钟北京的疾病在低海拔地区少见，主要是在高原血浓稠度过高引发的。这种疾病诊断难，早期不易确诊，病死率较高。两年过去了，钟北京如今仍在上海康复，肠系膜静脉血栓已无大碍，但由此引发的门静脉血栓还没痊愈。

我说他这次援藏付出的身体代价太大了。他却说："援藏依然是我不悔的选择。如果再让我选择一次，我还是会来的，只是会更加注意休息。即便留在上海，谁又能保证自己一定就会平安无事呢？我相信国家的力量和组织的领导。"

他这席话深得我心，在我看来，活得灿烂远胜于活得长久。

2018年，黑龙江援藏队综合了众多援藏人的事迹，创作出微电影《遥远的牵挂》，在互联网上迅速走红。影片讲述了失明的藏族小女孩卓玛得到援藏干部杨光去世后捐献的眼角膜而重见光明，呼吁关注西藏眼疾问题，倡议更多的人加入到捐献眼角膜的行列中来。

西藏地区高寒缺氧，紫外线辐射强烈，是眼部疾病的高发区，白内障和角膜病是致盲的主要原因。目前我国因各类角膜病致盲残者约有400多万人，角膜致盲患者应用角膜移植术是最有效的治疗手段。我国的不少地区设立了眼库，但眼角膜的供求比例相差甚远。

黑龙江援藏队的"雪域高原光明行"活动开展以来，先后为1000多人进行了眼病复明筛查，为406名白内障贫困藏族同胞免费实施复明手术。电影里的杨光是黑龙江省第六批援藏队的集体"化名"，2017年6月6日，41名黑龙江援藏队员签署了去世后自愿捐献眼角膜协议。

就像一名援藏队员说的那样："即便有一天我们离开了这个世界，那就让我们的眼睛看得见这山，望得见这水，留下我们对这片土地的眷恋。我愿做你的窗户，为你迎来缕缕阳光，请你做好我生命的接续，替我看祖国山河与浓浓情意。"

影片看得我泪眼婆娑，但当我看到杨光晕倒在诊室时，我突然觉得很难受，他本可以救治更多有需要的人。在和平年代，死亡不应该成为一种提倡，奉献也不应以牺牲为衡量标准。我们更愿意看到的是两全其美的结局，白内障藏族同胞眼睛复明了，而援藏干部也能幸福地生活下去。

对于任何人来说，死亡都是仓促的。

我还没准备好。

可是又有谁面对死亡能做好准备呢？

逝者已矣，3位已经牺牲了的队友，我们再也没有机会了解他们当时的想法和内心活动，他们害怕什么？眷念什么？还有什么未了的心愿？对于他们来说，死亡太过急促，生命最后的仪式也被省略掉了。

但是，对于3位幸存者来说，他们的生活或许会发生更多的变化。

唐昊酒量极好，但是他爸滴酒不沾。好一口小酒的爷爷很恼火，说一定要留下这个酒根。唐昊还在吃奶的时候，爷爷就偷偷拿着筷子蘸了酒给他吸。等到娃娃长大成人，爷爷摸着下巴乐呵呵地看着唐昊横扫千军笑傲江湖，遥想自己当年勇，挥斥方遒，风华正茂。误诊之后到了林芝，唐昊酒倒是没戒，爷爷在他幼年时烙下的酒根估计这辈子都没法消除了。但是到了晚上，无论多晚他都要写几幅字，或者画上一幅画，整整齐齐地叠好。他曾经跟他妻子说，这些书画说不定百年之后会值几文钱呢？但每次坐飞机，他都坚持穿上风情万种的红内裤。

而赵丽帆从此以后再没喝过酒。兄弟姐妹们动之以情晓之以理，好话说了一箩筐，她见招拆招，移花接木，乾坤大挪移，每回都能全身而退。

胡雄英每天都在吃药。

按照唐昊的话是："我以为我的生命就剩下两三年了，结果生命赋予我还有这么长的时间，感觉像占了便宜。这辈子要求不多了，多做点事，对家人好一点，对身边人好一点。"

他们都向组织表达了再留3年援藏的愿望，但是这件事可说不准，把机会让给下一批人也未必不是成人之美。人生不怕富贵贫穷，怕的是没有选择，对吧？

革吉县雄巴乡

十月

文/图　小朱飞刀

把九月烧个干净
十月就来了

人们在春天里
相爱
并没有考虑秋天
但西藏的十月
是一场
更大的火

林芝比日神山天边牧场

我们

文/图 小朱飞刀

我说再见
心里想的是再也不见
这片辽阔太大
人生初见即是生死离别

我不能说再见
因为尚未谋面
人海茫茫，天涯两端
我和你
像两个量子纠缠
只是从前的人类不曾发现

仲巴县仁多乡

寻路西藏 25000km

撕裂喜马拉雅

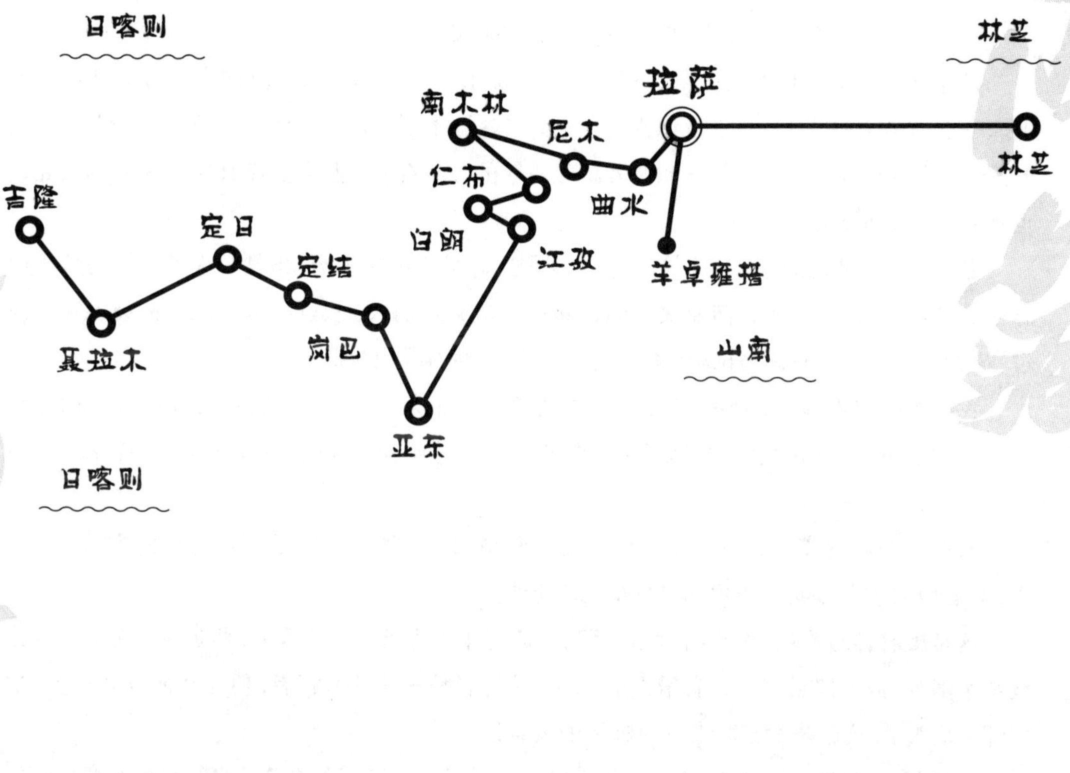

圣湖之心

秋天是丰收的季节，我期盼伸手摘下西藏的果实。

我连续几天都盯着地图上粗细相间的线条发呆。中国景观大道318国道气势汹汹地从大上海一路奔波到日喀则，终于近似强弩之末，在聂拉木戛然而止。219省道横穿日喀则，将我的目光引向神秘的阿里，那是一个像外星球一般的独特存在。但众多没有标注编号的公路，也绝非可以忽视的细枝末节。

近些年声名鹊起的亚东沟、樟木沟、吉隆沟、陈塘沟和嘎玛沟，仿佛是天神将喜马拉雅山脉撕裂的五道口子。而来自南亚次大陆的暖湿气流趁虚而入，从这些南北纵向的裂谷穿堂而过，染绿了青山不老的喜马拉雅5条沟，也滋养了山谷沿线的西藏人民。

我良久盯视着地图，那些深浅不一的线条犹如一条条河流，按照顺时针的方向循环流淌。一个宏伟的计划在我脑海里渐渐浮现，而这段非凡旅程的开端，我希望也是独特的。

旅游是西藏的支柱产业，若想全面认识西藏旅游，骑行无疑是不可忽视的方式。在中国，只有西藏才会形成大规模的自行车人口迁徙。

这是勇敢者的游戏，每年有超过6万骑手骑行千里入藏。路途遥远，将近一个月的骑行路线艰辛困苦，但上路挑战的人有增无减。这些骑行者是进藏的旅行者，但在其他游客眼里，他们却又成为了6条进藏大动脉上一道独特的风景线。

2018年8月28日上午，山南市岗巴拉山口停车场正在举行环羊卓雍措自行车公开赛启动仪式。这项高原自行车赛事从2013年开始举办，每年都吸引全国各地的骑手不远千里赶来赴赛。

海拔4990米的岗巴拉山垭口是最佳的羊湖观景台。通往垭口的盘山公路使得到访游客昏昏欲睡，突然间一湾妖娆的碧水跳入眼帘，所有人都会“哇”的一声惊呼，顿时清醒。

第一次遇见羊湖的时候，我脑海中浮现出所有与女性之美相关的词。假如湖泊也有性别之分，那么羊湖无疑是一位美丽的女性。

放眼望去，层峦叠嶂间，一条湖蓝色的丝带婉约地铺陈在大地上。平滑的柏油路绕行山腰，通向远方。视线的尽头山体雄伟，危岩嵯峨，矗立着一排巨大的雪山。最高的那一座顶部尖锥突兀，形如鹰嘴，那便是海拔7206米的宁金抗沙峰。

我曾于2013年两次尝试攀登此峰，途中遭遇流雪和眼球爆血管，到达7100米的高度之后，心脏疼痛，最终选择了放弃。在高海拔攀登中，放弃其实比登顶需要更强大的意志力。登顶是一种品质，而放弃则是一种智慧。

往事如风，此时的岗巴拉山口云雾重重，冷雨交织，碧蓝湖水不得而见。

山南副市长方旭拉下赛事启动拉杆，绚丽的烟花在舞台上绽放出来，赛事正式开幕。他是安徽省第六批援藏工作队的领队，与我算是援藏队友。但我没有上前与他打招呼，后来在山南见面的时候我也没有提及开幕式的这一次偶遇。山南乃东区卫生局的援藏副局长袁洋也参加了比赛，我们无数次擦肩而过，但直到后来采访见面才互相认识。

鼓声时急时缓，戏师们身着戏袍，面戴黄皮面具，顶着凄风冷雨一丝不苟地跳着扎西雪巴藏戏。西藏的大型活动都会趁机展示传统文化，这对外来者极具吸引力。

大伙昨天中午便赶到岗巴拉山脚下的湖边营地报到。下午阳光明媚，傍晚时分湖边甚至还降下一道美丽的彩虹，到了晚上却下起雨来。当晚睡在组织方统一发放的帐篷里，第二天才发现帐篷里积水成池，睡袋、鞋、衣服全都浸湿。

糟糕的是，组织方采购的帐篷无一幸免，全部漏水。

专业的事情组织不力，但日常的服务又极尽细致，这也算是高原地区的一个特征。不但包吃包住，赛前一天还组织运动员参观山南的桑耶寺和昌珠寺，这也正是西藏体育赛事一以贯之的高福利。运动员既恼火，又心怀感激，就像木心说的，“如欲相见，我在各种悲喜交集处”。

在昌珠寺的门口撞见日晕。一轮巨大的光圈环绕太阳，如一只巨大的眼睛，声势浩大地悬于空中。人处其下，顿觉自身渺小如沧海一粟，种种牢骚便烟消云散。

14∶30发令枪响，“嗖嗖嗖……”一辆辆山地车迅疾地掠过路面，穿过簇拥的人群，朝着圣湖深处奔去。

比赛的路线按照顺时针方向，绕行羊湖三分之二的外环线，终点到达浪卡子县打隆镇。全程赛道163公里，平均海拔4500米，最大海拔落差400米，分3天完成。

村庄清一色的平顶碉房，房前屋后种植了青绿色的牧草和金黄色的油菜花。新修的幼儿园像一座彩色的小城堡，与朴实的平顶碉房形成巨大反差。自中央第五次西藏工作座谈会以来，西藏加快了学前汉藏双语教育普及步伐，双语幼儿园正以前所未有的速度覆盖到西藏所有的村庄。

孩子们见到骑手，都从四面八方跑过来，聚集在路边列队敬礼，或者大喊“加油”。我为朱峰做了一面橙色的旗子，旗子印上了朱峰的简笔头像，写着“我爱朱峰”4个大字。后边还有两列小字：“我老说要带你行遍天下，其实是你陪我走完一生。”我用别针把旗子固定在胸前，路过的人便都可以瞧见朱峰。孩子们见了我胸前的旗子，都笑着指指点点，我干脆停下车，拉他们一起合影，然后再上路。

草原上正在举办盛大的集市，牧民们开着自家的皮卡车和拖拉机，从圣湖的各处角落赶来此地。牧民们搭起了帐篷，当作临时的家，走家串户，聚会喝酒，贩卖日常用品。

白色天鹅摇着大屁股，悠闲地行走在绿色的草地上，马群在湖边低头觅食。在这块土地上，似乎所有的生物都相安无事，既独立生活，又彼此依存。

公路边竖立着一块硕大的蓝色铁皮广告牌，用汉藏双语写着“保护环境，节约资源”，当地政府竭力向牧民和游客传递生态理念。

我没有停留，努力踩着踏板，继续前行。连续上坡的时候感觉非常吃力，肺部似乎将要爆炸，但滑行在湖边平缓的公路上非常惬意。偶有土路，但大部分路段都是柏油路。反倒是经过村庄的路段坑坑洼洼，显示无人保养，年久失修的公路已无力承受村子里进进出出的车辆。

天气时晴时雨，路边的羊湖不断变幻着颜色，一会儿是静谧的淡灰色，一会儿又变成绚丽的碧玉色。我骑术不精，躲避不了路上密密麻麻的坑洼，溅了一身泥水。

17:30左右，我到达第一天的比赛终点扎余村。第一天的赛道只有36公里，海拔落差却是最大的一天，令人疲惫不堪。

晚饭后组织方通知当晚不睡帐篷，去扎余村的村民家住。夜色降临，村民们像领取物资一般，一家分配几名运动员。

到了村民家，主人殷勤地端上酥油茶和甜茶。问我们吃饭了没？话音未落，已经盛上几碗热腾腾的面疙瘩和一盆油炸面食。看上去，主人家恨不得把家里最好的食物一股脑全端出来招待我们。我猜面疙瘩是他们领到任务后，临时给我们做好的。

甜茶添加了新鲜牦牛奶，入喉顺滑，余味香甜。我刚一喝完，主人家就往我碗里添茶，一会儿的工夫我就喝了五六碗。主人家还要继续添，我赶紧捂住碗口说：“够了，够了，再喝今晚得到处找厕所了。”

主人家笑了，把装着甜茶的热水壶摆在地上。

我和另外3名运动员住在同一间房里，3个卡垫住3人，最年轻的那一位便只能在地上铺开睡袋对付一晚。

睡前，主人全家老小聚在一起，陪我们聊天。这家人只有一个老男丁，其他都是女人。女主人在村里开了一家服装店，为村里人修补衣服。

我们问主人家，我们今晚在他们家住，赛事方会给他们多少住宿费。主人家的回答却让我们大吃一惊。

今晚的住宿是村民们免费提供的。

队友说："这要是在内地，肯定要收钱。"

"不坐地起价就已经很不错了。"

我们从营地背着行李步行走到村里，足足40分钟的路程让我们不免有些怨言。但听闻村民们所有的热情服务都是义务提供，我们不由感到极为惭愧，内地人的精于世故在这个民族面前总是自惭形秽。

第二天早晨，我拉开窗帘，灿烂的朝霞将天空渲染成一行行明丽的诗歌。村子里都是用石头和土块混合夯就的两层平顶碉房，一堵四四方方的围墙围住了一个小院子。围墙顶整整齐齐地堆放着牦牛粪干，上面甚至生出了绿色植物。外墙也密密麻麻贴着一张张牛粪干，牛粪干上戳着六七个小洞，排列的形状像是内地20世纪80年代的蜂窝煤。房屋的4个角落特意垒高半米，插上了五彩经幡，中间却竖着一杆鲜艳的国旗。

厕所是敞篷的，四周有围墙拦住，头顶却没有遮掩。在屋顶的泥土地上挖一个窟窿，旱厕便大功告成。

田野里的青稞已经青黄相间，收获的季节即将到来。让人惊讶的是，这个村庄居然还有一所小学。

有人说，羊湖是西藏最有人间烟火味的圣湖，但是只有深入到圣湖的心脏，才能真正感受到自然纯朴的人情味。

上午10点，一声枪响，第二天的比赛开始了。今天要骑行78公里，比昨天足足远了1倍。

救护车在公路上来回巡逻，准备随时救治出现意外的运动员。事后我才知道，来自安徽的援藏医生李仁宝就坐在这辆救护车上。

羊湖在西藏三大圣湖里面积最大，大约相当于100个杭州西湖。但它并非圆形，从空中俯瞰，整个湖面分叉繁多，像一丛碧绿的珊瑚在大地上四向延展。

站在岗巴拉山垭口只能领略羊湖的一角，只有深入湖区才能遇见数不胜数的美丽湖泊。这真是一条惬意的观湖路线，蓝色的湖水几乎与天空同色，绿色的山坡重重围绕。我骑着山地车平顺地滑过柏油路，犹如一只轻快的鸥鸟掠过湖蓝色水面，潇洒惬意，心旷神怡。遇到缓坡下降，我便放开刹车，山地车冲下山坡，轮胎摩擦柏油路面发出"沙沙"的响声，像一只蚕虫吞食着公路。

"我从远方来，赴你一面之约"，羊湖仿佛一位美丽的少女，我慕名而来。

我有自知之明，于我而言，能完赛就是成功，体验才是我的主要目的。所以只要遇见优美风景，我就停下拍照。每遇上坡，我便分阶段完成。先在心里预设一个目标，等到达那个目标之后，再预设下一个目标。如此这般，周而复始，才艰难地骑上了山坡。风景是大自然馈赠给眼睛的礼物，而通过努力获得的丰盈内心更加珍贵，这是我颁给自己的奖品。

行至39公里处，刚好完成当天一半赛道。我把山地车平放在公路边，坐在湖边的泥土地上，掏出背包里赛事方配发的路餐，两块烙饼、一只鸡腿、一个苹果。

一辆紫色的山地车“唰”地一声轻响停在我身旁，女骑手摘下大墨镜，坐在我旁边。

“你这个午餐点选得真好，好会享受。”女骑手跟我打着招呼。

“唯美景与美食不可辜负。”

“我叫李橡，在拉萨。”李橡一身黑白撞色的骑行服，扎着一头长发，像马尾一样散披在脑袋后边。身材高挑，目测超过165厘米。浅小麦肤色，五官倒是精致，看上去像是户外老手。

“哟，像男生名字，叫我飞哥吧，我是湖南人，在林芝。”

“林芝好地方，我去过。”

“欢迎再来。”

阳光和煦，清风拂面。我和李橡一边吃着路餐，有一句没一句地闲聊着。高原上金灿灿的花朵却开得正好，放眼望去泱泱一片，犹如张艺谋排练的一场集体操，呈现出排山倒海的气势。纯净至极的蓝色湖面偶尔掠过几只鹭鸶，波纹凌乱。

“好了，营地再见吧，飞哥拜拜。”李橡胃口小，收拾好装备就出发了。

“再见。”

很快，李橡便成了绿色草原里的一个小点。我不着急，吃饱了才上车。

16点左右，我站上垭口，前方公路盘旋下山，通向蓝色湖边的一个村庄，那便是今天的终点特布拉村。

我松开刹车，一路滑向村庄。

营地扎在村公房旁边的广场上，当晚又转住帐篷。

我走到湖边滩涂散步，勤劳的村民沿湖种下了大片青稞和油菜花。湖边一前一后走着两个人，隔得远了，只能瞧见两人的剪影。暮色之中，那一幅画面充斥着孤独的色彩。我心里不由一惊，宏伟的计划才刚起步，这份心思未免也太脆弱了吧。

回到营地，装备货车已到，我搭好自己的帐篷。晚饭后天黑下来，篝火晚会的音乐就迫不及待地响了起来。这不像竞赛，倒是更像一场聚会，我心想。

循声走到村广场，晚会已经开始。村民们穿着传统藏服，领着运动员和工作人员围成一圈跳起了锅庄。人圈中央的篝火烧得正旺，喷吐出两人高的火焰，照亮了人们欢乐的笑容。

“飞哥，一起去跳吧。”

我扭头一看，原来是李橡。营地没寻见，这会儿乌漆麻黑地又碰到了一块，真是神出鬼没。

“好啊。”

汇入人流，李橡一举手一投足动作优雅曼妙，颇有舞蹈功底。我跟在她身后，随着音乐群魔乱舞。

援藏队曾邀请老师教授我们跳锅庄，学了两节课大家就没了新鲜感，去的人越来越少，课程自然就取消了。还请了一位老师教藏语，从30个音标一个个教起。每周一节课，学了三四节课大家就作鸟兽散。

“学了十几年的英语也没学会，就那么几节课怎么可能学会藏语？请个美女老师还差不多，一个退休老头，而且只教音标，这怎么记得住啊？”大家嘻嘻哈哈地开着玩笑。

几段舞蹈之后，音乐停下来，主持人在人群中挑人来表演节目。挑到的藏族人无论男女老少都能大大方方唱上一段，运动员也有主动表演的。

“你来表演一个节目吧？”主持人突然将话筒递向我。

我连连摇手：“我就不唱了，没啥才艺。”

“那你来？”主持人转向旁边的李橡。

“行。”李橡大方地接过话筒说，“那我唱首法语歌吧。”

篝火旁响起了掌声。李橡略带慵懒的唱腔一响起，火堆旁便渐渐安静下来。

“你唱歌真好听。”待李橡唱完，我由衷地赞叹。

“多谢夸奖，最近唱得少了。”李橡微微一笑。

屋漏偏逢连夜雨，帐篷里又一次遭遇水灾。

第二天10∶30出发，我瞧了一眼阴沉沉的天空，脚一蹬，山地车滑了出去。今天是比赛的最后一天，经过两天的淘汰，剩下的都是确保能完赛的选手。今天的赛道只有49公里，即便是无意争夺名次的选手也开始发力，公路上山地车你追我赶。

一个小时后，天空渐渐放晴。虽然49公里的路程并不遥远，但是在4400米的海拔骑行总归不是一件轻松的事情，幸好沿路的湖光山色让人赏心悦目。

大老远便望见一座矮山上坐落着一座残破的寺庙，寺是废弃的打隆上寺。山上长着稀疏的绿草，山脚下的打隆镇却种植着茂密的青稞和油菜花。

13∶10，我到达比赛的终点打隆镇，如期完赛。

赛事方组织了一个简短的闭幕仪式，我把自行车还给组委会，坐上赛事方安排的大巴，准备回拉萨。“呲……呲……”车门刚关上又突然打开，蹿上一位女骑手。

哟，神龙见首不见尾的李橡。李橡看见我，一屁股就坐在我旁边。

“飞哥，你下一站要去哪呀？”

“环游西藏。”

“哇，太酷了，打算走多久？”

“两个月左右。”

“什么路线？”

“先去日喀则和山南，然后走阿里、那曲、昌都，最后回到林芝，把西藏74个县区全部走一遍吧。”

李橡的眼睛突然亮了起来：“哇！你一个人吗？”

“是啊。”

“要不带上我吧，我可以给你开车。”

“你会开车？”

“那当然，年轻的老司机了。”

“哈哈，行啊。白捡一个司机，谁会拒绝呢？”

“一言为定！”

打马向西

我在拉萨休整一天，采购物资。待要出发的时候，李橡又一次神奇地出现在面前。

9月初的西藏，叶子还没黄。李橡驾驶丰田普拉多行驶在318国道上，前往曲水县。年纪轻轻的李橡开车稳健，不急不躁，再一次让我大跌眼镜，果然是年轻的老司机。阳光灿烂，碧空如洗，一路沿着雅鲁藏布江向着曲水县西行。两人有说有笑，倒也轻松。

到了曲水县城，雅鲁藏布江水倒灌进来，铺成柏油路的318国道被江水淹没。不巧的是曲水的援藏干部都出差去了，我们在小县城整洁的街道上绕行一圈，继续赶往尼木县。

出县城不久，公路穿过一个小村庄，村民的白色围墙被贴上了标语：“精准脱贫产业为基，提供岗位增加收入”。文字隐藏在一大簇八瓣格桑花里，生硬的标语增添了几分浪漫。

“拥有邮政储蓄卡，方便百姓千万家”，中国邮政的汉藏双语广告几乎占据了整面墙壁，而旁边一面墙壁上则刷着“中国电信上网就是快，选3G，用天翼”。

这句广告倒是没有吹牛，在西藏好些地方移动和联通都无能为力，唯独电信有信号。内地即将迈入5G时代，而西藏的4G还是2017年12月12日才开通使用。时至今日大部分县城仍然使用3G信号，一些乡镇至今还在使用2G信号，或者根本就没有信号。

16:50，公路边一个“桃花村老凉粉店”招牌吸引了我们。这是一家藏族人开的小饭馆，店里有4位藏族人正在吃着土豆牛肉饭。这里还不能用手机支付，只能付现金。凉粉味道与四川凉粉相近，倒无特别之处。

有人认为藏文化的最大特征并不在于独创，而在于能最大限度保鲜外来文化。在西藏文明的早期，宗教、藏文、艺术以及医药都是在流入的外来文化和本土文化结合的基础上形成的。至今，藏医药中依然能见到与中医相似的切脉术，其外科手术甚至能见到波斯和阿拉伯手术器械的影子。更接地气的日常生活方面，比如安多地近西北，吃饭无面不欢；四川甘孜州康巴藏族一口生猛的四川腔调，喜食辣椒和火锅；而英式奶茶演变为藏甜茶，许多藏歌里也有明显的印度节奏。

这家店就在318国道边，我怀疑桌上的这碗凉粉最初就是由某个馋嘴的四川人，循着国道翻山越岭带进来的。

桌上摆放着当地人自家种的苹果和桃子，歪瓜裂枣的样子质朴得像是野生。“尝一个吧？”穿着紫色条纹邦典的老板娘挑了两个桃子递给我们。我们一边道谢，一边用纸巾擦了擦一口咬下。口感酸涩，不腻，但也不怎么甜，难说好吃，但也不好意思说难吃。

一个小时后，经过尼木火车站。从拉萨开出的火车经过此地，穿行高山峡谷，通往270公里外的日喀则。若是坐汽车，这段路需行驶将近5小时，但火车只需一半时间，大大缩短了两地的距离。

再往前行驶几分钟，便到了尼木县吞巴乡。我们随意走入一家藏香店，挑了几盒藏香。在藏区，无论走进寺庙还是普通百姓人家，都会感觉到一种夹杂着香草与酥油气息的神奇味道混杂在空气中。这种味道与藏区的宗教气氛一样，遍布每一个角落，这就是藏香的味道。制作藏香的传统原材料很多，一般是以柏树树干或榆树树干为主料，再以藏红花、麝香、白檀香、紫檀香、水安息等几十种香料按适当比例配合主料搓揉而成。

我早就听说尼木的藏香名气甚大，这里与拉萨堆龙德庆区、山南敏珠林寺并称为西藏三大传统藏香生产地。店家主人加措是2015年的全国劳动模范，荣誉证书牌匾的落款是中共中央和国务院，而旁边另一个牌匾则裱着一张“尼木藏香地理标志证明商标准用证书”。

“这是预防流感的，这是促睡眠的，这是净化空气的……”阿佳拿起眼花缭乱的藏香，向我们一一介绍。

“味道好重。”李橡放下预防感冒的藏香，拿起促睡眠的放到鼻子底下闻，“这个好闻。”

“买哪几样好？”我问。

“每样都买点呗。”李橡语气轻松地答道。反正花的不是她的钱，她当然不心疼。

318国道继续沿着雅鲁藏布江前行，一座水泥桥横跨江面，通向对岸。桥侧贴着白底红字的广告牌，“弘扬珠峰精神，实施四大战略”，“珠峰”两字显示已进入日喀则境内。

“这个标语有点莫名其妙，不知道展示给谁看？”李橡指着水泥桥说。

确实也是，“珠峰精神”起码还能想象，但“四大战略”却让路人丈二和尚摸不着头脑，整个西藏能读懂这个标语的人应该也寥寥无几吧。十几年前我也曾在房间贴了一条莫名其妙的标语，“要么活着，要么死去”。我哥送了两个字给我：矫情。

“给自己看的吧，哈哈。”

继续前行至分岔路，直行继续走318国道，我们选择右拐进入乡道，前往尼木县城。入口处也竖立了一块巨大的广告牌，写着“短期脱贫靠项目，建成小康靠产业，现代尼木靠科教”，大字下边又罗列着“实施五个带动，坚持五个原则，立足五个要点”，下面还有进一步阐释哪5个的文字。这块酷似军令状的标语让人感觉当地发展的心情极为迫切，恨不得将全县的工作总结都搬到广告牌上。

18∶40左右，我们到达尼木县城。县城边上有一座小巧精致的比如寺，建在石山的半山腰上。

我们在小县城绕行一圈，在加油站我向藏族小哥打听去往仁布县的小路。318国道在尼木和仁布之间有一段公路被江水冲垮，无法通行，我们必须绕道行走。

加完油，我们驶上水泥乡道，计划取道尼木县帕古和麻江两个乡，途经南木林县的芒热和达孜乡，绕开水毁路段，再回到318国道。

入夜后过了麻江乡，水泥路中断，进入泥土路段，23∶38才经过达孜乡。近些年，西藏大范围升级改造公路，这段乡道也正在经历改造前的阵痛，被挖得稀烂。

这段路车辆极少，几个小时才遇到三五辆车。但意外的是，路上居然还跑着一辆摩托车，车上坐着的两位男子穿越川藏线而来。这前不着村后不着店的荒山野岭，万一摩托车没油怎么办?

“比我们还疯狂。”李橡说。

“西藏奇人多啊。”

“我很好奇。”

“好奇什么？”

“你干吗要给县政府大楼拍照？”

“做个记号。”

“这是什么癖好？”

“哈哈，什么鬼话。我这次遍游西藏是为了给全国援藏写本书，要到每个县去采访。今天这两个县的援藏干部都不在，所以我就拍个照，打个卡就走了。”

“我说嘛，这世上还有人喜欢集邮县政府？”

“集个毛线，到时候我去采访，你就自由活动。”

“得令！”

转上318国道后，车辆突然多了起来。

大货车的车厢四个角落和两侧都亮着灯，行驶速度极为缓慢，仿佛一条发光的毛毛虫从黑夜的甬道里爬了出来。

但是迎面驶来的车灯却让人着实厌烦。西藏的公路没有路灯，在这片空旷的土地上能修建公路就已经很了不起了，路灯，想多了吧？

入夜之后，司机们都打开远光灯，否则两车道的公路无法看清，会车的时候便会发生各种状况。

远远望见对面来车，自觉切换成近光灯，迎面而来的车辆察觉到我们车灯变化，一般都会相应地切换成近光灯。也有像木头一样没有反应的，我们便闪一下远光灯，以示善意提醒。对方往往也就醒悟过来，略带歉意地切换。对方如果没有反应，我们便连闪几下远光灯，表示愤怒的抗议。这种情况下，对方虽然不情愿，往往还是会换回近光灯。

也有冥顽不化打死也不切换近光灯的，我们便干脆换回远光灯，双方圆睁大眼，怒目而视，擦肩而过。而极个别的驾驶员在将要会车的一瞬间突然踢出一脚撩阴腿，猛地换成远光灯。强烈的光柱照射在我们脸上，眼前一片空白。这个时候即便我们措手不及导致车辆失控，他们也已脱离危险。这种驾驶员置他人生命于不顾，无疑是最龌龊的。

这简直是一出钩心斗角的宫斗剧，在318国道的夜晚，车灯神奇般地具有了神经学的意义，它负责传导驾驶员的情绪反应。

吃水不忘挖井人

赶到日喀则仁布县已经半夜两点，县城只有一家旅馆还亮着灯。幸好还有空房，我和李橡各自回房。疲惫至极，我懒得脱衣服，钻入被窝倒头就睡。

第二天才发现床边摆着一个垃圾桶，盛有大量呕吐物。更令人恶心的是，床单上也沾染了污渍，小县城的服务员根本就没收拾上一批客人留下的痕迹。

我上街吃了早餐，便赶去仁布县政府。来自黑龙江的援藏副县长魏家宜带着我下乡调研，晚上又在援藏公寓与其他队员面谈，待结束采访已经晚上10点。

援藏队员们在公寓楼下种上了八瓣格桑花，白的红的粉的重重叠叠，争奇斗艳，见者无不心喜。

我想起仁布法院援藏副院长张岩峰说他刚来的时候，每天早上鼻子出血，经常失眠，胃口也不好。有一次半夜两点实在难受，穿上衣服独自一人在县政府大院来来回回走了一个多小时。散步的时候他在思考这次选择到底对不对，来了又要给当地留些什么？

这是一群热爱生活的人，我想，正是因为条件艰苦，生活单调，才要种上这么多花朵，给生活增添一点色彩。

临走的时候，我忍不住蹲下身子，鼻子凑过去闻着花香。

晚风的味道。

姆乡年轻的党委书记李志民把我们领进了乡干部家里，公寓楼的墙上刷了标语，“民族团结是西藏各族人民的生命线”。

主人家仁增央宗为我们端上一盘糖果，金色的藏式果盘里盛满了奶渣、红枣、巴旦果和卡塞，又为我们每人沏上一杯热气腾腾的清茶，安顿好之后便安安静静地坐在卡垫上。

“给领导们介绍一下井水的情况吧。”李志民说。

仁增央宗用略显生疏的汉语说：“现在打开水管就有干净的水，喝水没有泥土味。”

“不要怕丑，多说几句。”魏家宜也笑着鼓励眼前这位藏族女干部。

仁增央宗搓着搁在腿上的衣角，支吾了一会儿，又说：“通了井水之后，我们家也买了洗衣机。”说完又低下头，害羞地笑。

我们都笑了，李志民只好亲自向我们介绍。

一直以来，姆乡都只能喝山上流下来的地表水。到了雨季，地表水变成了黄泥浆。洗过的衣服晒干以后，会留下一道一道的黄泥印子。

老百姓只能盛了水放在家里，等泥沙沉淀后再投入适量的明矾，虽然这样能净化水质,但长期过量摄入明矾对健康危害颇大。或者雇拖拉机大老远跑去周边建了背水台的村子拉水回来。到了冬天，水管被冻住，黄泥浆水也断了，乡干部只剩雇拖拉机拉水这唯一选择。

全国第八批援藏工作队总领队郭强因地制宜提出“四个一”民生工程，其中一项就是西藏每个乡镇打一眼深水井。仁布援藏组把深水井需求最为迫切的姆乡作为第一个突破点。

项目确定后，工程队很快入驻乡政府。经过勘探，欣喜地发现地下水源丰富。开始打井，钻头穿过碎石层，接着又穿过岩石层。虽然艰难，但过程还算顺利。援藏的常务副书记迟伟东带着工作组每周跑两三次，每次一来就问：“出水没有，打到多少米了？”

但水还没出来，钻头再往下钻。打到40多米又变成了碎石层，这下就麻烦了。钻头一打下去，泥沙俱下，碎石也跟着往下挤压。这就好像钻入了沼泽地，钻头使不上力。第一次尝试宣告失败，但是大家都没有泄气，这些困难大伙都预料到了。

第二次重新勘探地质，易地开挖。打到28米处，钻头在碎石层和岩石层中间位置卡住了，既打不下去，也取不出来。只好再次放弃，被卡住的钻头至今还埋在地下28米处。

每天都有人来问井水的进度，乡干部和老百姓天天盼着出水的那一天。折腾了将近3个月，还没打出水来，李志民焦灼不安。

“唉，头发都快挠秃顶了，怎么向老百姓交代啊？”迟伟东叹了口气。

再次易地开挖。工程队总结教训，尝试先用油田打夯的老式机器打出30米，再换用专业破石的新型机器，一直打到124米，清澈的水流终于从抽水机中喷涌而出。

“有水了！有水了！”有人奔走相告。

楼上的居民听到声音，从阳台探出头来：“真的有水了吗？”

楼下的人大声回答：“有了，有了。”

有人喃喃自语，眼睛却湿润了：“终于盼来了井水！”

这块海拔3950米的土地历史上第一次有了干净卫生的饮用水，看着清澈的井水在地上流淌，四周围观的群众按捺不住心中的激动。所有人都蹲了下来，用手捧着新鲜的井水，伸嘴去尝。

“真甜啊！”

李志民立即打电话向迟伟东汇报。迟伟东带着周宏坪、魏家宜、韩阳、袁忠义等援藏队员风尘仆仆地赶过来。到了以后，一行人站在井水边呵呵傻笑。

“终于打出水了，这回可以睡个好觉了。”迟伟东欣慰地说。

这个深水井解决了周边100多户居民的饮水问题，姆乡成为仁布和周边4个县当中第一个实现24小时不间断使用地下水的乡镇，打破了西藏地区乡镇不能拥有水厂和使用地下水的魔咒。

郭强一行特意来到姆乡现场考察工程建设进度，他认为从根本上解决全乡人民饮水难题才是最贴近群众利益的民生工程。

为了彻底解决问题，确保水井不被冻住能随时供水，水井上方又加盖了70平方米的管理房和附属设施；因地制宜建了两个供水系统，饮用水使用新的供水系统，洗衣服、洗拖把等生活用水则沿用原来山上流下来的地表水。水房墙壁贴上了汉藏双语的标语，“吃水不忘挖井人，永远感恩习主席”，当地老百姓以此表达对党和国家的感恩。

“县城至今还是早上、中午、晚上各供应两个小时的水，乡里现在比县城还要舒服，一天24小时供水。乡里的干部一下子买了好多电器，洗衣机啊，热水器啊。”李志民自豪地说着。

“现在水这么干净，我们感到特别幸福。”仁增央宗拿起热水瓶给我们添上热水，笑着说，“您尝尝，打出来的井水特别甜。”

我端起杯子，吹去热气，浅浅啜了一口。

茶非好茶，水果然是好水。

当晚换了一家宾馆，昨晚的床我这辈子再也不想睡第二遍。

第二天离开仁布的时候，李橡跟我说，她昨天去了雍则绿措，在德吉林镇艾玛乡，不远，距离县城大概50公里。

据传这个湖是藏传佛教的观相神湖，能显示今生来世的祸福。

李橡跟我说，整个景区除了她，一个人都没有。跟山南的拉姆拉措一样，雍则绿措也需爬上500级的阶梯，到达海拔5300米的垭口，才能望见谷底卧着一个很小的湖泊，像一块绿松石。山腰有前人踏出的小路，绕湖面徒步一圈也只需十几分钟。近观湖水，蓝天白云倒映在澄澈的湖水中，仿佛水中长出了另一片天空。

神湖的右上侧有一条路辙通向山的背面，李橡想翻越过去。上了坡才发现岩片风化严重，走三步滑两步，走了20分钟，还没走出十几米，只好作罢。远看似乎地上寸草不生，但低头仔细一瞧，片岩的间隙偶尔顽强地钻出一两棵无名小花或一小撮草甸。

“下山路上遇到一群岩羊，毛发颜色跟岩石相近，难怪叫岩羊。”

“那你在神湖看到自己的前世来生没？”我故意打岔。

“没，把握今天才是最重要的吧。”李橡笑了。

“没错，对于昨天来说，每一个今天都是未来。”我说，“那我们出发吧。”

仁布县城小巧精致，相当于内地一个小乡镇。新城已经在建设，老城区的道路两旁分布着杂乱祥和的藏式楼房。县境内山高谷深，重峦叠嶂，人们在平坦的河谷见缝插针地种上了青稞。

我心想，公路边这些结穗饱满的青稞莫非就是韩阳的手笔？

在日喀则的旅游版图上，若非拥有一个雍则绿措，仁布县几乎会被视而不见，所以一年到头游客寥寥无几。旅游不是此地的长项，来自农业大省黑龙江的援藏干部把精力花在了田间地头。

援藏高级农艺师韩阳连续两年实施青稞增产项目，引进黑龙江先进的技术力量，变小块为整田，变手播为机播，解放劳动生产力。第一年试验就实现亩增产75斤，超过了日喀则市亩增产50斤的预期目标。2018年，在遭受严重洪灾的情况下，带动全县增产粮食337.6万斤，新增产值675.2万元，打造出可复制易推广的“仁布模式”。

一束光

从地图上看，仁布与江孜之间直线距离只有50公里左右，但两者相夹的区域却是一片空白，没有任何线条直接相连。从仁布前往江孜没有捷径可走，必须回到318国道，向西驶入日喀则机场高速，再向南转204省道，途经白朗县。

雅鲁藏布江一路相随，318国道伴着奔腾的江水，穿过高山峡谷一路西行。青稞麦场，高高的草垛，平整宽阔的山谷，村庄、田野、远山，祥和的田园风光就像一行行诗歌，在车窗外依次闪现。

途经一个乡镇，一家商店的墙上挂着一句标语，“喝故乡的酒，聊故乡的美，日喀则啤酒”。西藏的公路交通流量小，到处都是各种政府口号，很少有私营企业投放广告。这幅标语是少见的商业广告，却习惯性地沿用了政府最常用的红色横幅。虽然不讨喜，却提醒了我们，晚饭时间到了。

我们停下来，在镇子上挑了一家川菜馆，要了一个番茄炒蛋，一个麻婆豆腐，但没有叫日喀则啤酒。

越野车离开镇子，继续前行。公路边竖了一块大石头，上面刻着“雅江河谷黑颈鹤国家级自然保护区”。我们没有看到黑颈鹤，却被河沟下的彩林吸引。

这是雅鲁藏布江边上的一片湿地，一大片桦树生长在水里。9月初，大部分的桦树叶子还保留着绿色，但也有一小半叶子已变成童话般的金黄色。一些树从树干到树冠呈现出由黄色到红色和紫色的颜色渐变，五彩斑斓地倒映江水中，像一团燃烧的火焰。

继续前行，彩林越发焕发出迷人光彩。

我们停下车，走到公路边，坐在地上，静静欣赏着这场秋天的重重心事。

远处的彩林像一支队列整齐的仪仗队，高举着金黄色的旗帜，向着江心排列，似乎意欲横渡雅江。霞光努力从云的缝隙中挤出，映亮了江面，宛若给光彩照人的仪仗队投射的追光灯。

“真美啊，要是能在树底下拍照就好看了。”李橡发出由衷的赞叹。

“那你得先游到树底下。”我揶揄着李橡。

我跟她认识不久，却感觉彼此之间很熟悉，可以随意开玩笑。

“喂，飞哥，其实我应该叫你大叔才对，毕竟你那么老。”李橡反击我。

“哈哈，那我叫你兄弟吧。”

天色很快暗了下来，正前方的霞光却仍然固执地横在黑色的云层边。我说远处的光像是巨人的肩膀，以一己之力扛起了黑夜徐徐降下的铁幕。李橡却说像是一个孩子将夜的黑帐篷偷偷掀起一个角落，眯缝眼睛好奇地观看这个纷纭的人世间。

我默默颔首，她的比喻更浪漫些。

穿过夜的甬道，
从东到西。
我，
需要一束光，
像天空一样大的，
一束光。

坐在车上的李橡突然脱口而出，语气里却流露出9月的忧伤。

远处的那束光真的就像天空一样大，我欲言又止，心里暗暗惊叹李橡纤细的感知力。突然想起一句话，上帝说要有光，于是便有了光。

眼前神迹般的景象让我突然明白，为什么西藏会产生那么多的信仰，会对大自然备加推崇。因为只有在这块土地上，大自然才会毫无保留地把最瑰丽的一面展示出来。

一不小心，人类就会被打动，由此相信神奇的力量。

实至名归藏红花

到达江孜的时候，已近晚上11点。第二天才瞧清这个城市的布局，开阔的谷地上，最恢宏的建筑是白居寺、宗山古堡和紫金寺，分别矗立在山头之上，俯瞰着山脚下忙碌的人们。

其实忙碌的只是我，李橡照例去游山玩水。援藏副县长陆剑涛将我带去县郊的红河谷农业园，我在西藏第一次看到了现代化的农业大棚。

与仁布县在“粮仓”上发力不同的是，来自大上海的陆剑涛深入江孜90多个村居调研之后，却有了另一番思路。在他看来，当地部分农户一亩青稞仅产100多斤，经济价值低，而作为旅游大县的江孜显然更需要另一种高附加值的经济作物。

他把目光盯向了一种花蕊。

漫步在拉萨的大街小巷，各色特产摆放得琳琅满目。其中一味细细红红的花蕊干被店家小心翼翼地装入透明的小瓶子里，与名动天下的虫草一样，按克卖。

当地人喜欢用其泡水喝，红色的花蕊干根根竖起，色泽慢慢晕开，透明的热水渐渐变成金黄色的汤水，气味清香，口感微甜。也有酒店用其入菜，一份水蒸蛋放入七八根花蕊，便是一道高档藏地特色菜式。

这便是藏红花。

藏红花是一种名贵的中药材，生理活性强大，具有镇静、祛痰、解痉等功效，用于胃病、调经、麻疹、发热、黄胆、肝脾肿大等疾病治疗，贵于同重量的黄金，一直以来深受追捧。旺盛的旅游市场需求为产业发展提供了良好的基础。

陆剑涛还算了一笔经济账，一亩青稞的最高价格在2000元左右，而一亩藏红花的价格高达4万元以上，足足是青稞的20倍。更为重要的是，藏红花在种植、抹芽、采花等生长过程中需要经过多道手工劳动，尤其是每年10月底的采花期恰好在青稞收割完成之后，可以吸纳大量的弱势群体（老人、妇女）和闲置劳动力灵活就业，为他们带来收入，解决当地政府最想解决的问题。

可以说，藏红花产业不但能发展当地经济，更具有帮助弱势群体等深度贫困户脱贫的政治意义，可以作为精准扶贫战略落实到江孜的重要载体。

陆剑涛理清思路，决定一竿子插到底。

追本溯源，藏红花虽然姓藏，但实际上西藏并不产藏红花。明朝中叶藏红花通过茶马古道从波斯（今伊朗一带）经西藏传入内地，故得名“藏红花”。市面上口碑最好的藏红花产自伊朗，而拉萨所售的藏红花大多来自内地种植，唯独跟西藏没啥关系。

自古以来藏红花就不曾在海拔4000米以上土地生长过，因为高原的紫外线和寒冷会杀死它。

但专家们认为西藏距离太阳最近，种植的藏红花能蕴藏更多的养分；无污染，昼夜温差大，植物生长缓慢，药用价值会更高。

这几乎是一对不可调和的矛盾。陆剑涛了解到，多年前在拉萨堆龙德庆区和白朗等县也曾试种藏红花，但受限于当时的技术和设施，并未大规模繁育成功，更不用说量产了。

那怎样才能让藏红花在海拔4000米的江孜高原盛开呢？

正所谓，前人种树，后人乘凉。早在3年前，上海第七批援藏队在江孜援建了红河谷农业园，建设了现代化农业大棚，这恰好是藏红花生长必不可少的设施。

而另一方面，江孜是雪域高原难得的河谷地带，特殊的地理气候也为藏红花提供了得天独厚的生长条件。

万事俱备只欠东风，陆剑涛当即赶回内地，费尽口舌游说各家企业。2016年9月，终于成功引进上海一家藏红花种植销售企业入驻红河谷农业园区。

为了打消企业的顾虑，陆剑涛协调红河谷农业园区拿出400平方米的日光温室给他们免费试种，并组建专业技术队伍扶持企业发展。在园区二期建设中，为藏红花量身定做了智能化温室和可移动温室，并引进上海农业物联网技术实现智能化管理，发挥现代农业设施的最大效用。

藏红花种苗运达后，却一直找不到人员种植，眼看种苗就要腐烂。陆剑涛听闻此事后，带领园区的干部职工下到田间，帮助完成种苗种植。西藏红河谷藏红花农业科技有限公司CEO郑安平感触良深：“走了那么多地方，还从来没有感受过这么暖心的支持！”与他同行的专家周樟仙进驻江孜后一直有高原反应，原本打算完成技术指导就撤回内地，见此情形也深受感动：“真没想到江孜县这么重视，我决定留下来，跟你们一起把西藏的藏红花做起来。”

大规模的繁育和种植，需要对藏红花的生长周期进行科学分析，掌握其生长的温度、湿度、光照等规律。这种名贵的药材具有独特的“夏眠”习性，秋季开始萌动，经冬、春两季生长，夏季进入休眠期。到了第二年的10月金秋，花朵开放在球茎上，日开夜闭。

园区专家和企业经过一年多的反复尝试，终于攻克了藏红花高原生长的技术难关。

随着时间的推移，46万株藏红花进入抹芽阶段，但聘用的建档立卡贫困户回家农忙，抹芽工作不得不停下来。怎么办？郑安平心急如焚。如果不能及时把藏红花的侧芽抹去，势必影响开花的品质。陆剑涛再次带领园区干部职工帮助完成抹芽工作，解决了企业的燃眉之急。

2017年11月，46万株种球终于进入开花期。

农牧民摘下美丽的紫色花朵，取出珍贵的花蕊，忙得不亦乐乎，援藏干部也乐得合不拢嘴。

“摘花的时候要特别小心，只摘花瓣，不能把芽损坏了。刚开花的不能摘，否则球茎就长不大。”东郊村的建档立卡贫困户普片多介绍说。

在专家的指导下，园区灵活就业的104名贫困户已经熟练掌握了藏红花的种植技术。摘花是分花期的第一道工序，后续还要把每一朵花中的雄蕊剥离出来，每个环节都需要人工完成。

最初，老百姓的生活习惯一时难以改变，做两个小时的活就要停下来，围坐在一起喝青稞酒。陆剑涛大发雷霆：“你们不想干就给我回家去！”企业也反复向他们传递劳动致富的观念，以实际行动给他们作榜样，逐渐破除了一些农牧民“等、靠、要”的思想，帮助他们积蓄起脱贫致富的内生动力。

“来到红河谷产业园区，在家门口就业，每天有120元的工资收入。”普片多一脸心满意足的表情。

46万株藏红花首度在西藏开放，结束了西藏不产藏红花的历史。陆剑涛自豪地表示，2015年版药典里还没有藏红花，用的是“西红花”的提法。但2017年以后再编校的药典里，就会录入“藏红花”。而且只有在西藏产的才是名副其实的“藏红花”，除此之外的只能沿用原来的名字。

几天之后，日朗乡辐射点举行藏红花种植启动仪式，这标志着藏红花在西藏的大规模种植又迈出了新的一步。农牧民手捧着国家领导人的画像，敲锣打鼓，跳起锅庄，来庆祝这一激动人心的时刻。老百姓纷纷来给领导们献哈达，在场的援藏干部脖子上挂满了洁白的哈达。外人无法理解启动仪式的隆重场面，这个乡镇风沙大，土地贫瘠，环境恶劣，老百姓长期受困于贫穷。怎么带动300多名贫困户脱贫一直是个棘手的难题，藏红花的种植效益给老百姓们带来了希望。

说起日朗乡辐射点的确定，还是源于2017年10月份一次维稳值班。西藏一到维稳期，县级领导就要下乡里住一个月。

10月的江孜已经入冬，天气寒冷，陆剑涛与乡干部们围炉讨论。铁皮炉子在煮茶烧水，牦牛粪干倒进炉子的时候粉尘飞扬，炉子上搁着的杯子也不可避免地洒进了一点。

陆剑涛抬头一看，同事们毫不在意，端起杯子就喝。陆剑涛心想，你们能喝，我为什么不能喝？也端起杯子，牦牛粪干混着热茶滑入喉咙，也无异味。

陆剑涛提出把藏红花种植辐射到日朗乡，经过讨论形成了共识。

另一次让陆剑涛深有感触的经历也是关于吃。家徒四壁的房子坐落在大山深处，一家人都是乙肝病毒携带者。主人家是两姐妹，一起嫁了给同一个男人，但男人已经去世，家里没了主心骨。

两姐妹一人捏了糌粑递给陆剑涛，另一人泡了酥油茶给他喝。陆剑涛有些犹豫，吃还是不吃呢？不吃就是看不起她们，乙肝病毒携带者也没那么可怕吧，陆剑涛心想，伸手接过糌粑就塞进嘴里，就着一口酥油茶，吃得津津有味。

姐妹俩的质朴和生活困境给陆剑涛留下了深刻印象，他非但没有感到恶心或者害怕，反而更加坚定了做好藏红花产业的决心，一定要带动他们脱贫。

陆剑涛当初参加援藏是组织安排的任务，但他心想，既然来了就要对得起自己的良心，为老百姓多做点事情。在我看来，他这些想法倒未必全都是出于家国情怀这种宏大的考虑，有些触动仅仅是一种起码的人性悲悯。

有一次为了申报国家级园区，要赶在第二天早上9点前到达拉萨。陆剑涛带上驾驶员，连夜从江孜出发。到达海拔4990米的岗巴拉山垭口，停车上洗手间，准备上车的时候才发现轮胎被一个木桩子扎破了。两人心有余悸，暗呼侥幸。接下来的下坡均是盘山悬崖路段，拖着破轮胎下岗巴拉山口是一件很危险的事情。

世界上没有无缘无故的爱，也不会有毫无来由的幸运。正是靠着陆剑涛和同事们的努力，江孜才建成了西藏唯一一个规模化的藏红花种植基地。

陆剑涛带我走进藏红花繁育种植基地，大棚里盖上黑纱布遮挡阳光，铁架子上陈列着一大片黑色塑料盒，盒里密密麻麻地种满了像蒜头一样的藏红花球茎，长出白色的嫩芽，场面蔚为壮观。陆剑涛告诉我，两个月后，紫红色的藏红花将开出一片海洋。

后来我才得知，当年120多万株藏红花销售一空，产值达400多万元。上海援藏队和江孜县共同投入4000万元新建了130亩种植基地，江孜一跃成为全国最大的藏红花种植基地。

“农业增效、农村增色、农民增收”，园区大棚侧面土黄色的墙壁上刷着一条标语，一面墙壁只够刷4个字，显得郑重其事。一大片八瓣格桑花在大棚前的空地开得缤纷热烈，给园区增色不少。对于周边的农牧民来说，更为重要的是通过增收，来提升他们脱贫致富的动力。

陆剑涛向我介绍，中科院药用植物研究所的检测显示，“江孜藏红花”的苷-1、苷-2含量超过国外顶级产品12.5%。以中药材有效成分计算，“江孜藏红花”堪称品质最好的藏红花。如今，“江孜藏红花”国家地理标志保护产品申请也获得了国家工商总局（现国家市场监督管理总局)的受理。

2019年,江孜藏红花种植规模将达到400万株。江孜藏红花也将推出藏红花干花、藏红花雄蕊、藏红花蜂蜜等系列新产品。藏红花香皂、精油、面膜、花饼等,也已相继投入研发。拉萨、山南等地也开始推广种植藏红花。

徒有虚名500年后,藏红花终于真正姓“藏”。

伊人彩虹

追随西斜的阳光,我与李橡沿着204省道一路南下,驶向亚东。

“你今天都干吗去了?”坐在车上,我问司机李橡。

“哪都没去。”

“白居寺、宗山古堡、紫金寺都没去吗?”

“没去,我就在古堡脚下那片青稞地待了一上午。”

“真浪费。”

“相比宗教,我更关心粮食。”

“屁。有句话听过吗?”

“有话就说,有屁快放。”李橡甩手一个急转弯。

“呃……”我一句话刚吐出半个字,就被李橡的急转弯甩回肚子里。

“放完了?”

“能不能好好开车?”

“你好好说话,我就好好开车。”

“……”我闭嘴。

“怎么不说了?什么话?”

“朋友的朋友是个学者,经常跑藏区,进了寺庙他都要磕头。别人问他,你信奉佛教吗?他说他拜的不是宗教,他拜的是文明。”

“……”

“没听懂?”

“相比文明,我更喜欢发呆,好了么?”李橡嗔怒,又一个急转弯。

“……”

“我喜欢青稞,它的样子像英勇的战士。它那张开的麦芒,像盔甲一样保护着沉甸甸的麦穗。”

“我在云南的香格里拉吃过一种青稞饼，特别好吃，走的时候还打包了一份带上飞机。”一想起青稞饼，我下意识地扭头向后尾厢瞧去，但是那里边只有让人作呕的自热饭。

李橼没接我的话，自顾自地说下去。“古堡脚下有一大片青稞地，很大很大。整个上午，我就坐在田野上拍照。”

“飞哥，如果青稞没有了麦芒会是什么样子？”

“那估计它会变成另一种作物吧。”我随口瞎编。

“另一种作物？生命自有出路，万物总有转机。”李橼点点头说，“你知道青稞怎么来的吗？”

“……”

“我问你呢？”李橼突然转过头冲我说。

“啊？哦。我怕你急转弯。”我停顿了一下说，“我不知道。”

“有一个王子从蛇王那里盗来青稞种子，结果被蛇王发现，罚他变成了一只狗。后来一个大土司的女儿爱上了他，他又恢复了人身。他们辛勤种植青稞，并传给了族人，让大家都吃上了用青稞磨成的糌粑和青稞酒。所以藏族人每年将新收的青稞磨成糌粑时，都要先捏一团喂狗，以表示感激狗给人们带来青稞种子。”

“你把百度背下来了吧？”我哈哈大笑。

李橼恨恨地横了我一眼。

“昨天我们去的仁布是黑龙江对口支援。黑龙江是什么地方？东北大米的主产地，种粮食是他们的强项。他们就把东北大米的那套玩意带到仁布，搞了个青稞增产，他们每亩增加的产量相当于别人原产量的一半，厉害吧？”

“嗯，真不错。”李橼点点头。

“江孜的援藏干部是从上海来的，上海现代化搞得好。他们在江孜搞了个智能化的现代农业大棚，种起了藏红花，以后的藏红花真正姓藏了。”

“我感觉你们援藏干部都在运用自己的优势长处，来给当地发展找路子。”

“嗯，差不多这样吧。”

“你很幸运。”

“什么？”

“我觉得你们援藏这个团队就像千手观音。一般人只能从各种报道看到他们的贡献，就像是看到千手观音叠出来的无数只手。但唯独只有你深入接触了他们，只有你看到了每一只手为什么是现在这个样子。”

我细细咀嚼李橼的话，不得不承认，眼前这个小姑娘有时候还挺有想法的。

204省道是一条干净的双向两车道柏油路，跟西藏的其他省道一样，路途遥远，车辆稀少，所以路上没有必要设置维持交通的警察。但当地人试图用稻草人吓跑鸟儿的方式来管理交通，在一些路段摆放着废弃的警车，用以提示过往车辆注意限速。

过了嘎拉乡，再往前行，浩瀚的多庆措便渐渐呈现眼前。风起云涌，倒映在清澈的湖水中，平滑的湖水像是一面蓝天的镜子。

两个藏族小伙子沿着公路赶着一群白色的羊迎面走来，他们的身后四野空旷，雪山连绵，海拔7326米的卓木拉日隐藏在白云身后，不得相见。一阵大风吹来，黄沙漫天，连路边的高压电线基座也隐没在风沙里。我们只好停下来，待风沙散了才重新出发。

行驶半个小时后，公路边才出现一片黄墙红瓦的房子。我们猜测那是不是牧羊青年的家，可是离他们牧羊的地方也实在太远了。

再往前行，高山草甸泛出青翠的绿色，显示出此处草场的肥美，偶尔可见牦牛和羊群徜徉在山坡上。但是草原上的住所愈加简陋，一顶黑色的四方帐篷罩在牛粪干做成的围墙上，便是牧民的栖息之地。车窗外的天地被惨淡的冷空气笼罩，只有牧民住所围墙上竖立的国旗与帐篷里冒出来的袅袅炊烟显示出活力。

“这样的地方怎么能住人呢？”李橡叹了一口气。

“我猜这可能是牧民放牧的临时住所。”我回答，“在双湖，当地给牧民修建了集中安居房，但牧民们放牧还是只能去远处的牧场，所以临时又搭建了牧场的住所。”

“就算是临时的，也让人难过。”李橡转头看了我一眼说，“飞哥，你说对比这些牧民，我们城市里的人是不是活得特别矫情？”

“生活在别处吧。”我答非所问，这么深奥的人类学问题，你要我怎么回答嘛！

“快看，有彩虹！”李橡突然指着东边的草原。

暮霭沉沉，草原的一半喧嚣在光照中，一半沉默在阴影里，夕阳的光照渐渐被西边的山峰遮挡。一截巨大的七色彩虹斜斜地插在草原明亮的一侧，彩虹的另一端隐没在阴云里。

“你说，如果人站在彩虹底下会看到什么？”我突然感到好奇。

“会看到心里的那个人吧。”李橡沉吟了一会儿说。

“有那么巧刚好就站在彩虹底下吗？”

“斯人若彩虹，遇上方知有。哈哈，所以你找一个斯人吧。”

“伊人若湍水，触及方知柔。”

“哈哈，快看，耶稣光！”李橡来不及搭话，伸手指向西边，“你的伊人来了。”

一堵耀眼的光墙从水墨色的天空中裂云而出，神圣静谧地投射在西首的草原上，让人不由自主地想象这是一道时光的隧道，通过这束巨大的光，能通往来世和前生。耶稣光在高原也常有，但像眼前这般声势浩大，却是罕见。

海拔4300米的帕里镇看不见一棵树。没有树木的遮挡，高原上的风任性地刮过人们的脸颊，在肌肤上留下记忆犹新的粗砺感。将荒芜的草滩抛诸身后，沿柏油公路穿城而过，刚跨过镇子竟一头撞进了一大片金灿灿的油菜花，心底顿时变得明媚，这一路的凌厉突然间便得到了抚慰。

这一片被群山环抱的金黄色，在9月的帕里草原开得不依不饶。那一瞬间，稀薄的氧气与眼前充实的色彩填塞，让人在现实与错觉中徘徊不定。不由得遐想，跨过油菜花后边的连绵青山，我们又会遇见怎样的天地?

继续沿着204省道，一路向海拔2900米的亚东县城下降。行至途中，绿色扑面而来，瀑布流水声声入耳，山谷间雾气弥漫，恍惚间似乎进入了墨脱。但眼前崭新的柏油公路明白无误地提示我，这是喜马拉雅五条沟之一的亚东沟。这是印度洋暖湿气流走得最远的一条沟，从亚东进入藏南，一直延伸到江孜县境，将年楚河流域的河谷孕育成了丰饶的“粮仓”。

风雪最大的地方

天色暗淡，将至晚间。山谷间突然下起了雨，淅淅沥沥扑闪在昏黄的车灯前。下雨路滑，我提醒李橡拐弯处注意减速。穿过雨雾，闯进一片璀璨灯光中，我想，一定是亚东到了。

这一路走来，西藏的县城大多杂乱而破败，仿佛内地被遗忘的小乡镇。但眼前逼仄的街道却给了我惊喜，这几乎是一个微缩版的香港。雨中的房屋粉刷一新，鳞次栉比，错落有致，在明亮灯光的映照下像一首韵律慵懒的蓝调。

来自上海的亚东援藏副书记王庆滨告诉我，2016年他们进驻亚东的时候，县城里没有一盏路灯，漆黑一片。我看到的这些路灯都是2018年6月份才亮起来的，援藏资金投了1500万元，当地也出了900万元，共同将亚东点亮。亚东是边境小城，这里的援藏项目除了便利老百姓，也带有边境示范的效应。

对于亮灯之前的县城，亚东卫生局援藏副局长于浩的感受最刻骨铭心。2016年国庆节，援藏队友在亚东待了3个月之后回到日喀则。入住酒店旁边有一家商场，商场里有日喀则唯一的一架自动手扶电梯。于浩见了自动手扶电梯便两眼放光，兴冲冲地坐电梯上了2楼，却又意犹未尽。于是折返下来，再坐上去。半个小时后，于浩看见队友们逛完商场出来，才心满意足地从电梯上走下来。这个时候大家才知道，他在自动扶梯上来来回回玩了半个小时。

队友们没有取笑于浩，他们理解他的心情。与中国最发达的城市相比，边境小城的生活配套有天壤之别。亚东县城最高的建筑只有4层楼，没有商场，没有电影院，连大超市都没有，街道上只有零零星星的小店。从与世隔绝的小山沟来到日喀则，看到电梯的那一瞬间于浩仿佛又回到了现代社会。

于浩的经历让我想起5岁的儿子，朱峰到了商场最喜欢的也是那架自动手扶电梯，他每次都要来来回回坐好几趟才会善罢甘休。

从县城南边的仁青冈再往上6公里，便到了中国和印度的边界——海拔4730米的乃堆拉垭口。这里曾经是世界上海拔最高的陆路贸易通道，但半山腰的仁青冈边贸市场如今已经搬到山脚下，原来的蓝顶简易房也鸟枪换炮，变成了钢筋水泥房。

这里比30公里外的县城高出1000多米，站在垭口能清晰地俯瞰整条亚东沟谷深山陡的地形。如果从地图上看，形势更加明显，亚东像是一个楔子，插入印度和不丹之间。所以这个极其偏僻的地方，自古以来都是兵家必争的边境，长期处在反分裂斗争的第一线。

在藏语里，乃堆拉是“风雪最大的地方”，而2017年的那场风暴注定是亚东第八批援藏干部一辈子都刻骨难忘的记忆。

2017年6月18日亚东洞朗地区突发中印对峙事件。到了6月底亚东被封锁，除了军队，外地人都不得进入亚东。

县里召开书记碰头会，会议明确只要亚东还有一个居民在，县委、县政府就不能撤离亚东。全县人员分为前方和后方，后方包括农牧民群众和大部分机关干部，计划撤至日喀则。前方留在亚东，包括县委、县政府一部分工作人员和医务人员、武警、公安、消防等。

王庆滨被安排为后方总指挥，其他援藏干部也都被安排在后方，但于浩作为医务人员被留在前方。王庆滨放心不下于浩，又主动要求留在前方，担任前方副总指挥。分了前方和后方之后，援藏队员按照分工各自准备。

到了8月份形势突然变得紧张，新的部队源源不断地进驻亚东。几百名军队医生与亚东卫生服务中心联合组建亚东野战医院。王庆滨组织了32辆大卡车，一天之内将亚东全部涉密档案转移至日喀则，无关紧要的文件就地烧毁。

全部工作都在按照战前要求紧张有序地进行，部队也为亚东援藏组两位前方的同志配发了海事卫星电话、登山包、望远镜、头盔和防弹衣等战时装备。县委常委级领导干部还配发了手枪，接受部队的射击训练。

战争似乎近在咫尺，王庆滨开玩笑说：“于浩啊，要是真打起来，我们的尸骨都未必能找得到，到时候我们的家属只能在上海对着亚东这个方向遥拜几下咯。”于浩受了刺激，情不自禁地“哎哟”惊呼一声，回到宿舍就开始上网查询各种野外生存技能。他心想，即便没有生的希望，但是也不能坐以待毙。

俩人仔细研究地形图，亚东与地震时的汶川地形极为相似，沟谷深切，山势陡峭。真要打起来，整个县城都是炮火覆盖区域。而且县城边上的亚东河水流湍急，炮火一封，县城很可能就会变成堰塞湖，整个亚东县城都会被淹没。也就是说躲得了炮弹也未必躲得过水流。俩人越发紧张起来，开始野外生存的训练。

第一个是体能训练。俩人试穿部队配发的装备，防弹衣、头盔、登山包等全副武装地穿戴整齐。“哎呀，书记，这各方面防护都做齐了，但是我们也走不动了呀。”于浩哭丧着脸说，“这套玩意实在太重了。”光是防弹衣就有几十斤重，对于平时不爱运动的王庆滨和于浩来说实在是极大的负担。下了班，俩人穿着装备在河流上架设的圆木便桥来来回回行走训练，既练体能也练胆量。

第二个要储备物资。战争一旦爆发，半年之内就休想撤出亚东。虽然组织也会安排，但战争来临，意外是无法预料的。一旦组织和联络都被打乱，只能靠天靠地靠自己了。俩人各自准备了一套应急物资，比如饮用水、应急食品、药品等，甚至连尿不湿也备好了。县里没有防空洞，于浩便拉着王庆滨到处寻找适合藏身的山洞，每天往山洞里运输一些应急物资。

他们讲述的场景突然让我想起高原上的土拨鼠。土拨鼠一会儿从这个洞里钻出来，一会儿又无端消失，不久又出现在另一个洞口。于浩与王庆滨往山洞运输物资的情景，与机警而又惶恐的土拨鼠何其相似。

王庆滨与于浩已无法准确地回忆当时的心境，但直到最后一刻，老百姓都不愿意离开家乡，他们固执地认为战火烧不到亚东。8月28日14:30，印方将越界人员和设备全部撤回，危机突然解除。

所有人都大松一口气，庆幸自己捡回一条命。让于浩感到钦佩的是亚东卫生服务中心没有一个人提出要撤退。组织明确将女医务人员划入后方，男医务人员留在前线组建野战医院，却没有一个人抱怨，甚至还有很多人主动提出要留下来。亚东卫生服务中心就是整个亚东县的缩影，面对危机，亚东表现出了众志成城的意志和决心。

“家国情怀”这4个字对于亚东援藏组来说，绝不是泛泛的纸上谈兵，这是用战争擦肩而过换来的切身感受，他们第一次真正意识到卫国戍边的要义。

除了危难时刻的并肩作战，平时生活中援藏兄弟间的点滴相处也让于浩怀念。

于浩的专业是心血管，长期与老年病患者打交道，养成了职业习惯，不但语速慢，而且凡事都要强调好几遍，生怕对方记不住。亚东住建局援藏副局长周海峰年轻，嫌他啰嗦：“你强迫症还是怎么的？听一遍我记住了，我不要听那么多遍。”但于浩还是至少要讲两遍，周海峰不胜其烦。

于浩特别怕冷，在家里随时都要穿秋衣秋裤，取暖器、空调、电热毯全部打开，所以他的电总是用得最快。公寓里安装了智能电表，插卡用电，先付钱后使用。周海峰负责后勤，每过一两个月，于浩就喊："海峰，没电啦。"周海峰就纳闷了："不是刚给你充了吗，怎么又没电了？"

每次充电周海峰都要带着电卡去电站，充完以后还得给于浩垫钱报销。对于于浩来说充一次电只需动动嘴皮，周海峰却要走足整套程序。频率多了，新仇加旧恨，周海峰便寻思着找个机会整蛊一下于浩。

正所谓枕边无美人,近处无风景。亚东沟是内地人的诗和远方，但对于驻扎3年的援藏队员来说，却是好山好水好无聊。小县城的日子待不了几天就会觉得无比单调。下了班，队友们喜欢聚在楼下梁昌明家里喝杯啤酒，唠个嗑。大伙叫唤于浩，于浩注重养生，每回都说："哟，太晚了，我不能吃东西，今天有点不舒服，啤酒我不能喝。"每每这时，周海峰就拿了备用钥匙，趁其不备开了门，生拉硬扯把他拽出来。

于浩吃了几回亏也学聪明了，偷偷使计谋把备用钥匙收了回去。周海峰一计不成再生一计，直接拉闸断电。周海峰心想，取暖器和制氧机用不了，没了暖气和氧气他肯定待不住，10分钟之内必现身。不到10分钟，于浩就出现在梁昌明门口，嘴里还嚷嚷："怎么停电了?"见到房间里灯火通明，大伙正热火朝天地唠嗑。"这么快又来电了吗？"于浩纳闷地说。周海峰伸手拉住于浩，一把将他摁下："嘿嘿，这下跑不掉了吧。"道高一尺魔高一丈，于浩这才发现又上了这小子的当。

后来周海峰再使这招也不灵光了，于浩拉开窗帘，路灯还亮着，就知道又是周海峰捣的鬼。他气定神闲地开门把电闸推上，总之就是不出来。可是这样频繁地断电复电也麻烦，于浩又使计谋把配电房的钥匙弄到手上。这回打中了蛇的七寸，周海峰再也没法断他的电了。

但这还没完。有一回，一位客人生病，王庆滨打电话给周海峰，让他叫于浩去看看客人。周海峰正在梁昌明家唠嗑，于是上楼敲了于浩的门。于浩开了门，去里屋拿药箱。周海峰站在客厅等他，一瞥眼正巧看见鞋柜上搁着一把钥匙。周海峰心想，好眼熟啊，那不就是配电房的钥匙吗?他一声不吭，手一探，无声无息地收入囊中。

于浩赶去酒店探望客人，周海峰打开配电房，顺手就断了于浩的电。在梁昌明家闹完，周海峰回到房间准备睡觉，突然想到于浩能把配电房的钥匙收起来，说不定也能把他的电拉了。小心驶得万年船，周海峰把自己房间的电表钥匙拔了，反锁房门，坐在沙发上等着于浩回来。

于浩回来后感到很纳闷，自己不是已经把钥匙收好了吗，怎么还是没电？打着手机电筒在房间里乌漆麻黑找了半天，猜到钥匙被周海峰拿走了，跑过来敲周海峰房门，一边敲，一边喊："你给我出来！你把电给我推上去！"

周海峰偏不开门，靠着门边嘿嘿直笑："小样，看你能撑多久？"住在对门的亚东发改委援藏副主任许冰听到声响，开门出来问："你怎么回事？"于浩气愤地说："这小家伙又把我的电给拉了，还不肯开门。"

“你把他的电拉了不就好了嘛！”

“哎，对哦，我怎么没想到。”于浩恨恨地冲着周海峰的房门喊，“海峰你等着瞧，我拉你的电。”10秒钟后，于浩又回到周海峰房门前，恨恨地说：“这死鬼把他自己配电房锁啦。”周海峰在门口听了捧腹大笑，把房门打开，一边大笑，一边把钥匙还给于浩。

“你这死鬼！”于浩作势要打周海峰，一旁的许冰和周海峰都已经笑作一团。

兄弟们平时打打闹闹，谁也不当真。都是三四十岁的中年人，却像小孩子一样乐此不疲地玩着同一个游戏。兄弟们朝夕相处，在这次对峙事件中，更是危难时刻见了真情。虽然分了前方和后方，但实际上后方的人始终没有撤离亚东，一直坚持到了印方撤退。如果战争真的不幸爆发，通往帕里镇的唯一一条盘山公路也很难保障大规模的撤退。亚东的陡谷地形易攻难守，一旦公路被炸断，所有人都可能会困在县城里。

皮之不存，毛将焉附？

边城今生

出了亚东，在嘎拉镇向左拐进嘎拉奴村，这是一条通往岗巴的捷径。当地政府正在土路上修建柏油路，近一半路段已经轧平，铺上了粗砺的砂石。但是大部分路段还处于封闭状态，我们只能拐到路基下的便道，其实那只是草丛中的车辙，普拉多裹挟着滚滚灰尘勇往直前。路上几乎没有其他车辆，偶遇几辆修路队的工程车，显示这片辽阔的土地上尚有其他生命。

到达岗巴县城已经20∶30。这是一片辽阔的草原，小县城温顺地趴在平缓的山坡下。暮色笼罩，整个县城充斥着一股难以言说的寂寥。我和李橡一致决定继续赶往定结。

出了县城不久，一个藏族女人站在路边，天色已暗，瞧不清她的模样。李橡在她面前停下车，我摇下车窗问她：“你要去哪里？”

女人唤了我一声“叔叔”，接着说了个地名。

叫我叔叔？我心里一咯噔，那她应该年龄不大呀。仔细一瞧女子的模样，我立马便想喊她“阿姨”。

咱俩到底谁是长辈啊？

她说的地名我听不懂，于是便说：“我们要去定结县，有没有经过你要去的地方？”

“奥奥。”

“那你上车吧。”这回我听懂了。

我把后排座位收拾出一个空间，藏族女人打开车门爬了上来，车厢里瞬间充斥了一股混合着酥油的难以名状的浓烈味道。

“你多大了？”这么晚一个单身女人搭顺风车，心里一定会有些不安。为了安抚她的情绪，我想尽力表现得热情而不失礼貌，努力找话题跟她聊天，尽量填满车里令人不安的黑暗空间。

“哦？”女子似乎感到疑惑。

“我问你多少岁了？”

“我也不知道。”女子的普通话说得不太清楚。

“那你家里有几个兄弟姐妹呀？”

“哦？”

“你要去的村子离这里有多远？”

“我听不懂。”女子似乎有些惶恐。

我知趣地闭嘴，却总感觉哪里不对劲。

十几分钟后，女子突然说：“叔叔，我在这里下车。”

“这里？”我看着车窗外漆黑一片，眼前并无村庄，远处透出微弱亮光，那里似乎有房屋。

“对，就在这里下车。”女子的声音很着急。

李橡一个刹车把车停下来，女子说声“谢谢”，急急忙忙地挪下车。

我从后视镜里看见藏族女子伸出右手使劲挥动，于是跟李橡说：“哟，她还挺讲礼貌的，在跟我们挥手告别呢。”

李橡侧头看了看后视镜，不以为然地说：“是吗？她是跟我们后面那辆车招手吧？”

我转头一瞧，后面一辆皮卡车停在女子身旁，她躬身上了车。那辆皮卡车我们曾在半路超过一次，车上坐着3个藏族男人。这一路上车辆寥寥，车牌号和车型都极易记住。

“她真的是向后面的皮卡招手，那么她刚才急着下车……”

我突然意识到什么，马上闭嘴。

李橡咯咯笑了，开心地说：“你问人家小姑娘那么多问题，把人家吓着了吧，呵呵……”

“就她还小姑娘，说不定比我还大。”

“人家叫你叔叔，自然比你小。”

“我是不好意思叫她阿姨！”

藏族女子下车后，没过多久越野车拐上盘山路。

天空突然下起了大雪。夜空中雪花源源不断地迎面撞来，一会儿犹如黑洞一般，仿佛要把我吸进去；一会儿又感觉像异形怪兽，那些急速飘飞的雪粒就好像怪兽嘴里伸出来的无数支触须，要把我拉进它的血盆大口；一会儿又仿佛时光隧道，能将我送到世界上任何维度的空间。那种感觉很奇妙，我目不转睛地盯着迎面撞来的雪花，突然间我的灵魂像是被它吸走了一般，变得心神不定。

我把感受描述给李橡听，她笑着说：“我也试试。”

“真的好奇妙，我感觉七魂六魄都会被它吸走了。”话音刚落，李橡突然惊呼一声，一个急刹车。我听见刹车“嘎嘎嘎”响，越野车却未完全停止。李橡猛向左打方向盘，越野车冲上一个土堆，终于停了下来。

我俩对视一眼，半晌说不出话来，眼睛里满是惊恐。

李橡抓着方向盘的指关节一片惨白。平静了一会儿，我推门下车查看。砂土公路底下是陡峭的山坡，黑暗中瞧不见谷底有多深。我们上坡的速度也不算快，李橡分神的瞬间，恰好拐弯处是一个施工地，缓冲了我们的车速。否则即便在急刹的情况下，我们依然有可能冲下山坡。

我深吸了一口气，指挥李橡把车倒下来。

李橡惊魂未定，我建议她把远光灯切换为近光灯。这样的话，灯光只射在地面，车里人观看雪花时非平视角度，看到的雪花就不是迎面撞来，而是飘落在地面，开车的人就不会受到它的魔力影响。

在定结睡了一晚，第二天中午向西直奔定日。转上318国道，再一路西行。过了乃龙乡之后折而南下，便到达边城聂拉木。

刚到县城入口的大桥，就被警察拦下。桥头竖着一块牌子，上面写着“所有车辆不得入内”。桥对岸的县城新楼耸立，高高竖着脚手架，看上去一副欣欣向荣的样子。

我只好打电话给聂拉木的援藏干部，将近半个小时后，聂拉木县“组团式”援藏医疗队队长魏恒来到桥头接我。魏恒是走路过来的，他向我们解释，2015年尼泊尔地震中聂拉木几乎全毁。县城里现在正紧锣密鼓地推进灾后重建，重修道路。除了施工，其他车辆都不能进入县城。

魏恒上了我们的车，指引我们从县城外围绕到加油站。经过半山腰的一排老楼房，东南角一处简易的两层平房，便是“聂拉木县卫生服务中心”的临时病房。魏恒告诉我们，地震后医院先是在帐篷里临时行医，后来又搬到板房，2017年才搬到了这处临时租赁的民房。临时病房规模较小，但烟台援藏队还是投入资金建立了手术室。

2017年5月，烟台市向聂拉木县派出了8名全科医务人员，率先拉开了县级“组团式”医疗援藏的序幕。2018年2月，第二批“组团式”医疗援藏队轮换进藏，延续第一批医疗前辈的工作。加上烟台市第八批2名医疗援藏干部的力量，一个涵盖神经外科、ICU、内科、外科、妇产科、儿科、检验、放射、麻醉、手术室护士等多科室的医疗小团队建立起来，成功实现小病不出县的目标。

医院的小院子里停放着烟台市2017年捐赠的两辆救护车和移动巡诊车，魏恒指挥着李橡把越野车停靠在巡诊车后边。

“不会阻挡巡诊车出去吗？”我问道。

“没事，巡诊车晚上不出门。聂拉木地广人稀，老百姓到县里来看一次病很不容易，下乡义诊的时候我们就开着巡诊车，把医生和仪器、药品一起拉到村里，送医上门。”

进入县城我才明白为什么桥头拦着不让车辆进入，因为根本就进不来。施工建材堆得到处都是，道路也被挖得破破烂烂，一副百废待兴的场景。人在街道上行走都要随时躲避巨大的坑洞，更不要说车辆了。

2009年我曾在半夜经过聂拉木县。当年从樟木口岸进入尼泊尔，雄心勃勃想要徒步EBC（珠峰南坡徒步路线）。早上10点从拉萨出发，半夜1点才到达樟木口岸。

从海拔3757米的聂拉木县城到海拔2300米的樟木口岸，只有30公里左右的车程，海拔却陡降1457米。雄浑壮阔的318国道行至樟木沟，摇身一变成了一条缠绕在悬崖上的真丝飘带。黑夜中进入樟木沟，车窗外山影崔巍，壁立千仞，峡谷幽深，大巴行驶在狭窄的弯道上，仿佛是在刀刃上行驶，令人胆寒。

第二天早上起来，繁华的口岸小镇让我错以为是在内地某个发达的县城。这是一个风情万种的小镇，小镇依山而建，峭壁之上的各式建筑风格各异。有的房子临山面路，后窗是山涧飞泉；有的建在悬崖上，脚下是万丈深渊。你能看到几栋楼共用一个小楼梯，楼与楼之间仅一步之遥，有的街道连接两栋楼，或者直通上山。整个樟木镇结构复杂而又互联互通，像一首气势恢宏的交响乐。

但援藏队友说，繁盛一时的樟木口岸被地震毁于一旦，已经完全关闭，不允许游客进入。时隔10年，重新踏上聂拉木的土地，物非人也非，往事飘零，恍如隔世。

魏恒带领我们穿过坑坑洼洼的街道，在酒店安顿好。李橡在酒店休息，我则跟着魏恒直奔援藏组。魏恒告诉我，县城里没有自来水，楼后面的街道上有一个供水点，周边的老百姓都在那里提水。刚来的时候，因为海拔高爬楼梯都费劲，工作组雇了一个民工帮忙打水。两个月后习惯了，援藏队员开始自己打水。每次出门都不会空手，总想着顺便打点水回家。每天起码打两次，中午一趟，晚上一趟，每回都用农夫山泉5L的水桶提两桶上5楼。

在3757米的海拔上每天提4桶水上5楼是什么概念？我是登山运动员，除了双湖，援藏3年我在西藏基本上没有感受过高反的滋味。但我在林芝2900米的海拔空手上3楼都略有急喘，难以想象魏恒他们怎样维持日常生活。

魏恒的房间平时都堆放了十几桶储备水，以防随时停水。其他用水问题可以克服，但最起码厕所得用水冲。半个月洗一次澡，衣服拿到提水点用手洗。到了冬天，活水冻成冰，提水点的自来水一停就是几个月。

从公寓到医院步行需20分钟，下了雨街道上全是泥浆，要穿水鞋才能通行。但医生们宁愿下雨，因为天晴之时每天一个来回身上就是半斤土，刮风的时候简直就是沙尘暴。

2017年3月，聂拉木县遭遇了1989年以来最大的暴雪，交通中断，房屋受损，停水60多天。积雪达到胸部，路边的车辆被大雪没了顶，房屋挂着长长的冰条，窗户几乎也被大雪覆盖。放眼望去，视线里除了白色的雪，别无他物。县城里一片惨淡景象，像极了电影《后天》里的末世场景。

田长青、李杰和王诗龙3位援藏县领导去福利院慰问孩子，路上大雪没到大腿。3人像是划着船破浪而行，硬是杀出一条“雪路”。忙完了灾后救助工作，王诗龙和援藏同事铲了室外的冰雪带回房间烧开，解决喝水问题。

艰苦的背后是聂拉木援藏人的达观，“烹雪煮茶”在他们看来也别有一番风味。

魏恒、刘永田和邹玲涛3位援藏医生七嘴八舌地与我聊起了一个先天性心脏病儿童的故事。11岁的夏尔巴男孩阿旺加参，是2015年尼泊尔大地震中被烟台援藏干部救出的地震孤儿。父亲在地震中失踪，母亲洛桑卓玛因为生活所迫改嫁到几百公里外的吉隆县。阿旺加参留在了聂拉木县亚来乡，跟着姥姥和舅舅一起过日子。很快，舅舅发现，这个外甥不爱活动，说话声音很细，走路快了就咳嗽，脸色发紫喘不上气。11岁的孩子，体重却只有25公斤。但是，却一直找不到这些症状的根源。

直到2018年4月，阿旺加参感冒久病未好，咳嗽憋闷喘不上气，舅舅索朗匆匆忙忙将他送到县卫生中心。援藏医生王兆琦发现小阿旺是先天性心室缺损，情况危急，急需手术。

所有人的心都沉了下去，因为这种先天性心脏病的最佳治疗时机是5岁以内，而小阿旺已经11岁了，还有没有手术机会？手术的风险又有多高？医生们心里没底。

危难之时，烟台晚报社援藏记者何晓波对小阿旺的情况作了报道。烟台毓璜顶医院获知消息后，与聂拉木的援藏医生远程连线，反复研究。专家们最后认为小阿旺虽然错过了最佳手术期，但还具备手术条件，不过时间迫在眉睫，不能再拖延了。

援藏组当即筹备小阿旺赴烟台做手术的事情。临行前，聂拉木县亚来乡小学4年级举行了一场特殊的欢送仪式，全班师生为阿旺加参献上洁白的哈达，祝福他早日康复。5月18日，小阿旺与母亲卓玛在烟台援藏干部的陪同下，从西藏出发，经过2天2夜的奔波，历经5000多公里，抵达烟台。

烟台毓璜顶医院已经减免了小阿旺的部分手术治疗费用，但是依然有5万多元的费用缺口。这对于藏区普通百姓来说，无异于天文数字。小阿旺的妈妈卓玛四处筹钱，10多天过去了只借到2000元。烟台援藏组也捐助了1万元的医疗款，但缺口依旧巨大。

鉴于小阿旺病情紧急，毓璜顶医院决定先给孩子实施手术。与此同时，烟台慈善总会为阿旺加参设立了专门的爱心账号，接受社会各界的捐助。

戴着墨绿色毡帽的小阿旺始终安静地坐在病床上，一言不发，仿佛和这个世界隔离了起来。记者蹲下来问他："害怕吗？"

小家伙闪着大大的眼睛，看着记者，许久，轻轻地问他："会死吗？"

妈妈一把搂过儿子，带着哭腔说："没事，烟台有很多好心人在帮我们，你不会死的。"

记者又问小阿旺："如果病好了，你有什么心愿吗？"

"我想继续读书。"

记者把小阿旺的心声报道出来，许多市民都被小阿旺的心愿打动了，短短4天时间就募集了6万元善款。

5月22日上午8：50，阿旺加参被推入手术室。在接下来4小时的等待过程中，妈妈卓玛显得焦急不安。手术室的门每打开一次，推出一位刚刚结束手术的病人时，卓玛都忍不住起身探望，看看是不是小阿旺。

直到13:00左右，医护人员才将昏迷的小阿旺推出手术室。宣布手术成功时，卓玛不敢相信这一切是真的。在人群中，她只是茫然地跟着手术车向前移动，想多看看沉睡的儿子，却又显得有些胆怯。

小阿旺加参回到了亚来乡小学，他实现了自己继续读书的愿望，在烟台援建的新课堂上，重新拿起了书本。

小阿旺现在和姥姥一起生活，仍然有热心的烟台市民通过各种渠道为他捐款。70多岁的姥姥做了一个惊人的决定，不再接受任何形式的爱心款项，剩余的善款也将全部捐出，她说："烟台的爱，要留给更多需要的人。"

救死扶伤、悬壶济世对于援藏医生来说，已经算是平常事了。但在小阿旺的故事里，除了各级组织和各界爱心人士的共同努力之外，小阿旺一家人的感恩和知足也让援藏医生感触良深。地震把房子震塌了，但人心没有塌，质朴而美好的信念依旧坚挺。

每一次抢救对援藏医生来说都是一次挑战。聂拉木的药物不全，化验也只能查血常规，检查手段只有拍片，没有CT机，很多时候只能依靠经验判断。2018年4月23日抢救了一个肺水肿病人，第一天的治疗最关键，魏恒带着几位当地医生一直陪在病人床前观察心电监护仪，根据病人的指标变化随时用药。到了下午，病人症状稍微好转。值班医生一直监控到晚上11点半，魏恒通过电话随时调整用药。

医生不是神仙，受限于当地落后的医疗条件，医生们也有无能为力的时候。但即使病没被治好，当地老百姓也毫无怨言，对医生们一如既往地尊重。

西藏人显老，50岁的人看起来跟内地70岁的人差不多。人均寿命也比内地低。88岁的姆拉是聂拉木年龄最大的一位老太太。姆拉来找魏恒看了三次病，每次看完病，她都会双手合十，为医生们祈祷祝福。

革吉县亚热乡

亚东县卓木拉日峰

日喀则

日喀则

比如县萨普

纳木措·嘎诒村

纳木措·嘎诒村

比如县萨普

比如县萨普

"内地的医患关系比较紧张，但在西藏却非常和谐。聂拉木的藏族老百姓非常尊重医生和老师，他们来到医院对待我们的态度，就像记忆中我小时候去医院看病一样，这种尊重没有功利，他们的信任也毫无保留。"魏恒告诉我说。

我特意提出，个别援藏医生反映来援藏之后，个人业务被耽误了。魏恒摇了摇头，他说内地同事每天接触的病人比西藏多，进步肯定比较快，但是业务随时可以学，而援藏这种经历，一辈子可能只有这一次。在西藏，心灵上有一种返璞归真的感觉，这是内地难以感受到的。

我想，这也相当于西藏对我们援藏人的一种反哺吧。

自由如风，星光熠熠

出了聂拉木县城，车窗外闪过好几处崭新的村庄，整整齐齐的两层青瓦院落房屋简直就是一栋栋的别墅。塔杰林村一座房子的屋顶，兄妹3人正在忙碌地粉刷着墙壁，身上沾满了白色的颜料。聂拉木援藏组向我介绍过，这些都是国家给灾民们重建的家园。

蓝天白云之下的山坡无比荒芜，寸草不生，黄色的砂土裸露在刺眼的阳光中，一条狭窄的河流从谷底蜿蜒穿行，这里显然不适合人类居住。但新的村庄坐落在河谷里，无数块不规则的耕地布满了整个谷底。金黄色的青稞，绿色的牧草，间杂着三五块耕地上种植着绯红色的经济作物，勤劳的村民们硬生生将这块不毛之地开垦成了上帝的调色盘。类似的场景在西藏随处可见，尤其是在飞机上俯瞰整个村庄，周边荒凉的地貌看得更清楚，这块贫瘠的大地随时都在上演着生命的坚韧。

金秋时节，青稞已经成熟，沉甸甸的麦穗微微颔首，像波浪一般在阳光下熠熠生辉。年轻力壮的男人背着小型割草机一茬茬地割断青稞秆，妇人和小孩们则跟在身后将割断的青稞抱起，统一堆放在地上。村民们带了铝锅和热水壶，锅里装的是糌粑，壶里盛的不是开水，那是散发着清香的甜茶。人们三五成群地围坐在地上，享受着丰收季节的阳光和清甜可口的甜茶。有一位母亲抱着孩子坐在青稞地里，他们屁股底下垫着一箱拉萨啤酒。这一场丰收不仅仅意味着劳作和收获，也是他们的狂欢节。

"真羡慕他们，总是那么快乐。"我若有所思。

"这个民族似乎总是善于将艰难转化为欢乐，从物理学的角度来看，这是否也意味着一种能量的转化？"李橡接着我的话说，"就好像将太阳的能量转化为电能，再将电能转化为世界运转的动能一般。"

"你说得对。"我深有感触地说，"有时候我甚至怀疑他们每个人心里都有一台发动机，能将他们接触的所有物质都转化为欢乐，可能这就是他们在人世间勇往直前的能量。”

背靠雪山的垭口正在修建一座牌坊，牌坊旁边竖着一块巨大的广告牌，提示人们“像保护眼睛一样保护生态环境，像对待生命一样对待生态环境，推动形成绿色发展方式和生活方式”。在壮美的环境下，政府生硬的标语不再像唐僧喋喋不休的啰唆话。这些文字具有了深入人心的感染力，人们的第一反应都是“确该如此”。

路边的草甸上散落着一群绵羊，一个身穿红色冲锋衣、头戴米黄色宽檐帽的牧民反剪双手跟在羊群的屁股后边。我端起单反相机，拍了几张照片。他察觉到我夸张的长焦镜头，立马跑了过来。

“他想干吗？”李橡莫名有些紧张。

“快走！”我担心多事，催促李橡赶紧开车逃离。

但牧民移动的速度很快，似乎一瞬间就站到了我们车前。李橡启动了越野车，还没来得及挂挡和松手刹，一脸络腮胡子的藏族男子已经趴在我的车窗上，伸出右手做着数钞票的手势。我知道他想要钱，但我反感他的主动索取，便只给了他一个橙子。他咧嘴一笑，晒得瘀黑的脸颊和鼻梁突然隆起，心满意足地转身离去。

我叫住他，说给他拍张照片。他听懂了，转过身来冲着我笑，焦黄的牙齿缺了上排两颗大门牙，增添了几分憨厚可爱。他距离车身太近，拍不到他的全身，我让他离远一点。他没听懂，只是乐呵呵地笑。我无可奈何，只好胡乱拍了几张。他正欲转身离去，李橡叫住他，又递了一个苹果给他。他又咧嘴一笑，露出两个黑黑的门洞。

半路上遇见两位藏族阿佳站在路边，她们的三轮拖拉机坏了。李橡停了下来，问她们需要什么帮助。她俩不会讲普通话，打通朋友的电话，然后把手机递给我。电话那头用普通话告诉我她们拖拉机的前轮爆胎了，想问我们借个千斤顶。

我瞅了一眼越野车的后尾厢，那里面有衣物、食品、矿泉水、帐篷、睡袋，甚至还有一路上从来没使用过的户外折叠桌椅和吉他，零零散散的行李堆积如山。掀开后尾厢的平板，下面有个凹槽，千斤顶就放在那里面。要把千斤顶拿出来，就必须把行李全部卸下来，这简直就是一次愚公移山。光是想想就头疼，我下意识地摇了摇头，把手机还给她俩。藏族阿佳见我摇头拒绝，也不多说，转身回到拖拉机旁，等待别人的救援。

李橡一边开着车，一边问我：“你为什么不帮帮她们呢？”

“后尾厢东西太多了，卸下来很麻烦。”李橡的问话让我感到惭愧，是啊，我应该帮帮她们的。虽然是很麻烦，但我也可以顺便熟悉一下这辆车的应急设备。

“她们要等到救援可能需要很久，这条公路跑的车很少。”

我心想，如果换作是我们的车发生故障，会多么希望过往车辆能停下来帮助我们？可是话一出口又变成了："如果帮她们，会耽误很多时间，这里离吉隆还有很远，当地的援藏干部还等着我们呢。"

既然我提出采访的理由，李橡便不再作声。

从318国道转入214县道，半个小时后，一座巨大的雪山耸立在车窗外。山体覆盖着厚厚的冰川，平坦的山顶右首突然长出一只凌厉的犄角，仿佛一座独立山峰寄生在宽大的雪山上。

我指着窗外跟李橡说："那是希夏邦马峰，海拔8027米，它是全球14座8000米山峰中的最后一位，也是唯一一座完全在中国境内的8000米高峰。"

"你很熟悉嘛。"李橡说。

"它曾经是我的目标。"

"你要攀登它？"

"是啊，最开始是想去徒步，它脚下的野博康加勒冰川非常壮观，像一座巨大的冰塔林迷宫。"我像谈起自己的恋人一样叙述着对眼前山峰的迷恋，"而且它8027米的海拔高度也是我晋级下一座极高山峰的最佳入门券。"

"哪座山峰的入门券？"

"珠峰。"

"登珠峰还需要入门券吗？"

"国内登山是逐级攀登的，想要攀登珠峰就必须拥有8000米以上的攀登经历，但要攀登8000米以上的山峰就得取得7000米以上山峰的攀登证书，以此类推，6000米以下不作要求。"

"规矩还挺多的。"

"嘿嘿。"我笑着说，"我曾经有个想法，把珠峰的每一面都看一遍，南坡、北坡、东坡，然后再站到顶峰之上。"

"实现了几个？"

"2009年去尼泊尔的时候就是奔着南坡去的，但因为时间不够，临时改成了ABC。北坡等攀登的时候再去。"我笑着说，"目前只实现了一个，东坡。"

"哟，那征途还很遥远啊。"李橡笑着说。

珠峰东坡也就是嘎玛沟，这是喜马拉雅五条沟里唯一一条不通公路的沟。这条山谷海拔从5000多米垂直降至2000多米，被探险家赞誉为"世界上最美丽的山谷"。

2013年10月，我和一位曲当乡的藏族向导，还有一头牦牛，俩人一牛徒步了5天，穿越了那个由杜鹃花、柏树、沙棘树、湿地、溪流、瀑布和湖泊组成的山谷。我在偶遇的徒步队伍里做了几天临时厨师，以换取一碗热饭。当我疲惫不堪、饥寒交迫终于到达营地，一位陌生人递给我一大碗热乎乎的姜汤，那是我这辈子喝过味道最好的姜汤。陌生人是西藏的户外领队，带着一支队伍从我的反方向穿越进来。

清晨从帐篷里爬出来，在措学仁玛近距离仰望世界高峰中的老大珠穆朗玛峰（8848.86米）、老四洛子峰（8516米）、老五马卡鲁峰（8463米）三兄弟，以及它们在湖水中颠倒众生的倒影，我当时兴奋得大声欢呼。

那些拥有自由灵魂的日子才是星光熠熠的时光啊，眼前的希夏邦马峰让我回忆起旧日的户外生涯。

1964年，中国登山队10名队员站在了希夏邦马峰海拔8027米的主峰。这是中国继1960年完成人类历史上第一次从北坡登顶珠峰的壮举之后，又一次对世界登山运动的巨大贡献。

人类首次从北坡登顶珠峰不单具有体育竞技方面的重大意义，当时还承担了重大的政治使命。彼时，中国和尼泊尔正在谈判中尼边境划界问题，关于珠峰的归属存在争议。1953年，尼泊尔籍的丹增·诺尔盖作为高山向导，与新西兰登山家埃德蒙·希拉里携手从南坡成功实现人类第一次登顶珠峰。尼泊尔对此大肆宣扬，其目的不言而喻：你们中国人都没上去过，怎么能说珠峰是你们的呢？

1960年中国成功从西藏一侧的北坡登顶珠峰，这种荒谬的言论不攻自破。第二年，《中尼边界条约》正式签署，两国历史上遗留的边界问题得到解决。

而1964年中国成功登顶希夏邦马峰，则完成了人类对世界上最后一座8000米级山峰的攀登，载入世界登山史。中国的登山运动起步虽晚，但也像国内其他事业一样，正以奔跑的姿势赶上世界的步伐。

这是一座具有迷惑性的山峰，国际上普遍认为它在14座8000米级山峰里相对容易攀登，技术性要求也不算太高。可是由于山峰角度原因，从北坡方向看去会产生视觉偏差，看起来中央峰最高，大多数登山者到达此处便选择下撤。其实通往顶峰还要经过最后一段“游动的”刀口脊，那才是“可怕的危险之处”，只有很少人到达真正的峰顶。

全球14座8000米极高山峰大部分都在中国境内，如论自然风光的瑰丽雄奇，泱泱中华不输于这颗星球上任何一个国家。因此而衍生出源远流长可歌可泣的登山故事，这或许也是我们民族自信和文化自信的根源之一。

50分钟后，李橡突然惊呼：“天啦，这样的蓝色，是真的吗？”

我正昏昏欲睡，闻言定睛一看，一条长长的蓝色玉带出现在视线里。

“哇。”我也忍不住惊呼了一声，“佩枯措！”

我们停下车，走到山坡上。眼前的景象仿佛被施了定身法，雪山静谧，青黄相间的土地也静默不语，甚至连如千军万马齐聚而来的云朵也在平滑的湖水上空突然凝固。眼前的世界是如此空旷，若不是耳边呼呼的风声和身边的李橡，我甚至会错以为自己误入了另一个维度的空间，身周寂静得令人不安。

路边竖着一块绿色的牌子，上面印刷着希夏邦马峰和佩枯措的简介。希夏邦马峰是佩枯措的重要水源地，这座极高山峰拥有长达16公里的富曲冰川，它的冰川融水形成了眼前这个日喀则最大的湖泊。而佩枯措的湖水通过蒸发、蒸腾等作用，形成的气流汇聚到喜马拉雅山脉上空冷却后形成降水。希夏邦马峰和佩枯措构成的气流循环为周边的野生动植物提供了适宜的生存环境，使得这片广阔的蛮荒之地也长出了浅浅的牧草，焕发出淡淡的生机。

“西藏的湖水有一股魔力。”李橡坐在地上，入神地望着佩枯措犹如玉浆一般的湖水，“我感觉它能将我们的精气神吸收进去，构成它自己的生命。”

李橡陷入迷狂的自言自语中，我只好闭嘴。

“我第一次见羊湖的时候，就觉得它是欢乐的，像一个明艳的女子。”李橡说，“这个佩枯措一定是忧伤的，如果走了这么远的路还那么难过，那这样的忧伤一定是摆脱不了了。”

李橡的眼角隐隐有了泪花，我递去纸巾，问道：“你是不是有什么心事？”

“你知道吗？拉萨叫作日光之城，白天晴空万里，但其实它的雨都是下在半夜的。就像一个悲伤的人，夜里哭泣，但到了第二天却又要在别人面前强作欢颜。”

我不知道该怎么接话，也许应该先听听她的倾诉吧。于是点点头表示在听，默不作声。

“有时候心情会莫名其妙地突然变差，感觉除了满满当当的绝望，什么都没有，坐在房间里就想大哭一场。”

可是第二天，李橡的朋友圈又很快更新了各类产品销售，虫草、桃胶、党参、野生白蜜等西藏代销特产。李橡说同在拉萨的朋友，他们朋友圈的各类特产和藏地风景出现的频率是一样的，现实与理想总是像孪生兄弟一样如影随形。

我不知道她具体为了什么事情悲伤，她没有再说下去，我却无端地感同身受。或许这就是生活吧，她没有时间彻底伤心一次。首先得维持生计，才能空出时间伤感，生活从来没有给过我们喘息的机会。

到了吉隆关，都是赵本山

“吉林省援藏队一共只有3个女同志，我们吉隆就独占两个。”吉隆援藏副县长王宇开门见山，自豪地说，“这对于安心援藏起着决定性作用。”

吉隆援藏常务副书记何晓杰接话说：“男女搭配，干活不累；男女搭配，喝酒不醉。”

王宇补了一句：“主要是，家属还同意。”

两人一唱一和，像是说起了相声。

到达吉隆镇，吃完晚饭，吉林的援藏队友拉着我在他们饭堂闲聊。

吉隆县城海拔4200米，大家刚进来经常失眠。何晓杰担心大家安眠药吃多了，或者高反出现危险，建了一个微信群叫“开心九人行”。每天早上，大家就在群里报数。9个人都报了数，大家就放心了，平安的一天又开始了。

有一天早上到了9点钟，微信群里就缺一个人没报。大家一查，发现是王宇没报，就担心起来。他身体本来就不好，一痛风就睡不着觉，老失眠。群里有人说，怎么还没报数，赶快问问。王宇的微信没反应，他们就开始打电话。电话通了，但没人接。大伙着急了，跑到王宇家，又是敲门，又是敲窗户，还是没反应。

大伙慌了神，心里祷告，老王啊老王，可千万别出啥事啊。

情急之下，援藏副书记林海策一口气爬上楼，从窗户里头跳了进去。

眼前的情景让林海策又喜又气。

“呼呼呼呼……”王宇洪亮的鼾声宛若一列翻山越岭的火车，呼啸而来，又消失远去。

林海策大步流星上前几步，一把掀掉王宇的被子，拍打着王宇胖乎乎的脸说：“你还活着啊，你还活着哈，以为你出事了呢。”这回王宇终于醒了，“咿咿呜呜”地伸着手到处摸被子。

林海策转身出去院子把门打开，大伙挤了进来。王宇本能地拉扯被子，想挡住自己白花花的肉体，他忘了自己还穿着保暖内衣。

原来昨天晚上王宇又失眠了，凌晨吃了一片安眠药，3小时后睁着眼睛又加了一片，五六点钟的时候才迷迷糊糊睡着，一宿没睡，这一觉就睡得特别沉。

同样的剧情重演了两回，害得林海策爬了两次窗。4200米的海拔，谁都害怕出事。

进驻吉隆县的头两个月，王宇基本上都没睡觉，就算吃药有时候也没用。他说当时就有种感觉，一旦睡着，第二天早上太阳还能不能见着都不一定。他强调说这一点都不夸张，在海拔4200米的高原就是这样。通过这几年的高原生活，王宇有个体会，除了生死，其他都是小事。

吉隆卫生中心副主任孙巍在吉隆援藏组9人当中年龄最大，2016年进藏的时候她已经49岁，身体偏胖，170斤的体重。到了日喀则高反严重，躺在宾馆吸了7天氧。

吉隆教育局援藏副局长何刚写了首宝塔诗，叫《高反》。

喘

脚软

脑仁疼

睡不着觉

太阳穴直跳

流鼻血撒黄尿

胃反酸舌头起泡

孙巍一边读着诗，一边心想我怎么把宝塔诗里的症状全部试了个遍呢？顿时慌了神，心里直打退堂鼓，搂着何晓杰脖子边哭边说："我图啥，我都这么大岁数，我想回去了。"

吉林省援藏队领队王相民也不放心，如果孙巍实在不行就得打报告申请让她撤回去。吉隆援藏组几位同志一商量，觉得还是让她先试一试。何晓杰跟孙巍说："你既然来援藏，而且都鼓足勇气到了日喀则了，怎么也得到县里看一看，如果你实在坚持不了再回去。"

孙巍觉得也行，待身体好转就赶到吉隆。来了之后援藏组的兄弟姐妹们嘘寒问暖，天天围着她转。渐渐地，她对兄弟姐妹们产生了情感依赖，身体好像也神奇般地适应了，于是就留了下来。

2017年9月的一天，孙巍突感心脏不适，打电话给王宇。王宇正在县维稳指挥部值班，赶紧联系县人大的一位副主任替他值班。王宇赶到孙巍家里，只见她鼻孔正插着氧气，瘫在椅子上，嘴唇发紫，脸色乌青，喘不上气。

王宇一看这情形就慌了，当时9个兄弟姐妹只有他俩在县里，其他人都去出差了。他想出门找医生，但孙巍的状况看起来可能随时会喘不上气。他不敢把孙巍一人留在屋里，怕万一发生意外。县里也没有120，打不了电话。

王宇想走又转身回来，回来了又干着急。正犹豫间，他突然想起县医院有一个藏医。孙巍虽然难受，但还算清醒，把藏医的电话告诉王宇。王宇打完电话，孙巍却突然"唰唰"地流下了眼泪。

她想到妈妈和儿子了，她爱人4年之前已经因癌症去世。

"我要是这回没了的话，那老妈怎么办？这老太太就我一个孩子在跟前。儿子刚毕业没结婚也没工作，这怎么办？我这图啥捏，家里头上有老下有小的，就指着我是中流砥柱，我要没了这家不就完了吗？"孙巍越想越难受，眼泪不停地往下掉。藏医来了，孙巍还止不住眼泪，拉着藏医的手，半天说不出话。藏医以为她为了自己的到来感动，情不自禁也鼻子一酸。

藏医开了点药，孙巍吃完之后感觉略微好转，但还是难受得不行。王宇拨通了何晓杰的电话，递给孙巍。孙巍说："队长，我好像不行了，都喘不来气。"

何晓杰正在陪客人，吓得手机差点脱手掉地上，惊慌失措地问："谁在陪你？"

"王县在跟前。"

"现在能不能氧气先弄上？"

孙巍说："我吸着氧呢，但还是喘不来气。"

"那怎么办，咱上日喀则检查吧？"

"上日喀则得七八个小时，我肯定坚持不了。"孙巍绝望地说，她感觉自己已经游走在死亡边缘，眼泪又"唰唰"地往下掉。

王宇接过电话说："要不先上沟里头吧，沟里头毕竟氧气充足，缓一缓看能不能行。"

"行，路上注意观察大姐的情况。"何晓杰忧心忡忡地说。

王宇说的沟里头是指喜马拉雅五条沟之一的吉隆沟，行政区所在地吉隆镇海拔2600米，比县城低了1600米。如果有高反，降低海拔是最有效的办法。但孙巍是不是高反，尚未得知。苦无良策之下，王宇决定冒险试试，总不能让她待在县城坐以待毙。

王宇扶孙巍上了车，匆匆忙忙往吉隆镇赶去。

从吉隆县城宗嘎镇前往吉隆镇73公里的路程，我刚刚才走过一遍。在喜马拉雅山被"撕裂"的山体中，吉隆沟就像被一副巨大的犁铧沿南北向瞬间划过，两侧的山坡仿如由翻开的岩浆土石堆砌而成，山谷两侧形成锋利的"岩刃"。

这是一段奇妙的旅程，像是乘坐直梯下降。告别宗嘎镇广袤而干燥的高原风光，伴随吉隆藏布河穿行茂密的森林和瀑布，仰望远方的雪山，忽而就来到了吉隆镇绿意盎然的温润世界。

就像亚东沟一样，所有进入吉隆沟的人都会感叹于造物的神奇，竟然会让四季并存在这么狭小的一个山谷里。峡谷里绿树成荫，繁花似锦。恬静的村庄被绿色海洋环抱，而一抬头又能望见雪山在云雾中若隐若现。由此处往西，孤军深入的印度洋暖湿气流气势已颓，无力沿着山谷继续挺进。因此从这里再往西行，像吉隆沟这样温暖湿润的地方就不多见了。

到了五条沟，世人才恍然大悟，原来喜马拉雅山脉不只有荒凉和寒冷，还有绿色和温暖，喜马拉雅的壮美张扬在高山之上，而温婉却深藏在河谷之中。

王宇没有心思欣赏风景，他听着躺在后排座位上的孙巍呼吸一阵紧似一阵，心里忐忑不安。这段73公里的峡谷道路，他们已经来来回回走过无数次。唯独这一次，王宇和孙巍都感觉漫长得像是度过了一生。

幸运的是，到了吉隆沟之后，孙巍慢慢缓了过来，她算是在死亡边缘挣扎了一回。

这又到了2017年年底的一个周末，兄弟姐妹们都回到沟里调养身体。孙巍负责后勤采购，吃完晚饭去买菜回来。公寓前有一个大坡，孙巍上坡走得慢，王宇走在前头。俩人一边走，一边有一搭没一搭地唠嗑。身后好像有段时间没声音了，王宇一回头。

孙巍躺在水泥地上不省人事。

王宇大惊，抢上去伸手一探，幸好还有呼吸。

孙巍再次大难不死，但评了个十级伤残的工伤。摔地上的时候右手骨折，至今洗完衣服都拧不上劲。年底回去体检，彩超出来后，医生说还得再做一个心脏照影，结果发现心脏右边的大动脉堵死了一半。孙巍不管是上次胸闷，还是这回摔倒，其实都是心梗作祟。

大家都劝她："不行你就在家待着，你现在是工伤，大家也都知道你这种身体状况，咱写个说明，剩下时间不长了，没什么事你就别来了。"

"我想大家了，我也想西藏，再说呢，做事情吧，总得有始有终。"孙巍说，"我还是回来吧。"

大家拗不过她，只好在平时多加留意。

3月份是西藏最难受的时间。西藏多春雪，到了3月正是大雪封山的时候，山上的植被尚未吐绿，氧气非常稀少。到了3月份，干部职工都得摁在岗位上维稳值班。县里没有供暖，只能靠电暖气和电褥子取暖。县城的供电靠的是吉隆藏布的小水电站，3月还是枯水期，水量非常少，电力自然就供应不足，每天都得停水停电。一旦停电，整个屋子冷得像冰窖。

孙巍两次心梗遇险，让大家都觉得后怕，大家认为她最好还是避开3月份这个特殊时段。于是工作组向上级部门和她的挂职单位请了假，让她4月份再回来。

没想孙巍3月20日就赶了回来，她说："听说现在暖和点了，我不能待太长时间，咱们的在岗率这么好，不能因为我一个人影响援藏干部的形象。"

两次遇险中大伙对她的关心比较多，但在平时的生活中，反倒是孙巍对大伙更加体贴细微。谁要出个门，开个会，孙巍都会挨个问。"海策，你手机带没带，充电器带没带？""王宇你药带没带？"她身体状况不好，却总是热情地帮大伙采购、订机票、订宾馆。她在援藏组年龄最大，也真像一个长姐一样，呵护着兄弟姐妹们，一个个地照顾着大家的生活起居。

除了卫生所的本职工作，孙巍也利用业余时间手工编织了毛线坐垫，送给吉隆县的村民和幼儿园的孩子，甚至连寺庙的僧人也看中了她编织的五彩坐垫。村里的阿佳看上了孙巍织的坐垫，特意来跟着她学。阳光底下的两个人戴着帽子，坐在金灿灿的油菜花地里，一个教得认真，一个学得仔细，浑不觉旁边的队友已经把这一幕偷偷拍下。

吉隆县由吉林省吉林市对口支援，限于财力，援藏资金投入很少，3年才3000多万元，对比其他地方，确实摆不上台面。所以，援藏组另辟蹊径，在"暖人心"上下功夫。

在何晓杰看来，援藏能成就人也能将就人，要不想干事是真没事儿，但要想干事就有干不完的事情。村里运输困难，所以平时下乡不管是去走访驻村工作组，还是去探望贫困户，他们总会顺便带点蔬菜、肉类和粮油食品。

这一回去的是干布村，看了之后大家心里都很难受。幼儿园的孩子是最需要玩耍的时候，但干布村幼儿园里却没有任何玩具。石头垒砌的围墙里，只有一片布满碎石的荒土。援藏组当即发动朋友捐了6万元，购买了篮球、足球、皮球等体育器材，分发到各个村级幼儿园。

第二次再去干布村的时候，那几个球已经破破烂烂。看来光是几个球满足不了孩子们玩耍的天性，何晓杰想到了内地幼儿园和小区里最受孩子欢迎的滑梯。于是，援藏组的兄弟姐妹们再次发动亲朋好友捐赠，3400元一套的滑梯，一共购买了8套，刚好8个村级幼儿园各分到一套。

何晓杰与何刚将滑梯送到干布村，亲手把滑梯安装好。小朋友们一个个躲在老师后边，探出脑袋好奇地瞧。别说孩子们，连老师都是第一次看见滑梯。他们都不知道眼前这个趴在泥土地上像怪兽一样的庞然大物是啥玩意，又好奇，又害怕，跃跃欲试又止步不前，你推我搡却没有一个人走上来。

何晓杰把站在最前面的小男孩拉了出来，扶着他的手引导着他走上滑梯。小男孩一边咯咯地笑，一边“嗖”一声滑了下来。其他小朋友看见他乐呵呵的样子，也放开了胆子，一个接一个地排着队，走上滑梯，咯咯地笑着滑下来。滑下来之后又跑到滑梯前排队，后面的人紧贴着前面人的腰，似乎生怕隔远了就会少玩一次。孩子们一遍又一遍地走上去，滑下来，乐此不疲。

何晓杰看着孩子们开心的样子，又心疼，又欣慰，眼泪却忍不住夺眶而出。她转身对何刚说：“你看西藏的孩子多容易满足，一个皮球、一个滑梯就够他们玩了。”

“是啊，他们的条件实在太差了。”何刚对吉隆教育设施深有感触。

有一次，何刚去一所小学调研，正好赶上学校大考。何刚在这里见到了一幅壮观而怪异的场景。

内地人在学校都经历过集中考试，同学们扛着自己的桌子和凳子到体育馆集中，几百人挤在同一个空间里，只听见笔走龙蛇“沙沙沙沙”的声音，像几百只蚕虫同时在啃咬桑叶。

何刚眼前的学生全部集中在操场，席地而坐奋笔疾书。有些学生戴着帽子，更多的孩子直接顶着烈日。但肤色却整齐划一，无一例外都晒成了黑炭脸。

何刚很纳闷，为什么孩子们都坐地上？不是有桌子和凳子吗？露天太阳这么大，不能在教室里考吗？

校长解释说：“坐地上是我们游牧民族的一种生活习惯，就好像过林卡一样。露天暖和，孩子们不怕晒，他们觉得教室里冷，还不如在操场考试。”

但孩子们屁股底下毕竟是水泥地，凉着呢。回去以后，何刚立即在网上订了300个户外泡沫垫。然后又发动亲朋好友捐赠，给全县所有小学生人均配备了一个户外泡沫垫。

发放的时候，孩子们高兴地举起五颜六色的泡沫垫，犹如一道道七色彩虹。

2017年8月的一天，何晓杰听见有人敲门，开门一看，是县委大院的清洁工。她带着一个小伙子，一进屋就跪在地上。何晓杰吓了一跳，赶紧把俩人扶了起来，问怎么回事。

清洁工普通话说不好，旁边的小伙子开口了："阿姨，我阿妈不会说普通话。我是她儿子，我叫索朗多吉，今年参加了高考。因为吉隆县一直是吉林对口支援，除了西藏大学，我就只对吉林大学有印象，所以就报了吉林大学。现在录取通知书下来了，但我们家很穷。我阿妈右手残疾，在县委做清洁工，您也认识。阿爸身体也有病，我们家5个孩子，全靠阿爸阿妈微薄的收入供着上学。学费要5000元，我们家确实交不起。我们也不知道去找谁帮忙，知道您是吉林的援藏领导，所以就很冒昧地找上门了。麻烦您了。"

"小伙子，谢谢你们对吉林援藏的信任。这个事情我知道了，你跟你妈妈说，别着急。孩子上大学是大好事，有困难我们一起想办法。让我想想办法，过几天我再跟你们联系，好不好？"

"谢谢你，阿姨！"索朗多吉扶着阿妈对何晓杰说。

清洁工也一个劲地念叨着："突及其、突及其（藏语：谢谢）。"

送走了母子俩，何晓杰找来几位队友一起商量。大家一致同意从原本紧张的工作经费中挤出5000元解决索朗多吉的学费，几位队员个人再凑4000元的生活费。

何晓杰与王宇作为援藏组的代表，将助学金送到冲堆村索朗多吉家里去。虽然早有思想准备，但当他俩走进索朗多吉家的时候，俩人对望了一眼，都从对方眼里看出了一句话，一个说"真是穷啊"，另一个说"家徒四壁"。

屋子很小，四五十平方米。屋里只有两件藏式柜子和两个L形的藏式沙发，那是他们家5个孩子和夫妻俩睡觉的地方。屋子中间摆着一个炉子，便没有更宽裕的空地了。为了节省空间，锅碗瓢盆全挂在墙上。

索朗多吉一家人摆上奶渣，倒上酥油茶，一个劲地说着"谢谢，突及其"。后来，索朗多吉和家人还特意给援藏组送来一面锦旗，表达着他们无以言表的感激。

过了一段时间，何晓杰接到索朗多吉的电话："何姨，不用给我生活费了，我自己能挣了。"索朗多吉到了学校就一直坚持勤工俭学，周六、周日在学校当门卫一个月也能挣600元。暑假他也没回吉隆，留在吉林打工，一天40元。学习成绩也从刚开始的全班倒数第一升至中等水平，现在也成了吉林大学校篮球队的候补队员。索朗多吉常说要回来报答他们。看着孩子懂事比什么都高兴，何晓杰说："我们不用报答，你回来之后就报效国家，报恩西藏。"

3200万元的计划内援藏资金不够使，吉隆援藏组又争取了4000多万元的计划外资金。但他们认为援藏绝不仅仅是投入多少钱，做了多少项目，更重要的是留下多少好口碑，做了多少有价值的事，交了多少值得回忆的人。

话题天南海北地闲聊。一会儿严肃，一会儿又变得不正经。严肃的时候喝酒，不正经的时候光顾着笑，没时间喝酒。屋子里很多蚊虫飞来飞去，我有些纳闷，一边挥手驱赶蚊虫，一边问："吉隆沟怎么跟内地一样，林芝植被也多，但很少蚊虫。"

王宇接话："你若盛开，扑棱蛾子自来，我们喝酒还有空姐陪嘞。"

"你说的是扑棱蛾子吧？"

"你看我们组来的人也好玩。何晓杰是党委的，王宇是人大的，林海策是政府的，王艳林是政协的，四套班子全齐了。"

"有人医，还有兽医。"人医是指孙巍，兽医是指吉隆县农牧综合服务中心副主任于世波，他在内地是吉林省桦甸市动物疫病预防控制中心主任。

"人医没兽医管用。"

"兽医为啥管用？药剂量大，我们在西藏就得大剂量。"

王宇说："女同志本身就不容易，带团队也不容易，尤其是带领我们这帮老爷们更不容易。"

马上就有人补刀："我们这些男的才最不容易。"

"对于我们来说最难的不是高反，不是紫外线辐射，是远离家庭的孤独和寂寞，所以我们得自己找乐，自己开玩笑。在内地可能不算笑话，不好笑，但我们在这里就已经感到够知足，够开心了。"林海策说，"海拔升高了，笑点降低了。"

"家属来了觉得很奇怪，没什么可笑的，你们哈哈的整啥呢？"于世波说。

"我们何书记在吉林省援藏干部中有三个'一'，她和孙巍是第一批援藏女干部，然后她还是第一个女领队、第一位女博士。"王宇一本正经地说，"她在吉林是党校教授，总给我们上课，我就是听着她的课长大的。"

众人又大笑。

待众人笑完，王宇继续说："刚来的时候何书记一本正经，抹不开。现在被两个隔壁老王给练出来了，一个是我，另一个是王艳林。刚开始一开玩笑她就脸红，现在她开玩笑我们脸红。"

屋子里又是一顿猛笑，我差点被酒呛住。

"两个老王专治各种抹不开，抹不开你知道吧？"何晓杰问我。

"不知道。"我如实回答。

"就是不好意思。谁要是不好意思，他就专门找谁开玩笑。"何晓杰恨恨地说。

"每个人都有自己的特点，何刚和沈东哲爱学习，于世波耍太极拳和太极扇。何刚最不会讲笑话，刚开始的时候他在那眉飞色舞地嘎嘎笑，我们在那听得愣呼呼的。现在每个人都能独当一面，专治抹不开。"

何晓杰笑完说："我一毕业就进了党校，从校门到校门，履历很简单。来了吉隆之后，很多事都是我们几个一起商量的，他们对我帮助很大，我一回去很多人都说我变化很大。"

"从脸红到让别人脸红？"我也开了句玩笑，众人又大笑。

"在出现身体不适的时候，意志力衰退想要打退堂鼓的时候，谁最重要？家人和朋友都不在跟前，这个时候队友最重要。没有队友彼此之间的守望相助，我们谁都坚持不下来。"何晓杰说。

“条件谁不苦？都苦，还有比我们更苦的。怎么办？自己给自己找乐。”何刚说。

除了工作，吉隆援藏组的生活也非常丰富，学藏语、打太极拳扇、进村调研、捡垃圾，背个双肩包装点啤酒、黄瓜、西红柿、大葱之类去爬山。

王宇说：“内地我们都有女同志，高原没有女同志，都是同志。”

何晓杰说：“女同志当男同志用，男同志当牲畜用。海拔超过3500，都不分公和母。”

“过了山海关，都是赵本山。赵本山都是照着本来‘山’，我们没本也能‘山’。”林海策问我，“你知道‘山’是什么意思不？”

“不知道。”我又实话实说。

“侃大山，吹牛的意思。”

我说：“吉隆是我5万里的行程中最欢乐的一个地方，其他地方都没有这么多的欢声笑语。”

“今晚还有一个隔壁老王没来，这俩活宝都在，得把你乐死。”

到了吉隆关，都是赵本山。在这个4200米的地方，如果没有一颗自得其乐的心，靠熬是熬不下去的。既然熬不下去，何不乐呵呵地多做点事？我想，几位“吉隆赵本山”也是这么想的吧。

在吉隆沟的那天晚上，我们一边喝酒，一边整整笑了3小时。吉隆的援藏兄弟姐妹活生生把采访变成了刘老根大舞台，不知不觉已经将近凌晨1点。终于依依不舍要回旅馆的时候，我才发觉嘴巴隐隐有抽筋迹象。事后想想，他们有些话确实很搞笑，但也有些似乎也不怎么好笑，但一整晚我们都在开怀大笑。或许我也跟他们一样，笑点随着海拔升高而成反比降低了？可惜无缘得见传说中的另一位隔壁老王，这一路的行程太苦，我倒是真想乐死在吉隆。

边贸小镇的街道上还依稀亮着灯，显示着跃跃欲试的活力。据说不久的将来日喀则的铁路会延伸至此，通向尼泊尔。

吉隆小镇的未来大有可期。

至此，大自然的伟力在喜马拉雅山脉撕裂的五条沟，我只剩陈塘沟没有造访。在定结县的时候，来自吉林省的援藏副县长吴镝一边亲手给我煮着面条，一边告诉我去往陈塘沟的道路正在封闭整修，无法通行。我只好带着遗憾向他告别，踏上前路。

但我并不沮丧，因为别离是为了下一次更好的相逢，而遗憾却是完美最有力的佐证。正是有了遗憾，人们才相信世界上有“完美”这个东西。我期待着进入陈塘沟的那一天，但那一天也并非探索的完结。

打马走过西藏以西，接下来我还会听到怎样的故事，而我“嘚嘚”的马蹄声又会被谁倾听呢？

那曲索县

寻路西藏 25000km

天的边上是古格

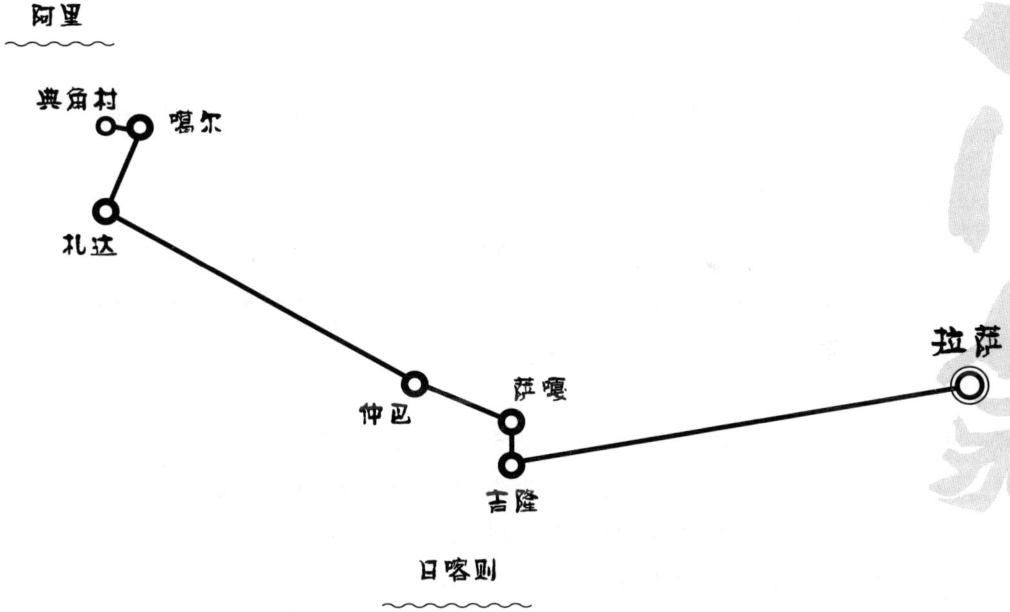

无阿里，不西藏

从拉萨市中心驱车一个小时即可到达贡嘎机场，将要抵达终点附近的拐弯处，一块硕大的广告牌扑面而来。

“无阿里，不西藏”。

6个大字气势磅礴地印在广告牌上，字体的背景是夕阳下苍郁雄浑的古格王朝。

返程的旅人心满意足，即将踏上离开西藏的归途，却又无端被这6个大字撩拨了心弦。

敢情之前去的都不是西藏。

世界屋脊的屋脊——阿里，拥有“千山之祖”和“万水之源”的威名，喀喇昆仑、喜马拉雅、冈底斯、念青唐古拉、唐古拉和昆仑等山脉在此风云际会。雅鲁藏布江、印度河和恒河的上源也从此地出发，渐成沧海横流之势，奔向地球的低处。

任意一个名头，都显示出阿里的独一无二。

但在我眼里，这里是天的边上。

整个西藏再也没有比阿里更为偏远的土地，而地球上也不会有比它海拔更高的辽阔领域。世界至此仿佛到了尽头，似乎可以从这里通向另一个星球。

阿里，对于许多人来说既不敢轻易踏入，又不愿随意忘却，它就静静地躺在许多人的心里，年复一年日复一日，长了草，成了沙，悄悄地隆起，越长越高。

除了谜一样的原始风貌，阿里的古格也让我念念不忘。一个王朝如何在荒漠中崛起，辉煌了700多年后，又是如何被连根拔起，突然间消失得无影无踪，没有任何典籍、传说和后裔记载。

这又是一个不解之谜。

出了吉隆，到达萨嘎，转上219国道。继续穿越仲巴，驶过荒漠中的小镇帕羊，我与李橡便正式踏上了阿里的土地。

深秋的阿里，长空万里，翻上垭口的路却已被大雪覆盖。

无穷无尽的公路白茫茫一片，像一首悠长的催眠曲，令人困顿。李橡喝了一罐咖啡，强打精神，紧握方向盘，眼神木然地看着前方。突然听见“啪啪”两声脆响，我睁眼一看，原来是李橡实在困得不行，学我一路上的动作，狠狠扇了自己两巴掌。但见她两眼一瞪，维持了几分钟的清醒。可是没一会儿，她又变得垂头丧气。

“要不换我开吧。”我躺在副驾位迷糊了一句。

“你也开了很久了，一会再……”

“吱——”轮胎与刹车片急促摩擦，发出刺耳的声音，我的上半身被突如其来的惯性甩向挡风玻璃，被安全带死死勒住，巨大的震动和肩膀的疼痛让我一下子从半昏半睡中清醒过来。

我和李橡面面相觑，惊出一身冷汗。车已偏离轨道，朝右塌下。

下车查看，普拉多右侧轮胎陷进了雪里。雪窝子与路肩大约相差了50厘米，但被雪覆盖后看不出差异。

刨开积雪，挖出泥土，垫在轮胎底下。我指挥，李橡开动四驱。来来回回折腾了半个多小时，4个轮胎却只是在原地空转。

手机没有信号，唯一的办法就是等待救援。阳光凛冽，白雪皑皑，山河寂静，穹顶之下似乎只有我俩是活着的生命。

正当我俩焦急难耐之际，一辆“猎豹”疾驰而来。我俩从雪地里跳了起来，站在路边兴奋地扬手。“猎豹”却视而不见，溅起雪花，扬长而去。

“停一下会死啊，呸！”我骂骂咧咧，突然想起在双湖旺玛平措救援小Polo的情景。为什么轮到我们受困，却没人愿意停下来帮助我们。难道是报应吗？我想起爆胎的拖拉机，我也曾不管不顾，狠心离去。

“什么人嘛，真是。”李橡比我斯文，没有破口大骂。

等了一个世纪才经过一辆车，却又毫不理会我们。从希望到失望犹如坐过山车，我俩感到很沮丧。

就在这时，“猎豹”居然在前方掉头回来了。

我俩大喜过望，心里有愧，赶紧站在路边迎接。车上下来4个藏族男人。其中一人戴着牛仔帽，穿一身皮衣，50岁出头。其他3人年龄相仿，40岁出头的样子。

藏族人先铲雪，再铺砂石，折腾了一个多小时，但普拉多依旧无法脱困。眼看太阳就要落山，气温急降，不知如何是好。

此处海拔甚高，我担心入夜之后温度还会急降，于是跟“牛仔帽”说：“实在不行的话就把车放在这吧，我们先下去，大家衣服和鞋子都弄湿了，现在不下去烤火可能会受不了。”

“没事，我们再试试。”“牛仔帽”固执地说。

藏族人绕到垭口附近找了一些哈达，编成拖车绳，绑在两车之间。“猎豹”在前面拖，我和3个藏族人在后面推普拉多。“牛仔帽”和李橡各自上车，两辆车一起开动，普拉多终于从雪窝子里脱困而出，稳稳地站在公路上。

大伙一看，原来4个车轮底下已经冻成了圆形的大冰坨子。难怪无论怎么踩油门都没用，因为轮子是在冰面上空转打滑。

“太感谢了，要不是遇到你们，我们今晚在这里过夜就完蛋了。”我和李橡激动地表达着谢意。

“没事，那我们走了，注意安全。”藏族人跨步跳上“猎豹”，消失在暮色中。

“被人帮助的感觉真好。”

“是啊，幸好遇到了他们。”

追着星光一路前行，终于在晚上9点多到达酒店。匆匆嗦了两口面，来不及将行李搬去房间，就先联系札达县援藏组赶去采访，直到凌晨1点才结束。

月光澄明如水，土林半明半昧，车窗外的世界幽静深远。

天还未亮，我和李橡一屁股栽进冰凉的车座，就着清晨的寒光星点，穿梭在奇异的大地褶皱。

天的一边是还没睡醒的月牙儿，另一边却已被太阳折射成黛粉色。

“呀，天快亮了。”李橡加了一脚油门。

到了景区门口换乘电瓶车。电瓶车沿着公路一路爬升，二十几分钟后到达遗址脚下。

这是一座建筑在黄土坡上的城堡遗址，山坡高达300多米，地势险峻。洞穴、佛塔、碉楼、庙宇、王宫有序布局，自下而上，依山叠砌，直逼长空。一路相伴的月牙儿安静祥和地悬于遗址上空。我们刚从空无一人的穹窿银城出来，已经预习了阿里的城堡建筑，但眼前古格的恢宏气势仍然夺人心魄。

我们循着密密麻麻遍布山坡的洞穴居室，弯腰穿行，拾阶而上，登临城堡。让目光信马由缰，天地苍茫。远远近近遍布从容不迫的土质林莽，一座连着一座，一层接着一层，雄浑壮阔，悠远绵长。我和李橡感叹着大自然像一个伟大的雕刻家，竟然能创造出如此鬼斧神工的艺术杰作。古老城堡的断壁残垣与脚下的土林褶皱浑然一体，使人难以分辨究竟何为城堡、何为土林。

除了那只清冷的月牙儿，其他一切都是陌生而新鲜的。天色逐渐变成蔚蓝色，苍穹中散布着几溜流云。我摸着粗砺的残垣断壁，神情恍惚，似乎古老的灵魂复活于层峦叠嶂的山影中。我仿佛看到了松赞干布的妹妹萨玛嘎嫁给了象雄国王李迷夏，被打入冷宫后，萨玛嘎传信给哥哥，松赞干布成功攻破象雄。后来的吐蕃王国分崩离析，象雄分为“阿里三围”。古格是雪山围绕，普兰由岩石围绕，而拉达克是湖泊围绕的地方。经过几代古格国王的发展，雪山围绕之处异军突起，成为西藏西部最强大的王国。

关于古格的神秘消失，历史上有诸多争议。但俞江认为1985年那次考古，谜底已经昭然若揭。当时张建林、宗同昌等人在遗址发现了龙舞面具。纸糊的面具背面写有西洋文字，最后佐证是葡萄牙文的《圣经》。顺着这条线摸下去，找到了天主教耶稣会神父安德拉德和他们国内的通信，由此揭开了古格王朝覆灭的原因。

公元966年，吐蕃末代赞普朗达玛的后裔松艾在扎布让建立了古格王朝，推崇多元文化融合，造就了大译师仁钦桑布，迎请印度高僧阿底峡，开启了“后弘期上路弘法”新局面，创造了丰富灿烂的古格文明。

大约在17世纪初叶，古格王国已寺庙如林，庶民有10万之众，但僧众高达2万多人。10万人口的一个国家要养活2万多僧人，国力不堪重负。贵族僧侣集团势力强大，与王室频频争夺权力。

在内忧外患之际，1624年，天主教耶稣会神父安德拉德进入古格传教，古格国王企图以基督教取代藏传佛教。公元1630年，上层僧人发动暴动，联合邻国拉达克军队一起包围了古格城堡。盛极一时的古格王朝覆灭。

令人遗憾的是，古格人没能劫后余生。

山头上长枪短炮的“咔嚓”声将我拉回现实，来自四面八方的游客正络绎不绝地涌上城堡。我们辨别不出堆放经书的寺庙大殿，也没有发现存有骨骼的干尸洞。

城堡的脚下，更看不出俞江所说的演出舞台，黄土厚地，寂静无语。跌宕起伏的历史早已被岁月不动声色地抹去，只留下模糊不清的面目。

3年前，大型历史情景剧《梦回古格》在这片遗址脚下举行首演。当天的演出大获成功，远古以来的民族文化第一次活灵活现地展示在眼前，现场的藏族观众激动得泪流满面。

尤其令我动容的是，俞江说演出结束后，接送演员的车出了点意外，从下午首演结束一直等到半夜12点，没有一个人抱怨，40多名藏族演员全都围坐在临时搭建的舞台上。

清越的歌声回荡在寂静的山谷间，藏族演员们像孩子一样欢快地跳着舞，喝着酒，又一次把煎熬变成一场狂欢，所有人脸上都浮现出心满意足的表情。

那晚的古格真美！

密密匝匝的星星仿佛雪花飘洒，璀璨的银河犹如瀑布一般，从暗紫色的夜空倾泻而下，流淌在遗址上空。古格城堡仿如夜的女王，在尘世间遗世独立，接受众生仰视。

不忘初心，必有回响

1985年，国家第一次对古格王朝遗址进行了深入考察。万众期待的古格之谜将要揭开，这个消息在国内引起了广泛关注。还在读大学的俞江在杂志上第一次看到了考古队员宗同昌拍摄的古格照片，屹立在山崖上的庙宇宫殿犹如一颗种子，埋进了这个稚气未脱的青年心中。俞江心想，总有一天，他要亲眼去看看，用双脚去丈量这片神秘土地。

但当他第一次踏上西藏的土地，却是20年之后了。

俞江在拉萨借了一辆皮卡想单骑走阿里，被朋友们劝下。那一路人烟稀少，全是“搓衣板路”。岔路多，没有手机信号，也没有路标，极易迷路。此后俞江几次进藏，却一直与阿里无缘。

2013年5月，俞江再次进藏。回程的前一天晚上，俞江在拉萨与朋友聊天。

“西藏这么多古代遗址，居然没有出土经书，真是不可思议，应该有大量经书才对啊。”俞江随口感叹一句。

“刚出了一批，下雨山洞垮塌才被发现。”

“啊，在哪里？”俞江闻言精神一振，身体情不自禁地向前倾。

“就在古格。”

古格！30年前在大学图书馆第一次翻到古格遗址照片的情景浮现在眼前，当年那颗种子早已在心里生了根发了芽。俞江毫不犹豫，退了机票，第二天就租车直奔古格。

1400公里的路程，艰辛自不待言，3天之后俞江和朋友们终于风尘仆仆赶到遗址脚下。

壮观的城堡没有牵绊住俞江的脚步，他的心思全在那批刚出土的经书上。当他们气喘吁吁地沿着阡陌交通的台阶爬上城堡，在一个废弃的寺庙大殿里找到经书的时候，一行人又是震撼又是痛心。足足一个6吨卡车车皮的宝贵经书，被随意丢弃在地上。甚至有一些已经被人为烧毁，状况惨烈。

其中有一批经书用的是黑漆皮纸，一行金字一行银字，类似《易经》格式，正是典型的仁钦桑布大师时期经书。

大伙初步推断眼前的这批经书是王朝即将灭亡时被人刻意藏了起来，才能保留至今。俞江脑子里浮现出当时兵荒马乱的情景，1630年拉达克军队兵临城下，昌盛一时的古格王朝城破在即，僧人们匆匆忙忙把经书藏在山洞里，留待后世。

从遗址回来的路上，大家既兴奋又担忧。意识到经书的巨大价值，大伙七嘴八舌地出谋划策。

晚上回到札达县城，小城里一片漆黑，宾馆也没有电。事关重大，俞江点了一根蜡烛，连夜手写了一份报告，通过朋友提交给阿里地区行署，建议当地尽快整理经书，妥善保管。

3个月后，俞江突然接到阿里的电话，邀请他赴札达县参加第三届象雄文化研讨会。俞江感到很欣慰，心想一定是3个月前的那份手写报告引起了当地的重视。

令俞江惊喜的是，会议也邀请了宗同昌。因为阿里，俞江与30年前的古格考古队员碰到了一起。俞江事后才了解到，其实他与宗同昌在1986年有过一面之缘。当年的黄河漂流探险在国内轰动一时，探险成功后，队员们回到青海师大休整。学生们自发地等候在校门口，迎接探险家们。当时年轻的俞江就站在学生群中，他看着一群黝黑的汉子默默地穿过校门。现场没有掌声，但所有迎接的人都能感受到这群中国探险先驱者身上的力量。宗同昌当时就走在探险家的队列里。

在这次会议上，俞江郑重地向阿里地区行署提交书面报告，恳请当地一定要保护好古格遗址刚出土的经书。

正式报告提交之后却如石沉大海，杳无音信。俞江实在按捺不住，2014年8月，带着家人千里迢迢再次赶到古格遗址。

一年过去了，经书不仅没有得到有效保护，反而损毁更加严重。当地根本就没有任何行动。

汽车行驶在了无生气的回程路上，俞江心事重重，感到从未有过的孤立无援。走到冈仁波齐的时候，他对妻子说："实在不行，咱们自己想办法来做吧。"

"嗯，再不做一定会后悔的。"妻子全力支持俞江。

回到石家庄之后，俞江立即向阿里提出愿望："能不能以我个人名义参与阿里的文化遗产保护，把经书整理好封存起来？我把经书拍下来，拉点赞助，找内地的院校和专业机构一起研究？"

半个多月后，阿里文化局回复电话："俞老师有这个愿望，我们当然欢迎。但是眼下最紧迫的事不是经书，而是每年一度的象雄文化节。我们以往都是像传统晚会一样，由主持人报幕节目。我们想改变一下形式，俞老师您能不能从河北给我们找专业导演编剧，重新打造一台文化节目？"

"行，尽我自己的能力吧。"俞江没有过多考虑，一口答应下来。

这真是一份奇妙的信任。双方既没有合作关系，也没有过多的交情，仅仅是去年研讨会上的一面之交。一方愿意委以重任，而另一方也不嫌麻烦，一力承担。

不经风雨，怎见彩虹

第一个难点，是项目定位。

导演好找，但了解古格文化的并不多。时间紧迫，俞江决定亲自操刀。他约上文化学者李小晟等朋友一起碰头研究，大家一致认可通过情景剧来展现当地历史文化的思路。

“阿里历史的几个节点很清晰，主线就是通过历史变革时期的文化融合，来还原历史，讴歌人民，颂扬时代，传承文明。”

10月底，俞江写出第一稿策划方案，建议打造阿里第一台历史文化情景剧《梦回古格》。阿里方面充分认可，并希望能借调俞江上阿里亲自推进项目。

“行，那我就做一个志愿者吧。”

阿里正式发函给石家庄组织部，提出邀请俞江进藏帮助打造《梦回古格》情景剧。

很快就面临第二个难点，舞台剧本。由于文化隔阂，俞江找不到合适的编剧人选，他又只能亲自操刀。

教师出身的俞江与舞台剧毫无关联，从专业的角度，这对于他来说几乎是不可能完成的任务。他把自己关在家里，冥思苦想。脑海里像播放电影一样，一遍又一遍地重现阿里的历史文化，从2亿多年前青藏高原形成，一直到当今的改革开放。

首先确定了源起、象雄、古格、社会主义新时代4个历史节点。然后确定每个历史变革时期的戏剧冲突，把冲突节点凸显出来。比如象雄时期主要聚焦在王朝灭亡，松赞干布借妹妹萨玛嘎之助，攻破象雄。

在俞江看来，不管是象雄被吐蕃替代，古格被拉达克消灭，还是阿里解放以后，包括当下，其实都是在进行文化融合的演变。在过去的历史上，阿里地区文化融合做得最好的是古格初期，拉喇嘛益西沃派出以仁钦桑布大师为首的21名留学生，前往克什米尔学习先进文化，扭转了当时的社会风气，带来古格长达700年之久的昌盛局面。

可以直接从岩画上获取不同历史时期的素材。可是，这么漫长的历史演变怎么表现呢？俞江当过老师，灵机一动把课堂教学的技巧也用上，安排了一对现代藏族爷孙出现在每一幕的开头，由孙子提问，爷爷回答，将4幕历史剧串联起来。

2015年4月，反复打磨之后，俞江终于完成舞台剧本，确定“神山圣域”“象雄陨落”“古格兴衰”“梦回古格”4幕，展示阿里历史、民族、文化发展融合的脉络。

前期准备就绪，俞江带着两位编舞导演于7月13日赶到阿里。首演定在8月5日，只有22天的时间准备。

第三个难点，没有专业演员。

虽然从一开始，俞江就确定由阿里的农牧民出演，但时间紧迫，便只能在县城挑选。农牧民人手不够，情急之下把一部分放暑假的中学生拉进剧组。

出乎俞江意料的是，难点层出不穷，几乎每一步的推进都面临巨大困难和阻力。

俞江刚进札达的时候，人生地不熟，他就经常打着故宫宗同昌和陕西省考古研究院张建林的名头，老百姓很快就接纳了他。

宗同昌何许人也？1985年在阿里考古的时候就走遍了阿里7县，哪都有他的朋友。他是文物摄影专家，目前西藏、新疆、青海的壁画、唐卡等摄影作品大部分出自他的手笔。宗同昌还干过一件壮举。2004年，他徒步穿过了“死亡之海”塔克拉玛干沙漠。整整74天，55岁的宗同昌是那次50多人参加的中日联合探险活动中唯一一个活着走过去的人。能跟他一样用脚走过去的，只有骆驼。

1985年那次考古，宗同昌感冒发烧，在古格遗址顶上的小庙昏迷了一天，被人抬到村里捡回一条命。当地老百姓都管宗同昌叫梅老宗。他面相老，白胡子白头发，大家记得住，都叫他老宗。老百姓再给他加一个“老”，“梅”就是老的意思。

到了村里头，只要一提“梅老宗”的名头，巷子里的人便会跑出来问。

“梅老宗来了吗？”

“梅老宗没来？那张主任呢？”

扯远了，扯远了。事不宜迟，俞江在3天之内挑好演员，立即投入排演。《梦回古格》剧组被安排在县招待所食堂吃饭，与排练室隔得近。

有一天吃完午饭，大伙走在回排练室的路上。一辆黄色的铲车疾驶而过，猛地一个急刹车停在大伙跟前。

大伙一惊。驾驶室跳下一个藏族男子，径直跑过来。众人还没反应过来，他已经紧紧抓住俞江的手。

“老师，我老婆也会跳舞，让我老婆也参加演出吧？”

“哈哈，吓我一跳。”俞江惊魂未定，众人也笑。

这回只是虚惊一场，但并不是每次都这么轻松。

那一天，俞江一个人走在去排练室的路上，一个藏族中年男子黑着脸拦下俞江。

“我是这个县的县长。”

俞江不认识眼前这人，但来者不善，便礼貌地说：“您好，县长。”

“你们来干什么？”

“我们在排一个叫《梦回古格》……”

县长粗暴地打断俞江的话：“你们又不懂我们的文化，我们的宣舞都上过中央电视台，根本不用你们来。”

县长提到的宣舞是阿里古格时期传承至今的宫廷舞蹈，是阿里的一门活文化。《梦回古格》第三幕“古格兴衰”里，重点打造的就是宣舞。

俞江淡淡一笑，不置可否，不再理会县长大人，扬长而去。

俞江接触过当地一些文化人，他们普遍认为老祖宗传下来的东西是最好的，本能地拒绝一切外人和外来文化。眼前这个藏族人只不过是这群人的其中一位而已，何必跟他一般见识。

一个接一个始料不及的困难摆在俞江面前。

《梦回古格》的演员全都是县城里的藏族人，从未受过正规训练。基础差，时间紧，任务重，语言又不通，导演着急上火。这不行，那不行，你看这怎么弄？导演冲着俞江发牢骚，有时候甚至撂挑子不干了。

真是让人头大，作为总负责人，俞江没有退路。

忍耐了几天，他找了个时间，召集两位导演开会。俞江郑重其事地强调：“我们来这里是干什么的？是来享福的吗？不是！我们是来援藏的，是来干一番事业的。这里是阿里，不是内地，来之前我们就预料到会有很多困难，对不对？从现在开始，任何人都不许说不干了，这是第一点。第二点，不许只提困难。任何人给我提困难的时候，你至少给我提出两条解决办法，每个人都必须这样做。”

工作思路的转变带来立竿见影的效果，导演们再也没有喊过苦，有困难大伙一起解决。

在海拔4000多米的高原生活和工作，“眼睛在天堂，身体在地狱”。再美的风景也无法抵消缺氧导致的思维缓慢、呼吸困难。上楼梯已算剧烈运动，更不要说腾挪跳跃了。“如果多带了串钥匙都会后悔加重了身体负担”，所以在这种海拔高度跳舞彩排，异常艰辛。

紧锣密鼓的排演透支了导演们的身体，撑了一个多星期导演们病倒了。计划赶不上变化，俞江只好把他们提前送回去。

第二批导演要一个星期之后才能赶到札达县，但排练不能半途而废。俞江不是专业出身，他没法带舞蹈，怎么办？

那就用最笨的办法。俞江从县文化局借了一台电视机和摄像机，把演员们每天的排练录下来，在电视上播放。大伙聚在一起看哪里做得不好，整齐不整齐，有没有达到导演的要求。但是效果并不明显，等下一次再看录像，问题还是那几个问题，毛病还是旧毛病。

俞江百思不得其解，眉头紧锁。有一天排练完，几位阿佳互相打趣，笑作一团。俞江听不懂她们的谈话内容，但阿佳们真诚的笑声感染了俞江。这真是一群没心没肺的家伙，她们似乎从来都不会为十几天之后的表演感到担忧。

他羡慕地望着排练室的阿佳们，眼前的景象宛如一帧帧慢动作电影，那些发自肺腑的笑声仿佛来自久远的年代，陌生而珍贵。这些天没日没夜地忙碌，自己已经很久没有开开心心笑过了。

脑中电光雷闪，俞江突然意识到，一直困扰着他的问题不是出在“跳舞”上面，而是出在老百姓的认识上。他们对舞蹈背后的历史文化一无所知，他们根本不知道自己在演什么，也不了解这次演出的重要意义。

俞江索性叫停排练，抽出两天时间，把阿里的历史文化从头到尾，认认真真地讲给演员们听。

第三天，重新开始排练，效果完全不同，剧中人物的情绪全都出来了。

俞江看着演员们跳得有板有眼，一股成就感油然而生。跷着二郎腿，“啪”地点上一根烟，得意地抽了两口。

“老师，你有换洗衣服吗？”排练的间隙，阿佳问俞江。

“噗……”俞江老脸一红，一口烟呛在喉咙里。

“脏衣服换下来我们给你洗。”阿佳们见俞江一个多礼拜都是穿同一件衣服，实在看不过眼。

“哈哈，我就是懒，谢谢你们了。”俞江试图用笑声掩饰自己的窘迫，心里却很感动。

他这次一接到任务就匆匆忙忙赶到札达县，带的替换衣服本来就不多。而且七八月的阿里温差还是很大，俞江担心感冒，所以就懒得换洗衣服，结果还是被演员们看在眼里了。

第二天他赶紧换上仅有的另一件外衣。

星光不问赶路人

首演地定在古格遗址脚下的平地，需要临时搭建舞台。县文化局紧急联系了施工队，施工队拖着水泥沙子“噌噌噌”就上来了。

俞江大吃一惊，双手一张，赶紧拦住施工队。

“不能打水泥，这是国家重点文物保护单位。”

“不打水泥怎么弄？”老板还是头一回听说施工不用水泥。

“要么搭钢筋木头，要么就给我打土台子。”

“你们领导催得那么急，钢筋木头时间来不及撒（撒：四川话语气助词）？”

“总之这个地方不能打水泥。”

“脑壳有问题哦，那你们找别个来做吧。”老板操着四川话，带着手下工人掉头走了。

时间经不起折腾，县文化局当即又联系了另一个施工队。新的施工队到现场一看，还得打水泥。俞江坚持不干，与包工头吵了起来。

“水泥台子会大面积破坏古迹，而且水泥渗进泥土之后，用不了两年舞台就会全部烂掉。土台子将来哪怕塌了，它起码还是回归自然。”

包工头坚持用水泥，“土不牢固，撑不起舞台”。

双方僵持不下，各不相让。

“文化局领导要我们抓紧干，反正行不行明天我们来施工。”包工头扔下一句话，带着工人掉头回县城。

人去山空，俞江看着现场堆得乱七八糟的工具和材料，心中烦闷无比，一口气跑到遗址对面山上，静静地坐在地上，点了一根烟吞云吐雾。

黄沙飞卷，残阳似血。夕阳沉入天际线，天空浮现出浓烈的深蓝色调，古格城堡仿如披上了一层霜，呈现出犹如金属一般的冰冷质感。

视线尽头是绵长的土林，在暮色中宛若鬼城，令人疑惧。

高原的风如千军万马呼啸而来，俞江却没感觉到冷。烟头的火花在寂静中明明灭灭，映照着俞江黝黑的脸。他习惯戴着那顶标志性的绅士帽，嘴上一撇浓黑的胡须让他看起来更像是牧区的藏族人。

冰冷的阳光从山脚慢慢爬上背靠荒山的古格遗址，这个历经千年的王朝城堡像一个风烛残年的老人，坐在满腹心事的轮椅里。

俞江怔怔发呆。

“早知道这样，我宁可不干这个事。”

“我是来保护经书的，现在倒好，反成了罪人。”

怎么办啊？首演近在咫尺，明天施工队就要进场施工，俞江却没有办法阻止他们。

往事如风，一幕幕地浮现在俞江的脑海中。一年前第一眼看到经书被胡乱堆积在寺庙地上，朋友们既兴奋又痛心。那个满腔热情秉烛夜书的晚上，朋友们议论纷纷提出了许多保护典籍的建议。

他心里翻江倒海，一遍遍地质问自己。不知不觉间，泪水顺着脸颊流淌下来。他已经快50岁了，知天命的年纪，却像个孩子一样，坐在山坡裸露的泥土地上独自抽泣。

俞江张着嘴，想呐喊却喊不出声音，一口气始终提不上来，仿佛有一只鼠兔窜进了喉咙里。脑中的画面却不停地闪现，宛若播放着一帧帧电影。

一群身着绛红色僧袍的僧侣骑马牵牛，朝着克什米尔的方向，艰难地行走在无边无际的荒

原中。队伍已经陷入绝境，风沙抽走了空气中最后一滴水分，所有人都口干舌燥，两眼迷茫。

身披盔甲的古格战士趁着夜色，翻山越岭去袭击拉达克。

古格人千里迢迢翻越喜马拉雅山，从印度、尼泊尔等地运回木材，按照国王的指令修建古格王宫。

霎时间，刀兵四起，烽烟弥漫，人们跪在地上向天祈祷。曾经昌盛一时的城堡毁于一旦，残墙断壁，遍地都散落着盾牌、盔甲、马甲、经书和佛像……

俞江突然惊醒。

黑夜浓稠得像沥青，溶解着世间的一切。四下里寂静无声，连家家户户养的藏狗都已经安然入睡。俞江披衣坐起，点燃一支烟。嘴上的烟头随着他粗重的呼吸闪烁着光芒，像是努力将浓稠的夜劈开星星点点。

俞江1967年生于兰州，他父母于20世纪50年代响应国家号召支援大西北来到甘肃，曾参与刘家峡水电站等水利设施的勘查设计。父母的工作号称“野外队”，常年扎进山谷勘探。单位有“流动学校”，两岁起俞江就随父母奔波于黄河、嘉陵江沿线的甘肃、陕西、四川等地。

到了阿里以后，他才知道母亲的一个小学同学曾是阿里军分区的政委，而发小的父亲当年也曾徒步勘测中巴边境，在阿里日土县留下过足迹。俞江每次回去，这些与阿里有千丝万缕联系的老人都喜欢跟他坐一坐，听他讲阿里的近况。父母那代人的热血与激情深深地烙刻在他的心里。

他在内地从事中小学教育研究，但在他内心里文化研究才是心头最爱。1985年的那场古格遗址发现，仿佛突然间打开了他心里的一扇窗。30年来，他一直希望能参与到这场文化风暴里。

他梦想着能为解密这段神秘历史贡献自己的力量，像无数先贤一样，在璀璨的历史长河留下自己的印记。但是眼下，他却身不由己地成了这片土地的罪人。

他感到虚幻无常，周身悲凉。

他想起在博物馆见到的藏地坛城沙画。如果不是亲眼所见，简直令人难以置信，眼前色彩斑斓的世界，竟然是由沙粒构成的。

展示厅里的电视循环播放着坛城沙画的制作过程。每逢大型法事活动，寺庙里的喇嘛们便会用无以计数的沙粒构架出奇异多彩的佛国世界。几十个僧人分别在4个不同的位置，彩色沙粒从僧人们全神贯注的指间洒落，细细堆砌，小心勾勒。不同大小的坛城，往往需要花费几天或者几个月不等的时间。但是在仪式结束后，僧人们费尽心血辛苦创作的圣殿，顷刻之间就会被他们自己毫不犹豫地毁掉。

坛城沙画美丽而又脆弱，转瞬即逝，见证过繁华，拥有过绚丽，但沙子最终还是变回了沙子。人生就是漫长的付出、短暂的收获和失去的痛苦。拿起与放下，这世间又有几人能真正参透？

俞江苦笑着，在他眼中，18公里以外的古格城堡就像是一座坛城，他是构成这座坛城万千沙粒中的小小一颗。他与城堡一道经历盛世荣光，也与古格同时化为乌有。

俞江长叹一声，掐灭烟头，倒头就睡。

柳暗花明又一村

第二天，俞江骑着摩托车早早地赶到古格遗址脚下。临近首演的这些天，经常要来古格遗址现场督促搭舞台的事，俞江便问老百姓临时借了辆摩托车。每天往返36公里似乎都是逆风，高原的风密度也好像比内地大，摩托车行驶在公路上宛如在水中劈开了一道缝隙，刚好可容人车穿过。

俞江望着朝阳的光线从遗址顶部的王宫渐渐下移，直至照亮整座城堡。曾经的古格王国被左右两道深深的峡谷从中间托起，虽已残缺不全，却依旧以孤傲的姿态遗世独立。

半个小时后，施工队拖着水泥赶了过来。

“你知道这片遗址有多宝贵吗，这水泥一打，就是个抹不掉的大伤疤。”

“俞老师，跟你说多少回了，不打水泥搭不了台。”

“不能打，坚决不能打。实在不行我们就在平地上演出。”

双方寸步不让。

包工头忧伤地看着眼前这头河北犟驴，脑子里突然蹦出一个词：秀才遇到兵。不过在他看来，俞江才是那个蛮不讲理的兵。

“就是嘛，老师说得对嘛。明明人家是古格，你弄个‘现格’！”包工头的司机看不过眼，操着四川话插了一句。

“啥？”包工头冷眼一横。

“人家是古格，你用水泥不就是‘现格’嘛。”

“那我们还搞个屁的《梦回古格》啊！”俞江哈哈大笑，这简直是他听过的最动听的四川话，绵绵软软却有千钧之力，入脑入心沁人心脾。

“你行啊，你有办法。”包工头双手反剪在后背，也被逗乐了。

司机操着铲子铲了几下地上的泥土，说：“阔（可）以试一下，这土不是挺严实的嘛。”

“你们说行不行？”包工头问旁边的工人。

周围的工人试了试，七嘴八舌地说：“我看阔以，应该得行。”

“好，那我们就按照老师的意见，搞土台子，开工吧。”

“拜托了！”俞江握住包工头的手，俩人一笑泯恩仇。

工人们一起动手，如此这般，照着搭土台子的思路忙活起来。

俞江终于放下心来，惦记着县城排练的演员，一拧油门，骑着摩托车黄尘滚滚地奔向18公里外的县城。回程似乎转成了顺风，一路轻骑，春风得意马蹄疾，俞江好不惬意。

如果真的在平地上首演，效果肯定会大打折扣。他原本只想着死扛，没想到四川司机一句无心之语却产生了四两拨千斤的妙效，轻巧地解开了大家心里的结。想到得意处，俞江在摩托车上哈哈大笑起来。

“咦？”俞江突然感觉速度降了下来，用力拧油门，摩托车却像死蛇一般绵软无力。

摩托车“突、突、突”地停在了路边。俞江低头一看仪表盘。

完了！没油了！

这一下乐极生悲，欲哭无泪。这两天气糊涂了，居然忘了去加油。俞江摸出手机，靠，没有信号！

最近的油站在县城里，这才走到一半，起码还有10公里，推车回去显然不现实。俞江左顾右盼，蓝天、白云、黄土，一眼望去，看不到一个村庄。在这个前不着村后不着店的荒野，俞江顿时束手无策。

只能在路边等着，看能不能找过路车借点油。

西藏的公路车辆稀少，好不容易拦了几辆，却都没有多余的油。俞江孤零零地坐在公路边，百无聊赖，出神地看着地上几只瘦削的蚂蚁在阳光底下溜来溜去。

在这样的处境里，现代人仿佛突然间回到了刀耕火种的原始时代，满腹经纶却毫无用处。他想起有一次从边境口岸买回来一块荷叶包着的印度红糖，两三斤重。红糖硬如玉石，拿刀一砍，只留下一道白印。俞江傻眼了，眼睁睁看着流口水，就是没法吃，怎么才能切成小块呢？

他问老百姓：“你们买不买？”

“买啊。”

“那你们怎么把它弄开的？”

人家就俩字，“石头”，遍地的石头，一砸就碎了。

俞江恍然大悟。他不由得开始思考一个问题，文明发展到日新月异的今天，但是一些最基本的生活技能却已经丧失，人类的生存技能是提高了还是降低了呢？

可是眼下显然不适合思考如此高深的人类发展问题，首先得想办法把人和车弄回县城。

3小时后，终于拦下一辆面包车，满脸沟壑的藏族老乡翻出一个矿泉水瓶装的汽油，尽数倒进摩托车的油箱。

俞江哈哈大笑，紧紧抱着藏族老乡，激动得差点亲上一口。老乡呵呵笑着，脸上千山万壑轻轻颤动，一口黄牙在黑色皮肤的强力反衬之下显出一丝洁白如玉的观感。

“92，加满！”

回到县城的第一件事，当然是狠狠地把摩托车喂饱。

距离首演只有6天时间，土台子终于磨了出来。待湿土一干，人踩上去踏踏实实，效果居然与水泥台子别无二致。从远处观望，土台子与周围环境精妙地融合在一起，让人懵然不知这块土地上有一个专门的舞台。

台子是搭起了，但远没到乐观的时候。

舞台要做布景，但县城里没有广告用的桁架。俞江只得找当地的电焊工临时焊一个。焊到一半，电焊工说没有螺丝钉固定不了。俞江又满县城去搜集螺丝钉，札达县城8毫米的一颗螺丝钉要8块钱一克，《梦回古格》项目没有那么多的预算。

“你还别嫌贵，整个札达县就我家有。”

老板说的是大实话，更让俞江抓狂的是，这家店的螺丝钉全部扫光都还不够用。托人在阿里城区一问，也找不到合适的螺丝钉。俞江知道整个阿里物资匮乏，但万万没想到居然连螺丝钉都买不到。无奈之下，只好找朋友在拉萨买了，然后托班车带到阿里城区，再从阿里城区捎到札达县。这批螺丝钉跋山涉水1600公里抵达札达，这才把舞台的问题彻底解决。

这简直是生命不可承受之轻，一颗微不足道的螺丝钉差点搅坏筹备一年的首演。西藏这方神奇的土地，它过分地与众不同，总是逼着现代文明人发挥人类最原始的本能，身体力行地去适应独特的自然环境。

2015年8月5日，阿里历史上第一部历史情景剧《梦回古格》在古格王朝遗址脚下首演。

情景剧从一对爷孙俩的藏语对话开始，孙子提问，爷爷回答。

“爷爷，在没有大海之前，鱼蛙蝌蚪从哪里来？在没有大山之前，野兽从哪里来？在没有世界之前，人从哪里来？”

“在没有大海之前，鱼蛙蝌蚪源于湿；没有大山之前，野兽源于丘；在没有世界之前，人源于猿。”

这首日土的远古民谣，立马将现场的阿里人带入了熟悉的气氛里。

尔后，舞台上大海磅礴，汹涌翻滚，雪山隆起，披着兽衣的阿里祖先出现在舞台上，原始的宗教崇拜开始了。“神山圣域”“象雄陨落”“古格兴衰”“梦回古格”4幕依次展开，楚鲁松杰宣舞、底雅宣舞、札达民歌、宣舞鼓技等阿里传统歌舞逐一呈现。

现场邀请了100多名专家和领导，还有500多名当地群众。老百姓席地而坐。随着音乐响起，剧情展开，现场观众一边看，一边情不自禁地和着节拍拿石头砸地。

地为席天为幕，没有绚丽的灯光照射，但因为舞台顶上遗世独立的古格城堡，这方简简单单的土夯台子便成了最为壮观的实景舞台。

随着最后一声奏乐结束，俞江带领所有演员上台向观众鞠躬致谢。热烈的掌声此起彼伏，经久不衰。观众们泪流满面，鼓完掌才举起袖子擦拭腮帮上的泪水。

这简直就是在做梦啊！俞江偷偷擦拭着脸上的泪水，转头看看四周，蓝天白云，巍峨的古格城堡高高矗立。他又偷偷掐了一下自己的手臂，痛！这是白天，这是真的，不是做梦。

俞江看着身边的演员们一个个脸上也挂着泪痕，他像藏族人一样没心没肺地咧嘴笑了，黑黑的皮肤，白白的牙齿。

如果时光能够像磁带一样往回倒，3年前的俞江万万想不到自己有一天会站在古格遗址的脚下，指挥着一群当地农牧民载歌载舞地重现这片热土的传统文化。

扎西次仁走上舞台，俞江记得这是在县城拦下他的那位黑脸县长。县长紧紧地抓着俞江的手，激动地说："老师，我真没想到会这么精彩，谢谢了！谢谢了！"

演出前的那场不愉快烟消云散了。

"剧是挺好看的，但是你们搭一个水泥台子，这就不对了。"有专家挑出瑕疵。

"不是水泥台子，我们是土台子。"俞江从容一笑，解释道。

"是吗？"专家半信半疑，走到舞台边把地毯掀起来，伸手一抠，"咦，还真是个土台子。"

众人大笑。

男儿有泪不轻弹

阿里排出第一部历史情景剧的消息在当地轰动一时，首演结束后，陕西、河北两省援藏队立即发出邀请。行署决定，《梦回古格》作为援藏21周年答谢演出，于年底赴陕西、河北两省巡演。俞江只能继续留在阿里，提升改造《梦回古格》。

参加首演的演员有一部分是中学生，开学之后他们就将退出。若要去大规模巡演，目前这批演员也远远不够。俞江决定前往札达县的乡镇里挑选新演员，补充巡演阵容。

夏末秋初，时值青稞成熟之际，俞江如期赶到萨让乡当巴组，当地老百姓会在开镰之前欢度嘎益节。

为什么要赶在这个节日去呢？一来俞江想了解当地的传统文化习俗，《梦回古格》是从阿里的土壤里长出来的艺术作品，它需要更多当地传统文化的滋养。

青稞收割的时候，难免会伤害到一些小动物。当地老百姓在收割之前，要在寺庙先为田野里的小动物祈福："长眼睛的看着点，长耳朵的听着点，长腿的快点跑，长翅膀的要飞掉。"

我曾听说过这样一个故事，从青海玉树前往杂多的公路上有很多黑色毛虫。当地藏族人开车经过会停下车，拿着桶和盆，小心地把它们捡起，拿到草地深处放生，以免路过的汽车轧到它们。在当地人的观念里，这片高原上的生命是相互依存、彼此尊重的关系。在他们看来，只要是生命就应该被拯救。

这套敬神祈福仪式由喇嘛主持，从晚上一直到后半夜两三点才结束。第二天开始宰杀牛羊，全村热闹3天，赛马聚会，然后才开始收割。这便是嘎益节，据说整个阿里地区目前也只有当巴组保留着这种传统。

再一个，俞江也是特意来挑有表演天赋的演员。因为在嘎益节全村聚会上，当地人会跳起阿里地区独有的千年舞蹈——宣舞。全村人聚在初秋美丽的草坪上一首接一首地唱，一曲连一曲地跳，没有人觉得这是一件累人的苦差事。

果然不虚此行，如俞江所愿，他在萨让乡挑选到了好几个资质不错的演员。

10月，俞江回到河北，重新招募导演团队，做服装，修改背景音乐，力图实现全新的提质。

月底，俞江刚回到阿里，就传来一个噩耗。

萨让乡的演员遭遇车祸，皮卡车上坐了6个人，4死2伤。他们转完神山，转道去底雅乡泡温泉治病，回萨让乡的路上翻了车。一旦发生这种意外，当地老百姓一年之内不会参加任何庆典娱乐活动。结果，当年萨让乡当巴组没有出一个演员。

年近半百的俞江从来没有经历过这样的事情，他掉着眼泪跟阿里的领导们说："快点给他们修路吧，那个路太难走了。"

进入萨让乡的土路是条绝路。120公里的路程开车要走6小时，上山下山260道拐，远远超过前往珠峰路上加乌拉山口的108道拐。

夏天下大雨，无法进出。冬天下了雪，没有一个铲车司机敢去铲这条路。路太窄，难以会车，旁边的悬崖有2000米的垂直高度，站在路边往下看都会眩晕。

补充了新的演员和新的导演团队，俞江在札达县又重新投入紧张的排练。

俞江住在札达县城的宾馆里，冬天没有电，也没有暖气，更没有热水，连续几个月无法洗澡。到了晚上，演员们便把他接到家里去，大伙坐在铁炉子边，一边烤火一边拉家常。待俞江烤暖和了，再把他送回宾馆。

但俞江还是病倒了。在最不该生病的时候，他感冒了。

高原上患感冒绝非小事。俞江吞下大剂量的药，但还是压不下去。很快开始发烧，体温窜到41℃，事不宜迟赶紧送去札达县人民医院。演员们轮流给俞江做饭，县城小饭馆的老板听说俞江病了，煮好面条送到他床头。

还是退不了烧，情急之下转到一家私人诊所。俞江告诉医生他青霉素过敏，医生给他输了两天液。烧是退下来了，但腰部以下长满了红疙瘩。尤其是膝盖上密密麻麻全是红点，像出

札达县古格遗址

他们像烤红薯一般颜色的脸蛋毫无遮挡地暴露在高原热烈的阳光下，每一个笑容似乎都竭尽全力。

荒原

文/图　小朱飞刀

没有一片叶子
一根枝桠
一道年轮
因为没有一棵树
这片广漠的土地
草茎未曾见过
比它更高的植物

只是没有人
荒，是人类的视角
鹰的归宿是苍穹
鼠的乐园在地下
羚羊与狼各安其命
白云黄土自成逻辑
斗转星移便是法则
风，地球唯一的通用语言
从早说到晚
从海枯说到石烂

没有人也好
天空不空，荒原不荒
星球不是王座
不需要野心

那曲双湖县

血一样。

“大夫，你给我输的是青霉素吧？”

“对啊，你把我们诊所的青霉素全用光了。”

“唉，你不是大夫，你是屠夫啊！”俞江苦笑着开玩笑。

“没办法，我不能看着你死。”

病愈之后，眼看巡演的时间就要到了，俞江顾不上休养，马上又投入最后阶段的排练。一天早晨，俞江无意中摸到自己屁股蛋子，突然发现自己后腰以下一马平川，屁股没了。

俞江悲从中来，眼泪“哗”地一下就掉了下来。

这是他在阿里4年来第三次掉眼泪。

巡演结束后，回家一称，8个月时间，他体重降了30斤。

俞江病愈后给自己拍了一张照片。内地的同事听了他的故事，再看当时那张照片，众人当场落泪。我拿起那张照片，照片里的人仿佛一具衣架撑着一顶毡帽，孔繁森的味道！

“打给鬼看”

“俞老师，晚上过来喝点小酒，一块聊聊吧。”

杨峰原来是陕西省第七批援藏干部，援藏结束后选择留下来，目前是西藏一家旅游公司的副总经理。他们邀请了一位中央美术学院的教授来做古格遗址的景观设计，这两天刚到札达县，听说俞江也在县城，非得见一面。

俞江赶到杨峰下榻的宾馆，一群人正聚在房间里喝酒。杨峰和旅游公司老总等5人众星捧月般围坐在一个40来岁的男子身边。经介绍，男子便是来自中央美术学院的教授。

教授旁若无人地坐在主座上，从包里头抽出一根粗大的雪茄。

“对不起，就这一根了。”

zippo打火机“啪”一点，二郎腿一跷，嘴一张，一团阴云翻涌而出。

俞江心里暗笑，这是什么鬼？

“这次我们请来了很多大专家,给我们做设计。俞老师，你是古格专家，也帮我们参谋参谋？”旅游公司总经理谦逊地说。

“我们准备把古格遗址全部打亮。”教授好整以暇地说，嘴一张，又是一团阴云。

“布达拉宫在拉萨市中心，它既是古代建筑，又是城市地标。晚上把它打亮，能增加一个城市景观。古格遗址有多少人来？一天才50多人，去年最多的时候据说到了200人。白天就这么点人，晚上能留在扎不让村住宿的又有几个，加上扎不让村的老百姓一共有几个人？教授，你把它全部打亮，你打给鬼看啊！”

教授面色瞬间就黑了。

“而且，古格遗址已经列入世界文化遗产的后备名录，马上就要申遗，现在上头那些水泥和石头台阶要复原，要修旧如旧，包括那些水泥护坡，你灯光怎么加线？会不会对遗址造成破坏，对申遗有没有影响？”

教授僵在主座上蜡黄了脸，一动不动，烟消云散，手指间的雪茄也不知不觉熄了火。

俞江一口气说完，拿起桌上的酒杯一饮而尽：“你们慢慢聊，告辞了。”

杯子一放，帽子一戴，推门而去。

第二天杨峰打来电话。

俞江首先表示歉意：“昨晚说他们说得挺狠的，没事吧？”

“没事，没事。我早晨起来坐在床上想了半天。唉，不弄了。现在还只有俞老师你一个人骂我，以后指不定有多少人骂我呢。”

砸场子

2016年1月初，《梦回古格》终于启程开始内地巡演。剧组刚到拉萨却被半路截了下来，要求在西藏藏剧团的剧场加场演出。

进场排练的时候，藏剧团的演员们远远站着，一脸不屑地瞧着这群农牧民鱼贯而入。

“一帮牧区的阿佳能跳什么呀？”

情景剧的第一幕“神山圣域”反映的是阿里原始社会时期的生活，新设计的服装直接套用了岩画上的元素，非常暴露。

“这不行，老百姓肯定接受不了。”俞江一看就摇头，要求设计师改保守一点。

第二款服装做出来，只是露着膝盖和胳膊。演出前把服装发到演员手上，演员们打开一看，连连摇手，阿佳们更是躲着走。甚至还有人说：“宁可不演了也不穿。”

团长束手无策，过来找俞江：“俞老师怎么办，他们都不肯穿。”

看来服装还真是个麻烦事。俞江要求集体活动必须穿藏装，演员们不太愿意，因为穿藏装很烦琐，上厕所也不方便。俞江就答应他们，要求他们穿的时候俞江自己也穿，一视同仁，这样一来大家就都没意见了。

手拿对讲机的俞江正在忙碌，抽不开身，交代团长：“你就跟他们说，他们演的不是他们自己，演的是他们的祖先，他们祖先就是这样。跟他们好好说，让他们穿。”

过了一会儿，俞江去后台一看，哟，所有人都换上了新服装。老百姓露着膝盖和胳膊，脸上表情扭扭捏捏，又好笑又无奈。

俞江心里暗笑，目送他们上场。

拉萨汇报演出结束，现场掌声雷动，藏剧团的专业演员全都傻眼了。

第二天剧组正式向内地出发，巡演的第一站是河北石家庄，到了之后立即投入适应性排练。有一天早晨俞江刚到现场，领队玉珍带了几个小组长神色慌张地找到他，七嘴八舌地说：“老师，老师，我们闯祸了，怎么办？”

“别着急，慢慢说。”

昨天晚上排练结束的时候，剧场的大门锁了，大伙出不去。演员们在剧场里四处寻找出口，有几个阿佳也不知道怎么就从旁边一个小门钻进了一间大房子。

里面有一个男人拿着两个杯子，正在变魔术，台下坐了好多观众。一大帮身穿藏装的阿佳你推我搡突然出现在舞台上，魔术师和观众都傻了，台上台下大眼瞪小眼。

这是魔术师的法力？还是节目组刻意安排的惊喜环节？

魔术师愣了半天，突然把手上的杯子往地上一摔，指着阿佳们恶狠狠地喊：“你们！给我出去！”

“老师咋办？人家要让我们赔杯子吧？”玉珍和几个小组长哭丧着脸。

“噗！哈哈哈哈……”俞江笑岔了气，阿里老百姓真的是太纯朴了，连闯祸都显得那么单纯可爱。他想象着当时的画面，一大帮身穿藏装的阿佳突然出现在魔术表演的舞台上，他越想越好笑：“了不得，砸场子的事儿，我们也做过啊！”

“老师你还笑啊！”

俞江终于停住了笑声，安慰她们：“没事儿，没事儿，我去给人家赔礼道歉就是。”

阿佳们砸的场子是河北大剧院创收出租的演出场地，俞江去跟对方做了解释，人家也并没有为难。

天安门广场跳锅庄

演出结束后，河北省援藏办特意安排演员们去北京参观。出发之前，每个演员都做好了准备，带了哈达。进了毛主席纪念堂，甫一见到毛主席的遗容，藏族演员们便不能自持，痛哭流涕，悲痛欲绝。他们准备献哈达，不让献；准备磕长头，也不让磕。警卫人员大为动容，但还是礼貌地拦住了演员们的仪式。警卫队员解释说，这是纪律，请藏族同胞们谅解。

演员们要么先辈是农奴出身，要么是寺庙差民的后人。藏历新年第一天大清早起来，第一份供品恭恭敬敬献给墙上的毛主席挂像。

道一声“毛主席，过年了”。

演员益西的父亲原是山南人。原来的农奴主掷骰子输了，小时候就被掩到了拉萨。每天给新农奴主的孩子当马骑，裤子上永远有两个洞，膝盖上全是血。晚上睡觉的时候全身疼，平躺不了就抱着膝盖睡。第二天早上被农奴主打醒的时候，一抬头，额头上会沾下一条皮肉来。幸运的是，两年以后西藏和平解放，益西父亲作为第一批农奴孩子送到内地学习，回来当了一辈子老师。

藏族老百姓对共产党的感情是刻到骨子里头的。他们过去拜的神和佛不能给他们带来实质性变化，但是共产党给他们带来了翻天覆地的改变，老百姓能不感恩戴德吗?

从毛主席纪念堂出来后，藏族演员们的悲痛情绪才缓解过来。到了天安门广场，演员们跟俞江商量：“老师，我们想在这跳一个锅庄。”

“行。”俞江答应着，走到站岗的武警面前，“我们是从西藏最偏远的山区赶过来的，老百姓第一次来北京，想在这儿跳一个锅庄，表达对党和国家的感激之情。”

武警没有拒绝：“你们组织好就行了。”

当天，首都艳阳高照，露出了蔚蓝的天空。在北京天安门广场的国旗之下，80名来自西藏阿里的藏族老百姓围成一圈，欢快地跳起了藏族的传统舞蹈。广场上的中外游客好奇地围观，纷纷掏出手机、照相机拍照录像。

演员们没有丝毫拘谨，一边清唱着藏族歌曲，一边手舞足蹈尽情挥洒，首都的阳光洒在他们黑亮的脸上，每一个人都笑得无比灿烂。

“什么叫民族团结？这就叫民族团结！”俞江泪水模糊，喃喃自语。

札达县一共只有1万人口，这次巡演俞江带出来80个演员，将近全县人口的1%。他们绝大多数人都没有到过拉萨，很多人连阿里城区都没有去过，喜马拉雅山最深处的两个演员在加入《梦回古格》剧组之前甚至连札达县城都是第一次去。

看着他们高兴得像一群孩子，俞江心里想：值了，值了！这也是俞江排演《梦回古格》的目的之一，让更多人走进阿里的同时，也让越来越多的阿里人和阿里文化走出去。

有些演员并不缺钱，但他们特别看重排练和演出。比如包工头土旦一年能挣40万元，他来参加演出不是为了赚取补助，而是为了能出去开眼界。

金珠德吉在古格遗址下的扎布让村经营家庭旅馆，很多中外驴友和考古名家都喜欢住在她家，她说这次出来巡演学到了很多东西。

还有纯牧民单亲母亲央金，带着两个未成年的孩子。每次到内地演出她就顺便批发三四万块钱的衣服带回阿里，带回去不到两个月就销售一空。央金问俞江：“老师，马上到六一了，我还想再去批发一趟，你能怎么帮我？”

俞江说：“你跑一趟成本太高了，还不如你挣的钱，干脆我从内地给你找个商户，你们加了微信，微信上给你发过来就行了。”

老百姓平时喜欢喝两口，但在巡演期间俞江严令禁酒。演员们还真听话，将近一个月的内地巡演滴酒不沾。

最后一站西安演出也圆满结束了，这是演员们在内地的倒数第二个晚上。俞江跟酒店老总商量：“今天晚上你的酒吧就不要开业了，我们包场。啤酒你也别挣我的钱，给我打个合适的折扣，咱自己掏钱，犒劳犒劳这帮藏族演员。”

“行，没问题，你这帮演员特别好。”酒店老总爽快答应，他对这帮藏族演员印象很好。自助餐厅里其他客人用完餐都是顺手就把餐具扔在桌上，唯独这帮藏族演员每次吃完饭都会主动收拾好自己的餐具。

包好场以后，俞江跟演员们说：“后天大家就要回去了，明天你们还要出去买东西，今天晚上我们在一块聚一聚，喝点小酒。”

到了晚上，酒店老总和旅游公司老总也赶来参加，还有俞江的十来个朋友也在场。他们来自全国各地，专程坐飞机来观看这场演出。他们要请俞江吃饭，俞江挤不出时间，说干脆跟演员们一块聚会吧。

有朋友问俞江，做这个舞台剧能挣多少钱？

挣钱？做志愿者的这段时间，除了正常的差旅费用报销，俞江非但没有从阿里拿过一分钱补助，自己还倒贴了6万多块钱。比如老百姓排练的时候，每天早晨要给他们买甜茶，下午要给他们买清茶，演员生病了还要给他们买药。另外还有一些比较直接的费用，比如导演吃不惯团队餐的时候，请他们在外头吃饭，这些费用基本上都是他个人出。

俞江拿起话筒说，两位老总这些天对大家很关照，请他们先给大家讲几句话。两位老总说完了以后，俞江说：“那我们就开始吧。”

演员们七嘴八舌地说：“不，老师，我们也要说句话。”

包工头土旦拿起话筒就说：“老师是我们的第二父亲！”说完抱着俞江就哭了起来。

俞江并不想给大家造成一种分离的悲伤气氛，他原意是大家辛苦了一个月，任务圆满完成了，想让大家高高兴兴，热闹一下。但是老百姓们早就意识到今晚是分别，他们排着队，一个接一个来给俞江献哈达。每个人都抱着他痛哭流涕，俞江再也控制不住，眼泪奔涌而出。

朋友们大为动容，一位多年未见的初中同学对俞江说：“一直以为我们是同样的人，看到今晚这一幕，你和我们真的不一样。”

最后，俞江被80条白色哈达挂成了一棵树。

2016年初，《梦回古格》相继完成石家庄、安康、西安三地巡演，所到之处均大受好评。每场演出结束后，观众们自发地起立鼓掌，久久不肯离去。那是演员们第一次走出西藏，也是活的阿里文化真正意义上第一次走出西藏。

再上阿里

《梦回古格》的演出告一段落，但俞江的西藏故事还没完。

2016年2月巡演结束后，俞江回到原单位。4个多月之后，俞江正式参加全国第八批援藏工作，再上阿里，这几乎是毫无悬念的选择。

再次回到阿里，俞江继续推动《梦回古格》远赴内地演出了16场。阿里首台历史文化情景剧引起了全国援藏队的关注，2017年年底，《梦回古格》被确定为全国援藏“十项精神文化工程”，全国第八批援藏队总领队郭强提出在藏区巡演的想法。

资金所限，无法将所有的声光电设备随车带走。俞江的思路是分舞台形式，每一幕都有一个特定的舞台，随便一个山坡，一片沙地，一个洼地都可以。纯藏语演出，加强和观众的互动，确保下到乡镇也能演出。

除了《梦回古格》，俞江还帮助引进“莲华之宝”公司投资两亿元在日土县建厂，从洽谈接触到正式开工生产不到半年时间，创造了阿里速度；协助公司采用当地壁画元素，设计了一套“神奇阿里”的餐具和咖啡杯具，在2017年全国首届旅游文化博览会上荣获金奖。

俞江想做的另一件事也有了眉目。阿里天文台与美国夏威夷莫纳凯亚山、智利安第斯山并列世界三大天文台，是北半球首个海拔超过5000米的天文台，观测条件绝佳。俞江希望从内地引进投资，在阿里建一个远程操控的望远镜，让内地孩子足不出户也能远程观测，晚上可以看星星，白天可以观测周围的环境和野生动物。

俞江爱人也申请了“组团式”教育援藏，来到阿里陪伴在俞江身边。唯一的女儿也多次进藏，志愿为阿里博物馆做馆会设计。

俞江一家人的支援生涯还在继续。

正式参加援藏之后，似乎一切都很顺利，其实糟心之事还是难免。

2017年，札达县托林村推进新农村建设，当地政府想把原来的老房子全部推倒拆除，消息传到了俞江耳中。正好当时央视《国宝档案》摄制组来到阿里，宗同昌也同行过来。俞江带着摄制组特意赶到托林村，发现几栋上百年的老宅子。上下两层，配有育婴室、储藏室、客厅、佛堂，功能区分合理。百年前的生活习俗沿袭至今，完完全全就是一部活历史。

一直到西藏和平解放、实行民主改革之前，托林村的村民还是托林寺的差民，只有租种托林寺的地才能活下来。先有托林寺，才有托林村，这两者是一个整体。从托林寺看宗教，从托林村看民俗，如果拆掉老宅子，相当于把这片景观切掉了一大块。

考察完之后，俞江设计了一条游览路线。路线里分布着寺庙和两处老宅子，还有改革开放以后盖的一个新宅子。新宅子是日喀则风格，用石头砌就，可以改成一个村集体的民宿。

游客们参观完托林寺，到托林村转一圈可以住在民宿里，吃喝玩齐全。俞江也把这几家老百姓的思想工作做通了，他们都愿意无偿捐给政府。宅子的主人是一位老太太，她拉着俞江的手说："老师，我是在这出生长大的。如果弄成了，能不能让我当个管理员？"

俞江和宗同昌信心满满地找到札达县住建局，建议他们把老村子保留下来。但住建局不同意，他俩又跑去找县长。扎西次仁县长已经提拔到自治区商务厅，新来的县长是个年轻的藏族男人。年轻的县长坚持按照原定方案推进，双方发生争执。说到激动处，年轻人拍着桌子厉声喝道："你们影响我脱贫攻坚，拖慢了新农村改造，谁来负这个责任？"

双方不欢而散。

那能不能申请文物保护呢？俞江和宗同昌不甘心，二次登门。年轻的县长一个电话把县文物局局长叫到办公室："你跟老师解释，这个东西算不算文物？"

"根据国家法律规定，这是老百姓个人私产，不算文物。"

对方有理有据，无可辩驳。

最后实在没办法，俞江跟央视《国宝档案》摄制组说："老师，麻烦你们抽半天时间，去帮我把这些老宅都拍下来，把这些影像资料留下来，算是为阿里留点东西。"

宗同昌气得破口大骂，最后老托林村还是生生被推掉了，一座崭新的村子矗立在原来的土地上。不知情的游客坐车经过，不免赞叹一句。

"老百姓的房子好新啊！"

边境生活

俞江带着我来到典角村，这是一个边境村。

村子不大，大约十几户人家，两层楼的新房子修建得整整齐齐，水泥道路上支了路灯。我心想，这大约便是近几年当地政府和援藏队大力修建的边境小康示范村吧。

俞江跟我聊起他到乡镇挑选演员的时候顺便拜访过一些边防连。那些战士特别苦，苦到什么程度？他们进了偏远如无人孤岛的边防连以后，两年都出不来。跟领导关系好的，有时候跟着后勤部的采购车出来透透气。到了县城先去网吧下载各种电影，带回去卖给战士们。一部电影5块钱，小战士手机里的电影台词倒背如流。边防连也有书，但全是些心灵鸡汤、财富论坛之类的书，战士们根本看不进去。

到了晚上实在太无聊，按捺不住的时候，他们就给总机打电话，总机接线员都是女兵。

“姐姐能不能陪我说两句话？”

姐姐心情好的时候陪他说两句，心情不好，“滚！臭流氓”，挂了。

但是过两天又难受了，他还得打。

都是些十八九岁的男孩子，正是精力最旺盛的年龄。有些战士出来以后就不愿意回去，在札达县城躲不了，也跑不掉。最后被找到的时候，小战士抱着树干泪流满面，不肯上车。

俞江曾经参观过重庆一所小学，徐悲鸿曾住过一段时间，他夫人便在那捐了一座版画馆。学校的孩子从小学版画，作品被世界著名博物馆收藏。

俞江受到启发，他希望将版画和石头彩绘引进边防连，丰富战士们的业余文化生活。版画和石头彩绘起点低，小学一年级的学生都能做，但又极具创造力。俞江认为具有创造力的活动，才能分散战士们的剩余精力。

这一点我很赞同，因为我身边就有这么一位石头彩绘师。广东检察官潘美莹参加短期援藏，在林芝待了半年。她是个品质生活家，喜欢在石头上画曼陀罗。石头本是寻常物，但被她一画成了艺术品。林芝石头俯拾皆是，她利用空余时间画了一个又一个。

我用一顿饭换回一个彩绘石头，摆在书架上。刻意放在我的著作旁边，希望两者强强联合交相辉映。每次客人来了都会惊喜地拿起画了曼陀罗的石头仔细端详，赞叹不已。

我窃喜，期待客人下一步动作。

客人意犹未尽地轻轻放下，却从未留意到石头旁边的本人著作。

俞江与军分区领导初步沟通，计划暑假从内地找几个美术老师，带着工具和颜料到最偏远的边防连。边防山区遍地都是石头，随手一捡都是绘画材料。版画也简单，随便一块木头、一个纸箱、一块泡沫板就可以做。黑白也行，彩色也可以。小战士每天面对大山大川，可以将他们的思乡情绪寄托在绘画上。

老师们只需待一个月就能带上手，后期再跟内地学校合作展览，出了好作品之后再与美术馆、博物馆联合展览。

俞江到了边防连，战士说想喝酒他就陪着喝。士兵酒量都好，灌得他每回都吐成了喷泉。他并不喜欢酗酒，但他心疼战士们。这里的生活内地人无法想象，但正是战士们的卫国戍边，才有了内地人的岁月静好。

从那时候他养成了一个习惯，再去边防连就在车上装满蔬菜、水果、饮料和啤酒。

俞江带我走进了一家藏族人的房子，这家人开着村里唯一一家小卖部。主人家是汉藏联姻，男人叫罗启铭，女人叫尼吉拉姆，膝下两个小女孩，一个叫尼玛梅朵，另一个叫次仁央金。男人来自四川，当年在这边修路，认识了女人，就留了下来。

炉子上正煮着甜茶，端给我俩一人一杯。我们一边喝着甜茶，一边与主人家聊起了家常。

罗启铭说："你看我这手指，又裂口子了。"

"我在林芝也会裂口子，毫无知觉。裂了之后不贴止血贴，一个星期都好不了，很难愈合。"我深有同感。

"天气原因吧。"罗启铭说，"昨天噶尔县来电话了，要采访我老婆。"

"为什么采访？是电视台吧？采访什么内容？"

"就是以前的生活怎么样，现在生活怎么样。我们家的改变在村里是最快的。"

"开小卖部是你的想法吧？"我想当然地认为经商是汉族老公带给藏族老婆的新观念。

"她认识我之前就有这个小卖部了。我们办了个农行POS机，一年下来工资有7000块。"

"POS机？"

"是啊，银行说让我老婆来经营，通过那些机子兑换零钱。"

"没有搞微信支付吗？"

"村里的人基本上是给现金，士兵们来购买物资用微信、支付宝、POS机都有。"

"我们买东西都在网上订的。"尼吉拉姆插了一句。店里不时有村民过来买东西，她既要给我们煮甜茶，又要忙着卖东西给村民。

"搞微信支付很简单，你打印一个二维码贴在门上，那老乡们买东西就不用现金了嘛，刷一下就转账给你了。"

"他们的银行卡和手机没绑在一起。"

"你就教他们绑，很简单的，现在你看我们出来身上就只带几百块钱。"

"有的时候还是不行，人家说我里面存了5万块钱，绑定的话会不会丢失？他们还不相信这个事情，得一步一步来。"

"你们不是这里的工作组吗？"尼吉拉姆问我们。

"不是，这是一位作家，写书的。"俞江向尼吉拉姆介绍我。

"你的作文在网上有吗？"尼吉拉姆问。

"网上也有。"我微笑着回答。

"你摩托车钥匙给我，我要下去。"尼吉拉姆跟她丈夫说。

"我们拍完照再下去嘛。"我赶紧说。

“过年的时候再拍。”尼吉拉姆说。

“拍照对他们来说是一件隆重的事情，要穿盛装，哈哈。”俞江补充。

“我明天都要回林芝了，就随便拍一张，好不好？你看我们也没穿过年的衣服，是不是？”我说。

“叫孩子过来，一块合个影。”俞江说。

我和罗启铭各抱着一个孩子，尼吉拉姆安静地坐在丈夫身边。俞江手指一按，我们5人的笑容便成了永久的记忆。

回来的路上，俞江突然把车停在路边，招呼我下车拍照。这是一片河滩，河水已经结成白色的冰。岸边没有树木，但长满了一尺高的荒草。棕黄色的荒草被大风日夜梳理，犹如牦牛下摆的流苏，俯首帖耳在大地上。

阿里，排山倒海的荒原。

阿里的满园春色

第一次见到俞江是2018年1月25日。我从自治区组织部获得一份当年春节留守的援藏干部人才名单，预感里边一定有一些异于寻常的故事，于是启程去拜访他们。

但俞江并不在名单里，因为他是临时被召回来的。

俞江12月25日接到通知要回阿里，但他还没告诉家里人。父母亲都80多岁了。他想着不能陪父母过春节，但无论如何也要陪他们过一个元旦。

12月29日那天，老母亲突然毫无征兆地问俞江：“他们不会哪天就把你给叫上去了吧？”

俞江一愣，不敢看老母亲的眼睛。

“您怎么会有这么强的预感？票都已经订好了，1月3日的票，早都接到通知了，必须得回，等着跟您和爸过完元旦我再走。”

老母亲最后说了一句话：“走吧，你现在是国家的人了，你不是我的人。”

这次回去，俞江花了1万多元给父母买了个按摩椅，他不在家，按摩椅算是替他尽孝。

俞江带我去他家里喝茶聊天。一进院子，我就惊呆了。

此人必非凡人！我如获至宝，心下窃喜，这回必将不虚此行。

阿里的地区行政公署驻地噶尔县坐落在一个荒芜的盆地，四周遍布低矮山丘。市区并无特别之处，要说印象深刻的唯有市区旁边的山坡上“毛主席万岁”5个大字。据说那是部队当年用石头拼成的，后来还入榜了“全世界最大的人工石器文字”吉尼斯世界纪录。

放眼望去，整个市区周边几乎寸草不生。唯有街道上强行种植了一些绿化树，用铁栏杆围住以防被牲畜撞坏，早早地穿上了塑料衣服，生怕被寒冬冻死。1月下旬的阿里，街道上冰雪残留，大部分人都已撤走，商铺也多数关闭。荒凉的城市趴在青藏高原的脊梁上，死气沉沉。

可是，走进俞江的院子却如同走进了南方清爽怡人的夏季，这简直就是一方微型水乡。大门一关，便将高原的苦寒严冬挡在了屋外。

院子宽约60多平方米，被搭成了一个阳光棚，分为3个区域。右首一块土地种满了植物，有白菜、番茄、兰花、绿萝、矾根、海棠、三角梅、蔷薇等上百种花卉植物。房间里摆满了盆栽，凿空圆木种满了多肉植物。屋外寸草不生，屋内却俨然植物园。

左边靠近大门是一间杂物房，旁边凹出一个小空间，被俞江用木头垫高成一个会客区。摆了一方茶台和沙发，墙上挂了3块搁板，竖放着几十本书。

最妙的是，院子中央挖了一方五六平方米的水池。周边用大石头将水池围成一圈，环绕水池的圆木栈道通向会客区。池水清澈见底，十几尾红色金鱼在水里欢快地游来游去。水池并没有使用水泥，只是在底部铺设了防水塑料布。水泵藏在石头下边，水流不断被抽上来，又从石头上流下去，自然形成了一个循环系统。就像一台空调一样，空间里温度高的时候，它吸热；温度降下来，它就放热，正好维持平衡。水池24小时循环流动，水的蒸发量大，俞江每隔两三天便往水池里补一桶水。

“这个池子叫阿苏玉措。”俞江说，他是生物专业毕业，刚好在这方小天地里派上了用场。

我哈哈大笑，磁场相同的人不需要过多解释。

“这个院子是我和爱人一起弄的，做得很辛苦。阿里多砂土，她要用筛子筛，一点一滴弄出来那么大一块地方填上土。”俞江指着“植物园”说。

“施工队建房剩下一些房梁原木，拖回来自己锯，做了栈道和花槽，石头是从外头一个一个捡回来的，雇了民工一天200块钱挖了这个池子，整个基础设施只花了2000块多一点就全部弄好了。”

当时别人都觉得他们没必要搞得这么复杂：“你们费这么大劲，能待几天啊，马上就满3年回去了。”

“你要按年算，时间很短，但你要按天算，时间就很长。要是一天一天熬着过日子，还不如把它收拾利索了，我天天享受多好。”

每面墙上都安装了暖气片。温度最高的时候温湿计显示有26℃，湿度60%，氧饱和度85%，基本上就不用拿氧气瓶吸氧了。

我们都脱了外套，俞江仅穿一件衬衫。我不敢托大，还保留两件衣服。

我简直不敢相信自己此时身处冬天的阿里。

院子里是一个独立的生态系统，与门外的荒凉世界一墙之隔。墙外的冰还没融化，大门内却繁花似锦，水声潺潺，温暖怡人。

我想起自己在林芝精心装点的“遇见墨脱”小屋，与俞江的阿苏玉措相比，不免就逊色了许多。

“在阿里种不了树，也种不了草，但是你在这里可以种出一片森林。这真的就是一种态度，首先你要热爱生活，才会愿意不断去尝试，你这个院子里的生态制氧系统如果推广到西藏的千家万户去，尤其是植被稀少的地区，那得多美啊，真的就是沙漠变绿洲了。”

“当地干部来了以后，说我家是阿里第一豪宅。”

“豪宅我倒觉得反而偏颇了，应该是最有文化气息的生态小空间。”

“你看这块石头。”俞江从墙壁的搁板取下一块石头。

“这是化石？”

“不是化石，人工凿的，这就是一块普通的黑石。”

黑石上手工刻着太阳纹，这是最原始的图腾，象征着光明驱赶黑暗。黑石是他在札达路上捡的，后来他在住的院子里头也捡了一块，再后来一个导演刚下车就捡了一块。但是等俞江刻意去寻找的时候，却再也找不到第四块了。西藏真是个神奇的地方。

宁夏一位藏友在收藏微信群里说最近在齐家文化遗址的陶罐里发现了两块石头，上面刻有纹路。他说宁夏没有这种材质，石头上的纹路也从未见过。图片发出来，俞江仔细一看，石头上刻的正是太阳纹。研究说象雄文化影响的地域是东南西北各一个月的路程，一个月的路程正好可以从阿里到宁夏。也就是说宁夏藏友的那块石头很有可能就是从阿里传过去的，这也从侧面说明阿里是藏文明的一个发源地。

俞江准备把刻有太阳纹的黑石捐给阿里博物馆，他认为文明应该属于全人类。

援藏干部有两类人，一类是踏踏实实干活的人，还有一类是常有奇思妙想之人。无法比较哪类人更出色，但我更偏爱后者。俞江显然属于我偏爱的一类。他兴趣广泛，会车工、气焊气割，擅长摄影，喜欢收藏，个人藏书将近3万册，还会自酿葡萄酒，热爱万事万物。

在我看来，热爱生活的人才会由己推人，才能真正关注别人的生存状态。如果一个人对待自己的生活都抱着无所谓的态度，他怎么可能关心别人的生活是好是坏，他怎么可能明白什么样的生活才是美好生活呢？

茶汤一泡，香飘满园，水流潺潺，周身暖和，好一个惬意的阿里下午时光。

“来，喝杯茶。”

“哟，这么沉。”我端起茶杯轻啜一口。

“这叫压手杯，上岁数的人拿着不容易摔。这杯子还是宗同昌老师送的呢。”

宗同昌好长时间没跟俞江联系，突然在2017年7月的一天给他微信上发了一张笑脸。

俞江一看，问："什么好事？"

"过两天到阿里看你去。"

两天之后，宗同昌果然站在了俞江面前。雪佛兰公司搞了一个走遍中国的活动，他跟着车队从新疆过来。

在俞江小院里坐了40分钟，临走的时候，宗同昌从口袋里掏出来一个茶碗。

"给你带什么东西呢，这个小碗跟我走的时间不短了。这是我请景德镇在世的大师烧的祭红，走到哪都用它喝茶。"宗同昌一边说一边伸出手指抠着碗里的积垢，"早晨刚喝了黑芝麻糊，还没洗，给你留这儿了。"

"好。"俞江也不客气。

户外人甭管来自哪里，干什么行业，多少带点江湖味道，没有那么多虚头巴脑的废话。

2017年年底，宗同昌要跟着科考队去趟南极。他喜欢喝俞江自酿的白兰地，俞江揣着最后一瓶就上了北京。

"舍不得喝完。"

"那怎么着，剩下的你带到南极去？"俞江开了个玩笑。

结果宗同昌当了真，连瓶子一起带去了南极，拍了照片，出来后发在朋友圈，"白兰地，千年的冰，味道就是不一样"。

我听得心驰神往，都是些有趣的人。

宗同昌不光是自己牛，他2015年带着一个12岁的孩子，把西藏走了个遍。孩子是美国华裔，到了美国，没有人生目标，不愿意学习。孩子父亲无奈之下找到宗同昌："能不能帮着带带孩子？"

宗同昌说："带可以，但你别说咱俩认识。"

孩子到了西藏以后，宗同昌带着他在户外支帐篷，捡牛粪，生火做饭。所有事情孩子都必须跟着干，要不然就留在外头，别吃饭也别睡觉。

这一圈下来，孩子的人生观全变了，学习突飞猛进，成了德国一家户外电子杂志的签约摄影师。

"一点点没事，你品一品。"喝完了茶，俞江给我倒上底雅的杏子酒。

底雅位于札达县西北部，是阿里地区海拔最低的乡，2900米的海拔让我想起我在西藏的故乡林芝。

阿里绵延不绝的荒原之中，隐藏着一片果林。果树与底雅人的房屋紧紧结合在一起，成为家庭的一部分，被悉心照料。每年9月，苹果和杏子需要穿越大片的土林才能运出去。运不出去的就拿来酿果酒，工艺和白兰地类似，度数不高。

"老百姓每年酿好了都会托人给我带过来。"

宗同昌来的时候，俞江给他倒了一杯，宗同昌舍不得喝。

俞江说："你把这个瓶拿走。"

"不拿了。"

一个小时之后，宗同昌来电："我在路上想起杏子酒，后悔了，应该把那瓶酒拿着。"

"你到了札达，我让老百姓给你送过去。"

晚上宗同昌赶到札达，老百姓端着两瓶底雅的杏子酒早已候在宾馆。

无意义是最大的意义

谈到阿里，孔繁森是绕不开的话题。俞江告诉我前段时间有个摄制组在阿里重拍孔繁森，就在我坐的沙发上，摄制组给俞江看了样片。俞江认为有必要再深挖重拍，因为他毕竟是一个时代的代表。俞江接触了很多孔繁森身边的人，大家一提起他还是会情不自禁地掉眼泪。阿里农牧区的老百姓到现在都还记得孔书记，当年他资助的一对改则县的老师已经结为夫妻，对他念念不忘。

他身边的机要秘书，当时还是个18岁的小姑娘。跟着孔繁森他们去下乡，那时候要骑马带枪。到了乡里，条件也特别差。每天早晨孔繁森总是第一个起床，把水烧开，把早饭做好，才叫醒这些年轻人起床吃饭，然后开始工作。

孔繁森问这个小姑娘借了很多钱，干什么呢？他懂医术，去农牧区会随身带个医药箱，去了就给老百姓看病。看完给老百姓留点药，留点钱。他钱不够了，就问身边人借，发了工资再还钱。

前两年阿里党校有一位教授提出一个思路，希望在阿里成立一个孔繁森学院。俞江很认同，在大小场合都帮他宣传。援藏毕竟只是少数人，他认为内地有太多干部需要了解国家的边远地区是个什么样子，当地人处在怎样的生存状态，在这样的环境当中，要想发展需要付出怎样的努力？

俞江说阿里有位干部40多岁了，跟妻子结婚20多年，加起来两人相处的时间不超过10个月，但他对待工作始终全心全意。内地干部只要过来阿里学上一两个月，下基层实地看看乡镇干部是怎么开展工作的，一定会大受触动。

话题天南海北，从象雄文化开始，谈及那批经书，后面的《梦回古格》，又谈起他结缘的各色人物。偶尔接一两个电话，他都会在电话里跟对方说几句简单的藏语。

"刚才的电话就是老百姓演员打过来的。"

"她问你啥事？"

“没啥事，问候一下我。我和我的演员关系特别好，隔三差五他们就会给我打个电话，什么话都有，回内地了没有，老师在干什么，保重身体，吃好饭，睡好觉。”

值得庆幸的是，古格那批经书已经得到妥善保管，当地做了专门的柜子，组织专人进行整理和封存。2018年，俞江特意又赶去古格遗址翻检了一遍经书，做了一些霉变和虫蛀清理。研究工作还没有展开，但目前保存状况不错。

援藏故事告一段落，但俞江的故事还没完。

有人问俞江，你一个教育研究员怎么就当上了文艺导演。俞江说，很多事情是相通的，譬如《梦回古格》讲故事的方式来自他当年在学校讲课的手法，另外他爱摄影，对于构图、舞美等有成熟的认知。最重要的一点，他从一开始就将自己定位为一个最好的观众。所以只有那些最能打动他的阿里元素，才会被他搬到舞台上去。

2015年年底，当阿里行署决定要去内地巡演的时候，阿里文化局局长跟俞江说：“老俞，也不知道是你成就阿里，还是阿里成就你。”

俞江说：“肯定是阿里成就我。”

是吗？这真是一个谦逊的人。我想起他讲过的一个小故事。2017年年底，他应邀去广州出席“中国文物保护基金年度十佳人物”颁奖礼。到了晚上，广州的天桥底下和商场屋檐下面，会有人拿纸板铺在地上，然后从自己的编织袋里抽出被子睡觉。

这让俞江很有感触，他说现在全国也许只有在广州还能看到露宿街头的人。尤其是冬天，广州暖和，起码冻不死。而且广州的社会包容度好，没人驱赶他们，志愿者还会经常去给他们送点衣服和食品。

后来有个记者朋友发了一张照片，父亲带着女儿露宿街头，孩子只有4岁。成年人可能有不同的原因，但孩子是无辜的。

俞江给记者转了1000块钱过去，他说实在不知道该怎么办，他也不知道自己这是为什么，他只是想尽一点力。自我的付出，他并不太在意。在他看来，这种付出一定会有回报，起码像回声一样，会传递回来。所以他特别感激命运给了他这样一个机会，能够按照自己的意愿打造《梦回古格》，能够来到阿里援藏。

“后来我一想，我前面几十年人生的准备，全都是为了阿里。”

是啊，兜兜转转，好像俞江以前所做的一切，都是在为阿里作铺垫，命运一点点把他引到阿里。爱上阿里，起初是缘于自然风光和当地文化，现在最吸引俞江的是阿里的人。3年之前，因为那里的人他重返阿里参加援藏。援藏行将结束之时，他与妻子一同申请了调藏。

往后余生他和妻子打算继续留在阿里，在世界屋脊的屋脊守护着这片蓝天黄土。“无目的有方向，无价值有意义”，他依旧坚守着自己的信条。

从古格遗址顶上下来的途中，我和李橡遇见了世界上最纯粹的笑容，仿佛上帝刚刚宣布这个世界从此以后再无病痛和灾难。

一家三口藏族人，年轻的儿子陪着父母来古格游玩。母亲穿着祖母绿绸缎绣花藏装，手里盘着几串宝石，背着一个红色皮革包，脖子上绑着一块粉红色的围巾，向后搭在肩膀上，一不小心暴露了少女心。父子俩没有穿藏装，一身普通的保暖衣服。

从遗址下撤的路上，遍布土台阶、洞窟和隧道。一家三口犹如孩子般你追我赶，钻进钻出，耍着花样，摆着造型，用手机拍照。阿爸负责搞怪做鬼脸，男孩子则像一只兔子瞬间躲起来，乍地又将一张笑脸露在洞口，阿妈盘着手里的宝石。一家三口不停地捧腹大笑，笑得喘不过气。他们像烤红薯一般颜色的脸蛋毫无遮挡地暴露在高原热烈的阳光下，每一个笑容似乎都竭尽全力。在我们看来只有小孩子才会热衷的简单游戏，他们一家三口玩得不亦乐乎。在空旷的城堡里，不断传来他们爽朗的笑声。

有那么好笑吗？这一家人笑点之低实在令人惊诧，我甚至天真地猜测他们当中是不是有一个人得了绝症，另外俩人是陪着来古格完成遗愿清单。

我已经太久没有听到过自己和身边人纵声大笑。

擦肩而过的时候，我俩给他们拍照，他们挥挥手向我们致意。我问他们来自哪里，他们也叽叽喳喳地用藏语问我俩问题，但彼此的语言完全听不懂。

我好奇地盯着他们看，看得久了，他们像小孩子一般天真烂漫的笑容似乎渐渐有了魔力。我无从得知他们的背景，也不明白他们有过怎样的经历，才能发出如此单纯的笑声。

我告诉李橡，我也想跟着他们一起笑，不为什么事情而笑，单纯的只是笑本身。或者把每一个笑容都当作世界末日，用尽全身力气去笑，笑到肌肉抽筋，笑出眼泪来。

但我还没开始笑，眼睛却湿润了。我想起俞江说的话，“肯定是阿里成就我”。

我原以为这是他的自谦，直到这个时候我才真正理解这句话的内涵。这块辽阔的土地遍布荒原，单调至极，生长在这里的人世代与这片无边无际的荒原相依为命，像高原的空气一样简单澄澈。但这里似乎有一股神奇的力量，在你猝不及防的时候突然就击中你柔软的心弦，莫名其妙就让你泪流满面，让你开怀大笑。让你明白意义本身，让你与众不同，遗世独立。

我有些动容，在这个世俗的世界里，总有一些人坚守着责任和理想，过着与别人完全不同的生活。我想起自己小有名气之后的自大狂妄，以及种种尖酸刻薄的乖张行为，不由得大是羞愧。

前往噶尔县的公路，荒原依旧是大地的主旋律，大气磅礴的画卷在青藏高原上水银泻地般铺陈开来。

寻路西藏 25000km

狂野北方

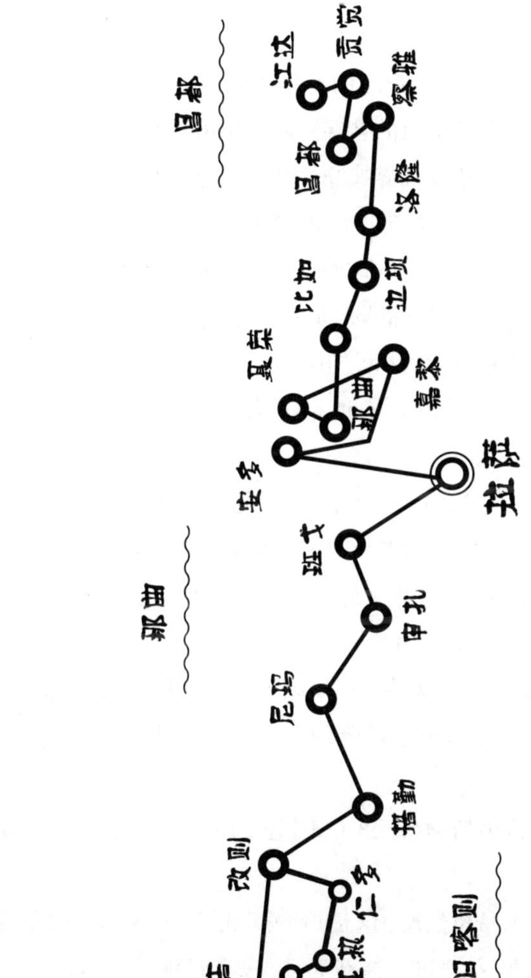

明媚的湖泊

从阿里的日土前往昌都江达，跨越的将是西藏最为广袤的北方区域。超级荒原羌塘、那曲大草原和大横断是这片寂静山河的名字。这片近80万平方公里的土地，是中国最荒芜的地带。氧气稀薄，人烟稀少，像是被世界遗忘。但它又是中国最富生命力的区域，各种野生动物在此繁衍。雪山、草原、湖泊，亘古不变的澄净天地下，万类竞自由。还有那些最顽强的人类居民，他们遵循传统、敬畏自然，在最坚硬的土地上播种和收获。

一路向东，穿越狮泉河、革吉、措勤、尼玛、申扎、班戈、安多、那曲、比如、边坝、洛隆、察雅、昌都、贡觉，行程超过3000公里，301、303省道与109、317国道共同串联起这片卓尔不群的高原，这是一条能让所有人热血沸腾的狂野之路。

日土真不亏了个“土”字，四周雪山环绕，但县城里准备修建新的公路，道路开挖得坑坑洼洼。大风刮来，尘土蔽日，恍惚间以为到了大漠里的龙门客栈。

“住上好房子，过上好日子，养成好习惯，形成好风气”，公路边的标语一闪而过。我心想，不管怎么样，先把这满天的土给治了吧。

日土是金丝野牦牛的故乡，这是一种濒临灭绝的珍稀动物，目前全世界数量不足300头，传闻日土就有200多头。这也是藏区珍贵的“神兽”，当地藏人认为能见到金丝野牦牛，好运会伴随一生。

我自然无缘得见传说中的神兽，出了日土县，循着219国道向北行驶12公里，就到了海拔4240米的班公措。

班公措的藏语为错木昂拉仁波，这是“明媚”的意思。我不由得击节赞叹，这真是一个明媚的湖泊。杂糅着淡绿的一泓湖蓝，清新淡雅，没有轻佻，也不深沉，高原凌厉的风吹到了这里也突然降下身段，变得温婉和煦。鲜明美好，让人感到舒适惬意，赏心悦目，像一个站在阳光底下的年轻女子，明亮动人，一切都刚刚好。

用“明媚”这个词来形容班公措无疑是最准确的。

首先映入眼帘的是一大片湿地和湖面交错的景象。一条条长满黄草的土坡恰如其分地将湖面横向切割成若干色块，淡蓝色、淡绿色，由近及远依次变深，最远处的湖面却呈现出深蓝颜色。

草坡上散落着各色皮毛的骏马，湖水里却浮游着精致小巧的赤麻鸭，视线的尽头矗立着层峦叠嶂的群峰，峰顶覆盖着淡淡的雪，雪峰之上是纯净的白云和同样明媚的蓝天。白云偶尔在山峰上投射出各种形状的阴影，犹如年轻女子欲说还休的细声软语。

大多数湿地彼此相连，有一些却像孤岛一样从湖水中浮出一小截草坡，上面竟然也有马群在低头吃草。

“那些马是怎么走到孤岛上的？”我不禁好奇，自问自答，“游过去的吗？或者那中间的水流其实并不深，直接蹚水过去？”

李橡今天没有跟我一起来日土，吃早餐的时候她说在阿里有点事。我很诧异，我说今天除了采访，还要去班公措。

“你去吧，我得先把事办完。”李橡微微一笑，眼神里蕴藏着不可名状的情绪。

继续往前行驶，湖水淹没湿地，呈现出精彩纷呈的颜色变化，有的像深蓝色的纳木措，也有的像淡绿色的羊湖，还有“鬼湖”般的墨绿，几种颜色杂糅在同一泓波光斑斓里，不可方物。四周群山环绕，雪山连绵，众星捧月般呵护着如宝石般的湖水。

除了颜色，从性格方面来说，班公措也是一个纠结的湖泊。它是一个由东向西盐度不同的湖泊，靠近日土县的东部为淡水湖，中部为半咸水湖，西部则为咸水湖。

河北援藏队在靠南的湖岸修建了游客中心，包括度假村、休闲木屋、木栈平台、漂浮码头和两艘游艇，努力给游客提供更便捷的配套服务。

湖边竖立着一些标语，比如“保护环境就是保护生命”“绿水青山就是金山银山”“湿地是地球之肾，保护湿地就是保护我们的家园”“扶贫先扶志和智，帮人先帮技和艺”。美景当前，没人会觉得这些标语有碍观瞻。

我从乌江村绕到湖的对岸。日土的援藏队友介绍，班公措山高路远，很少游客到访，自然环境保护完好，几乎处于原始状态。尤其是乌江的那一头，简直就是鸟儿们的天堂。

我沿着湖岸公路前行，便一路遇见各种鸟儿。斑头雁、红嘴鸥，一会儿驻足沉思，一会儿又在湖边踱来踱去，突然间它们又掠过波光粼粼的湖面，展翅高飞。

这是它们的地盘，我只是心存羡慕的过客。

我停下车，坐在湖边，静静地望着眼前的湖光山色，鸟儿时而展翅高飞，时而低空盘旋，时而发出美妙的鸣叫声。我感受着温柔的风，陶醉在这片和睦的天地里。

回去噶尔的路上，要经过一个检查站。公路下边是一片广阔的草地，长满了棕黄色的草。草地里站立着3只黑颈鹤，伸着大长腿，或傲然挺立，或俯身觅食，姿态极尽优雅，偶尔又一同跑进浮着野鸭的小河中。它们只有脖子以上和尾巴之后是黑色，身躯却是白色。

219国道通往新疆叶城，是著名的新藏线。公路上车辆来来往往，但没有任何人去打扰黑颈鹤，人们到了此地似乎自然而然地接受了人与自然和谐相处的理念。

围炉夜话

回到阿里噶尔，在酒店接上李橡一起吃晚饭。李橡说事儿办完了，晚上陪我去与陕西的援藏队友聊天。

我说："好啊，那你帮我记录吧。"

几经周折才找到噶尔援藏组公寓，阿里市区这段路居然没有路灯。我只好打电话给柴大夫，几轮电话之后终于接上了头。几位陕西的援藏队友在屋子里开了电炉子，正等着我们。

噶尔县文广局援藏干部阮君丽说："现在条件好多了，2017年8月份以前这里连路都没有，像个大工地。"

对于52岁的阮君丽来说，噶尔最难熬的是没有暖气。老家西安的冬天最冷可达零下十七八摄氏度，但撑死也就一个礼拜，平时能到-6℃就不得了了。

噶尔的寒冷是她从未尝试过的体验。2017年3月，噶尔的气温降至零下二十七八摄氏度。每天早上起来毛巾冻得像块木板，宿舍里刚拖完地瞬间结冰，人踩上去很容易就滑倒。

晚上烧了热水，把洗脚盆端到床边，坐在床边泡完脚就赶紧钻进被窝。实在太冷了，连洗脚水都懒得倒。此时的噶尔在阮君丽眼里，床以外的地方都是远方，手够不着的地方都是他乡，上个厕所那都是出差。洗脚水在床前等了一晚上，到第二天被冻成一盆冰，像琥珀一样。

没暖气也就罢了，还经常停水。早上起来，阮君丽拿了牙缸，一拧水龙头，水龙头"哈"地打了个哈欠，一滴水都没有。幸好昨晚备了一桶水，阮君丽为自己的先见之明感到欣慰。走到水桶旁一看，我滴个天啦，昨晚盛的一桶水活生生冻成了一桶冰。

你嚷嚷个啥，没暖气？那你可以用电热毯啊，可以用电暖气啊，不是还有专门的暖空调吗？内地的朋友恨铁不成钢，对阮君丽的低智商感到无可奈何。

问题是经常停电啊，阮君丽欲哭无泪。

办公室也没有暖气，每天的工作完成以后，局里所有人都跑到值班室。我听到此处，心里顿生钦佩，真是一群恪尽职守的好公务员啊。我在西藏最讨厌的就是值班了，人不累，但心累，得把你无聊到死。

唉，没办法，值班室有炉子啊，有火烤啊，阮君丽告诉我们，所有人都围着炉子坐。

"太冷了，我真的都冻哭了。"阮君丽说起来似乎犹有余悸，手插进衣服兜里，不自禁地整个身子往里缩，“每天就只有中午太阳照进来那会儿暖和一点，我那个脚就放到太阳光底下，太阳光往哪挪，我就不停地跟着挪。”

援藏的第一年，阮君丽每天都拿着手机看天气预报，就盼着第二天能比今天高一两度。如果第二天还是零下十八九摄氏度，她就一副生无可恋的样子。如果预报说第二天升一点点，零下十四五摄氏度，她就像个小孩一样整天乐呵呵。

三四度的温度差异，就能让一个成年人的心情发生翻天覆地的起伏，这是我始料未及的。

幸福的人总是相似的，不幸的人各有各的不幸。

虽然噶尔县住建局援藏干部吕苏林早有思想准备，但推门进房的那一刻，他还是被吓了一大跳，恍惚间以为自己穿越时空到了世界末日。

他家水管爆了，大水冲出来，把屋里的东西都冲到墙角。气温太低，水管和水都冻住了，在房间里积下厚厚的一层冰，发出晶亮的寒光。2017年3月4日，-16℃，大伙都来帮吕苏林除冰。

这是内地人无法想象的情景，在东北也没有这种体验，因为东北都有暖气。阿里的施工条件差，材料质量也不高，安装的水管很粗糙，温度一低就冻爆。吕苏林春节前离开的时候，已经关掉水龙头。水管爆了以后，吕苏林的受援单位找人修理。修一次爆一次，到了后来维修工人回了内地，便只能在那晾着，任由它流水。进入冬天，阿里的外地人都撤回内地。卖维修材料的人走了，干活的人更找不到。这样的状况不只限于阿里，整个西藏几乎都是如此。在内地一个电话能解决的事情，在高原偏偏就成了大问题。

大伙拿榔头和钳子砸冰，劲小了砸不动，劲大了又怕连带着砸坏地板。后来就改用锤子把尖锐的螺丝刀敲进冰里，在冰面上钻出密密麻麻的冰洞，再一个一个地将冰块撬开。费了老半天的工夫，这才除掉了厚厚的冰层，给吕苏林腾出一个睡觉的地方。

林芝的气温也低，但没有像噶尔那么残酷。我们刚到的时候，也没有暖气。队里配了一个电暖片，几乎没有用处，5厘米以内的距离才能感应到热量。第一年西藏给了我一个下马威。

援藏的第一个春节我自驾去贵州，特意从瑶族的农贸市场背了一个铝制火盆回林芝。买了木炭，点燃旧报纸去烧木炭。结果烧了一脸的灰，足足一个小时才把炭火升起来。后来，同事王文燕送来一麻袋油松木。我第一次知道世界上居然还有这种木材，一点就着，还“哗哗”地往下滴油。半分钟就能把炭火点燃，油松木果然名副其实。

第二年下半年买了热空调，以为鸟枪换炮，结果也没有效用，还弄得旧电路老跳闸。只好又换回炭火。2019年年初，援藏还剩半年的时候，组织给我在客厅装了地暖，终于彻底解决了寒冷问题。

噶尔县发改委援藏副主任胡阳给大家讲了一个结对认亲贫困户的故事。屋子里时而哄堂大笑，时而又唏嘘阵阵，哀叹连连。李橼嘴一抿，眼泪盈眶而出。我在茶几上抽出几张纸巾，递了给她。

胡阳结对认亲的贫困户叫措卓，1985年出生的一个单亲妈妈，天生语言残疾，有一个哥哥，没有父母。胡阳说："在一个月黑风高的夜晚，她被人搞大了肚子，但男人很快与她离婚，消失在风雨中。"

后来措卓生了一个男孩，叫尼玛桑保，娘俩相依为命，守着一方贫瘠的土地。她没办法跟人交流，平时依靠政府的政策兜底，以及哥哥和村主任的帮衬度日。没有经济来源，家里的两头牦牛就是生活的全部支柱。

初见措卓是在一个阳光明媚的午后。这一天，噶尔县发改委组织前往门士乡看望结对认亲贫困户。

2016年的9月，阿里已经进入冰天雪地，汽车在国道上向广袤无垠的荒原驶去。平均海拔4500米的阿里面积30多万平方公里，相当于3个浙江、5个宁夏，但人口只有10万，是世界上人口密度最小的地区。这里山川终年不长植被，干旱、寒冷蚕食着本就贫瘠的盐碱土地，很多地区寸草不生，农牧民的生活更是雪上加霜。

由于帮扶对象居住分散，他们此行只能在乡政府集中慰问。门士乡距离噶尔县200多公里。车窗外到处都是荒山雪岭和风化的岩石颗粒，大片大片的骆驼刺像一堆堆冻坏的蘑菇，密密麻麻点缀在犹如月球般的大地上。

3小时后，一行人到达目的地。在翻译的帮助下大家都找到了各自的帮扶对象攀谈起来。措卓和3岁的尼玛桑保孤零零地站在墙角。31岁的措卓头发花白，脸上全是沟壑。要不是乡干部提前介绍了情况，胡阳第一眼就想开口叫"阿姨"，不，叫"奶奶"。

措卓穿了一身干净的藏装，头发梳得很整齐，一丝不乱，但裤腿和鞋子上沾了厚厚的泥浆。胡阳心想，这啥情况，爬山了还是干吗了，第一次见面也不好细问。

胡阳把资助物资递给措卓，措卓也给胡阳献了哈达。措卓说不了话，但她脸上堆着感激的微笑。胡阳问她有什么需要，措卓"咿咿呀呀"地用手语表达。胡阳连藏语都听不懂，更不要说手语了，于是他说："这次没时间好好看你，我想下次到你家里去。"

回去后，胡阳一直牵挂着母子俩。2017年4月，一个风和日丽的周末，他和援藏队友噶尔县委宣传部的常昱、阿里地区国土局的李卫波，以及同事丹增顿珠一起带着粮油、营养品和玩具前往探望措卓。

沿着219国道赶到门士乡，再沿古入江寺方向前行大约10公里到了卡尔东遗址（穹窿银城）。同事丹增顿珠会讲藏语，逢人便打听门士村四组在哪，问了七八次，终于弄清楚要从卡尔东遗址桥头下坡，蹚过3条河流，穿过尽是泥泞的河滩。幸亏他们开的是越野车，不然就完蛋了。

大约又走了15公里，再一次迷失方向。一个藏族小阿佳背着一个背篓，里面装着一个小孩和一些柴火。丹增顿珠问她措卓住在哪里，小阿佳不确定地指着方向。胡阳着急了，说："要不你上我们的车吧，你带着我们走好不好？"

在看不到尽头的砂石路和泥沼路上继续前进5公里后，小阿佳指着远处山脚的一座泥土堆砌的村落说："措卓家就在那个村里面。"

天啦，终于到了！车上的人都狠狠地松了一口气，纷纷感叹着。这个村子离门士乡足足有30公里，上次见面措卓和孩子是咋去的？

还能咋去呢？满腿的泥浆还不能说明问题吗？当然是走路去的呀！胡阳回想起去年9月，母子孤零零地站在乡政府大楼墙角，心里　酸，眼睛顿时湿润了。

村子很小，稀稀拉拉地住着几户人，寸草不生，放眼望去全是黄土和荒原。村子极其干燥，像一块风干的骨头。村落中间一座不足12平方米的藏式土坯房就是措卓的家，整座房子全由泥土夯就，满目疮痍的木门和破旧的窗子支撑着土墙。

胡阳刚要下车找厕所，丹增顿珠一把将他抓住，说："主任你可不要下去，下边的狗会咬人啦。"胡阳一看，几条藏狗正无精打采地在门前闲逛，低着头这里嗅嗅，那里闻闻。

措卓抱着尼玛桑保坐在屋前的土台阶上，一边挑着儿子头上的虱子，一边晒着太阳。看到车子停下，措卓小心翼翼地探头张望，仔细一看是胡阳，这个被生活和病痛折磨得未老先衰的母亲仿佛突然就变成了一个小姑娘。她兴奋得一跃而起，把儿子放下，欢呼雀跃地一边跳，一边朝着胡阳跑去。胡阳被措卓的天真模样逗乐了，虽然她的样子显得苍老，但她的内心依然藏着一颗童心。

外边晒着太阳还算暖和，一进屋子便感到一股寒意。屋里连桌子和凳子都没有，靠墙摆着一张破破烂烂的藏式沙发，菱形花纹布垫上布满油污。屋子中间用泥巴垒了一口铁炉子，这是整个屋子里唯一的铁器。炉子里烧着牦牛粪干，给屋子里增添了一些暖意。村里的气温比噶尔县低好几摄氏度，要不是有这个铁炉子取暖，娘俩早就熬不过每年的冬天了。除此以外，屋里再无其他像样的物件，更别说什么手机了。每次乡里要找措卓，都是电话先打到村主任那，村主任再跑到她家去敲门。

胡阳一行人看得暗暗心惊。

措卓给客人盛上酥油茶，又悄然起身，从木柜上的塑料桶里盛了几碗酸羊奶，一一捧给客人们。胡阳明白，她在尽力表达着对客人们的感谢。

"哥们实在受不了那味儿，我跟你说，上面全是牦牛粪的痕迹，我的天！"胡阳讲述的情绪有些激动，我们又哄堂大笑。

但是没办法，措卓已经倾尽所能，她家里就只有这么点拿得出手的东西。出于对她的尊重，胡阳壮了胆子，一口闷了下去，就好像眼前摆的不是酥油茶，而是一大碗烈酒。

在丹增顿珠的翻译下，胡阳了解到措卓现在最大的心愿就是让儿子尼玛桑保上学。可能是家里许久没有陌生人到访，小尼桑躲在妈妈怀里哭了起来，措卓手足无措地哄着儿子。胡阳赶紧拆开玩具，装好电池，小尼桑抱着“奥特曼”立刻就破涕为笑。

措卓瞧着与客人玩耍的儿子，笑了起来，像一朵枯萎的莲花突然绽放。胡阳无意间瞥见措卓的表情变化，不禁动容。那是一种没有任何杂质的笑，发自肺腑，直抵灵魂，善良的天性让措卓面对艰难的岁月始终保持平和。

临走时，措卓的哥哥和村主任向客人们敬献哈达。夕阳的光亮投射在山头，村子沉浸在暗淡的阴影里。措卓抱着儿子久久站立在石头堆砌的羊圈旁，目送客人离去。胡阳摇下车窗，频频回头，母子俩的身影渐渐朦胧，终于消失在冰冷的暮色中。他心里突然涌出一股悲壮和难舍，眼睛被泪水模糊。

胡阳后来又去了八九次，带些生活必需品。钱在这个地方没有用，因为村里没有东西可买，钱花不出去。令胡阳欣慰的是，2018年5月再去看望的时候，措卓母子俩已经于去年底搬进了康乐新村。这是当地最大的一个异地扶贫搬迁工程，陕西援藏队投入4000万元，与当地政府在市区燕尾山脚下共同建起了一大片新居，将贫苦的农牧民从遥远的山区接到这儿，集中安置在新居生活。

去的那天依然是一个风和日丽的晴天，阿里尚未逃出冬天，但白日里的阳光倒是照得人浑身暖和。大家有说有笑，汽车一路颠簸往市区10公里外的燕尾山驶去。

“我亲戚今年搬了新家，在县上找了工作，一家人高兴得很。”县发改委雷凌操着四川普通话说道。

“我那个也不差撒，自从搬到康乐新居，整个人都不一样了，看着年轻多了。”县发改委主任凌遗春也自豪地说。

大家夸奖自己结对认亲的亲戚时，胡阳却不禁担心起来，措卓母子俩过得怎么样了？

康乐新居是燕尾山下一座崭新的小城，当地政府整合财政、援藏、社会帮扶和政策性贷款等资金，修建了714套新房，计划搬迁群众2952人。那是好大的一片藏式红顶白墙两层小楼，遍布绿化的新居与身后寸草不生、荒芜寂静的燕尾山形成鲜明对比。新居的水泥路面平整宽阔，各家小院屋顶鲜艳的国旗迎风招展，呈现出勃勃生机。

一路上，门士乡扶贫负责人贡桑自豪地向大家介绍新居情况：“我们这里配套了水、电、路、讯、暖等基础设施和村委会、警务站、幼儿园、卫生服务站、宗教活动场所等公共服务设施，完善了小区硬化、绿化、亮化工程。别看现在就只有一个小卖部，今年夏天还会开设便民中心和商业街。”

措卓家就在商业广场旁边，五颜六色的幼儿园也建在后面。眼前的这栋两层小楼，大门口上贴着措卓的名字。开门的小朋友比去年高了半个头，冲着胡阳一个劲地傻笑。小尼桑不再是那个拖着鼻涕满头虱子在地上打滚的小泥孩了，他穿着跟城镇孩子同样整洁的衣服和球鞋。措卓羞涩地拉起门帘，衣着依旧朴素，脸上洋溢着灿烂的笑容。

敬献哈达后，主人把胡阳一行请进她的新家。房间不大，挨着雪白的墙壁摆放着焕然一新的藏式家具和沙发，设计师还专门给贫困户修建了一个取暖用的壁炉。印象最深的是地板瓷砖被擦得像镜子一样明亮，窗玻璃将温暖的阳光引进客厅，看得出来主人家竭尽全力想把房间布置得温馨整洁。

措卓端上酥油茶和琳琅满目的卡塞。贡桑说政府组织搬迁时，措卓家里没什么生活用品，半个车斗都放不满。胡阳回想起去年4月第一次去探望措卓的情景。苍老得像老太婆一般的年轻单亲妈妈坐在门前的土台阶上，晒着太阳给3岁的儿子捉虱子，背后是土夯的房子，家里只有一具铁器牛粪炉子和一张破破烂烂的藏式沙发。

胡阳看着眼前窗明几净的房间，恍如隔世。短短一年时间，措卓母子的生活发生了翻天覆地的变化。

措卓由于天生语言残疾，贡桑只能在她的只言片语中艰难地理解她的意思。贡桑对我说，措卓经历了很长时间的贫穷，所以特别珍惜现在的生活，她收拾的家是整个新居最干净的。等到了9月，尼玛桑保就可以在隔壁的幼儿园上学了。

临别时，胡阳问措卓："你还有什么需要帮忙的吗？"

措卓靠在门楣上，脑袋摇得像拨浪鼓。她口手并用，"咿咿呀呀"地表达着自己的感恩："不用帮助了，谢谢你了。我现在生活得很好，感谢党和国家给我这么好的生活，我也要用自己的双手让我和孩子过上更好的日子。"她双手合十，端在胸前，表情祥和虔诚。

从措卓积极的眼神里，胡阳看到了一种根本的改变。那里面不再只有过去那种安于现状的平和，此时的措卓眼睛里多了一束燃烧的火苗，多了一片璀璨的星空。这是党和国家给她带来的希望。

他想把自己的联系方式留下来，但措卓没有手机，她也记不住号码。胡阳左顾右盼，灵机一动，干脆把自己的电话号码写在了她家墙上。

贡桑说措卓在芒扎牧区的草场补贴每季度都会准时转入新办的银行卡上，现在她被安排在新居里种植花草树木，自己也做一些手工艺品。地区还成立了技能培训公司，措卓将来可能会被送到陕西学习手工艺，等她学会技能回来就能养活自己了。新居还将开发出租车驾驶员、宾馆酒店服务员等500多个就业岗位，可以实现每一户家庭起码有一人就业，未来的生活会越来越好。

聊天的间隙，阮君丽从自己屋里拿出老百姓送的风干牦牛肉，让我们尝尝。我在林芝吃过这玩意，味道不太习惯。阮君丽见我犹豫，又鼓动说："你俩尝尝，这味儿特别好吃，特别酥软，跟其他地方的不一样。”

我和李橡只好各自接过，我放入嘴里一嚼，入口酥软，也没有膻味，味道果然不一样。我又伸手要了一块，放入嘴里。阮君丽笑着说：“好吃吧？好吃就多吃点。”

措卓母子得到了妥善安置，援藏队员自身却没有这么幸运。2017年10月中下旬，胡阳的妈妈突发脑溢血，成了植物人。老太太最后虽然被抢救过来，但半身不遂，瘫痪在床上。胡阳想请假回去，“这地方根本就不让你走，说啥都不行”，妻子也没办法照顾老人家，只好雇了一个阿姨。妈妈以前老给胡阳打电话，关心他吃了没、睡得好么，胡阳当时还受不了妈妈的絮絮叨叨。等妈妈瘫痪后，胡阳却后悔没有时间陪伴家人，没有照顾好妈妈。他觉得当初要是能多点耐心跟她多说几句话，现在也不用这么愧疚。

说起老人家，阮君丽痛心不已，她说她以前成天拿她妈妈向大家炫耀，77岁的人身体多棒啊。可是，今年3月她刚上阿里待了两个星期，妈妈突然就没了。“妈妈走了那一瞬间，我就觉得家没了，天塌了，人的生命怎么就这么脆弱呢？”她有时就在想，如果第二天早上起来她自己也突然没了，她觉得走了就走了吧，也没啥遗憾。那阵子，特别怕冷的阮君丽对死亡却不会感到恐惧。

“当时突然就觉得很后悔，咱们来援藏错失了多少东西，错失了孩子的成长，错失了爱人的陪伴，错失了对父母的孝顺。你要是让我再选择一次，我肯定不会来。”胡阳越说越激动。

“本来立意挺高的，你现在一下子就掉下来了。”有人开着玩笑。

“共产党员你也得有父母啊！”

“这个很真实啊，再说现在和平年代也不提倡牺牲了。”

一句玩笑话遭到了大家的激烈反对。

今年4月与胡阳核对一些故事细节的时候，他告诉我，那次围炉夜话之后不久，他母亲就撒手人寰了。她撑了将近一年，终于还是没有等到儿子回归。今年1月，妻子也与他领取了离婚证，妻子说她不想再等了。而胡阳今年也被提拔为副县长，几乎天天开会夜夜值班。

向我叙述的时候，他在微信里配了好几个捂脸的表情。子欲孝而亲不待，透过微信里平淡的文字，我依然能感受到他内心无处宣泄的悲伤。

从噶尔县援藏公寓出来后，李橡突然说：“我本来以为你们援藏很浪漫，能拥有别人没有的诗和远方。现在看来，诗不多，远方倒真是远方。”

“人生本就多悲苦。”

相逢一笑泯恩仇

经过噶尔检查站，需查边防证，领取限速条，到革吉县100公里限时100分钟。车轮轧过301省道的柏油路面，沿途的荒山依旧寸草不生，只有山脚下覆盖着稀稀拉拉的黄色牧草，偶有马群低头啃食着浅浅的牧草。这一带的土壤沙化严重，除了荒草，便只有零零星星的灌木丛能艰难生长。

公路边革吉县林业局竖立的宣传牌显示，革吉县从2016年开始推进防沙治沙项目，以此来保护和恢复林草植被，遏制沙化扩展。公路边这片用绿色铁栅栏围起来的6年封育期的区域面积达1042.14公顷。

“家是革吉，国是中国”，下面还有一行注解小字，“大力实施‘神圣国土守护者，幸福家园建设者’战略”。12点左右，公路边一幅醒目的标语映入眼帘，提醒来往路人革吉县城近在咫尺。

车窗外连续闪过好几条标语，“追求绿色时尚，走向绿色文明”“保护一片绿地，撑起一片蓝天”“污染水源千夫所指，保护环境万人颂扬”“坚决打赢脱贫攻坚战，决胜全面建成小康社会”。这一路上我第一次在标语里看到“时尚”两字，而更多的是“打赢”和“决胜”这类战争年代的用语。

革吉县城很小，两三条街道趴在山谷里，整个县城人影萧条。反倒是加油站人来车往，像是整个县城最具活力的场所。

13:25左右，在路边停车吃了自热饭。没想到饭后20分钟就到了雄巴乡。俩人大悔，小镇上无论如何也能找到一份新鲜的米饭。

沿301省道两旁分布着两列长长的平房，以黄色的土坯房为主，偶有两三层的楼房，沿路的水泥电线杆让整个镇子显得杂乱无章。

“全面脱贫奔康，雄巴大有希望”。黄色平房上的标语让人纳闷，到底是说雄巴大有可能做到全面脱贫奔康呢，还是说雄巴全面脱贫奔康之后的前途就会变得大有希望？如果是前者，显然与国家的要求有悖，全国要在2020年前实现全面脱贫，这是必须做到的硬要求，而不只是留有余地的一种可能；如果是后者，那就是一句废话，脱贫奔康之后前途自然一片光明。错过一顿热米饭的沮丧让我跟眼前的标语杠上了。

国庆假期第一天，三三两两的当地人穿着色彩艳丽的藏服来到镇子赶集。男人们在街上互相攀着肩膀闲聊几句，女人和孩子们相伴而行，人来人往，看上去比革吉县城还要热闹。路边一小块水泥地上，一群藏族人围成小圈在烈日下跳起了锅庄。女人爱美，戴着米黄色的宽檐礼帽，帽子下还加了一块红色的头巾，戴着口罩防风防晒。男人也有戴帽子的，但大多数人将黝黑的皮肤暴露在阳光下。

到了雄巴乡，旅行者会有两个选择。大多数旅游车辆会继续沿着301省道行驶，途经改则，前往尼玛。这条传统的阿里大北线在2017年年底就已经修通了柏油路，路况相对安全。

但我们选择了人迹更加罕至的“一错再错，大错特错”的阿里小北线，从雄巴乡拐向东南，驶上更加荒凉的716县道。在这条人烟稀少的路线上，会穿越星罗棋布的高原湖泊。

66万字的旅行指南只在这个地方打上了特别提示，“记得在雄巴加满油，准备些应急食品”，预示着接下来的道路充满不可预料。可是雄巴乡加油站没有开放，我们只能让半饥不饱的普拉多继续赶路。

路上不时经过一些没有名字的淡蓝色小湖，就像大餐之前给我们端上来的餐前小吃，颜色还不够透亮，气势也远未磅礴，但已经开始吊起了我们的胃口。

经过一个叫加吾村的地方，一座城堡状的幼儿园刚刚成形。还来不及装饰外墙，工人们就已经停工撤回内地。不知内情的游客一定会感到纳闷，视线之内方圆几公里连房屋都没瞧见几间，孩子们从哪来这所幼儿园上学？

这让我想起日喀则市仁布县援藏组修建的方正双语幼儿园。2017年，仁布援藏组下乡调研，发现一个问题。位于雅鲁藏布江边的仁布乡白林村是一座只有几十户人家的藏区小村，村里没有幼儿园。全村16名适龄儿童，每天要步行往返6公里，翻山涉水去邻村上学。仁布援藏组争取哈尔滨市方正县计划外投入援藏资金120万元，给村里援建了一所标准化幼儿园，彻底解决了村里孩子学前教育的难题。

而眼前加吾村正在修建的幼儿园看起来具有同样的意义。虽然视线里看不见村子的其他房屋，但如果没有这座孤悬于山谷里的幼儿园，村子里的孩子就不得不去往更远的地方上学，甚至是失学。

大约80公里后，一个碧绿色的湖泊出现在视野里，公路边竖着一块雄巴乡河长公示铁皮牌子，上面显示眼前的湖泊叫作茶里措。

湖边扎了一座牧民的白色帐篷，里边伸出一支烟囱，显示是长久居住的住所。帐篷边停靠着一辆红色货车。沿湖散列着白色羊群，一位身穿藏袍的妇女正走向羊群。湖水的拐弯处漂浮着十几只水鸟，一只鹰展翅掠过湖面，向草原扑去。

这一路上难得见到人类居住的痕迹，车窗外的世界总是寂静无声。我情不自禁地跟着汽车音响里谭维维的歌声唱起了《往日时光》，排遣心里生出的忧伤。

柏油公路紧贴湖岸，15分钟后，到达革吉县亚热乡。

进入乡镇，柏油公路终止，土路上尘土飞扬。满眼荒芜的土地上突然出现一块崭新的绿色人工草皮足球场，让我们惊讶不已。这是亚热乡小学新铺设的操场，还配套了红色的橡胶跑道。今天是国庆假期第一天，老师却带着孩子们在操场上开展运动会。

我想起日土县援藏老师的介绍，他们的学生离家远，放假时间不够来回一趟，所以每逢短假期，学校就把学生留在学校里搞活动。

中石油居然在路边设置了一个简易加油站，我和李橡都情不自禁地欢呼起来。在雄巴乡没能加到油，我们一路上都提心吊胆。前路未卜，我们最担心的就是走到半路汽油燃尽。在西藏，见到加油站的那一刻是最开心的时候，仿佛有种回家的安心。这片土地太过辽阔，没有汽油寸步难行。

眼前这个加油站只有一个加油箱和一支加油枪，连起码的遮挡都没有。狂风卷着沙土扑来，我们只能转过身去，保护着娇嫩的小脸。

一个中年藏族男人守在加油枪旁边，加油只收现金。听着油枪“咕噜咕噜”往普拉多肚子里喂着汽油，我心里也感到舒坦。

出了亚热乡，拐右驶过一座小桥，上了一个土坡，左右各有一条土路。路边竖了一块“亚热乡野生动物观赏区”的牌子，上面用汉、藏、英3种语言介绍亚热乡。

右首的土路建了十几米金属护栏，路面看起来也比左边的土路更宽，远处扬起沙尘，像是有车辆刚刚驶过。我深吸一口气，拐上了右边土路。

驶过一段土路，十几分钟后便只剩下车辙。天空突然转暗，阴云奔袭而来。大约25分钟后又上了一段尚未完工的公路，路面已压平，但尚未硬化。

天空渐渐变黑，车窗外的风也刮得越来越暴烈。李橡看着窗外，忧心忡忡。

20分钟后，路面变成新修的柏油路，我却越来越感觉不对劲，这么长时间没有见到一辆车。这里没有手机信号，但离线导航显示我们行走的方向先是南下，再折向东，已经偏离了原来的轨迹。

“怎么办？”李橡问我。

“方向看起来似乎是对的，但路线好像偏离了。”我说，“要不再走一段试试？”

“嗯。”

我继续往前行驶。天空突然闪过一道闪电，随后远远响起几声闷雷。一阵冰雹突然“噼里啪啦”地从空中倒了下来，挡风玻璃顿时变得迷雾重重，就像一块纱布突然遮住了我们的眼睛，朦朦胧胧。

我只好靠边停车，熄了火，打开故障双闪灯。

这场冰雹来得太突然，我和李橡面面相觑。这个荒原除了我们俩，似乎再无其他生命。如果这时能从空中俯瞰大地，我们的白色普拉多一定像一艘小艇漂浮在大海的狂涛里。

眼前又划过一道闪电，“哐哐……”一串巨雷突然在身边炸响。

“啊……”李橡吓得尖声惊叫，伸手捂住了自己的耳朵。

我伸手拍拍李橡的肩膀，对她笑笑说：“别怕，旁边还有那么多山，这雷打不到咱们。”

“可是刚才就在我们身边响啊？”李橡半信半疑。

“那是错觉，听起来很近，其实还很远。”

“好吓人啊！”李橡慢慢放下捂着耳朵的手。

我把音乐调大，却依旧掩盖不住冰雹敲打车身的声音。

“我记得那天在佩枯措你有些难过。”我扭过头问李橡，“是不是有什么心事？”

“现在才问？”

“这些天每天都是白天赶路晚上采访，除了在车上能见到你，其他也没时间呐。”我看了看车外，汽车挡风玻璃上堆满了冰雹和雪花，什么也看不见，“反正这会也走不了，跟我说说呗。”

“我谈了一场恋爱，他是个很好的人，那是我的初恋。”

“嗯，初恋总是相对难忘一些。”我附和着，希望通过她的回忆转移她对电闪雷鸣的恐惧。

“我和他认识的时候是2014年年初，距离现在差不多5年了，时间过得真快啊。”

“能记得这么清楚，一定是一段刻骨铭心的恋爱。”我继续附和。

“我和他怎么认识的呢，现在想想都很神奇。”再一次响起雷声，李橡却毫无知觉，她似乎陷入了悠远的回忆中。

那一年李橡还在读高三，在重庆转机去南方，有一个多小时的经停时间。她戴着耳机，一边听歌，一边在登机口附近瞎逛。她低着头走路，沉浸在灵动的音律里。少女跟随音乐抑扬顿挫的节奏，两步并作一步，一步又分成两步，边走边跳。

突然感觉撞到了什么，一堵温柔的墙。抬头一看，原来是撞到了一个人。李橡的脸“唰”地一下就红了，因为她一头撞上的是一位年轻军人壮实的胸膛。

“对不起，对不起……”李橡慌里慌张地道歉，脸上却红得滚烫。

“没关系。”年轻人被小姑娘的窘态逗乐了，咧嘴一笑，露出两颗虎牙和浅浅的酒窝，干净单纯得像一个涉世未深的小孩。他留着标准的军人寸头，眼睛里闪耀着星星般的光芒。

李橡脸更红了，不敢细看，低下头，连说了几句“对不起”，转身走回候机口，老老实实地坐在椅子上等着登机。

上了飞机，李橡坐在自己靠窗的位置。过道边的位置也坐着一位乘客，中间却一直空着。李橡心想没人坐更好，不用那么拥挤。

过了一会儿，挤进来一个人。李橡抬头一看，心里一声轻呼，居然是那位年轻军人。李橡的脸不由自主“唰”地一下又红了。

“啊，是你呀。”年轻人也很意外。

这便是他俩的初相识，像一切美好的爱情一样，明媚得像5月的阳光。

也许是因为年轻军人干净的笑容和眼睛里的光芒打动了她，也有可能是因为李橡的家族里多军人，天生对这个职业比较亲近，还有可能是李橡经常向他请教考试难题。李橡说她至今也没搞清楚到底是什么原因，似乎时间长了，两人就自然而然地谈起了恋爱。

其实，对于两个年轻自由的灵魂来说，一次浪漫的邂逅就足以产生爱情。

高三学习压力大，少女的脾气也不好，李橡经常向他发火，但他从来都不会计较。有一次俩人吵架，李橡认为他不在乎她，提出要分手。

他当然不答应。

李橡赌气说，如果他3天之内出现在李橡学校门口，她就原谅他。少女心海底针，李橡以为他不可能做到，所以故意刁难他。毕竟路途遥远，而且他在部队也请不了假。

李橡说完，自己也忘了这个赌约。

到了第三天，当少女李橡看到他在校门口站成了一棵松，心里又惊又喜，从此认定了这个男人。

家人忙着做生意，没有时间照顾李橡，给她在学校附近买了一套房子，李橡小小年纪就单独一个人住。他一有假期就跑到北方去陪李橡，洗衣做饭，送她上学，接她放学，打打闹闹，像过日子一般。李橡每天早上起床，一打开卧室门，便能看到桌上摆着热乎乎的早餐。

李橡从小就喜欢画画。学习的间隙，她便心猿意马地拿着铅笔在书本上勾勒，画的都是他系着围裙煎鸡蛋的背影。

大一的时候，李橡去了一趟他的部队。战友们不管年龄大小，都一口一个“嫂子”恭恭敬敬地叫唤着19岁的李橡。部队要婚后才能分公寓，李橡去的时候没地方住，团长把自己的公寓让了出来给李橡住。他叫了战友来团长家吃饭，满满一大桌子的牛羊肉火锅。

酒足饭饱，战友们开始取笑他，说他为了爱情连前途都不要。李橡直到这个时候才知道，当时是部队里的特殊时期，不能外出，他为了赶在3天内出现在她眼前，结果被取消了授衔。

李橡问他值得吗？他说没什么值得不值得，当时也没有考虑这个问题，一心只想着赶去见她。李橡紧紧抱着他，泪流满面地说，等大学毕业就带他回家见父母。

此后，3年的时间就这么细水长流地过着，俩人分居两地偶尔能见见面，更多的时候只能通过打电话和视频联系。

女人的直觉啊，真是太可怕了。大四的上学期末，李橡一直感觉哪里不对劲，于是就问他怎么啦，是不是发生了什么事情。

电话那头突然哭了起来，哭完了，他说他订婚了。

李橡刚从图书馆走出来，闻言突然站定，呆若木鸡。半晌才回过神来，问他是什么时候的事情。他说就在不久前，他妈妈带着那个女孩去了部队。

李橡听不下去了，平静地说：“我们分手吧。”

挂了电话，眼泪却不自觉地“哗哗”往下淌。

突然感觉脸上“飕飕”地冷，李橡定睛一看，原来不知道什么时候开始下雪了。地上已经泛白，这场雪显然已经下了有些时候了，只是李橡一直没有发觉。她抬起头，密密麻麻的雪花来无影去无踪，轻轻柔柔地从漆黑的夜空飘下，像一颗颗暗淡的流星，转瞬即逝。

怎么都像偶像剧一样，分手的时候不是下雨就是下雪，我有这么凄惨吗？李橡挂着眼泪自嘲地笑了，刚笑两声，想到伤心处，又悲从中来。她蹲下来，任由眼泪稀里哗啦地掉落雪地。

半年后，李橡特意赶去他的部队，参加了他的婚礼。她偷偷坐在大堂里最后一桌，看着仪式一一举行下去，看着他说“我愿意”。

司仪问新娘：“你愿意嫁给你身边的这位先生,无论贫穷富贵,无论健康疾病,都对他不离不弃,爱他永远吗?”

“我愿意！”李橡远远地望着台上光彩照人的新郎，轻轻地回答。

到了最后，李橡端着酒杯，大大方方地走到他面前，对他说：“祝你新婚快乐！”

李橡的出现引起了周围一阵骚动，战友们认出了她。大伙面面相觑，担心会爆发一场短兵相接。

但她一说完就转身走了。她穿上自己最喜欢的淡蓝色长裙礼服来到现场，她只是想去看看那个她想结婚的人在婚礼上有多帅，她幻想了许多次的场景会是什么样子。

他是一个很好的人，有责任心，有自制力。他教会了李橡如何面对世界，如何看待自己。他从不勉强李橡，一直都很尊重她。4年的相处，他俩相敬如宾，像古代人一样，从来不曾做过越线的事情。

他很好，他真的很好。

李橡心里一遍一遍地对自己说，却感觉有什么东西堵住了她的胸腔，让她呼吸不了，感觉马上就要窒息。她穿着高跟鞋，在路灯下不由自主地奔跑起来，眼泪却掉了一地。

好一阵子，李橡几乎患了抑郁症。她经常失眠，半夜起来，拿着画笔在雪白的画框上涂抹到天亮，却只是一些杂乱无章的色块。后来，她扔下画笔，开始满世界旅行，从东到西，从北到南，不停地走。她只有把自己的时间全部填满，才不至于时常感到悲凉。她不断变换着生活内容，去驱赶萦绕在脑海里的记忆碎片。后来的后来，她去了法国留学，交了一个新加坡的男朋友。男朋友是兄弟会的成员，交往了不到一年，她毅然离开了他。

一年前，她来到了西藏。

“《百年孤独》里有一句话，回忆是一条没有尽头的路，一切以往的春天都不复存在，就

最后的野雪

文/图 小朱飞刀

我的存在
源自一个星球的脊梁
最义无反顾的挺拔

砂砾、乱石，无尽的黑夜
我的肌理沉默如时光
而灵魂
深埋于8848米
天荒地老的雪

千万年间
生命未曾光顾
只有风和阳光
每天如期而至
荒芜和孤独
与我朝夕相处

石破天惊的一刻
他们纷至沓来
英雄豪杰
凡夫俗子
无一例外
敬我如神
却从未将我
当作一个生命

谁甘心一生荒漠
我是世间最后的野雪
我已等待了良久
如果你也是一朵桀骜不驯的花
不甘于循规蹈矩的开放与衰败
那就连同这无穷的旷野
将我一起收割

卓奥友峰，海拔8201米

探险者

文/图　小朱飞刀

我只能不停地走
不停地走才能触摸雪的魂魄
但我知道唯有决裂前方
浅吟低唱才能来到你的身旁

你信手勾勒的线条如鲜花初放
我不远万里转山转水
慢慢地走快快到达
谒求众生太平不慌不忙

月亮升起荒野忧伤
尘世的表情隐忍不安
一头牦牛已经死去
两只秃鹫正撕扯逼仄的安详

我与它们之间相隔
一场雪和一个被误解的死生
而我和你之间
生活这条悬念丛生的河流似真似幻

所以我只能不停地走
影子已被高度封冻
亲爱的，我失去了唯一的伙伴
独自挥舞透明的冰镐
像许下一个个虚妄的誓言
从遗忘处上升
在悲喜处消亡
其实，攀登算什么探险
人生才是

宁金抗沙峰，海拔7206米

连那最坚韧而又狂乱的爱情归根结底也不过是一种转瞬即逝的现实。他说得对，生命中曾经有过的所有灿烂，终究都需要用寂寞来偿还。”

漫长的叙述之后，李橡沉默了。

冰雹已经停止，汽车的挡风玻璃透出强烈的光线。一个念头闪过我的脑海，我脱口问道：“他在哪里参军？”

“阿里。”

“啊！”我一声惊呼，张大了嘴巴，“你昨天说去办事，其实是去见他？”

“嗯。”

“见到了吗？”

“我们在路上偶遇。”

还偶遇呢，别骗我了。

“他生了个女儿，女儿才1岁，跟着他妻子在内地。”李橡停顿了一会儿，接着说，“他给女儿取名叫丫丫，这是我的小名，他曾经叫了好几年。”

“你来西藏这么久，见过他几次了？”

“就昨天这一次。”

“他的婚礼是在阿里举行的？”

“是的。”

“这可是阿里啊，你当时就穿一件长裙，不冷吗？”

“不太记得了，裙子里穿了裤子的，当时还有外套，不过应该还是挺冷的吧。”

“除了婚礼和昨天，再也没见过他了吗？”

“在内地还见过一次。那次他回内地休假，遇到抢劫，他挺身而出。结果劫匪有枪，一颗子弹击中了腹部。他妻子打电话给我，让我去见他。我赶到的时候，他当时在医院重症室里昏迷不醒。”

李橡又陷入了痛苦的回忆中，沉默不语。我得把她拉出来，于是便故意打趣说：“哦，我明白了，你这次陪我走这么远，其实就是为了来看他的，对吧？”

“也算是吧。”李橡转过头看着我说，“要谢谢你呢，带我完成了一个心愿，如果是我一个人的话，可能就半途而废了。”

我微微一笑，没有作答，伸手启动汽车，打开雨刮器。雨刮器“唰唰”地推走积雪，挡风玻璃重新变得清晰。高原的天气真是奇妙，此时已经雪过天晴，淡蓝色的天空如同被清水洗过一般，仿佛刚才的黑云从未来过，车窗外又是一个全新的世界，澄澈明亮。

“真美！”李橡赞叹着。

对面驶来两辆工程车。我当即下车，伸手拦住他们，一问才知道，我们果真走错路了。他们说这条路通向另一个村庄，到不了仁多乡。

我连声道谢，上车松下手刹，掉头返回。

我一边把着方向盘，一边想象着那天从婚礼现场出来后，身边这个姑娘穿着长礼裙，蹬着高跟鞋，一个人奔跑在4255米的寒夜里。

我偷偷看了李橡一眼。她闭着眼睛靠在椅子上，不知道是睡着了，还是又沉入了悲伤的回忆中。

回到"亚热乡野生动物观赏区"的牌子前，分岔路口停着一辆越野车。我摇下车窗一问，司机说左边的土路才是711县道，他们今天也是要赶去仁多乡。越野车原地等了两分钟，后面一辆车跟了上来。我不敢造次，跟在他们屁股后面一起走。

这是一片辽阔的空地，山脉起伏平缓，荒草连天。没有公路，只有车辆在草地上轧出的车辙。几辆越野车大张旗鼓地驶过宽广的草原，扬起漫天尘土。一群藏野驴就站在我们身边，见了我们也跟着奔跑起来，秋风得意驴蹄疾。跑了一阵，带头的那一只带领驴群又向山的远处跑去。

令人惊诧的是，如此空旷的荒野里，居然还有牧人生活。从分岔路足足行驶了一个小时，辽阔的草原上出现了一座孤零零的土坯房。几公里之外又分布着三四座白色的帐篷。再走几公里，远远地望见一大片米黄色的羊群，牧羊女红色的头巾在草原上飘移，犹如一朵浓艳的晚霞躲在白云之中。再往前行，又遇见羊群。这回隔得近些，牧羊女戴着棕色宽檐帽，围着粉红色头巾，上身穿红色的羽绒服，下身是红绿条纹的围裙。她扎着辫子，拿着牧羊鞭，缓缓地跟随羊群在辽阔的草原上踱着步子。

我想象不出他们如何维持每天的日常生活，除了枯黄的牧草，这块贫瘠的土地几乎不出产任何作物。即便是生活用水，他们也得从几公里之外的湖泊里用摩托车运回来，如果没有摩托车就只能靠人力背。他们的拖拉机和摩托车需要加油的话，最近的亚热乡也在一个半小时的车程以外。

"到了西藏，才知道生存的伟大。"李橡看着车窗外说。

"嗯，有机会你要走一下双湖，那个地方对你启发也许更大。"

"那是个什么样的地方？"

"羌塘听说过吧？"

"听说过。"

"那里是最接近羌塘核心区的人类居住地，如今当地已经开始搬迁最靠近无人区的北部3个乡镇。"

"你在那听到了什么故事？"

我一边开车，一边把双湖人在荒原生存的故事讲给李橡听。关于那里的绝望与希望，贫瘠与纯粹，人类和动物之间的冲突与和谐，那里有沉寂千年的大冰川，也有奔跑在草原上的野兽，那是一个充满矛盾与张力的地方。

李橼听得心驰神往。

又过了一个小时，视线里出现一个深蓝色的湖泊，湖边扎着一座白色帐篷，旁边停放着两辆货车。羊群跟随裹着红色头巾的牧羊女，犹如云朵一般徜徉在湖边。

不远处就是今天的目的地——仁多乡，到达小镇的时候已经19:30。从亚热乡到仁多乡虽然只有90公里，我们却开了3个多小时。

跟西藏所有的乡镇一样，仁多乡沿着公路两侧分布着两列平房，几乎家家户户都兼做家庭旅馆。乡镇里的路面铺装了水泥，隔20米就竖着一座太阳能路灯。这里属于日喀则市仲巴县，却是阿里小北线的必经之地，所以虽然人迹罕至，住宿却依旧紧张。我俩一路走，一路问，好不容易问到一户人家的客厅里还空了几个卡垫。

当即把车停在他家门口。客厅中央是一个铁皮炉子，当地人正在玩藏族骰子，主人家炒了两个小菜给我们端上来。屋里有3个小朋友，小女孩2岁多，两个小男孩大约六七岁。我们拿了糖果给他们，又掏出拍立得给他们拍照，小朋友们又惊又喜，拿着小照片高兴得合不拢嘴。

20:10左右，夕阳染红了镇子旁边的山谷，焕发出火焰般的颜色。放学的孩子背着书包，三三两两地走在公路上，一只羊低头伸进垃圾桶里翻找着食物，小镇宁静而忙碌。

15分钟后，天色全黑，小镇里依然有人打着手机电筒，在水泥路上来来往往。镇子里有一家小超市，出售饼干、果冻、副食品和蔬菜、水果，虽然看上去品质不太好，但门类倒也齐全。居然还有龙眼，尽管看上去不太新鲜，但已让我大跌眼镜。

我问哪里能加油，主人家领着我把车开到旁边的一家院子。屋里走出一个50岁左右的藏族男子，掀开院子角落的防水布。角落里摆放着两个大油罐，这是老百姓自己储存的汽油。男子把汽油抽进5千克的塑料桶里，然后拎着塑料桶倒进普拉多的油嘴。80元一个5千克，我加了两个5千克。

露天旱厕在后院，去往厕所的路上狗吠声此起彼伏，得格外小心。另外还有两位游客也住在客厅，我们4人一人睡一个卡垫，主人家给我们备了被子。他们在里屋睡，里外屋之间只有一块帘布，没有门。晚上睡觉的时候，彼此咳嗽都能听得一清二楚。

这是一间毫无防备的客厅。

诡异的红色湖泊

第二天起了个大早，7:49趁着天还没亮出发，轻轻推开吱呀作响的木门，背着书包的小学生陆陆续续出门，结伴而行走去小镇旁边的学校。

一出镇子便又回到了荒芜的土路。

两只藏原羚翘着如桃心般的白屁股，悠闲地走在草原上。在藏北广阔的羌塘草原，除了藏羚羊、藏野驴等人们耳熟能详的珍稀动物外，藏原羚也是一种非常可爱的野生动物。这是西藏最原始的羚羊，白色桃心屁股是它最典型的标志，因此被当地藏人称为“白屁股”。在这个看脸的伟大时代，藏原羚却剑走偏锋，单凭屁股就赢得了万千宠爱。这块白色桃心纯由藏原羚屁股上的皮毛自然形成，而且每只藏原羚均是如此，不得不令人惊叹大自然造物的神奇。

仁青休布措是今天遇见的第一个湖泊。我和李橡把车停在湖边，等着朝阳慢慢升起。湖面的另一头分布着连绵雪山，朝阳映照，微微染红。云层渐渐散开，露出蔚蓝的天空，湖水也由淡灰色逐渐转变成淡蓝色，又慢慢变成了藏北湖泊标准的湖蓝色。除了我们，另有两三辆越野车停下来拍照。

我们不再停留，上车前行，更美的风景总在下一站。行驶到一处平缓的垭口，雪雾蒙蒙，地上积了薄薄的一层雪。路边一块“湖长制”管理公示牌，显示这附近有一个叫昂拉仁措的高原湖泊。

我俩一商量，既然都到了家门口，索性向左拐下去瞧瞧这个560平方公里的湖泊。雪零零星星地飘洒在大地，远处的山脊线被白雪染成黄白相间的颜色，在雪雾中若隐若现，自有一股婉约之美。

垭口的一条土路通向朦胧雪雾的深处，下了山坡，路边的草地上现出一个个密密麻麻的鼠洞。我俩停下车，仔细一瞧，洞口果然趴着机灵可爱的土拨鼠，小脑袋转过来转过去，机警地观察着四周的形势。

草地上积了白色的雪，土黄色的土拨鼠有了对比色，倒是较枯草里的鼠洞更好辨认些。但只要我们一走近，它们便迅速消失在洞口。我在一些洞口撒了爆米花和瓜子，却半天也没一只土拨鼠爬出来吃零食。

雪雾里钻出一辆红色的摩托车，把手上绑了长长的红色丝带。车上坐了两位藏族人，穿着厚厚的酒红色藏袍，在雪雾中像一朵迅速飘移的云霞。

临上车的时候我突然起了童心，对着土拨鼠的洞口撒了泡尿，边撒边哈哈大笑。

再往前行20分钟左右，一个银色的湖泊出现在路边。雪雾渐止，湖水的颜色也逐渐变成碧绿色。湖中矗立着3座黄色的岩岛，对岸土黄色的山上覆盖着薄薄的浅雪。越往前行，天气愈见晴朗，湖水便越发妖娆。可是一会儿的工夫，雪雾又卷土重来，随着天气的变换，湖水时深时浅，时灰时蓝。藏野驴也在雪雾中时隐时现，大自然似乎在跟我们捉着迷藏。

湖边有一位牧羊人赶着一群羊，白羊、黑羊混杂在一起。我向牧羊人招手，还没来得及反应，他居然在倏忽间就站在了我们车前。这是一种神奇的速度，从聂拉木去往吉隆的路上，那位牧人也是以迅雷不及掩耳之势走到我们跟前。不是说望山跑死马吗？对于藏族人似乎刚好相反。

这是一个40岁左右的藏族男人，面色黝黑，脸颊和鼻头有晒伤的痕迹。戴着宽檐帽子，围着红黑条纹的毛线围脖，一身袖口绒毛外露的黑色藏袍。

他双手趴在车窗，笑嘻嘻地瞧着我。我顺手递给他一包饼干，他高兴地伸手接过，“咿咿呀呀”地说着藏语。我掏出拍立得给他拍照，送了一张给他。他两只粗大的手笨拙地抓着小照片，咧嘴笑了，脸上堆出像山一样的褶皱。

这一路上遇到的藏族人总是很容易知足，简短的交流，简单的需求，从不纠缠。

告别牧羊人，我们再往前行驶1公里左右，停下车。

已近午时，天空放晴。湖水幽蓝，湖滩上长了红色的小灌木和稀疏的黄色浅草，正是午餐的绝佳之地。我撕开自热饭，架上汽炉子。把旺仔牛奶和雀巢速溶咖啡倒进小锅里，添加适量的矿泉水，拧开气罐，点燃炉子。

几分钟后，咖啡香气四溢，自热饭也炊烟袅袅。

“你很会享受生活啊。”李橡表扬我。

“哈哈，户外这点小乐趣还是要有的，不能只剩吃苦啊。”我笑着说，“‘老西藏精神’其中有一条是‘特别能吃苦’。到了我们饭堂，大家故意停顿，念出来就成了，‘特别能吃’，苦啊！”

“呵呵，在西藏容易感到饥饿，还真是特别能吃。”李橡端着咖啡，望着平静的湖水，轻轻啜了一口，“哇，冷得好快。”

我尝了一口，咖啡果然已经变凉。虽然此时艳阳高照，但在海拔4689米的湖面体感仍旧寒冷。

用完午餐，我们掉头回去。半路遇到一辆越野车，车上坐了一男三女。其中一个女孩拦住我们问路：“扎布耶茶卡（扎布耶措）在哪？”女孩黑着脸，话语里没有一丝客气。车里其他人也默不作声，宛若一座沉寂的火山，看起来车里刚经历了一番不悦的争吵。

“这里是昂拉仁措，扎布耶茶卡在你们刚才经过的那个垭口继续往前就能到。”我给他们指路。

女孩听了，连句道谢都没有，转身上车。越野车也没打招呼，撒开蹄子一溜烟消失在草原中。

“就是这样的游客坏了内地人的形象。”李橡瞧不过眼。

“哈哈，什么素质嘛。”

回到垭口，左拐向着扎布耶措方向驶去。过了垭口，车轮下变成了“炮弹坑”一般的路，李橡减慢速度。

“那是什么？”我一声惊呼，“停停停。”

一只小野兽从草丛中跳出，向我们奔来，突然又消失在路边的土洞里。我回过神来，意识到那是一只巨大的土拨鼠，约莫有狐狸一般大小，足有普通土拨鼠10倍之大。

李橡停了车。大土拨鼠又从另外一个洞里探出头来，我早就端着长焦镜头候着呢，立马按下按键拍了几张。再待拍时，它又警觉地缩进洞里。李橡熄了火，我们继续等候，但10分钟过去了，它却不再出现。我不甘心，剥了几截香肠，扔到洞口。又过了十几分钟，始终不见它的踪影。旁边还有好几个大洞，那都是它的巢穴，我知道地底下还有无数条秘密通道，就像地道战里的情景一样。我束手无策，只好上车走了。

翻越山坡又掉入无边无际的旷野，越野车撒开了腿拼命加速，却总是到不了山边。快到扎布耶措之前，遇到一辆甘A车牌的奥迪越野车反向行驶。这是一对湖南夫妻，男人在操控无人机，拍摄大草原。女人则提醒我们如果要扎营，尽量选在工地边上，不要在荒野里扎营。昨晚他们在车顶扎了帐篷睡觉，半夜听到嗷嗷狼叫。

我们谢过她的善意提醒，继续前行。

15:20，远处绵延不绝的高山脚下出现了一片绯红。

扎布耶措到了。

此处一堤之隔，却分布着南北两个湖泊，南湖是淡蓝色，北湖却呈现出绯红色，令人叹为观止。我们把车开到粉红色的湖泊边上，李橡有点累，留在车上。我则被眼前这片粉红色吸引，走下车去。蓝色和绿色的湖泊在青藏高原上常见，眼前的扎布耶措是西藏唯一一个红色湖泊。

湖边堆积了白色的冰雪，走近一瞧，白色晶体看上去却更像是盐粒。我揩了一点放入嘴里一尝，咸的，果然是盐。眼前的红色湖泊显然是个卤水湖。

岸边有座白色的盐桥插入湖水中，盐桥泥土酥软，我走到盐桥尽头。左首浅水区水面平静，像一面光滑的镜子倒映出纯净空灵的蓝天白云，隐约透出天空之镜的风姿。

而右边的深水区则红浪滚滚，像是被鲜血染红了一般。湖边有栋废弃的房子，浸泡在红色的湖水里，玻璃尽碎，走到房子前喊叫竟然有回音。

我突然想象，如果待到黄昏之时，残阳如血，湖水暗红，会是怎样的一幅人间烈狱景象。应该适合拍鬼片吧，我一边联想着一些恐怖的情景，一边回到车旁边。李橡递给我半边西瓜，血红的瓜心像是眼前的扎布耶措的湖水倒流进来。

抬头突然望见山坡上走下一个人，悄无声息地出现在废弃的房子旁边。长发下披，双手垂立，默默移动。刚联想到拍鬼片的事，眼前就突然出现一个如此寂静的人，场面着实有些恐惧。

我端着西瓜的手强作镇定。

寂静的人主动开腔，是个女人：“他们说我们有辆车下来了，我认错车了，以为你们这辆是我们的车。”

我松了口气：“去盐桥看看吧，那边很漂亮。”

长发女人在我们车后转了一圈，却没上盐桥，又回转上坡去了。想是见我们不是她熟人，心有顾虑，也不敢过多停留。一会儿工夫，人又不见了影子。

来的时候悄无声息，去的时候也不留踪迹。

比起青海的茶卡盐湖，海拔4429米的扎布耶措几乎没有名气，至今依旧鲜为人知。有些人听过它名头，是因为它是世界三大锂盐湖之一，也是目前世界上唯一的以天然碳酸锂形式存在的盐湖。但这些数据不足以令它在游客心目中产生深刻印象，最美的风景果然都藏在人迹罕至的地方，但也只有勇于出发的人才能到达。

新鲜的荒野

原本还想再深入探访远处的盐厂，但今天还要赶到改则县城，担心时间不够用，只好打道回府。掉头行驶十几分钟后，草原上的车辙出现分岔，我们选择北上，赶往改则县城。

李橡看了看表，已经17:10，我们都有些担心。因为接下来的路线既不是传统的大北线，也不是新兴的小北线。攻略上没有任何记载，也找不到相关的地图，当地都极少人走过这条路。这里没有手机信号，幸好李橡提前下载了离线地图，起码导航的方向依旧有效。

但是前方的路况如何，我们心里完全没底，最担心的是爆胎，或者汽油燃尽。

导航显示这是一条公路，可眼前明明只是荒草中轧出来的车辙。或许就像鲁迅说的，走的人多了也便成了路。值得庆幸的是，虽然沿路极度荒凉，但每隔半小时左右，总还能见到羊群或者一两座白色帐篷，显示这里并非无人区。

迎面驶来一辆小皮卡，我伸手叫停，司机是一位藏族男子。我问他：“这条路通向改则吗？”

男子告诉我不要右拐，一直往前。谢天谢地，他能听懂汉语。

“路况如何，好走吗？”

“跟这里一样的。”

一个小时后，空旷的土地上竖着一块紫色的铁皮牌子，上面写着“改则县人工种草与天然草场改良建设项目”，显示此地是改则县麻米乡吴青村，我们稍觉宽心。可是几分钟后，沙土上横陈的一具牦牛残骸又让我们感到紧张。整具残骸只有牦牛的头部保存完整，牛角、毛发、嘴唇、鼻子，甚至露出的牙齿都没有遭到破坏，但是整个身子不翼而飞，只剩下泛着白光的脊椎骨和盆骨。

“不会有什么野兽吧？”李橡语气里隐藏着惊惧。

“没事，我们在车里，有野兽也奈何不了我们。”我安慰着李橡。

接下来的路走得惴惴不安。十几分钟后，一杆鲜艳的国旗飘扬在一座土坯房上，显示有人类活动的迹象。我俩松了口气。再向前行驶，草原上一位藏族妇女正在放牧一群黑色的牦牛。终于又看到其他人类，我俩心里稍安。

一群藏野驴站在山坡上，镶着白边的棕色毛发让它们显得高贵优雅。而右手边再次出现一个蓝紫色湖泊，通往湖泊的土地密密麻麻地长满了棕黄色牧草，宛如动物的皮毛。湖边上散落着许多水鸟，互相嬉戏。3只黑颈鹤站在湖边，时而瞧瞧嬉戏的鸟群，时而低头觅食，突然又毫无预兆地并肩飞翔。湖边的水鸟突然惊起，纷纷扬扬地飞上天空，寂静的荒原顿时变得灵动。

19:30左右，我们再次行驶在漫长的湖岸线上，路边的一块河长公示牌标明眼前的湖泊叫拉果措。

拉果措同样是一个蓝色的高原湖泊，湖面宽广，靠近远处山脚的湖面闪着粼粼波光，像是洒下了一池的星光。两道湖湾中间夹着一溜湖岸，像一把利剑，伸向湖心。3辆摩托车停靠在剑锋位置，远远瞧去，自有几分凌厉的侠气。

太阳的余晖已经升上湖岸，湖水渐渐褪去了白日里的蔚蓝颜色，寸草不生的低矮山坡在惨淡的光线下也越发显得凄凉。阳光像一道严肃的军令，寒冷在车窗外像千军万马蓄势待发。一旦阳光熄灭，寒冷便会马踏联营冲锋陷阵，瞬息之间吞没整个天地。

两个半小时过去了，眼看天色将晚，我们却还是行驶在车辙上。如果天黑之前找不到公路，那我们就不得不在野外过夜了。想到前路茫茫，我俩无心再欣赏车窗外的风景。

“叭叭叭”，车后突然传来一阵急促的喇叭声，后视镜里一辆皮卡越过我们，拐上右上角的山坡，隐约听见一声吆喝。今天由扎布耶措北上改则县，只在第一个村庄遇到过一辆汽车，然后就是刚才湖边远远停靠的3辆摩托车，此外的4小时内再没遇见过其他车辆。在这样的荒原遇到车辆原本会觉得亲切，但刚才那几声催命般的喇叭声却给我们留下了坏印象。

“叭什么叭，要超就超呗，这么宽的山坡，哪不是路啊？傻×！”我一边骂骂咧咧，一边沿着原有的车辙往左拐向湖边。几分钟后，一条一米宽的沟壑拦腰斩断了车辙。沟壑另一头的车辙渐渐没入湖中，想是原来的路线已经被水冲毁。除非我们的车长了翅膀，否则不可能过得去。

我突然意识到，刚才那几声喇叭可能是人家提醒我们走错路了。我立即掉转车头，循着皮卡的方向开去。几分钟后追上皮卡，它正困在一个土坡下。土坡沙化严重，车轮加速转动只是激起了更多的灰尘，却不能前进半分，皮卡尝试了两次都以失败告终。我停下车，笑盈盈地看着狼狈的皮卡。

皮卡退下土坡，往后倒退十几米，开足马力撒开了腿往前奔跑。终于翻上了土坡，身后留下了滚滚灰尘。

我不敢怠慢，将油门踩到底，过土坡的时候明显感觉到车轮打滑。普拉多的性能终究不是靠吹的，上土坡显然比皮卡要轻松。

接下来，我们便紧跟着皮卡往前走。大约十几分钟后，皮卡突然停了下来。我不明就里，也跟着踩下刹车。

皮卡驾驶位的车门打开，走出一个中等身材的中年男人。副驾驶位还坐着一个男人，却没有下车。

中年男人越走越近。

汉族人!

我心里暗起戒心。

我与李橡对视一眼，俩人的眼神里都传递着“他想干什么”的疑问。虽然不知道对方是何意图，但我还是把车窗摇了下来。

“你好，有什么事吗？”我语气尽量平和礼貌，不想刺激对方。

“你们是外地来的吧？”中年男人一口西北腔，双手扒在我的车窗上，瞅了一眼副驾驶位的李橡，又阴晴不定地望着我。

“是啊。”我假装漫不经心地回答，心里却在努力捕捉对方言语里隐藏的来意。

“要去改则吗？”

“嗯。”

一问一答如一攻一守，暗藏机锋。

“我们到这里就要向左拐了，我们公司在这里有个矿区，要去看一下。你们去改则往右拐，一直走，没有岔路，很快就能到公路，到了公路就好走了。”

我顿时蒙圈了，这才注意到他们车前的车辙有了分岔。原来人家早看出我们不认识路，到了分岔路特意下车帮我们指路。人家一番好意，我却因为从一开始就起了戒心，所以尽往坏处想了。我一时语塞，只能说：“谢谢你了！”这个时候，语气才恢复正常。

西北汉子转身上了皮卡，一溜烟拐上了左边的车辙。我突然想起忘了问他们的名字、从哪里来。我赶紧拿出单反，将长焦镜头拧到极致，把他们的车牌拍了下来。

天色越来越暗，气温急剧下降，心里反倒越来越暖和。地上淡淡的车辙难以辨认，要不是皮卡给我们带路，十有八九就得在荒山野岭过夜。

几年之前，我曾在新疆的魔鬼城遭遇过一次同样的路况。返回时夜幕降临，车灯的亮度根本不足以让人看清楚来时的车辙。要不是司机和同伴经验丰富，我们可能就迷失在犬牙交错的沟壑里了。

往右拐出，车辙明显，果然再无岔路。20∶26，终于在天色完全黑下来的时候到达古昌村，新铺装柏油的725乡道穿村而过，通往改则县城。导航显示此去改则县城还有一个小时的车程。途中，一辆皮卡超过了我们。我一看车牌，正是刚才矿区工作人员的皮卡车。

我赶紧闪烁远光灯，对方却毫无反应。心里一细想，不禁哑然失笑。我是因为对方帮助了我们，所以特意记下了对方的车牌，但人家未必会将这件事情放在心上。他们哪会知道，被超过的这辆普拉多就是刚才那两个不识路的外地人呢？

地球的泪珠

昨晚到达改则县的时候，我联系上来自中移动的援藏副书记门烁。我说去找他，他说现在县城里边到处在修路，我找不到他所在的位置，而他要来我住的宾馆也得1小时。天啦，太夸张了吧，西藏一个县城能有多大，再怎么样都不可能需要一个小时。

门烁说早上来陪我们吃早餐，我说不用麻烦了。他觉得很不好意思，我大老远地赶过来，连面都没见着。我说我后面的行程很紧张，一大早就要出发，实在不行我们后期再电话联系，好歹这个地方我来过，有了直观感受。

第二天早上，我按照导航指示，在县城灰尘滚滚的土路上兜兜转转倒腾了将近半个小时，才拐上去往措勤的301省道。我望着坑坑洼洼的县城街道，不由暗呼侥幸，多亏昨晚没去找门烁，否则肯定得困在密如蛛网的坑道里，难怪他昨晚不主张会面。

最终还是没有与门烁见面，但他谦逊的声音让我大有好感。他后来也没跟我电话联系，我也没有时间主动去了解他的故事。我想，在这段超过5万里的行程中，不知道还有多少沧海遗珠被我错过了。

“保护湿地功在当代，生态平衡惠在千秋”“保护青山绿水，筑牢生态屏障”，洞措湖边的草地上竖了标语牌，我一看到“千秋”两字，脑海里条件反射般跳出了《笑傲江湖》里任我行的“千秋万代，一统江湖”。一座厕所孤零零地坐落在草地上，男左女右，中间墙壁刷着“保护草原，利国利民”。

这里有条分岔路，继续循着301省道东行，将直接到达尼玛县。我们选择南下走206省道，前往措勤。拐上206省道后，公路又由柏油路变成了车辙。

对于高原湖泊，我们开始有些审美疲劳，反倒是草原上偶尔出现的藏野驴和“白屁股”藏原羚更吸引我们的目光，这些精灵给寂静的荒原带来了更多的生机和活力。

一个小时后，206省道又从草原车辙切换成干净的柏油公路，海拔6822米的夏岗江雪山跳入眼帘，但野生动物反而远离了视线。一路湖光山色，经过达瓦措，13:25到达措勤县城。

县城的入口竖了一块硕大的广告牌，“藏西先锋，红色阿里，党旗引领，大湖崛起”，“大湖”是措勤的藏语意思，因为县城旁边30公里处有一个西藏第三大湖：扎日南木措。

在阿里的版图上，措勤像是一块“飞地”，东西方向都被日喀则包围。这里是大北线上重要的十字路口，向北通往301省道上的改则，向南可通往219国道上的萨嘎，东西方向则连接包括扎日南木措和当惹雍措在内的湖区。

我们把车直接停在县城入口的县委、县政府门口，因为县城里已经被挖成了一个大工地，车辆无法进入。

我们随意走入一家川菜馆，点了一个蒜薹炒猪肉和两碗面条，店家是来自四川的一对夫妻。

灿烂的阳光被挡在门外，屋里便显得清冷。店面的条件非常简陋，但看得出主人家很用心，努力给客人们创造优美的用餐环境。他们摆上了整整齐齐的花盆，精心打理过的格桑花虽然没有阳光的照耀，却也开得灿烂。

店里只有我俩用餐，边吃边与店家拉起家常。

“你们去哪里玩？”

“我们刚从改则过来，昨天去了扎布耶措，那个红色的盐湖，你们听说过吗？”

“听我儿子说过，他们下乡经常去那一块，他同事还在那捡了一块红色的玉，听说卖了10万块。”

我一听，不由大悔没有在岸边好好巡逻一番：“哈哈，怎么我们没有捡到玉啊。”

“你儿子在这边工作吗？”李橡问道。

“是啊，他在这边当公务员，所以我们俩也过来做点小生意。”老板娘说起儿子，脸上不自觉地泛起一丝自豪，“不过他们在乡镇条件苦，那边没水，两个礼拜才能回来洗一次澡，每次还要再打水回去。”

“你们有馒头吗？我们想带点在路上吃。”李橡问，她早就受不了自热饭的味道了。

“我们没有，街上有家店专门卖馒头，我帮你们去买吧，要多少？”老板主动说。

“就6个吧，谢谢你了。”

老板转身出门，不久又空手回到店门口。

“馒头卖完了。”

“那我把你们这面汤打包吧，我觉得很好喝。”李橡说。

“面汤可不好打包，洒一身，冷了也不好吃，我帮你们去买点鸭脖和鸡爪吧。”

“多谢你了。”

“没得事撒。”老板又转身出门，不久带回来一盒鸭脖和鸡爪。

我们告别夫妻俩，步行走回县委、县政府门口，上车继续出发。

15∶30左右，经过一个蓝色的高原湖泊，柏油路拦腰从湖面穿过，到达对岸。这一截公路难得安装了防护栏，中间将近30米的距离被湖水淹没，来往车辆只能涉水而过。积水路段的防护栏下有一溜冰雪，尚未融化，既未浮在水面，也阻挡不了湖水倒灌。

5分钟后，一抹不可思议的蓝色映入眼帘，大湖扎日南木措到了。纯净的湖水、连绵起伏的雪山，生机勃勃的草原，藏地湖泊的标准配置这里都有。

“拥有绿色，人类将不会失去梦”“别让眼泪成为地球上的最后一滴水”“绿色生死恋，有绿才有生命”，这些富有诗意的标语在西藏难得一见。相比于简洁理智的政府标语，这类感性诗意的语言具有更强大的感染力。人们会为情怀感动，却很少为理智买单。

得益于西藏严厉的生态保护措施，我从车窗外看到两只黑颈鹤在村民房子20米外的草地上悠闲地低头觅食。村民进进出出，优雅的黑颈鹤毫无戒心，我们经过，它们俩甚至连头都懒得抬起来。在这片土地上，人与自然和谐相处。

我们驶上公路最高处时，频频回头张望。没有知识没有文化并不可怕，但没有审美是绝症，可我觉得眼前这抹蓝色能治愈所有的审美绝症。

15分钟后，磁石乡的其格措出现公路两旁。事实上，在阿里小北线被众多高原湖泊轮番轰炸之后，我们已经略有审美疲劳，众多湖泊都一掠而过，没有兴致细看。但眼前这个湖泊再次绊住了我们匆匆的脚步，我和李橡赞叹不已。

看起来像是两个湖泊，但实际上有涓涓细流连接，公路从溪流上方跨越而过。无论怎么形容这两泓温柔至死的湖水都不为过。这是一方不谙世事的蓝，上帝仿佛将这里当成了调色的试验场，随着光影和湖水深浅的变化，湖面呈现出碧玉、湖蓝、深蓝和淡蓝等丰富细腻的色彩变化，只有高明的画家才能辨别出里边千变万化的细微差异。接近湖尾，湖水变浅，一溜弧形黄土地在蓝色湖面悄悄隆起，像一把优美的圆月弯刀。

百度上没有关于其格措的介绍，这让我大为惊诧。因为在我看来，单从美感来论，眼前这个寂寂无名的湖泊胜过众多著名湖泊。在藏北星罗棋布的蓝色湖水中，其格措算得上是齐占鳌头的一个。

水鸟、水鸭和藏原羚等野生动物再次闯入我们的视线，甚至连机警的野兔也跳跃在碎石间，来凑这份热闹。草地上自然又是密布着大大小小的鼠洞，那是土拨鼠的地盘。牦牛和马匹的出现，以及新落成的村级幼儿园，显示附近存在旺盛的人类活动。天地间万籁俱寂，但实际上，各类生命都在悄悄地竞相生长。

很快，干净的柏油公路又切换成尘土飞扬的土路。见到文布南村的牌子时已是19:10。这里有一条分岔路，一条向左拐上山坡，一条向右继续沿山谷前行。一块小小的木板竖在两条路的中间，有人用蓝色油漆手写了“文布南村”4个字，画了一个箭头指向右边。

土路明显，非浅浅的车辙可相提并论，所以虽然时候已晚，我们并不担心。40分钟后，车窗外轮番上演着精彩绝伦的景观变化。暮色沉沉，夕阳染红了山谷。几分钟后，夕阳沉落，红色的山谷变成了紫色。一泓淡蓝色的湖水横陈山谷之间，那自然就是名震藏北的当惹雍措了。但山谷的上方似乎也顶着一溜淡蓝色湖水，仔细辨认才发现那是蓝色的天空，因湖蓝颜色和长条形状与湖水相近，极易被混淆为当惹雍措的分支。当惹雍措和蓝色天空夹着紫色山谷，仿如一块巨大的奥利奥。蓝色天空的上方却又神奇地呈现出粉红颜色，越往上颜色越淡，最终变成广袤的灰白色天空。

类似的景象我曾在双湖见识过，那是夕阳下沉后回光返照造成的光线变化，也称地影。但眼前因当惹雍措的加入，而多了一份梦幻般的错觉。

“如果你没有在藏北苦寒之地漂泊半月，拥有‘一错再错’的决心和毅力，建议你只来当惹雍措就够了，这里浓缩了天、地、人的全部精华。”

毫无疑问，旅行指南的提示充满了偷懒的诱惑。但实际上，即便是偷懒计划里的当惹雍措也非容易到达之地。无论从那曲的尼玛进入，还是走阿里北线，都要经历长途跋涉，但是一路上星罗棋布的高原湖泊却是大自然颁给旅行者最好的奖赏。我期待着这个西藏第四大、苯教最大圣湖带给我们的视觉享受。

太阳沉没之后，婀娜多姿的旅程变成了纯粹的赶路。当晚睡在当惹雍措湖边的文布南村。这个村庄几乎家家户户都兼做家庭旅馆，没有床，只有藏式沙发上的卡垫，多人混住。

村子里异常安静，但路灯的光亮总能闯进广角镜头里，我默默收起正欲拍摄星空的单反相机，回屋睡觉。

第二天早上起来，我才真正见识了眼前这个卓尔不群的湖。

这里几乎是世界上最为纯粹的蓝色，仿佛从标准色卡上直接摘了下来，纯粹得像是躺在地球表面的一颗晶莹泪珠。令人难以置信在藏北偏远的这一隅，竟然深藏着如此圣洁美丽的地方。

文布南村的南侧有一片耕地，比村庄大不了多少。但在荒芜的藏北，这里是唯一可以长出庄稼的地方。青稞和蔬菜能在这块海拔4600米的小块土地上顽强生长，简直是个值得膜拜的神话，当然这是拜当惹雍措小气候所赐。

村民们的石头房子面湖而建，安静地坐落在圣湖边上，国旗与经幡飞扬，每一扇窗户都能望见蓝色的湖水波光粼粼，达果雪山染上一层新雪，简直就像梦里的村庄。朝阳升起，阿妈忙碌地打着酥油茶，牧人和牛羊沐浴着阳光趁早出门。

旅人远道而来，卸下疲惫，爬上房顶，坐在摇椅上晒着太阳。不觉人生恍惚，怎一过几十年飞逝？

便是最为惬意的一天。

出了文布南村，不久便又一头扎进文布北村的怀抱。

这又是一个驻扎在蓝色湖边的村庄，湖叫当琼措，百万年前与当惹雍措曾同为一个浩荡一片的大湖，时间使它们退缩并分离，至今这两湖已相距40公里。

村后新修的噶举派寺庙气势恢宏。这个村庄人来车往，东西贯通的公路从村庄里拦腰而过。刚从当惹雍措出来的旅游车缺乏耐心，拖着滚滚灰尘呼啸而过。这是一个充满人间烟火的村庄，藏北地区极少集中居住的人群，这里有商店、路灯和公共取水区，一日三餐的生活才是这里的主题。旅行者如果在此处停留，会惊喜地发现，生活本身未必就比不上绝世的自然美景。

李橡把拍立得吐出来的小照片送给站在路边的小孩子，他们高兴得拍手大笑，引来两位年轻的藏族男子。年轻男子拿到小照片后，又呼朋唤友。这一来二往地，拍立得的胶卷少了一大半。

雪夜冲突

我们特意拐了一趟尼玛和申扎。在301省道达则措附近突然乌云密布，仿佛从天空垂下一道帘子，帘子外边晴空万里，一穿进帘子则风雪大作，甚是奇特。后又陆续经过恰规措和扎根藏布大桥，所经湖泊无不明艳惊人。

申扎县城的公路也已开挖，车辆只能在外围转悠。晚上9点在县城一对湖南夫妻店吃了米线和烧烤，我和李橡一商量，决定继续赶往班戈。沿着203省道一路夜行，在雄梅镇中桥转上317国道。路上飘着小雪花，但李橡稳健地把持着方向盘，让我极为放心。

黑暗中出现一座检查站，透出暗淡的灯光。

“要停吗？”李橡问我。

我仔细瞧了一下路面，回答说：“算了吧，也没雪糕筒拦路，估计他们都睡了，直接过吧。”

越野车一闪而过的时候，检查站的窗口突然打开，一个年轻的警察扬手喊着：“喂喂喂……”

李橡一个急刹车，停在离检查站10米左右的地方。检查站走出一个人，没穿外套，冒着风雪走过来，来者正是刚才打招呼的年轻警察。

我拿好俩人证件，下车迎了过去，准备接受检查。警察走到我面前，指着越野车对我大声呼喝："退回去！"

"为什么要退回去？"他恶劣的态度激起了我的反感。

"你不懂规矩吗？"

"什么规矩？"

"车停在白线前接受检查。"

"我没看到什么白线，而且你也没在路口设置拦路的障碍物。"

"我叫你退回去！听见没有！"警察指着我的鼻子喊道。

好汉不吃眼前亏，我长吸了一口气，决定心平气和地跟他沟通。

"兄弟，我无意冒犯你，我跟你好好说。第一，你没设置雪糕筒拦住路，所以我们以为这里跟其他检查站一样，到了晚上就不检查了。第二，你叫我停，我马上就停了，我们没有要逃避检查的意思。我要是不停车，这黑灯瞎火的你也拿我没办法。第三，我是援藏干部，我可以给你看我的工作证。你也别为难我们，我们今晚还要赶到班戈县去，现在都半夜11点多了，你非得叫我们退回去浪费时间干吗呢？你要检查证件，我都拿好了，你检查不就完了？再说了，你连外套都没穿，这大半夜的冻病了也不好，对吧？"

"援藏怎么了？你们援藏都是领导，怎么还这样啊？"年轻人几乎咆哮起来。

"我怎样？"我以为表明了援藏身份，对方就不会再为难我，结果反倒引起了对方更多的反感，这是我始料不及的。看来他是执意要刁难我，既然来者不善，我说话便也不客气，寸步不让。

"领导就不讲规矩了吗？领导更应该讲规矩啊！"对方借题发挥的意图越发明显。

"这就10米的距离，路上这么黑，你非要我退回去，车子掉进坑里怎么办？你这是讲规矩，还是要要官威，要把鸡毛当令箭吗？"我的声音也越来越大。

李橡见势不对，跳下车来，一把将我拉开。

"我没见过素质这么差的援藏干部！"或许是雪越下越大，他被冻得受不了了，也可能是他意识到奈何不了我，年轻警察扔下一句狠话，气呼呼地顶着风雪往回走，连我们的证件也没看。

我也不甘示弱，大声说："我也没见过素质这么差的警察。"

"得了，得了，快走吧。"李橡拉着我上车。

上了车，我一边拍打着身上的雪，一边还在为刚才的事愤愤不平："这又不是什么大不了的事情，他可以客客气气地要求我们把车退回去，或者告诉我们下次注意不能越线，一上来就训人，平时威风惯了。"

"他就是逮着了一个，故意刁难一下吧。"李橡安慰我。

“就算是我们不对在先，但他故意把这个问题放大，把气撒在我们身上，太把自己当回事儿了。”

“他干吗要这样凶呢？”

“这个就不好说了，守检查站是很无聊的。也许今晚轮到他值班，本来就一肚子火，或者他对现在的工作早就心怀不满。西藏这边的公务员大多数都是考完试之后异地分配，确实也不容易。比如说日喀则的人分到了昌都，而昌都的人可能去林芝。他被分到了这个前不着村后不着店的地方，可能早就不想在这待了吧。”

“就他不容易吗？那你们援藏就容易了？那么多西藏当地人就容易了？”

“我还遇到过更气人的。”我说。

那一年的桃花节开幕式依旧在林芝市区旁边的嘎拉桃花村举行，现场辟出一块空地专门用于演出。我在现场看表演，中途出来上了一趟厕所。再想回到表演现场，警察却拦着不让进。

我说：“我刚才就在里边的，只是出来上个厕所。”

“走！”

“我有门票。”

“走！”

“我是援藏的。”

“走走走走走！”三五个警察冲过来，不由分说一把将我推开。结果那年的开幕式，我只看了开头部分。

我说得义愤填膺，李橡却开心地笑了。

“哈哈哈哈，好一个走走走。”

全球流浪歌手招募令

“提到林芝的桃花节，其实我有个很好的点子，当时也写进了建议书里。”

“说来听听，给你参谋参谋。”

“2009年国际上出了一个石破天惊的策划，澳洲大堡礁搞了一次‘世界上最好工作’的招募，有印象吗？”

“没有，那时我才十几岁呢。”

“当年，澳大利亚昆士兰州旅游局在网络上发布公告，面向全球给澳大利亚大堡礁招募一名守岛人。工作半年就可以领到15万澳元的薪水，相当于70万元人民币。守岛人住在阳光海景房里，每天的工作就是在海边开船钓鱼、写博客记录岛上生活。所以说它是世界上最好的工作，一点都不夸张。”

“这不是天上掉馅饼吗，换作是我，我也愿意啊，现在还有吗？”李橡夸张地吞了吞口水。

“10年前的事情了。这个招募公告在短时间内传遍了全世界，吸引了无数人的目光，所有人都知道澳洲有一个美丽的地方叫大堡礁。全世界的游客蜂拥而至，而澳洲付出的成本却只有那名守岛人15万澳元的半年薪水。等于说澳洲只用了15万澳元的广告费，却在全世界打了一个最响亮的广告。”

“小投入，办大事，确实挺有意思的。”李橡点点头说。

“没错，这个策划妙就妙在他们的切入点：世界上最好的工作。表面上它是个招聘广告，但吸引全球游客来旅游才是他们的真实意图。如果常规操作，无非是在各国王牌媒体和旅行公司做广告，比如我们的中央电视台，那投入的资金简直就是天文数字。”

“嗯，点睛之笔。”

“我问你，一想到桃花，你会有什么感受？”

“会觉得很浪漫，比如说三生三世十里桃花，嘻嘻。”

“嗯，浪漫会让你想到什么？”

“爱情啊。”

“除了爱情呢？”

“还有比爱情更浪漫的吗？哦，浪迹天涯，一把吉他走天涯，也很浪漫，可能比爱情还要浪漫吧。”

“说到点子上了。”我向李橡竖起了大拇指，“林芝的桃花好看吗？”

“真的好看，每年3月，整个林芝遍地桃花。世界上很少有哪个地方像林芝拥有这么大面积的桃花，而且都是古老的野桃花。以雪山为背景，就更难得了。”李橡说。

“是的，刚才你说的三生三世，那才十里桃花，林芝的桃花少说也有几百里吧，这里拥有全世界最美最宏大的桃花季节。桃花不是梅花，也不是牡丹，所有人一想到桃花，第一反应都是浪漫。所以林芝的桃花要做文章就得在‘大浪漫’这3个字上面下功夫。”

“那你的意思是把林芝搞成丽江那样的艳遇之都？”

“当然不是，艳遇不浪漫，浪漫的是爱情。”

“好了，别卖关子了，我这个捧哏配合你也够够的了，你单口相声一口气说完吧。”李橡不耐烦地嘿嘿冷笑。

“你刚才已经说到边上了，一把吉他浪迹天涯。其实很多人心里都有一个流浪的梦想，但流浪需要付出很大代价，很少有人敢于去实现它，但内心是向往的。浪漫体现在音乐形式上最直接的就是民谣，而且要搞就搞大它。我的想法是发布公告，把全球的流浪歌手招募到林芝，在每年的桃花节一个月期间搞全球民谣大party。”

“嗯，继续说。”

“你想哈，很多地方为了把旅游搞起来，都举办过各种类型的音乐节，比如云南丽江的玉龙雪山摇滚音乐节，还有各地的迷笛摇滚音乐节，对吧？”

“我去过迷笛。”李橡不置可否。

“对啊，也能吸引不少人去玩。但那些都是商演，主办方需要大量的资金去邀请这些知名歌手，林芝小地方花不起这笔钱。而且这些音乐节还是沿用传统的演唱会模式，歌手在台上唱，观众在台下听。观众的参与度太低，没有新意。林芝就算有钱砸，那也是嚼别人吃剩的残羹冷炙，影响有限。

“民谣这几年为什么会火得一塌糊涂，主要就是因为接地气。民谣没有架子，它不是高高在上，而是与我们平起平坐，或者就是我们自己。唱的要么是眼前的苟且，要么就是我们向往的诗和远方。唱民谣的歌手，也十有八九都是流浪歌手，都是普通人，跟游客没有距离，但他们大多都是原创，自身有很多故事，容易打动人。他们漂泊的气质和独特的经历，对大家是有吸引力的。

“不要搞成演唱会的形式，要像卖唱一样，像玩一样。不管是知名歌手，还是籍籍无名的流浪歌手，在这一个月时间里包吃包住，卖唱的钱归歌手，但林芝不给酬劳。所有人都是像三五知己踏青野餐一样，在这个最浪漫的季节，在最美的雪山之前，在桃花树下演唱。每一棵桃树就是一个舞台，每一个歌手都是舞台的主角，与千千万万的游客共同享受自由时光和民谣魅力。演唱者和听众是平等的，听众的参与感会强很多。现在的人多渴望参与啊，旅游都从观光发展到体验了，你看现在的抖音，多火啊。

“当然，也可以植入一句广告：每一句演唱都是最真诚的援藏。把流浪天涯的浪漫与支援西藏的家国情怀联系在一块。

“你想象一下，背景是最美的雪山，树是千百年的百里野桃树，花是云蒸霞蔚的野桃花。藏族人穿上最隆重的民族服装，来自世界各地的女孩们也穿上了最好看的衣服，戴着桃花手串，化着桃花妆容，头戴桃叶花环。现场上演官方组织的民族歌舞，还有酥油茶、甜茶和各种小吃，以及林芝特有的射箭和抱石比赛。

“更多的画面是这样的，流浪歌手或单独一人，或结伴同行，不问名气，不分层级，在桃树下，或站立，或席地而坐，有自弹自唱的，也有带了整支乐队的。听众三五成群，围坐在歌手身边。唱者全情投入，听者若有所思，每一个人都在尽情享受着这个星球从未有过的浪漫时光。除了歌手，偶尔也能看见画家和学生支着画架在写生，有人在围观。

“好多熟悉的面孔，赵雷、马頔、贰佰、郝云、程璧、陈小熊、许飞等等知名的民谣歌手，还有全国各地和世界各国的流浪歌手都来了。他们就像璀璨的星辰，原本零零星星地点缀在广袤的夜空中，现在却都千里赴约，聚集在普天下最多最美的桃花之地，共同举办着一场全球最盛大最浪漫的民谣大会。就像林芝铺天盖地的桃花一样，散落在这片11.7万平方公里土地的各个角落，迎风怒放。”

“喂，醒醒，做梦了吧。”李橡敲了敲我的头，像敲门那样敲，“听起来不错，但是会有歌手愿意去吗，特别是有点名气的？”

“如果是花钱请，那些名气大的歌手会考虑档期啊，票子啊，甚至连哪些歌手同台演出也要考虑，生怕丢了面子掉了价。但party就不一样了，歌手也是人，他们也要享受生活。林芝这么美的地方，有着全世界最浪漫的桃花林、最壮观的雪山。你看每年桃花季多少游客过来，一房难求啊。单是来旅游，很多人都会冲着最美桃花去。而且，这又是一件从未有人做过的事，有新鲜度，真搞起来了声势会很大。没玩过，又好玩，影响力又大，而且还扣上了一个援藏的大情怀，他们会愿意来的。就像好朋友组织的一个户外大party，享受party的同时又玩了一把情怀，觉得自己做了一件大好事。简单来说，你给钱，他们不一定会去；但是不给钱，反而会去。”

“你怎么那么贱呐，哈哈，但我还是担心没有歌手愿意去。不过，像你说的，真能搞起来，应该很好玩。”李橡大笑。

“退一万步来讲，就算真没歌手来，要组织一帮人在现场弹唱也非难事。到拉萨拉一批人，或者去高校找些学生，拍了照录了视频在网上一发，积累了名气，到第二年就容易多了。用桃花美景吸引歌手，然后再用歌手和桃花吸引更多的游客。”

“你这个点子跟大堡礁有异曲同工之妙。”李橡一边开车，一边右手在方向盘上打着节拍说，“以最小的投入做最大的广告。”

“哈哈……”我扬扬得意地说，“流浪歌手全球招募令只是一个起步，长远来讲，更重要的是通过这个切入点给林芝创造一个新的文化：浪漫的流浪文化。

“林芝跟其他藏区不一样，文化是它最大的短板。在西藏，考量一个地方的文化传统是否足够深厚，就看这个地方有没有大的寺庙。因为西藏历史上大多数时候处在政教合一的体制当中，宗教文化与老百姓的生活是水乳交融的。

“但是，林芝几乎没有一座大寺庙，而这一点拍马也赶不上别的藏区。文化的概念很大，几张故纸那叫文物，不叫文化。故纸堆和旧建筑，这是文化的传承，但文化也需要发展，更需要创造。

“你看深圳，它从一个小渔村起步，哪有什么文化基础。但是现在深圳正在创造出一种新的文化，一种关于未来的文化。它需要时间来成型，但我们已经能感觉到那种春笋破土的力量。当然，至今还有许多人诟病深圳是文化沙漠，但在我看来，相比那些躺在故纸堆上的文化符号，深圳创造出来的这种充满朝气的新文化更有魅力，因为它与我们的生活息息相关。”

“这个我赞同，我也喜欢深圳，奔跑的感觉。”李橡点点头说。

“既然林芝的传统文化拼不过人家，那索性就创造一种新的文化。这个地方雪峰林立，遍布大山大河，但同时又山青水绿，是整个藏区海拔最低的区域，2900米的海拔只比丽江高了一个成都，是藏区最适合人类长期居住的地方。这里足够遥远，又有诗一般的栖居环境，在整个西藏最能满足人们关于诗和远方的想象。

“等川藏铁路通了，坐火车进来林芝的人会越来越多。但一个地方要吸引人长住，一定要有触及灵魂的点。不然人们还是会大老远跑去拉萨聚集。浪漫就是林芝的那个点。把这里打造成诗和远方，吸引人们来旅游，来生活，来创造。在诗和远方流浪，想想就很浪漫，对吧？”

“真希望你这个点子能实现，我也想看看遍地民谣是什么体验。”李橡感叹着，“你不搞旅游真是可惜了。”

“文旅不分家，有文化滋养的旅游才能走得远。”李橡的话突然让我生出一股怀才不遇的感慨，我想起那份不知所踪的万言建议书，不由喟叹一句，“广东援藏队曾想过拍一部商业爱情片，来宣传鲁朗小镇，找我写了个剧本，我把全球流浪歌手招募令变成一个故事写了进去，可惜电影到现在都还没找到资金启动。”

风雪背水人

从班戈赶往拉萨的道路，要经过巴木措，这又是一个蓝得令人心碎的湖泊。水鸟飞翔，枯草遍野，碧水连天，对岸的山峰被新雪染白，宛若仙境。让我尤其心动的是靠近湖湾之处，多出的那道平静的湖水，如天空之镜一般，天地万物都能倒映如真。

经过班戈县青龙乡，车窗外闪过两条标语，“离乡不失地，牧民变股民”“发扬‘三千精神’，坚决打赢脱贫攻坚”，极尽简练的文字又一次让我丈二和尚摸不着头脑。牧民变股民，这句话让我想起在西藏把“草补”听成了炒股，当时我就心想，牧民还会炒股，真是够新潮的呀。没想到了青龙乡，牧民还真的变成股民了。至于“三千精神”是什么鬼就不得而知了，脱贫被打赢了，是不是意味着返贫？这一句显然是为了与上一句字数对称，硬生生把“脱贫攻坚战”的“战”字砍掉了。

内地有些地方贴出的标语也闹过不少笑话，比如“警力有限，民力无穷，警民同心偷盗”“深入开展执法不公、群众不满意活动”“自觉维护法律严肃性，严厉打击禁止燃放烟花爆竹行为”“文明城市靠大家，文明祭祀你我他”。

至于车窗外另一条标语“挽救一个辍学生，造福一个家庭”，制作人懒得动脑筋凑字数，直接把第二句话的字间距拉宽，与第一句话的长度保持一致。

中午时分翻过一个小垭口，纳木措到了。这里是与普通游客到访的扎西半岛不同的视角，阴云密布，湖水黯淡无光，湖边覆盖着积雪。我们把车径直开到纳木措湖边，决定在此处午餐。没有别的选择，只能继续吃自热饭。

吃到一半，突然风雪大作，雪花伴随着狂风“噼啪”落下，像下雨一般。我们赶紧躲到车上。天地混沌，稍远的地方全被雪雾遮掩。我们望着波涛汹涌的湖水从雪雾中奔袭而来，不由担心会淹没我们。一念及此，眼前的湖水突然变得令人生畏。我们继续吃着恶心的自热饭，安慰着饥饿的胃和惶恐的灵魂。

20分钟后，风雪停歇。天空突然又毫无征兆地放晴，蓝色的天空与蓝色的湖水不约而同地跃入眼帘。

"哇！"我和李橡异口同声地惊叹一声。

如果不是因为远处的雪山，你一定会认为眼前的蓝色湖水就是辽阔的海洋。远处的湖岸线上飘着一溜白云，使得零落的雪山像是一座座白色的浮岛，漂浮在大海上。看上去汹涌的湖水高出了地面，气势迅猛，似乎随时都会倒灌过来。

两三辆越野车偏离公路，向着我们驶来。到达湖边后，跳下几个男人，从车上搬下烦琐的摄影器材，开始拍照。他们也看中了这里的角度。

我们继续往当雄赶去。

穿过公路边的观景台，便跌入白色的雪原。白色是这片天地的主色调，但天空的蓝色也足以令人心醉，站在雪地里的黑色牦牛群仿佛变成了天与地的分界线。

来往车辆在雪地里轧出两道车辙，循着车辙走就不会发生危险。但总会有不按常理出牌的司机，一辆小车冲入了路边的雪坑里，一台越野车正在对它施救。

一片阴云掠过，混沌的天空又下起了雪。经过一个叫嘎诒的村庄，一片土夯院落平顶碉房坐落在公路两边。土黄色的屋顶和围墙上早已堆满了厚厚的雪，红色国旗和五彩经幡在大雪中迎风招展。一群牦牛矗立在大雪中，纹丝不动，等待主人归来。米黄色的羊群低头将嘴巴扎进雪里，仔细寻觅着食物，远看倒是像一只只巨大的土拨鼠。

李橡有些高反，轻微头疼。我四下拍照的时候，她则躺在座位上闭目养神。

坡下的院落里，两位围着条纹邦典、扎着棕黄色头巾的藏族妇女正挥舞着铁楸和铲子，将院子里的雪铲到墙角，否则几十厘米深的积雪会将门堵上。

山坡上走下一对夫妻，在雪中相伴而行。男人戴着茶色墨镜，嘴唇上方蓄着一溜胡须，背着一个绿色的塑料背水桶，围着一条竖条纹的绒毛围裙，上身一件黑色外套，衣襟大开，露出里边一件红色的羽绒服。女人脸颊泛着高原红，左手拿着一个红色塑料小水瓢，样貌和一身黑色着装与内地人无异。

我突然闪过一个念头，莫非这是一对藏族人与汉族人的结合？

公路的坡下，坐落着村里唯一的一口公用水井。水井上固定着一个铁皮辘轳，系着一根长长的绳子，绳子的另一头连着一个白色的塑料水桶。村民们都得踏雪来到这里，摇动辘轳打上干净的井水，背水回去。

男人越过公路，下到井边打水。女人却蹲在马路边，拿红色水瓢铲了一瓢又一瓢的雪，铲了又倒掉，等着男人上来。她并没有农活要做，或许她只是舍不得丈夫，纯粹是陪着男人下来，在雪地里走上一趟。

男人打好了水，夫妻俩说说笑笑并肩走上雪坡。我赶紧跳下车，追了上去，喊道："你们好！"

夫妻俩停下脚步，回转身微笑着，扬手对我打招呼。

"我能给你们拍张照片吗？"

男人点点头，俩人笑得很灿烂。我拿出拍立得拍了两张，然后又端着单反给他们拍。夫妻俩转身要走，我抓着拍立得的小照片扬手喊道："等一下，这张照片送给你们。"

夫妻俩停下脚步，我"咯吱咯吱"踩着雪把照片送过去。他俩放在手里反复观看，显然很喜欢这个小礼物。小照片已经现出影像，但只能见到夫妻俩的样子，背景是雪，一片白色，看不出是在哪拍摄的。

我尴尬地笑着说："不好意思，凑合着看吧。"这已经是我能送出去的最好的礼物。在这一路上，只要一句"扎西德勒"，立即就能换来一张笑脸，善意来得如此轻易。我记得在拉萨华美巨幕影城旁边有一家餐馆，当街的外墙上贴着一行字"本店免费为环卫工人提供早餐，免费为路人提供洗手间"，这里的人们互相传递着善良。

夫妻俩也咧嘴笑了，回转身，并肩向雪坡上的黄色土夯房走去。他们的房子距离水井有一里远，俩人都穿着黑色的橡胶筒靴，地上的积雪没了脚踝。男人背脊上的那桶水少说也有50斤重，他微微弓着背，一边踏雪而行，一边不时侧头与妻子交谈着什么。

我们总是渴望过上诗一样的生活，而他们却把艰难过成了诗。看上去，恶劣的自然环境并没有消磨掉他们身上质朴的生活情趣，夫妻俩这份平静的相守，在这浮躁的尘世中尤其让人动容。我情不自禁又端起单反抓拍了几张。

回到林芝之后，我特意翻出这张照片，把这个纯粹的场景画在了雪白的画布上，取名为"背水人"。放下画笔的那一刻，酒未醒，音乐也没停，那段时间因为写作难产的烦躁顿时消解不少。

我真想啊，这一路上的故事，不但能写出来，也能画下来，才不枉西藏这1000个日子和5万里的寻路之旅。

总会有人问，山的那边是什么？半小时后，经过海拔5190米的那根拉垭口，站在垭口我再次了然于胸。

山的那边是雪。这简直是满山的雪啊。除了公路保留了水泥的本色，天地万物都被染成了洁白的颜色，甚至连天空都未能幸免。要不是光影有深浅之别，我们根本就分不清山与山之间的界线，也辨别不出山与天空的边界。我从未见过如此之多的雪，眼前是一个纯粹的雪谷。

一辆白色小卧车超过我们，车身堆积了厚厚的雪。50分钟后，它犹自顶着一头白雪，钻进了人声鼎沸灰尘滚滚的当雄县城。

相依为命的两棵树

几天之后，我和李橡再次踏上109国道，奔赴那曲安多。

我问李橡："你已经完成心愿，该看的人也看了，还要跟着我一起走吗？"

"你还要去哪？"

"那曲和昌都。"

"你不是都走过了吗？"

"早着呢，那曲的安多、聂荣、嘉黎、比如、边坝、洛隆，还有昌都的好几个地方都没去过。"

"那走吧，反正我都没去过。"

出了拉萨一路北上，黄草连天，连绵起伏的山脉上积了白色的新雪。刚从阿里环线出来，路上的优美风景却已经无法吸引我们日渐挑剔的目光。

反倒是路上的一个藏族小伙子引起了我的注意。这段公路正在整治维修，一个穿着反光条服装的藏族小伙子站在雪糕筒路障前面，指挥车辆绕行旁边的临时便道。等我们到达的时候，他正独自一人自得其乐地跳着舞。我们停下车，摇下车窗，探出头饶有兴致地望着他。小伙子也不怕生，见我们不着急，便继续跳。跳完了，一个劲地冲着我们笑，轮廓鲜明的黑色脸庞露出一排整齐的牙齿。他伸手指着旁边的便道，示意我们绕行。

快乐是高原人刻进骨子里的天性，在西藏生活，类似的情况几乎随时都可能碰到。有一回，我去林芝尼洋河边的加油站加油，身穿黄白撞色工作服的藏族小伙子拿着油枪，一边给来往车辆加油，一边大声唱着节奏鲜明的藏族歌曲，闻者无不动容。

这让我想起在拉萨出差无意间碰见的"打阿嘎"。

远远听见高亢、悠扬的歌声自空中飘来，让人感受到一种寂静空灵的回响，走近一瞧却是无法形容的感动。屋顶上聚集了一帮年轻人，小伙子有的穿运动服，姑娘们穿着藏装。每人提一支阿嘎，边唱着民歌，边夯打着地面，歌声欢快，脚步整齐划一，动作协调一致。明媚阳光下，一张张黝黑的脸庞，无一例外都洋溢着欢快的笑容。我不禁纳闷，难道他们就没有忧伤的时候吗？

一首藏族民歌中唱道："阿嘎不是石头，阿嘎不是泥土，阿嘎是大地的精华。"藏族人通过打阿嘎似乎把手脚的自由和心底的愉悦也同时夯进了泥土里，让房屋变得坚强和快乐。

中午又没地方吃饭，只好在路上泡了一个自热火锅饭。打开包装，里边居然还有鹌鹑蛋，我喜出望外。左手举着自热火锅饭搁在车窗上，右手举着手机准备拍照。结果不小心失去支撑，塑料盒里的配料全洒了出来，溅得车上和衣服到处都是。

李橡正吃着一盒自热米线，见状赶紧抽了几张纸巾递给我。我狼狈地擦干油污，心里感到烦躁，却无处宣泄，只好又泡了一个火锅饭。

一路畅通无阻，但赶到那曲郊区也已19点左右。安多援藏组董亚军老师打电话说晚上给我们留了饭，但我还是坚持在附近随便找了一家小饭馆，准点把晚餐吃了。这一个多月一直都没准时吃饭，胃已经痛了两次。这是身体对我的一个警告，我不敢大意，接下来还有几千公里的路程呢。

油表还剩一格，我本来想侥幸撑到安多。出城之前经过一家加油站，李橡说还是加满放心些。幸好听了李橡的话，不然就完蛋了，这是后话。

驶出那曲不久，公路两边便全是薄薄的雪。公路边几十辆大货车靠边排着长龙，我提醒李橡慢点开，降到5公里的时速。我问站在大货车旁边的一个男司机，为什么大家都不走。他说大货车启动不了，一起步轮胎就侧滑，所以大家都堵在这里。

到了21点左右，我们被堵在路上。汽车亮着刺眼的尾灯排起了长龙，仪表盘显示此时室外-7℃。导航显示距离安多县城还有99公里，还需1小时45分钟才能到达。我心里着急，让李橡绕行左边超车，为了避让来车，几乎像过单边桥一样轧着路肩的雪行驶，稍有不慎就会掉进路坑。

迎面驶来一辆大货车，眼看无法错车，李橡瞅准时机插入右手边两辆货车之间的空隙。等大货车通过的时候，我准备下车方便。摸着车门探脚下车，我一个踉跄差点摔倒在地上。

站定脚步，伸脚试探，这才察觉地上结了一层坚冰。难怪刚才李橡说刹车的时候听到“咔咔咔”的声音，就像是越野车从喉咙里发出的惊恐之声。那是制动防抱死系统在冰雪路段发生作用，使得车轮处于边滚边滑的状态，确保方向盘在紧急制动下也能够转动。在这样的冰面路段一旦速度上来了，刹车就不管用。

我不敢再让李橡强行超车，乖乖地跟着车龙排队。闲着无事，便拿出笔记本，打开车里的阅读灯，把刚才的经历一一记录下来。来到西藏之后，记忆力下降明显，如果不及时记录，这一路上大部分细节都会被我遗忘。

2分钟之后，车龙松动，我们跟着前面的车辆慢慢行驶。

半个小时后再一次被堵，所有车辆都动弹不得。

一个多小时后，车龙才又松动。警察在铲雪除冰、撒盐铺沙，将食品、药品和氧气瓶等物资送到司机手中。也有警察举着一束橘黄色的火焰，烘烤货车的油箱和输油管。我大惑不解，不会引起爆炸吗？货车司机告诉我，警察手里拿的是喷灯，在给油箱加热。天气太冷，停车时间长了油箱中的柴油会结冰。一位警察站在雪路中间，疏导着交通，黝黑的脸庞尽是疲惫。这样的场景，竟有了别样的美。

继续向前行驶，迎面而来的大货车都熄了火，停在路边，足足排了十几公里长。109国道自西宁起是著名的青藏线，西藏绝大部分的物资都是通过这条公路运到拉萨，所以来来往往的大部分是大货车。这条进藏主动脉穿过藏北草原，冰冻雪封是常事，所以进藏的快递也时常耽搁。

第三次堵上，-9℃。路边的告示牌标记这里是海拔4880米的申卡岗坡，这是那曲前往安多县城的最高点。导航显示距离安多县城还有19公里，董亚军已经打了好几次电话，问我们到哪了，挂电话之前又叮嘱说别着急，慢慢来，一定要注意安全。但随着时间的推移，他打电话的频率越来越密，晚饭成了宵夜。现在宵夜也吃不成了，能不耽误睡觉就已经阿弥陀佛了。

黑暗中排着长龙的车灯熄灭了，大家都惴惴不安，在寒夜里尽量省油省电。幸好李橡提醒我在那曲加满了油，否则这会儿祸福难料。虽然偶有大货车迎面驶来，但看来通车是遥遥无期了。李橡眯着眼，倒也不着急。我静下心来，又掏出笔记本写起了记录。只要不下车，刺骨的寒冷就不会袭击我们。

我们甚至已经做好了在车上过夜的准备。

半个小时后，车龙再次松动。李橡放慢速度，一路缓缓下坡。晚上12点，终于赶到安多县城。下车的时候我才发现车门和后尾厢被冻住了，开门的时候仿佛上了一层胶水。董亚军兴高采烈地将我们迎进安多援藏组的公寓，我们安全到达让他终于放下心头大石。他问我们要不要吃点东西，我们异口同声地说什么也不想吃了，只想躺下睡觉。

爬上床，突然感觉身上痒得不行，伸手挠了几下，掀开衣服一看，腰部又起了红色风团。我狠狠挠了几把，然后强迫自己把手收回来，这玩意只会越挠越痒。

2008年徒步走完墨脱之后，便患了一身荨麻疹和湿疹，在广州治疗了好多年都未根治。但自从2016年来到林芝援藏之后，就再也没有复发过。我常跟人说，援藏多好啊，把我的心头大患都解决了。

我想，可能是这一路劳累过度导致身体的免疫力下降，皮肤病又趁机复发了。这次出发之后，基本上都在4000米以上区域活动。连续走了一个多月，白天都在赶路，晚上才有时间采访。每晚都要凌晨一二点才能睡觉，苦不堪言。要不是有李橡帮忙开车，我早就扛不住了。

翻上床想要写点什么，握着笔发了一阵呆，思路全无。干脆拉灯睡觉，安多4800米的海拔似乎对我没有影响，很快进入梦乡。

第二天起来，一开门就被惊住了。

满眼苍翠！

西藏是世界的屋脊，阿里是世界屋脊的屋脊。世人只知阿里之荒，但在西藏人眼里，阿里只能算是西藏最远的地方，最苦的地方非那曲莫属。在走过那曲的人看来，无论怎么形容这片藏北草原的苦寒都不为过。

这是一个封闭式的院子，两层楼的公寓中间围出一块长方形的土地，楼顶装了阳光棚，太阳可以直射进院子里。200平方米的土地上种满了各色绿色植物，还有郁金香、油菜花、青稞、三叶草、披碱草等花草，园子里甚至还养了一只鹦鹉。

我想起阿里俞江和日土孙志顺犹如沙漠绿洲般的小院子，他们都把室内种成了春色满园。仿佛越是自然条件恶劣的地方，那里的人们就越热爱生活。

董亚军向我们介绍安多的情况，这个地方每年从10月份开始到第二年5月底，风沙非常大，特别寒冷，缺氧明显。有些地方可能适应一段时间会感觉身体好受一些，但是当海拔达到一定高度之后，人体就不存在适应这一说法。

我记得双湖的县委书记也跟我提起过这个观点，在他们看来，无论是海拔4980米的双湖，还是4800米的安多，都在这个“一定高度”之列。无独有偶，超级荒原双湖和西藏北大门安多都属于那曲。

董亚军说他们安多援藏组的队员几乎每天都有不同程度的高反，比如视力模糊、咳嗽、头疼厉害。许多来到安多的游客当天晚上都没敢留在这儿过夜，有些到这以后身体适应不了，立即撤退。

董亚军领着我们走到公寓门口，又一次把我俩惊得目瞪口呆。

两棵深绿色的云杉靠着红墙屹立在白雪中！

读者一定会觉得奇怪，不就两棵树吗，有什么大惊小怪的？

容我讲个小故事。

安多是藏北高原那曲最北的一个县，号称“西藏的北大门”，全县平均海拔5200米，是全国海拔最高的县之一。这个地方高寒缺氧，风沙肆虐，大气压力和氧气含量只有海平面的一半左右，水的沸点在74℃至82℃之间。“风吹石头跑，氧气吃不饱，夏天穿棉袄”，这句话说的就是安多。

内地人到了安多，普遍会发生头痛、胸闷、失眠等高原反应。严重的还会发生脑水肿、肺水肿等症状，甚至危及生命，这是一个让人谈之色变，望而生畏的生命禁区。

然而，植物的高反似乎比人类更加严重。极端恶劣的自然环境导致植被稀疏，树木绝迹。安多全县10万平方公里，相当于一个浙江省的辽阔土地上，除了零星灌木，竟然没有一棵自然生长的树木。

不但安多如此，那曲大部分地区都是同样的情况。迷人的那曲就像被遗忘的调色板，没有绿树的覆盖，只有大地裸露的肌肤。

20世纪末，那曲地区曾经悬赏1万元号召那曲人在户外种树。时光流逝，据说奖金涨到了10万元、30万元都没人能领取。

为了使那曲有树，驻扎那曲的官兵用钢筋水泥混凝土浇灌了几棵柳树模型，之后再挂上塑料的绿色叶子。然而即便是这样的“大树”，也在那曲恶劣的自然环境面前，被摧残得体无完肤，混凝土一块块往下掉，有的地方甚至已经能看到“筋骨”。

无数次失败似乎昭示着两方面的事实：这里是名副其实的“生命禁区”，户外种树是不可能完成的任务；苗木想要存活，仅能让它们留在大棚，隔绝冬季酷寒的肆虐，就像安多援藏公寓里的封闭小院子一样。

沈阳援藏队员心中铆着一股劲，一定要在安多县种树成功。2006年第四批援藏组在宿舍院内种下40多棵冷杉。经过几批援藏队员的不懈努力和精心呵护，奇迹在藏北高原出现，终于有两棵靠墙种植的冷杉幼苗存活了下来。

目前，这两棵顽强生长了10余年的冷杉，树高已达2.3米，主干直径10余厘米。安多援藏副书记王健向我介绍，靠墙种植是为了挡风，冬天休假的时候，队员们就会给两棵树蒙上塑料膜，就像给它们俩穿上过冬衣服一样，否则来年进藏的时候，它们就被冻死了。

冷杉前立着一块蓝色的铁皮牌子：沈阳援藏树。

我曾好奇地问王健：“为什么沈阳援藏树不去领那10万元的悬赏呢？”

王健回答说：“我们是来援藏的，不是来领奖的。沈阳援藏先驱们根本没想过这个事，也不是为了奖金才去种这两棵树的。我们希望把沈阳援藏树种成沈阳援藏林。希望那曲的专业部门到我们现场，调查分析这两棵树存活的原因，为在那曲进一步推广种树提供宝贵经验。”

这是安多县10万平方公里土地上仅有的两棵自然生长的树木，也是海拔最高的树。它们俩相依为命的生存状态生动讲述着大美风光背后的极端残酷，它们能坚忍不拔地活下去，更是诠释和象征了薪火相传的工作方式和沈阳援藏精神。

安多街道的路面正在整修，到处坑坑洼洼，各类货车杂乱无章地到处穿行停放，显示这里是个繁忙的中转站。这个西藏的北大门，旅人和货物均从此经过，来来往往，像一个小江湖一般。我心想也不知道在这里演绎了多少爱恨情仇。

4800米的海拔像一道天堑，许多老司机经过安多都要万分小心。安多援藏医生张剑告诉我，有一位大连游客在海拔5231米的唐古拉山口拍了几张照片，回到车里就不省人事，后来被牧民发现的时候，人已经咽气。张剑感到很痛心，他认为安多如果配备了干氧舱和手术室，能抢救很多人。前段时间，援藏组协调对口支援的医院捐赠了一批先进仪器，但是这个地方海拔太高，厂家不敢来安多调试。

针尖对麦芒

我告别了安多援藏组，继续赶往嘉黎县。

见到“沈阳援藏树”之后，我有意识地搜寻着窗外的植被，除了黄色的枯草和白色的雪峰，一路上果真不曾见到第三棵树。

到达那曲县加完油，附近有家洗车店，我便把车开进去交给店员。我和李橡走进隔壁餐馆，点了两个炒饭，外加一份炸鸡翅。

快要吃完的时候，走进一位藏族男子，往四周瞄了几眼，看到我便径直走过来说：“给钱！”来者四五十岁的样子，剪着平头，个子不高，看模样像是洗车店的员工。

我问道：“车洗完了吗？”

男子没有回答，只是说：“快点给钱。”

“好的，别着急，我吃完饭就去买单。”

男子一边往门口走，一边指着我说：“马上！”

对方的态度引起了我的反感，什么玩意，我心想，干脆坐着不动。男子走到了门口，转身见我没有跟过去，伸出右手指头朝我勾了勾，示意我跟他出去，然后转身出门。

“快去吧。”李橡劝我。

“什么态度，我就不理他，看他能怎么样？”我吃完最后一口饭，好整以暇地嗑着桌上的瓜子。

“别耽误了行程，我们今天还要赶去嘉黎呢。”

“车子停在他们那，我们又跑不了，着急上火干吗，他越是态度不好，我就越是不给他面子。”

坐了大概5分钟，我起身准备结账买单。餐馆的两个小姑娘忙着上菜，让我等会儿。刚才那家伙又走了进来，听到我跟小姑娘说微信支付，他说有微信，让我跟他出去刷微信。我以为他和餐馆是一家的，便和李橡跟着他出去，在墙上刷了他们的二维码。

我问：“多少钱？”

“45。”

吃饭加洗车才45元，太便宜了吧？我不敢相信，于是多问了一句：“你们和餐馆不是一家吗？”

“不是。”

他盯着我的手机，见我刷了二维码却还没支付，又厉声说：“滴，赶紧滴。”意思叫我赶紧支付。

他的大声疾呼惊动五六个洗车店员工围了上来。我勃然大怒，输入密码付款之后，劈头盖脸地对他吼道："你想干什么，那么凶干吗，我的车摆在这里，人又没跑，你吼什么吼？"我语速很快，恨不得将口水全喷到他脸上。

他目瞪口呆，狠狠地盯着我，却说不出一句话。围观的员工也像内地看热闹的人常有的那种表情：神情迷惑，目光呆滞，眼神里没有算计的成分。

我把钥匙交给李橡，转身回餐馆把饭钱付了。离开洗车店的时候，洗车店另一位员工主动来帮我们掀开门口的帘子，让车出去。我摇下车窗问他："刚才那人怎么回事，干吗那么凶？"

"我也不知道。"他漠然回答，不再多说。

前往嘉黎的路沿着109国道南下，再转305省道东行200公里，便可到达嘉黎县城。一路上清一色的黄色草原，山坡上覆盖着白色新雪。山峰平缓，远看像一个个高大的土堆。在阳光的照耀下，天地之间焕发出明媚的色彩，倒也赏心悦目。美则美矣，但缺乏变化，看得久了自然也就审美疲劳了。

太阳一下山，气温急剧下降，藏北高原突然间像个巨大的冰库。李橡驾驶着普拉多行驶了半个小时，都没有看见第二辆车。我搓着冰冷的手，望着车窗外的惨淡景象，感觉身周的寒冷具体得足以让人怀疑动机、欲求未满和万物起源，以及所有的抽象概念。我真想这个时候有人递给我一碗青稞酒，把这周遭的冷意烧个干干净净。

到达县城的时候，天色已黑。县城里也在大挖大建，街道坑坑洼洼，墙角和摩托车上残留着一堆堆尚未融化的积雪。越野车蹚过无数个水洼，开到一家川菜馆前停下来。寒冷在县城里到处乱窜，藏族阿佳一手捂住头巾，一手拉着小孩从饭馆的窗前匆匆走过。

饭后在嘉黎县城来来回回转悠了大半个小时，把有限的几家亮灯的旅馆问了个遍，奇怪的是居然没有一个空床位。老板甚至把自己值班的床也让了出来给客人睡，他听说是来了个工作组。

"怎么办？"李橡一脸无辜地望着我。

我思忖了一会儿说："赶回那曲都后半夜了，路上不安全，要不就睡车上吧。第二天还得开车，好歹要休息一下。"

"车停哪儿？"

"嗯……"我略一沉思，"就停刚才那家酒店吧，他们停车场比较大，又方便又安全。"

我指挥着李橡把车开进酒店的露天停车场，没人察觉。楼道里没有洗手间，房间也进不去，我心一横，走到草丛里方便。

回到车上，我把唯一的一个睡袋让给李橡，她钻进睡袋里，蜷缩着身子躺在后排座位。我从后尾厢捡出一件羽绒服盖在身上，半躺在放平的副驾驶座椅上，倒也还凑合。我给4个车窗玻璃各留了一条缝隙，给车厢里透透气，免得第二天要麻烦人家从里边拖尸体出来。

“飞哥，你中午的样子很吓人。”李椽突然说。

“抱歉，那时候实在是太气人了。”

“那只是一件小事，三言两语就能解释清楚，你没有必要发那么大的脾气。而且你跟他计较，那你就等于把自己摆在跟他一样的层面。”

“我们一路上遇到的人都非常好，除了检查站的那个警察。我没想到老百姓里边还有这么野蛮的人，所以当时情绪有些失控。”

“贴标签本身就是一种狭隘的思维方法，你把美好的愿望寄托在别人身上，这是不负责任的。因为一旦你发现事实并非如你想象，你会感受到信仰崩塌，就像你中午的表现一样。西藏也是一个大江湖，每个地方都有好人，也会有不好的人。”

“你说得没错，我只是不甘心，不甘心西藏不是我想象的样子。”

“想象都很美，我还有一个故事，想听吗？”

“嗯。”

“他离开的那几年，这个世界对于我来说很残酷，就像眼前这片大草原，我真希望像早上的援藏树一样，坚强地活下去。”

“你会的。”

“我跟你是在自行车比赛上认识的，但你并不知道，其实我已经将近10年没骑自行车。”

李椽最好的闺蜜在放学回家过马路的时候，被一辆酒驾车逆行撞死。那一年她们都还在读初中，李椽匆匆赶到的时候，警察已经封锁现场，闺蜜的父母跪在地上相拥而泣，痛不欲生。

尸体被白色的布覆盖着，一只粉红色的运动鞋跌在一米开外。那天下着雨，现场的血被雨水稀释，流了一地。

李椽一直都忘不了那个场景。

闺蜜离开半年之后，李椽自己也遭遇了车祸。这次又是逆行的酒驾车，司机喝得酩酊大醉，李椽骑着自行车在天空中划出一道优美的弧线。滞留在天空的那几秒钟李椽大脑一片空白，原来死亡的感觉是如此难以名状，空旷，缥缈，无依无靠，无边无际，没有喜乐，没有悲伤。

什么都没有，只有一片虚无。

李椽的头撞在泄洪沟的石头上，自行车压在她身上。模模糊糊中似乎有人将她抬了起来，她感觉自己掉入了一个万劫不复的黑洞中，身子不断急速下跌，却永远等不到坠地的那一刻。

仿佛度过了一个世纪，李椽终于醒来，才发现自己躺在医院的病床上。出院之后，李椽便再也骑不了自行车。她一看到自行车就会手心发热，心跳加速。

在北方的时候，他曾带着李椽骑过几分钟。在恋人的协助下，李椽坚持了几分钟，最终还是跌下车来。

“到了拉萨，我用了一年的时间重新学会了骑车。”李椽轻描淡写地叙说着。

我尽力去想象她这一年所付出的艰辛，对于她来说，这是一场浴火重生的过程，是一次伟大的凤凰涅槃。

“除了骑车，我也跟着拉萨的朋友去徒步和攀岩，库拉岗日和念青东这些路线我都去过。平时就在色拉寺的后山野攀，户外运动给我带来了许多快乐和自信。

“当我觉得自己已经做好了准备，这个时候恰好遇到了你。你说你要走遍西藏的时候，我突然觉得这一切都是冥冥之中注定了的。你来得恰如其分，我要跟着你去看他，最后一次，这是一段没有回头路的旅程，我要庄重地跟过去的自己做个了断。”

我扭头望了一眼后排座位躺在睡袋中的李橡，长发遮住了脸，我突然想不起她的模样。这个姑娘才25岁，正是最美的年纪，在西藏待了一年，才鼓足了勇气去阿里见她的旧恋人，跟自己的过去告别。

我有些心疼，希望她一切都好。

迷途

“喂，大叔，我讲了那么多自己的故事，你也讲讲你的呗。”李橡轻声说道。

“我没啥故事，我的故事都写在书里了。”我指的是我上一本书，“那本书你看了吗？”

“看了。”

“喜欢吗？”我惴惴不安地等着她的评价。

“嗯，说实话，我只看了小字部分。”

“哈哈。”我试图用笑声化解尴尬。

“你说如果你活着回来，就接受现在的人生，那你接受了吗？”

“那只是个书名。”我避重就轻。

“这本书给你带来了什么？”

“一次难得的总结，完成了一个梦想，给了我荣耀。”我努力思索着恰当的词语，“也……带给我虚荣吧。

“我是个很平凡的人，从小到大从来都没有机会站在人群的中央，所以我在外边演讲的标题也是‘平凡人的伟大梦想’，强调起点是平凡人。那本书像一场意外让我小有名气。一个默默无闻的人身边突然多了很多赞美，每个人都围着你说你很厉害。网络上也受到粉丝的簇拥和追捧，突然之间那么多人喜欢自己，我受宠若惊，但是又很享受。你知道吗？每天看到网络上的粉丝留言，那种感觉就像是吸毒上瘾一样，真的会让人欲罢不能。

“书出版之后，圆了我的作家梦。不到半年就有电影公司把书的影视版权买了下来，这种虚荣感到达了巅峰。我的作品居然要拍成电影，我觉得像做梦一样，我一直以为我的一生就是在公务员队伍里早早混个退休。可是，现在完全不一样了。

“于是我开始有些膨胀，内心里那些潜伏已久的张扬个性像是打开了泄洪的闸门，骄傲、自大、浮躁……像筛豆子一般，抖了出来。讲话开始说一不二，认为只有自己才是对的，做事变得一意孤行，听不进别人的建议。

“身边人的态度发生了一些微妙的变化，有些关系还行的朋友，后来却慢慢有了距离感。

“其实这些问题我是能感觉到的，有时候我也会觉得自己膨胀的样子很丑。我慢慢发觉，成名对我来说越来越像个累赘，所以我经常会有意识地去纠正自己。多点耐心，让自己平和一些，少发表意见，多听听别人的看法。甚至当有朋友问我怎样才能获得更多粉丝关注，我会劝他，名利都是过眼云烟，并没有想象中那么美好，因为我正在经历这个过程。

“理是这么个理，但我自己却沉溺其中，不可自拔。否则怎么会有人说，听过很多道理，却依然过不好这一生？我给自己的压力越来越大，对自己的要求也尽善尽美，不允许自己出一点差错，生怕让别人失望。实际上，也许别人眼中根本就没有我。

“变得越来越忙碌，生活越来越累。除了每天要工作，我还要接受各种媒体的采访，要去给别人演讲开讲座，同时还要写作。感觉比没出书之前还要苦，还要累。第一本书都出来4年了，我还没写好第二本书。

“你知道吗？有一次演讲完，我跟家里人大吵了一架，我晚上一个人跑出去喝得酩酊大醉。但是那天下午我刚在讲台上面对几百号人侃侃而谈，谈梦想，谈坚持。我连自己的生活都过不好，却要去给别人做人生导师，你说讽刺不讽刺？

“但我酒醒之后，第二天仍然要装出一副满身正能量的样子。面对熟人我已经没法敞开心扉，只有在陌生人面前才能放下羞赧。”

“那我是陌生人咯？”李橡突然插嘴道。

我略一思忖，说：“你是熟悉的陌生人吧。”

“你知道为什么听了很多道理还依然过不好这一生吗？”

“为什么？”我从来没有深究过这句话。

“因为只是听了道理，没有付诸行动。”

“这是诡辩。”

但李橡已经成功地转移了我的情绪。

凌晨6点，我被冻醒。双脚发冷，但天还没亮，我只好继续闭目养神。

感觉到天空微微泛白，我打开手机一看，已经7:20了。

我坐起来，“哇”，一声轻呼。原来昨晚下了一夜白雪，车玻璃上堆满了雪花。幸好昨晚留的缝隙很小，没有雪花飘进车里。

"怎么了?"后座的李橡蜷缩在睡袋里轻声问道。

"下雪了。"

只听得后座打了个哈欠,然后"昂"的一声,伸了个懒腰,犹如一只蝴蝶破茧而出。

我轻轻打开车门,屋顶和地面已经积满了白色的新雪。我突然感到轻松,不知道是因为这场新雪给了我意外之喜,还是因为昨晚倾诉之后获得了一些豁达。

车对面的一间房屋灯已经亮了,没过多久,一位母亲启动摩托车,载着孩子出门去了。

我故意没有启动雨刮器刮去挡风玻璃上的雪,我想让它们在我眼前多停留一会儿。

收拾好行李,15分钟后,我们出发。

新雪让嘉黎县城肮脏的街道焕然一新,似乎眼前是个全新的世界。街上陆陆续续有了行人,环卫工人迎面走来,父亲牵着儿子的手送他上学,摩托车和小汽车也渐渐醒来,打亮了车灯。

我们穿过县城,闯入白色的荒野。牦牛和羊群在雪地里留下杂乱的蹄印,向山脚下缓缓移去;土拨鼠拨开洞口的雪,钻出来透口气;电线杆的背后突然窜出一只毛色金黄的狐狸,灵巧地穿过雪地,四处寻觅新的食物。这一片白色天地美极了,杂乱无章的世界因为一场雪突然变得整洁明亮。

我告诉李橡,我喜欢雪,从小就喜欢,它好比一块橡皮,可以瞬间擦去所有不和谐的颜色,擦去悲伤和不安,擦去苟且和不堪,它拥有让一切重来的神奇魔力。我说,我们往往把自己想象成遗世独立的鹤,或者飞翔的鸟,以及奔跑的兽。到了最后却发现,自己只不过是一只在尘世间仓皇而逃的狐狸。人生的无奈之处在于我们无力改变。后来我开始迷上登山,因为登山也拥有同样的魔力,它让成功变得探手可得,让平凡变得不平凡,让人生得到重新开始的可能。

李橡望了我一眼,没有说话。我从她的眼神中读出一丝悲伤,我说错什么了吗?我也不再说话,我们俩已经可以自由相处,即使不说话也不会感到尴尬。

一个小时后,地上积雪渐渐融化。羊群像白云一般向更高处的草原飘去,牧羊人拿着牧羊鞭,跟随而去,在枯黄色的草地上留下一个顽皮的白色雪人。牧场不同于城市,雪的退场不会仓促狼狈。

我们特意赶到聂荣溜了一圈,又拐回那曲,回来的时候在县城顺便搭了一位藏语老师。

这是一个26岁的藏族小伙子,喇嘛给他取名叫石曲,藏语里吉祥的意思。石曲曾在浙江湖州市待了一年,在西藏内地班管理藏族学生。他觉得内地虽好,但亲人朋友都不在身边,终归还是孤独。

这种感受跟我们援藏干部是一样的,再怎么热爱这片土地,孤单终究难以排遣。

他说现在的孩子学习没那么自觉,需要老师一直盯着。

关于这一点，来自中山大学研究生支教团的何嘉锐和郑鸿祥却有不同的体验。他们在林芝一中支教一年，4月初的一天在行政楼办公室通宵加班。不知不觉间已经将近凌晨6点，隐约听见办公室门外有细碎的读书声。他们走出来一看，走廊中、楼梯处、大堂里，只要有灯光的地方，学生们或坐或站，正在专心朗读手中的课本。

4月的林芝将近8点才天亮，6点钟与深夜无异。行政楼里装有声控灯，不少学生每天都早早地赶到这里“抢位置”，就是为了多挤出一点时间读读书。同学们一边读书，一边时不时熟练地跺跺脚，始终保持声控灯发光。

林芝一中的援藏副校长杨家平也曾多次与我提到过类似场景，他每当撞见这一幕都会觉得又心疼又欣慰，自己的援藏付出是有价值的。

石曲在聂荣中学工作，长期都是早上7点上班，晚上10点才能下课。身体出了问题，头痛厉害。他要到那曲中转，赶去拉萨看病。

我建议他到了拉萨去找我们的援藏医生，中组部开展“组团式”医疗援藏，选派了很多专家来西藏，找他们准没错。

石曲频频点头。

到了那曲，他随手指着路边说：“就在这里下车。”下车的时候，石曲问我们车钱要多少。李橡说不用了，顺路而已，赶紧去拉萨吧。

功成不必在我

色尼区援藏常务副区长刘德威跟我聊起了就业的话题。他一直认为那曲缺人才，所以发展落后。2017年3月份维稳督导期间，他把罗玛镇所有村都跑了一遍，在村里他意外地看到了很多年轻人。一般来说，农村里极少年轻人，他们要么读书去了，要么出外打工。又不是村干部，怎么会有这么多年轻人留在村里呢?

村干部回答说：“大学生毕业了，回来家里。”

“回家里干吗？”

“没事做，就在家里考公务员。”

村干部的回答让刘德威感到震惊，进一步了解之后才摸清情况。前些年的大学生回村里的极少，因为当时西藏的政策是全就业，体制内包分配。从前年开始，西藏推行市场化就业，公职岗位招录大幅减少，体制的大门关了一半。在这种大背景下，色尼区返乡待业的高校毕业生急速增长，高达1000多人。西藏的高校毕业生对企业很陌生，一心只想考公务员，或者等待政府安排公益性岗位等临时性工作。

而另一方面，由于那曲地区自然环境极为恶劣，色尼区为数不多的企业一直以来都很难招到人。外地人才不敢来、本地人才不愿去，于是出现了企业招不到人才与返乡大学生就业不充分并存的结构性矛盾。

就业是天大的事，这一大批学生留在农村备考，既不能养活自己，导致贫困，还容易成为社会稳定和民族团结的隐患。

刘德威的眼里只有两点，第一企业需要人才，第二学生需要就业。既然公职岗位这个独木桥挤不进来，干吗不去企业呢？

顺着这个思路，他争取到共青团浙江省委的大力支持，全力推动“红船领航产业人才计划”。从2017年下半年开始，以小步快走的方式，每季度选派6~8名藏族待业大学生到浙江企业进行为期两年的实训，计划为色尼区培养50~80名企业经营管理和专业技术人才。

第一批首先在罗玛镇开展试点。刘德威亲自去做思想工作，他跟待业大学生们说：“你们公务员考了一年两年，只会越来越难考，新毕业的大学生更有竞争力。行行出状元，你们要认真考虑其他就业渠道，大胆去企业发展成才。你们如果有意愿，经过我们挑选面试之后，把你们送到浙江嘉兴的企业去实习一到两年，每个月工资3000块左右，企业会提供食宿，你们安心在那里学本事。”

第一批最终挑选了7名大学生，于2017年10月奔赴嘉兴市海盐县。当地非常重视，安排住宿和通勤车辆，接收企业还特意安排了一位阿姨照顾两个藏族女青年。

藏族青年到浙江水土服不服，文化上能不能融合，能不能适应企业的规章制度和管理纪律，刘德威心里都没有底。

但事态的发展还是出乎刘德威的意料。学生们有的感冒，有的发烧，有的便秘，肠胃消化不良。待了一两个月，就有学生开始打退堂鼓。有说想回来考公务员，也有说想回来自己找活干，甚至还有小姑娘说怀孕了，男朋友叫她回去。

计划并不顺利，不到3个月就有3个人回了那曲。通过做思想工作，最终只有4人坚持了10个月时间。

4个月后，同时开始筹划第二批人选。

吸取第一批试点的经验教训，在第二批遴选前，刘德威组织200多名大学生及其家长专门开了一场报告会，请来一藏一汉两位年轻的大学生企业家现身说法。这场报告会无意中还创造了一个历史纪录：这居然是色尼区第一次邀请企业家做报告。

报告会之后再面向整个色尼区征集参加培训的人员。通过笔试、面试，从100多名报名人员中确定了30人，集中在酒店接受7天7夜的培训。培训完以后，再从这30人里挑选出表现突出、意愿强烈的6位学员，作为第二批实习人员送去嘉兴市的企业。

大费周章之后，这一次的情况稍有好转。6人当中有5人待了8个月，有1人坚持了1年。

总结两批的经验教训，刘德威认为这两批藏族孩子都缺乏恒心，一般待上半年时间就想撤回。藏族学生的基础薄弱，接受能力也有限。内地大学生刚毕业要适应企业运作也需要两年，他们出去这半年或一年的时间远远不够，只能当是开阔了眼界。还有一个社会系统问题，相对于公职岗位动辄大几千的固定待遇，那曲企业两三千元的微薄收入对大学生没有吸引力。另外一个问题是，当地政府支持不够。更多时候，这项工作都是刘德威一个人在推动，没有团队和帮手，他苦于有心无力。

2018年9月14日，西藏自治区政府主席齐扎拉在全区“双创”工作暨高校毕业生就业创业推进工作电视电话会议上，提出要争取援藏省份给西藏大学生提供到企业去实训的机会。

会议一开完，当地对这个工作才开始重视起来，刘德威却决定暂停项目。虽然选派出去的13人最终都在企业实现了就业，但经过两轮推选之后，待业大学生积极性并不高，而且愿意去内地的多数是女孩。刘德威认为需要观察前两批人选在企业后续的发展情况，总结经验教训之后再重新启动。

刘德威认为这些参加过企业实训的学生不管他们以后的路怎么走，浙江的经历对他们的人生总会有些影响。援藏投入的资源和精力，都用在了当地人身上，用在了他们成长的某个环节，会对他们起到一些干预和帮助，这些都是有价值的。

在这个问题上，我遇到了同样的困境。援藏3年期间，我组织广东的企业到林芝举办了几场招聘会，效果甚微，能真正实现去广东就业的少数民族学生寥寥无几。我也组织了16名林芝的藏族高校毕业生赴广东就业见习，所有人都提出只愿意去机关事业单位。我们取了个折中，把他们安排在广东的技工学校和人力资源市场见习，重点学习林芝未来几年重点发展的技工教育和人力资源市场这两个领域的广东经验。后来又争取广东面向西藏招录公务员和事业单位工作人员，其中32个珠三角地区的事业单位名额最终也只有10人成行。学生们的就业视野主要还是定格在西藏的公职岗位上，市场就业和区外就业都不是他们的优先选项。

我和刘德威一致认为，推动市场和区外就业虽然目前效果不好，但这是非常有益的尝试。功成不必在我，但我们要去探索、实践、反思，甚至是试错，要为后来者积累经验，提供借鉴。这项事业应该坚持下去，市场就业是大趋势，西藏的产业发展如果没有当地的企业人才支撑，那永远是一句空话。而推动区外就业更是促进民族融合的重要举措，不能简单地把它看成只是就业问题。

刘德威还做了一件有意思的事情。

色尼区援藏组下乡的时候发现牧民不会讲普通话，甚至包括一些村干部。但令人欣慰的是，现在的藏区孩子从一年级就开始学普通话，甚至连村级幼儿园也开始往汉藏双语教学的方向发展。

他们在尼玛乡调研时发现，这个乡镇的中心小学只有百来本课外书，而且找不到一本绘本和注音读物，藏族孩子根本就看不懂。这就意味着藏族孩子学习汉语的环境其实就只有一本汉语课本，就像内地孩子学英语一样，仅仅依靠一本英语课本。没有语言氛围，也没有阅读环境，这是色尼区学校的普遍问题。

刘德威担心孩子们上了几年小学，仍然无法通过国家通用语言去了解世界，与外面沟通。表面上这只是一门语言，但它的背后却是民族团结的融合程度，以及中华民族文化的认同感。

当务之急是让孩子们有汉语课外书读，为此，色尼区援藏组赶了把潮流，在2016年10月通过朋友圈发起了一场“为那曲孩子众筹一个图书室”的活动。

众筹捐书本身并不新鲜，有意思的是他们采取的方式。

刘德威既没有找出版社或者相关单位赞助，也没有通过援藏经费直接购买，而是选择让家长把自家孩子读过的闲置书寄过来。正是这个细节体现出了他们的良苦用心和奇思妙想，钱不是问题，谁来挑书才是做好这件事情的关键。

如果通过出版社或者单位赞助，往往很难精挑细选，里边可能有大量滥竽充数的库存书。通过援藏经费直接买书当然方便，但援藏组也未必懂得孩子的需求。中国的家长才是这个任务最合适的人选，他们最关注孩子的学习，给自家孩子挑的书也一定是最用心的。说是赶潮流，其实是用心的结果。很多家庭在孩子长大后，当初的课外读物就闲置了，为什么不利用起来呢？这样一来，适合孩子阅读的书有了，买书的援藏经费也省了下来，能用到其他紧要的方面。

活动发起之后，家长们都很感兴趣。家里积压了大量书籍，孩子大了，没人看。特别是一些插图注音的绘本很贵，舍不得丢，又占地方，能捐赠给藏区的孩子物尽其用，同时又付出了爱心，两全其美。

影响力大了以后，有热心人士主动联系慈善机构出资500万元购买图书和书架捐赠给色尼区。从事后反馈来看，集中采购的书质量确实不如家长们的个别捐赠，但是也从数量上帮助学校顺利通过了国家教育均衡化的验收达标。色尼区的学校比较多，重复的书籍很快就被稀释掉。

众人拾柴火焰高，短短半年时间，5万多册图书像雪花般从全国各地寄送过来，色尼区的小学迅速建起了图书室。

援藏队员们提出要给家长们报销运费，他们的出发点是不给送书人带来负担，这样捐赠才能持久。但实际来报销的人很少，虽然一箱书寄到那曲需要两三百块钱的运费，但绝大多数家长没当回事，最终色尼区援藏组只花了3000元的运费。整个过程相当于四两拨千斤，以极小的代价，充分运用社会的力量和众人的努力，共同做成了一件大好事。

“当时我们都累死了，一本书大概一斤重，5万多斤图书一包包寄过来，太沉了。后来我们还专门去邮电局慰问投递员，因为这半年他们被我们苦死了。”刘德威说起这件事就呵呵笑，一副自得其乐的模样。

刘德威关于书的故事，倒是与我的“遇见墨脱”有异曲同工之妙。我发动网友送书给我，也有一个条件，寄过来的书必须是送书人自己喜欢的，否则寄一大堆教辅书过来，我还懒得保管。

横空出世的网红萨普

第二天早上，向着成都方向驶上317国道，穿过枯黄色高山草甸间的柏油路。

公路边的草地上，两个藏族男人席地而坐。他们把车停在路边，在太阳底下慢悠悠地喝着甜茶，吃着饼子和牛肉。这是藏族人惯常的一种生活方式，不管到哪里，只要累了就找一块草地过林卡一般轻轻松松地晒着太阳。赶路是不存在的，早到晚到能有啥关系，享受生活才是他们骨子里的追求。

我们羡慕不已，却只能继续赶路。导航显示到萨普要9小时，我们希望能够在天黑之前赶到。

两个小时后转303省道，依旧是两车道的柏油路。

第一个垭口全是雪，我们决定在此吃午饭。咖喱鸡肉饭和鱼香肉丝饭，防腐剂的味道令人作呕。心里怅然若失，不禁怀念起城市里的生活。我心有感触，等有手机信号的时候，便发了一条微博：你羡慕我一直在路上，我羡慕你每餐有顿热饭，生活果然都在别处。

14∶20经过比如县茶曲乡怒江第一湾，深切的峡谷两岸零零星星长出了矮矮的云杉，从这里开始，藏北草原悄然隐退。

公路边架着一幅巨大的标语，“虫草之乡续写怒江奇缘，相约比如共谱和谐新篇”。虫草产地主要集中在317国道沿线的那曲、玉树、昌都，产地不同，价格悬殊。其中那曲虫草最为有名，而在那曲又以比如、索县和巴青的虫草品质最好。

16∶15沿着盘山土路翻越海拔5072米的夏拉山垭口，下了垭口，公路又恢复柏油路面。翻越垭口的弯道多且急，圣洁的雪山近在咫尺，单论景观却是胜过了昌都的怒江72拐。

萨普是最近两三年新晋的网红户外景观，由于它的横空出世，以303省道为主的川藏中线将第一次被浓墨重彩地写进新修订的旅游攻略。

我们慕名而来。

途经羊秀乡加满了油，拐上去往普宗沟凹凸不平的临崖土路。当地正在将原来的土路拓宽，下一步还将硬化。半路上因为修路3次被堵，我们后边跟着几辆当地村民的越野车。到了周末，一位父亲接上在羊秀乡小学读3年级的女儿一起回家。我们拍了小照片送给小女孩，也拿了点零食送给她，她似乎更喜欢小照片，拿在手上反复端详。

通过最后一个堵车点天已全黑，路上的野兔子见了我们赶紧溜进了灌木丛中。经过两个村庄之后，又摸黑前行了一段时间，感觉不像还有人烟。此时已到20：30。我下车拍了几张星空，完全看不出有雪山的迹象。心想莫非走错路了？不如撤退算了，我心里打起了退堂鼓。

黑暗中闪烁了几下灯光，有摩托车从山里钻出来。我收拾器材上了车，反锁了车门，叮嘱李橡启动汽车。待摩托车到了跟前，我摇下车窗问道："前面离萨普还有多远？"

摩托车上坐了两位身穿大衣的藏族青年男子，驾驶员回答说："再开进去一点就到了。"

"前面有住的地方吗？"

"有，还有一辆车。"

听说里边还有其他游客，我们心里安定下来。

继续前行20分钟左右，黑暗中出现一栋房子，透出微弱的灯光。门口停着一辆越野车，果然另有游客。我们停好车，推门进屋。屋里坐了6个人，其中4人是店家和他的朋友，另外两位是游客。

其中一位中年男子来自厦门，刚跟着蔓峰户外徒步库拉岗日。还有一位是司机，刚拍完星空，看打扮更像是户外玩家。他俩是昨天进来的，已经住了一晚。

给店家和他的朋友拍了小照片，送给他们。店家高兴得当即送给我们两个大牛骨头，我和李橡端起来送进嘴里，咬了半天都没咬动，又不好拂了人家的好意，对视一眼，趁其不备偷偷放下。

大厅靠里侧用木板隔出了4间房，刚好我们4人一人一间。房间只有门帘，没有门，当然也就没有隔音这一说。谁要放个屁，全屋的人都能听出是哪个月亮惹的祸。

写完当天的记录已经22：48，我钻进被窝准备睡觉。这里没有手机信号，幸好已经提前在微信群里报了平安。我一边想着除了考勤员还会有谁惦记着我，一边就已经睡着了。

第二天早上坐店主的摩托车上山，120元送我们上去，下山再徒步回来。我身上现金不够，李橡的也用完了。这地方没手机信号，也无法用手机支付。

正准备下山的厦门哥们听到了我们的对话，就问我需要多少现金。我说100元吧，下山之后微信还给他。他从钱包里抽出一张百元大钞递给我。我把微信号码写在纸条上，跟他说好有信号之后就加我。

结果他到现在都没加我微信，我也没有他的联系方式，所以这100元一直欠着。唉，好心人，希望你能看到这段文字，跟我联系。100元是小事，但这份情义不能少。

上山没有公路，只有浅浅的徒步痕迹。藏族男子开着摩托车载我们上山，虽然颠簸，但他稳稳地把控着方向盘，只有几次蹚过溪流才伸脚撑地保持平衡。他大约30岁，膝下3个孩子，大的3岁，小的1岁半，还有1个两岁。我没搞清楚他是怎么生的，老二与老三只隔了半年。

昨晚一夜飞雪，雪谷的清晨显得异常清新，很快便见识了传说中的萨普。天空已经放晴，蓝色的天空一尘不染，雪峰的头顶却飘浮着大面积的白云。虽然有云雾遮挡，但一座座个性鲜明的雪山在眼前依次排列，景致倒也壮观。最引人注目的无疑是中间那座像一个等边三角形的尖锐雪峰，这是萨普的标志。同样造型的山峰在西藏几乎绝无仅有，萨普却同时拥有两座，标志山峰旁边还有一座稍小一些的三角形雪峰。金字塔造型本身就充满了神秘的仪式感，再加上关于萨普的当地传说，使得这里更多了些异域色彩。

传说中萨普是群山中的最高峰，海拔6956米。从左至右端坐在同一座冰川上的几座高大雪山依次为萨普的妻子、萨普妻子出轨后的私生子、萨普的二儿子、萨普的长子、萨普本人、萨普的女儿，右侧还有萨普的药师等山峰。神山出轨的剧情，似乎更接近西方神话，与东方传说风格迥异。

光是看山就已经足够独特，偏偏山脚下还有两处美丽的湖泊，湖面漂浮着零零星星的浮冰。两个湖泊之间有细流相连，实际上是同一个湖，统称为撒木措。

撒木措也有神奇之处，据说每年藏历九月十五这一天湖面会在一夜之间全部冻结，到了来年五月十五这一天又会在一夜之间全部解冻。绝不拖泥带水，干净利落至极。

我们到达的时候是10月中旬，湖面尚未结冰。我见过结冰之后撒木措的照片，那简直就是一面遍布冰裂纹的蓝色镜子，人行走在布满裂纹的蓝色冰面上，既震撼又惊恐，仿佛要融入这片迷人的色彩里。

无限风光在险峰，绝美的风景往往坐落在人迹罕至的艰险之地。偏偏萨普处处透着人间烟火，一座寺庙高悬于半山腰，山谷里零零散散坐落着好几户藏家房屋，他们世世代代居住在神山脚下。最近的一户人家就坐落在圣湖边的草甸上，落满雪的牦牛粪堆像一个个巨大的巧克力千层雪糕。浸染了大量红尘气息，难怪关于萨普的传说也会有一股市井味道。

所谓秘境，可能只是因为没有传播渠道。

我和李橡徒步下山。宽阔的草甸被雪覆盖，仔细一瞧，土拨鼠倏忽其间，在地道里钻来钻去，极是欢腾。我俩蹑手蹑脚，像做贼一样，靠近鼠洞。但只要走到10米左右距离，就一定会被它们发现，它们立即躲进洞里。

低沉的狗叫声断断续续，我感觉似乎已经叫了好一阵子了。之前一直没注意，这一留意才发现狗吠不止。这是要华山论剑吗？我循着狗叫声望向左侧的山巅，灌木丛中点缀着白雪，并没有看见狗。

“你看见哪里有狗吗？我怎么听见它们一直在叫？”我问李橡。说话的时候，远处又传来一连串的狗叫声。

“我也听见了。”李橡抬头望过去，过了一会儿指着左边的山峰说，“你看，好像是在山腰。有几只狗，一只，两只，三只……一共4只吧。”

我循着李橡手指的方向，仔细瞧去，果真就在山腰的灌木丛里。我好奇地端起单反相机，把长焦镜头拉到尽头，拍了几张照片。

放大一看，我忍不住一声惊呼：“棕熊！”

“真的是熊吗？”李橡也凑过来。

“放大给你看，错不了。”我端着相机给她瞧。

“原来熊长这样啊。”

照片里3只黑色藏狗正在驱赶一只灰白色的棕熊。棕熊体格巨大，相当于两三只藏狗。

我快步走上雪坡，想尽量靠近棕熊。

“飞哥，小心点，别走太近。”

“好的。”

我爬上50米左右，停下脚步，这里距离棕熊只有几百米远，不用借助长焦镜头也能清楚瞧见山腰上的情景。

棕熊不紧不慢地走在最前头，3只藏狗紧随其后，一边走一边叫。

“做乜鬼，咁嘈（广东话：做什么，这么吵）。”棕熊似乎在说。

“别废话，快点走。”藏狗似乎回答说。

“真系顶唔顺了（广东话：真是受不了了）。”棕熊突然回转身站定，望着藏狗。

3只藏狗立即四散开来，围住棕熊：“不好意思，兄弟，职责所在。”

“已经够远了，你们家主人又听不到，装什么装？”

“就是能听得到，快走啦，你不要惹事。你走了，我们也好下班。”

……

在我眼里，棕熊和藏狗之间一会儿普通话，一会儿广东话，发生着有趣的对话。

回到客栈，经羊秀乡拐上303省道，土路又切换为柏油公路。往边坝赶去，植被丰富的峡谷夹杂着黄叶，提醒路人深秋将临。这一路在日喀则、阿里和那曲见识了大片的荒凉，突然间掉进森林，感觉异常亲切。生活和旅行毕竟是两码事，山清水秀的地方总归更让人赏心悦目。

途中经过海拔4998米的嘎的拉山垭口，盘山土路上每隔十几米就竖着高如路灯的积雪指示牌，显示雪季里这个地方的积雪量会大得惊人。

过了边坝，我们继续赶往洛隆。

除了从羊秀乡到萨普还是土路，从那曲经过比如，再到边坝和洛隆，几乎全是崭新的柏油路。4年前的攻略描述这段路“路况非常糟糕”，说明这两年国家投入了大量的资金为西藏修路，尤其原本是天险的拉丁拉山口也已经修建了隧道。

到达洛隆已经22:30。进入昌都地界之后，城市规模明显比那曲和阿里大，街道也整齐。洛隆县城像个小昌都。

朝圣者

早上起来又是一场惊喜。窗外飘着鹅毛大雪，纷纷扬扬的雪落在络绎不绝的行人身上，平常的街景也突然变得浪漫。

出了县城，依旧是雪的世界，新下的雪特别的晶莹透亮。沿路的平顶碉房统一涂成了浅黄色，以雪为背景尤其显得明丽动人。

眼前是一个集中了三四十户人家的大村庄，密密麻麻的黄色平顶碉房鳞次栉比地分布在白色的雪谷中。一对姐弟在房顶推着一个专门用于除雪的挡板，将房顶的积雪推下去。姐弟俩都穿着单衣，劳动使得他们感觉不到寒冷。村庄里寂静无声，除了积雪从屋顶落地发出“噗”的声音，似乎便听不到别的声响了。

我用拍立得给姐弟俩拍了照片，向他们大声招呼，说要把照片送给他们。姐姐下了屋顶，跑过来。姐姐长得清秀，戴了一顶粉红色的鸭舌帽，脸颊泛着淡淡的高原红，正在读7年级。姐姐向我们道谢，拿着小照片蹦蹦跳跳地跑回屋顶。我们也很喜欢留在屋顶的小男孩，拍照的时候他特别配合，摆着各种动作，神态单纯。

李橡在后排座位的袋子里翻来翻去，终于找到一袋巧克力，这是那曲色尼区援藏干部给我们准备的路上应急食品。李橡想扔到屋顶，结果力道不足，巧克力掉到楼下，男孩从屋顶一溜烟跑下去捡。

待他捡到巧克力站起身来，我们已经出发了，从后视镜里看见他远远站定向我们招手。

10分钟之后，我们到达海拔4462米的德嘎拉垭口。垭口按照西藏的惯例都竖着政府标语，比如“尊重自然，顺应自然，保护自然”“学会一种技能，带富一个家庭”“加快产业发展，奋力脱贫奔康”等。大雪飘飞，给生硬的标语增添了些美感。

但让我诧异的是，洛隆县把几千字的高校毕业生就创业服务优惠政策密密麻麻地全印在宣传牌上，也竖在了4462米的风雪中。我想这也是西藏的无奈之举，谁叫这是当地人的必经之路呢。

一辆摩托车一闪而过，后座的女孩儿穿着粉红色的羽绒服，背着黑色书包，想是父亲送女儿去上学。不知道他们来来往往那么多次，有没有仔细瞧过广告牌上用心良苦的文字。

中午又没地方吃饭，旺旺雪米饼也全部吃完了。

我跟李橡说："我怎么感觉连放屁都有雪米饼的味道。"

李橡眉头微蹙："你说话太恶心。"

"还有更恶心的，我感觉要拉肚子了。"我愁眉苦脸地说，"兄弟，赶紧找个地方停车吧。"

李橡挑的停车点好，公路下边有个涵洞。既能躲开路人的耳目，又能避开风雪，我不禁悄悄地向她竖起了大拇指。

我弓着腰钻进涵洞，立即后悔了。涵洞里的盛况无法用言语形容，我只能说前人都有一个好司机和一个坏肠胃。

此后过彩林，穿峡谷，山无片雪。但没过多久又跌入白色世界，沿路的景观像个任性的孩子，随时切换。经过一处垭口，又下起大雪。眼前矗立着一座山峰，峰顶层层风化的岩石与林芝波密的盔甲山有异曲同工之妙。整体形状像是油画家描绘的马鞍，因此得名珠姆马鞍山，而土红色的岩体被白雪覆盖后也比盔甲山多了几分婀娜。

奔波至昌都住下，一路的辛苦自不待言。

第二天又赶去造访了贡觉、江达，晚上再回到昌都住宿。

前往江达依旧是柏油路，越野车拐入一片高山峡谷。几乎垂直的石山壁立千仞，平整的柏油路紧贴崖壁蜿蜒前行，一条湍急的河流从峡谷底咆哮而下，而两岸的树木已经呈现出油画般的黄绿色彩。

中午时分，我们遇见一家五口朝圣者。30岁出头的壮年男子推着一辆木板车，带着两个不到30岁的青年女子和两个小孩，大男孩7岁，两岁的小男孩正躺在板车上睡大觉。

他们来自四川甘孜州，前往拉萨，大人磕长头，男孩走路去，最小的娃娃睡板车。已经出来两个多月了，一天只能走8公里，到拉萨还要四五个月。

小男孩安静地靠在父亲身边。我有些心酸，当城市的同龄小孩正在享受滑梯和麦当劳，他却在进行一场长达1000多公里的徒步远行。他或许还没有信仰，这趟远门对他来说并不意味着朝圣。

我们送了一些食物给他们，也拍了小照片送给他们，他们连声道谢。男子又问我们有没有充电宝，他们的手机没有电，不能给家里打电话。但我们也只剩一个充电宝，没法送给他们。

男子说没关系，他说他们会在大昭寺给我们祈福，求菩萨保佑我们。

两个女子像是姐妹俩嫁给了同一个男人，但年纪稍微小一点的女孩看起来又像是男人的妹妹。我们没细问，总觉得问这么隐私的问题不太礼貌。

我想起在那曲的317国道上，遇到两个汉族男人结伴前往拉萨。他们并没有磕长头，只是徒步。一人杵着登山杖，另一人推着手推车，车上装的是食物和露营装备。他们的行走并没有指向具体的宗教目标，需要完成的或许只是对自我的超越和灵魂的抵达。

但317国道上更多的朝圣者还是藏族人。

先是看到两个壮年男子，穿着类似护路工人的反光服装，以仿如飞翔的姿势磕着长头。然后就看到一个中年男人带着两个年轻女子，动作缓慢却姿势坚定。越野车驶出几公里之后，我突然停下车。

“怎么了？”李橡问我。

“我在犹豫，要不要掉头回去。”

“回去呗，不要让自己遗憾。”李橡点点头说。

我掉头赶上那3人，摇下车窗问他们：“我可以送点吃的给你们吗？”

仨人凑在一起商量了几句，男人回答说：“可以。”

我和李橡下车收拾了一袋食物，主要是月饼和火腿肠。李橡递了过去，叫白马岱宗的女孩伸手接过，把白色塑料袋绑在自己腰上。她的普通话讲得比较好，中年男人也能简单说上几句，但另外一个女孩完全不会说。

他们来自青海玉树，计划用5个月时间磕到拉萨。我们相遇的时候他们已经走了3个多月，还剩1个多月。他们仨是亲戚，前面两个壮年男子是同乡，还有3个同乡在左侧的山脚下，他们认为从那边磕过去距离要近一些。他们8个人开了一辆小货车，停在后边，前面一个壮年男子负责开车，他磕完头再走回去开车追上来。

交谈中，中年男子突然蹿到我们的越野车旁边。他要干吗？难道是看中了我们车里的什么东西？我心里纳闷，和李橡对视了一眼，却没有阻止他。

但他只是将越野车半开的车门轻轻关上。我和李橡只顾着从车上拿东西，忘了关车门。公路上偶有车辆来往，车门挂在外边挡了路，不安全。

我心里一动，虽然这只是一个小小的举动，我却不由自主地感到温暖。

我给他们用拍立得拍了小照片。对于他们来说这很新鲜，3个脑袋抵在一块，等着影像从照片中显现出来。看到图像之后，3人又七嘴八舌嘻嘻哈哈地讨论着。

我送了一张给他们，又留了一张给我自己。李橡问他们路上有没有生病，他们说没有。临走的时候，我们祝福他们不要生病，早日到达拉萨。

“谢谢你们。”

我们掉头走的时候，他们仨站在路边向我们挥手告别，然后又开始周而复始的三步一磕。一会儿俯下，一会儿又站起，仿佛在大地上蛙泳，绑在腰上的那个白色塑料袋看起来就像白马岱宗的救生浮标。

他们站立双手合十的时候，无一例外高昂着头颅。我相信，为了完成此生的壮举，他们的内心一定是骄傲和自豪的。

他们的信仰我并不相信，但是他们身上那股要完成一生壮举的坚定意志却让人动容。11年来，我坚持攀登何尝不是一种朝圣呢？

大雪纷飞中，4只秃鹫正在啃食一头死去的小牦牛。而更多的秃鹫不为所动，安安静静地站立山坡，俯视现场。这种藏族人心目中的神鹰身体庞大，羽翼丰满，脖子以上却是光秃秃的，活像徐克导演的电影《智取威虎山》里梁家辉扮演的座山雕。

过往车辆无一去打扰，在他们看来秃鹫们正在帮助那头死去的小牦牛进行庄严的超度仪式。正如他们自己一样，死后能够施行天葬，接受秃鹫的啃食，正是他们生命中最后一次荣光。

一个民族的丧葬仪式深深根植于它的文化。

对汉民族来说，因为世世代代在大地上繁衍生息，土葬被看成对大地母亲的回归，只有这样，逝者才能永远安息。后来由于人口和土地的压力，中国才禁止土葬，推行火葬。

全世界可能只有藏民族对死亡如此超脱，没有丝毫畏惧。

秃鹫是一种神奇的动物，这么多年，没有人见到过一只死去的秃鹫。藏族人相信它们即使临死也要腾空万里，拼命朝着太阳飞去，直到太阳和气流将它们的躯体消融殆尽。

我突然想到俞江谈到他在阿里的努力是“无目的有方向，无价值有意义”，我相信那曲色尼区的刘德威，以及众多的援藏干部人才和当地人在西藏的坚持也是出于同样的立意。“立德立言,无问西东”，我想，在西藏这片神奇与贫瘠并存的土地上，更需要一种不为外界所惑、不为风险所缚的探究精神，或许这才是寻路西藏的真义。

日喀则康马县204省道

寻路西藏 25000km

征途

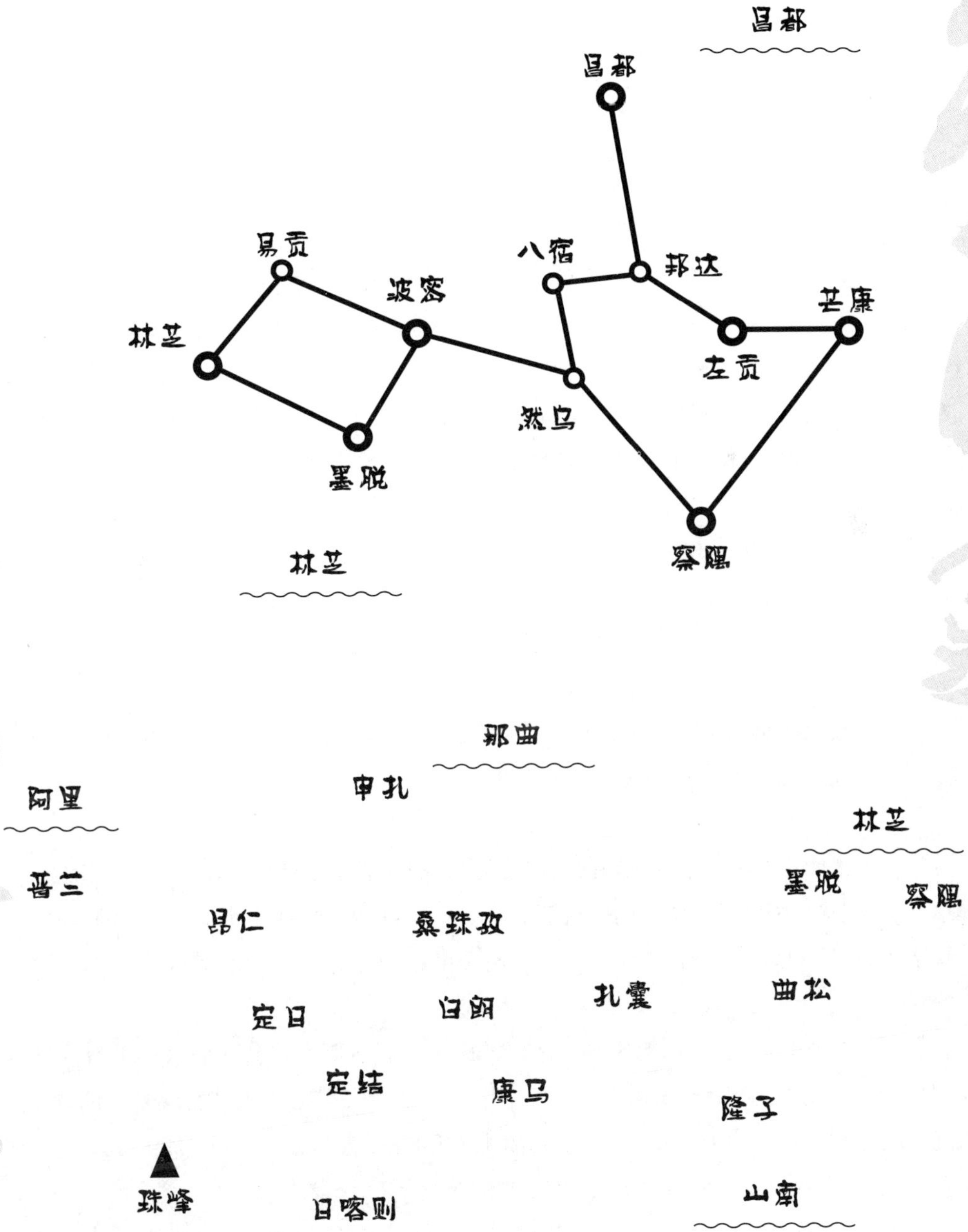

明明可以却没有

过邦达，经左贡，一路东行，到达西藏东大门芒康。再循“丙察察”，取道察隅赶往然乌，这片区域属于大江大河纵横跋扈的横断山区。青藏高原东移至此，风云变色，山川变形，一改东西走向而成南北之势。干燥的石山，荒蛮的草原，奔腾的江河，气吞天下的峡谷，尽集于此。

左贡与芒康之间157公里的路途，318国道不断爬坡下山，翻越3个高山垭口。这在整个西藏相邻两县之间，是绝无仅有的高山密集区，让每一位穿越此地的自驾客都能充分体验横断山区的蛮横。

尤其是翻越海拔3911米的觉巴山，狭窄的水泥公路在会车的时候会让人把心提到嗓子眼上。一次与大货车擦肩而过之后，李橡说：“这是我开车第一次脚软。”坐在副驾驶位的我早已全身发麻，伸手紧紧拉住车顶的把手。因为车窗外便是山高谷深的断壁悬崖，我感觉越野车几乎已经悬空。

但在如此艰险之地，川藏铁路却欲洞穿横断山区，钻洞搭桥，八起八伏16000多米，纵贯1700余公里，出天府之国成都，而直入日光之城拉萨。

在这片密集的高山峡谷中，坐落在怒江温暖河谷的左贡东坝是值得探访的偏僻山村。精雕细琢的民居杂糅了多个民族的精华，村子里种满了火红的石榴。正当我垂涎欲滴的时候，寺庙大管家从兜里掏出两个石榴递给我们。他在村子里拦下我们，坐我们的顺风车，前往318国道上的一家寺庙。

然乌的汽车营地空无一人，我和李橡坐在餐厅里，看着阳光斜斜地照射在平滑的湖面上。深秋时节，湖对岸的树木已经穿上了秋天华丽的衣衫。这正是一年当中然乌最美的时段，却没有一个游客。国庆长假的林芝，秋天才刚刚拉开帷幕，大部分游客却只能恋恋不舍地打道回府。由于交通的阻隔，西藏的旅游呈现强烈的季节分割。

从然乌通向波密的318国道，深秋的风霜像一位年轻的画家，偏执地把公路两边的森林染成明媚的红黄两色，过了然乌湖便一不小心跌进了色彩的童话里。阳光灿烂，秋高气爽，3小时的车程如梦似幻，犹如在油画中穿行。

终于如期赶到易贡。

出发之前我就报名参加首届西藏易贡40公里越野挑战赛。这是易贡茶场援藏组的一次积极尝试，希望借力当前国内火爆的户外赛事把易贡的高原茶叶推广出去。起点从中国海拔最高的茶场出发，绕行2750米的后山，最终又回到海拔2240米的易贡茶场。

这是我第一次参加越野跑，但我没有太在意。我心里琢磨，我的全马最好成绩是4小时，易贡的海拔还不如林芝市区，况且我这两个月一直在4000多米的海拔高度上活动，顶多再抛两个小时，撑死6小时定能完赛。

易贡茶场援藏组副组长王韶华告诉我，所有参赛者只要在8小时关门时间内完赛，就能拿到1000元的奖金。

嘿嘿，这不就是白送嘛！我信心满满。

“砰”的一声，发令枪响。我抬头瞧了一眼冲出云霄的铁山，轻松出发。

出发的时候居然碰见了援藏队友李伟成，这个留着两撇胡须的波密副县长看起来像是周星驰电影里的黑帮老大，但他却是个不折不扣的文艺男中年，进藏后居然自学钢琴。

越野跑的路线类似徒步路，出了公路，便是树木草丛间被人踩过的痕迹。几乎每隔三四十米，树枝上便绑有赛事方的红丝带，指引着越野跑的路线。穿过第一处山坡，便能望见公路边高低起伏的广阔茶田，如一片绿色的海洋氤氲在白纱般的雾气中。

真是一个美丽的地方，这样的环境孕育出来的茶叶也自带一股仙气吧，我一边跑一边心里赞叹着。

我远远甩开李橡，感觉自己像一只飞鸟，轻盈地掠过青翠的茶田，自由滑行在蓝色天空。可是等到上山的时候，我又被无情地打回原形，飞鸟变成了蜗牛。倾斜度将近70度的山体只能Z字形走路上升，根本就跑不动。上山的这1公里，我居然用时40分钟。要命，这个速度只怕要被关门。

正当我懊恼的时候，头顶有哥们喊道：“走错路了，不要上来了，往回走，都往回走。”直到此时我才发现这一段路没有绑红丝带，我跟着前面的哥们只顾埋头赶路，十几个人全部走错了路。本来速度就不快，还多跑了两三百米，我欲哭无泪。

跑错路线的乌龙事件在马拉松比赛中并不少见。2013年英格兰“北部马拉松”，跑在队列第二、第三位的选手带着身后浩浩荡荡的5000名选手跑错路线，最终只有冠军一人完赛。

幸好及时纠正路线，但接下来的持续上升让我好几次抽筋。我只能停下来绷直腿，用力压脚掌，才把抽筋平复下去。虽然前两个月的高海拔区域活动让我对易贡的海拔如履平地，但因为长期坐在车上，没有运动，我的腿部肌肉已经松弛得像老年人，根本无法支撑40公里的山地越野跑。

起初预计的6小时早已过去，我筋疲力尽，但离终点还很遥远。我超过了几个人，但很快又被更多的人超越。下一个里程提示牌迟迟未见，我麻木地往前跑，头昏眼花，大腿再次出现抽筋的前兆，心里突然冒出了放弃的念头。

李橡也追了上来，陪着我跑。有一个人在身边的感觉似乎要好受一些，我放慢速度，控制节奏，慢慢消除抽筋的迹象。然后深吸一口气，强迫自己一点一滴地加速。

终于从山上跑下来，路过补给点，迅速喝了一小杯水，抓起一根香蕉继续跑。补给点的志愿者向我们竖起大拇指，微笑着喊道："加油啊！"

我突然想起表姐，那个笑声爽朗的女警察。她临死前那段时间笑过几回？两年无休止的手术与化疗，是不是已经把她笑的基因消磨殆尽了？

"你还记得古格遗址那一家三口吗？笑得很傻的那一家人。"我问李橡。

"怎么了？"李橡问我。

"我当时说我想跟着他们一起没心没肺地笑，不为什么而笑，只是单纯地笑，就是笑这个动作本身。"

"记得。"

"突然想起一个表姐，癌症去世了，今年上半年的事情。"

"姐姐？"李橡边跑边说，"节哀！"

"很好的一个人，乳腺癌，40岁出头，从病发到死亡，两年时间。"

"愿她在天堂一切安好。"

"我在想，她临死的那一刻会看到什么，她有没有感到放下的轻松，那两年她有没有笑过？"

"人生的意义，在我看来大抵是要到面临死亡才会明白。"李橡叹了一口气。

"临死前半个月已经放弃治疗，她今年3月4日打电话给我，说现在什么都吃不下了，一吃就反胃呕吐，就只想喝上次带给她的松茸干熬的汤。那时我还在那曲，我说回去就马上寄给她。

"上次送她的是在超市买的，如果换一家买，她可能会不习惯新的味道。等我回去，那家超市已经卖完了，另一家超市不了解货源。便想着去熟悉的那家土特产店买，起码能保证货真价实。但那家店要8日才开门，于是足足过了4天才发货。发了顺丰，意外的是在拉萨安检没通过，被退了回来。店家重新发，又是安检没过。店家再次发货，直到姐姐12日去世，松茸都还没寄到她手上。

"表姐临死前，亲人们赶回老家与她告别。3月份是西藏最紧张的维稳期，所有人都必须坚守在岗，我没办法回去。当天上午亲人们去看望表姐的时候，她眼睛睁不开，但还能流眼泪，下午开始便陷入了重度昏迷，没有任何反应。

"她原本身材高挑，是个大美女。可是临死前她掉光了头发，眼球突起，嘴巴鼻子夸张地扩张着呼吸出气，牙齿暴露在外，整个人瘦得皮包骨头，形如槁木，活像《魔戒》里的怪物。听亲人说，表姐的体重当时只剩下60斤。亲人们握着表姐枯树枝般的手，潸然泪下。到了晚上，躺在床上毫无知觉的表姐突然出现大小便失禁。大家以为情况有好转，结果到了凌晨两点多人就没了。

“许久之后我才了解到，从发现患癌到去世将近两年的时间里，表姐许多次不堪病痛折磨想要放弃，可是在亲人们的鼓励之下，她又克服了难以想象的痛苦，试图战胜病魔。可是，这些努力，不对，不应该叫努力，明知无望的努力顶多只能叫挣扎，现在看来全是徒劳。

“我难过的不是她的死亡，这个事实我们早就接受了，只是没想到那么快那么突然。我难过的是我连她唯一的请求都没做到。”

李橡扭头看了我一眼说：“我懂你这种难过。当年我读高三，一直说回去看她。她也打电话给我，说有时间就回去看看她。最后约定好时间回去，可是她却在我要回去的前一天去世了。最后一面没见到，这是我一辈子的遗憾。只要提起奶奶，我就会想到这件事。”

“是你奶奶？”

“我奶奶。你知道吗，其实我是可以早点回去看她的。但是我和她不亲，我是真的不喜欢她。”

“我也可以早点给她寄过去。”

“所以我没有去想办法早点回，比如请假。我也不知道她说走就走了。她去世是在下午，那天生理期，我肚子疼，打了晚饭都没吃，准备回教室的路上就接到电话说我奶奶去世了。”

“嗯。”

“我就在教学楼的厕所里哭，不知道是因为肚子疼，还是因为我哭自己自私冷漠无情，又或者是这个人在我的生命里再也不会出现了……”

“其实另一家超市也不太可能卖假货，我只不过是嫌价格太贵。如果不是嫌贵，松茸也许就能提早3天送达，哪怕让她尝一口也好。表姐病危的时候还亲自打电话，这些松茸几乎算得上是她对这个世界最后的期盼。”

“嗯。”

“我那个时候还不知道，癌症致死的方式有很多种，逐渐夺去吃饭能力是其中之一。我没有意识到，对于一个癌症患者，临死前的每一天都是在苦苦煎熬，这是她唯一想吃也唯一能吃得下的东西，而我为了价钱还耽误了3天时间。我突然意识到，寄送松茸，主要出于责任，而非情分。可是，我想做一个好人，所有对我好的人，我都想真心实意地回报他们。”我说得异常艰难，每一个细节都像一把锤子，在我心里狠狠地敲下一颗钉子。我突然想起一张照片，年轻的表姐穿着一身警服，英姿飒爽地站在一棵大树底下。照片里的青春活力几乎要溢出相框，那个时候大概是她大学毕业刚入职吧。

“是的，明明可以，却没有，所以最难受。活该我每每想起，就会觉得煎熬。”

“她的煎熬直接映照出我的自私冷漠。”我的眼睛湿润了，眼前的事物因为光线的折射而变形，李橡也像一个气泡人一般模糊不清。

“是的，这是我该承受的。”

“也是我该承受的。”

我的眼泪终于掉了下来，不知道是因为长久以来的无地自容，还是因为双腿无力，第一次感到再也无法坚持跑下去。

“还有最后5公里，我不陪你跑了，你得自己一个人跑完。”

“你要去哪？”

“回去。”

“回去哪里？”

“你知道的。”

我知道？略一思忖，不得要领，但我还是说：“谢谢你陪我，走完这么长的路。”

“其实我们早就认识了。10年前在墨脱的时候你就见过我，只不过你当时没把我写出来。”

是吗？事情过去那么久了，记忆早已有些模糊。在哪见的？是在遭遇暴风雪的嘎隆拉雪山上吗？

“那我以后要怎么找你？”

“你不用找我，我会去找你的。有人说人生就像一座迷宫，我们总是幻想着找到一条一劳永逸的道路。但现实不是这样的，真正的生活像大海，不断地潮起潮落。涨潮的时候，你独自前行，只有退潮的时候你才会需要我。我就像你的影子，或者说你也是我的影子。”

“这最后的5公里，它只是推着你迈向前方的一个小插曲，你要跑到终点，那里会有人迎接你。”

“嗯。”

“尽力享受每一刻，就像第一次看到一样。”

“你也一样。”

“跑吧，你的征途可是星辰大海啊，别忘了。”

我调整呼吸和步伐，长长吁出一口气：“李橡，再见！”

“再见，小朱飞刀！”

话音一落，李橡就不见了。我举目四望，没有一个人影。

往事并不如烟

距离关门时间还有45分钟，还剩4公里。

我甩开双臂，继续往前跑，步伐虽然慢如老牛，却再也没有停止。我能听见自己鼻腔里的呼吸和胸腔里的心跳，这两种声音保持一致节奏，仿如蒸汽火车里的发动机一般，给我输送能量。

恒定的跑动节奏将我带入思绪纷飞的维度，我奔跑的姿势仿佛老僧入定一般，这5万里路上见到的人和听到的故事蜂拥而至，前赴后继地闯入我的脑海。

林芝林业局的李高闯至今还保留着12年前中山大学支教老师江佳的照片，年轻而富有活力的支教老师们为当年就读高一的李高闯和同学们描绘了远方和未来。但支教团成员告诉我，他们对西藏的改变，远远比不上西藏对他们一生的影响。

墨脱的路出了名的艰险难走，许多村镇仍未修通公路，但墨脱援藏组在组长谢国高和副组长李斌的带领下，3年内3次遍访全县8个乡镇46个行政村。后又升级为“睡遍墨脱”，在每个行政村至少住一晚，以空间的停留和时间的延长拓展调研的深度和温度。谢国高援藏3年坚持每天写一篇文章，以《走向天路》为题结集出版，分享墨脱的援藏生活。

在山南曲松县援藏组开展的“爱心双百”活动中，65岁的湖北黄石退休狱警黄益生帮扶西藏藏医学院大一女生旦增白玛。他先后4次自驾进藏，每一次都在车上吃住，省下的钱用于帮扶。2018年第四次赶到曲松的时候，他将妻子手工缝制的200双鞋子送给曲松镇小学的孩子们。

扎囊县援藏副县长谭辉带着妻子和女儿去看望结对认亲的贫困户旦增卓玛。谭辉76岁的老母亲手工为旦增卓玛的老妈妈做了一件羽绒服，他们还带了慰问金和一些新买的衣物。旦增卓玛的老妈妈低下头亲吻着谭辉妻子和女儿的手背，质朴而庄重的动作也感动了谭辉一家人。扎囊县援藏人才济济，谭辉写得一手好书法，连饭堂厨师邓祥辉也是诗人。邓祥辉的诗歌在县里的一次征文活动中被选为现场朗诵的3首作品之一，后来还写就了一本诗集。人若没有梦想，跟咸鱼有什么区别？我常想，莫非他就是金庸小说里的扫地僧？

从2001年开始，定日县援藏副书记何劲峰连续6届报名援藏。失败了5届，却矢志不渝，终于在2016年成功进藏。从此珠峰脚下有“劲峰”，队友戏称他是有史以来申请援藏次数最多的人。

白朗县历届援藏干部坚持“一张蓝图绘到底”，20年前把温室蔬菜大棚带入白朗，经历了从无到有、从小到大的发展过程。到了鞠正江这一批援藏干部手上，果蔬种植产业发扬光大，成为白朗的第一大特色优势产业，在全国树立起“五彩天域、有机白朗”的地域公共品牌，为白朗脱贫攻坚和迈向全面小康提供了强有力的支撑。

日喀则市桑珠孜区边雄乡的“曲夏萝卜”深受消费者喜爱。桑珠孜区扶贫办援藏副主任赵瑞因地制宜，推动改变人力耕种的低效方式，全程采用机械化的科学耕种，效率提高了10倍以上，每年成功实现转移就业100人，把边雄乡培育成远近闻名的“萝卜小镇”。

32分钟，3公里。

一年四季穿着厚秋裤的康马县援藏副书记孙东光每晚只有4小时的睡眠，失眠的时候他就把手机里存的歌曲播了一遍又一遍。2017年他去看望结对认亲的亲戚巴吉。巴吉妈妈告诉他，她们家用他去年送来的3000元钱买了一头母犏牛，参加了村里的犏牛合作社，产奶，打酥油，打工能赚钱，年底还分红，现在母犏牛又带崽儿了，已经脱贫了。老太太把家里最好的酥油茶和糌粑捧出来，硬要往客人怀里塞。孙东光没有接受这份礼物，但他告诉我这是他援藏3年最快乐的时候。我告别孙东光，正准备离开康马的时候突然变天，温度急剧下降，冷得我直打哆嗦，心想这个时候要是有一条厚秋裤就好了。

在定结县正好碰上了夏尔巴文化节，头上插了孔雀羽毛的夏尔巴人天生都是登山家。援藏副书记吴镝坚持给我炒了一份炒面，倒上一杯牛奶，这是我5万里路上最为丰盛的早餐。他的墙角摆着一把吉他，房间也杂乱无章，自有一股艺术家的任性。但这位来自吉林的东北汉子在烹饪上却极尽考究，以此度过喜马拉雅山北麓漫长的日出和日落。

申扎援藏副书记陈人杰是一名著名诗人，诗集《西藏书》获得广泛赞誉，他在西藏一待就是7年，援建了8所村级幼儿园，被赞为“建幼儿园的牦牛”。

48岁的普兰援藏副县长王水旺在14年前双腿摔成粉碎性骨折，走路腿也只能弯着。20岁的儿子在9岁时患了自闭症，一直辍学在家。为了给儿子树立榜样，他在阿里一待就是6年。

那个爱开玩笑的深圳汉子李国柱，有他在的宴席总是笑声不断。但他认真的时候较真得不得了，援藏3年写了800多篇援藏日记宣传林芝察隅的大好河山；还自掏腰包10多万元资助察隅竹瓦根镇学尼村建起学前点，凭一己之力照亮了山区孩子的求学之路。

20分钟，2公里。

在昂仁县的时候，我跟着当地援藏队友一口气朗诵完“老西藏精神”：特别能吃苦、特别能战斗、特别能忍耐、特别能团结、特别能奉献。念完了大伙才一屁股坐下，端起碗一起吃饭。他们组织昂仁迥巴藏戏队赴山东淄博和浙江乌镇演出，这是昂仁历史上第一次文艺团体赴内地演出。队伍中有一位叫次旺多吉的76岁传承人，大家担心他年龄太大，远赴内地演出容易发生意外。为了证明自己身体还硬朗，老人家将平时用的拐杖扛在肩上大步流星地走给大家看。

在隆子县吃了一顿最美味的午饭。连续6年援藏的副书记覃歇民把隆子县所有援藏人都接纳在饭堂吃饭，包括援藏干部、医生、教师，以及国家电网等系统的短期援藏人员。浩浩荡荡20多人，饭堂唯一的一张小圆桌经常坐不下，大多数人都只能站着吃，但没有人觉得奇怪，他们平时就这样。味道辣爽，其乐融融，我忍不住连吃了两大碗饭。

我在路上多次见到“神圣国土守护者、幸福家园建设者”这一条标语，在西藏守护国土的实践中，玉麦一家三口守护玉麦乡无疑是最脍炙人口的故事。2017年10月以来，随着习总书记的回信关切，以及卓嘎姐妹被评为感动中国人物，玉麦火遍全国。来自湖南的山南组织部援藏副部长余前广历尽艰辛赶到玉麦，见到的依旧是略带腼腆和羞涩的卓嘎，平凡朴实的雪山阿佳并没有因为这一次意外成名而有丝毫改变。但玉麦乡的改变是巨大的，2018年2月国家电网全线贯通，为全乡群众送上大网电。当年年底，由当地政府与湖南援藏队共建的玉麦边境小康示范乡项目完工，玉麦乡现今的32户老百姓也全部搬入崭新的居所。

刚来的时候，从林芝去往拉萨需要9小时，出差的路上，林芝的同事总要带我在日多镇吃一碗牛肉丁汤，再加一个饼子。2017年年底，林拉高等级公路开通之后，去拉萨只需5小时，汤和饼子就再也没有吃过了。到了米拉山口肚子饿了，那天上的云朵美得让人恨不得盛上一碗，一饮而尽。

回忆啊，像一只鹰，大张旗鼓地掠过西藏的10月。

我既为自己拥有如此丰厚的记忆而感到幸福，但同时又感到苦恼。我要怎样努力，才能将那么多的细节一一串起。西藏浩瀚无垠，博大精深，我的回忆宛若沧海一粟，微不足道。

最后10分钟，还剩1公里。

半路已经抽筋了好几次，双腿简直不是长在自己身上，仿佛我没有提供半点动力，它俩更多地是依靠惯性在向前运动。

路边开始出现越来越密集的彩色广告旗，旗子上印着“广东省第八批援藏工作队”“广东旅控集团”“易贡茶场援藏工作组”等字样，我从未像现在这样对这些名词倍感亲切。

距离关门时间还剩2分38秒，我终于冲过了终点的广告桁架。

稀稀疏疏的掌声，一条白色哈达挂上了我的脖子。易贡茶场援藏组组长杨爱军紧紧握住我的手说：“没想到你能完赛。”王韶华哈哈大笑，一把将我抱起，旋转半圈，力有未逮才放下。

我笑盈盈地看着我的援藏队友，想说几句豪言壮语，结果话一出口却成了“1000元奖金别忘了给我”。

这是我第一次参加越野跑，高原40公里，爬升1580米，用时7小时57分22秒。

我拖着抽筋的双腿挪进休息大厅，直接瘫倒在地上，林芝著名健身教练吴君丽帮我拉伸。陈卿、静静和米琪坐在椅子上，不怀好意地瞧着躺在地上的我。

5秒钟后，大厅里开始传出杀猪般的嚎叫声。

平凡人的伟大梦想

李橡，我没忘！

这10年来，虽然我时常被俗事缠身，但我一刻都不曾忘记那个伟大的梦想。

回到林芝，5万多里的寻路西藏之旅结束了，我把书稿交给出版社。

林芝市技工学校，以及3D打印、漆画工艺室内装饰、电子商务3项特色技能培训，还有广东事业单位招录与企业招聘，我把最后两个月的援藏收尾工作一五一十完成。

两天跑一个10公里，下雪天也不间断。每周末爬一次比日神山，隔三差五便去骑行，打一场羽毛球。肌肉悄然地发生变化，心肺耐力也一点一滴地增强，我做好了所有的准备。

按照清单整理好所有装备，抬上友人的越野车。天还没亮，我俩就悄悄出发了。藏东南的森林小城消失在后视镜里，越野车在曙光中驶向日光之城——拉萨，无数信徒心中的圣城。

但我的圣城不在拉萨。

接下来，我将在拉萨休整几天。然后继续向西，穿过大山与河流、村庄与田野、喇嘛与喇嘛庙。

翻越垭口的"搓板路"已经被优美的柏油路取代，站在垭口向南远望，5座极高山峰像一道巨大的屏障，限制了人们的视线和想象。上山下山的公路极尽盘旋缠绕之能事，历经108个弯道一头撞进高大的褶皱里。

这是一次优美的遇见。2017年朋友圈的一张照片让我惊为天人，我依照相片画下了这一道道历经千万年才挤压出来的皱纹。直到两年后，我才按图索骥找到了这片心事重重的大皱褶。在山脚下出生的扎西一手牵着小女儿，一手按着我的手机屏幕对照村子指指点点："这张照片应该是10年前拍的。"

如今断崖已经停止运动，大褶皱下的村庄却发生了许多变化，山脚下的人们正在田野里忙碌地收割着新的青稞，开始一年的收获。

最后到达一处尽是荒土、石头和冰雪的蛮荒之地。这里没有人类，却有岩羊、雪鸡和乌鸦。

以这里为基地，再休整几天，我将向高处攀升。穿过一片精彩绝伦的冰塔林，到达一处四面环山的谷地。这里连黄土都瞧不见，头顶是刀劈斧砍般的悬崖峭壁，脚下却是冻结了千万年的蓝冰。这里是第二个栖居之地，短暂的休整与反复的适应。这里依然没有人类，雪鸡和乌鸦依旧是这里的常住居民。

继续前行的道路必须跨越一座400米高的垂直雪墙。在白色的冰雪海洋里奋力向上，到达高处的瞬间仿佛浮出水面，竭尽全力呼吸才能缓解长时间潜行的疑惧。这里是第三个停靠点，没有人类，没有动物。目光所及，只有不近人情的冰雪。

继续往上，穿越一处漫长的雪坡。误入冰岩混合的迷宫，兜兜转转，但方向只有一个，那就是抬头向上。暴雪随时来袭，而肆虐的大风鸣金收兵之后，便只能听见自己胸腔里鼓声如雷。

这里是第四个停靠点，云在脚下，伸手便可摘星。

大音希声，大象无形。云如淡粉，空气却像哲学一般虚无缥缈，捉摸不定。

第五个停靠点没有一切，一切都没有。

半夜上路，前方再无停靠点，只有恐惧和寒冷，以及信仰和高度。

我的圣城没有城堡，但比城堡巍峨无数；也没有神居住，她自己本身就是神；她空无一物，却又拥有整个天下。

她的居所在这个星球的最高处，8848.86米。

而我这个卑微的朝圣者，正手拿尖镐，脚穿冰爪，一步一个齿印，执拗地走在亲近她的路上。

珠峰！

我曾用她的名字为我唯一的儿子命名。

后记有彩蛋

别走，后记里有彩蛋！待我慢慢道来。

我对藏区的着迷由来已久，从2007年开始，我平均每年都要进藏一到两次，去寻访那些隐秘之地。我梦想着此生能有机会在西藏工作生活一段时间，并为自己热爱的土地一尽绵薄之力。对于体制内的人来说，援藏无疑是最好的方式。

我从2010年就开始报名援藏，虽然那时连报名资格都不符合，但我就是做着白日梦啊！万一没人愿意去呢？万一就我一个人报名呢？那我不就捡着宝了？

当然不可能！

9年一梦是西藏，感谢娘家单位广东省人社厅助我圆梦，选派我参加第八批援藏工作，并全力帮扶林芝的人社事业。

从此以后，我多了一个庄重的身份：援藏干部。

家人对我无出其右的理解、支持和陪伴，是我援藏、写书，以及不断探索生命意义不可替代的精神支柱。

感谢全国援藏队和广东援藏队给予此书的大力支持，尤其是队里和林芝人社局的兄弟姐妹们陪伴了我3年，给予我最宽容的支持和帮助。

感谢全国援藏的兄弟姐妹们，以及与你们共事生活的当地人，对我热情的接待、信任和倾诉，让我耳濡目染，加速成长。为了支援建设西藏，援藏省市、单位和当地八仙过海各显神通。我何其幸运，世人只看到万花筒喷撒出来的华彩，只有我看到了万花筒内部精巧的结构和蓄势待发的力量。限于主题分布和篇幅束缚等各种原因，挂一漏万，许多关于你们的故事最后未能出现在书中，极感愧疚。

感谢所有相识和遇见，朋友们来西藏看望我，或者远远地关注我。尤其是当我坚持不下去的时候，你们给予我鼓励，让我感到温暖，看到希望。

感谢亲爱的读者们，因为你们，我才有动力一直写下去。我在上一本书里写道：下一本书是《我要上珠峰》。现在书名改了，叫《野雪》，还是写珠峰。文章慢慢写，先立此为据，在书名上占个座。这一回，不会再有媒体批评我的书名太长了吧，哈哈。

写作过程中得到了许多朋友的帮助。整理185个小时录音的工作量实在太大，幸好有一帮好朋友相助。家平兄等几位朋友不辞辛劳帮我审稿，提出宝贵的意见。尤其是《天的边上是古格》一章提纲挈领的修改意见，让我获益匪浅。同事呼晓娜、未永庆、白玛卓玛也帮我录入第一次修改的文字，减轻了我的工作量。感谢你们。

感谢我的责任编辑方银萍女士，对此书倾注了大量心血。感谢黄斯琪为本书主题曲《一月西藏》创作了歌曲旋律，并倾情演唱。感谢马瑞先生与鲁莹女士的精彩朗诵，代我表达对儿子的期盼。

最后，感谢西藏，这真是一个神奇的地方，你再次让我成长。正如木心所说，岁月不饶人,我亦未曾饶过岁月。与其为生活所迫，不如逼迫一下生活。

书里的人物和故事是我从当事人和他们身边人听来的，或是我亲眼所见，或是我亲身经历，我尽量还原了当时的情景。为了全书结构，尊重人物隐私，个别时间节点作了艺术处理，个别人物使用了化名。

为了这本书，我付出了艰辛的劳动。历时3个多月的走访路程超过5万里，走遍了西藏74个县区。我几乎每天都是白天赶路，晚上采访，绝大多数时候在宾馆躺下时都已超过凌晨1点。

写作用了6个月时间，从2018年12月中旬开始，几乎每天写作14个小时以上，只有大年初一给自己放了一天假。春节在广州休假期间，每天分成上午、下午和晚上3个时间段，每个时段泡一家不同的咖啡馆。

上午去凯德广场的星巴克，因为它是开门最早的咖啡馆，8：30就已经三三两两坐了不少人。

下午是麦当劳或肯德基。这里一般没有电源插座，翻台率也太高，点一杯咖啡坐几个小时有点难为情，后来也改成了星巴克。

晚上在IDC国际影城一楼的A.Tcafe咖啡馆。A.Tcafe的广告语是“你不离我们不弃”，理论上没有关门时间。但只要过了晚上12点，店里只剩下我一个客人的时候，我心里就会不自禁地生出深深的歉意，认为是自己赖着不走，才导致店员们更晚下班。

在星巴克没有这个烦恼，开门时间和关门时间固定，契约让人际关系变得直接而单纯。所以总体来说，我还是最喜欢去星巴克写作。

坐在柜台正对面的长桌位置，可以看到每一个来点咖啡的客人，新鲜的面孔不断切换，半天的时间有无数种表情。上午一杯半糖焦糖玛奇朵，下午一杯香草拿铁。写作走神的瞬间抬起头，看着咖啡馆里人来人往，思绪飘飞。

2019年春节，喝了很多咖啡，听了很多歌，看了很多人。嘈杂声、键盘声、聊天声，声声入耳，我在南方沉浸在西藏的风雪里。

2019年2月22日从广州返回西藏林芝，4个多月之后我将结束整整3年的援藏生活。回到林芝后，中途因为公务还回了一趟广州。

再次返回林芝的那天早上，先送朱峰去幼儿园。站在他身旁的一个女同学突然问我：“你是朱峰的爸爸吗？”

“是呀。”

“朱峰妈妈是不是要出差？朱峰昨天中午在幼儿园睡觉的时候哭。”

虾米没有出差，我心里一疼，意识到朱峰是因为我要回西藏。这几天他已经跟我说了好多次，希望我不要回西藏。春节的时候，我每天都要出门写作，他也只有一日三餐才能见到我。

应朱峰要求，我隔着围墙栅栏看他在操场跳完绳才走。朱峰笨拙地跳着跳绳，他还没学会连贯跳动，一次只能跳一下，而且还不是每次都能成功，与同学们的差距明显。

每跳几下他就看我一眼。

最后，我大声说："我要走了，不然就赶不上飞机了。"

他嘴角一扁，"哇"的一声哭了出来，转身背向我抹着眼泪。

我心里一酸，原来他已经学会害羞，不愿意当人面哭泣了。我不知所措地安慰他："我还有一个多月就回来了。"

朱峰转身过来，恋恋不舍地走近我，隔着栅栏泪如泉涌。同学们也跟着他围了过来，仿佛我是个大恶人，刚欺负了朱峰，他们一起来为他壮声势。

回到林芝后，继续投入艰苦的写作。写作的艰难程度超出了我的想象，原定的完稿时间一拖再拖。有时候一整天都憋不出几百个字，苦闷难当，头痛欲裂。

有一天早晨天还没亮就醒了，醒来后才发现自己居然梦遗了。羞愧难当，洗了澡，换了裤子，吃了早饭，继续投入一天的写作。

2016年刚进藏的时候，饭桌上几乎清一色"光棍"，就像大学男生宿舍的卧谈一般，总不免要谈论几句两性话题。

有人开玩笑。

"威哥，你是科技局的，给兄弟们搞点福利嘛。"

"立个项，整点充气娃娃什么的，兄弟们人手一个。"

威哥是计算机教授，挂任科技局，江湖人称"天山折梅手"。

到了第二年，见识广了。

"体检医生说前列腺钙化了。"

"日子不好过啊，该硬的不硬，不该硬的都变骨头了。"

"唉，一入西藏，自废武功啊！"

"威哥，你的福利项目怎么样了？"

"充气娃娃没有，那整点硅胶的好不好，更像真的。"

"小朱飞刀，你不是在搞3D打印吗？给兄弟们一人打印一个呗？"

"我要志玲！"

"岩姐！"

"苍老师！"

“……”

“我们目前只能打印金属、石头和木头三种材质，要哪种？”

到了2018年，人工智能、新能源、物联网等新科技蔚然成风，吹到了地球第三极。

“搞什么鬼啊，威哥，援藏都快结束了，你的项目启动没有啊？”

“硅胶的不好，别整了，直接引进仿真机器人吧，你瞧日本那新科技，靠，太逼真了。”

“有体温，还会聊天！”

“喂！威哥，明年就回去了，你得上心啊，兄弟们全靠你了，哈哈哈哈……”

到了2019年，第八批援藏进入收尾倒计时，再也没人提了。

写作的过程依旧艰辛，我甚至认为这是我工作以来最艰难的一次任务。每天只要一面对电脑屏幕，就感觉头昏脑涨。采访后半段复发的荨麻疹和湿疹也越发严重，全身起风团，瘙痒难当，几乎每晚都会痒醒。林芝没有皮肤医生，我只能涂抹在内地购买的激素药，暂时缓解病情。

将文稿交给出版社后，我如释重负，仿佛从地狱逃生。6月份的林芝阳光明媚，回想起这段写作经历，我竟有恍如隔世之感。

我记得春节结束返回西藏的前一天，下午照例去了凯德广场的星巴克。

“朱先生，来一杯拿铁吗？”身穿黑色衬衣、绿色围裙的男服务员招呼我。

哈哈，我心里大笑。来的次数太多，坐的位置也固定，虽然每天店里头人潮人海，但他们还是记住我了。

“好的，大杯香草拿铁。”

“还是陶瓷杯吗？”

“是的。”

几分钟之后，店员呼唤。

“朱先生，大杯香草拿铁。”

我浅浅啜了一口咖啡，双手放上键盘，进入《寻路西藏5万里》在广州最后的写作时间。

番外

书付印的前3天，同事发来的诗却突然勾起了我的藏地回忆，念念不忘，不能自已。

那是一个明媚的上午，2016年7月17日，我去受援单位报到，刚到门口便吓了一大跳。几十位同事列队迎接我，每个人都举着洁白的哈达，依次挂在我脖子上，将我挂成了一棵树。

3年之后，2019年7月3日早上7点，冷雨瓢泼。市领导和受援单位同事冒雨赶来，齐聚我们下榻的酒店大堂，为援藏干部送行。我们临上开往机场的通勤车时，送行的人们情绪突然失控，几千人同时拥向各自的援藏干部。

同事和朋友们艰难地挤过人山人海，举着哈达向我冲来，一直隐忍的情感终于崩溃，泪水从脸颊肆意滑落。我不停地俯首接受哈达，点头致意，紧紧拥抱，又一次成了一棵树。除了“保重”，我说不出一句完整的话，心里却默念：人生能有这番际遇，夫复何求？

10天后，一位林芝同事突然发来微信，说未能当面相送，甚感遗憾，想为我写首诗当是送别。同事已调拉萨工作，与我共事不到两年，平时交往也不算多，结果一个月后发来却是两首诗。读着诗歌的时候我正在新疆度假，心却被隔壁西藏的和风与劲雪淹没。

2021年中，我的4TB移动硬盘莫名其妙突然损坏，费尽心思也无法恢复数据。那里边存的是我三年援藏和十多年登山探险拍摄的海量照片和视频，仿佛生命中极为重要的一部分记录被硬生生切除。

痛心疾首之余我想起另一件不可思议的事情。

2019年援藏结束时，我将行李打包分别托付给两家快递公司寄回广州。书籍和画作寄了邮政快递，顺利到家。“遇见墨脱”小屋装饰用的木头等寄了另一家快递公司。没想到运输车半路起火自燃，烧得只剩一堆铁架子，在林芝不辞辛劳从山上扛回来的各种无用的心爱之物尽数化为灰烬。小屋的痕迹几乎被一笔抹去，记忆失去了凭据，三年援藏光阴也恍如大梦一场。

这两个意外都事发突然，丢失的也恰好都是从西藏获取的东西，这个惊人的巧合不免让人疑惑有何深意。

感谢西藏，如此特别。

写给一位援藏的同事

文/杨化寒

我还有一首未完成的诗
挂在脑海的断崖上

每当安静的风吹起时
它就会吱吱呀呀的响个不停

我还有一个等待送别的人
尽管他已经离开
在我心里
他仍旧还未出发

未完成的诗是写给还未出发的人
但是，我知道
我写着写着
你就开始上路了

寻藏五万里

文/杨化寒

行走的力量里
有一位老妪黝黑的微笑
有一双粗糙的手
正紧握利刃
切向生活的内瓤

行走的力量里
有一条河流的波澜
有一座山的棱峰
有一头牦牛弯弯的犄角
有一块青稞田的温度

行走的力量里
有一幅照片

摄于它突然的时刻
有一串即兴的笔记
写在油然的瞬间
你征服了一座座高山
也征服了一行行诗句

一座村庄
在你的梦里讲述着前世今生
一座寺庙
香烟袅袅
叩拜在你的额前

一脸善良的阳光
一身慈悲的轻风
行走着的时候
信念是力量的驼铃

寻藏五万里
开始处一树桃花
结尾时一片碧海